»LA GAJA SCIENZA«

VOLUME 1533

ASSASSINIO IN CORNOVAGLIA

Romanzo di
ELIZABETH GEORGE

Traduzione di
ANNAMARIA BIAVASCO
e VALENTINA GUANI

LONGANESI

Longanesi & C. © 2025 – Milano
Gruppo editoriale Mauri Spagnol

www.longanesi.it

ISBN 978-88-304-6223-6

Titolo originale
A Slowly Dying Cause

Le citazioni di William Shakespeare sono tratte
da *Opere complete con testo a fronte*,
Introduzione di Nemi d'Agostino, Garzanti, Milano, 2016

La citazione di David Herbert Lawrence è tratta
da *L'amante di Lady Chatterley*,
tr. di S. Melani, Garzanti, Milano, 1987

ASSASSINIO IN CORNOVAGLIA

A Sheila, regina guerriera

«Ma la verità non ha fine. Va semplicemente avanti, e se tu non hai il coraggio di seguirla, muori.»

Elisabeth Elo, *North of Boston*

«Imparerà che il lutto non se ne va. Vive dentro di te e con te, come una serpe intorno al collo, e nessuno ti avverte.»

Tessa Fontaine, *The Red Grove*

PARTE PRIMA

4 APRILE

Bodmin e Navax Point
Cornovaglia

Se avesse saputo che cosa lo aspettava quel giorno, Geoffrey Henshaw non si sarebbe nemmeno alzato. Eppure il suo era un letto tutt'altro che comodo e il materasso era così infossato che per scendere dal letto la mattina era costretto a rotolare sul bordo e ad aiutarsi con le mani. Non era un bello spettacolo, ne era consapevole, ma Geoffrey Henshaw cercava di non pensarci, altrimenti si sarebbe ricordato che non lo vedeva nessuno, dato che dormiva da solo e avrebbe continuato a farlo finché i genitori di Freddie non fossero «rinsaviti», come diceva lei quando parlavano della crisi che gli aveva rivoluzionato la vita. Ma Geoffrey Henshaw non poteva prevedere che cosa sarebbe successo quel giorno. Peraltro, se avesse avuto doti di preveggenza, avrebbe capito che permettere all'attrazione per una studentessa di evolvere in qualcosa di più non poteva portare a nulla di buono. E così rotolò giù dal letto, guardò dalla finestra per vedere che tempo faceva, si preparò a una giornata umida e nebbiosa e partì da Bodmin.

Arrivò alla Cornwall EcoMining sull'orlo dell'esaurimento, dopo un viaggio estenuante lungo stradine sempre più strette, con la paura costante di finire in un cespuglio o di investire un animale. Dopo il bivio per Truro, se non altro, la nebbia si era alzata ed era uscito il sole. «Vai incontro al nuovo giorno con uno straccio di sorriso» si era detto lui, un'esortazione che negli ultimi mesi era diventata una sorta di mantra ma che gli era stata insegnata da piccolo insieme ad altri fantasmi del passato, tipo: «sii grato del poco che hai», «stringi i denti» e «tieni duro».

In effetti la giornata era diventata sempre più bella, un'esplosione di luce, con un sole foriero di primavera dopo un inverno che a Geoffrey era parso interminabile. Mesi e mesi di venti gelidi e pioggia battente avevano messo a dura prova la sua pazienza, il suo umore e il suo guardaroba, ma nell'ultimo tratto di strada aveva avuto la dimostrazione del fatto che finalmente l'inverno era agli sgoccioli. Le siepi erano ancora spoglie, ma le ginestre stavano incominciando a colorarsi di giallo e il verde tenero dell'erba lasciava presagire un tripudio di cerfoglio e liquirizia selvatica, rovi pieni di gemme e tralci di edera ovunque. Geoffrey avrebbe dovuto sentirsi rinvigorito da quei segnali di rinascita ma, nonostante quanto gli diceva la sua coscienza, aveva il morale a terra.

Aveva dato una svolta alla propria vita, si diceva, e al severo critico interiore che gli sedeva sulla spalla spiegava quotidianamente che, se era vero che era stato licenziato con pubblica infamia dal miglior istituto superiore di Exeter in cui insegnava, si era trovato un altro lavoro con ottime prospettive future. Aveva ventisette anni, ricordava all'implacabile giudice interiore, pertanto, a meno che non facesse un frontale con un camion o un pullman pieno di turisti – ipotesi assai più probabile in quella zona dell'Inghilterra –, aveva ancora tutto il tempo per dimostrare il proprio valore a chiunque volesse sapere come se la stava cavando dopo la separazione dalla moglie. Sì, per il momento abitava a Bodmin. Sì, aveva preso una stanza – stanz*etta* – nel B&B di un certo signor Snyder, un anziano pensionato la cui moglie «se n'era andata da un momento all'altro» mentre riponeva il bucato – «stava piegando un lenzuolo, pensi...» – e che, forse proprio per questo, non smetteva di parlare un attimo, nonostante Geoffrey provasse a fargli capire in tutti i modi di darci un taglio e chiudere quella maledetta bocca. Era un po' snervante, ma al critico interiore Geoffrey faceva notare che ogni mattina Snyder gli serviva una colazione all'inglese completa di tè, cornflakes e succo di pompelmo. «Sii grato del poco che hai» era solita dirgli sua madre, e suo padre ancora adesso gli raccomandava di stringere i denti e tenere duro. Geoffrey ci provava, quando se ne ricordava, ma non succedeva tutti i giorni e di sicuro non quella mattina, perché la lunga telefonata della sera prima con Freddie lo aveva lasciato turbato e la sua richiesta, *Possiamo incontrarci da qualche parte, Geoff? I miei non lo sapranno mai*, gli ronzava nella testa come un motivetto di cui non riusciva a liberarsi.

Parcheggiò, scese dalla vecchia 2CV – un miracolo, che andasse ancora – e rimase un momento a guardare i gabbiani che volteggiavano sopra la scogliera e a respirare l'aria fresca e pura di fronte alla sede della Cornwall EcoMining, un edificio di quattro piani in blocchi di granito affacciato sul mare, reperto di archeologia industriale perfettamente ristrutturato che una volta ospitava le pompe idrauliche di una delle tante miniere di rame della zona. Nonostante fosse stata dismessa più di un secolo prima, molte delle strutture erano ancora in piedi: il fabbricato con le idrovore, l'alta ciminiera e la caldaia dove veniva prodotto il vapore necessario a mantenere in funzione le pompe che svuotavano dall'acqua la miniera. Gli accessi al pozzo non esistevano più, ma con un pizzico di creatività si poteva trovare il modo per oltrepassare la recinzione e gli sbarramenti destinati a tenere lontani curiosi e sprovveduti.

All'ingresso c'era soltanto un citofono. Non c'era bisogno di una reception perché l'ex stazione di pompaggio ospitava gli uffici amministrativi e la maggior parte dei dipendenti lavorava sul campo. Lo stesso Geoffrey era lì perché quella mattina aveva appuntamento con il suo capo, altrimenti avrebbe svolto altrove le proprie mansioni, che comportavano contattare la miriade di proprietari terrieri della Cornovaglia e prendere appuntamento per illustrare loro scopi, intenzioni, proposte e piani d'azione della Cornwall EcoMining.

Suonò il pulsante del citofono accanto al nome C. Robertson. «Sei tu, Henshaw?» chiese un attimo dopo la voce brusca di Curtis, che aprì senza aspettare la risposta. Geoffrey entrò e si diresse verso le scale. Non c'erano ascensori e Geoffrey si chiedeva come avessero fatto a portare negli uffici mobili e attrezzature varie, visto che le finestre erano troppo strette per farci passare scrivanie e mobilia. Dovevano aver trasportato tutto in spalla, su per le scale, piano dopo piano. Geoffrey era contento di essere andato a lavorare alla Cornwall EcoMining quando era già tutto sistemato. «Sii grato del poco che hai» avrebbe detto sua madre, che a volte, per sottolineare il concetto, cantava *Sia Lode a Dio da cui proviene in abbondanza ogni bene.* Geoffrey c'era abituato. Il padre avrebbe detto invece: «Non ti lamentare di ciò che non è in tuo potere cambiare, figliolo». Un consiglio standard, che impartiva in ogni occasione.

L'ufficio di Curtis Robertson era all'ultimo piano, cosa di cui lui si vantava o si lamentava a seconda dell'umore. Quella mattina sembrava in modalità orgogliosa, perché era alla finestra a guardare il panorama, e in una giornata limpida come quella la vista si estendeva fino a Navax Point e St. Agnes Head.

«Terra benedetta da Dio» disse Curtis con un sospiro che sembrava di apprezzamento. Si girò, salutò Geoffrey con un cenno del capo e un «Henshaw», poi ruttò, così forte che per un attimo Geoffrey pensò che fosse il latrato di un vecchio pastore tedesco nascosto nella stanza. Curtis andò alla scrivania, aprì il cassetto centrale e tirò fuori una maxi confezione di Alka-Seltzer. «Ti sconsiglio di sposare un'indiana, a meno che non sia una pessima cuoca. Mia moglie ama cucinare e non c'è piatto a cui non aggiunga 'soltanto un pizzico di spezie, amore'» disse. Si mise una compressa direttamente in bocca e la masticò con energia. Geoffrey rimase sconcertato: non riusciva a immaginare che effetto potesse fare una pasticca effervescente senz'acqua. «Allora, ci sono novità?» chiese Curtis, quando ebbe finito di masticare.

Per un attimo Geoffrey pensò che stesse parlando di Freddie e si domandò come facesse il suo capo a sapere della sua tormentata relazione, ma poi capì cosa intendeva quando Curtis aggiunse: «Abbiamo fatto qualche progresso con le grandi proprietà? A che punto siamo?»

«Ci stiamo muovendo nella giusta direzione» rispose Geoffrey, mentre Curtis si allontanava dalla scrivania per andare verso la mappa appesa al muro. Era una carta della contea su cui erano sparpagliate puntine rosse, verdi e gialle, che in certi punti sembravano minuscoli semafori. Curtis indicò la parte orientale della penisola, tra Penzance e Cribba Head, fece una smorfia e sbuffò. «Batolite della Cornovaglia, Henshaw. Sappiamo che è qui.»

«Sì» rispose Geoffrey, ed evitò di precisare che la presenza di granito in una certa area non comportava necessariamente la disponibilità dei proprietari dei terreni interessati a farseli trivellare alla ricerca della falda acquifera che serviva alla Cornwall EcoMining. Non era il caso di specificarlo: Curtis lo sapeva già.

Geoffrey tirò fuori dalla logora ventiquattrore due contratti firmati e un terzo ancora da sottoscrivere. «Questi due sono pronti. Quello segnato in giallo invece è ancora in forse. Cedono esclusivamente i diritti minerari, ma non so quanto ci ricaveremo. A meno che non vogliamo espanderci, invece di limitarci al litio.»

Curtis fece segno a Geoffrey di dargli i contratti. «Da geologo, che idea ti sei fatto?» chiese, dopo averli sfogliati.

Geoffrey cercò di essere ottimista. «Sono abbastanza sicuro che ci sia una falda acquifera, ma il resto è da vedere.»

Curtis fece una faccia dalla quale si capì che si aspettava qualcosa di più positivo. «Tu sei uno che non rischia, vero? Non ti giochi la reputazione se non sei sicuro al cento percento, dico bene?»

Be', no. Non era proprio così, pensò Geoffrey, e la storia con Freddie ne era la dimostrazione. Ma sapeva che il suo capo voleva qualcosa di meglio da poter riferire al *suo* capo, che a sua volta avrebbe dovuto riferire al *suo* capo, il quale avrebbe scelto che cosa dire e non dire ai finanziatori del progetto. Funzionava così, quando un'impresa dipendeva dai soldi di possibili investitori che volevano fare i milioni. Curtis pretendeva garanzie e certezze che soltanto un sondaggio geognostico avrebbe potuto dargli. Ma i sondaggi geognostici erano costosi sia in termini di tempo sia di denaro.

«Diciamo che le probabilità che ci sia una falda acquifera di dimensioni adeguate sono intorno al 70 percento, per via della presenza di granito nel sottosuolo. Sono propenso a credere che ci siano anche brine, ma...» iniziò a dire Geoffrey.

«... ma l'unico modo per saperlo è trivellare» concluse Curtis. «E quindi bisogna spendere più soldi. Dio santissimo, come facevo a sapere che ci voleva tanto tempo?»

Indicò la mappa. Le puntine rosse, che rappresentavano chi aveva già opposto un netto rifiuto, erano troppe. Quelle gialle, gli indecisi, stavano aumentando ma a un ritmo troppo lento. E le verdi, dove era stata ottenuta l'autorizzazione a procedere, erano pochissime. Geoffrey ne era consapevole – non c'era bisogno che Curtis glielo ricordasse – ma sapeva anche che, se in una contea non c'è nemmeno un'autostrada decente e forse mai ci passerà, è inevitabile che i tempi siano dilatati: evidentemente alla gente che ci abita va bene così.

Curtis era contrariato. Il suo diretto superiore lo stava mettendo sotto pressione e alcuni investitori che erano riusciti a farsi dare i suoi contatti lo tempestavano di messaggi e telefonate. Era come cercare di cavar sangue da una pietra, letteralmente. Solo che a loro non serviva sangue, ma salamoia ricca di litio.

Geoffrey doveva tentare di accelerare per dimostrare di essere l'esperto sul campo che sapeva di poter diventare. Guardò anche lui la carta della contea. «Torno da tutti i gialli. Spiego di nuovo la situazione, faccio i nomi di quelli che hanno già dato l'autorizzazione... Cosa ne dici?» E quell'idea gli fece venire in mente di chiedere: «Notizie dal duca? Se ci dà il via libera lui, si apriranno centinaia di opportunità». La Cornovaglia, infatti, era in larga parte possedimento del duca, che a sua volta era «possedimento» della famiglia reale.

«Che schifo di sistema feudale» fu il commento di Curtis. «Dovrebbero stappare lo champagne, invece di metterci i bastoni fra le ruote. Farebbero soldi facili e li potrebbero investire nella loro schifo di contea. Dio santissimo, in che secolo vivono?»

«Eh, lo so» rispose Geoffrey, che non era né monarchico né repubblicano e credeva nel lasciarsi governare dall'istinto. Certo, era così che si era cacciato nei guai con Freddie – lasciandosi governare dall'istinto – ma in quel momento preferiva non pensarci. «Torno da quello della miniera di stagno. È un giallo, ma penso che la moglie potrebbe convincerlo a passare al verde. È molto più giovane di lui e mi è sembrata desiderosa di trasferirsi altrove. Hanno una casa piuttosto squallida» disse.

Curtis cercò sulla carta la puntina gialla appena fuori dal villaggio di Trevellas, dove la Lobb's Tin & Pewter operava da più di un secolo. Era un'impresa familiare che si trovava nel posto ideale non solo per cercare le brine, ma soprattutto per costruire l'impianto di trattamento necessario per il procedimento di estrazione del litio messo a punto dalla Cornwall EcoMining, che era poco invasivo, rapido e virtuoso sotto il profilo ecologico. Il progetto avrebbe creato numerosi posti di lavoro nella contea più povera del Regno Unito.

Curtis si voltò e guardò Geoffrey come a dire di darsi una mossa. «Convincili, Henshaw. Se non dimostriamo agli investitori che la cosa va avanti, finiamo nei pasticci tutti e due.»

Newlyn
Cornovaglia

«Probabilmente mi attirerò gli strali di qualcuno, ma ormai avrete capito che sono una che dice quello che pensa. Secondo me, il vero femminismo alla fine si riduce a qualcosa di molto semplice. Una donna non si può definire femminista finché si presta a essere il giocattolo sessuale, emotivo e psicologico di un uomo. Per quanto si ritengano 'emancipati' e si dichiarino liberi dagli schemi tradizionali, nella nostra società gli uomini sono condizionati a adottare lo stereotipo del maschio alfa a scapito di sensibilità, empatia, spirito di sacrificio e considerazione. Pertanto, anche se non nascono narcisisti – e che il narcisismo sia un tratto genetico è ancora da dimostrare –, la società li fa diventare tali. La ricerca del piacere in ogni sua forma, in particolare quello sessuale, domina la *forma mentis* del maschio tipico, e la combinazione di narcisismo e ricerca del piacere sessuale riduce così il suo rapporto con le donne a una sorta di sport, un gioco nel quale la femmina...»

«Aspetta, Cress, non ce la faccio. Aspetta, t'ho detto!»

Il baccano sulle scale fece perdere il filo del discorso a Gloriana Lobb e rovinò completamente il video che stava girando. Siccome nel montaggio non era granché brava – anzi, era proprio negata – doveva aspettare che ci fosse silenzio e ricominciare daccapo. Lo stramaledetto padrone di casa avrebbe potuto anche dirglielo, che aveva affittato il monolocale di fronte al suo. Era vuoto da mesi ed essendo minuscolo Gloriana sperava che nessuno ci andasse a stare.

Interruppe la registrazione e tolse lo smartphone dal treppiede. Era il ventitreesimo video del suo vlog, *Unburden*. Aveva registrato il primo dopo aver conosciuto il nuovo compagno di sua madre. Non riusciva a capacitarsi del fatto che, dopo tutto quello che le aveva fatto passare il marito, quella donna potesse anche solo prendere in considerazione di far entrare un altro uomo nella propria vita. Per Gloriana il vlog era stato una valvola di sfogo. La nuova relazione di sua madre aveva scatenato una serie di riflessioni che aveva deciso di postare sui social, convinta che potessero essere utili a qualche altra donna: se non riusciva ad arrivare al cuore di sua madre, magari sarebbe arrivata a quello di qualcun'altra.

E così era stato, visto che a quel punto aveva oltre novantaduemila follower e riceveva valanghe di commenti. Alcune donne si erano offerte di farsi intervistare da Gloriana per «raccontare la propria storia» e far finalmente aprire gli occhi alle tante donne di tutte le età che ancora sceglievano di «mettersi nelle mani degli uomini».

Il vlog aveva un successo travolgente, ma Gloriana aveva scoperto che i social erano insaziabili: appena finito un video, ce ne voleva un altro e poi un altro ancora. Lei era decisa a nutrire la bestia, per quanto vorace, e aveva capito che per farlo non poteva continuare a parlare soltanto di sé. Per intervistare altre donne, però, aveva bisogno di attrezzature adeguate e di un set più professionale. Era comunque importante per lei sapere che c'erano donne pronte a contribuire: la aiutava a trovare nuovi spunti su argomenti come famiglia, rapporti uomo-donna, genitorialità, divorzio e relazioni extraconiugali. Odiava essere interrotta durante la registrazione, mentre era in piena fase creativa, inoltre temeva che, ora che aveva nuovi vicini, sarebbe stata costretta a girare i suoi video nel cuore della notte, oppure altrove.

Spense la luce, si avvicinò alla porta e sentì una voce maschile gridare dal piano di sotto: «Cristo, Cressida, hai davvero bisogno di tutta 'sta roba?»

Aprì la porta e vide una donna giovane e carina in cima alle scale. Era alta e slanciata, con le braccia lungo i fianchi e le gambe abbronzate, a significare che aveva trascorso l'inverno in un clima diverso da quello della Cornovaglia. Quando si girò, sentendo la porta che si apriva, Gloriana vide che era abbronzata anche in faccia, con una spruzzata di lentiggini, e sul petto, dove l'assenza del segno del costume faceva pensare che prendesse il sole in topless. «Ciao! Sei Gloria?»

«Gloriana, veramente» la corresse lei. «Gloriana Lobb.»

«Oh, scusa!» La nuova inquilina si diede un buffetto sulla fronte. «Se ti chiamo di nuovo Gloria, per favore, lanciami una ciabatta. Io sono Cressida, a proposito. Cressida Mott-King. La tua nuova vicina.» Poi rise e aggiunse: «Come forse avevi già capito. Scusa per il casino. Lui è Nathaniel».

«Ciao, Nate» disse Gloriana. Guardò lui, bello come il sole, Cressida e poi di nuovo lui. «Sei l'ultima persona che mi aspettavo di trovare qui.»

«Oh! Vi conoscete?» chiese Cressida, spostando anche lei lo sguardo da uno all'altra.

Sembrava perplessa, ma era normale che lo fosse: a una donna giovane e carina Nate non avrebbe mai parlato della sua compagna, Jessica McBride. «Ci siamo incrociati un paio di volte in giro. Newlyn non è esattamente una metropoli. Vero, Nate?» fece Gloriana.

«Vero» rispose lui, guardandola negli occhi un momento di troppo. Era uno sguardo di sfida e Gloriana se ne accorse.

«Condivideremo la cucina» annunciò Cressida senza che ce ne fosse bisogno. «Spero di non essere troppo disordinata per i tuoi gusti.»

«Non ti preoccupare» rispose Gloriana. «L'importante è che non mi freghi i gelati dal freezer. Cucino di rado. Sono una da microonde.»

«Come ti capisco!» rispose allegra Cressida. «Comunque, spero di non averti disturbata. Anche se... certo che ti abbiamo disturbato! Be', cercherò di non disturbarti più, giuro. Mentre lavoro ascolto podcast, ma a un volume ragionevole, giuro. Nate non vuole, ma io trovo che mi aiutino a essere meno critica nei confronti delle mie opere. Sono un'artista, a proposito.»

«Ah. Allora Nate è il tuo... insegnante, giusto?»

«Esatto! Frequento l'accademia d'arte e Nate... Be', probabilmente lo sai già... Prendo lezioni da lui.»

«Davvero?» Gloriana avrebbe voluto chiedere in quale disciplina, ma si trattenne. «Ed è così gentile che ti aiuta anche a traslocare? Nate, sei molto premuroso: questo va oltre i tuoi doveri di insegnante. Farai lezione a Cressida anche qui?» chiese invece.

Nate socchiuse gli occhi, ma fu Cressida a rispondere. «Non credo, no. Andrò io in accademia. E tu? Sei un'artista anche tu?»

«Ho un negozio a Mousehole» rispose Gloriana. Guardò l'ora. «E farò tardi, se non...»

«Un negozio?» esclamò Cressida. «Ma che bello! Ho sempre sognato di avere un negozio. Come si chiama? Cosa vendi? Appena ho un po' di tempo libero – ammesso che succeda – passo a dare un'occhiata. Nate, ci arrivo con l'autobus, da qui?»

«Anche a piedi» rispose lui. «Non è lontano.»

«Può mostrarti la strada lui» disse Gloriana. «Viene a Mousehole di frequente.»

«Davvero? Vai di frequente a Mousehole, Nate?» Poi, rivolta a Gloriana: «Come si chiama il negozio?»

«Vintage Britannia. È in Portland Place, facile da trovare, vicino al Wedge o' Cheese Café.»

«A Mousehole c'è un Wedge o' Cheese Café?» Cressida rise. «Bene, allora mi vedrai sicuramente al Vintage Britannia. Amo follemente il vintage.»

Gloriana sorrise, annuì e li lasciò continuare il trasloco. Si chiese se Jesse fosse al corrente del generoso aiuto che Nate stava dando a Cressida Mott-King e stabilì che era alquanto improbabile.

Trevellas
Cornovaglia

Mentre andava alla Lobb's Tin & Pewter, Geoffrey decise di telefonare a Freddie. Lei non aveva più il cellulare perché suo padre, furibondo, glielo aveva tolto poco dopo il disastroso colloquio con Geoffrey, ma gli aveva dato il numero di cellulare della sua amica Sarah e Geoffrey sperava che Freddie fosse con lei per poterle parlare.

In giro non c'era nessuno, quindi la chiamò mentre guidava.

Era pericoloso, lo sapeva, ma dopo l'ultimo scambio che avevano avuto era in ansia e non riusciva a smettere di pensare a lei. L'incessante: *Ti prego, Geoffrey, ti prego, ti prego, ti prego* che gli riecheggiava in testa si poteva placare solo con una telefonata e, se non l'avesse placato, non sarebbe riuscito a trovare la concentrazione necessaria per convincere il proprietario della Lobb's Tin & Pewter a vendere i suoi terreni. La sera prima con Freddie era stato costretto a lasciare le cose in sospeso, e lasciare le cose in sospeso non gli piaceva. Amava Freddie e la considerava la sua anima gemella, ma se non glielo diceva almeno una volta al giorno Freddie andava in ansia. Lui lo faceva volentieri – la adorava, no? – ma doveva ammettere che certe volte gestire un'adolescente era estenuante.

Mentre chiedeva allo smartphone di chiamare Sarah, rischiò il frontale con un'Alfa Romeo. Ma chi era quel pazzo che superava i trenta all'ora su una strada della Cornovaglia? Nemmeno lo scampato incidente però lo distolse dal suo intento: chiamò Sarah e lei gli rispose. Purtroppo in quel momento non era con Freddie, bensì a letto con il suo ragazzo, ed erano impegnati in un amplesso che non si curarono di interrompere nel corso della telefonata. Geoffrey udì ansimi e sospiri in sottofondo e la voce arrochita di Sarah che diceva che no, Freddie non era lì con lei. A quel punto una voce maschile grugnì: «E meno male!»

Quando Sarah prese a gemere più forte Geoffrey si affrettò a chiudere la comunicazione. Non aveva certo bisogno che quei due gli ricordassero quanto gli mancava ciò a cui aveva dovuto rinunciare per andare a lavorare in quel posto dimenticato da Dio. Come aveva fatto a finire in quella situazione? Sì, certo, dal punto di vista naturalistico il posto era bello, anche se non sempre, e avrebbe dovuto essere grato di avere un lavoro, ma non aveva mai preso in considerazione quel tipo di impiego, non faceva per lui. Comunque sì, sapeva perché era finito lì. Perché un giorno una diciassettenne era entrata in aula per assistere a una sua lezione di geologia e gli aveva trafitto il cuore come un fulmine scagliato da Zeus. Si chiamava Fredrika von Lohmann, britannica di nascita e prussiana per discendenza (o almeno così affermava il terrificante signor von Lohmann) ed era una donna bellissima (Geoffrey l'aveva sempre considerata una donna, non una ragazza né tantomeno un'adolescente o una giovane adulta, poiché pensarla donna attenuava il senso di colpa). Se fosse stato suo coetaneo, Geoffrey l'avrebbe amata e desiderata solo da lontano, ma siccome aveva dieci anni di più e insegnava nel college che lei frequentava (senza contare che all'epoca era ancora sposato) si era detto che non ci sarebbe stato niente di male a flirtare un pochino. Nessuno l'avrebbe preso sul serio, meno che mai Freddie.

Acqua passata... Lei gli aveva chiesto informazioni sulle possibilità di carriera per una donna nel campo della geologia. (*Visto?* si diceva spesso Geoffrey. *Anche lei si considerava una donna!*) Erano andati a prendere un caffè nel bar degli studenti, poi ne avevano preso un secondo, si erano divisi un croissant al cioccolato ed era scattata la scintilla, da entrambe le parti. Geoffrey aveva cercato valorosamente di resistere all'attrazione magnetica che provava per lei, ma Freddie era Freddie e... non ce l'aveva fatta. Alla fine si erano concessi un paio di abbracci, forse tre. Gli abbracci avevano portato a un casto bacio. Ma un bacio aveva tirato l'altro e a poco a poco si erano fatti più profondi e appassionati, con tanto di lingua e palpeggiamenti, e a seguito di tutto ciò Geoffrey aveva deciso di confessare alla moglie che aveva «un'altra». (La reazione di Pepper, «Un'altra... cosa?» la diceva lunga su quanto poco attenta fosse alle nuance del loro matrimonio). In seguito Geoffrey aveva maturato la decisione di parlare con i genitori di Freddie per rassicurarli sulla nobiltà dei sentimenti che nutriva per la loro unica figlia e delle sue intenzioni future. E von Lohmann aveva assestato un colpo devastante alla sua vita. Il secondo, visto che il primo colpo devastante Geoffrey se lo era dato da solo.

Eppure, si diceva, quanti uomini nella sua posizione si sarebbero comportati con altrettanta onestà? Nessuno. Freddie voleva rimanere illibata e, almeno tecnicamente, lo era ancora. Voleva sposarsi in bianco, gli aveva detto, *nel senso più vero e profondo. Mi rendo che questo rende le cose... voglio dire, tra me e te... capisco che per te non sarà facile, Geoff.*

E infatti: l'impossibilità di vivere quella storia fino in fondo aveva reso il suo desiderio ancora più bruciante. Freddie era il suo amore, la sua vita, il suo tutto. E se i genitori di Freddie erano fuori dal mondo quanto lei – perché in tutta la sua vita Geoffrey non aveva mai incontrato una sola ragazza sopra i quindici anni ancora vergine – voleva dire che Freddie non si sarebbe lasciata deflorare durante il suo ultimo anno di college, ovvero quello che stava frequentando in attesa di iscriversi all'università per studiare progettazione delle aree verdi e del paesaggio (avendo evidentemente accantonato la facoltà di geologia).

Von Lohmann aveva fatto in modo che Geoffrey venisse licenziato su due piedi e rovinato per l'eternità a causa dell'*affaire* con una sua studentessa e aveva detto alla figlia che avrebbe potuto sposare «quel farabutto» una volta completati gli studi e conseguita la laurea. «Ma ci vorranno anni!» aveva detto Freddie a Geoff, disperata. «Non mi amerai più: lo so.»

Per rassicurarsi a vicenda si sentivano tutti i giorni, ma a un certo punto von Lohmann aveva posto fine alle telefonate serali rifiutandosi di pagare le ricariche alla figlia, e così si parlavano solo se Freddie riusciva a mettere le mani sul cellulare di qualcun altro o a racimolare abbastanza soldi per comprarsi un telefono usa e getta. A volte si chiamavano solo per darsi la buonanotte. A volte si raccontavano quello che avevano fatto durante la giornata. A volte parlavano del loro futuro: dove si sarebbero sposati? Dove sarebbero andati a vivere? Quanti figli volevano? Per Geoffrey era un tormento dolceamaro. All'inizio. *Freddie, Freddie, Freddie* gli risuonava in testa come un tormentone estivo.

Tanto era immerso nei suoi pensieri che quasi mancò il bivio per Trevellas. Frenò di scatto e, rallegrandosi di non avere nessuno dietro, svoltò a destra e scese giù, giù, giù per le infinite curve di una stradina dissestata, così stretta da indurlo a pregare di non incontrare nessuno che salisse su, su, su verso St. Agnes. Finalmente arrivò allo sterrato che portava alla Lobb's Tin & Pewter. Come tutte le strade della contea, era costeggiato da alte siepi spoglie infestate dai rovi e da un'edera indomabile, con qualche fiore giallo di celidonia qua e là. Dalle siepi sbucavano tordi che evidentemente portavano da mangiare ai piccoli nei nidi che vi erano nascosti. A un certo punto lo sterrato si divideva e Geoffrey proseguì verso il cancello della

Lobb's Tin & Pewter. Dovette zigzagare fra cumuli di pietrame e detriti vari e vide che l'erica aveva attecchito anche lì. C'erano tane di scoiattoli e di conigli selvatici ovunque.

Geoffrey parcheggiò vicino al cottage in cui vivevano Michael Lobb e la sua giovane moglie e sentì il martellare di una macchina frantumatrice che spaccava le pietre raccolte nei dintorni, primo passaggio del processo di estrazione dello stagno. Notò che l'escavatore non era nello spiazzo; da ciò dedusse che qualcuno era nello stabilimento e qualcun altro in uno dei depositi alluvionali dove Michael Lobb aveva la licenza per raccogliere cassiterite, sabbia e altre pietre. Nel grande edificio che ospitava forno e bottega le luci erano accese, quindi forse Lobb si trovava lì.

Geoffrey decise comunque di andare a cercarlo prima al cottage. Nel caso non lo avesse trovato, avrebbe avuto la possibilità di scambiare due chiacchiere con la moglie. Era utile che la signora Lobb sapesse che lui era tornato alla carica. Geoffrey sperava che facesse opera di convincimento presso il marito, esortandolo a vendere per andare in pensione e trasferirsi con lei in un luogo più salubre.

I Lobb vivevano in un cottage vecchissimo e piccolissimo. Nel corso di una delle sue visite precedenti, Geoffrey aveva scoperto che Michael e suo fratello erano cresciuti lì, e gli era sembrato impossibile che una famiglia di quattro persone avesse vissuto in uno spazio tanto angusto senza scannarsi. Eppure evidentemente ci erano riusciti.

E così anche Michael Lobb, la sua prima moglie e i loro due figli. Era un posto con cui Michael aveva un profondo legame affettivo e familiare, come gli aveva spiegato l'attuale signora Lobb. Michael era un sentimentale, aveva aggiunto, e se la Cornwall EcoMining era davvero interessata ad acquistare la proprietà, doveva trovare il modo di gestire quel fattore emotivo.

Geoffrey bussò alla porta del cottage senza ottenere risposta. Bussò di nuovo, più forte, sempre senza risultato. Fece un passo indietro per guardare dalle finestre, ma non vide nessun movimento. Concluse che Michael Lobb era nella fonderia o nella bottega. Si girò e, attraversando il cortile per raggiungere il capannone di pietra che le ospitava, notò che l'auto dei Lobb non era parcheggiata al solito posto. Questo poteva spiegare l'assenza della moglie, pensò.

Il grande edificio di pietra aveva due ingressi: una serranda che permetteva di arieggiare l'edificio in estate e una porta che non era chiusa a chiave ma sembrava bloccata. Per aprirla Geoffrey avrebbe dovuto spingerla con una spallata, e non lo voleva fare senza prima avvisare. Bussò. «C'è nessuno?» Non ricevette risposta. Stava per sbirciare da una finestra sporca e appannata, quando sentì un grosso veicolo che scalava la marcia e capì che era tornato l'escavatore.

Si voltò e vide che alla guida c'era un uomo di una certa età, che manovrava il mezzo con abilità. Rovesciò un carico di pietre vicino alla macchina frantumatrice e, terminata l'operazione, lanciò un'occhiata a Geoffrey e gli fece un cenno con il capo. Quindi attraversò lo spiazzo in retromarcia per rimettere l'escavatore al suo posto. Era uno che lavorava lì: Geoffrey lo aveva già visto, ma non sapeva come si chiamava. Doveva avere qualche anno più di Michael Lobb. L'uomo scese dall'escavatore con una certa difficoltà. Aveva la schiena curva, per l'età o per il lavoro usurante, e indossava una tuta di protezione che lo faceva sembrare ancora più gobbo. Guardò Geoffrey, ma non gli fece altri cenni di saluto. Prese una sigaretta da un pacchetto mezzo schiacciato e la accese con un accendino di plastica.

Da un cancello vicino al cumulo di pietre appena scaricate arrivò un altro uomo, molto più giovane, che Geoffrey non aveva mai visto e che dimostrava più o meno la sua età. Appena lo vide, il ragazzo si fermò di colpo e si tolse il berretto da baseball. Poi guardò l'altro come in attesa di istruzioni.

Geoffrey si presentò e scoprì che l'uomo più anziano si chiamava Bran Udy. Gli disse che cercava Lobb; Udy indicò il fabbricato di pietra con un cenno del capo e spiegò che Michael era già lì quando lui e il «ragazzo» erano arrivati quella mattina. Nell'apprendere che Geoffrey aveva bussato invano sia al cottage sia alla bottega, Bran Udy aggrottò la fronte. «E l'auto non c'è» aggiunse Geoffrey. «Non potrebbe essere andato da qualche parte con la moglie?»

Bran Udy ci pensò. « A quest'ora è poco probabile. Ha provato al cottage? »

« Sì, gliel'ho detto. »

Bran Udy si rivolse al ragazzo. « Tu l'hai visto, stamattina? »

Il ragazzo non aprì bocca, ma scosse la testa, spostò il peso da un piede all'altro e si sistemò gli spessi occhiali che gli erano scesi sulla punta del naso. Poi cominciò a battersi sul palmo i guanti da lavoro. Sembrava in attesa di istruzioni. Era impacciato, e i vestiti della taglia sbagliata accentuavano la sua goffaggine. Geoffrey si chiese se fosse un po' tardo. Il ragazzo lo guardò, poi guardò Udy e alla fine abbassò la testa.

« Carica quel mucchio di pietre nel frantumatore » disse Bran Udy e, nel vedere che il ragazzo non si muoveva, alzò la voce: « Goron! Mi hai sentito? » Goron annuì, prese una carriola, si rimise berretto e guanti e partì in direzione delle pietre che Bran Udy aveva scaricato poco prima. Nel frattempo si era alzato un vento da sud-ovest e il cielo sopra di loro era passato dall'azzurro a sfumature di grigio sempre più cupe. La bella giornata di sole era già finita e minacciava di piovere.

Bran Udy raggiunse Geoffrey sulla porta della bottega e, come Geoffrey, provò prima di tutto a bussare. Poi le diede una spallata e la porta si aprì cigolando. « Mike? » chiamò prima di entrare.

Le luci erano accese e l'ambiente era ben riscaldato, grazie a quattro stufette elettriche posizionate in diversi punti. Aleggiava un odore metallico e un altoparlante trasmetteva jazz. Il locale era diviso in due. Sul davanti c'era una specie di showroom, con un bancone con il piano in vetro dove erano esposti una grande varietà di manufatti in stagno e peltro: gioielli, candelabri, fibbie, coltelli, tagliacarte, pugnali cerimoniali, brocche, zuccheriere, teiere ornamentali... Dietro al bancone si trovava l'area di lavoro; sul tavolo, lo smartphone collegato all'altoparlante.

Ma dietro il bancone c'era anche la causa dell'odore metallico nell'aria. Michael Lobb era riverso per terra in un lago di sangue.

Trevellas
Cornovaglia

«Non tocchi niente!» Geoffrey aveva visto abbastanza polizieschi per sapere che la scena del crimine – e quella intorno al morto lo era chiaramente – non poteva e non doveva essere contaminata fino all'arrivo della polizia.

«Ha bisogno di cure!» gridò Bran Udy.

«Non si avvicini. Credo che non ci sia più niente da fare.» Geoffrey non perse tempo a controllare che Bran Udy gli desse retta e litigò invece con il cellulare, che sembrava essersi incastrato nella tasca dei pantaloni. Quando finalmente riuscì a tirarlo fuori, digitò il 999. Alle sue spalle sentì Udy che diceva: «Se n'è andato». Si voltò e vide che Udy aveva completamente ignorato le sue raccomandazioni: stava premendo tre dita sul collo del morto con un ginocchio nella pozza di sangue. Geoffrey imprecò fra sé.

Dopo cinque squilli a vuoto aveva la pressione alle stelle. Finalmente gli rispose un'operatrice e gli chiese quale fosse l'emergenza. A Geoffrey venne inspiegabilmente da ridere. La classica risata isterica, pensò. *Sembro la protagonista di un romanzo vittoriano!* Si fece forza e disse: «C'è un morto... e sangue. Molto sangue».

«Dove?»

«Tutto intorno al corpo» chiarì Geoffrey.

«Intendo: in quale località?»

«Vicino a Trevellas.»

«Alla Lobb's Tin & Pewter, glielo dica» suggerì Bran Udy alle sue spalle. Geoffrey ubbidì.

«È sicuro che sia morto?» chiese l'operatrice del pronto intervento.

Geoffrey si voltò verso Bran, che aveva nuovamente posato le dita sul collo di Michael Lobb. Bran scosse la testa e lanciò uno sguardo a Geoffrey. «Non c'è battito» disse. «E non respira.»

Geoffrey riferì. «Vede delle ferite? C'è un'arma? In che posizione è il cadavere?» chiese l'operatrice.

«Senta, perché lo chiede a me? Mandi degli agenti. Mandi

un'ambulanza. Mandi un dottore. Mandi qualcuno, faccia qualcosa! »

Ma la donna non si lasciò intimidire. « Può dirmi dove si trova esattamente, signor...? »

« Gliel'ho detto: alla Lobb's Tin & Pewter, appena fuori Trevellas. Siamo nella sua bottega. »

« Bottega? Che tipo di bottega? C'è stata una rapina? Il registratore di cassa è aperto? Come siete entrati? »

Geoffrey avrebbe voluto morire in quell'istante. « Bottega nel senso di laboratorio, non di negozio. Siamo entrati dalla porta. Non era chiusa a chiave, le luci erano accese: pensavamo che stesse lavorando » rispose.

« Pensavate? » ripeté lei. « Perché usa il plurale? È con qualcuno? »

« Sì, con uno dei dipendenti della Lobb's. »

Bran alzò la testa e si rimise in piedi. « Cristo. Dov'è Kayla? »

Nel sentire quella domanda, Geoffrey ebbe un improvviso giramento di testa. Aveva bisogno di aria. Subito. Barcollò fino alla porta e uscì. Nell'assordante confusione che aveva nel cervello gli arrivava la voce dell'operatrice del pronto intervento che continuava a fare domande. Chiuse la chiamata e si infilò lo smartphone in tasca.

Attraversò lo spiazzo a grandi passi, prendendo dei bei respiri profondi, arrivò al cottage, bussò e provò la maniglia. La prima volta non ci aveva pensato. La porta non era chiusa a chiave. Entrò, lasciandola spalancata. « Signora Lobb? » La casa era ancora più tetra di come se la ricordava, il genere di cottage in cui immagini di trovare Heathcliff mentre intorno, nella brughiera, infuria la tempesta. Aveva finestre minuscole incassate nei muri spessi, che lasciavano passare poca luce, e pavimenti di pietra con qualche tappeto sparso qua e là. Alla sua destra c'era una cucina abitabile e alla sua sinistra il soggiorno, entrambi dotati di un caminetto enorme. Sicuramente un tempo quello della cucina veniva usato per cucinare e quello del soggiorno per riscaldare la casa, ma ora nel primo c'era una stufa AGA e nel secondo un caminetto elettrico. Non c'era nessuno, in nessuna delle stanze. La scala era proprio lì davanti e Geoffrey salì al primo piano, continuando a chiamare la signora Lobb, sempre senza avere risposta. Gli venne male: Michael Lobb era morto nella sua bottega, in casa non c'era nessuno... Non voleva nemmeno pensare a quello che già stava pensando. L'assassino di Michael Lobb poteva aver ucciso anche la moglie ed essere scappato con la loro macchina.

Al piano di sopra c'erano due camere da letto e un bagno, ma nessuno al loro interno. Geoffrey tornò in cucina e si diresse verso la porta in fondo, a sinistra della finestra sopra il lavandino. Dava su un'altra camera da letto molto piccola, con un letto singolo e un minuscolo comò. Non c'era nessuno neanche lì, ma c'era un'altra porta, da cui si accedeva a una verandina prefabbricata, a un orto e a un giardino. Le piante erano tutte già morte o agonizzanti. Nient'altro di rilevante: un tavolino con due sedie e altri mobili da esterno in vimini. Non sembrava che di recente fosse stato toccato nulla, e la vasca dei pesci era senz'acqua.

Rientrò in casa diretto alla porta principale e vide Bran che stava uscendo dalla bottega. Il frantumatore dietro la recinzione che separava il cottage dallo stabilimento continuava a produrre un frastuono assordante.

«Non c'è?» chiese Bran. Geoffrey immaginò che si riferisse alla moglie di Lobb e scosse la testa. «Potrebbe essere un buon segno» osservò Bran.

«Speriamo. I poliziotti vorranno sapere il modello dell'auto e il numero di targa. Lei li sa?»

«Il numero di targa lo sa Goron.» Bran si diresse verso il rumore e scomparve dentro l'area recintata. Geoffrey aprì la porta della bottega pensando di entrare, poi si chiese perché tornare in quel posto più simile a un mattatoio che alla bottega di un artigiano, e la richiuse.

Pochi istanti dopo il rumore assordante del frantumatore cessò e piano piano si fermarono tutti gli altri macchinari. Bran tornò, seguito da Goron. Geoffrey lo guardò con più attenzione e vide che era alto e magro, giovane ma di età indefinibile, faccia scavata, zigomi sporgenti e occhiali tenuti insieme con lo scotch.

Bran fece le presentazioni in maniera sbrigativa. «Goron, Geoffrey Henshaw. Geoffrey Henshaw, Goron.» Poi, a Geoffrey: «So come si chiama perché me l'ha detto Mike».

Geoffrey studiò i due uomini. Michael Lobb era stato assassinato e, finché la situazione non si fosse chiarita, la polizia avrebbe inevitabilmente sospettato di loro tre. Era abbastanza sicuro che quei due non avessero nessun interesse a togliere di mezzo Michael Lobb. Era il loro datore di lavoro: per loro era meglio vivo che morto. Restava lui, Geoffrey, che era andato appositamente da Michael Lobb per cercare di convincerlo a vendere i suoi terreni alla Cornwall EcoMining, cosa che fino ad allora si era rifiutato di fare.

In quel momento da dietro la curva dello sterrato spuntò una macchina della polizia, con le luci accese ma niente sirena, che andò a fermarsi con il muso contro un groviglio di rovi a una certa distanza da loro, per non rischiare di alterare in nessun modo la scena del crimine. Scesero due agenti in divisa, sistemandosi il cappello. Mentre si avvicinavano, Geoffrey notò che erano due donne e che una era di origine asiatica. Quando furono ancora più vicine, lesse i nomi sulle targhette: Zhao e Foster. Zhao parlava a un piccolo microfono che teneva fissato sulla spalla, Foster si rivolse a loro tre.

«Chi l'ha trovato?» chiese, senza convenevoli e senza la minima traccia di empatia.

Geoffrey indicò sé stesso e Bran. «L'abbiamo trovato noi, nella sua bottega.» Fece un cenno con il pollice per mostrare dov'era.

Foster si diresse da quella parte e Zhao, che li aveva appena raggiunti, disse: «Voi restate lì, vicino al trattore. Finché non lo diciamo noi, non muovetevi». Poi seguì la collega all'interno.

Poco dopo arrivarono i paramedici, anche loro con i lampeggianti, ma senza sirena. Parcheggiarono subito dietro l'auto della polizia, scesero con un saltello e si avvicinarono di corsa con le loro valigette.

Bran fu il primo a parlare: «È nella bottega». Poi aggiunse: «È morto. Non c'è più niente da fare».

«Grazie, ma questo lo stabiliamo noi» rispose uno dei paramedici. Bran alzò gli occhi al cielo.

L'agente Foster si materializzò sulla porta e parlò con i paramedici prima che entrassero. Dalla sua espressione, a Geoffrey parve di capire che stava spiegando che la persona all'interno era effettivamente deceduta e che si trattava di un omicidio. Entrarono tutti insieme per poi uscire pochi minuti dopo. Stavolta c'era anche Zhao, che parlava di nuovo al microfono. Geoffrey sentì il crepitio della comunicazione radio.

Goron fece per allontanarsi, ma Foster lo vide. «Resti lì e non se ne vada!» urlò.

Il ragazzo borbottò qualcosa. «È meglio che resti qui, sai?» gli disse Bran.

Zhao si avvicinò per chiedere le loro generalità, così Geoffrey scoprì che Bran e Goron erano padre e figlio e che vivevano in un caravan «al di là della montagna di scorie». Nel frattempo Foster andò alla macchina, aprì il bagagliaio, prese il nastro per delimitare la scena del crimine e cominciò a svolgerlo e a posizionarlo tutto intorno alla bottega e al resto dello stabilimento. Zhao la raggiunse poco dopo.

Sullo sterrato comparve un altro veicolo che si avvicinò lentamente e si fermò davanti al nastro appena teso. Kayla Lobb scese dall'auto, guardò il mezzo della polizia, il nastro che delimitava la scena del crimine e poi i volti di tutti i presenti, cercando di capire.

«Bran? Cosa è successo?»

Bran e Goron rimasero zitti e Geoffrey si guardò bene dal rispondere. L'agente Foster invece le andò incontro, si chinò per passare sotto il nastro e le parlò sottovoce. Geoffrey era vicino all'escavatore e da quella distanza non riusciva a sentire, ma capì che cosa le disse dall'espressione di Kayla Lobb.

La donna si portò una mano alla bocca sconvolta, fece un passo avanti e svenne.

Trevellas
Cornovaglia

L'ispettore capo Beatrice Hannaford sapeva che il suo ex marito, Raymond Hannaford, commissario capo della polizia del Devon, stava aspettando che lei prendesse una decisione su due questioni di importanza cruciale, capaci di cambiarle la vita. Voleva che lei lo risposasse e chiedesse il trasferimento dalla

Major Incident Team. Ma Bea aveva impiegato anni per entrare nella MIT e non voleva buttare via il tempo e la fatica investiti per raggiungere quel traguardo. Quanto al risposare Ray... Se doveva essere sincera, Bea non era sicura nemmeno di voler vivere con lui. Certo, lei e Pete, il loro figlio, si fermavano spesso a dormire da Ray, nella sua dimora storica vicino a Launceston. Pete stava in una delle due stanze degli ospiti e lei dormiva nel letto di Ray, con Ray. Ma il bello di quella soluzione era che dopo qualche giorno poteva tornare felicemente a casa sua, con i suoi cani. Erano tre labrador neri identici, e si chiamavano in maniera assai poco fantasiosa Cane 1, Cane 2 e Cane 3. Se anche Pete fosse contento di tornare al cottage era ancora da scoprire: non si esprimeva.

Quella mattina toccava a Ray accompagnarlo a scuola a Redruth e assicurarsi che prima di entrare avesse la camicia della divisa infilata nei pantaloni e la cintura allacciata in maniera tale da impedire la caduta degli stessi, con conseguente esposizione della biancheria intima. Di solito era Bea a farlo, visto che per tornare a casa da Launceston passava per Redruth, ma quella mattina uno dei sovrintendenti della Cornwall Constabulary le aveva telefonato dalla sede per chiederle di recarsi con urgenza in un posto chiamato Lobb's Tin & Pewter, nella zona di Trevellas, vicino a St. Agnes. La Scientifica era già lì e i testimoni erano stati trattenuti.

«Di che cosa si tratta?» aveva chiesto Bea.

«Omicidio» aveva risposto la sovrintendente. «Appena avrà più dettagli, mi chiami.»

Bea glielo aveva assicurato. Aveva infilato in un sacchetto un po' di carote, sedano e formaggio da mangiare a pranzo e si era messa in marcia.

Ray lavorava nella sede della Devon Constabulary a Middlemore, Exeter. Bea invece gravitava intorno alla stazione di polizia di Camborne, in Cornovaglia, molto più vicina alla scena del crimine in oggetto, quindi era logico che la sovrintendente avesse chiamato lei.

Telefonò a Ray e provò un moto di sollievo nel sentir scattare la segreteria. Gli lasciò un messaggio dicendogli che le avevano assegnato un'indagine e che Pete doveva rimanere con lui finché non fosse riuscita a capire quanto sarebbe stata impegnata.

Né Trevellas né St. Agnes erano esattamente dietro l'angolo, ma Bea fece abbastanza in fretta. Un buon tratto di A30 era a due corsie e all'occorrenza ricorse a lampeggiante e sirena. Dopo il bivio per St. Agnes le strade diventavano meno agevoli ed erano costeggiate da muretti di pietra e fitte siepi. Percorse una stradina stretta come uno spillo fino all'indicazione per Trevellas, sotto una pioggia sottile, ma quando arrivò alla freccia per la Lobb's Tin & Pewter si aprirono le cateratte. Bea imprecò: ci mancava solo un temporale sulla scena del crimine.

Proseguì sullo sterrato finché non si trovò davanti varie auto della polizia, un'ambulanza, due mezzi della Scientifica e un gruppo di tecnici in tuta e guanti bianchi che frugavano ovunque.

La zona era stata giustamente messa sotto sequestro, ma Bea rimase sgomenta nel vedere quanto era estesa l'area delimitata dal nastro. Scese dalla macchina, prese dal bagagliaio una tuta bianca e un paio di copriscarpe e tornò dentro per bardarsi al riparo dall'acquazzone. Poi, coprendosi la testa con il cappuccio, si avvicinò all'agente in tenuta antipioggia che stava prendendo nota di chi entrava e chi usciva dalla scena del crimine. Bea vide che dalle finestre di un grande edificio di pietra grezza partivano bagliori di luce intermittenti e immaginò che il fotografo della Scientifica stesse documentando ogni dettaglio. Probabilmente c'era anche qualcuno che girava video.

Bea si presentò all'agente che controllava gli ingressi e le mostrò il tesserino. L'agente, che secondo la targhetta si chiamava Foster, fece un cenno di assenso e la lasciò entrare. Bea si chinò per passare sotto il nastro e si avviò verso l'edificio di pietra.

Vide uscire tre persone: un'altra agente, il fotografo e il tecnico video. I primi due erano di origine asiatica, uno era nero. Fece un cenno di saluto all'agente, memorizzò il nome, Zhao, e si rivolse al fotografo, Xu Shen.

«Ha documentato tutto?»

Xu annuì. Aveva una borsa a tracolla, nella quale presumibilmente teneva le attrezzature fotografiche e che aveva l'aria di essere pesantissima. A quanto pareva le luci all'interno non erano ottimali.

«Mi mandi le foto ASAP» disse.

«Cosa vuol dire ASAP?» chiese Xu.

«*As soon as possible,* cioè ieri» rispose Bea. «Se qui ha finito, si metta subito al lavoro.» E al tecnico video: «Vale lo stesso anche per lei». I due si allontanarono e Bea si girò verso Zhao. «Il patologo?»

«È dentro» rispose Zhao, accennando alla porta aperta. Ce n'era un'altra, a serranda, ma era chiusa. Zhao sbatté le palpebre per togliersi la pioggia dalle ciglia. A differenza della collega con la cartellina, non era in tenuta antipioggia e sembrava intirizzita.

Bea le disse di andare a mettersi qualcosa di più adatto. «Chi sono quei tre?» le chiese prima che si allontanasse. Indicò i tre uomini che si riparavano sotto un gigantesco ombrello da golf accanto a una specie di trattore con una benna attaccata. Uno era spettinato, indossava una tuta da lavoro sporca, con una macchia di sangue su una gamba, e aveva gli scarponi infangati. Il secondo era in jeans, maglietta e scarpe da ginnastica, puliti, e il terzo in giacca e cravatta. «Quello in giacca e cravatta lavora per la Cornwall EcoMining, gli altri due lavorano qui e sono padre e figlio. A trovare il corpo sono stati Giacca-e-cravatta e il padre, che ha detto di essersi macchiato di sangue quando si è inginocchiato accanto al cadavere per controllargli il battito. Giacca-e-cravatta conferma» rispose Zhao.

Bea annuì. «Gli dica di cambiarsi, si faccia consegnare la tuta sporca e la reperti. Chi altro c'è?»

«La moglie della vittima. È arrivata poco dopo di noi e non appena ha saputo della morte del marito è svenuta. È andata a casa. Voleva contattare il fratello e la madre della vittima.»

Secondo Bea, lasciare che la moglie della vittima si allontanasse era stato un errore. E anche permetterle di restare nel cottage da sola. Avrebbero dovuto trattenerla lì. «La vada a prendere e la faccia salire su una delle auto. Raccolga tutti i suoi dati» disse a Zhao.

L'agente annuì e si avviò verso il cottage. Bea la osservò per un momento e vide che si fermava a rispondere a uno dei tre uomini, che le aveva chiesto qualcosa. Subito dopo i tre si voltarono verso Bea. *Sì, cari signori, fra poco dovrete vedervela con me.*

Trovò il patologo forense dentro la bottega. Bardato da capo a piedi come tutti gli altri, era accovacciato accanto a un uomo riverso su un fianco. La luce era scarsa, ma anche così Bea intuì che doveva essere morto dissanguato per via dell'estensione della chiazza rossa sul pavimento di pietra. Il disordine nella stanza faceva pensare a una colluttazione.

«Che cosa sappiamo?» chiese Bea.

Il patologo era impegnato a misurare la temperatura dell'aria vicino al cadavere. Annotò il dato su un blocco a spirale e si girò. Bea vide solo in quel momento che era Mylo Baker. Se non fosse stato nascosto sotto gli indumenti protettivi, lo avrebbe riconosciuto dalla bellissima testa nera perfettamente rasata. Mylo ripose il termometro in una grande valigetta di cuoio accanto alla pozza di sangue.

«Plurime ferite da arma da taglio» disse. Indicò il sangue per terra, che non si era ancora coagulato per via della temperatura. «È morto dissanguato, e ci ha messo parecchio tempo.»

«Arma del delitto?»

Mylo scosse la testa. «Non era sul corpo, né qui attorno. Le posso dire soltanto che si tratta di un'arma da taglio e...»

«Fin lì ci arrivavo anch'io» fu il commento di Bea.

«Vi saprò dire qualcosa di più dopo l'autopsia. E speriamo che le foto che ha scattato Shen siano utili.»

«Ora del decesso?»

Mylo si alzò, ripose il bloc-notes nella valigetta, tirò fuori una cartellina rigida e scrisse qualcosa. «Dal momento che c'è già il rigor mortis, ipotizzerei fra le sei e le dodici ore fa. Come dicevo, potrò essere più specifico dopo l'autopsia.»

Mentre Mylo parlava, Bea si guardò intorno. Si preannunciava un'indagine da incubo, dai costi elevatissimi. A parte tutta la roba caduta per terra durante la colluttazione fra la vittima e l'assassino, quello era il laboratorio di un artigiano che realizzava manufatti in stagno o peltro, con strumenti di ogni tipo posati ovunque e un grande espositore che conteneva gli oggetti più disparati, dai tagliacarte ai candelabri, dai soprammobili ai gioielli. I tagliacarte assomigliavano a pugnali, che abbondavano tra gli oggetti in mostra. Sia gli uni che gli altri potevano benissimo essere letali. La teca era chiusa a chiave e il contenuto sembrava intatto, ma non si poteva escludere che l'assassino avesse la chiave, quindi bisognava sottoporre tutto quanto a test e analisi per rilevare sangue, impronte digitali e DNA. Lo stesso valeva per gli stampi di fusione, i cannelli ad aria, i calderoni di ghisa dentro i quali venivano mescolate le leghe, vecchi fornelli, tre piastre elettriche, guanti da lavoro, pinze e chi più ne ha più ne metta. Su una mensola in alto, sopra il banco di lavoro, erano allineati vecchi attrezzi del mestiere. Erano tutti mangiati dalla ruggine. Se fossero stati in condizioni migliori, alcuni avrebbero potuto essere usati per uccidere, ma in quello stato no di certo. Bea ne documentò comunque la presenza. Eventualmente, la Scientifica avrebbe potuto analizzare anche quelli.

«Quando ha finito qui, può portarlo via e procedere all'esame autoptico, Mylo» disse.

«Io ho finito» rispose Mylo. «Ora lo dico ai ragazzi.»

«D'accordo.» Bea capì che si riferiva ai tecnici della Scientifica, che aspettavano impazienti dall'altro lato del nastro, vicino ai loro mezzi.

Mentre Mylo si allontanava per avvisarli che aveva finito, Bea tirò fuori il telefono e chiamò la sovrintendente che l'aveva assegnata all'indagine, Phoebe Lang. «Di che cosa si tratta?» fu la sua prima domanda. Bea le spiegò la situazione. «Avremo bisogno di una squadra molto numerosa. Non sappiamo quale sia l'arma del delitto, ma...»

«È certa che si tratti di un omicidio?» domandò Lang.

«... ma qualunque sia l'arma, non l'abbiamo ancora trovata. E sì, è un omicidio. Non ci si riduce così per un incidente o un suicidio.»

«Cos'altro?»

«Dobbiamo perlustrare la zona palmo a palmo alla ricerca dell'arma. Servirà una marea di agenti. È una proprietà enorme.»

«Che casino» mormorò Lang. Sospirò. «D'accordo. Vedo cosa riesco a fare.»

Trevellas
Cornovaglia

Perlustrare la zona palmo a palmo voleva dire coinvolgere un gran numero di agenti del luogo e mettere qualcuno della squadra Investigativa a coordinarli, se non proprio un ispettore, almeno un sergente. La cosa avrebbe richiesto parecchio tempo, visto che si sarebbero dovuti muovere in maniera metodica e coordinata per coprire tutta la superficie interessata. Era un lavoro noioso e impegnativo, ma dato che non avevano trovato l'arma del delitto né sul corpo né lì attorno, era anche un lavoro indispensabile. Bea voleva essere presente per dire due parole alla squadra prima dell'inizio delle ricerche e calcolò che, nell'attesa, aveva il tempo di parlare almeno con una delle persone della Lobb's Tin & Pewter.

Decise di cominciare con la vedova. Era risaputo che, se la vittima di un omicidio era sposata, gli investigatori si concentravano prima di tutto sul coniuge.

Si diresse verso l'auto della polizia in cui avevano fatto accomodare la signora, ma venne intercettata da Giacca-e-cravatta. La pioggia era meno forte e l'ombrello da golf, ritenuto ormai inutile, era stato chiuso e appoggiato contro una ruota di quella specie di trattore che tuttavia era... Un escavatore? Una ruspa? Come caspita si chiamava? «Ho già fornito i miei dati alla sua collega» disse Giacca-e-cravatta. Fece un gesto vago in direzione di Foster, ancora impegnata a controllare gli accessi alla scena del crimine. «So che volete parlare anche con me, ma potremmo fare in un secondo tempo?»

Bea cercò di non perdere la pazienza e gli si rivolse come a un bambino delle elementari. «È stato commesso un omicidio. Nessuno può lasciare la scena di un crimine prima di essere stato sentito da chi svolge le indagini.»

Lui si passò una mano sulla faccia, dal naso al mento, come per pulirsela. «Lo so, lo so» rispose. «E ho già parlato con... con la sua collega.» Ripeté lo stesso gesto di prima. «Il problema è che... io lavoro, capisce?»

«Non si preoccupi. Spiegherò la situazione ai suoi superiori» rispose Bea. Poi, con un pizzico di sarcasmo, aggiunse:

«Oppure le firmo la giustificazione, così nessuno penserà che abbia marinato la scuola. Adesso, per cortesia, aspetti là con gli altri».

L'uomo sembrò sul punto di ribattere, ma poi cambiò idea e tornò con passo pesante dagli altri due testimoni in attesa, permettendo a Bea di raggiungere la moglie della vittima.

Si chiamava Kayla Lobb, nata Steyn, e se Bea non avesse saputo che era la moglie, avrebbe pensato che fosse la figlia. Sembrava giovanissima e stava rannicchiata sul sedile posteriore dell'auto della polizia con una coperta di lana sulle spalle che si teneva stretta al collo. Aveva gli occhi rossi e una scatola di fazzoletti in grembo. Sotto la coperta indossava l'abito che aveva quando era arrivata, di cotone color pesca, e sneaker bianche senza calze. Aveva in testa una sciarpa fantasia sui toni dell'albicocca, verde e viola, a mo' di fascia, e le unghie perfette e laccate dello stesso colore del vestito. Bea si chiese se cambiasse lo smalto tutti i giorni per abbinarlo alle diverse mise.

Si presentò. «È davvero Michael?» le chiese per prima cosa Kayla Lobb, e si coprì la bocca con la coperta.

«Purtroppo sì» rispose Bea. «Lo porteranno via fra pochi minuti.»

«Posso... Lo posso vedere un'ultima volta, prima che...?»

«Signora Lobb...» Bea cercò il modo migliore per dirglielo. «Non glielo consiglio. Per il suo bene.»

Kayla Lobb fece «oh» con le labbra, ma non emise suono. Deglutì e guardò verso il grande edificio di pietra.

«Preferisce che parliamo in casa?» chiese Bea.

«Sì. Grazie.» Kayla sembrò imporsi di distogliere lo sguardo dalla porta dietro cui giaceva il cadavere del marito. «Oddio» sussurrò.

Bea la aiutò a scendere e la accompagnò verso il vecchio cottage, notando che la facciata andava rifatta e che sul tetto c'erano diverse tegole di ardesia da sostituire. Le finestre erano piccole, incassate nei muri spessissimi. Ai lati dell'ingresso c'erano due aiuole con resti di tulipani e narcisi ormai appassiti e un mucchietto di stanche piantine di *Impatiens* in attesa di essere messe a dimora. Non sembrava un giardinetto particolarmente curato, notò Bea. Ma poi pensò che quasi tutto quello che aveva la sfortuna di venire piantato nel suo giardino andava incontro a morte prematura.

Le prime due stanze che vide entrando avevano un'aria triste, probabilmente a causa delle finestre piccole e della scarsa luce. A destra c'era una cucina piuttosto in disordine che odorava di pane bruciato e di caffè, con pentole e padelle ammucchiate nel lavandino e piatti e stoviglie sporchi dappertutto. Il tavolo aveva alcune sedie spaiate su un lato e sull'altro una panca fissata al muro, con cuscini di vari colori. Insieme al giallo acceso delle pareti, erano gli unici tocchi di allegria in un ambiente piuttosto cupo.

A sinistra dell'ingresso c'era un soggiorno che un termoconvettore elettrico a tre barre aveva trasformato in una sauna. Bea si avvicinò e chiese se poteva abbassarlo o, se possibile, spegnerlo proprio. «Oh. Se potesse lasciarlo acceso, per favore. Ho così freddo. Mi scusi tanto» rispose Kayla.

Bea le disse che non c'era bisogno di scusarsi. Notò una tazza sul tavolino accanto al divano e si offrì di prepararle un tè. Kayla disse che no, non era il caso. «Lo preparo io a lei, se le fa piacere» aggiunse poi.

Bea non ne aveva particolarmente voglia, ma rispose che sì, una tazza di tè le avrebbe proprio fatto bene. Kayla si allontanò e lasciò a Bea la possibilità di guardarsi intorno. Sembrava che Lobb vivesse con sua madre a casa di sua madre, non con una donna molto più giovane. Come faceva Kayla Lobb a essere felice in un posto così deprimente?

Il divano pareva relativamente nuovo, ma era abbinato a due poltrone con la stessa fodera inguardabile – un motivo di rose rosa gigantesche e tralci di edera – di un pouf che fungeva da tavolino. Accanto al divano c'era il tavolino di vimini sul quale Bea aveva notato la tazza. Nel complesso l'arredamento sembrava copiato maldestramente da una rivista di molti anni prima.

Mentre Kayla preparava il tè in cucina, Bea osservò le fotografie sulla mensola del caminetto: quattro bambini piccoli e sorridenti arrampicati su un albero; gli stessi quattro bambini in spiaggia con due adulti, presumibilmente i genitori; i due adulti il giorno delle nozze e una foto incorniciata del matrimonio di Kayla e Michael Lobb. Lui la guardava con aria palesemente innamorata, lei sorrideva maliziosa tenendo il bouquet di rose bianche e gipsofila appena sotto il mento.

Bea prese la foto incorniciata e la studiò. Kayla dimostrava quattordici anni e il marito alcuni decenni di più.

«Michael è molto più grande di me» disse Kayla, come se le avesse letto nel pensiero. Stava entrando in soggiorno con una tazza di tè e un piatto con due *scones*, *clotted cream* e marmellata. Li indicò con un cenno del capo. «Mi spiace, sono di ieri. Oggi avevo in programma di farne degli altri, ma... mi scusi, non riesco nemmeno a pensare.»

Bea le rispose che andava benissimo il tè da solo. «Sembra quasi una sposa bambina» aggiunse, indicando la foto del matrimonio.

«Anche se lì ne dimostro meno, avevo diciannove anni. E Michael più di quaranta.»

Bea prese la foto dell'albero. «E questi sono i nipotini? Di suo marito, intendo» chiese.

Kayla annuì. «Sì, sono i figli di Merritt. Michael ha due figli, Merritt e Gloriana. Ma con lei non... Michael e Gloriana non si frequentano da anni. Da quando... la moglie l'ha lasciato. La prima moglie, intendo. Maidie.»

«E voi vi siete conosciuti dopo? Quanto tempo dopo?» chiese Bea.

Kayla aggrottò la fronte. «No, no, ci siamo conosciuti prima. Li ho conosciuti insieme, Maidie e Michael. Per il loro ventesimo anniversario si erano regalati una crociera e io... be' io ero la maestra di danza. Sembravano una bella coppia, simpatici. Ma poi ho approfondito la conoscenza con Michael.»

Bea non le chiese che cosa intendesse di preciso, ma immaginò che si trattasse di conoscenza in senso biblico, visto che la moglie l'aveva lasciato.

«E dove stanno, tutte queste persone?» chiese Bea. «Abitano in zona?»

Kayla spiegò che Merritt viveva a Carbis Bay con la famiglia, a casa di sua madre, la prima moglie di Michael. Poteva darle l'indirizzo. La figlia di Michael, Gloriana, abitava a Newlyn e aveva appena aperto un negozio a Mousehole. «Vintage Britannia» precisò. «Non ci sono mai stata, ma sono andata a curiosare sul sito. Vende roba degli anni Cinquanta, Sessanta e Settanta. Soprattutto Sessanta.»

«E il figlio? Che lavoro fa?»

«Lavora con Maidie... con sua madre. Hanno un negozio di piante per interni a St. Ives. Go for the Green, si chiama. Lui costruisce verande e giardini d'inverno su misura e lei ci mette le piante. Lavorano assieme da anni.»

«Suo marito ha divorziato dalla prima moglie per sposare lei?»

«No, veramente no» rispose Kayla. «Voleva chiederle il divorzio, ma lei lo ha preceduto. Gliel'ho detto: è stata lei a lasciare lui, non il contrario. È stata Maidie a chiedere il divorzio.»

«Be', è stata provvidenziale, quindi. Voglio dire, se suo marito aveva già deciso di lasciare la moglie per stare con lei...»

«Non capisco.»

«Suo marito non ha nemmeno avuto bisogno di chiedere il divorzio.»

Kayla prese la tazza, ma il tè ormai era freddo e dopo un sorso la posò di nuovo sul piattino. Spostò lo sguardo verso il caminetto, le foto sulla mensola e poi, più in alto, su un vecchio specchio macchiato che rifletteva la poca luce che entrava dalle due finestre con i vetri a piombo. «Michael voleva stare con me e io volevo stare con lui. Fra noi... è successo. Non abbiamo fatto niente per farlo succedere, ma a un certo punto ci siamo resi conto che non poteva andare diversamente. Purtroppo è stato molto più doloroso del previsto.»

«Perché?»

«Gloriana ha scoperto che suo padre e io stavamo... che ci frequentavamo, insomma. Ha letto le e-mail che ci eravamo scritti e lo è andata a dire a sua madre. Maidie sapeva chi ero, ovviamente. Come dicevo, ci eravamo conosciute in crociera e ha pensato che la storia fra me e Michael fosse iniziata lì. Non è vero, ma non c'è mai stato verso di farglielo capire. Ne è tuttora convinta.»

«Quindi c'era rancore.» Bea sentì rumore di macchine sullo sterrato e una specie di urlo che con ogni probabilità era una voce amplificata da un megafono. Si alzò, andò sulla porta e vide che erano arrivati i primi agenti per le ricerche palmo a palmo.

Ritornò al divano. «Quando è stata l'ultima volta che ha visto suo marito, signora Lobb?»

«Ieri sera. Abbiamo cenato e guardato un po' di televisione. Poi io sono andata a letto e lui ha detto che voleva lavorare ancora. Credo sia venuto a dormire tardi, ma...»

«... ma non lo sa per certo?»

«Non so l'ora. Non so con esattezza che ora fosse.»

«Non si è svegliata?»

Kayla si strinse la coperta alle spalle e si guardò intorno. «Michael mi ha cercato. Si è avvicinato a me e ho sentito che...» rispose con un filo di voce. Si schiarì la gola. «Che lo aveva...»

«Ha sentito che aveva un'erezione.»

«Sì, voleva fare l'amore, ma io avevo sonno. Stavo dormendo della grossa, capisce? E così... Non sa quanto mi sento in colpa. Magari sarebbe rimasto con me tutta la notte, se avessi... capisce?»

«E invece? Non è rimasto?»

Iniziarono a tremarle le labbra, come se si stesse rendendo conto solo in quel momento di quello che era successo dopo che lei aveva rifiutato le avance del marito. «No, è andato via. L'ho sentito scendere dal letto. Ma pensavo che fosse andato a dormire in salotto.»

«Succedeva così, quando lei non voleva fare sesso?» chiese Bea. «Suo marito andava a dormire sul divano? Per ripicca?»

«No, no» disse Kayla. «Non succedeva sempre. Solo quando si sentiva... Quando era inquieto, in ansia.»

«E ieri sera era inquieto? In ansia?»

«Forse. Però... non sono sicura. Aveva accettato un sacco di ordini per la stagione turistica e lavorava fino a tardi quasi ogni sera. Tutti gli anni gli dicevo di prendere qualcuno, di farsi aiutare, ma a lui piaceva fare tutto da solo.»

«Che mansioni hanno gli altri uomini?»

Kayla fece una faccia confusa. «Quali altri...?» Poi capì. «Bran e Goron, intende? Raccolgono le pietre e le spaccano per estrarre lo stagno da fondere. Bran è qui da anni, mentre Goron, il figlio, va e viene. Trova un lavoro, sta via per un periodo, poi decide che non gli piace e torna qui. È un po'... un po' strano, insomma.» Si rese conto che rischiava di mettere Goron in cattiva luce e aggiunse: «Un bravissimo ragazzo, intendiamoci. Ma ha avuto una vita difficile, poverino».

«Perché difficile?»

«Be', lo hanno... Ecco, non pensi male di Bran, ma a un certo punto gli hanno portato via i figli. Sia Goron che le sue sorelle.»

«In che senso?»

«Li hanno presi in carico i servizi sociali. Ma è successo tanti anni fa, ovviamente.»

Bea prese un appunto: Goron, più un punto interrogativo. Doveva fare qualche controllo. Su Goron, suo padre e la donna seduta di fronte a lei. «Signora Lobb, che lei sappia, suo marito aveva dei nemici? Aveva litigato con qualcuno?»

Kayla scosse la testa. «No, che io sappia no. Michael era sempre così...» Si interruppe e posò lo sguardo sulla stufa elettrica nel caminetto.

«Le è venuto in mente qualcosa?» chiese Bea.

Kayla lì per lì non rispose; in quel momento di silenzio Bea sentì che stavano arrivando altri veicoli e sperò che fossero nuovi agenti da impiegare nelle ricerche. Tornò alla finestra a controllare: era proprio così. Nello spiazzo c'erano una ventina di poliziotti in divisa. Bea non li invidiava, perché avrebbero dovuto cercare in mezzo a erica, ginestre, rovi e innumerevoli altre piante piene di spine. Un lavoraccio, insomma. Ma se l'arma del delitto era lì, l'avrebbero trovata. Bea si voltò di nuovo verso la moglie del defunto. «Le è venuto in mente qualcosa, signora Lobb?» ripeté.

«No, solo che Michael e mio fratello... non sono mai andati particolarmente d'accordo.»

«In che senso?»

«Willen, mio fratello, non voleva che lo sposassi. Con il tempo se ne è fatto una ragione, ma certe volte si beccano ancora.»

«Suo fratello vive qui vicino?»

«Sta in Sudafrica. Cioè, ci vive. Come i miei. Però...» Sembrava titubante, come se non volesse aggiungere altre informazioni.

Bea decise di cavargliele a forza. «E in questo momento dove si trova? È stato qui di recente?»

«In Cornovaglia, dice?»

«Sì, signora Lobb. Con 'qui', intendevo proprio 'in Cornovaglia'.»

Kayla aggrottò la fronte. Spostò lo sguardo dal viso di Bea alla finestra, poi alla porta, poi di nuovo su Bea. «È in cammino» rispose infine.

«È in cammino» ripeté Bea. «Dove, esattamente?»

«Ha avuto una specie di crisi di mezza età, vede. Fa il chirurgo pediatrico ed è andato in burnout. È un lavoro molto stressante. Aveva bisogno di prendersi una pausa e così gli ho suggerito... un trekking. Per riflettere. L'ho invitato a venire da noi e poi partire per un trekking lungo il Southwest Coast Path. L'idea gli è piaciuta ed è venuto. È stato qui qualche giorno. Comunque Willen non farebbe del male a una mosca, figuriamoci a mio marito.»

«Dove è adesso?»

«In cammino lungo il sentiero, come dicevo. A nord di St. Agnes, immagino, visto che quando è andato via l'ho accompagnato lì.»

«E quando è andato via?» chiese Bea. «Che giorno l'ha accompagnato a St. Agnes?»

Kayla rimase zitta e Bea pensò che stesse cercando un modo per svicolare. Quando sentì la risposta, capì perfettamente la sua esitazione. «Oggi» disse Kayla. «L'ho accompagnato a St. Agnes stamattina.»

Bodmin
Cornovaglia

Bea Hannaford incontrò la sovrintendente Phoebe Lang nella sede della Cornwall Constabulary a Bodmin, dov'era in allestimento una sala operativa. Un tecnico si occupava di linee telefoniche e computer, assicurando l'efficienza delle connessioni con il sistema informatico del ministero degli Interni, Internet, il mondo virtuale e quello reale. Erano state predisposte postazioni di lavoro dotate di terminali, tastiere, schermi e telefoni. A un certo punto arrivarono chiacchierando tre ragazzini che sembravano boy scout con due lavagne bianche, una bacheca e una carta geografica della Cornovaglia, con relativi marker, cancellini e puntine da disegno. La sovrintendente Phoebe Lang passeggiava avanti e indietro nel suo ufficio parlando al cellulare con la fronte aggrottata. Dal labiale Bea colse soltanto qualche «sissignore» e «nossignore», ma non riuscì a capire altro. Lang la vide e le fece cenno di entrare. Bea eseguì, pronta a riferirle nei dettagli il caso Lobb e ciò che avevano scoperto fino a quel momento.

Lang chiuse la telefonata con un «Sarà fatto» e si rivolse a Bea: «Trovato niente?»

Bea capì che si riferiva alle ricerche dell'arma del delitto e le rispose che quando lei era andata via gli agenti stavano ancora setacciando la zona. Poi le riferì i colloqui con la moglie del defunto e i due dipendenti della ditta, Bran e Goron Udy, padre e figlio.

Questi ultimi avevano fornito informazioni di scarsa utilità: avevano dichiarato di essere stati insieme per tutta la notte, come sempre. Vivevano in un caravan all'interno della proprietà di Lobb, a una certa distanza dallo stabilimento e dal cottage in cui abitavano Lobb e la moglie. Né l'uno né l'altro aveva sentito niente di strano, né durante la notte, né la mattina presto, ed entrambi avevano iniziato a lavorare all'alba per portare da un deposito alluvionale lungo la costa un carico di pietre che poi avrebbero dovuto mettere nel frantumatore a ganasce. Il figlio, Goron, era rimasto allo stabilimento per cominciare la frantumazione del primo carico, e Bran era tornato al deposito alluvionale a prendere altre pietre.

«Secondo lei è credibile che il figlio sia rimasto allo stabilimento?» chiese Phoebe Lang.

«Abbastanza» rispose Bea.

«In che senso?»

«Ho trovato strano l'abbigliamento» rispose Bea. «Il padre aveva una tuta da lavoro lurida, con una macchia di sangue che ha spiegato di essersi fatto quando ha scoperto il corpo. L'abbiamo mandata ai laboratori. E anche gli scarponi, che erano incrostati di fango e di sporcizia e che secondo me il padre non puliva da inizio inverno.»

«E il figlio? Goron, ha detto che si chiama, sì?»

«Sì, Goron. La roba che aveva addosso era stropicciata come se l'avesse tenuta appallottolata dentro un sacco della spazzatura e non sembrava della sua taglia, però era pulita. E ai piedi non aveva gli scarponi da lavoro, ma un paio di scarpe da ginnastica. Anche quelle pulite, almeno all'apparenza.»

«Si era cambiato, secondo lei?»

«Ho avuto questa impressione, ma il padre ha negato. Secondo lui, Goron non si era sporcato perché aveva guidato il trattore, o quello che è.»

«Vi siete fatti consegnare le scarpe dal figlio?»

Bea annuì. «E anche gli occhiali, che erano tenuti insieme con lo scotch. Il ragazzo sostiene che sono così da una vita, ma ho pensato fosse meglio mandarli in laboratorio.»

«Potrebbe esserseli rotti in una colluttazione?»

«Sì, è possibilissimo, anche perché Michael Lobb ha cercato di difendersi. Ma potrebbero esserci altre mille spiegazioni, per esempio che Goron non si fa problemi ad andare in giro con gli occhiali rotti, oppure ne ha un altro paio, ma per lavorare usa quelli vecchi eccetera.»

«Altro?»

«Secondo il padre, Bran, lui e il figlio sarebbero stati pazzi furiosi a uccidere Michael Lobb, perché sarebbe stato come darsi la zappa sui piedi, visto che era il loro datore di lavoro. Gli ho chiesto che cosa succederà ora che Lobb è morto, se continueranno a lavorare lì.»

«E lui?»

«Mi ha parlato di un gruppo che sta acquistando terreni e diritti minerari in questa zona, Cornwall...» Controllò gli appunti per essere sicura. «Cornwall EcoMining. Dice che vogliono comprare da Lobb la proprietà e lo stabilimento. Lobb era contrario, ma ora che è morto probabilmente la famiglia venderà tutto quanto. Quindi per loro era meglio che non morisse: adesso rischiano entrambi il posto.»

« Ho puntato la mia vita su una giocata,
e accetterò il rischio del dado. »

William Shakespeare, *Riccardo III*

MICHAEL

Penso di sapere che cosa sta succedendo, ma voglio capire perché. Anche se mi piacerebbe poter dare la colpa di tutto a mio fratello, i fatti sono fatti. Sono stato io a far entrare Kayla nella nostra vita.

Eravamo in crociera, io e Maidie, e abbiamo conosciuto Kayla sulla nave. Non era una di quelle città galleggianti con seimila persone pigiate come sardine. Era una nave da meno di cinquecento passeggeri (che sono comunque tanti, ma cosa ci vuoi fare?), destinazione Mediterraneo.

Festeggiavamo il ventesimo anniversario di matrimonio. A furia di mettere da parte monete da una sterlina, avevo accumulato un discreto gruzzoletto e avevo fatto una sorpresa a Maidie: due biglietti per una cabina esterna con balcone. Sarà un'esperienza unica, le avevo detto. Un viaggio insieme, di cui non ci pentiremo mai e che non dimenticheremo più. E in effetti è andata proprio così: Maidie non ha mai dimenticato e io non mi sono mai pentito.

Kayla era la maestra di danza della nave. Doveva convincere i croceristi più attempati a scendere in pista; i più giovani, ovviamente, non avevano bisogno di incoraggiamento. Lavorava insieme a un collega che faceva lo stesso con le signore: le invitava ad alzarsi e le faceva ballare e sorridere, con il risultato che almeno la metà di loro si illudeva di aver trovato l'amore.

Mi rendo conto che, detto così, Kayla e il suo collega possono sembrare delle macchiette, e secondo me lui lo era, ma Kayla proprio no. Kayla aveva diciott'anni e aveva deciso di prendersi un anno di avventure e divertimento prima di tornare in Sudafrica e iscriversi all'università. Adesso va di moda: i giovani si concedono un «anno sabbatico» prima di mettersi sotto e cominciare a studiare. Io non ho fatto nessun anno sabbatico, anche perché non ho fatto nemmeno l'università. Non ho nemmeno finito le superiori. I libri e lo studio non facevano per me, grazie.

Avevo appena compiuto quarantadue anni ed ero pronto per una crisi di mezza età. Io e Maidie ci eravamo sposati giovani e dopo vent'anni di matrimonio la magia fra noi era svanita. La crociera avrebbe dovuto riportare indietro l'orologio: riaccendere l'incanto, la scintilla, quel non so che di attrazione animale che gli innamorati provano l'uno per l'altro nei primi tempi, quando la chimica tra loro è perfetta.

All'inizio per noi era stato così, altrimenti non ci saremmo sposati. Lei era stata in Cornovaglia da Aberdeen in occasione di un compleanno insieme ad alcune amiche, con le quali aveva affittato un cottage a Padstow. Non ricordo chi fosse la festeggiata, ma in quel periodo avevo bisogno di soldi e facevo tre lavori contemporaneamente, quindi è già un miracolo che io riesca a ricordarmi qualcosa. Uno dei lavori era al bar di Prideaux Place, dove un pomeriggio Maidie e le sue amiche vennero a prendere il tè, tutte in ghingheri, con tanto di cappello, guanti eccetera. Maiden mi notò – me lo disse in seguito – ma non avemmo occasione di parlare. Alcuni giorni dopo, le ragazze prenotarono un giro del porto e fortuna volle che io lavorassi anche là. Fu lei a rivolgermi la parola per prima. Mi chiese se non ero lo stesso ragazzo che faceva il barista a Prideaux Place, e come mai avevo due lavori, e se avevo dei parenti in zona. Voleva sapere se ero nato e cresciuto in Cornovaglia, e perché mai in Cornovaglia mettevamo la marmellata prima della *clotted cream* e non dopo.

Fra me e Maidie è iniziata così. Non esiste una spiegazione per l'abitudine di spalmare sugli *scones* prima la marmellata e poi la panna, a parte il fatto che qui usa così da sempre, ma Maidie insisteva e io me ne inventai una che la fece ridere. Dopo il giro del porto mi invitò ad andare a bere qualcosa. E le tue amiche? le chiesi. Mi rispose che erano stufe di sentirla brontolare che non aveva il ragazzo, quindi sarebbero state ben contente di vederla uscire con uno. Così andammo al pub. Con il senno di poi ho capito che ci aveva provato fin dall'inizio, ma all'epoca l'idea che volesse rivedermi mi emozionò. Era molto carina: pelle liscia color pesca, belle gambe, caviglie sottili. Non era una bellezza assoluta, intendiamoci, ma sapeva mettere in risalto le sue qualità.

Capii subito che era più intelligente di me, ma andavamo d'accordo e sembravamo fatti l'uno per l'altra. Almeno apparentemente. Lei mise subito in chiaro che era in cerca di un uomo da sposare. Usò proprio quest'espressione. Disse che sua madre le aveva raccontato molte volte di aver capito che suo padre era un uomo da sposare nel momento stesso in cui lo aveva visto, benché fosse uno di poche parole, e che le donne dovevano fare proprio questo: cercare un buon partito, un uomo da sposare. Maiden voleva un marito e dei figli, un gatto, un cane e una casa con il giardino, e se io cercavo altro potevamo pure evitare di perdere tempo. Maiden è una che dice pane al pane. È sempre stata così.

In ogni modo, le cose che lei voleva andavano bene anche a me, e glielo dissi. Non le dissi che ero ancora vergine, però, per paura che mi considerasse un imbranato. Per fortuna anche lei si era conservata illibata per le nozze. La prima notte le cose andarono un po' troppo veloci, ma dopo esserci riposati un momento riprovammo e al secondo tentativo andò meglio. Parlo per me, perché quando ci siamo separati Maidie mi ha rinfacciato di non averla mai fatta godere, in tanti anni di matrimonio. Ma all'epoca ero talmente giovane... non avevo la minima idea di come fare. Come si impara a soddisfare una donna? Suppongo che uno potrebbe imparare guardando film e riviste porno, ma non erano il mio genere, quindi le mie conoscenze sul corpo delle donne e su come funzionava erano veramente scarse. Durante la luna di miele non mi passò mai per la testa che per lei quel momento non fosse altrettanto travolgente. Voglio dire, se lei non dice niente, tu come fai a saperlo? Ma forse nemmeno Maidie sapeva cosa le sarebbe dovuto succedere, tra le gambe o altrove. Non ne abbiamo mai parlato. Secondo me, ci sono cose troppo imbarazzanti per poterne discutere fra un uomo e una donna.

Kayla era, ed è, completamente diversa da Maidie, anche se quando la conobbi non lo sapevo. Allora era soltanto una ragazza tutto pepe, che ballava come se non avesse mai fatto altro nella vita e attirava gli sguardi di tutti gli uomini sulla nave.

Non è mai stata una bellezza da togliere il fiato, ma ha un carattere solare. Si capisce subito, se una persona è piena di entusiasmo e di voglia di vivere, e quando la conobbi Kayla era così.

Non pensai che potesse nascere qualcosa fra di noi, sul momento. Sarei stato uno stupido a illudermi. L'equipaggio era pieno di baldi giovani e, a giudicare da come reagivano gli uomini in sua presenza, Kayla doveva avere l'imbarazzo della scelta. Probabilmente, ora che ci penso, uno o due li avrà anche scelti. Non era vergine quando iniziò la nostra storia, in quell'ambito Kayla aveva molta più esperienza di me.

All'inizio più che altro parlavamo. Mi ero accorto che Kayla attirava gli uomini come il miele le mosche e che spesso qualcuno la stringeva troppo quando ballavano, oppure le toccava il sedere o addirittura cercava di palparle il seno. Ma siccome era il suo lavoro, Kayla non poteva fare una scenata o alzare la voce, doveva limitarsi a riderci su o a redarguire amichevolmente quelli che si prendevano troppe libertà, ma si vedeva che non le piaceva.

Io non ho mai allungato le mani, quando ballavo con lei. Non sono mai stato il tipo. Vedendo come si comportavano gli altri, però, cominciai a temere che Kayla si trovasse esposta a pericoli di cui, considerata l'età, magari non si rendeva conto. Cercai l'occasione per parlargliene. Volevo darle qualche consiglio, e preferivo farlo in privato per essere sicuro che mi ascoltasse senza distrazioni. Perciò non mi misi in fila con gli altri per farla volteggiare sulla pista, ma decisi di aspettarla all'uscita. Fu la nostra prima conversazione.

Maiden era andata a dormire e sapevo che sarebbe crollata perché prendeva la pastiglia. Le avevo detto che l'avrei raggiunta dopo un ultimo bicchiere. Mi aveva chiesto se volevo che mi tenesse compagnia e le avevo risposto che non occorreva, sarei rientrato presto. Avevo voglia di fare due passi sul ponte, le avevo detto, di prendere una boccata d'aria fresca dopo la discoteca e bere qualcosa. Così lei se n'era andata in cabina e io avevo aspettato che Kayla uscisse dal camerino. Era con il suo collega, ma dopo essersi scambiati un saluto e un bacetto sulla guancia ciascuno andò per la sua strada e io colsi l'attimo.

Kayla rimase spiazzata, quando le dissi che volevo parlarle.

Probabilmente la stragrande maggioranza degli uomini che esordivano in quel modo in realtà miravano a portarsela a letto, ma non era il mio caso. Le spiegai che ero un po' preoccupato per lei perché avevo notato cose che mi avevano fatto pensare e gliene volevo parlare. Le giovani donne devono stare attente con gli uomini che non conoscono. Ci sono troppi malintenzionati in giro, le dissi. Tizi che avrebbero potuto metterle qualcosa nel bicchiere. Aspettarla al varco e approfittare di un suo attimo di distrazione.

Come te adesso? fu la sua risposta. Aggiunse che non era stupida e non aveva bisogno di guardie del corpo.

Le chiesi scusa, le assicurai che non pensavo affatto che fosse stupida. E che non avevo nessuna intenzione di farle la predica come se fossi suo padre. A quel punto le si riempirono gli occhi di lacrime e, siccome non sono completamente scemo, capii di aver fatto una gaffe. Non potevo sapere che suo padre era morto quando lei aveva quindici anni. Erano molto legati, andavano d'amore e d'accordo. Lei era la maggiore – in famiglia c'erano altri tre figli più piccoli – ed era la sua preferita. Il padre lavorava nel campo della finanza e aveva lasciato un sacco di soldi e buone rendite, in modo che non si trovassero in difficoltà dopo la sua morte. Prima di andarsene le aveva raccomandato di fare una vita degna di essere vissuta, e da allora Kayla stava cercando di capire che cosa volesse dire. Per questo aveva deciso di stare un anno lontano da casa, e l'imbarco sulla nave faceva parte di quel progetto. Sperava di tornare in Sudafrica per iscriversi all'università con le idee chiare sulla direzione da dare al resto della sua vita.

Dissi che non avevo consigli su come rendere la sua vita degna di essere vissuta eccetera, ma che ero pronto ad ascoltarla se voleva confidarsi. Non potevo certo sostituirmi a suo padre – impossibile, le assicurai – ma a volte sfogarsi aiuta a mettere a fuoco le cose. Ho due figli, le dissi, un maschio e una femmina. Un po' me ne intendevo. Pure io avevo attraversato brutti momenti, alla sua età, e anche se da allora era passata parecchia acqua sotto i ponti ricordavo bene certi episodi della mia gioventù mal spesa e spesso turbolenta. Dissi proprio così: «la mia gioventù mal spesa e spesso turbolenta». Lo feci per farla sorridere, e ci riuscii. Ma volevo anche che mi considerasse innocuo, perché lo ero. Ribadii che l'avrei ascoltata volentieri, se aveva voglia di parlare e se pensava che le potesse servire.

Come avevo previsto, colse al volo l'accenno ai miei figli e disse che non dimostravo abbastanza anni per avere figli della sua età. Replicai che mi ero sposato praticamente in culla e lei rise. Evitai di puntualizzare che i miei figli in realtà erano un po' più piccoli – all'epoca Gloriana non aveva ancora compiuto undici anni e Merritt era nel pieno dell'adolescenza – perché volevo che mi vedesse come una figura paterna. E mi posi proprio in quel modo nei suoi confronti, davvero: come se fosse mia figlia.

Andammo a prendere qualcosa al bar. Kayla non ordinò un drink, ma un caffè, e io le feci subito i complimenti per la scelta intelligente, dal momento che era importante che una ragazza come lei mantenesse la lucidità quando era con un uomo, perché non si può mai sapere. Lei rispose che in base alla sua esperienza (la sua *esperienza*!) la maggior parte delle persone erano buone, e non aveva intenzione di passare la vita ad avere paura degli altri, specialmente degli uomini. Le dissi che non c'era bisogno di avere paura, bastava che stesse attenta. Attenta a cosa? domandò. A tutte le brutte cose che potevano capitare a una ragazza che viaggia da sola senza nessuno che la protegga, risposi. Come lei in quel suo anno sabbatico, le feci notare.

E lei: Stai dicendo che dovrei avere a fianco un uomo che mi protegga?

Sì, perché se sei con un uomo i malintenzionati non si avvicinano neppure.

Che stupidaggine. So badare a me stessa.

Le feci notare che probabilmente tutte le ragazze la pensavano così finché non succedeva qualcosa, e allora si rendevano conto che sarebbe stato meglio viaggiare con un uomo: un fratello, un amante, un amico, un collega.

Ma se avessi un compagno di viaggio dovrei scendere a compromessi, obiettò Kayla, e non ne ho nessuna intenzione.

Le chiesi se potevo darle qualche consiglio, visto che proprio insisteva a viaggiare da sola... E senza aspettare risposta cominciai a snocciolare tutte le raccomandazioni che mi vennero in mente. Mai accettare drink dagli sconosciuti, né a bordo né a terra. Mai lasciare incustodito il bicchiere. Mai andare da nessuna parte senza essersi organizzata per tornare a bordo a fine serata. Mai distrarsi troppo quando usciva a bere, nemmeno con gli amici. Mai ubriacarsi in pubblico, nemmeno a bordo. Mai, assolutamente mai entrare nella cabina di qualcun altro, per nessun motivo. Promettimelo, conclusi.

Perché dovrei? Non ti conosco nemmeno.

Ammisi che era vero e domandai: Ma vorresti?

Vorrei che cosa?

Conoscermi. A me piacerebbe.

E perché mai?

Risposi che non lo sapevo, ma che vedevo in lei qualcosa che mi faceva pensare che potevamo diventare amici.

Non siamo un po' troppo diversi per essere amici?

È vero, ammisi di nuovo. Ma questo rendeva la cosa ancor più interessante.

Ripensandoci adesso, ancora non so da dove mi fossero usciti tutti quei discorsi. Non ho una gran parlantina. Forse, senza rendermene conto, stavo tastando il terreno.

Le scrissi il mio numero su un tovagliolo di carta, le dissi di pensarci e farmi sapere. Senza fretta, specificai. Una volta tornato in Inghilterra, ricomincerò a lavorare e non andrò da nessuna parte.

Al contrario di me che farò il giro del mondo, disse.

Esattamente, concordai.

Tornai in cabina elettrizzato, fremente. Non sapevo cosa pensare. Mi infilai a letto, ma non riuscivo a prendere sonno. In preda a una passione che non provavo da anni, svegliai Maidie. E siccome la voglia non mi passò nemmeno così, capii con assoluta certezza che parlare con Kayla mi aveva smosso qualcosa dentro.

Durante il resto della crociera cercai di vederla il più spesso possibile, anche se non ci furono altre lunghe conversazioni a tu per tu. In due occasioni si fermò a fare l'aperitivo con me e Maidie, e ogni volta che riuscivo a liberarmi e lei aveva tempo prendevamo un caffè insieme. Con Maidie usai la scusa del bicchiere della staffa quante più volte possibile senza destare sospetti, anche se non c'era ragione per cui avrebbe dovuto averne, visto che tra me e Kayla non era successo nulla.

Alla fine della crociera ci salutammo con affetto e le ricordai che aveva il mio numero, casomai avesse voluto contattarmi. Come amico, aggiunsi.

È questo che diventeremo? Amici? mi chiese.

Dipende da quello che vuoi tu, risposi. Quando quelle parole mi uscirono dalla bocca sentii che mi batteva forte il cuore.

Quello che voglio io...? Kayla lasciò la frase in sospeso.

Sì. Quello che vuoi tu. Sì, ripetei.

Scommetto che con quelle poche frasi gettai il seme da cui sarebbe nato tutto il resto. Io e Maidie tornammo a casa. La scintilla tra di noi si era sicuramente riaccesa, ma per merito di Kayla. O comunque grazie a Kayla, che da allora in poi entrò nel nostro letto. Avevo bisogno che ci fosse anche lei. Tra le mie braccia c'era Maiden, ma Kayla era nei miei pensieri e scatenava la mia immaginazione. Sapevo benissimo che era un'idiozia fantasticare su una diciottenne che conoscevo a malapena, ma non potevo farne a meno.

Eravamo rientrati da due settimane quando si fece viva: un'e-mail di una sola frase, firmata con l'iniziale. *Parlami di te. K.* Niente *Caro Mike*, niente *Con affetto, Kayla* e nemmeno *Saluti, Kayla* oppure *Cordialmente, Kayla*. Pensava che avrei capito da chi arrivava quell'e-mail. E aveva ragione.

Le raccontai qualche aneddoto della mia gioventù, scegliendo quelli che rendevano la mia vita un po' più interessante. Fu l'inizio di una serie di scambi regolari. Prima e-mail, poi sms e alla fine tutti i social che ci venivano comodi. Lei mi raccontava delle persone che conosceva sulla nave, mi mandava foto dei posti che visitava. Le e-mail che scriveva erano come lei, allegre, scherzose e spumeggianti. Le mie parlavano della vita in famiglia ed erano quasi sempre inventate. Dal momento che non potevo competere né per tono né per contenuti, nemmeno ci provavo. Conducevamo due vite molto diverse.

La svolta avvenne durante una videochiamata, quando lei ammise di sentirsi un po' sola e piuttosto giù e io le dissi che doveva trovarsi un ragazzo. Rispose che aveva opzioni molto limitate. Finché lavorava sulle navi da crociera, disse, poteva scegliere tra uomini anziani sposati, membri dell'equipaggio filippini che lavoravano per mandare i soldi a casa e vedovi in cerca di una nuova moglie che si prendesse cura di loro.

A quale di queste categorie appartengo? chiesi. Aveva conosciuto in crociera anche me: in quale gruppo mi aveva messo? E sì, ammetto che speravo in un complimento.

Disse: Ti consideri un vecchio, forse?

Non quando sono con te, le risposi. Dovrebbero imbottigliarti e venderti come Elisir di giovinezza.

Mi fai da testimonial? ribatté con una risata.

Decisi che era giunto il momento e mi buttai. Ho voglia di rivederti: dov'è il tuo prossimo scalo?

Capri. Altra risata, e poi: Vorrei proprio sapere come farai a venire a Capri. Ci fermiamo solo una notte. Ripartiremo la mattina dopo.

Allora dai un'occhiata all'itinerario e dimmi dove e quando ti posso raggiungere, rilanciai.

Devo dirtelo adesso?

Quando vuoi, risposi, e intanto cercavo di convincermi che non morivo dalla voglia di vederla. Se son rose fioriranno, mi dicevo.

Tornai alla mia vita e tre giorni dopo, quando ormai avevo perso definitivamente la speranza di risentirla, mi arrivò un sms. Venezia, diceva. Due notti, tre giorni. E le date.

Ci sarò, risposi. Mi riconoscerai dal fatto che sono vecchio e metterò i sandali con le calze.

Facevo lo spiritoso perché sapevo benissimo che Kayla avrebbe potuto essere mia figlia.

Mi inventai una scusa e raccontai a Maidie che mi aveva chiamato una società araba con idee innovative per rilanciare l'industria mineraria. Volevano farmi conoscere «alcuni rappresentanti dell'azienda» e illustrarmi un loro progetto. Pensava di riuscire a cavarsela senza di me per qualche giorno? Evitai di specificare che andavo a Venezia. Perché mai i presunti arabi avrebbero dovuto darmi appuntamento a Venezia? Dissi che volevano mostrarmi un loro impianto in Polonia. Le assicurai che Bran le avrebbe dato una mano durante la mia assenza e partii per l'Italia.

Kayla e io ci incontrammo nella grande piazza con la basilica. Lei ci era già stata e mi diede appuntamento in un caffè storico dove un espresso servito con un microscopico biscotto sul piattino costava una cifra esorbitante.

Pensavo che sarebbe arrivata dal mare e tenni lo sguardo fisso in quella direzione, osservando le gondole vuote che dondolavano sulla laguna. Invece arrivò dalla parte opposta. La prima cosa che sentii fu una mano sulla spalla, un *bau* sussurrato nell'orecchio e subito dopo il suo profumo. Sapeva di violette. Si sedette al tavolino che ero riuscito a conquistare nell'attesa. Vide che avevo ordinato solo un caffè e dopo aver consultato il menu capì perché. Un'altra ragazza della sua età non avrebbe esitato a ordinare qualsiasi cosa a qualsiasi prezzo, visto che offrivo io, ma Kayla non era così. Disse che era un ladrocinio. È per via dei turisti. Loro non hanno scelta, ma noi sì. Andiamo.

Mi guidò in un dedalo di calli, ponti e rive di canali. Non avevo idea di dove fossimo o di dove mi stesse portando. Lei aveva già fatto scalo a Venezia sei o sette volte, sapeva dove andare e mi portò in un bar dove un caffè e una pasta non costavano una cifra inavvicinabile per una persona normale.

Ordinammo e cominciammo a parlare. Era come se ci conoscessimo da sempre. Sapevo che questo voleva dire che si sentiva a suo agio con me. Mi trattava, se non proprio come un padre, quantomeno come uno zio.

Aveva preso sul serio i miei consigli, mi confidò. Si era resa conto di aver avuto molta fortuna prima di conoscermi, perché fino a quel momento, quando non era in servizio, aveva sempre e solo pensato a divertirsi. Se questo significava bere con uno sconosciuto incontrato per strada, non ci vedeva nessun rischio. Se voleva dire farsi una canna nel seminterrato di un locale, non c'era problema. Se c'era una festa in qualche porto, ci andava senza farsi troppi scrupoli. Mica era una sprovveduta! Disse che le avevo aperto gli occhi. Ma poi aggiunse che avendomi dato retta temeva di essere diventata più noiosa.

Tu non potrai mai essere noiosa, la rassicurai. Non riesco a immaginarti diversa da come sei: qui, ora e in futuro.

E come sono? mi domandò.

Sei meravigliosa, una delizia.

Questo significa che davvero non mi conosci.

Però mi piacerebbe, dissi. Mescolai il caffè e sollevai la tazzina sperando che non si accorgesse che mi tremava la mano per l'emozione. E nel caso non avesse recepito il messaggio, ribadii che mi sarebbe piaciuto conoscerla. Cosa ne pensava?

Invece di rispondere fece un cenno al cameriere perché le portasse un altro caffè, e così pensai di aver esagerato. Se mi allargavo troppo, rischiavo di essere frainteso e che non si fidasse più di me.

Mentre aspettavamo il caffè, disse che Venezia le piaceva tantissimo. Per quanto fosse diventata invivibile per via delle navi da crociera, era pur sempre Venezia. Fascino, nebbia, mistero e ogni tanto l'acqua alta. Comunque dopo le quattro e mezzo la maggior parte dei turisti se ne andava. Preferivano tornare a bordo per i cocktail e la cena, invece di restare a godersi l'atmosfera di Rialto.

Non avevo molto da dire al riguardo. Era la prima volta che ci mettevo piede e non avevo idea di cosa fosse Rialto. Non sapevo proprio di cosa stesse parlando. Molto probabilmente anch'io sarei stato fra quelli che tornavano a bordo alle quattro e mezzo.

Quando arrivò il suo caffè, ci versò mezza bustina di zucchero e disse che sarebbe piaciuto anche a lei.

Che cosa?

Mi lanciò uno sguardo mezzo divertito e mezzo perplesso. Quello che hai appena detto, Michael, rispose. Anche a me piacerebbe conoscerti. Mi guardò negli occhi. Era uno sguardo diretto, ma non riuscii a capire se fosse anche un invito. E, nel caso, un invito a fare cosa? Di colpo mi ricordai che lei aveva diciotto anni e io quasi quarantatré. Il fatto che fossi pure sposato non aiutava minimamente.

Sento di potermi aprire con te, disse. Di poterti confidare cose che non posso dire a nessun altro.

Per esempio?

Per esempio... A quel punto ebbe un attimo di esitazione. Distolse lo sguardo. Vidi che stringeva le labbra e pensai che avesse deciso di fermarsi, di non esagerare, di tenere per sé i suoi segreti. Ma poi: Per esempio, che sono stata violentata a dodici anni.

Rimasi senza parole. Allungai la mano sul tavolo per prendere la sua e lei non si ritrasse. Santo cielo. Chi...?

Mi interruppe e minimizzò. Non aveva importanza. Due suoi cugini. Era passato tanto tempo, ormai l'aveva superata. Probabilmente avrei fatto meglio a non dirti niente, aggiunse.

No, ribattei. Invece hai fatto bene a parlarmene. Come puoi tenerti dentro una cosa così? Ah, se potessi mettere le mani su quel bastardo...

Quei due bastardi, mi corresse.

Li ammazzerei, dissi.

Anch'io li volevo ammazzare, fu la risposta.

Andiamo via, proposi. Facciamo due passi. Facciamo... qualcosa.

E così facemmo. Non il qualcosa, ma i due passi, e mentre passeggiavamo Kayla mi prese a braccetto. Di tanto in tanto si appoggiava alla mia spalla. Io riuscivo a pensare soltanto che quello che c'era tra noi era una cosa grande. Sentivo che Kayla era diventata importante per me. Era successo tutto molto in fretta e forse, quando avevo provato l'impulso di metterla in guardia dagli uomini durante la crociera con mia moglie, era perché avevo in qualche modo intuito il trauma che si nascondeva nel suo passato.

Non potevo lasciarla andare. Glielo dissi e lei rispose che doveva tornare a bordo.

Non intendevo adesso, dissi.

Kayla si fermò e si voltò a guardarmi perplessa. Cosa intendevi?

Intendevo per sempre, risposi.

Kayla era come una fiamma che mi consumava dall'interno. Non lo faceva apposta. Era del tutto innocente: l'unica sua colpa era essere sé stessa. Solo che a me stava succedendo una cosa strana, come se lei, con quello che rappresentava, con il suo modo di essere, avesse riempito il vuoto che sentivo dentro. Mi sono innamorato di te, le dissi.

Kayla si staccò subito da me. Non puoi. Non devi, disse.

Si voltò e cominciò a correre. Non riuscii a raggiungerla. In un batter d'occhio scomparve. Venezia è un dedalo di viuzze, calli e ponti e lei li conosceva tutti, mentre io non sapevo nulla. Ero perduto.

5 APRILE

Bodmin
Cornovaglia

Geoffrey Henshaw non avrebbe dovuto abbandonare la scena del crimine, lo sapeva. Sapeva che la sua azione sarebbe apparsa sospetta e che andandosene avrebbe attirato su di sé le attenzioni della polizia. Chi guarda i programmi di true crime in tv non può non sapere queste cose. Però se n'era andato lo stesso.

Non si era dileguato come un criminale, comunque, e di questo la capa – che secondo lui era la poliziotta con i capelli color magenta – avrebbe dovuto tenere conto. Si era allontanato alla luce del sole, era salito sulla sua 2CV e grazie a una serie di abili manovre era riuscito a districarsi fra i mezzi della polizia e della Scientifica che bloccavano la strada. Arrivato a Trevellas, si era accorto di aver preso la direzione sbagliata e aveva eseguito un'impeccabile inversione a U per poi infilarsi nel primo varco trovato tra le siepi impenetrabili che costeggiavano la strada, fermarsi in un campo e chiamare Curtis Robertson. Riteneva di dovergli dare personalmente la ferale notizia e di doverlo fare il prima possibile.

Aveva esordito dicendo che purtroppo non era riuscito a convincere Michael Lobb a vendere. «Quando pensi di incominciare a fare il lavoro per cui sei stato assunto, Henshaw?» aveva ringhiato Curtis senza lasciargli il tempo di spiegare. «Mi avevi fatto una montagna di promesse, dicevi che sarebbe stato facile come togliere il ciuccio a un neonato. Te lo ricordi?»

Geoffrey si era affrettato a dire che aveva appuntamento con altri proprietari. «E allora perché, invece di andare a questi appuntamenti, telefoni a me? Se speri che ti pari il culo, ti sbagli» era sbottato Curtis.

Geoffrey gli aveva spiegato che non era riuscito a convincere

Michael Lobb a vendere per la semplice ragione che Michael Lobb era morto. E aveva aggiunto che era stato lui stesso, Geoffrey Henshaw, a trovarlo cadavere. Curtis non aveva perso tempo a piangerne la scomparsa. Si era limitato a invocare Nostro Signore, ma con un tono che non aveva nulla di religioso. «Chi sono gli eredi? Vai a parlarci. Subito» aveva chiesto, dopo una pausa brevissima ma con ogni evidenza sufficiente a mettere a fuoco la situazione.

«Non penso che... Temo che sarà una cosa complicata. Ci vorrà tempo» aveva risposto Geoffrey. E aveva specificato che Michael Lobb non era semplicemente morto: era stato assassinato, e la polizia aveva aperto un'indagine.

Curtis aveva bestemmiato sonoramente, poi gli aveva chiesto come facesse a essere certo che era stato assassinato, ma la risposta di Geoffrey, «Era in un lago di sangue», lo aveva zittito. Geoffrey ne aveva approfittato per spiegare che prima della successione sarebbero potuti passare mesi, a dir poco. Aveva promesso di informarsi su chi fossero gli eredi, ammesso e non concesso che Michael Lobb avesse fatto testamento, ma che i dettagli sui lasciti e i beneficiari non sarebbero stati resi noti fino allo sblocco della successione, cosa che non sarebbe avvenuta in tempi brevi.

«Dici che la moglie non lo sa?» aveva chiesto Curtis. «Miseria, Henshaw! Va' a parlare con la vedova!»

Geoffrey gli aveva promesso di fare il possibile e dentro di sé aveva deciso di rimandare il più possibile l'adempimento di quella richiesta da sciacallo. «Adesso vado a est e visito alcune proprietà lungo la strada e sulla penisola di Lizard. È una zona in cui ho già gettato i semi e sono fiducioso che germoglino e diano i loro frutti» aveva detto.

Alla fine della conversazione, Geoffrey aveva pensato di essere riuscito a infondere in Curtis un po' di ottimismo. *Mai perdere la speranza*, aveva pensato. *La speranza è ciò che ci spinge ad andare avanti.*

E lui quella mattina si sentiva moderatamente speranzoso.

La sera prima aveva avuto una mezza discussione con Freddie, da cui però erano usciti bene, rafforzati nel loro amore e con un legame ancora più solido.

La telefonata non era cominciata benissimo. Freddie, sottovoce, gli aveva raccontato che i genitori le avevano appena comunicato che, se avesse terminato il college «senza fare sciocchezze» e completato i primi due anni di università, le avrebbero dato il permesso di sposare Geoffrey Henshaw. E di riscuotere il 50 percento di una cospicua somma di denaro che i nonni avevano accantonato per lei e che altrimenti non avrebbe potuto toccare fino al compimento del trentesimo anno di età.

«Ma è una notizia fantastica, Freddie!» aveva detto lui, concedendosi un attimo di gioia. «Quindi sono rinsaviti, finalmente.»

«Ma che rinsaviti e rinsaviti!» aveva replicato Freddie, dopo un attimo di silenzio.

«Be', è la prima volta che ti dicono che...»

«Non hai capito.»

Geoffrey aveva aggrottato la fronte. «Cos'è che non ho capito?»

«Scommettono sul fatto che io e te ci lasceremo prima che io finisca il college e due anni di università» gli aveva detto. «Puntano su questo. E sperano di convincermi a fare quello che vogliono loro concedendomi di accedere prima al fondo fiduciario di mia nonna. Ma io non voglio questo: io voglio stare con te. Voglio andare in Scozia.»

«In Scozia? Quando? E perché?»

«Sai benissimo perché. Perché in Scozia ci possiamo sposare anche subito. Oggi. Stasera.»

«Ma Freddie, tesoro, mancano solo poche settimane alla fine della scuola! E due anni di università non sono niente.»

«Conosco i miei genitori. So come ragionano. Se fra due anni io e te staremo ancora insieme, si inventeranno qualcos'altro, metteranno nuove condizioni per impedirmi di sposarti e di incassare quei soldi prima di compiere trent'anni. Se resisteremo altri due anni, cercheranno di sfinirmi fino a farmi mollare. Fino a farmi mollare te.»

«Certo, amore mio, ma i tuoi genitori possono inventarsi tutto quello che vogliono: una volta finiti i due anni di università e incassata la quota promessa...»

«Ecco, hai detto bene. È una *promessa*. Prima dei trent'anni, non sono obbligati a darmi niente. E non mi daranno niente. Quindi tanto vale sposarci subito.»

«Così però non avrai i soldi di tua nonna finché non compirai trent'anni...»

«A me dei soldi non importa niente.»

«Lo dici ora, ma non sai come la penserai fra cinque anni, oppure otto o dieci. Dammi retta, Freddie, è una follia far arrabbiare i tuoi genitori proprio ora che ti hanno offerto un compromesso. Ti chiedono solo di finire le superiori e fare due anni di università: non è nulla, nel quadro generale.»

«Ma io non posso vivere senza di te» aveva protestato lei. «Ci impediscono di vederci sperando che tu smetta di amarmi. Io voglio solo essere tua moglie, crescere i nostri figli, invecchiare insieme a te e morire insieme a te. E ho tanta paura...» Si era interrotta bruscamente, lasciando la frase in sospeso.

«Paura? Di cosa?»

«Di perderti. Ho paura che tu incontri qualcun'altra, che ti innamori di lei e mi lasci. Morirei di crepacuore.»

«Non ti lascerò, tesoro mio. È impossibile. Anche a me pesa la lontananza, ma in questo momento dobbiamo dimostrare ai tuoi genitori che il nostro è vero amore, che nulla potrà scalfirlo e che siamo destinati a stare insieme per sempre.»

Freddie non aveva replicato, ma lui aveva sentito che piangeva. «Giuramelo. Ti prego, giuramelo. Se non me lo giuri, muoio» gli aveva sussurrato dopo un po'.

«Freddie, ti amo dal primo momento in cui ti ho vista e niente al mondo potrà cambiare i miei sentimenti. Mai.»

Questa era stata la conclusione della lunga e faticosa giornata. E adesso ne era iniziata una nuova, che Geoffrey intendeva salutare consumando l'abbondante colazione che il signor Snyder gli serviva tutte le mattine. Uscì dalla sua camera e scese le scale alla solita ora. Quando fu nel minuscolo ingresso del B&B, sentì suonare il campanello.

Per un attimo pensò di aprire, ma poi entrò nella sala da pranzo, dove sul tavolo apparecchiato c'era già la caraffa di acciaio con il caffè. Se ne versò una tazza e stava per sedersi quando sentì una voce femminile, la voce del padrone di casa che rispondeva e poi rumore di passi. Stavano venendo in sala da pranzo.

«Buongiorno» disse la voce. «Sono arrivata giusto in tempo per un caffè.»

Geoffrey alzò gli occhi e vide che era la poliziotta del giorno prima, quella con i capelli color magenta e il taglio simil-moicano. Aveva un'espressione moderatamente affabile, ma il sorriso era forzato.

Me la sono cercata, pensò Geoffrey. Quella poliziotta gliel'avrebbe fatta pagare.

Bodmin
Cornovaglia

L'anziano signore che le aprì la porta rimase sorpreso nel vedere che Bea era della polizia e ancor di più nell'apprendere che era lì per parlare con Geoffrey Henshaw. Ma quando gli chiese se il suo ospite fosse già uscito, le aprì la porta dicendo: «No, no, no». Non gli era mai capitato che la polizia bussasse alla sua porta, le spiegò. Cioè, veramente una volta era successo. Quando sua moglie era morta – improvvisamente, mentre piegava il bucato, le confidò, e secondo lui a stroncarla era stato proprio lo sforzo che aveva fatto per piegare da sola un lenzuolo troppo grande –, lui aveva chiamato il 999 ed era arrivata anche la polizia. Era più che ragionevole: dovevano accertarsi che non l'avesse ammazzata lui con una botta in testa, perché effettivamente con un maxi flacone di detersivo si poteva fare molto male a una persona e loro compravano sempre confezioni maxi. Comunque, no: era stato il cuore, che aveva smesso di battere da un momento all'altro.

«Dunque il signor Henshaw è in casa?» chiese Bea appena il proprietario del B&B si fermò per prendere fiato.

Sì, sì, era in casa! Era appena sceso per fare colazione. La signora gradiva qualcosa, a proposito? Un caffè? Un tè? Una fetta di quiche? No? Be', se cambia idea... Nel frattempo, mi segua.

Bea si accorse subito che Henshaw non si aspettava tanta alacrità da parte delle forze dell'ordine. Stava per alzarsi, ma

Bea gli fece cenno di restare seduto e si accomodò di fronte a lui. Notò che gli aveva rovinato l'appetito, perché non accennò neppure a finire i cornflakes.

Rivedendolo per la seconda volta, Bea si rese conto che non era affatto un brutto uomo. Non era il suo tipo – i boccoli biondi da cherubino non la facevano impazzire – ma aveva un bel viso dai lineamenti delicati e avrebbe potuto interpretare benissimo Puck in una messinscena amatoriale di *Sogno di una notte di mezza estate*. Era longilineo, spalle strette e vita sottile, ed elegantissimo. Bea non ricordava di aver mai incontrato nessuno in camicia bianca inamidata con polsini francesi e gemelli d'oro. Era un outfit decisamente sopra le righe per quella parte del mondo.

«Mi sembrava di averle detto di non allontanarsi, ieri, signor Henshaw. Per quale ragione non mi ha dato ascolto?»

«Ho visto che si andava per le lunghe, avevo già dato ai suoi colleghi tutti i miei contatti e, siccome avevo un'agenda fitta di appuntamenti...»

«Con chi aveva appuntamento?»

«Con alcuni proprietari terrieri della zona.» Le spiegò il lavoro che svolgeva in Cornovaglia, che consisteva nell'acquisire diritti minerari e comprare appezzamenti per conto di una società specializzata nell'estrazione del litio. «La Cornwall Eco-Mining» disse. «Lavoro per loro.»

«E come funziona, scusi?» chiese Bea. «Come fa lo sfruttamento di risorse minerarie a essere ecologico? A me pare una contraddizione in termini.»

Henshaw le spiegò in breve: granito nel sottosuolo, possibile falda geotermica, brine, pompaggio, filtraggio, re-iniezione dell'acqua nel letto della falda. Concluse sottolineando che si trattava di un'attività assai redditizia, dal momento che il litio era ormai indispensabile in tantissimi settori, dalle auto elettriche alle comuni batterie. La Cornwall EcoMining era una delle poche aziende a usare un procedimento che non impattava sull'ambiente e non causava alcun tipo di danno. Compito di Geoffrey era convincere i proprietari a dare in locazione i terreni, vendere i diritti minerari o addirittura cedere in toto le proprietà.

« Che cosa era andato a fare alla Lobb's Tin & Pewter, ieri? »

« Volevo parlare di nuovo con il signor Lobb della possibilità di venderci la proprietà. »

« La volete comprare? Non vi interessano i diritti minerari, come diceva prima? »

« No, in questo caso no. La EcoMining vorrebbe comprare la proprietà di Lobb perché ritiene sia in una posizione particolarmente adatta per gli impianti e perché potrebbe sfruttare alcune delle strutture già esistenti. »

Il proprietario del B&B entrò con un piatto, che posò davanti a Henshaw. Il profumo di bacon era delizioso. Bea vide che la colazione consisteva in due uova fritte, bacon, una salsiccia, un pomodoro, alcuni funghi alla griglia e fagioli in salsa. Sul tavolo c'era il classico portapane con le fette di pane tostato tagliate a triangolo, monoporzioni di burro e di marmellata. Il vecchio portò un'altra tazzina per Bea. « Casomai cambiasse idea. »

Bea aspettò che se ne andasse e invitò Henshaw a non fare complimenti. Lui, però, sembrava non avere appetito. Prese coltello e forchetta, fissò un momento il piatto e li posò.

« Non ha fame? » chiese Bea.

« No. Sì. Non so. »

« Non era la prima volta che andava alla Lobb's Tin & Pewter, vero? »

« Vero » rispose lui. « C'ero già stato. »

« E Lobb cosa diceva? »

« Vuole sapere se era d'accordo a vendere? » Henshaw prese un triangolo di pane integrale e aprì una confezione di burro, che ci spalmò per intero. Poi passò alla marmellata, che era alla fragola, e spalmò anche quella. « Non aveva ancora deciso » concluse.

« Ma propendeva per...? »

« Non lo so. Si era fatto lasciare i moduli e del materiale, che sicuramente a questo punto avrete già trovato. Voleva documentarsi, leggersi bene tutto quanto e magari farlo leggere al suo avvocato. Ieri ero tornato perché speravo che nel frattempo avesse firmato le carte o, nel caso fosse ancora incerto, volevo rispondere a eventuali dubbi, fornire chiarimenti... questo genere di cose. Invece, quando sono arrivato, era in un... Va be', lo avete visto anche voi. Ho chiamato il pronto intervento. »

« Lobb la aspettava? Avevate appuntamento? »

« No, no, non mi aspettava nessuno. Non avevo avvisato nessuno. Cioè, avevo avvisato il mio capo alla Cornwall Eco-Mining. In questo momento è... » Henshaw si interruppe per mettersi in bocca una forchettata della colazione. Masticò lentamente, come se sua madre glielo avesse ripetuto fino alla nausea sin da bambino per paura che soffocasse. Forse, invece, cercava di prendere tempo per pensare bene a cosa rispondere senza dire niente di incriminante. « Mi sta mettendo sotto pressione. Il mio capo, intendo. Lo capisco, so che i suoi superiori stanno mettendo sotto pressione lui. È normale: vogliamo tutti dei risultati. Ma sa com'è, la gente è abitudinaria e il signor Lobb era... insomma, aveva una certa età e non aveva voglia di cambiare radicalmente vita. Cosa che com'è ovvio avrebbe dovuto fare se avesse venduto la Lobb's. »

« E la moglie? » chiese Bea. « Lei è molto più giovane. »

Henshaw annuì. « Infatti mi sembrava più favorevole. »

« Che cosa glielo ha fatto pensare? »

« Più che altro è stata una sensazione. Ma la volta che ho parlato con tutti e due, alla fine del colloquio mi aveva detto una cosa, di non mettere una croce sopra alla Lobb's Tin & Pewter, di aspettare un pochino, di riprovare dopo due o tre settimane. A me stava bene, figuriamoci, ma non dipendeva da lei. E per essere precisi nemmeno dal signor Lobb. Non del tutto, almeno. »

Bea lo guardò senza capire. « Si spieghi meglio. »

« Lobb possiede... possedeva solo il 60 percento dell'azienda. Il restante 40 è del fratello. Sebastian Lobb. Bisogna parlare anche con lui. Senza il suo consenso, non si va da nessuna parte. »

Royal Devon and Exeter Hospital
Exeter

Dopo la conversazione con Geoffrey Henshaw, Bea avrebbe voluto contattare subito Sebastian Lobb, ma la sovrintendente Lang aveva altri progetti: Mylo Baker stava per procedere all'autopsia di Michael Lobb e voleva che lei assistesse. Sì, certo, ci sarebbe potuto andare qualcun altro della squadra, ma Lang voleva che ci andasse lei. Quindi Bea non aveva alternative: doveva riprendere la A30 e andare a Exeter.

L'ospedale era un enorme complesso di edifici che riflettevano varie epoche e stili architettonici, uno più brutto dell'altro. I tratti comuni erano il cemento grigio, i mattoni rossi, le veneziane storte e le pareti tinteggiate color tuorlo d'uovo. La palazzina che ospitava il reparto di anatomia patologica sembrava uscita dalla Berlino Est del dopoguerra.

Bea venne immediatamente assalita dall'odore di vari prodotti chimici cui si mescolava l'intenso profumo di gomma da masticare sprigionato con eccessivo entusiasmo da un diffusore per ambienti, nel vano tentativo di coprirli. Il risultato era senza dubbio foriero di emicranie e ciò spiegava almeno in parte la mascherina professionale indossata dalla receptionist. La donna indicò a Bea la strada per la sala autoptica. Il dottore la aspettava, le annunciò. Le consegnò un badge da visitatore e la mandò per la sua strada.

Bea trovò Mylo Baker già bardato di blu e pronto a cominciare. Da un vinile sul vecchio giradischi in un angolo Rita Moreno elencava i tanti motivi per cui le piaceva stare in America. Mylo era appassionato di musical e più vecchi erano, meglio era. Magari dopo che Chino aveva sparato a Tony sarebbe arrivata Little Buttercup.

Mylo stava canticchiando insieme a Rita Moreno, ma non appena vide Bea si affrettò a spegnere il giradischi. «Non voglio disturbare» disse Bea.

Lui sorrise. «Nessun problema. Se fosse stato *I Feel Pretty*, l'avrei costretta ad ascoltarlo fino alla fine. Ma questo è un brano un po' più difficile e devo esercitarmi.»

Indicò gli indumenti protettivi sul piano di lavoro. Mentre

Bea li indossava, sollevò il lenzuolo e scoprì il corpo senza vita di Michael Lobb. Era cereo e irsuto, pelle trasparente e una gran quantità di peli e capelli scuri.

Mylo accese il registratore sospeso sopra la postazione e iniziò a dettare le informazioni principali: il soggetto dell'autopsia era Michael Stephen Lobb, maschio bianco di 56 anni, peso 86 chili, altezza 172,72 centimetri. Presentava nove ferite da arma da taglio. Una era sulla schiena, 6,35 centimetri a destra della scapola sinistra, a 6 centimetri di distanza dalla colonna vertebrale, nel quinto spazio intercostale, ed era profonda 9,1 centimetri. Le altre otto ferite erano state inflitte con la stessa arma ed erano profonde dai 9 ai 20 centimetri.

Mylo prese il bisturi e praticò il classico taglio a T per esporre la gabbia toracica e quindi sezionare le costole per esaminare meglio le lacerazioni sul torso. Bea odiava il rumore del costotomo: le ricordava che alla fine l'*Homo sapiens* era un animale come tutti gli altri, con un corpo molto simile a quello di altri mammiferi bipedi.

Mylo indicò il polmone sinistro e ne descrisse le ferite: una aveva perforato l'arteria polmonare e un'altra aveva lesionato il bronco sinistro. Passò poi al fegato, che presentava una lacerazione nel lobo sinistro. Vi erano inoltre due lacerazioni nel colon discendente e due nell'intestino tenue. A un primo esame cuore e reni non presentavano anomalie, in generale Michael Lobb godeva di ottima salute ed era in buone condizioni fisiche per la sua età, a parte la lieve stenosi di un'arteria coronarica che con il tempo avrebbe potuto richiedere un intervento chirurgico.

Mylo iniziò ad asportare gli organi interni e, prima di riporli in appositi sacchetti, prelevò alcuni campioni da montare sui vetrini per esaminarli al microscopio. Li sistemò con cura in vari contenitori per sottoporli a ulteriori analisi e test e li etichettò. Avrebbe prelevato anche campioni di liquidi corporei per le analisi tossicologiche e il contenuto dello stomaco, che sarebbe stato sottoposto a indagini accurate, così come tutto il resto.

«È morto dissanguato?» chiese Bea alla fine. Era rimasta a guardare tutto il tempo, apprezzando la precisione e l'efficienza di Mylo Baker in ogni suo gesto. «Nel senso: non c'era modo di salvarlo, giusto?»

« Be', insomma. Se fosse stato soccorso subito e portato d'urgenza in sala operatoria, forse si sarebbe potuto salvare. Ma non è detto. »

« Cosa mi sa dire dell'arma? »

« Ben poco » ammise Mylo. « Non ho ancora esaminato in maniera approfondita le singole ferite, quindi posso dire solo che si tratta di un'arma da taglio molto affilata, che forse era stata affilata apposta di recente, e che non è un coltello. La forma circolare dei fori di ingresso fa pensare a un altro tipo di lama. »

« Per esempio? Ha qualche idea? »

« Per il momento, no. Ma approfondirò e spero di capire qualcosa di più. »

« Mi fa sapere? »

« Come sempre. Appena scopro qualcosa la chiamo. »

Bea si congedò. Aveva la nausea, ma cercava di non pensarci. Andò alla macchina facendosi forza per ignorare lo stomaco in subbuglio e concentrarsi sulla morte di Michael Lobb. Come era stato ucciso? La ferita alla schiena indicava che era stato aggredito alle spalle. Il killer lo aveva colto di sorpresa. Non era stato un raptus, ma un omicidio premeditato. L'assassino – o l'assassina, anche se stando alle statistiche sugli omicidi commessi da donne era poco probabile – si era avvicinato a Lobb di soppiatto e lo aveva colpito alla schiena con estrema violenza. Forse sperava che bastasse quello a metterlo fuori combattimento, ma siccome Lobb si era voltato per difendersi, durante la colluttazione lo aveva colpito altre otto volte. Doveva essersi sporcato di sangue, probabilmente molto. Dove era andato subito dopo? Che cosa indossava al momento dell'omicidio e che fine avevano fatto quegli indumenti? Li aveva messi nel bucato, gettati via, nascosti da qualche parte? Era stato visto da qualcuno? E che fine aveva fatto l'arma del delitto?

La brutalità dell'omicidio e i segni di colluttazione facevano pensare a un individuo di sesso maschile, che conosceva bene le abitudini lavorative di Michael Lobb e i suoi orari nei periodi in cui era particolarmente oberato. Nella categoria rientravano i due Udy, il fratello di Kayla Lobb, il fratello di Michael Lobb e forse anche il figlio. Occorreva indagare più a fondo, passarli tutti quanti al microscopio. Uno di loro si era procurato un'arma letale.

Mousehole
Cornovaglia

Quella mattina Gloriana partì per Mousehole prima del solito perché voleva fare un salto al Wedge o' Cheese Café all'ora in cui sapeva di trovarlo meno affollato, quando croissant, *Chelsea buns*, *Eccles cakes*, *scones* o *pain au chocolat* erano già finiti e non c'erano ancora i panini farciti di Jesse McBride, che attiravano le folle all'ora di pranzo.

Fu una saggia decisione. Quando arrivò, trovò l'amica intenta a pulire i sei tavoli del locale e a mettere a posto le sedie. Il banco delle paste era quasi vuoto. Jesse doveva aver raccolto un buon incasso.

Gloriana aveva riflettuto a lungo su cosa dirle. Nate Jacobs le era sempre stato antipatico. Aveva capito subito che era un farabutto e non si capacitava del fatto che Jesse non riuscisse ad andare oltre le apparenze e non si accorgesse che sotto il fascino superficiale di Nathaniel Jacobs c'era ben poco di affascinante. Gloriana aveva intuito fin dall'inizio che Nate era bugiardo e infedele e lo aveva detto alla sua vecchia amica. Ma Jesse era una che apriva il cuore anche a chi portava scarponi chiodati e così, non appena Nate aveva fatto il primo passo, si era lasciata subito conquistare, per così dire. E a quel punto... che cosa poteva dire Gloriana? Sapeva che prima o poi Nate avrebbe messo le corna anche a Jesse. L'unica cosa che poteva fare era starle vicino nel momento del bisogno.

«Ciao» disse Jesse finendo di sistemare l'ultimo tavolo. «Sei in anticipo, rispetto al solito. Stavo per pesare gli ingredienti per le *tea cakes*. Vuoi un cappuccino?»

«Solo se per una volta mi lasci pagare» rispose Gloriana.

«Né oggi né mai» dichiarò l'altra.

«Jesse...»

«Dico sul serio. I miei migliori amici al Wedge o' Cheese mangiano e bevono gratis.»

« Non è il modo migliore per mandare avanti un'attività. »

« Lo dici sempre. Invece faccio soldi a palate. »

« Sei una pessima bugiarda. »

Jesse gettò il panno che aveva usato per pulire dietro l'espositore delle paste. « Non sono alla canna del gas. »

« Okay, okay. Allora grazie, accetto il cappuccino. Ma non posso fermarmi a berlo qui. Preparamelo da asporto, per favore. »

Jesse rispose che non c'era problema e le domandò come mai fosse lì così presto. Gloriana fece un bel respiro e colse la palla al balzo.

« Conosci una certa Cressida Mott-King? » chiese. « È appena venuta ad abitare nel monolocale di fronte a me. »

Jesse stava preparando l'espresso con la macchina italiana di cui andava molto fiera. « Cressida? » ripeté. « Sì, la conosco. O meglio, so che è una studentessa di Nate. »

« Te ne ha parlato lui? »

« Mi ha detto che è agli inizi, ma ha del potenziale. Secondo lui sono solo in quattro, quelli promettenti. Gli altri sono così così. »

« Quindi non l'hai mai vista? »

Jesse scosse la testa. Era strano che Gloriana le facesse domande sugli studenti di Nate, tanto più che in genere evitavano con cura di parlare di lui e di tutto ciò che lo riguardava. « Perché? Cos'ha? È strana? »

« No. Solo che ieri c'era Nate che la aiutava a traslocare. Mi è sembrato... non so... Voglio dire: non è normale, no? »

« Che lui l'abbia aiutata a traslocare? » chiese Jesse, guardando il caffè che scendeva in una brocca cromata. Andò a prendere il latte. « Sai com'è Nate, Gloriana: sempre pronto a farsi in quattro per i suoi studenti » disse.

« In aula » fece notare Gloriana.

« Anche fuori dell'aula, se necessario. È molto disponibile. »

« Così disponibile che li aiuta persino a traslocare? Chissà cos'altro fa per loro. »

Jesse mise un'altra brocca cromata sotto il beccuccio del vapore e preparò la schiuma. « La considera brava. Avrà voluto aiutarla a sistemarsi in maniera che possa tornare a concentrarsi sullo studio il prima possibile. Ci sarà un'altra edizione di Art on the Quay quest'anno e magari spera che lei riesca a fare qualche buon lavoro, da poter esporre alla mostra e magari anche vendere. È un modo per promuovere la scuola e attirare nuovi iscritti.»

Gloriana si concesse un sospiro. E si concesse anche di dire: «Quindi tu non sei preoccupata?»

Jesse prese un bicchiere da asporto. «Che Nate ci provi con questa Cressida? È questo che pensi? Io e Nate ci amiamo, Gloriana. Siamo una coppia, ci siamo presi degli impegni, l'uno con l'altra. Ci guardiamo bene dal rovinare tutto per una scappatella.»

«Però...»

«Però niente. Va bene così. Ti do anche un *Chelsea bun*? Questo qui ti sta chiamando, vedi?»

Gloriana non poté che accettare la colazione offerta da Jesse e la sua cieca fiducia in Nate Jacobs. Ci ho provato, si disse. Era ora di prepararsi in vista dell'apertura del negozio e questo comportava entrare nella parte e scegliere il look adatto, cosa che richiedeva un po' di tempo. Nel suo vlog *Unburden* Gloriana era sé stessa al cento percento; doveva esserlo per forza, se voleva dare valore e veridicità ai contenuti che esprimeva. Ma nel ruolo di proprietaria di Vintage Britannia si trasformava in un testimonial vivente della merce in vendita, diventando quasi irriconoscibile.

Dopo essere entrata nel personaggio, iniziò a tirar fuori da uno scatolone alcuni capi anni Sessanta. Li aveva comprati online, in blocco, senza nemmeno averli visti, da un giovane sprovveduto che stava sgomberando la soffitta della nonna a Earl's Court, Londra, e non sapeva di aver trovato un tesoro in vestiti. Aveva messo in vendita lo scatolone definendolo «paccottiglia Swinging London» e Gloriana lo aveva comprato senza un attimo di esitazione. Quando aveva aperto la scatola, era quasi svenuta per l'odore di naftalina, ma non si era lasciata scoraggiare. Per eliminare il cattivo odore dai vestiti usati bastava tenerli per un po' all'aria aperta e, a questo scopo, lei aveva teso una corda da bucato nel giardino dietro il negozio.

Tirò fuori un vestito e le sfuggì un gridolino di gioia. Era un abito di maglia arancione con la cintura e un taschino applicato sul petto. Poi estrasse un cardigan arancione e beige, un impermeabile giallo limone e un tubino turchese con il bordo giallo. Riconobbe subito la mano della sua stilista preferita: Mary Quant. Le sue creazioni, se in buono stato, valevano centinaia di sterline l'una.

Continuò a rovistare nello scatolone e trovò altri capi che testimoniavano la storia della moda britannica dai primi anni Sessanta fino a metà dei Settanta.

Mentre li controllava accuratamente nel retrobottega alla ricerca di eventuali segni di usura, mettendo da una parte quelli che avevano bisogno di riparazioni, udì il trillo della porta. Si sentì chiamare per nome e riconobbe la voce di suo fratello.

Era molto strano che Merritt andasse a trovarla in negozio. Che lei ricordasse, non ci aveva più messo piede dal giorno dell'inaugurazione. Se suo fratello si era mosso da St. Ives o Carbis Bay per venire a Mousehole, doveva essere una cosa importante.

«Eccomi!» rispose, arrivando in negozio con il cardigan di Mary Quant in mano.

Merritt era rimasto sulla porta e la squadrò ostentatamente da capo a piedi con palese disapprovazione.

Gloriana si era vestita da Vintage Britannia, ossia in maniera piuttosto vistosa, gessato antracite con tanto di panciotto, abbinato ad accessori in bachelite: spilla arancione sul bavero, tre braccialetti colorati e grandi orecchini verdi e viola. La bachelite non c'entrava nulla con gli anni Sessanta, ma Gloriana era convinta che certe cose fossero senza tempo e che la bigiotteria fatta con quel materiale ne facesse parte.

«Sai quanto sembri giudicante quando alzi gli occhi al cielo con quella faccia?» gli chiese.

«Sai quanto sembri ridicola quando ti conci in quel modo?» ribatté lui. «E gli occhiali? Sono una novità, vero? Se sono da vista e sono usati...»

«Non sono da vista» lo interruppe Gloriana.

«E allora perché li porti?»

«Per bellezza.»

«Per bellezza?»

«Sì, a scopo decorativo. Accessori per il viso.» Li tolse e glieli porse. «Dai, provali, se non mi credi. Avevano le lenti graduate, ma le ho fatte sostituire.»

Merritt si avvicinò al bancone, se li infilò e immediatamente glieli restituì. «Come vanno gli affari?» chiese.

«Molto meglio di quanto pensassi, data la stagione» rispose Gloriana. «Avere accanto il caffè di Jesse McBride aiuta. La gente entra a bere qualcosa e quando esce vede il negozio. Nelle belle giornate c'è molto passaggio. Mi aspetto di incassare parecchio, l'estate prossima.»

«Non pensi che, però... cioè, vestita così... Non pensi che possa scoraggiare la clientela?»

Gloriana incrociò le braccia. «Perché dovrebbe? E in ogni caso mi vesto come voglio, Merritt.»

«Sì, ma i capelli? Il trucco? La roba che ti fai agli occhi, alle ciglia...»

«Sono anni Sessanta.» Gloriana sospirò. «E comunque cosa te ne frega? Quando fai così, sei peggio di mamma.»

«Ci sta a cuore il tuo successo» disse lui.

«Sì, come no. Mamma pensa che io sia fuori di testa, Merritt. Pensa che facendo così non troverò mai un uomo. Neanche lo stessi cercando. Allora, come mai da queste parti? Fra poco Bonnie compie gli anni: sei venuto a comprarle un regalo?»

Merritt scoppiò a ridere. «No» rispose. «La robaccia che vendi non fa per lei.»

Gloriana si rifiutò di offendersi. «Quindi? Cosa sei venuto a...?»

«È morto papà.»

Era l'ultima cosa che Gloriana si aspettava di sentire. «Morto? Come? Cos'è successo?» Suo padre era troppo giovane per morire così, dall'oggi al domani: doveva aver avuto un incidente, oppure un ictus...

«L'hanno ammazzato» rispose Merritt.

«Stai scherzando?» E poi: «Anzi, no. L'ha ammazzato lei? Non mi stupirebbe. Papà sarà stato accecato dall'amore, ma lei no, non lo è mai stata».

«Non sanno ancora chi lo ha ammazzato e nemmeno esattamente come. Era in un lago di sangue.»

«Tu l'hai visto?» chiese Gloriana. «Come mai eri da papà?»

«Non ero da papà. Mi ha telefonato lei. Kayla.»

«Da dove? Dalla stazione di polizia? L'hanno arrestata?»

Gloriana era serissima, ma Merritt non le rispose. «Non voleva essere lei a dirlo alla mamma.»

«Che zoccola. Dopo averle rovinato la vita, si fa questi scrupoli?»

«Pensava che fosse meglio se glielo dicevo io» continuò Merritt. «Che sarebbe stato più facile. Per la mamma, intendo.»

«E lo è stato? Per la mamma è stato più facile?»

«Alla fine non gliel'ho detto io. Ho chiamato Anthony, gli ho dato la brutta notizia e gli ho chiesto di dirglielo. Ho pensato che l'avrebbe fatto di persona, che sarebbe andato a... offrirle conforto.»

«Secondo te lei ne aveva bisogno?»

«Be', era suo marito...»

«Ex marito» sottolineò Gloriana. «Sono divorziati da una vita. Perché la notizia della sua morte dovrebbe sconvolgerla?»

«Non è per questo... Ma siccome è stata una morte violenta...»

«Non penserai che l'abbia ammazzato lei, vero? Sono anni che se ne è fatta una ragione. Più di dieci. Perché avrebbe dovuto prendersi la briga proprio adesso? E poi sta con Anthony.» Gloriana schioccò le dita. «Magari è stato lui. Anthony Grange, nascosto nella biblioteca con un candelabro in mano. Stanco di aspettare, stufo di sentirsi dire 'non possiamo finché non sarò vedova', sbrocca e lo fa fuori. Sono anni che sfila le mutande alla mamma e tutto a un tratto vuole fare di lei una donna onesta.»

«Come sei volgare» disse Merritt.

«Cos'è che ti turba? Il riferimento alle mutande di mamma? Ad Anthony che se la scopa? Mi stupisce, tenuto conto che pure tu...»

«Tenuto conto che pure io...?»

«Be', tu e Bonnie scopate come ricci. Voi uomini siete tutti uguali. Non pensate ad altro. Il vostro unico scopo è trovarvi una donna disponibile e senza cervello e scoparvela. Pensate solo con l'uccello.»

Merritt non rispose.

Gloriana stava sistemando i bottoni del cardigan di Mary Quant ma, quando il silenzio divenne insostenibile, lo posò sul bancone. « Scusa, ma il fatto che papà andasse a letto con una ragazzina mi manda ancora in bestia. Non so nemmeno perché. Grazie di essere venuto a dirmelo, Merritt. Mi dispiace per la tua perdita. Condoglianze » disse.

« La perdita è anche tua » puntualizzò lui.

« Io lo avevo già perso. Tu invece stavi cercando di ricucire. Quanti anni erano che ci provavi, ormai? Tre? Quattro? A me non interessa ricucire. »

« Ormai, comunque, non potresti nemmeno volendo. Non c'è più. »

« Infatti » rispose lei.

Ma quello che avrebbe voluto dire veramente era: Meno male.

MICHAEL

Dio solo sa come riuscii a ritornare in albergo quella sera. Ero completamente disorientato e non avevo idea di dove andare, fra tutti quei ponti, calli e vicoli. Per la prima ora nemmeno me ne preoccupai: pensavo solo che Kayla era scappata e che l'avevo fatta scappare io. Mi aveva rivelato un'esperienza traumatica che l'aveva segnata profondamente e mentre lei mi apriva il cuore io pensavo soltanto a quanto la desideravo. Volevo proteggerla, certo. Ma volevo anche altro. Non ero riuscito a controllarmi e l'avevo perduta.

Ripartii la mattina dopo. Appena ritrovato l'albergo, le inviai un sms. Non rispose. Gliene mandai un altro. La chiamai sul cellulare e le scrissi un'e-mail. Volevo soltanto rassicurarla sulle mie intenzioni, le dissi.

Le mie intenzioni. Nel momento stesso in cui lo scrivo mi rendo conto di quanto fossi ridicolo. Come potevo rassicurarla, quando la mia mente era un vulcano in piena eruzione? Ti prego, le scrissi. Sono un vecchietto che per un istante ha perduto il senno. Non avrei dovuto comportarmi così; voglio solo essere un vero amico.

Non rispose.

Tornato in Cornovaglia, andai avanti per inerzia. Maidie intuì che era successo qualcosa, ma pensava che riguardasse il presunto incontro di lavoro. Le dissi che si era parlato dei terreni di famiglia, ma che la faccenda era complicata e non ero sicuro di quale fosse la soluzione migliore per noi, e lei si offrì gentilmente di ascoltarmi, se avevo voglia di parlargliene. Ovviamente, non potevo.

Mi chiusi in me stesso a rimuginare. A Maidie dissi che avevo bisogno di una piccola pausa, che volevo riprendere in mano vecchi disegni e progettare nuove creazioni da vendere anche online, oltre che nei negozi di souvenir e nei gift shop di tutta la Cornovaglia. Maidie si adattò con la consueta buona grazia, ma nonostante mi sforzassi di ideare qualcosa di nuovo, l'unica cosa a cui riuscivo a pensare era Kayla, che era sempre lì, presente in ogni momento.

Dopo dieci giorni di angoscia, mi mandò un sms. Stavo aiutando Bran a scaricare le pietre accanto al frantumatore a ganasce. Aveva trovato del materiale lapideo di ottima qualità, dimostrando ancora una volta di avere occhio. Gli stavo facendo i complimenti quando sentii la notifica di un sms. Lì per lì lo ignorai, ma ne arrivarono altri e pensai fosse Maidie che voleva parlarmi della cena. Non era urgente, mi dissi. Il lavoro che stavo facendo con Bran andava fatto e l'ultima cosa che desideravo era dover decidere cosa mangiare quella sera: pasta, *fish and chips*, o pasticcio di carne e rognone? Ma poi arrivò una telefonata. Con un sospiro estrassi il cellulare dalla tasca. Maidie sapeva benissimo che odiavo essere interrotto. Ma poi vidi che non era lei.

Mi sentii avvampare e fui inondato da un brivido di piacere. Dissi a Bran che dovevo assolutamente rispondere.

Per avere un minimo di privacy mi spostai dalla parte opposta della ruota idraulica che azionava la pressa, a una certa distanza da dove Bran stava lavorando e in un punto che non si vedeva dal cottage in cui vivevo con Maidie e i ragazzi. Mi piazzai dietro un cumulo di pietrame e detriti abbandonati per essere al riparo dal vento, che quel giorno aveva ripreso a soffiare con forza, e risposi.

Dall'altra parte, solo silenzio. Aspettai un bel po' e poi dissi: Kayla? Kayla? Niente. Chiusi la chiamata. Meno di trenta secondi dopo, il telefono squillò di nuovo. Questa volta non dissi nulla. Se era davvero Kayla, pensai, sarebbe stata costretta a dirmelo.

Infatti, dopo un po': Sei in Cornovaglia, Michael? Si sente il fischio del vento.

Oh, che sollievo! Che gioia! Le chiesi come mai fosse sparita.

Ovviamente capì, ma rispose: Venezia non è grande, ero sicura che avresti ritrovato l'albergo.

Non è a questo che mi riferivo, dissi. Ero preoccupatissimo

per te. E in ogni caso... in questi ultimi dieci giorni...? Tra amici non si fa così.

Kayla non rispose subito, se non per ammettere che le dispiaceva.

Le dissi che avevo bisogno di qualcosa di più: volevo una spiegazione.

Dall'altra parte, di nuovo silenzio. Il vento annunciava una forte perturbazione in arrivo dall'Atlantico. Ogni volta c'era il rischio di alluvioni e blackout. Avevamo un generatore, ma andava controllato, perché non lo usavamo da un sacco di tempo. Avrei dovuto farlo subito, ma avevo paura. Se avessi chiuso la telefonata con Kayla per prepararmi alla burrasca in arrivo, chissà quando l'avrei risentita. Non potevo rischiare.

Mi disse che era scappata perché non sapeva come fare a spiegarmi che era disturbata.

Ma cosa dici? ribattei. Aggiunsi che forse si sentiva così, ma non lo era.

Lo sono, credimi. E non voglio che ti innamori di me.

Dissi che avevo intenzione di amarla comunque: da padre, da fratello, da amico, da amante... Come voleva lei. Per me non faceva differenza. Era una bugia o la verità? Non lo sapevo e non mi interessava. Non sopportavo di veder finire ciò che mi ero convinto fosse nato tra noi.

Un altro silenzio. Il vento infuriava e pioveva fortissimo. Si sentiva odore di tempesta nell'aria. Non molto lontano, qualche pecora cominciò a belare. Sentii un cane abbaiare e un pastore che dava ordini con fischi acuti. Bran mi chiamò, mi affacciai da dietro la ruota idraulica e gli feci cenno che sarei tornato subito.

Vediamoci, dissi a Kayla. Dove sei?

La stagione stava finendo, disse. La nave tornava al porto di origine.

Dove?

Fort Lauderdale.

Ci vai anche tu?

Kayla disse che, se voleva lavorare la stagione successiva, non aveva scelta. La nave tornava in Florida carica di passeggeri e lei faceva ancora parte di... dell'intrattenimento. Fece una risatina incerta, e mi resi conto che sapeva benissimo cosa l'aspettava: vecchi sporcaccioni con l'alito pestilenziale che cercavano di toccarle il sedere o il seno, lei che sorrideva e faceva finta di stare al gioco. Avevo voglia di prendere a pugni qualcuno.

Mandali a quel paese, dissi. Non presi minimamente in considerazione che potesse aver bisogno o anche soltanto voglia di continuare a lavorare. Sbarca e vieni in Inghilterra. Vieni in Cornovaglia. Ti troveremo qualcosa di ben pagato, più di quello che guadagni adesso: un lavoro decente, un nuovo impiego, un'attività da rilevare... Qualcosa troveremo.

Ma io devo tornare in Sudafrica, Michael. Mia madre, i miei fratelli, le mie zie, mia nonna... sono tutti lì che mi aspettano. Contano sul fatto che torni. E poi c'è l'università.

Di' che ti fermi ancora un po', che ne hai bisogno. Il tuo anno sabbatico non è ancora finito.

Perché dovrei fare una cosa del genere?

Sentii la tensione dietro gli occhi e nello stomaco e mi resi conto che dovevo parlare, esprimermi, dichiararmi.

Per stare con me. Queste quattro parole mi uscirono tutte d'un fiato e, una volta pronunciate, non potevo più rimangiarmele.

Con te? chiese con una voce piena di incredulità.

Le dissi che sapevo contare e avevo ben presente la differenza di età fra di noi. E sapevo anche che lei pensava che io...

Mi interruppe dicendo che non era quello. Non era una questione di età. L'età non aveva importanza.

E allora cos'è? domandai. A quel punto non ero per niente lucido. Sapevo solo che eravamo davvero vicini a quello che volevo. Dovevo trovare le parole per farle capire che ciò che avevamo era una fortuna che capitava a pochi. Lo sapevo per via della mia età e dell'esperienza. Lei non aveva questo vantaggio, ma se fossi riuscito a farle comprendere...

Sei sposato, obiettò. Cosa faccio? Vengo a stare a casa tua? Nella stanza degli ospiti? Hai una stanza degli ospiti, a proposito?

No, non avevo nessuna stanza degli ospiti. A stento c'era posto per noi quattro: io, Maiden e i ragazzi, uno dei quali dormiva nell'ex dispensa. Non avevo la più pallida idea di come organizzarmi. Sapevo solo che dovevo stare con Kayla. La vita senza di lei non aveva senso.

Le dissi che l'avrei raggiunta. Dove sei?

Oh, Michael, non puoi, disse.

Certo che posso, e lo farò. Dimmi dove sei.

A Civitavecchia.

Dove diavolo...?

Disse che era in Italia. Che quando le crociere partono da Roma o fanno tappa a Roma, in realtà stanno a Civitavecchia, che è il porto più vicino.

Le dissi che sarei arrivato l'indomani, di fare subito i bagagli e trovare un albergo. Di non preoccuparsi del costo. Una volta sistemata, doveva mandarmi un sms.

Peccato che non lo fece. Arrivai a Roma, cioè, all'aeroporto di Roma, convinto che da un momento all'altro avrei ricevuto un messaggio. Avrei guardato lo schermo, avrei visto il nome dell'albergo Vattelapesca e sarei volato fra le sue braccia sulle ali spericolate di un amore idiota e folle. Questa volta avevo detto a Maidie che una società mineraria del Regno Unito interessata a rimodernare il settore minerario dell'intera Cornovaglia mi aveva cercato e mi voleva parlare. Volevano che andassi in Italia, dissi, da uno dei loro dirigenti che si trovava laggiù in vacanza, ma aveva con sé un contratto da farmi firmare. E se mi avessero fatto una buona offerta... Pensa, tesoro, dissi a Maidie. A seconda di quanto mi offrono, potremmo andare in pensione in Spagna. Che ne dici?

Non so se mi credette. Ero fuori di me dalla felicità. Roma e Kayla. Mi girava la testa dalla voglia di vederla.

Rimasi in aeroporto ad aspettare il suo messaggio. Due ore, tre. Le inviai diversi sms e la chiamai più e più volte sul cellulare. Ma era irraggiungibile o non rispondeva. Presi un taxi e andai al porto a cercare la nave. Non c'era. E nemmeno Kayla. Non potei fare altro che tornare in Cornovaglia l'indomani e inventarmi una bugia da propinare a Maiden sulla trattativa andata in fumo.

Le dissi che avevo subodorato un imbroglio. Dopotutto,

non era molto lontano dalla verità. Ero stato sicuramente imbrogliato, ma non da una società mineraria.

Passai tre mesi d'inferno prima che Kayla si rifacesse viva. Con un sms brevissimo: *Ci sentiamo?*

Non ho niente da dire, fu la mia risposta.

Ok. E, dopo qualche istante: *Colpa mia. Malata. Ospedale.*

Voleva dire che era malata in quel momento? Era ricoverata in ospedale? Mi chiesi che malattia avesse. Sapevo che le navi da crociera sono il terreno di coltura ideale per virus e batteri di ogni tipo, e capitava spesso che si sviluppassero focolai a bordo. Centinaia di persone accalcate in così poco spazio... Quelle navi erano trappole mortali galleggianti. È vero, ero andato in crociera anch'io, ma c'è una bella differenza tra un giretto di nove giorni nel Mediterraneo e vivere a bordo per mesi e mesi, come faceva Kayla. Prima di tutto, non stava di certo in una cabina di lusso. Doveva aver avuto una cuccetta chissà dove, vicino a un oblò se era fortunata.

Dove sei? le chiesi.

Era in Sardegna. Ci era andata dopo essere stata dimessa dall'ospedale per qualche giorno di convalescenza. Le chiesi se c'era qualcuno che l'aiutava. Rispose che non aveva bisogno di nessuno, perché ogni giorno si sentiva più in forze. Il clima caldo le stava togliendo di dosso gli ultimi strascichi della malattia.

Appresi tutto questo dagli sms e, quando il cellulare squillò, accettai la chiamata. Stavamo facendo colazione, i ragazzi avevano appena cominciato a mangiare il loro uovo in camicia con il pane. Un uomo saggio avrebbe lasciato scattare la segreteria, ma a quel punto io avevo dimenticato da un pezzo che cosa fosse la saggezza. Dissi a Maidie che dovevo rispondere, raccomandai ai ragazzi di finire quello che avevano nel piatto, promisi di fare prestissimo e di tornare prima che Maidie li accompagnasse a scuola.

Siccome al cottage la privacy era poca o niente, uscii e mi chiusi la porta alle spalle. Vidi l'espressione confusa di Maidie e capii che cominciava a sospettare che stesse succedendo qualcosa che non aveva nulla a che vedere con il lavoro.

Non potevo farci niente. Be', non proprio. Qualcosa avrei potuto fare, ma non volevo essere io a farlo.

In Sardegna, dove? dissi.

Non mi aveva chiamato per vedermi, ma per scusarsi per l'ultima volta. Era successo tutto molto in fretta, e proprio quel giorno erano stati contagiati a decine e in cinque o sei – non era sicura di quanti esattamente – erano finiti in ospedale. Quando mi sono resa conto di averti dato buca un'altra volta... Non posso continuare a chiederti scusa, e comunque ormai che importanza ha? Sprechi il tuo tempo a occuparti di me. Davvero, non ne valgo la pena.

Ero abbastanza d'accordo con lei. Mi trattenni dal dirlo per via di Venezia, di quella sera in cui avevamo parlato, di come ci eravamo sentiti, del fatto che mi era sembrato di non aver mai provato niente di simile in vita mia. Le dissi che capivo. Peccato che tu non sia riuscita a mandarmi almeno un messaggio. Ero andato al porto, la nave non c'era e non avevo idea di cosa pensare.

Rispose che a quel punto erano stati messi tutti in quarantena, perché nessuno sapeva esattamente di che malattia si trattasse. Le famiglie erano state avvertite telefonicamente da qualcuno dell'ospedale che parlava inglese. Ma solo le famiglie, non gli amici. Ripensandoci, avrebbe dovuto dire che ero suo zio.

Era stato terribile, disse. Aveva compiuto diciannove anni in corsia. Era stato il compleanno più deprimente della sua vita, anche se la madre e il fratello le avevano mandato dei fiori e le sorelle le avevano cantato «Tanti auguri» in un vocale. Alla fine aveva deciso di concludere l'anno sabbatico con due mesi di anticipo. Sarebbe tornata a casa non appena avesse recuperato le forze.

Le dissi che non mi pareva giusto abbreviare il suo anno sabbatico. Dopo aver passato il diciannovesimo compleanno in ospedale, poi... Le proposi un regalo tardivo per rimediare. Cosa ne diresti di un weekend benessere? chiesi. In un albergo di lusso, con la spa? Diciannove anni si compiono una volta sola. Devi festeggiare. Te lo meriti, dopo quello che hai passato.

Mi disse che era un pensiero gentile, ma che l'idea di festeggiare il compleanno da sola in una spa di lusso – scusa se te lo dico – le metteva tristezza. Così dissi che ci sarei andato anch'io. La terza volta doveva essere quella buona. Lascia che lo zio Mike ti faccia passare due o tre giorni piacevoli: massaggi, trattamenti per il viso, quello che vuoi.

Fece una risatina, e mi sentii rinfrancato. Era da un pezzo che non la sentivo ridere. Mi chiese come mai ero così carino con lei dopo che mi aveva piantato di nuovo in asso. Risposi che la mia non era gentilezza. Lo facevo per egoismo. Volevo prendermi due giorni di ferie. Se lei non si fosse presentata, i massaggi me li sarei fatti fare io.

Disse che ero davvero troppo gentile. Che lei non aveva fatto altro che deludermi. Non dovevo fidarmi di lei, disse. Poteva succedere di nuovo. Quasi sicuramente sarebbe successo di nuovo. Era più forte di lei. Smettila di perdonarmi, disse.

Quindi non voleva festeggiare il compleanno in un albergo con la spa? O forse non lo voleva festeggiare con me, l'ennesimo vecchietto che le sbavava dietro come quelli che faceva ballare sulla nave?

Disse che io non ero così, lo sapeva. Sapeva che tenevo a lei per quello che era, che mi interessava lei come persona e non come ballerina con un vestito di paillettes.

Allora...? incalzai. Volevo una risposta. Doveva solo dirmi la data e io avrei organizzato tutto e le avrei fatto sapere via sms.

E, con mia sorpresa, lo fece. Mi diede una data lì su due piedi.

E io? Io mi sentii rinascere.

6 APRILE

Belsize Park
Londra

Daidre Trahair si stava vestendo per andare al lavoro quando sentì che alla radio parlavano dell'omicidio in Cornovaglia. Stava ascoltando distrattamente il notiziario del mattino mentre si preparava, ma il volume era basso e la notizia rischiò di sfuggirle. Furono le parole «Spostiamoci in Cornovaglia per una vicenda di cronaca» ad attirare la sua attenzione. Nel sentire che era morto il proprietario di una nota miniera di stagno nella zona di St. Agnes, corse ad alzare il volume e apprese che a trovare il corpo senza vita del proprietario della Lobb's Tin & Pewter era stato un dipendente e che si trattava di un omicidio.

Spense subito la radio e scostò di poco la porta di camera sua per accertarsi che la sorella stesse ancora dormendo sul divano. Nel vederla lì, tirò un sospiro di sollievo, ma il suo cervello aveva già incominciato a saltabeccare da un pensiero all'altro come un uccello mosca in cerca di nettare.

Se Gwyn avesse saputo cos'era successo, avrebbe sicuramente voluto tornare subito in Cornovaglia, e non sarebbe servito a niente farle notare che quella morte non riguardava né lei né la sua nuova vita. Goron lavorava proprio per l'uomo che era stato ucciso. A meno che l'assassino non fosse stato colto sul fatto o un testimone l'avesse visto con l'arma del delitto in mano, la polizia avrebbe aperto un'inchiesta e Goron sarebbe inevitabilmente finito tra gli indagati. Lavorava da anni per la Lobb's Tin & Pewter, con qualche piccola interruzione, insieme al loro padre, Bran Udy. Per un certo periodo Daidre era riuscita ad allontanare i fratelli da quell'ambiente malsano, ma non era stato facile. Ci era riuscita promettendo a entrambi un vero lavoro, con un vero stipendio, e mettendo a loro disposizione il suo cottage di Polcare Cove. Aveva trovato un posto a tutti e due in una fabbrica di sidro abbastanza vicina al cottage: Goron era addetto alla manutenzione dei macchinari per la produzione e Gwynder lavorava nella sezione marmellate. Daidre aveva persino comprato un'utilitaria perché facessero meno fatica ad andare e tornare dalla fabbrica, ma Goron si lamentava del lavoro – come se quello che gli faceva fare Bran fosse meglio – e alla fine aveva lasciato sia la fabbrica di sidro sia il cottage di Daidre ed era tornato alla Lobb's Tin & Pewter. Con la macchina che gli aveva comprato Daidre, peraltro. Così Gwynder si era ritrovata sola e abbandonata e Daidre, non sentendosela di lasciarla a Polcare Cove, era andata a prenderla e se l'era portata a Londra.

Daidre era andata alla Lobb's Tin & Pewter per parlare con Goron – non con Bran, a lui non voleva rivolgere mai più la parola – ma non ne aveva cavato nulla. Goron le aveva detto che voleva stare lì, che lì c'era bisogno di lui, che ricopriva un ruolo importante e voleva rimanere.

Non era da lui esprimersi in quel modo e Daidre si era chiesta chi gli avesse messo in bocca quelle parole. Bran Udy? Da che li conosceva, Bran parlava a monosillabi e Goron anche. Gli aveva chiesto in che cosa consistesse questo «ruolo importante» e lui aveva ribadito che lì c'era bisogno di lui. Non sembrava pesargli il fatto di dover vivere con il padre in un caravan malconcio, in un luogo isolato, lontano da qualsiasi centro abitato. Non aveva voglia di andare da nessuna parte, le aveva detto, e anche se gli fosse venuta, stare via più di qualche ora sarebbe stato pericoloso.

Daidre gli aveva chiesto quale fosse il pericolo, ma ancora una volta lui si era limitato a ribadire che aveva il dovere di restare dov'era.

Adesso il proprietario della Lobb's Tin & Pewter era stato trovato morto e sembrava che si trattasse di omicidio, che fosse stata aperta un'inchiesta. La polizia avrebbe indagato. Se Gwynder l'avesse saputo, sarebbe corsa là senza pensarci due volte. Niente l'avrebbe trattenuta. Non si sarebbe fermata un istante a pensare che là non avrebbe potuto fare assolutamente nulla, che le indagini avrebbero fatto il loro corso... Non avrebbe ragionato sui fatti. Gwynder aveva in comune con Goron un passato diverso da quello che aveva avuto lei, ed era convinta di dover proteggere il fratello gemello sempre e comunque.

Daidre era perfettamente consapevole del fatto che spegnere la radio serviva a poco, perché prima o poi Gwynder sarebbe venuta a sapere di Lobb. L'avrebbe visto sui social, l'avrebbe sentito per radio o alla tv, l'avrebbe letto su qualche giornale. E, anche se fosse stato rispettato l'anonimato, avrebbe capito. E avrebbe capito anche che Goron sarebbe finito di sicuro nella rosa dei sospettati.

Decise di informarsi e approfondire. Sapeva a chi rivolgersi.

Launceston
Cornovaglia

Ray amava fare sesso senza fretta, anche le mattine in cui dovevano andare entrambi a lavorare e uno dei due doveva accompagnare il figlio a scuola a Redruth. In quelle occasioni Bea trovava impossibile fare alcunché senza affannarsi, ed era uno dei tanti motivi per cui pensava che lei e Ray non fossero destinati a rimanere insieme ancora per molto. Nessun uomo poteva restare a lungo legato a una donna che quando faceva l'amore guardava continuamente l'orologio.

Siccome questo succedeva soprattutto quando lei stava indagando su un omicidio, quella mattina, non appena Ray si era avvicinato e le aveva sfiorato il collo con un bacio, era stata costretta a dire «Scusa, amore, ho una riunione» e ad alzarsi dal letto prima che lui provasse a farla desistere o le ripetesse per l'ennesima volta che doveva smettere di lavorare alla Major Incident Team.

«Quanto hai dormito? Cinque ore?» le chiese, mentre lei andava in bagno a sciacquarsi la bocca con il collutorio, perché si sentiva l'alito cattivo. Tornò in camera da letto, si infilò l'accappatoio e annodò la cintura. «Meno. Ero agitata. Ho dormito pochissimo» rispose.

«Ah...» Ray scostò le coperte per invitarla a tornare a letto e si indicò il pube per mostrarle il rigonfiamento sotto il pigiama. «Massimo dieci minuti. Prometto. Giuro.»

«Mi piacerebbe tanto...» rispose Bea. Non era vero, ovviamente, ma conosceva gli uomini e sapeva gestire il loro ego. «Non sei tu, tesoro. Sono io. Anzi, è Phoebe Lang» aggiunse.

«Phoebe Lang. Non l'avrebbero dovuta promuovere. Lo sapevo» gemette Ray.

Bea gli diede un bacio sulla testa e uscì. In cucina, trovò Pete che si stava preparando da mangiare. Guardò nel piatto: fagioli in salsa e pane tostato. «Due salsicce?» gli chiese. «Un uovo fritto?»

«Volentieri. Grazie, mamma.»

Bea frugò nel frigorifero di Ray in cerca di salsicce e ne trovò una confezione da dodici. Ne prese metà – due a testa – e le mise in una padella di ghisa. Poi passò alle uova. Ne fece uno sodo per sé da mangiare più tardi. Ray li raggiunse, fresco di doccia e vestito, quando la colazione era quasi pronta. «Niente telefonini a tavola» disse a Pete. «È la regola.»

«Ma ero solo! Non c'era nessuno!» protestò Pete.

«Adesso ci siamo. Mettilo via, Pete.»

«Uffa» borbottò il ragazzo, ma si infilò il telefono nella tasca dei pantaloni della divisa senza ribattere.

«A tavola si sta in famiglia» gli ricordò Ray. «Sono gli unici momenti che passi con tua madre e tuo padre.»

Pete alzò gli occhi al cielo. Doveva essere la milionesima volta che se lo sentiva ripetere. «Non vuoi che mi tenga informato su quello che succede nel mondo?» chiese.

«Certo che voglio che tu ti tenga informato. Ma su quello che succede nel mondo reale» rispose Ray. «E questo non lo trovi sui social.»

«Invece sì» ribatté Pete.

«Come, scusa?» chiese Ray con un tono che non ammetteva repliche. Pete abbassò la testa.

Cominciarono a mangiare tranquillamente, tranne Bea, che spazzolò in fretta le salsicce, trangugiò una cucchiaiata di fagioli e sgusciò l'uovo sodo, lo condì con sale e pepe e lo mise in un sacchetto. Poi salì in camera e si infilò gli stessi vestiti del giorno prima. Teneva volutamente pochissime cose a casa di Ray.

Se ne avesse portate di più, lui ne avrebbe probabilmente tratto conclusioni che era meglio evitare.

Lasciò marito e figlio ancora a tavola, con Ray che interrogava Pete con le flashcard che lui stesso si era preparato. Disse che avrebbe cercato di tornare a casa per cena. Ray rise. «Tranqui, mamma. Ha detto che se le so tutte, mi porta al ristorante indiano» commentò Pete.

«Offro una cena» disse Ray.

«Ed è un'offerta che non puoi rifiutare» disse Bea al figlio.

Purtroppo arrivò in ritardo alla riunione della MIT nella sede di Bodmin e la sovrintendente Lang le lanciò un'occhiataccia per poi guardare ostentatamente l'orologio. Bea si scusò con il labiale e prese posto. Sulla lavagna erano elencate le cose da fare e Phoebe Lang le stava passando in rassegna una per una. Occorreva scavare nel passato di Michael Lobb, scoprire se aveva nemici, verificare se nella bottega o nella fonderia era stato rubato qualcosa, prendere nota di tutto ciò che sembrava fuori posto sulla scena del crimine, identificare le persone che potevano trarre vantaggio dalla morte di Lobb, raccogliere eventuali alibi e verificarne la veridicità, localizzare Willen Steyn lungo il Southwest Coast Path, andare a parlare con Sebastian Lobb, il fratello della vittima, la ex moglie e i due figli. Bisognava indagare anche sui due uomini che vivevano e lavoravano nella proprietà di Lobb: Bran e Goron Udy. Che ruolo avevano? Chi erano? Da dove venivano? Insomma, occorreva approfondire nei minimi dettagli vita e morte di Michael Lobb. Qualcuno lo aveva ucciso, e la gente uccideva per caso e senza motivo solo in America, dove circolavano troppe armi.

Phoebe Lang terminò di assegnare i compiti e si rivolse a Bea. «Quali sono gli esiti dell'autopsia?»

«Secondo Mylo, l'assassino è un maschio destrimano e ha colto Michael Lobb alla sprovvista. O si è nascosto nella fonderia per aspettarlo al varco, oppure è entrato di soppiatto mentre Lobb lavorava. Lo ha colpito una prima volta alla schiena, ma lo ha ferito solo superficialmente, senza procurargli lesioni mortali, al che Lobb si è girato e ha cercato di difendersi. Per poco, perché quello gli ha dato altre otto pugnalate. È morto dissanguato.»

«Quindi sul corpo e sui vestiti di Lobb ci sarà il DNA dell'assassino.»

Bea annuì. «E sui vestiti dell'assassino ci sarà quello di Lobb.»

«L'arma?»

«Per ora non è chiaro con cosa sia stato ucciso. Si sa soltanto che non è un coltello e ha una punta molto affilata.»

«L'assassino l'aveva con sé o l'ha trovata lì?»

«Sono possibili entrambe le ipotesi.»

Carbis Bay
Cornovaglia

Era stata Jesse McBride a convincerla, altrimenti Gloriana non sarebbe mai andata a Carbis Bay. Il giorno prima, nel pomeriggio, Gloriana era passata da lei al Wedge o' Cheese Café e le aveva raccontato che era morto suo padre, che suo fratello era andato a trovarla in negozio per dirglielo e che sembrava si fosse trattato di omicidio. Le aveva anche detto che, appena Merritt era andato via, aveva chiamato a casa della madre. Grazie a Dio non aveva parlato direttamente con lei, ma con Anthony Grange. Jesse le aveva servito il caffelatte lanciandole un'occhiata come a dire: *E...?*

«Cosa?» aveva chiesto Gloriana, che conosceva fin troppo bene quell'espressione.

«Stai andando da lei?»

No, non stava andando da sua madre, stava tornando a casa, aveva risposto. Era la verità. Doveva finire l'ultimo video per *Unburden*, che era stata costretta a mollare a metà per colpa del trasloco di Cressida Mott-King. Riteneva di aver già assolto il proprio dovere di figlia nei confronti di Maiden e non aveva nessuna intenzione di fingersi addolorata per la morte di Michael, cui non era mai interessato niente né della moglie né dei figli, perché il suo unico obiettivo era portarsi a letto una ragazzetta poco più grande di loro. La sua morte la lasciava indifferente e pensava di potersela cavare con una telefonata.

Ma Jesse McBride aveva il difetto di essere empatica. Anche troppo. «Ma qui non si tratta di te e lui, Gloriana» aveva ribattuto. «Non lo faresti per lui, ma per tua madre. Capisco che tu sia arrabbiata con lui, ma...»

«Non sono arrabbiata» l'aveva interrotta Gloriana. «Lo odio.»

«... ma tua madre non ti ha mai fatto niente. Mica odi anche lei.»

Gloriana le aveva fatto notare che le loro famiglie d'origine non sarebbero potute essere più diverse: i genitori di Jesse stavano ancora insieme, suo padre non aveva mai avuto amanti, Jesse e le sue due sorelle avevano sempre vissuto felici e contente, pertanto non potevano nemmeno immaginare che cosa si prova nel vedere che tuo padre si scopa una poco più grande di te.

Jesse, che stava pulendo la macchina del caffè, si era girata e l'aveva guardata con la sua tipica espressione dubbiosa, mordicchiandosi il labbro inferiore. Gloriana sapeva che era un modo per dire: *Ancora non te ne sei fatta una ragione?* La conversazione era finita lì, ma Gloriana sapeva che Jesse era convinta che lei dovesse andare da sua madre e, per quanto le scocciasse, alla fine seguì come ogni volta il suo consiglio. Del resto il senso di colpa era il faro che aveva sempre guidato la sua vita.

Partì presto con l'intenzione di andare a trovare sua madre e tornare a Mousehole in tempo per vestirsi e truccarsi anni Sessanta e aprire il Vintage Britannia all'orario indicato sulla porta del negozio. Prevedeva di riuscire ad andare e tornare senza grossi problemi. D'estate le strade della Cornovaglia erano intasate come le arterie di un grande obeso che si nutre esclusivamente di *fish and chips*, ma all'inizio della primavera non c'era troppo traffico ed era un viaggio piacevole, con scorci bellissimi e stradine costeggiate da muretti in pietra, rampicanti, aglio selvatico e ginestre. In quel periodo dell'anno la Cornovaglia era stupenda, secondo Gloriana. Anche con il tempo grigio, ventoso e spesso inclemente, si intuiva che stavano per arrivare cieli azzurri, cinguettii di uccellini, siepi rigogliose, greggi al pascolo e campi in piena esplosione di vita.

Carbis Bay era una località turistica ai margini di St. Ives nota soprattutto per la grande spiaggia a forma di mezzaluna, facilmente accessibile dai numerosi hotel e bed & breakfast della cittadina. Quando aveva scoperto la tresca fra il marito e Kayla Steyn, Maiden era andata ad abitare lì proprio perché era vicina a St. Ives, dove aveva trovato lavoro in un negozio di piante. Aveva comprato un bungalow a Richmond Way, vicino a un parco con un'area giochi per bambini, e ci era andata ad abitare con Gloriana, perché Merritt era già in collegio. Da allora, aveva sempre vissuto lì.

Il bungalow aveva un bel giardino cintato da un muretto di granito che dimostrava la passione di Maiden per il landscape design e il suo straordinario pollice verde. A parte in pieno inverno, c'era sempre qualche pianta in fiore e anche nei mesi più freddi ad allietare l'ambiente c'erano sempreverdi, *Iberis sempervirens* e aranci del Messico. Quel bungalow era sempre stato una meraviglia.

E continuava a esserlo, benché sia la casa che il giardino mostrassero i segni del sovraffollamento di quel periodo. Nel bungalow c'erano tre camere da letto e con Maiden vivevano anche Merritt, sua moglie e i loro figli. L'aspetto della casa ne risentiva.

Gloriana salì i gradini e prima di arrivare al portone dovette schivare un triciclo, una bicicletta da bambini e tre automobiline di plastica: un camion con rimorchio, uno scuolabus con portiere e finestrini funzionanti e un trattore senza una ruota. Nella veranda davanti al portone erano ammassati cianfrusaglie da spiaggia, impermeabili, ombrelli e una fila di galosce, oltre alle consuete felci e le ceste di ceropegia e passiflora appese al soffitto. Nonostante lo spazio angusto, le piante prosperavano.

Gloriana aveva le chiavi ed entrò senza bussare. La casa era silenziosa e tranquilla, in perfetto ordine, profumata di limone. I mobili erano vecchi e sotto i cuscini erano nascoste le macchie lasciate dal passaggio di fin troppi bambini piccoli. Sul tavolino del salotto c'era un puzzle da finire, ma i pezzi erano in ordine. Gloriana salutò a voce alta. Le rispose una voce maschile: «Gloriana?» Evidentemente Anthony Grange era lì. Non c'era da stupirsi, visto che erano anni che voleva sposare Maiden. Probabilmente era andato a festeggiare la dipartita di Michael.

Anthony uscì dalla cucina e attraversò la sala da pranzo con il figlio più piccolo di Merritt in braccio. Sojourn Douglas

– che nome! – era paonazzo e il moccolo gli arrivava al mento. Anthony cercava di pulirlo con una salvietta ma SJ, come lo chiamavano, non ne voleva sapere e si dimenava protestando.

«Lascia fare a me.» Gloriana lo raggiunse e gli prese di mano la salvietta. «Adesso basta, Sojourn Douglas!» disse, e gli pulì il naso con gesto brusco e sbrigativo. Poi chiese ad Anthony dov'era Bonnie, immaginando che Merritt fosse a St. Ives, nel suo studio di design dietro il negozio di piante, e che sua moglie fosse rimasta a casa a occuparsi dell'altro bambino, ancora troppo piccolo per andare all'asilo.

Anthony le rispose che Bonnie era a St. Ives a sostituire Maiden in negozio per permetterle di elaborare il lutto. Gloriana chiese quale lutto avesse mai da elaborare sua madre, visto che avevano divorziato oltre dieci anni prima e Michael non era più nessuno per loro.

Anthony non le rispose; dopo un po' Gloriana sospirò e chiese: «Dov'è?»

«Sono qui, tesoro.» Maiden era appena arrivata dalla zona notte, pullover grigio e gonna scozzese di Aberdeen, la sua città natale.

Nel vederla, Gloriana ebbe un moto di impazienza nei confronti della madre, che non faceva nulla per non sembrare una vecchia decrepita. Aveva cinquantadue anni e, se era vero che contrastare l'avanzata della gobba e dell'osteoporosi era difficile, avrebbe perlomeno potuto evitare di vestirsi come una nonna e di pettinarsi i capelli sale e pepe alla pompadour. In quel modo dimostrava vent'anni di più.

Maiden si avvicinò ad Anthony, gli prese il bambino e gli chiese di andare a preparare un caffè per tutti, per cortesia. Lui si affrettò ad accontentarla. A quel punto Maiden si girò verso Gloriana e le rivolse un sorriso che le addolcì l'espressione. «Sono così felice che tu sia venuta, tesoro.» Sembrava sincera, ma poi aggiunse: «Con la faccia pulita e vestita decente». Gloriana non poté ignorare la frecciata.

Era evidente che sua madre si riferiva a Vintage Britannia. «Non sono ancora andata in negozio» rispose, e guardò l'orologio per farle capire che mancava poco all'orario di apertura.

«Ah, be', sì, certo» disse Maiden, facendo un vago gesto con la mano per liquidare l'argomento. « Non ci avevo pensato. Quindi sei di fretta? Vai via subito? »

« Resto quanto posso, compatibilmente con il negozio. » Sua madre riusciva sempre a metterla a disagio. « Sono venuta a vedere come stai, mamma » disse.

« Be', è terribile pensare che tuo padre non c'è più, no? Sembrava il ritratto della salute, e invece... Così all'improvviso. Uno shock. »

Gloriana aggrottò le sopracciglia, ma subito rilassò la fronte per evitare che le venissero le rughe. Quelle parole l'avevano lasciata perplessa: evidentemente nessuno aveva ancora detto a Maiden com'era morto il suo ex marito. Gloriana maledisse in cuor suo il fratello, che aveva passato a lei la patata bollente.

« Mamma, devi sapere che... »

« A questo punto ci possiamo sposare, io ed Anthony » la interruppe Maiden con voce sognante. « Con una cerimonia sobria, ovviamente. Spero che tu venga. Magari accompagnata, eh? »

Gloriana contò fino a cinque, molto lentamente, prima di rispondere: « Magari invece verrò da sola ».

« Non hai nessuno? Come mai non hai ancora trovato un uomo, Gloriana? Sei una bella ragazza, ha una attività tua, sei economicamente indipendente, autonoma... »

Questa volta Gloriana dovette contare fino a dieci, e nel frattempo la voce di Anthony disse, dalla cucina: « Deve ancora incontrare l'uomo giusto, Maidie ».

« E, quando lo incontrerò, lo riconoscerò » rispose Gloriana in tono cantilenante. Poi decise di prendere il toro per le corna. « A quando il grande giorno? » chiese.

« Be', aspetteremo un po', ovviamente. Poi penseremo alle pubblicazioni, che hanno i loro tempi, e alla fine, come dicono i giovani, 'lo faremo'. »

« Credo che parlino di sesso, non di nozze, però » ribatté Gloriana. « E non so nemmeno se si dice ancora. Adesso va più di moda 'scopare'. »

Maiden alzò una mano per fermarla. « Non usare queste parole, Gloriana. Non mi capacito che ormai consideriate normale il turpiloquio...» Poi sorrise. «Ad ogni modo, ora che sono vedova, sposerò Anthony.»

«Vedova?» chiese Gloriana.

«Sai qual è la posizione della Chiesa Anglicana a questo proposito, no? Ah, ecco il mio futuro sposo.»

Anthony arrivò dalla cucina con un vassoio sul quale c'erano caffettiera, tazze, zuccheriera e brocchetta di latte. Lo posò sopra il puzzle incompiuto, facendo attenzione a non spostare nessuno dei pezzi già sistemati. Poi si fece passare Sojourn Douglas e gli mostrò un Digestive. «Guarda cosa ho di bello! Guarda cos'ho qui per te!» Fece sedere il bambino su una poltroncina foderata con un motivo di giraffe, leoni e tigri. «Quindi Maiden ti ha dato la bella notizia» disse poi a Gloriana.

«Sì» rispose lei. Colse l'occasione per arrivare al punto. «Senti, mamma, Merritt non ti ha detto... di papà?»

Odiava chiamarlo in quel modo, ma con sua madre faceva fatica a chiamarlo per nome.

«A cosa ti riferisci, tesoro?»

«Al modo in cui è morto. Merritt non te l'ha detto?»

Maiden guardò un momento Anthony, poi tornò con gli occhi su Gloriana. «Merritt ha parlato con Anthony, non con me. Ho dato per scontato che avesse avuto un infarto. O un incidente. So che stava lavorando, che era alla fonderia. Merritt sapeva solo questo, vero, Anthony?»

Anthony annuì. «A me non ha detto altro.»

«Non ti ha detto che Kayla gli aveva telefonato e gli aveva spiegato com'era successo?»

Maiden si coprì la bocca con una mano e chiese: «Com'è successo?»

«È stato assassinato.»

«Assassinato?» Maiden guardò Anthony. Gli tese la mano e lui le andò subito vicino. Sojourn Douglas scivolò giù dalla poltroncina e aprì il cesto di vimini che conteneva i giocattoli.

«Quando?» chiese Anthony a Gloriana. «Come?»

«Era in bottega, lavorava. È successo di notte, oppure la mattina presto. Non si sa con certezza. Lo hanno... aggredito. È intervenuta la polizia. Stanno parlando con tutti quelli che erano lì quando è stato ritrovato.»

«Assassinato» ripeté Maiden, più a sé stessa che agli altri. «Sono vedova perché mio marito è stato assassinato.»

Gloriana avrebbe voluto ribattere che la vedova era Kayla e che lei avrebbe fatto meglio a chiudere definitivamente con il passato, come aveva fatto per tanti altri aspetti. Non era assurdo che continuasse a considerarsi sposata con Michael Lobb?

Sojourn Douglas, che aveva rovesciato per terra un set di mattoncini di legno, approfittò di quel momento per lanciarne uno, che colpì Anthony in mezzo agli occhi. L'uomo ebbe un moto di stizza, ma tornò subito alla consueta impassibilità.

Gloriana si avvicinò e tolse di mezzo i mattoncini. Vedendo che SJ aveva già la faccina contratta di chi sta per strillare, gli mise in mano un'arca di Noè di stoffa, da cui il bambino incominciò a tirare fuori varie coppie di animali di peluche. Poi, soddisfatto, si mise in bocca la testa e il collo della giraffa. Gloriana fece un rapido calcolo e decise che non correva rischi: il peluche era troppo grosso perché SJ potesse inghiottirlo.

«La polizia ha parlato con Kayla?» chiese Maiden. Era una delle rarissime volte in cui chiamava per nome l'usurpatrice. «E con Bran? Lui e... suo figlio lavorano per Michael, no?»

«Immagino che stiano interrogando tutti quelli che avevano a che fare con papà» rispose Gloriana. «Verranno anche da noi. Dobbiamo essere preparati.»

«Preparati? E a cosa?» chiese Maiden confusa.

«A essere interrogati dalle forze dell'ordine» rispose Anthony.

«E perché la polizia ci dovrebbe interrogare?»

«Perché siamo sospettati» disse Gloriana.

Trevellas
Cornovaglia

Geoffrey Henshaw aveva il dubbio che fosse un tantino presto per andare a parlare alla vedova di Michael Lobb. Era morto da due giorni e mezzo soltanto e non voleva fare la figura dell'avvoltoio. Ma Curtis lo metteva sotto pressione. A suo parere, il fatto che Michael Lobb non ci fosse più poteva rivelarsi determinante per l'esito della trattativa sulla Lobb's Tin & Pewter, e

Geoffrey doveva rendersene conto. La vedova era abbastanza giovane per rifarsi una vita altrove.

Geoffrey ci pensò e alla fine decise che, poiché era uno di quelli che avevano ritrovato il corpo, aveva la scusa per passare a trovare la vedova e vedere come stava. Doveva portarle dei fiori o era meglio di no? Come l'avrebbe presa la signora? Avrebbe apprezzato? Non voleva esagerare. Meglio essere sé stesso: dispiaciuto, partecipe, addolorato e così via. Sé stesso fino a un certo punto, però, perché Geoffrey era desideroso di concludere l'affare e acquisire la Lobb's Tin & Pewter, anche se questo per il momento non lo poteva dire alla vedova.

Alla fine optò per portare dei fiori e prima di andare a Trevellas fece una deviazione per Perranporth. Il fioraio era poco dopo un Domino's Pizza. Geoffrey si fermò un attimo. Domino's Pizza gli ricordava Freddie, perché era proprio lì che l'aveva vista per la prima volta, fuori dal college. I loro sguardi si erano incrociati e, sebbene fosse con due amiche, Freddie gli aveva fatto ciao con la mano e poi gli era andata incontro con un gran sorriso. Si erano parlati brevemente. Lei era andata a fare merenda con le ragazze, lui era entrato a comprare un trancio da portare via. E come mai ne aveva ordinato uno così grande? Stava morendo di fame? No, l'aveva preso grande per dividerlo. Ah, ecco! E con chi? Con mia moglie. Freddie aveva cambiato faccia e sgranato gli occhi. Ah, è sposato? Peccato... Perché peccato? Una risata, poi: Non dovrei dirlo, ma ho fatto un sogno su di lei, in cui non era sposato. O almeno, non si comportava come tale. Ah, sì? E come mi comportavo? Altra risata. Meglio che non glielo dica. Non mi costringa. E lui: immagino che una ragazza sveglia come te dagli uomini non si lasci costringere a far nulla. Dico bene? E lei: Sì, più o meno. Più o meno? Freddie, con un'occhiata che era tutto un programma, aveva risposto: Da certi uomini mi lascio fare di tutto, professore.

Geoffrey si impose di scacciare quei pensieri. Meglio togliersi Freddie dalla testa. Parcheggiò davanti a Fanciful Flowers, dove gli toccò scucire trenta sterline per un bouquet. Se si fosse fermato a un distributore di benzina, un mazzolino di fiori – magari mezzo appassiti – gli sarebbe costato meno di dieci, recriminò fra sé. Fatto quell'investimento, non poteva più esimersi dall'andare alla Lobb's Tin & Pewter. Venti minuti dopo imboccò lo sterrato che conduceva alla proprietà di Michael Lobb. O meglio, dei suoi eredi.

Il nastro della polizia era stato tolto, quindi immaginò che la Scientifica avesse finito il sopralluogo e fossero andati via tutti. Si accorse del proprio errore quando vide uscire dalla fonderia la poliziotta con la cresta color magenta, Kayla Lobb e un bell'uomo in jeans firmati e camicia di lino sbottonata. Portava al collo un ciondolo scolpito, forse di osso, aveva le maniche rimboccate e le braccia muscolose. Aveva faccia e testa completamente rasate ed era uno di quegli uomini che sono belli anche se calvi. «Quando riusciremo ad aprire la cassaforte...» stava dicendo Kayla Lobb.

Si interruppe nel vedere Geoffrey con il bouquet in mano. Sebbene si sentisse un cretino, lui non poté fare a meno di raggiungere il gruppo e porgere i fiori alla vedova. «Condoglianze, signora Lobb. L'altro giorno non abbiamo avuto modo di parlare. Come sta?»

«Grazie, signor Henshaw. Molto gentile da parte sua» rispose la donna. Poi indicò i due che erano con lei: «Ha già conosciuto l'ispettore Hannaford, immagino. E lui è Sebastian, il fratello di mio marito».

Geoffrey notò che la poliziotta lo guardava con diffidenza e si pentì di aver portato i fiori, sebbene la signora Kayla sembrasse aver gradito. Il fratello della vittima, Sebastian, gli strinse la mano. «È stato gentile a passare.»

«Condoglianze. Sono uno di quelli che lo hanno trovato, l'altro giorno... Eravamo io e...» Geoffrey fece una pausa, poi scosse la testa. «Non mi ricordo come si chiama.»

«Il signor Henshaw era con Bran» spiegò Kayla a Sebastian. «Era venuto a parlare con Michael e poi... lui e Bran... insieme...» Si interruppe, come per riprendersi. «Scusate. Signor Henshaw, vuole...?» E fece un cenno verso il cottage. Era chiaro che lo stava invitando a entrare in casa e, visto che era presente anche il cognato, era l'occasione perfetta per parlare con entrambi. Se fossero stati tutti e tre sulla stessa lunghezza d'onda, sarebbe stato semplice accordarsi. Una mera formalità: sarebbe bastato compilare il contratto con nomi, cognomi e termini di pagamento. Geoffrey si augurava con tutto il cuore che andasse così.

Quindi rispose che sì, certo, volentieri, pronto ad accettare tutto quello che gli avrebbe offerto, che fosse tè, caffè, *Cornish pasties* o *scones*: prima la marmellata, naturalmente. Siamo in Cornovaglia! Gli andava bene tutto, pur di poter parlare a tu per tu con la vedova e il cognato.

Purtroppo, però, Kayla aveva esteso l'invito anche alla poliziotta. «Il testamento dovrebbe essere nella cassetta di sicurezza in cui Michael teneva gli atti e i documenti importanti. È al piano di sopra.»

«Faccio chiamare un fabbro per la cassaforte» disse l'ispettore Hannaford. «Non mi aspettavo di rivederla tanto presto, signor Henshaw. Magari poi io e lei ci facciamo un'altra chiacchierata» aggiunse poi, rivolgendosi a Geoffrey.

Trevellas
Cornovaglia

Il motto di Geoffrey Henshaw non era certo «Non disturbare il can che dorme», pensò Bea. Era ovvio che voleva comprare. Bisognava capire fino a che punto era capace di spingersi pur di raggiungere il suo scopo.

Era tornata alla Lobb's Tin & Pewter per fare un secondo sopralluogo sulla scena del crimine. Occorreva accertare che Michael Lobb non fosse stato ucciso a seguito di un furto e l'unico modo per verificarlo era controllare se mancava qualcosa nella fonderia o nella bottega, impresa che si preannunciava tutt'altro che semplice.

Bran e Goron Udy si occupavano esclusivamente dell'estrazione dello stagno. In bottega, a creare gioielli e oggettistica varia, c'era Michael Lobb. Perciò loro due non erano in grado di dire se fosse stato rubato qualcosa. Forse però la signora Lobb sì. L'accesso alla scena del crimine era vietato ai non addetti ai lavori, ma la Scientifica aveva concluso e Bea era curiosa di vedere come si muoveva Kayla Lobb nel laboratorio del marito.

Purtroppo, non aveva fatto i conti con Sebastian Lobb, che si era opposto risolutamente dicendo che non si poteva portare una povera vedova nel posto in cui le era stato ucciso il marito. « Lei è senza cuore! » aveva commentato. « Mike lavorava stagno e peltro, non oro. Cosa poteva esserci da rubare? »

« Grazie, Sebastian, ma ce la posso fare. Mi fa piacere dare una mano » era intervenuta Kayla.

« Prima vado a dare un'occhiata io » aveva detto Sebastian. Poi, per prevenire eventuali obiezioni da parte di Bea, aveva aggiunto: « Senza entrare, stia tranquilla. Non le contamino la sua scena del crimine ».

Bea gli aveva risposto che poteva andare serenamente a vedere e si era sforzata di non reagire alle provocazioni di quell'uomo. Forse era uno dei tanti che mal sopportavano le autorità. Bea ne prese mentalmente nota.

Portare Kayla Lobb sulla scena del crimine si era rivelato inutile, se non per uno scatolone pieno di registri e libri contabili che avevano trovato e che a quel punto andavano inoltrati a un contabile forense, perché li esaminasse alla ricerca di irregolarità che facessero pensare ad attività fraudolente quali appropriazione indebita, corruzione, riciclaggio di denaro sporco o estorsione. Per aprire la grande cassaforte in un angolo era necessario l'intervento di un fabbro, perché sia Kayla sia Sebastian avevano dichiarato di non conoscerne la combinazione e di non sapere che cosa contenesse. Che fosse vero o no per Bea era irrilevante, almeno per il momento. A meno che dentro la cassaforte non ci fosse il testamento. Aveva chiesto lumi al riguardo.

« Probabilmente lo teneva in casa. Possiamo dare un'occhiata, se pensa sia utile » aveva detto Kayla.

Bea aveva risposto che sì, pensava sarebbe stato molto utile, e aveva indicato la porta. Erano usciti e mentre Bea richiudeva tutto era arrivato Geoffrey Henshaw con il suo ridicolo mazzo di fiori.

Kayla sembrava sorpresa di vederlo. Si impappinò nelle presentazioni e si stupì nel vedere che lei e Geoffrey già si conoscevano. A Bea parve molto strano, visto che Geoffrey Henshaw aveva trovato il cadavere e lei era intervenuta poco dopo il ritrovamento. « Nella cassetta di sicurezza possiamo controllare anche subito, ispettore. Di quella ho le chiavi » le disse Kayla quando entrarono in casa. Lanciò un'occhiata a Henshaw. « Lo faccio adesso? » chiese. Bea le rispose di sì: trovare il testamento del marito era importante. Sebastian si offrì di assisterla – perché mai Kayla avrebbe avuto bisogno di assistenza? si domandò Bea – ma Kayla gli disse che se la cavava benissimo da sola. Nel frattempo, se non gli dispiaceva, poteva preparare un tè o un caffè?

Kayla andò al piano di sopra. Sebastian si muoveva per la cucina come se fosse di casa. Bea approfittò di quel momento per controllare un messaggio che le era appena arrivato. Era di Mylo Baker, ed era brevissimo: una punta. Bea mandò subito un messaggio alla sovrintendente Lang per dirle che serviva un contabile forense e bisognava mandare un fabbro sulla scena del crimine il prima possibile.

Phoebe Lang rispose con l'emoji del pollice in su. Mentre Sebastian riempiva il bollitore elettrico e lo accendeva, Bea gli chiese: « Lei è al corrente delle disposizioni testamentarie di suo fratello, signor Lobb? »

Notò che Henshaw alzava lo sguardo dallo smartphone per ascoltare la risposta. Fino a un attimo prima digitava furiosamente, ma il testamento di Lobb gli interessava: se il suo piano era comprare la proprietà, aveva bisogno di sapere con chi doveva trattare.

« Di sicuro avrà fatto in modo che Kayla fosse ben sistemata » rispose Sebastian.

« Giusto. »

« Non so bene come, però. Non credo intendesse affidarle la conduzione dell'azienda. »

« Perché? Non ne avrebbe le capacità? »

Sebastian tirò fuori da una credenza un barattolo di caffè solubile e una scatola di tè e li portò sul tavolo. « Sarebbe perfettamente in grado di gestire la parte di cui si occupano Bran e Goron, perché non è una stupida. Ma non sarebbe capace di creare oggetti artistici come quelli di Mike. E comunque, fosse anche brava quanto lui, non credo che lo vorrebbe fare. »

« Perché? »

Sebastian si appoggiò al piano della cucina con una mano in tasca. «Kayla ha trentatré anni ed è sudafricana. Ho l'impressione che voglia tornare a casa dai suoi. E che lo vogliano anche loro.»

«Chi?» Riapparve Kayla con un documento in mano. «Avevo ragione. Era lì.»

«Posso dare un'occhiata?» chiese Bea allungando la mano.

«Vuole sapere dell'azienda, immagino» disse Kayla facendo scivolare il documento sul tavolo.

«I beneficiari, gli eredi... tutto quanto» aggiunse Sebastian.

«Gli eredi sono Gloriana e Merritt. Ho dato un'occhiata veloce: sembra tutto chiaro. Ereditano i figli.»

«Aspetta un attimo» disse Sebastian. «Fammi vedere.» Tese la mano per farsi dare il documento e Bea gli lasciò il tempo di leggere i dettagli rilevanti. «Ma che...?» Sebastian sfogliò il testamento e poi lo gettò sul tavolo. Geoffrey Henshaw aveva l'aria di voler risucchiare il documento e assimilarne all'istante il contenuto. Ricominciò a digitare furiosamente sullo smartphone. «Mike non ha rifatto testamento, dopo che vi siete sposati?» chiese Sebastian nel frattempo.

«Ha detto che lo voleva cambiare, ma forse poi...» disse Kayla. «La vita, le cose... Avrà rimandato. Se lo ha fatto, non me l'ha mai dato da leggere.»

«E lei non gli ha mai chiesto niente?» domandò Bea. «Suo marito era molto più grande di lei...»

«Ventitré anni di differenza.»

«... pertanto sarebbe stato ragionevole da parte sua avere delle rassicurazioni, nel caso fosse mancato prima di lei, cosa statisticamente probabile. Per quanto tempo siete stati sposati?»

Kayla si fermò un momento a pensare prima di rispondere: «Tredici anni».

«Quindi lei era molto giovane e lui aveva superato la mezza età.»

«Michael ha... ha cinquantasei anni.»

«Una bella differenza. Si sarà fatta delle domande sugli anni a venire.»

«Forse avrei dovuto, ma Michael era sano come un pesce e quindi... No, non ci pensavo.»

«Aveva un'assicurazione sulla vita?»

«Non me ne ha mai parlato. Non parlavamo di certi argomenti.»

Bea annuì pensierosa. «Lo trovo molto strano.» Poi guardò il fratello del defunto. «Lei è sposato, signor Lobb?»

«Cosa gliene importa, scusi?»

«Mi risponda, per favore.»

«Sono divorziato. Da tempo. Un matrimonio mi è bastato.»

Bea guardò Geoffrey Henshaw, che aveva smesso di digitare sullo smartphone e seguiva attentamente la conversazione. «Le possibilità di concludere l'affare per la sua azienda mineraria sono rapidamente salite. È venuto per questo, Henshaw? Non penso volesse soltanto omaggiare la signora Lobb di un mazzo di fiori» gli disse.

Per un attimo Henshaw assunse l'espressione del cervo abbagliato dai fari. «Avevo lasciato al signor Lobb dei documenti. Sono venuto a riprenderli» rispose poi.

«Non voleva provare a convincere la signora a vendere la proprietà?»

«Ma no, si figuri! Non avevo idea di chi fossero gli eredi. E comunque possiedo un minimo di decenza, ispettore.»

«Quindi non correrà a fare un'offerta ai nuovi proprietari» concluse Bea. «Mi fa piacere.» E quando lo vide arrossire come un peperone, aggiunse: «Come volevasi dimostrare». Si rivolse a Kayla Lobb. «Avrò bisogno dei dati di tutti, avvocato compreso.»

«Certo» rispose Kayla. «Se parla con i figli di Michael, per favore gli dica che non ho nessuna intenzione di impugnare il testamento. A me interessa soltanto tornare dai miei. Mi basta avere i soldi per farlo.»

Henshaw decise di congedarsi. Ringraziò per le informazioni e per il caffè. Non l'aveva nemmeno assaggiato, notò Bea. Erano piccoli dettagli a cui faceva caso.

MICHAEL

Fregandomene dei sospetti di Maiden, annunciai che nel fine settimana sarei andato di nuovo via. Lei mi fece notare che Bran aveva appena portato un carico di pietre dalla spiaggia, ma io dissi che avrebbe pensato a tutto lui, sapeva quello che faceva. Torno il prima possibile, le assicurai, ma devo andare. È importante. Mi avevano fatto un'offerta che giustificava ampiamente un altro weekend lontano da casa e dal lavoro, me lo sentivo. Questa volta non c'erano imbrogli, né clausole scritte in caratteri illeggibili, solo soldi che mi avrebbero versato subito in banca. E la baciai come ai bei tempi. Le dissi di aver pazienza fino al mio ritorno e di mettere in fresco lo champagne. La vita da pensionati in Spagna ci aspettava.

Avrei detto qualsiasi cosa pur di andare. Niente e nessuno avrebbe potuto fermarmi.

Trovai un albergo con spa vicino a St. Austell, mandai l'indirizzo a Kayla e mi dissi che dovevo fidarmi di lei perché ne valeva la pena. E la mia fede fu premiata. Questa volta Kayla non solo venne all'appuntamento, ma arrivò addirittura prima di me.

Mi venne incontro nella hall e, come se fosse la cosa più naturale del mondo, si gettò tra le mie braccia davanti a Dio e a tutti i presenti, che senza dubbio si chiesero come mai un tizio di mezza età baciasse in quel modo una ragazza che poteva essere sua figlia. Sì, perché fu un bacio vero, mica i soliti due bacetti sulle guance del genere che bello rivederti.

Nell'abbracciarla rimasi sorpreso da quanto era dimagrita e mi resi conto che non avevo del tutto creduto alla storia del ricovero in ospedale e della convalescenza in Sardegna. In quel momento però constatai che era stata sincera. Avevo avuto delle delusioni per causa sua, ma non per *colpa* sua. Quanto alla Sardegna, forse l'aveva aiutata a rimettersi dalla malattia, ma di certo non le aveva restituito un colorito sano. Per la prima volta tentennai. Il mio obiettivo era sedurla, ma l'idea di portarmela a letto ancora convalescente... Avevo pensato solo ai miei desideri. Nel vedermela davanti in quello stato mi resi conto di dover fare un sacrificio.

Così, invece di prenderla per mano e portarla verso l'ascensore, le chiesi se voleva qualcosa da bere. Un tè? Un caffè? Un cocktail? Un bicchiere di vino? Voglio solo te, Michael, disse, e arrossì. La vedevo intimidita davanti a quello che era l'inevitabile passo successivo in una relazione seria tra un uomo e una donna.

Nella mia testa, infatti, ero già arrivato a questo punto: stavo per imbarcarmi in una Storia Seria, e il fatto che Kayla fosse lì significava che anche lei pensava a una Storia Seria.

Andammo in camera. Avevo ordinato tutto in anticipo senza badare a spese, anche se questo aveva comportato qualche acrobazia. Champagne in un secchiello con il ghiaccio, fiori sul tavolino vicino alla finestra e un cesto di benvenuto pieno di golosità. Volendo, saremmo potuti restare in camera tutto il weekend, avevo pensato al momento di prenotare.

Kayla rimase a bocca aperta quando vide tutto quello che avevo preparato per compensarla del compleanno passato da sola in ospedale. Hai fatto tutto questo per me? esclamò. Non me lo merito, dopo tutti i bidoni che ti ho tirato.

Non dire così. Ti sei curata, come era giusto che facessi, risposi. Se c'era qualcosa da perdonare, consideralo già fatto.

Stappai lo champagne con lei che mi guardava esitante, come se stesse osservando la scena da lontano e non riuscisse a credere che un uomo potesse darsi tanto da fare per lei.

Le porsi un calice di champagne. Lo prese, bevve un sorso e lo posò sul tavolino. Poi prese il mio calice, lo appoggiò accanto al suo e disse che stavano proprio bene insieme, vero?

La nostra storia iniziò così. Per la verità, era già iniziata la prima sera che avevamo parlato sulla nave, quando mi ero offerto di aiutarla, avevo cercato di metterla in guardia dai rischi che correva una bella ragazza andando in giro da sola. E ora la bella ragazza che andava in giro da sola era in camera con me. L'avevo ingannata? Le avevo sciolto una pasticca nel drink?

Avevo forse fatto qualcosa per attirarla lì, alla mia mercé, come desideravo da mesi?

No. Fu lei a cominciare, non io, e fu come se mi stesse dicendo esattamente quello che volevo sentirmi dire, cioè che mi accettava nonostante fossi così vecchio e mi desiderava nonostante lei fosse così giovane. Sentii le sue mani sul petto, le sue dita sui bottoni della camicia e sulla fibbia della cintura. Fece tutto lei: mi spogliò e mi condusse fino al letto, dove tutto andò come avevo pensato e sperato e questa volta, quando dissi Oh Cristo ti amo ti voglio ti amo ti amo, il suo corpo mi fece capire che anche lei mi voleva e mi amava.

Durante la permanenza in albergo ordinammo da mangiare una volta sola, ma quasi non toccammo cibo. Non uscimmo mai dalla camera. A malapena scendemmo dal letto. Con lei provai sensazioni mai provate prima. Avevo sperato che quello che avevo avvertito tra noi a Venezia fosse autentico. E a St. Austell, in Cornovaglia, mentre in cielo si preparava l'ennesima tempesta, ne ebbi conferma. Anche per lei era così. Con te mi sento al sicuro, disse. Sei ciò che mi mancava nella vita.

A quel punto mi restava soltanto da sbarazzarmi di tutto ciò che si frapponeva tra me e il mio futuro con Kayla, un futuro vero, non un matrimonio di facciata, fatto di gesti dettati dalla consuetudine, ma un rapporto sincero e onesto, di quelli per cui le persone sono disposte a vivere e a morire, il rapporto che avevo in quel letto, con quella ragazza che Dio e tutti i suoi santi avevano destinato a me e a me soltanto.

Al termine di quei due giorni e due notti, ero in uno stato di stordimento. L'ultima volta insieme – io dentro di lei ma ancora pronto a ricominciare, puntellato sui gomiti per non schiacciarla con il mio peso, gli occhi fissi nei suoi – Kayla mormorò: E adesso? Chi poteva darle torto? Era la stessa domanda che avevo in testa anch'io. E adesso? Come faccio d'ora in poi?

Kayla era sbarcata, non aveva più né un lavoro né una casa, e l'aveva fatto per me. Non avevo minimamente pensato al dopo, tanto ero concentrato su quello che desideravo, cioè portarmela a letto, con le gambe aperte, a mia completa disposizione. Oltre a quello, però? Non ne avevo idea.

Non so dove andare, disse.

Troveremo una soluzione, risposi. Ero sicuro di quello che dicevo, anche se a tutt'oggi non so perché.

Così salimmo in macchina e attraversammo la Cornovaglia insieme. La mia mente era un delirio di pensieri. Il primo era: Dove? Il secondo: Come? E: Quando? Non ne avevo la più pallida idea. Non riuscivo a pensare ad altro che a possederla ancora, il più presto possibile: volevo toccare la sua pelle morbida, baciarle la bocca, accarezzarle il seno, succhiarle i capezzoli per sentirli inturgidire fra le mie labbra. L'avevo presa soltanto un'ora prima, ma non riuscivo a pensare ad altro.

La portai a St. Agnes, a pochi chilometri da Trevellas. Conoscevo un buon B&B a un tiro di schioppo da Trevaunance Cove, il Sea Star Cottage. Offriva camere con bagno ai molti turisti che frequentavano quella zona anche in bassa stagione. La baia era ideale per il surf e c'erano surfisti e allievi di una vicina scuola che uscivano in mare con la muta tutto l'anno. Era anche una delle spiagge dove Bran andava con l'escavatore per raccogliere i massi che, con il tempo, erano franati dalla falesia all'estremità nord della baia. Verrò a trovare Miss Steyn di tanto in tanto, dissi all'affittacamere. Sta attraversando un periodo difficile. Sarà quasi sempre sola. Passerà molte ore a leggere, fare passeggiate, andare in spiaggia... Le dispiacerebbe tenerla d'occhio?

Ma certo, volentieri. Effettivamente, la ragazza sembrava un po' sciupata. Era stata poco bene?

Sì, ma si stava riprendendo. Chiesi se c'era qualcuno che poteva cucinarle qualcosa in modo che non dovesse mangiare da sola al pub del paese. Ma certo, ma certo, fu la risposta.

Le porsi una mazzetta di banconote che avevo prelevato dai nostri magri risparmi e andai con Kayla a controllare se la camera andava bene. Si sedette sul letto e dal modo in cui mi guardò capii che temeva di essersi cacciata in un pasticcio.

Staremo insieme, le dissi. Ti amo più della mia stessa vita. (Sì, lo so, era un cliché, come quando si dice: «Non ho mai provato niente di simile per nessun'altra», ma era vero). Devi avere un po' di pazienza. Nel frattempo, ci manderemo messaggi, parleremo al telefono, ci scriveremo e-mail e ti verrò a trovare ogni volta che potrò, il più spesso possibile.

Kayla si guardò intorno, osservò l'arredamento della stanza, che era semplice ma gradevole. Disse che non potevamo... non qui, Michael. Qualcuno potrebbe sentirci.

Le dissi che c'erano altri modi per stare insieme, meno rumorosi, e che glieli avrei fatti scoprire. Sorridendo le chiesi se voleva cominciare a provarne uno o due.

Non vedeva l'ora.

Tornai a casa con la testa tra le nuvole. Arrivai al cottage all'ora di cena, Maidie e Gloriana erano già a tavola. Non ricordavo quando avevo mangiato l'ultima volta, ma non avevo per niente fame. Merritt era in collegio, quindi non si poneva il problema di cosa dirgli. Ma Gloriana – che nel giro di qualche mese sarebbe entrata nella fase di ribellione adolescenziale – mi guardò con diffidenza e intuii che aveva subodorato qualcosa, anche se non credevo che avesse capito di Kayla. Come avrebbe potuto?

Maidie mi fece notare che era tardi, disse che mi aspettava verso le tre del pomeriggio. Aveva provato a chiamarmi sul cellulare. Non avevo visto le chiamate perse? Accampai l'unica scusa possibile, ovvero che l'avevo silenziato durante le riunioni e poi mi ero dimenticato di rialzare il volume. Mi sembrava plausibile e, per sottolineare che era una normale serata in famiglia, mi sedetti e mi servii la specialità di Maidie, che era anche il mio piatto preferito: pasticcio di carne e rognone. Come ho detto, non avevo fame. Ma mi sforzai, ne presi una bella porzione e dichiarai che era il migliore che avesse mai fatto.

Non è vero, disse Gloriana. Pensava che stessi mentendo, era chiaro. Ma quale marito non dice una piccola bugia ogni tanto per lodare la cucina della moglie?

Mangiammo in silenzio. Riuscii a malapena a trattenermi fino alla fine della cena, poi mi scusai e corsi di sopra dicendo che dovevo disfare la valigia. Più che altro volevo assicurarmi che non ci fossero tracce di Kayla tra la mia roba. E meno male, perché uno dei suoi slip era rimasto impigliato nel mio pigiama. Era un triangolino di tessuto con un elastico in vita e un cordino di stoffa. Avevo già controllato prima di partire da St. Austell, ma evidentemente mi era sfuggito. Niente di più facile, considerando quanto era piccolo. Me lo infilai nella tasca dei pantaloni e finii di disfare la valigia.

All'inizio mi bastava sentire la sua voce a tarda notte, quando tutti dormivano. Mi bastava ricevere il flusso praticamente costante di messaggini, e-mail e foto. Ma ben presto mi prese un'urgenza, una smania. Non saprei come altro definirla. Mi resi conto che non potevo andare avanti così, che volevo di più: Kayla aveva riempito un vuoto dentro di me che prima di conoscerla non sapevo nemmeno di avere. Erano anni che qualcosa non andava nella mia vita, che provavo uno struggimento costante e non sapevo perché. Con Kayla avevo aperto gli occhi e avevo capito che ero incompleto, che mi mancava un pezzo. Lei era la mia metà, la parte migliore della persona che avrei dovuto essere. Quando andavo da lei, quando spalancava per me le cosce morbide come seta e sollevava i fianchi per accogliermi, mi sentivo finalmente un uomo completo. Sì, ero sposato con una bravissima donna. Non avrei potuto definire Maiden altrimenti, perché era buona e gentile come poche. Sì, avevo due figli che avrei dovuto educare a vivere una vita piena e fruttuosa. E sì, sì, sì, avevo un lavoro, un'attività da mandare avanti. Ma tutto questo divenne secondario rispetto alla prospettiva di vivere con Kayla.

Pensavo a lei giorno e notte. Andavo a trovarla tutte le volte che potevo. Sapevo di non potermi aspettare che si accontentasse di vivere in un B&B. Per farla entrare definitivamente nella mia vita, avrei dovuto cambiare qualcosa. Ma non sapevo né come né quando. Perciò in tutto il tempo che passavo lontano da lei ero divorato dall'ansia, dal pensiero che avrebbe potuto andarsene, prendere un autobus per Exeter, poi da Exeter andare a Londra e infine tornare in Sudafrica. Dopotutto, la sua vita era laggiù. Quel piccolo interludio con me, in Cornovaglia, era solo una parte dell'anno sabbatico che si era concessa prima di iscriversi all'università. Me l'aveva detto fin dall'inizio. Certo, non avevo voluto crederle. Quale uomo – innamorato quanto me – le avrebbe creduto?

Comunque sapevo che dovevo fare qualcosa per convincerla a rimanere. Non poteva bastarle fare sesso sfrenato due volte alla settimana – o tre, nella migliore delle ipotesi – con uno che sarebbe potuto essere suo padre.

Poi, quando era a St. Agnes da poco più di sei settimane, accadde il disastro. Avevo creato apposta per lei un anello – un gioiello simbolico – di stagno finissimo, lucido come l'argento, decorato con tralci di foglie intrecciate. L'idea era che lo portasse finché io non avessi ottenuto il divorzio, e allora le avrei regalato un vero anello di fidanzamento, anche se non avevamo mai parlato di sposarci. Volevo che avesse qualcosa a dimostrazione delle mie intenzioni.

Ero in ansia perché Kayla non aveva risposto agli sms del giorno precedente. E nemmeno a quelli che le avevo lasciato sulla segreteria telefonica a tarda notte. Nervosissimo, suonai il campanello del Sea Star Cottage e quando la proprietaria mi disse che Kayla non c'era pensai fosse semplicemente andata a fare una passeggiata sulla spiaggia, perché sapevo che le piaceva. Dissi che l'avrei raggiunta, al che l'affittacamere mi informò che Kayla se n'era proprio andata. Aveva lasciato la stanza. Per quanto ne sapeva lei, non era nemmeno più in Cornovaglia.

Dall'Atlantico tirava un vento freddo che mi sferzava il viso e portava sapore di sale, odore di alghe e del pesce che qualcuno stava friggendo nelle vicinanze. Dissi: Non è possibile. Ma l'affittacamere rispose che invece lo era. Kayla aveva saldato il conto ed era partita. Le avevano mandato dei soldi da casa, mi disse.

Rimasi di stucco. Chiesi quando era successo e come mai non mi aveva avvertito immediatamente. Rispose che non era sua abitudine immischiarsi negli affari dei suoi ospiti. La discrezione era la prima regola del suo mestiere, rimarcò.

Guardai verso la strada come se Kayla potesse ricomparire da un momento all'altro. E forse la titolare del B&B si impietosì, perché usò un tono più gentile per dirmi che prima di partire Kayla le aveva lasciato una cosa per me. Ha preso un taxi, aggiunse, come se mi potesse interessare. Aspetti lì.

Ubbidii. Non sarei riuscito a muovermi neanche volendo. Avevo lo stomaco in subbuglio, come se avessi mangiato della carne avariata, sudavo e l'unica cosa che riuscivo a pensare era: No e no e no. Volevo a tutti i costi che Kayla tornasse da me.

Mi aveva lasciato una lettera. O almeno così pensai, visto che la padrona del B&B mi consegnò una busta. Non la aprii subito. Me la portai in macchina, ma non la lessi nemmeno lì. Misi in moto e andai nei pressi del sentiero pedonale per St. Agnes Head. Aveva cominciato a piovere, ma non mi importava. Ancora adesso non saprei dire che cosa avessi intenzione di fare. Non sono un tipo da suicidio.

Rimasi lì impalato per un po', con le onde dell'Atlantico che si frangevano ai piedi della scogliera e gli schizzi salati che mi arrivavano in faccia e sui capelli. Dopo un po' mi ritrovai completamente fradicio. Meglio così, perché nel frattempo ero scoppiato a piangere. Sì, piangevo come un lattante che ha ancora fame ma non ha più il seno.

Alla fine non mi restò che leggere cosa mi aveva scritto Kayla. Risalii in macchina e aprii la busta. La lettera era breve. Diceva che era passato un anno e lei doveva tornare a casa, perché così aveva promesso a sua madre. Ti lascio queste da distruggere, diceva. *Queste* erano le foto che aveva scattato con il cellulare. Aveva fatto stampare le più sconce. Diceva di gettarle in mare o farle in mille pezzi. Quel gesto avrebbe segnato la fine della nostra storia. Me ne guardai bene.

Invece di distruggerle, le conservai. Le portai a casa e le nascosi nella bottega, sotto chiave ma comodamente accessibili per poterle guardare tutte le volte che volevo. Mi avrebbero aiutato a ricordare com'era stare insieme a lei. Avevo bisogno di mantenere accesa la fiamma che ardeva dentro di me. Ne avevo bisogno ogni giorno. Tutto il resto non importava.

Kayla era stata costretta a lasciarmi perché io non volevo capire che dovevo assolutamente lasciare mia moglie. Dovevo trovare la forza, pensai. Dovevo trovare il coraggio di essere crudele. Infliggere quel colpo devastante a Maidie e perdere per sempre la fiducia dei miei figli. Non avevo alternative.

Non fu difficile rintracciare Kayla in Sudafrica, visto che avevamo parlato della sua infanzia e della sua famiglia: di sua madre, dei suoi fratelli e di cosa facevano nella vita. L'avevo consolata per la perdita del suo amato papà. L'avevo sentita dire che doveva tornare a casa e riprendere gli studi. Furono sufficienti alcune telefonate per farla rientrare nella mia vita, anche se solo attraverso il suono della voce.

Le chiesi perché.

Devo vivere, Michael, disse.

Senza di me? le domandai.

Non è quello che vorrei, ma... replicò con dolcezza. Bastò il suono di queste parole perché mi si chiudesse la gola per l'emozione. Proseguì ricordandomi che si era presa un anno di pausa, ma ora l'anno era finito e doveva riprendere in mano la sua vita. E tu devi riprendere in mano la tua, disse.

Le dissi che la vita senza di lei non aveva senso. Ribatté: Lo pensi adesso, ma ti passerà. Dammi retta. Fanno tutti così.

Io no, dissi. Io non sono come gli altri. Torna da me. Ho bisogno di te. Ti voglio.

Anch'io, disse. Anch'io ho bisogno di te e ti voglio. Anch'io provo le stesse cose che provi tu.

E allora...?

Mi disse che non potevamo andare avanti così. Quella non era vita. Era un limbo. Non poteva continuare a vivere nell'ombra. E io le stavo chiedendo di fare proprio questo.

Le risposi che non era vero, che avevo creato un anello apposta per lei ed ero andato a portarglielo il giorno in cui era partita.

Come sarebbe a dire, un anello? Sei sposato!

Un anello che rappresenta una promessa.

Di cosa?

Voglio che ci sposiamo.

Non sei libero.

Lo sarò, le dissi. La prossima volta che ci sentiamo, sarò libero. Maiden non ci sarà più. Merritt e Gloriana non ci saranno più. Saremo solo noi due e il nostro futuro insieme.

Se lo fai, finirai per odiarmi, disse. Soprattutto se perderai i figli. Alla fine darai la colpa a me.

Mai, risposi. Questo mai.

7 APRILE

Belgravia
Londra

L'ispettore investigativo Thomas Lynley l'aveva saputo il giorno prima: stava per scrollarsi di dosso il grado di sovrintendente investigativo ad interim, che gli pesava sul groppone da alcuni mesi. Non si conosceva ancora la data precisa, ma la sua superiore, Isabelle Ardery, stava per riprendere servizio dopo un lungo periodo in un centro di disintossicazione sull'isola di Wight e un altrettanto lungo soggiorno in una comunità di Lymington. Non dovevano aspettarsi una nuova Isabelle Ardery, ma la stessa donna di prima in uscita dal tunnel dell'alcolismo, contro il quale avrebbe continuato a combattere per tutta la vita. Lynley accolse la notizia con sollievo. Isabelle aveva i suoi detrattori all'interno del dipartimento, ma lui non aveva mai fatto parte della categoria. Aveva lui stesso demoni contro cui combattere e non si era stupito che anche Isabelle avesse le sue fragilità.

Gli squillò il cellulare mentre era in sala da pranzo, nella sua casa di Eaton Terrace. Si era appena versato il caffè e stava aprendo il *Financial Times*. Charlie Denton uscì dalla cucina evidentemente vestito per un provino: occhiali finti con sottile montatura di metallo, plus fours con camicia bianca senza colletto e gilet con motivo a rombi, mocassini con le nappe e calzini coordinati al gilet. Aveva un vassoio in mano.

Lynley lo guardò da sopra gli occhiali da lettura e, prendendo il cellulare, chiese: «Cole Porter o Noël Coward?»

«Cole Porter. Non posso tenerle nascosto nulla» rispose Denton.

«Ho semplicemente tirato a indovinare. Complimenti per il costume di scena.»

Denton si indicò con un gesto dal collo alle scarpe. «Non è troppo?»

«No, no. Sei andato a frugare nei bauli in soffitta?» Lynley abbassò gli occhi sul telefono e vide che a chiamare era John Penellin, l'amministratore della tenuta di famiglia.

«Giusto in un paio...» replicò Denton. Posò sul tavolo il vassoio della colazione, che consisteva in due uova in camicia su pane tostato non imburrato e pomodori grigliati di contorno, e scomparve in cucina mentre Lynley rispondeva al telefono. «Speravo di trovarti a casa» esordì Penellin.

«E a casa sono. Stavo per fare colazione.»

«Non vorrei farti passare l'appetito.»

Era chiaro che Penellin voleva parlargli di Howenstow, ma Lynley non sapeva di cosa, in particolare. La tenuta di famiglia, acquistata da un suo antenato, si estendeva su oltre seicento ettari di terreno e comprendeva un'antica dimora in stile giacobiano che nel corso del tempo aveva subito numerose modifiche, conversioni ed espansioni. In quel periodo ci abitavano sua madre, suo fratello, sua sorella, che era vedova, e sua nipote. Lynley l'aveva ereditata dal padre insieme all'imbarazzante titolo nobiliare. Quando John Penellin gli telefonava, le probabilità che gli volesse parlare di Howenstow e che fossero brutte notizie si aggiravano intorno al 90 percento. «Dimmi qual è il problema» replicò Lynley. «Perché immagino che ci sia un problema.»

«Be', sì: c'è una perdita dal tetto con conseguente infiltrazione nel muro di nord-est della galleria. Probabilmente va avanti da tempo, forse dallo scorso autunno» rispose Penellin. «Nessuno se n'è accorto perché la macchia di umidità è dietro a un quadro. Uno di quelli grandi, che la copriva quasi interamente.»

Possibilissimo, pensò Lynley: alcune delle tele nella galleria erano gigantesche. La collezione comprendeva i ritratti dei vari Lynley che avevano risieduto a Howenstow nell'arco di due secoli e mezzo, dipinti di artisti europei e britannici, paesaggi e nature morte. E, naturalmente, l'immancabile ritratto di Carlo II, incipriato e impellicciato, che in Inghilterra era un must per tutte le residenze gentilizie di campagna.

Lynley cercò di prenderla con filosofia. «Sono cose che capitano, me ne rendo conto. Se l'infiltrazione fosse da un'altra parte, sarebbe certamente più facile, ma visto che è così... Che cosa bisogna fare per riparare il tetto?»

«Ho chiamato una ditta a dare un'occhiata» disse John Penellin. «Non penso che basti ripararlo, Tommy: va rifatto completamente. Sopra la galleria è indispensabile, ma per prudenza converrebbe sostituirlo dappertutto.»

«Ossignore!» esclamò Lynley. Non osava nemmeno immaginare quanto sarebbe costato un lavoro simile. «Abbiamo per caso un Rembrandt da mettere all'asta? Un Van Dyck nascosto in qualche armadio?»

«Non posso escluderlo, considerato quanti armadi ci sono. Ma ne dubito.»

«La speranza è l'ultima a morire. Quanto potrebbe costare rifare il tetto per intero?»

«Ho contattato quattro ditte perché vengano a fare un sopralluogo e mi mandino un preventivo, ma ho l'impressione che diranno tutte che ci vuole un'impresa specializzata in restauri e che bisogna utilizzare materiali d'epoca. Sai cosa significa andare a cercare materiale del periodo in tutto il Paese?»

«Cristo» mormorò Lynley. «E un Velázquez? Un Canaletto? L'ideale sarebbe un Vermeer.»

«Io preferirei un Constable» rispose John. «Ma mi accontenterei anche di un piccolo Rubens. O di un Turner di medie dimensioni. Comunque, visto che non ci sono opere d'arte con cui pagare i lavori, devi prendere in considerazione un ridimensionamento, Tommy.»

«Non voglio essere il Lynley che vende la proprietà di famiglia dopo generazioni e generazioni.»

«Non intendevo questo. Esistono alternative meno radicali.»

«Ovvero?»

«Non so se ti piaceranno.»

«A questo punto, pazienza. Dimmi.»

«Potreste aprire Howenstow al pubblico.» E, prima che Lynley potesse esprimergli il suo raccapriccio, si affrettò a dire: «Non è così terribile, Tommy. Sarebbe un ottimo modo per coprire le spese. Pensaci: nella maggior parte delle stanze non entrate praticamente mai».

«Lo so. Ma non vorrei farmi vedere da estranei mentre vado al bagno in vestaglia, per quanto io indossi vestaglie di altissima qualità. A tutto c'è un limite.»

«Non ti vedrebbe nessuno, Tommy. Non te ne accorgeresti nemmeno.»

«Ovvio. Sono a Londra...»

«La mia idea sarebbe di aprire al pubblico solo la parte principale della casa» disse Penellin, e spiegò che avrebbero potuto ristrutturare un'ala della villa in maniera che la famiglia si trasferisse lì dalla primavera fino a inizio autunno. Tutto il resto dell'anno avrebbero potuto disporre dell'intera proprietà. Come tutti i Lynley prima di loro, avrebbero avuto a completa disposizione giardini, cappella e parco. E concluse con: «Non sareste certo i primi».

«Mio padre si rivolterà nella tomba.»

«Sicuramente» disse Penellin.

«Sei certo che non ci siano quadri di Rembrandt o di Turner nascosti da qualche parte?»

«Ammetto di non aver guardato in ogni stanza, ma ho l'impressione che, se i tuoi antenati avessero avuto per le mani un quadro di valore inestimabile, l'avrebbero esposto, invece di nasconderlo.»

«Non potremmo avere qualcos'altro di valore inestimabile? Qualcosa che magari usiamo quotidianamente ignari della sua rarità? Che so, un sarcofago romano su cui posiamo le galosce infangate, o un antico vaso Ming che fa da portaombrelli?»

«Ne dubito.»

«Hai avvertito mia madre? Le hai spiegato la situazione? E le possibili soluzioni che ti sono venute in mente?»

«Tua madre sa solo che piove dal tetto.»

«Non diciamole altro, per ora.»

Non era la prima volta che Lynley malediceva il suo antenato che, arricchitosi grazie a uno spietato sfruttamento minerario, aveva comprato la tenuta di Howenstow dal duca di Cornovaglia. Il duca di quel periodo aveva una moglie e dei figli spendaccioni ed era lui stesso un giocatore incallito, sicché a un certo punto aveva deciso di vendersi parte del ducato per ripagare i debiti astronomici. E così Howenstow era diventata di proprietà della famiglia Lynley.

«Prima di tutto dobbiamo capire quanto costa rifare il tetto. Se la cifra sarà inavvicinabile come temiamo, dovrò venire lì e parlarne con il resto della famiglia» concluse Lynley.

«Raccolgo i preventivi quanto prima» disse Penellin. «Però, Tommy...»

«Dimmi.»

«È meglio che ti prepari.»

Bodmin
Cornovaglia

Bea Hannaford avrebbe preferito stare a Leedstown, a casa sua, visto che era nelle fasi iniziali di un'indagine per omicidio, e pensava che anche per Pete fosse meglio stare a Leedstown, alla fin fine. Non solo era più vicino all'istituto di Redruth, ma aveva anche il parco di Binner Down dove andare con la bici da cross e i tre cani. Il problema era che le indagini l'avrebbero impegnata tutta la giornata e a Leedstown Pete sarebbe rimasto in casa da solo, mentre nella Dimora Storica Ray almeno gli avrebbe preparato da mangiare e avrebbe controllato che facesse i compiti. Lasciato a sé stesso, Pete avrebbe passato ore attaccato allo smartphone, invece di studiare matematica, francese o biologia. Quindi, per amore di suo figlio, era costretta a stare da Ray, almeno per il momento.

Le dispiaceva sentirsi «costretta». Ray faceva di tutto per agevolarla, vedendo quanto era impegnata. La cercava per fare sesso il più spesso possibile, ma dal linguaggio non verbale di Bea aveva capito che il troppo stroppia, quindi aveva accorciato i lunghi preliminari e ridotto le coccole post-coitali a brevi manifestazioni di apprezzamento stile: «Oh, amore, è stato fantastico».

Ray si stava impegnando tantissimo anche per recuperare il tempo perduto nei rapporti con Pete. Quando, con la figlia grande che ormai faceva la sua vita, Bea gli aveva detto di essere di nuovo incinta, la prima reazione di Ray era stata di incredulità. Poi era passato al rifiuto e quindi alla delusione. Si era abituato ad avere nuovamente il nido vuoto e all'improvviso spuntava fuori un altro pulcino da accudire e di cui occuparsi. Voleva che Bea interrompesse la gravidanza e lei per tutta risposta lo aveva lasciato. Era andata a stare Leedstown e avevano divorziato. In seguito, Ray aveva comprato la Dimora Storica e per un certo numero di anni aveva fatto vita da single passando da una donna all'altra. Nel frattempo, Bea aveva imparato ad apprezzare la libertà di poter pensare esclusivamente ai bisogni propri e a quelli del figlio, senza doversi preoccupare di compiacere il suo uomo. Ma poi Ray era tornato nella sua vita, e con lui erano ricominciate le tipiche complicazioni di una relazione in cui uno vorrebbe di più e l'altro invece sarebbe felice di lasciare le cose come stanno.

Arrivò alla sede della polizia di Bodmin in tempo per la riunione mattutina della MIT. Phoebe Lang stava parlando con Guy Janson, responsabile delle relazioni con i media. Se Guy Janson si era fatto vivo, significava che voleva concordare una strategia per gestire le richieste dei media, oppure per far sì che arrivassero richieste dai media, in maniera tale da rendere necessaria una conferenza stampa e – sperabilmente – far affiorare nuove informazioni. Meglio Phoebe che me, pensò Bea. Sapeva di non avere la pazienza necessaria per gestire quegli aspetti del lavoro ed era consapevole del fatto che, più salivi di grado, più te ne dovevi fare carico.

Gli agenti investigativi della squadra riferirono le informazioni che avevano raccolto sulla vittima e sin dall'inizio della riunione emersero due filoni di indagine da approfondire.

Dopo oltre vent'anni di matrimonio, Michael Lobb aveva lasciato moglie e figli per una diciannovenne con cui aveva una relazione neanche troppo clandestina: le aveva trovato un alloggio e faceva su e giù da casa sua. Quelle parole scatenarono alcune risatine e Phoebe Lang alzò gli occhi al cielo. La moglie aveva scoperto la tresca e aveva fatto le valigie; la figlia era andata con lei, il figlio aveva già lasciato il nido.

«Quindi, di fatto, è stata lei ad abbandonare il marito e non viceversa» disse Phoebe Lang.

«In teoria, sì. Ha preso casa nella zona di St. Ives. A Carbis Bay, per l'esattezza. Vive ancora lì» spiegò uno degli agenti.

«E i due ragazzi?» chiese Phoebe Lang.

«Ormai sono grandi. Il figlio è sposato, ha quattro figli e abita a casa della madre, che ha ripreso il cognome da nubile, Kittow. La figlia invece vive a Newlyn, ha un negozio a Mousehole che si chiama Vintage Britannia e fa la vlogger.»

Phoebe Lang aggrottò la fronte. «La... che?»

«La vlogger. Stanno sui social. Hanno dei videoblog dove postano brevi filmati di sé stessi che parlano di vari argomenti» spiegò una segretaria.

«Capito» disse Phoebe Lang. «E il videoblog della figlia di Lobb ha un nome?»

«In questo momento non...»

«Trovatemelo.»

Il secondo filone da approfondire riguardava coloro che potenzialmente avevano motivo di volere morto Michael Lobb. Si dividevano in due categorie: quelli che dalla sua morte avrebbero tratto un guadagno economico e quelli che non ci avrebbero guadagnato nulla se non il piacere di vederlo sottoterra. Non risultavano esserci nemici dichiarati con conti in sospeso noti.

«Chi è a guadagnarci dal punto di vista economico?» chiese Phoebe Lang.

«Dipende da che ne sarà della Lobb's Tin & Pewter.»

Phoebe Lang si rivolse a Bea: «Lei ha parlato con la moglie. Cosa le ha detto?»

Bea spiegò che Lobb aveva dichiarato di voler cambiare il testamento dopo il matrimonio con Kayla, ma sembrava che poi non l'avesse fatto. Nel testamento trovato in casa da Kayla, infatti, Lobb lasciava la sua parte di azienda ai due figli, Merritt e Gloriana.

«E a sua moglie Kayla?» chiese Phoebe Lang.

«Il testamento non ne fa menzione.»

«Be', questo è molto strano... Lobb aveva per caso un'assicurazione sulla vita di cui lei era beneficiaria?»

«La signora Lobb pensa di no, ma mi ha dato il nome dell'avvocato del marito, a Redruth, che potrebbe sapere se ha lasciato altre disposizioni per lei.»

Bea proseguì spiegando che anche la Cornwall EcoMining avrebbe potuto trarre vantaggio dalla morte di Michael Lobb, se nessuno degli eredi avesse voluto portare avanti l'attività. Un certo Geoffrey Henshaw era andato più volte da Lobb per cercare di convincerlo a vendere tutto alla Cornwall EcoMining, ma Lobb era contrario. Ora che era morto, però...

«Perché vogliono comprare la Lobb's? Vogliono estrarre stagno?» chiese Phoebe Lang.

Bea scosse la testa. «No. Vogliono usare i terreni edificabili degli attuali impianti per costruire una raffineria a basso impatto ambientale.»

«Una raffineria? E di cosa?»

«Brine geotermiche da cui estrarre litio» rispose Bea. «Pare che il litio sia molto richiesto e che loro abbiano trovato un modo per estrarlo senza danneggiare l'ambiente. Però hanno bisogno di un impianto di lavorazione e acquisendo la Lobb's Tin & Pewter avrebbero la possibilità di costruire senza dover chiedere mille permessi e autorizzazioni. In Cornovaglia ci possono volere anni.»

«Quindi ora che Lobb è morto si trovano la strada spianata» osservò Phoebe Lang. «E il resto della famiglia cosa dice? Ci sono altri parenti?»

«Il fratello della vittima, Sebastian Lobb. È nell'elenco delle persone con cui dobbiamo parlare.» Così come Willen Steyn, il fratello di Kayla Lobb, che stavano cercando lungo il Southwest Coast Path nella zona di St. Agnes, dove Kayla diceva di averlo accompagnato poche ore prima che il marito venisse trovato morto. Era stato ospite da loro per alcuni giorni e lui e Lobb non erano mai andati d'accordo. Willen Steyn era contrario al loro matrimonio e all'epoca aveva cercato di dissuadere la sorella. Con il tempo si era certamente rassegnato, ma restava il fatto che per colpa di Lobb Kayla era andata a vivere all'altro capo del mondo e la sua famiglia d'origine non ne era per nulla contenta.

«Non è un po' tirata per i capelli?» osservò uno degli agenti investigativi. «Non si sa se la moglie tornerà in Sudafrica, ora che Lobb è morto.»

«A che punto siamo con l'arma del delitto?» chiese Phoebe Lang.

«Mylo dice che si tratta di un oggetto appuntito» rispose Bea. «Gli ho parlato ieri mentre tornavo a casa. Ne ha trovato un frammento in una delle ferite. Evidentemente l'arma si è spezzata in punta. Potrebbe essere un utensile di qualche tipo, ma prima di usarlo l'assassino deve averlo affilato e quindi da qualche parte deve esserci una cote. Dobbiamo trovare quella e la persona che l'ha adoperata.»

«Qualcuno se ne occupi» disse Phoebe Lang.

«D'accordo. Sarebbe utile effettuare ulteriori ricerche, stavolta nell'area immediatamente circostante le strutture e i capannoni della Lobb's. E controllare nel caravan dei due operai che lavorano lì, che si trova all'interno della proprietà. Se si rifiutano di lasciarci entrare, ci vorrà un mandato di perquisizione.»

«Li ha interrogati?» chiese Phoebe Lang.

«Abbiamo avuto un breve colloquio preliminare.»

«Hanno un alibi?»

«Sono l'uno l'alibi dell'altro: pare che stiano insieme ventiquattr'ore su ventiquattro.»

«Diamoci da fare» concluse Phoebe Lang e con un cenno delegò a Bea il compito di coordinare le operazioni per il resto della giornata.

Mousehole
Cornovaglia

Gloriana sapeva di avere quelli che psicologi e psichiatri chiamavano «trigger emotivi» e aveva letto abbastanza manuali di auto-aiuto non soltanto da avere ormai imparato a riconoscerli, ma anche da avere sviluppato le cosiddette «strategie di coping», di cui aveva parlato anche in *Unburden*. Perciò, quando Jesse McBride aveva nominato Art on the Quay, era riuscita a non reagire impulsivamente. Era stata lei, infatti, a chiedere a Jesse di accompagnarla a quella mostra due anni prima, ed era stato proprio in quell'occasione che Jesse aveva conosciuto

Nate Jacobs. Lui aveva lanciato l'amo e Jesse aveva abboccato. Da allora Gloriana aveva tentato più volte di far notare all'amica che Nate aveva un modo un po' viscido di relazionarsi con le donne, ma aveva preferito non manifestare apertamente la totale sfiducia e antipatia che quell'uomo le ispirava. Non voleva che Jesse pensasse che era gelosa perché non aveva un uomo, diversamente da lei. Dopo un po' Jesse c'era addirittura andata a vivere assieme: che cosa poteva dire Gloriana a quel punto, senza fare la figura della guastafeste?

E così non aveva mai esternato i propri dubbi riguardo a Nate Jacobs. Ma ora si trovava di fronte a fatti innegabili e impossibili da ignorare: la nuova edizione di Art on the Quay era imminente; gli studenti della Stanhope Forbes School of Art avrebbero esposto alla mostra; Nathaniel Jacobs insegnava alla Stanhope Forbes School of Art; Cressida Mott-King era una sua studentessa.

La mostra si sarebbe tenuta nel lungo ponte di fine maggio, le aveva detto Jesse, e siccome di solito in Cornovaglia in quella stagione il tempo era bello, era prevista grande affluenza. Gli studenti dell'accademia lavoravano alacremente già da settimane per preparare le opere da esporre.

Gloriana sapeva benissimo in che cosa consisteva l'alacre lavoro di Nate in quel periodo e non si era sorpresa quando Jesse le aveva detto che passava le giornate nel suo atelier e tornava a casa tardissimo. Aveva evitato qualsiasi commento sulla possibilità che quegli orari massacranti fossero in qualche modo legati a Cressida Mott-King che Nate, oltre a vedere a scuola, andava spesso a trovare nel suo monolocale. Sapeva che Jesse l'avrebbe giustificato comunque, magari sostenendo che voleva semplicemente incoraggiare la sua promettente studentessa a dare il meglio di sé. *Come no.*

Gloriana si era limitata a chiederle se non avesse paura che Nate si prendesse troppe confidenze con una o più delle sue studentesse e si era congratulata con sé stessa per non aver nemmeno nominato Cressida. Ma la risposta di Jesse era stata: «Nate? Non lo farebbe mai. Mi fido di lui, Gloriana. Il rapporto di coppia si basa sulla fiducia».

«Ma non ti viene mai il dubbio?» aveva insistito Gloriana. «Perché gli credi sempre e comunque?»

«E perché tu vuoi che non gli creda?» aveva ribattuto Jesse.

Già. Trigger emotivo, si era detta Gloriana. E aveva deciso che il video successivo sarebbe stato sulla fiducia nella coppia.

Quella mattina passò davanti al Wedge o' Cheese senza entrare. La sera prima aveva sentito Nate uscire dal monolocale di Cressida dopo le undici e sapeva che non ce l'avrebbe fatta a stare zitta. Così si limitò a salutare Jesse con un festoso cenno della mano e annuì con entusiasmo quando l'amica le sorrise e le chiese con il labiale: *Ci vediamo dopo?* Sperava che nel frattempo sarebbe riuscita a togliersi dalla testa i sussurri di Nate e Cressida e le lunghe pause fra un sussurro e l'altro, durante le quali facevano chissà cosa.

Si fermò davanti a Vintage Britannia e guardò il cartello affisso a una delle finestre dell'appartamento sopra il negozio, che in quel periodo era vuoto. Lesse che era composto da una camera da letto, una cucina, un bagno e un soggiorno con un bel caminetto antico. Il cartello diceva: cedesi contratto di locazione. Un analogo cartello era stato affisso sulla vetrina di Vintage Britannia. L'intera palazzina era sul mercato e Gloriana avrebbe tanto voluto accaparrarsela.

Si era già informata: il titolare voleva cedere il suo contratto di locazione, che in origine era di 999 anni. Poiché mancavano ancora 852 anni alla scadenza, la locazione equivaleva praticamente alla piena proprietà. Chiedevano 175.000 sterline in tutto, per negozio, appartamento e giardino al piano terra. Sarebbe stato perfetto, non solo per Vintage Britannia, ma anche per lei, Gloriana Lobb. Non poteva passare la vita in un monolocale, condividendo la cucina con altri inquilini. Era inconcepibile. Aveva bisogno di uno spazio tutto suo, dove poter registrare i video per *Unburden* senza vicini a rompere le scatole. Aveva bisogno di più spazio in generale, per non sentirsi soffocare. E quella palazzina a Mousehole sembrava la soluzione ideale: avrebbe avuto un negozio, un'abitazione, la possibilità di attirare un maggior numero di follower e, soprattutto, di essere sé stessa ventiquattr'ore su ventiquattro, e non soltanto negli orari di apertura del negozio. Avrebbe avuto la tranquillità di poter restare a Mousehole senza problemi di sfratto, si sarebbe potuta integrare meglio.

C'era un unico problema: i soldi.

Westminster
Londra

Mentre controllava la posta elettronica, Thomas Lynley si sentiva stranamente contento delle infiltrazioni nella galleria di Howenstow. Il problema del tetto occupava la maggior parte dei suoi pensieri, distogliendolo da altri crucci. Per certi versi, era un sollievo.

Erano passati tre anni da quando Helen era morta insieme al loro figlio mai nato, ma in certi momenti la disperazione tornava ancora ad assalirlo a tradimento, e doveva fare i conti con uno straziante bisogno di amore e con un dolore che non era ancora riuscito a placare. E siccome era una sofferenza con cui faticava a convivere, aveva accolto quasi con gioia la notizia dei problemi di Howenstow, della galleria, del tetto e del denaro necessario a porvi rimedio.

Un educato colpetto di tosse lo indusse ad alzare gli occhi: sulla porta del suo ufficio c'era Dorothea Harriman, elegantissima come sempre, abito di cotone a righe e cardigan coordinato. Indossava i soliti spaventosi tacchi a spillo, che Helen soleva definire «strumenti dell'oppressore» e aveva convinto anche lui a considerare tali.

«Mi permetto di superare un limite per farle i complimenti, Dee. Oggi è davvero incantevole» disse a Dorothea.

«Perché superare un limite?» chiese lei. Poi si rispose da sola: «Ah, certo. Lei è un uomo, io sono una donna, siamo sul posto di lavoro... Teme di venire accusato di molestie sessuali?»

«La prudenza non è mai troppa» sentenziò Lynley.

«Scempiaggini!» replicò lei. A parte Dorothea Harriman, Lynley non conosceva nessuno che dicesse «scempiaggini» e la trovava un'esclamazione davvero pittoresca. «Ai distributori automatici si mormora che stia per tornare il sovrintendente investigativo Ardery. Le ha parlato?»

«Non ancora» rispose Lynley. «Ma penso che sia questione di giorni.»

Dorothea sospirò e Lynley la guardò con aria interrogativa. «È che io... Be', insomma. La cosa mi mette un filo di ansia. Sono un po' preoccupata» gli disse.

«Non tornerebbe, se non si sentisse in grado di farlo» le fece notare Lynley.

«Sì, sì, lo so. Il problema è che... Insomma, io l'ho vista in uno stato pietoso e non credo proprio che la sovrintendente Ardery se lo sia dimenticato. Il brodo di pollo e tutto il resto, ha presente?»

«Ah, sì.» Una volta Dee Harriman era andata a casa di Isabelle Ardery a Wandsworth a portarle da mangiare credendola malata e l'aveva trovata ubriaca fradicia. A parte i parenti stretti, Lynley e Dorothea erano gli unici ad averla vista in certe condizioni. «Non credo che le porterà rancore, se è questo a preoccuparla. Stava male veramente, anche se non per il motivo che pensava lei.»

«Vede, io... ho paura che ce l'abbia con me, che mi faccia trasferire o chissà cos'altro.»

«Non abbia paura, Dee» replicò Lynley. «Senza di lei qui non funzionerebbe nulla. Se mai Isabelle si fosse dimenticata di quanto lei è indispensabile, Dee, saremmo in molti a...»

Lo interruppe lo squillo del telefono sulla scrivania. Era Judi-con-la-i Macintosh, dell'ufficio del vicecommissario. Sir David voleva vederlo, lo informò. Le deve parlare. Quando? chiese Lynley. Subito, rispose Judi. Arrivo. Lynley si scusò con Dee Harriman, le spiegò la situazione e si incamminò verso l'ufficio del vicecommissario Hillier.

Aveva fatto pochi passi quando gli suonò il cellulare. Guardò il display: Isabelle. Parli del diavolo... A Lynley parve un segno del cielo. «Ciao, Isabelle. Come stai?»

«Questa settimana torno a Londra, Tommy. Ho appena informato Sir David. Avrò bisogno di qualche giorno per risistemarmi a Wandsworth e partecipare a qualche meeting per rimettermi in carreggiata, ma fra un po' torno anche a lavorare.»

«Che bella notizia» rispose lui. «Mi era giunta voce di un tuo imminente ritorno, a proposito.»

«Be', non mi sorprende. A dirti la verità, Tommy, mi manca il coraggio.»

«Per cosa?»

«Per affrontarvi tutti. Mi vieni a prendere nel parcheggio, il primo giorno?»

Lynley rimase perplesso. «Perché? Sto andando da Hillier. Mi ha appena convocato.»

«Immagino ti chiederà di fargli da informatore.»

«Ah. È per questo che mi hai telefonato, allora? Per mettermi sull'avviso?»

«No, te l'ho appena detto: vorrei che mi accompagnassi, il giorno del mio rientro a Scotland Yard. Ti posso chiamare quando arrivo?»

«Sì, certo. Ma devo dire che non è da te.»

«Niente è più 'da me'» ribatté Isabelle. «Credo che sia inevitabile, quando si intraprende un percorso come il mio.»

Si salutarono e pochi minuti dopo Lynley arrivò davanti alla scrivania perfettamente ordinata di Judi Macintosh. Notò che la segretaria del vicecommissario aveva un taglio di capelli estremamente severo, che ben si abbinava alla giacca in stile militare. «Voglio smettere di tingerli. L'idea era di rasarmi a zero, ma...» disse Judi Macintosh appena lo vide.

«Accipicchia, che scelta estrema» esclamò Lynley.

«... ma all'ultimo momento mi è mancato il coraggio. La aspetta.» Fece un cenno verso la porta chiusa dell'ufficio di Hillier.

«Mi sa anticipare qualcosa?» le chiese.

«Oggi non si sbottona.»

Quando Lynley entrò nell'ufficio, il vicecommissario era al telefono. «Stai tranquilla, Laura. Farò il possibile. Se non ci sono emergenze, vengo.» Rimase un momento in ascolto, poi: «Ho tutto in macchina, tesoro. Mi sono organizzato». E ancora: «Non si sgualcirà: stai tranquilla».

Conclusa la chiamata, alzò gli occhi al cielo. «Famiglia. C'è sempre qualcosa: un'asta, una cena, un evento di beneficenza... E naturalmente è di rigore l'abito da sera.»

Lynley sorrise comprensivo. «Voleva vedermi?»

«Fra una o due settimane rientra in servizio Ardery.»

« Lo so, le ho appena parlato. Sembra in gran forma. »

« Me lo auguro » rispose Hillier. « È fortunata ad avere ancora un lavoro, dopo tutto quello che ha combinato. »

« Suppongo che ne sia consapevole e che le sia grata » disse Lynley. « Stava attraversando un periodo difficile, con i figli in procinto di trasferirsi con il padre a Auckland e... Certo, non l'ha gestita bene. Ma ha avuto tutto il tempo di riflettere su quanto è successo e fare pace con sé stessa. Avremo presto modo di constatarlo. »

Hillier gli rivolse uno dei suoi sguardi da cobra. « Lei più di chiunque altro saprà valutare come se la cava. »

« Io? » chiese Lynley.

« Non faccia il finto tonto, ispettore. Si dice che lei e Isabelle abbiate avuto una relazione. »

Lynley rimase impassibile. « Si dice male. »

Altro sguardo da cobra. Poi per fortuna Hillier passò oltre. « Stavolta Ardery si gioca tutto. »

« Capisco » disse Lynley.

« Gliel'ho detto chiaro e tondo » dichiarò Hillier. « E così arriviamo al punto. »

Lynley si preparò. Forse l'intuizione di Isabelle era corretta.

Hillier glielo confermò. « Lei lavorava a stretto contatto con la sovrintendente Ardery. »

« Non quanto Dee Harriman » rispose Lynley.

« Per ciò che ho in mente io non basta una segretaria. Specie se non è interessata a far carriera. Nell'eventualità che la sovrintendente capo Ardery dovesse mai... creare dei problemi... »

Lynley spostò lo sguardo dal volto paonazzo di Hillier alla finestra e lo posò sulle cime degli alberi di St. James's Park, che cominciavano a mettere le foglie. Il cielo, però, era più nuvoloso che azzurro. Lynley tornò a guardare il vicecommissario. « Tanto per essere chiari: mi sta chiedendo di venire a riferirle se dovesse riprendere a bere? »

« Esatto. E non glielo sto chiedendo, Lynley: glielo sto ordinando. »

« E io come faccio a sapere se beve? »

« Ecco dove entra in gioco la nostra Dee Harriman. Glielo dirà lei. E, quando lo farà... »

«Se mai lo farà.»

«... quando lo farà, lei verrà a dirlo a me, Lynley.»

«Dee Harriman è molto legata a Isabelle» obiettò Lynley. «Quindi...»

«Quindi veda di convincerla. Le dica che è l'unico modo per aiutare il sovrintendente investigativo a restare tale.»

Il cellulare di Lynley squillò. Era la sua storica collega, sergente investigativo Barbara Havers, ed era strano che lo chiamasse al cellulare, visto che a quell'ora sarebbe dovuta essere in ufficio, alla sua scrivania.

«Mi scusi, ma devo rispondere» disse.

«Siamo d'accordo?» chiese Hillier.

Lynley optò per una risposta evasiva. «Farò la mia parte.»

A Hillier bastò questo e Lynley tirò un sospiro di sollievo perché, in qualche modo, era riuscito a non finire nella trappola del vicecommissario.

Regent's Park
Londra

Daidre Trahair aveva riflettuto a lungo prima di fare quella telefonata. Non soltanto doveva farla in privato, lontano dalle orecchie di sua sorella, ma doveva anche stare attenta a non commettere gaffe. Non poteva chiamare Thomas Lynley. Tommy si sarebbe prodigato per aiutarla, ma Daidre preferiva non avere contatti con lui, perché non si sentiva tranquilla, non voleva che si illudesse che per loro due ci fosse ancora speranza, visto che non ce n'era. Non era mai riuscita a rimanere amica dei suoi ex.

Se voleva scoprire qualcosa di più sull'assassinio in Cornovaglia anziché accontentarsi di quello che scrivevano i tabloid, aveva una sola possibilità: rivolgersi al sergente investigativo Barbara Havers. La storica collega di Tommy era l'unica che poteva ottenere informazioni sull'indagine in corso e a Daidre serviva avere un quadro più preciso della situazione per poter decidere se e quali passi compiere riguardo a suo fratello.

Il problema era che l'unico numero di telefono di Barbara

che aveva era quello del suo ufficio a New Scotland Yard. Non avevano mai avuto occasione di scambiarsi i numeri di cellulare: non erano abbastanza in confidenza. Quindi avrebbe dovuto chiamarla in ufficio, il che comportava passare per Dorothea Harriman, che non avrebbe certamente tenuto per sé il fatto che la ex dell'ispettore Lynley aveva chiamato per chiedere non di lui, ma del sergente investigativo Havers. Daidre avrebbe potuto darle un nome inventato, ma c'era il rischio che Barbara non le rispondesse.

Continuò ad arrovellarsi finché a un certo punto si rese conto di essere ridicola: si stava comportando come una tredicenne che non sa come evitare di farsi baciare da un ragazzo pieno di brufoli. Tirò fuori dalla tasca lo smartphone, cercò il numero che le serviva e chiamò. In men che non si dica Dorothea Harriman le chiese in cosa poteva esserle di aiuto.

Daidre spiegò che voleva parlare con il sergente investigativo Barbara Havers e quando Dorothea le domandò chi la desiderava si fece coraggio e optò per la sincerità. La segretaria ebbe un attimo di esitazione, poi rispose che il sergente investigativo Havers in quel momento non era alla scrivania. Poteva forse passarle qualcun altro? Si riferiva a Tommy, ovviamente, ma era troppo educata, oppure troppo circospetta, per nominarlo. Daidre rispose che no, grazie, poteva semplicemente dire al sergente Havers di richiamarla, per cortesia? Dorothea le assicurò che lo avrebbe fatto non appena il sergente avesse messo piede in ufficio, cosa che con ogni probabilità quel giorno sarebbe avvenuta un po' più tardi del solito, perché l'auto del sergente quella mattina si era rifiutata di partire. «Resti tra noi, ma qui dentro lo sanno tutti, Barbara dovrebbe procurarsi un mezzo più affidabile.» Per farla breve, il sergente investigativo Havers stava aspettando il carroattrezzi per portare la sua auto dal meccanico nella speranza che fosse riparabile e poi avrebbe preso la metropolitana. Ma, visto che per arrivare a Westminster doveva prendere la Northern Line... be', chissà a che ora sarebbe arrivata.

Non era un problema, la rassicurò Daidre, non era urgente. Dorothea si premurò di precisare che, personalmente, non avrebbe avuto remore a darle il numero di cellulare di Barbara, ma trovava giusto chiederle prima il permesso... Sperava che la dottoressa Trahair capisse.

« Non mi chiami dottoressa, e certo, capisco perfettamente » rispose Daidre. « Aspetto che mi richiami. »

E così fece. Barbara richiamò tre ore dopo, mentre Daidre stava assistendo a un controllo della bocca di una leonessa sedata, dal quale era emerso che aveva un ascesso a uno dei premolari. Quando il suo telefono, silenziato, iniziò a vibrare al ritmo dei primi cinque hallelujah del coro di Händel, guardò lo schermo, vide che era Barbara Havers e si allontanò rapidamente, anche perché l'accumulo di pus nella gengiva era inequivocabile e la leonessa andava sottoposta a terapia antibiotica prima di poter intervenire sul dente.

Imboccò il corridoio, fece un cenno di saluto a un collega e rispose: « Barbara. Grazie per avermi richiamata ».

« Se investo altri cinque pence per tenere in vita quella carretta, mi spari in fronte » esordì Havers.

« Com'è drastica! » replicò Daidre.

« A cosa si riferisce? Ai cinque pence o al colpo in fronte? »

« Be', non so in che condizioni sia la sua macchina, ma direi al colpo in fronte. »

Barbara sospirò. « Ha ragione. »

Scambiarono alcuni convenevoli – Come sta? È tanto che non ci sentiamo – ma entrambe evitarono accuratamente di nominare Lynley. « Bene. Ma immagino che non mi abbia telefonato per questo. A proposito, lui sta abbastanza bene. Cioè, date le circostanze. Non ha detto nulla, ma... Glielo si legge negli occhi, per così dire » disse infine Barbara.

« Non ho chiamato per avere notizie di Tommy » si affrettò a precisare Daidre.

« Ah. » Barbara non disse altro e aspettò che Daidre andasse avanti.

« C'è stato un omicidio in Cornovaglia » cominciò Daidre.

« Il soldatino di stagno? L'omino di latta? » chiese Barbara. « Sì, lo sappiamo. Lo chiamano così. Umorismo nero. Per molti è l'unico modo per non uscire di testa. »

« Non ci avevo pensato. Al Mago di Oz, intendo. Mio fratello lavora per lui. »

«Per l'omino di latta? Suo fratello lavora per lui? Non sapevo che avesse un fratello, Daidre» disse Barbara, dopo una breve esitazione.

«Anche mio padre lavora per lui.»

«Credevo che suo padre facesse... Mi scusi, ma non era veterinario?»

«Quello è il mio padre adottivo. Quello che lavora per l'omino di latta... cioè, per la vittima... è il mio padre biologico. Bran Udy, si chiama.»

Daidre le spiegò in breve una storia complicata, con Goron che era andato a stare a Polcare Cove e a lavorare alla fabbrica di sidro e poi aveva mollato tutto ed era tornato a estrarre stagno con suo padre.

«Pensa che sia coinvolto?» chiese Barbara senza tanti complimenti.

«Nell'omicidio del proprio datore di lavoro? No, Barbara. A parte il fatto che Goron non sarebbe capace di far male a una mosca. Però sono preoccupata perché non so cosa stia succedendo e speravo che lei potesse...»

«No, non posso andare in Cornovaglia. Sono oberata di lavoro e anche se avessi la possibilità di prendere un permesso...»

«No, no!» la interruppe Daidre. «Non oserei mai chiederle una cosa del genere.»

«Quindi...?»

«Speravo che potesse informarsi con discrezione per capire cosa sta succedendo.»

«Potere, posso. Ma lasci che le dica una cosa: se suo fratello lavora – anzi, lavorava – per la vittima di un omicidio, sarà automaticamente fra i sospettati, che sia o meno capace di fare male a una mosca. Tutte le persone con cui la vittima aveva a che fare sono sospettate. È la prassi. Si indaga su tutti quanti, per eliminarli a uno a uno fino ad arrivare all'assassino. Quindi di sicuro indagheranno anche su suo fratello. Gli ha parlato?»

«Non ancora.»

Barbara non commentò.

«È difficile da spiegare.» Daidre ci provò comunque: Goron aveva una sorella gemella, Gwynder, che se avesse saputo cos'era successo avrebbe reagito malissimo, sarebbe voluta partire immediatamente per la Cornovaglia e lei, Daidre, la doveva proteggere, ma doveva proteggere anche Goron, cercare di aiutarlo senza che Gwynder dovesse per forza tornare in Cornovaglia, dove quella povera ragazza non aveva nessuna possibilità di fare una vita decente...

«Non ha nominato suo padre» notò Barbara.

«No. Ha ragione. Non l'ho nominato.»

«Posso chiedere perché?»

«È difficile da...»

«Ho capito. Anche questo è difficile da spiegare.»

«Mi dispiace, mi rendo conto che è una situazione assurda. Le sto chiedendo troppo, lo so. È solo che speravo... Mi scusi.»

«Non si deve scusare» replicò Barbara. «In famiglia è sempre tutto molto complicato, lo so per esperienza. Vedo cosa riesco a farmi dire.»

«Grazie, Barbara.»

«Si figuri. Ma le anticipo che in questa fase delle indagini probabilmente avranno solo interrogato le persone vicine alla vittima e controllato gli alibi, a meno che non abbiano un testimone chiave, il filmato di una telecamera di videosorveglianza, una scia di sangue che porta fino alla casa dell'assassino, una montagna di prove o di DNA sul cadavere e sulla scena del crimine, sempre che i laboratori forensi non abbiano altro da fare.»

«Capisco. La ringrazio di cuore, Barbara» disse Daidre.

«Nessun problema» rispose lei. «A proposito, non dirò niente a nessuno. Immagino che preferisca così.»

«Sì, preferisco così» confermò Daidre.

Penzance
Cornovaglia

Quella mattina Geoffrey Henshaw era in grado di dare buone notizie al suo capo, Curtis Robertson, nonostante non ci fossero stati passi avanti nella cosa che a Curtis stava più a cuore e cioè l'acquisizione della Lobb's Tin & Pewter. Su quel fronte purtroppo era tutto fermo e occorreva aspettare che venissero risolte tutte le questioni ereditarie e di successione. Geoffrey, però, voleva farsi trovare pronto ai blocchi di partenza al momento del via – da quando in qua gli venivano in mente metafore sportive? –, per questo era sua intenzione lavorarsi l'altro proprietario, quello che avrebbe continuato a detenere una quota della Lobb's indipendentemente dalle disposizioni date dal *de cuius*. Aveva in programma di andare a Penzance appena uscito dall'ufficio con vista mare di Curtis Robertson, per parlare con Sebastian Lobb che, come gli aveva detto la vedova, era proprietario del 40 percento della Lobb's.

Per mettersi in buona luce, cominciò con il riferire al suo capo di essere riuscito ad acquisire i diritti minerari su tre grandi proprietà della contea. Dovette ammettere che il valore di tale acquisizione era più che altro di immagine, date le caratteristiche geologiche della zona in cui si trovavano due di esse; un po' come vestire a festa un asino, insomma. La presenza di litio dipendeva dalla presenza di granito nel sottosuolo, ma bisognava che sotto quel granito ci fosse una falda acquifera e che in quella falda acquifera ci fossero salamoie. Per prepararsi all'incontro con Curtis, Geoffrey aveva studiato sondaggi geognostici, rilievi topografici, mappe catastali e dati storici fino a farsi venire mal di testa ed era giunto alla conclusione che in quella zona trovare o meno le falde acquifere giuste era solo questione di fortuna. Una costosissima partita a dadi. Di conseguenza, l'acquisizione delle proprietà di quella parte della Cornovaglia andava attentamente soppesata in termini di esborsi, investimenti e profitti. Per prudenza, Geoffrey fece presente che la puntina che oggi era verde domani avrebbe potuto cambiare colore e non per tornare rossa o gialla, ma per diventare nera, a indicare un'area trivellata invano.

I sondaggi diretti erano costosi e i pozzi realizzati inutilmente rischiavano di essere la sua rovina, ma Geoffrey era abbastanza soddisfatto del modo in cui aveva presentato a Curtis i risultati ottenuti con le tre proprietà in questione. Naturalmente, subito dopo Curtis gli chiese della Lobb's Tin & Pewter e pretese informazioni circa il testamento di Michael Lobb. Che cosa aveva scoperto? Geoffrey preferì non dirglielo e ribatté che era di pessimo gusto parlare di eredità prima ancora che il morto fosse sottoterra. Alla domanda indignata di Curtis: «E perché diamine non è stato ancora sepolto?» Geoffrey gli rammentò che il poveraccio era stato assassinato. «E come fanno a saperlo per certo? Non può essergli venuto un infarto?» sbottò Curtis. Geoffrey allora gli rammentò che non c'erano dubbi sul fatto che Michael Lobb fosse stato assassinato, perché non soltanto era immobile e non respirava, ma c'era sangue dappertutto e c'erano pure tracce di una colluttazione. Di conseguenza si erano resi necessari un'autopsia, l'intervento delle forze dell'ordine e l'apertura di un'inchiesta. Considerato tutto ciò, non gli sembrava il momento più opportuno per...

«Che grandissima rottura di palle!» commentò Curtis. «Quei terreni ci servono, Henshaw: non possiamo aspettare il momento giusto. Se non lo vuoi fare tu, lo faccio fare a qualcun altro» concluse.

Geoffrey si impose di non perdere la pazienza. Non era la prima volta che incontrava soggetti come Curtis Robertson. Alle elementari facevano i bulli e prendevano di mira i bambini dai capelli rossi, ma di solito crescendo imparavano a tenere a freno la propensione a insultare e fare a botte. Purtroppo, ahimè, c'era chi faceva eccezione.

«Oggi vado a parlare con Sebastian Lobb» disse. «I suoi rapporti con la Lobb's Tin & Pewter si limitano alla riscossione di eventuali utili a fine anno. Non ci ha mai lavorato.»

«Perché allora ha una quota del 40 percento?»

«È quello che intendo chiedergli. Non ha senso, vero? A meno che, naturalmente, quel 40 percento non rappresenti una sorta di garanzia.»

«In che senso?»

«Magari aveva prestato del denaro a Michael Lobb.»

«Pensi che sia questo il motivo?»

«È un'ipotesi. Nel caso, immagino sarà più propenso a vendere, visto che è l'unico modo per recuperare la sua quota.»

Geoffrey capì che Curtis aveva apprezzato dal fatto che si era voltato verso la mappa della Cornovaglia. Sembrava che l'unica persona interessata all'estrazione dello stagno fosse Michael Lobb: con la sua morte, era scomparso il più grande ostacolo alla vendita.

«Occupatene» furono le ultime parole di Curtis.

«È mia intenzione farlo» fu la risposta di Geoffrey.

Si mise in viaggio verso Penzance. Dall'Atlantico soffiava un vento forte che ammassava nuvoloni forieri di tempesta e a Heamoor fu costretto a fermarsi perché aveva iniziato a piovere e nonostante i tergicristalli non vedeva niente. Rimpianse di aver magnanimamente lasciato a Pepper la loro Renault nuova, per puro senso di colpa, dopo averle confessato il proprio amore per Fredrika von Lohmann. E, poiché quell'amore gli era costato anche la cattedra, dopo il licenziamento si era potuto permettere solo la 2CV su cui viaggiava in quel momento, che un tempo era stata trendy ma ormai aveva circa cinquant'anni. E, ovviamente, i tergicristalli erano completamente consumati. Dubitava di riuscire a farseli sostituire a Heamoor, dove non sembrava esserci neppure un minimarket.

Doveva per forza aspettare che spiovesse e ne approfittò per telefonare a Sebastian Lobb e prendere appuntamento. Lobb stava andando alla Jubilee Pool per la sua nuotata quotidiana. Poteva incontrarlo dopo l'allenamento allo Yacht Inn, che era poco più avanti. Oppure Henshaw poteva raggiungerlo in piscina.

«Ufficialmente è chiusa fino a maggio» spiegò Sebastian. «Ha visto che tempaccio? Io però ho un accordo con la direzione, una sorta di scambio di favori. Allora, mi dica: ci vediamo in piscina o al pub?»

Geoffrey optò per lo Yacht Inn.

Heamoor non distava molto da Penzance e, una volta arrivato, Geoffrey non ebbe difficoltà a trovare né la Jubilee Pool né lo Yacht Inn. La piscina era una sorta di monumento storico Art déco e conteneva la prima vasca riscaldata con energia geotermica del Regno Unito, alimentata dalla marea. Il Lido, bianco e azzurro, si trovava proprio sulla Mount's Bay e comprendeva cabine e varie zone per rilassarsi e prendere il sole. Nel complesso, poteva accogliere centinaia di persone. Quel giorno l'acqua della piscina era butterata dalla pioggia, ma quando Geoffrey diede un'occhiata notò un uomo che nuotava a stile libero. Proseguì fino allo Yacht Inn, che era lì vicino e condivideva con il Lido sia i colori sia lo stile architettonico.

Fortunatamente il barista si disse disponibile a servirgli un caffè e, se lo gradiva, un piattino di Digestive. Stava lucidando un boccale prima di riporlo dietro il bancone, sull'altro lato della sala ristorante. Geoffrey sentì profumo di birra artigianale e dei pasticci di carne che evidentemente stavano cuocendo per il pranzo. Scelse un tavolo vicino alla finestra, guardò il vetro rigato di pioggia e si rallegrò di essere al coperto. Aveva appena dato un morso al secondo biscotto quando entrò Sebastian Lobb portando con sé una raffica di freddo e di umido. «Heather?» chiamò. «Me le hai preparate, amore mio?»

A quanto pareva, Heather lo aveva accontentato. Spuntò dal retro e, malgrado il nome da ragazzina, si rivelò essere una sessantenne florida e con un seno gigantesco. Non aveva in mano piatti né bicchieri, come Geoffrey immaginava, ma abiti accuratamente piegati e avvolti in buste di plastica, che consegnò a Sebastian in cambio di alcune banconote. Gli disse di aspettare un attimo, che gli andava a prendere una borsa, e lui rispose che in tutta Penzance non c'era nessuno che stirasse le camicie di lino bene come lei.

E lei, impettita: «Così dicono».

«E non è l'unica cosa in cui eccelli, mia cara.» Vide Geoffrey accanto alla finestra. «Se ha bisogno di qualcuno che le stiri le camicie, Heather è insuperabile» gli disse. Poi lo raggiunse al tavolo.

Sebastian indossava una maglietta dello stesso azzurro degli occhi, con il logo di una manifestazione chiamata Summer Chant e una data a luglio di quell'anno, jeans che sembravano stirati (opera di Heather?, si chiese Geoffrey) e scarpe da ginnastica bianche, perfette nonostante le molte pozzanghere lungo la strada dalla piscina al pub. Si tolse il berretto da marinaio e si passò una mano sul cranio liscio e rasato.

Sembrava il ritratto della salute, pensò Geoffrey indispettito. Virile e sicuro di sé, era quel tipo di uomo che lui sperava sempre di veder inciampare, cadere di faccia e rompersi il naso. Certi pensieri non gli facevano onore, ma...

Si alzò per salutarlo e stringergli la mano, ma Sebastian le sollevò bruscamente entrambe. «Ho smesso» disse.

Geoffrey avrebbe voluto chiedergli: *Cos'è, un fioretto per la Quaresima?* ma si trattenne.

« È una questione di igiene. Ho letto un articolo che parlava di quanti germi abbiamo sui palmi e ho deciso di non stringere più la mano a nessuno » spiegò Sebastian.

Prese una sedia, incurante degli eventuali microbi in agguato sullo schienale, e si sedette. Geoffrey fece lo stesso, meditando se mangiare il terzo Digestive: il pensiero dei germi gli aveva fatto passare l'appetito. Senza dargli il tempo di decidere, Sebastian si impossessò del biscotto e lo addentò con gusto. Poi chiamò il barista: « Clive, secondo te Doreen può prepararmi un boccone? »

« Non sarà contenta » rispose Clive.

« Dille che è per me e che in cambio le darò una palpatina, con il tuo permesso. »

Clive sbuffò, ma si avviò gridando verso la cucina. « Doreen, Sebastian si offre di metterti le mani addosso in cambio di un panino o qualcosa del genere. »

« E in cambio di una patata al forno? » rispose Doreen.

« Amore mio, prima se la deve vedere con me. »

Si sentirono una risata e un acciottolio di pentole. Clive tornò e, rivolto a Sebastian, disse: « La congiunzione astrale è favorevole ».

Sebastian lo guardò come a dire che gli astri lo favorivano da quando era nato. « Lei non vuole niente? » Chiese poi a Geoffrey.

« No, grazie. Non voglio rubarle troppo tempo » rispose l'altro.

« Gliene sono grato: ho l'agenda piena di appuntamenti. Di che cosa mi voleva parlare? »

Geoffrey prese un biglietto da visita dalla tasca della giacca e lo fece scivolare sul tavolo verso di lui. « La volta scorsa non gliel'ho dato. Suo fratello le aveva parlato della nostra proposta? »

Sebastian osservò il biglietto. « So di che cosa si tratta. »

« A quanto ho capito, lei è comproprietario della Lobb's. »

« Ho il 40 percento, come da disposizioni testamentarie di mio padre. I miei genitori hanno sempre temuto che finissi in mezzo a una strada, Dio solo sa perché, e con quella quota di proprietà volevano assicurarmi una fonte di reddito sicura, indipendentemente da quello che avrei combinato nella vita. E sì, ammetto di aver avuto una vita avventurosa. Ma si tratta di cifre risibili. La Lobb's non farà ricco né me né nessun altro.»

«Mentre vendere la terra alla Cornwall EcoMining frutterebbe ai proprietari una bella sommetta da mettere da parte, da spendere, da investire... Lei sarebbe interessato, per la sua quota?»

«Io sono sempre stato interessato, dalla prima volta che Kayla me ne ha parlato. Ma, come lei ben sa, Mike non era d'accordo. La sua posizione è sempre stata: Papà voleva che portassimo avanti l'attività in famiglia.» Sebastian giocherellava con il cucchiaino da caffè di Geoffrey. «E quindi io potevo fare ben poco, se non cercare di farlo ragionare. Guardi, io ve l'avrei già venduta, la mia quota, ma Mike diceva che volevate tutto quanto.»

«Ci serve l'area edificabile, ma siamo disposti ad acquistare l'intera proprietà.»

«Per la mia quota non ci sono problemi e anche Kayla penso sia propensa a vendere. Ho la sensazione che non sia mai stata contenta di vivere lì. Non le è mai piaciuto e, dopo aver cacciato a pedate la prima moglie, Mike non ha fatto niente per rendere la casa più accogliente. Non poteva, visto quanto gli è costato divorziare. Ma adesso... dipenderà dai ragazzi, no? I figli di Mike, intendo. Non so se vogliano tenere la Lobb's oppure venderla» disse Sebastian.

«Secondo lei?»

Sebastian fece un gesto come a dire che non ne aveva idea. «Non lo so. Ma non vedo perché non dovrebbero accettare la vostra offerta, se è ragionevole e il prezzo è giusto. Saranno anche discendenti di una famiglia di minatori, ma dubito che vogliano mandare avanti la baracca.»

Da una porta sul retro del bar spuntò una signora piuttosto in carne con un grembiule allacciato in vita e i capelli grigi raccolti in un foulard turchese, che si diresse nella loro direzione con un piatto in mano. Geoffrey immaginò fosse il «boccone» chiesto da Sebastian. Doreen non si era limitata a fargli un panino, ma aveva messo in un piatto una bella fetta di pane, una ciotolina di burro, formaggio in abbondanza, sottaceti e persino una fetta di prosciutto. Posò il *ploughman's lunch* davanti a

Sebastian. «Allora, la palpatina che avevi promesso? Dai, che Clive adesso è girato dall'altra parte.» Sebastian la accontentò. «Ah, Doreen, hai il culo più bello della città.»

«Bugiardo» ribatté lei, ma andò via sculettando con una mano sul fianco.

«Clive, voglio farmi tua moglie» urlò Sebastian al barista.

«Tu vuoi farti tutte quelle che incontri» fu la risposta di Clive.

Sì, pensò Geoffrey, probabilmente è proprio così.

Newquay
Cornovaglia

Bea stava andando a Redruth per parlare con l'avvocato di Michael Lobb e chiedergli se il suo cliente avesse mai acceso una polizza sulla vita a favore della moglie Kayla, quando ricevette la notizia dalla centrale: Willen Steyn, il fratello di Kayla, era stato localizzato. Pur essendo un grande amante della natura, Steyn non disdegnava le comodità e invece di dormire in tenda lungo il Southwest Coast Path aveva preferito passare la notte in un B&B. Bea non poteva biasimarlo. Il vento di mare aveva il suo fascino, ma dopo un po' stancava, specie se uno scarpinava su e giù per sentieri impervi, con ogni tipo di condizioni meteorologiche. Willen Steyn era stato localizzato in un bed & breakfast dalle parti di Watergate Bay, gli era stato chiesto di restare lì fino all'arrivo di un agente ed era stato accompagnato alla stazione di polizia di Newquay, dove si trovava in quel momento.

Phoebe Lang aveva telefonato a Bea perché voleva che fosse lei a interrogarlo. Bea le ricordò che aveva appuntamento con l'avvocato di Michael Lobb a Redruth e propose di parlare con Steyn appena finito con il legale, ma l'altra ribatté che dell'eventuale assicurazione sulla vita di Michael Lobb Bea poteva benissimo parlare per telefono, senza bisogno di andare fino a Redruth. Se la telefonata non avesse dato esiti soddisfacenti, avrebbe potuto parlare di persona con l'avvocato in un secondo tempo. Non era una cosa urgente, mentre Willen Steyn era il cognato della vittima, il fratello di sua moglie, era stato di recente ospite al cottage e, stando a quello che la stessa signora Lobb aveva riferito, non andava d'accordo con la buonanima... Era sufficiente o doveva andare avanti?

Bea rispose che aveva capito. Non poteva fare altro. Si diresse a Newquay e si fermò soltanto per telefonare all'avvocato di Lobb, come suggerito da Phoebe Lang. Si sentì rispondere che purtroppo l'avvocato Cassius Salisbury III era occupato con un cliente. Desiderava lasciare un messaggio? Bea lasciò un messaggio, cercando di essere il più chiara possibile: per caso Salisbury era a conoscenza di una polizza sulla vita stipulata dal defunto Michael Lobb a favore della moglie, Kayla Steyn? A chiamare era l'ispettore investigativo Beatrice Hannaford, della Major Incident Team.

Proseguì poi verso la sede della polizia di Newquay, un deprimente edificio di cemento e mattoni grigi privo di qualsiasi dettaglio che potesse attenuarne la bruttezza, salvo una fila di alberi rinsecchiti su un lato del parcheggio. Mancava solo un'epigrafe sul portone con la scritta *Lasciate ogni speranza, o voi che entrate*. Parcheggiò, piazzò sul cruscotto il contrassegno della polizia e si preparò spiritualmente a pavimenti di linoleum grigio e pareti gialline, o viceversa.

Venne condotta in un ufficio momentaneamente inutilizzato che puzzava di fondi di caffè e latte rancido, con un'unica finestra socchiusa, una scrivania di metallo sui cui lati qualcuno aveva tentato di emulare Banksy con marker rossi e verdi, uno schedario con un cassetto mancante e due sedie blu, di plastica, da ufficio pubblico. Su una era seduto Willen Steyn. Aveva l'aria tutt'altro che contenta. Come biasimarlo? Oltre ad avergli rovinato la giornata – e forse la vita – la polizia gli aveva rifilato una pila di vecchie riviste con cui intrattenersi in attesa che arrivasse lei. Erano logore, strappate e piene di orecchie e trattavano argomenti come pesca d'altura, arrampicata, surf e i vari eventi e manifestazioni in programma a Newquay l'anno precedente.

Quando Bea entrò nella stanza Steyn non fece nemmeno il gesto di alzarsi. Bea lo salutò con un cenno del capo. Si accorse subito che aveva un livido intorno all'occhio destro che incominciava a ingiallire sui bordi e un'ecchimosi di colore analogo sulla mascella destra. Aveva la mano destra fasciata fino alle nocche e il dito indice avvolto in un bendaggio che lo faceva sembrare il doppio del normale.

Bea si presentò. « Ha avuto un incidente? » chiese.

Steyn non rispose.

« Le hanno offerto un caffè, un tè, qualcosa da mangiare? »

Steyn continuò a tacere.

« Sa per quale motivo le abbiamo chiesto di venire? »

« Non userei il verbo *chiedere*. Posso sapere dov'è il mio cellulare? Me lo hanno sequestrato e vorrei che mi fosse restituito » reagì Steyn.

Bea rispose « Certo », ma non accennò a muoversi.

Steyn aspettò. Lividi e bendaggi a parte, era un bell'uomo. Dimostrava una trentina di anni e forse da bambino era stato biondo, ma a quel punto aveva i capelli del colore del tè al latte, e piuttosto radi. Li portava corti e, a giudicare dal segno dell'abbronzatura, aveva l'abitudine di coprirsi la testa. Era alto circa un metro e ottanta e in buona forma, requisito peraltro indispensabile per fare a piedi tutto il Southwest Coast Path.

« È caduto, signor Steyn? »

Lui si indicò la mano fasciata. « Così pare. »

« Dove? »

« Vuole sapere dove sono caduto? Il punto esatto non glielo so dire: fra St. Agnes e Newquay. »

« Non è molto d'aiuto. »

« In che senso, scusi? Mi ha fatto una domanda e io le ho risposto. Ora vorrei il mio cellulare. »

« Sì. Le verrà restituito, gliel'ho detto. »

Steyn la guardò con diffidenza. « Sarebbe interessante sapere quando. Perché mi avete portato qui, comunque? »

« Ha parlato con sua sorella? »

« Kayla? » chiese lui.

« Ha altre sorelle? »

« Sì, due. In Sudafrica. »

« Cominciamo da Kayla. So che è stato a trovarla, di recente. »

« Sì. Perché? Comunque, per risponderle: no, non ho più

parlato con Kayla, dopo che mi ha accompagnato all'inizio del percorso. Sono stato da lei e Mike una settimana e direi che abbiamo esaurito tutti i possibili argomenti di conversazione, quindi non abbiamo sentito il bisogno di telefonarci.»

«Posso chiederle perché è in Cornovaglia?»

«Sono venuto a fare trekking lungo il Southwest Coast Path. Me l'ha consigliato Kayla. Ho avuto un anno terribile e avevo bisogno di staccare.»

«Davvero?»

«Davvero cosa?» fece lui aggressivo.

«Davvero ha avuto un anno terribile?»

«La mia compagna è morta in Colorado, uccisa da una valanga che avevo provocato io. Avevamo litigato perché lei voleva sciare fuori pista. Quindi sì, ho passato un anno di merda e avevo bisogno di staccare da tutto. Kayla mi ha parlato del Southwest Coast Path e...»

«Due lutti in famiglia, due morti improvvise... Mi dispiace. Le faccio le mie condoglianze.»

«Come, due?» Steyn le rivolse un'occhiata difficile da decifrare. O era bravissimo a nascondere le emozioni, oppure non sapeva che il cognato era morto. «È successo qualcosa? Cos'è successo? Kayla...? Senta, posso riavere il mio cellulare adesso?»

«Prendeva bene, lungo il Southwest Coast Path?»

«Il cellulare, intende? Insomma. Un po' sì e un po' no.»

«A seconda dei tratti?»

«Esatto. In certi punti la ricezione è buona, in altri no. Vuole dirmi per quale motivo mi state trattenendo o vuole continuare a giocare al gatto con il topo?»

«Quando è stata l'ultima volta che ha visto Michael Lobb?»

«Mike? Gliel'ho detto. Sono stato a casa loro per una settimana e sono ripartito pochi giorni fa.»

«La mattina?»

«Sì.»

«Lo ha visto, prima di partire?»

«Quella mattina? No. Stava lavorando e comunque io e lui... La sera prima avevamo discusso, i toni si erano alzati... Ho preferito dire a Kayla di salutarmelo lei.»

«Cosa significa che si erano 'alzati i toni'?»

«Che abbiamo alzato la voce.»

«Per quale motivo avete discusso?»

«Lui non vuole che Kayla venga in Sudafrica a trovare la sua famiglia. Nostra madre sta invecchiando, avrebbe piacere di vederla più spesso. E anche noi. Ma Mike è irremovibile. Non vuole che si allontani neanche per un giorno. Dice che senza di lei morirebbe e la vuole accanto, tutta per sé, ventiquattr'ore su ventiquattro. Kayla sostiene che è sempre stato geloso. Non so come faccia a resistere: a me mancherebbe il respiro.»

«E durante la sua permanenza?»

«Durante la mia permanenza cosa?» Steyn si stava spazientendo. Bea se ne rallegrò: quando le persone che interrogava incominciavano a perdere la pazienza, a farsi prendere dall'ansia, dall'irritazione o dalla collera, spesso si lasciavano sfuggire qualcosa di interessante.

«Lobb si è comportato così anche durante la sua permanenza a casa loro?» chiarì Bea. «In genere, quando uno è possessivo e vuole il coniuge tutto per sé, non gradisce avere ospiti.»

«Lavorava tanto per prepararsi al presunto assalto di turisti, tutti a caccia dei suoi bijoux e delle sue creazioni. A me stava benissimo.»

«Le stava bene perché le consentiva di stare più tempo con sua sorella? Cosa avete fatto di bello?»

«Niente. Cioè, niente di speciale. Abbiamo fatto dei giri a piedi, abbiamo parlato, abbiamo mangiato fuori un paio di volte... Non ho tenuto un diario di tutto quello che ho fatto con Kayla. Dopo la morte di Meghan sto mettendo in discussione tutta la mia vita. Penso che lo farebbe anche lei, nei miei panni.»

«Sua sorella mi ha detto che lei è un medico. Chirurgo, per l'esattezza. Che tipo di attività svolge? In Sudafrica, intendo.»

«Faccio il chirurgo pediatrico. Sono molto stimato.»

«Ma non sa se continuare su quella strada.»

«Esatto.»

In quel momento il cellulare di Bea si mise a squillare. Bea guardò il display, vide che era un numero fisso e immaginò che fosse lo studio dell'avvocato. «Devo rispondere» disse a Willen, e uscì dalla stanza senza lasciargli il tempo di protestare.

Era la segretaria dello studio legale e voleva comunicarle che all'avvocato Salisbury non risultava che Michael Lobb avesse mai sottoscritto una polizza assicurativa sulla vita. In genere, se esisteva un'assicurazione di quel tipo, nel testamento veniva specificato, ma il fatto che il testamento del signor Lobb non ne facesse menzione non significava necessariamente che la suddetta polizza non esistesse. Il signor Lobb poteva benissimo averla sottoscritta all'insaputa dell'avvocato Salisbury.

Bea capì che non sarebbe approdata a nulla. Il fatto che Lobb non avesse preso provvedimenti per garantire alla sua vedova un certo benessere economico faceva pensare che il matrimonio non fosse poi così solido, e ciò che le aveva raccontato Willen Steyn sembrava confermarlo. Inviò rapidamente l'informazione alla centrale operativa di Bodmin e tornò nella saletta per riprendere il colloquio con lui.

Appena la vide, Steyn incominciò a tempestarla di domande. «Mi può dire che cosa sta succedendo? È chiaro che è successo qualcosa. Non mi avreste portato qui, non mi avreste sequestrato il cellulare...»

«Come si è procurato quelle lesioni, esattamente?»

«Gliel'ho detto. Il sentiero in certi punti è parecchio sconnesso. Ho messo un piede in fallo e sono caduto.»

«Sull'occhio?»

«Sull'occhio.»

«E la mano? Come ha fatto a farsi male alla mano?»

«Ho cercato di attutire la caduta, com'è normale. È successo qualcosa a Mike, vero? È questo il motivo per cui siete venuti a prendermi. Pensate che io sia coinvolto.»

«Suo cognato ha cercato di difendersi, signor Steyn.»

«Da chi? Se non lo sapete, vuol dire che Mike non è in condizioni di dirvelo.»

«Esatto.»

«Quindi o è in coma o è morto.»

«È stato assassinato la notte prima della sua partenza, signor Steyn. O quella stessa mattina.»

Steyn emise un sospiro che parve svuotargli completamente i polmoni. «Devo tornare da Kayla, allora. Non ha altri parenti qui» disse poi.

«Be', ha quelli acquisiti.»

«Parlavo di noi, della nostra famiglia. In questo momento ci sono solo io. Voglio andare subito da lei.»

«Prima però vorremmo prelevare un campione del suo DNA, signor Steyn. E prenderle le impronte digitali.»

Steyn socchiuse appena gli occhi, e probabilmente a Bea sarebbe sfuggito, se non fosse stata attentissima a cogliere segni di cedimento. «A questo punto forse mi dovrei indignare, giusto? Dichiarare la mia innocenza e chiedere l'assistenza di un legale» disse.

«Può fare come crede» rispose Bea. «Vuole un avvocato?»

«Non l'ho ucciso io, quindi prendete tutti i campioni di DNA che vi servono. Poi, però, vorrei che mi portaste da mia sorella: me, il mio cellulare e il resto delle mie cose.»

«Si può fare.»

«E allora lo faccia.»

Mousehole
Cornovaglia

Le giornate non erano ancora abbastanza calde per attirare frotte di turisti, specie sulla costa, ma in quel pomeriggio di sole i meno freddolosi incominciarono ad avventurarsi in giro per i borghi e paesini più pittoreschi del ducato di Cornovaglia. Uno di questi era Mousehole, con le sue stradine strette, le case di granito e le scalinate di pietra che portavano alla parte alta e più moderna del paese.

Gloriana era in negozio da quella mattina. Era uscita solo una volta per comprare due paste da Jesse, una con la crema al limone e una con panna e pistacchi, che aveva mangiato in negozio accompagnandole con una teiera di English Breakfast e con *You Really Got Me* dei Kinks a volume piuttosto alto. Durante lo spuntino, ascoltò Nancy Sinatra, *The House of the Rising Sun* e *Twist and Shout,* rimpiangendo per l'ennesima volta di essere nata non solo nel decennio, ma nel secolo sbagliato. Poco dopo entrarono nel negozio due ragazze sulla ventina e Gloriana abbassò il volume e le invitò a guardarsi intorno, cosa che fecero con gran disinvoltura.

Nel giro di un'ora provarono un discreto numero di abiti scelti fra i pezzi migliori della collezione di Gloriana. Una si teneva addosso un Mary Quant rosso a strisce gialle e arancioni con un trapezio giallo sul petto, mentre l'altra aveva scelto un tubino meno costoso, di uno stilista minore, in due tonalità di verde. Con quei vestiti addosso, curiosarono tra le altre proposte di Vintage Britannia. Una guardava gli orecchini e si soffermò in particolare su un paio a forma di margherita, bianchi e neri con un disco giallo al centro, e l'altra sfogliava una serie di menu d'epoca adatti per essere incorniciati. Gloriana era abbastanza sicura che nessuna delle due avrebbe comprato l'abito che aveva indosso – essendo pezzi autentici erano mostruosamente cari – ma sperava nei menu e nella bigiotteria.

Tuttavia la ragazza in Mary Quant la sorprese porgendole un menu perfettamente conservato di Woolworth's. «Prendo sia questo che il vestito... Vorrei tenerlo addosso, se possibile» disse. Proprio in quel momento la porta del negozio si aprì e comparve la madre di Gloriana. «Ma che carine! Sembrate pronte per una festa in maschera!» esclamò allegra. Poi si rivolse specificamente a Gloriana e, dopo averla squadrata da capo a piedi con aria di profonda disapprovazione, aggiunse: «Quando hai un momento, cara, ti vorrei parlare».

Gloriana prese la carta di credito dalle dita della ragazza in Mary Quant prima che cambiasse idea e rispose di sì, pensando che anche sua madre sarebbe potuta andare a una festa in maschera, essendo travestita alla perfezione da Casalinga Inglese D'Altri Tempi: twin-set rosa, l'imprescindibile filo di perle, kilt con i colori di Aberdeen come suo solito, collant spessi e scarpe comode. Non era possibile accertare se la pettinatura fosse in stile, perché per proteggersi dal sole Maiden si era messa un cappello a larghe tese.

«Do un'occhiata in giro, nel frattempo» disse Maiden, mentre Jim Morrison cantava che le persone sono strane e la ragazza in verde decideva di comprare gli orecchini e spariva dietro la tenda dello spogliatoio per togliersi il vestito.

«Invece dovresti prenderlo, Glads» disse la ragazza in Mary

Quant all'amica, che aveva sistemato il tubino verde sulla gruccia e stava chiudendo con cura la zip.

«Sono d'accordo, per quel che può valere il mio parere» intervenne Maiden. «Non molte donne hanno il fisico per indossare un abitino così. E il verde così brillante le dona moltissimo, sa? A me invece è un colore che abbatte...»

La ragazza in Mary Quant porse di nuovo a Gloriana la carta di credito. «Te lo regalo» disse all'amica.

«No, no! È troppo...»

«Non preoccuparti per i soldi. In ogni caso, quando finisco questi, me ne arriveranno ancora.»

«Da tuo padre, dici?»

«Sta cercando di farsi perdonare» rispose la ragazza in Mary Quant con un sorriso malizioso. «Sono stata fortunata.»

Gloriana strisciò la carta prima che l'amica la convincesse a desistere. Conclusa la transazione, le due clienti uscirono.

«Spero che il mio intervento sia stato utile» disse Maiden non appena la porta si fu richiusa. «Quei colori le stavano malissimo e con i fianchi che si ritrova dovrebbe evitare come la peste i tubini aderenti. Scusa, Gloriana, ma perché non accorci quelle ciglia finte? Sarebbero un po' meno...»

«Qual buon vento ti porta a Mousehole, mamma? Non dovresti essere con SJ? Non dirmi che l'hai mollato di nuovo al povero Anthony!»

«Siamo venuti tutti e tre a goderci la bella giornata al mare. Adesso Anthony lo ha portato a prendere il gelato giù al porto.»

«E com'è che non siete andati a godervi il mare e a prendere il gelato a St. Ives, invece di venire fin qui?»

«Volevo vederti, tesoro. Hai intenzione di fare un'offerta?»

«Per cosa?»

«Per questa casa, Gloriana. Ho visto che cedono il contratto di locazione e pensavo che...»

«Mi piacerebbe. Posso provare a chiedere un prestito in banca, ma non so se ho i requisiti di affidabilità.»

«Sei sicura?»

«Di cosa?»

«Di aver bisogno di un prestito. Perché...» Maiden tirò fuori dalla capiente borsa di paglia una busta, si avvicinò al bancone e la rovesciò.

Sul piano di vetro si sparsero varie fotografie di una casa a due piani, vista da diverse angolazioni, interni e spazi esterni, incluso un grande prato che digradava dolcemente verso una strisciolina di mare in lontananza. Le stanze erano immacolate e vuote, con finestre a doppi vetri, armadi a muro e moderni termosifoni. La facciata era rivestita di lastre di granito, il portone era azzurro e le finestre erano perfettamente simmetriche, senza il minimo difetto. Insomma, si trattava di una casa di nuova costruzione che sembrava far parte di un complesso residenziale in mezzo alla campagna. Gloriana lì per lì pensò che fosse la casa in cui sua madre e Anthony Grange pensavano di andare a vivere dopo le nozze, però... Anthony aveva già una casa, no? Perché non andavano ad abitare là? Certo, lui – per ragioni che Gloriana faticava a comprendere – era perdutamente innamorato di Maiden e pertanto incline ad assecondare ogni suo desiderio, ma... fino al punto di comprare una casa come quella? A parte il fatto che doveva costare un sacco di soldi, era decisamente troppo grande per una coppia, con due interi piani e abbaini che lasciavano intuire la presenza di una mansarda. Una casa indipendente, con un bel giardino, strada privata e in mezzo al verde andava bene per una famiglia numerosa. Sua madre e Anthony Grange non avevano bisogno di una casa così grande, a meno che Anthony non avesse un nugolo di figli di cui non aveva mai parlato.

«So che Anthony ti adora, mamma. Ma avete davvero bisogno di una casa così?» chiese Gloriana.

Maiden la guardò sorpresa. «In che senso? Chi?»

«Tu e Anthony. Dov'è questa casa?»

«Sopra Perranporth.»

«Non è vicinissimo a St. Ives, quindi.»

Maiden prese una delle foto e la studiò per un attimo. «Scusa, Gloriana, non penserai che questa sia la casa dove io e Anthony...?»

«Cos'altro dovrei pensare?»

«È di tuo fratello.»

Gloriana riguardò una delle foto degli esterni. «Merritt? E come ha fatto a comprarsi una casa così? Impossibile!» disse.

«Invece se l'è comprata» rispose Maiden.

«E come? Quando?»

«Hanno firmato il contratto stamattina. Subito dopo è venuto da me sventolando le foto come fossero trofei di guerra.»

Gloriana le riprese in mano per guardarle di nuovo. «E dove ha trovato i soldi? Non può averli messi da parte. I suoi risparmi non basterebbero nemmeno per l'anticipo. Ha trovato un altro lavoro? O l'ha trovato Bonnie?»

«Non mi risulta.»

«Le hanno fatto un prestito i suoi genitori? Un'eredità inaspettata? Qualcuno in famiglia le ha lasciato una fortuna?»

Maiden non rispose, ma il suo sguardo lasciava intendere che Gloriana aveva dato la risposta esatta.

«Un'eredità, quindi. Bonnie è ricca di famiglia? Non lo sapevo» disse Gloriana.

«Non ne ho idea: non ne abbiamo mai parlato. Tuo fratello, d'altra parte...»

«Cosa vuoi dire?»

«Voglio dire che Merritt si era dato un gran da fare per ricucire i rapporti con suo padre, Gloriana. Ed evidentemente ha fatto bene, perché adesso vostro padre è morto e Merritt ha appena comprato una casa di lusso. Tu cosa pensi?»

«Secondo te, Merritt sperava che gli lasciasse dei soldi? È un'assurdità: papà ha sicuramente lasciato tutto a Kayla.» E, nel vedere che la madre non rispondeva, insistette: «Non credi anche tu che abbia lasciato tutto a lei?»

«Be', sì. Ma ho l'impressione che Merritt la pensi diversamente.»

Primrose Hill
Londra

Daidre telefonò alla sorella per avvisarla che sarebbe arrivata un po' più tardi del previsto. L'avevano appena chiamata dall'area dei pinguini e non aveva idea di quando avrebbe finito. Gwyn le credette – perché non avrebbe dovuto? – e così Daidre ebbe modo di controllare online se sul *Cornishman* era uscito qualcosa di nuovo sulla morte del datore di lavoro di suo padre e suo fratello. Trovò soltanto la foto di una fila di agenti in divisa impegnati a scandagliare un campo incolto, pieno di erica e ciuffi di ginestra. L'articolo spiegava che stavano cercando l'arma del delitto nei pressi della scena del crimine. Daidre lesse che per il momento non era stato arrestato nessuno e che la polizia continuava a indagare.

Uscì dallo zoo, prese la bicicletta e pedalò lungo Broad Walk in direzione del canale per poi salire a Primrose Hill. Quando era quasi in cima alla salita, sentì suonare il cellulare. Smontò in fretta e rispose. «Barbara? Mi scusi: ho il fiatone.» Si spostò dalla pista ciclabile sull'erba per non intralciare il passaggio.

«Abbiamo avuto fortuna» disse Barbara. Daidre capì che stava fumando. Il sergente investigativo era una tabagista accanita e il fatto che si fosse accesa una sigaretta indicava che si trovava all'aperto, e quindi fuori dal suo ufficio. «Se ne occupa una MIT di Bodmin» spiegò. «L'ispettore investigativo Bea Hannaford, per la precisione, che risponde direttamente alla sovrintendente. Se la ricorda? Bea Hannaford, intendo.»

Daidre ricordava benissimo l'ispettore investigativo Hannaford e i suoi capelli viola: era stata più volte nel cottage di Polcare Cove, quando ai piedi di una scogliera era stato ritrovato il corpo di un giovane scalatore ed era stato stabilito che non si era trattato di una caduta accidentale. Suo malgrado, Daidre era stata coinvolta nelle indagini.

«Le ho parlato» continuò Barbara. «Per ora i sospettati sono tutti parenti del morto e tutti uomini. Dubitano che l'assassino sia una donna per via delle ferite e della dinamica.»

Non era riuscita a scoprire granché, disse. Michael Lobb era morto a seguito di molteplici ferite d'arma da taglio e per il momento i sospetti si incentravano su tre familiari, che però avevano un alibi. «Anche suo padre e suo fratello hanno un alibi» aggiunse Barbara. «Mi ha colpito una cosa, comunque.»

«Cosa?» chiese Daidre, allontanandosi di qualche passo perché un tipo seduto su una panchina lì accanto si era appena acceso il sigaro più pestilenziale che le fosse mai capitato di annusare.

«A parte il cognato della vittima, tutti hanno un alibi che si basa sulla testimonianza di un parente. E questo è un problema, perché in genere fra parenti ci si dà una mano e ci si copre a vicenda, salvo in caso di antichi rancori. Insomma, occorrerà indagare più a fondo.»

«Cioè?»

«Di solito si comincia dai nemici e dai possibili moventi, che nella mia esperienza rientrano quasi sempre in alcune macro categorie: amore, potere, sesso e denaro. I sette peccati capitali, insomma, eccetto forse accidia e gola. Immagino che i colleghi seguiranno la prassi.»

«Il cognato non ha un alibi? Ho capito bene?»

«So che è stato interrogato, ma non so altro. Naturalmente stanno analizzando le impronte digitali e tutto quello che hanno repertato durante il sopralluogo, compresi i campioni di DNA recuperati sul corpo e sugli abiti della vittima. Avranno prelevato anche il materiale sotto le unghie, presumo. Per farla breve, le indagini sono appena iniziate e, a meno che non salti fuori qualcosa di risolutivo, penso che andranno avanti per un bel po'.»

«Non si può fare nulla nel frattempo? Possiamo solo aspettare?»

«Esatto. Per fortuna non è uno di quei casi in cui ci sono solo prove circostanziali: qui le prove dirette ci sono. C'è il corpo, c'è la scena del crimine e ci saranno una montagna di prove, perché quando uccidi in quella maniera non puoi non lasciarne. È materialmente impossibile. Dobbiamo solo aspettare: la polizia le troverà.»

«Quindi è spacciato» osservò Daidre.

«Chi? L'assassino?» chiese Barbara. «Ormai gli assassini finiscono quasi tutti in galera, prima o poi. A meno che l'omicidio non sembri una morte naturale.»

MICHAEL

Era impensabile rientrare a casa come se niente fosse e, dopo vent'anni di matrimonio, annunciare a Maiden che tra noi era finita. Se le avessi parlato di separazione, Gloriana sarebbe venuta a saperlo e avrebbe dato la colpa a me. Certo, la colpa era *mia*, ma volevo che nostra figlia pensasse che la cosa fosse consensuale. Volevo che ci vedesse a un bivio al quale ciascuno intraprendeva un nuovo cammino. Volevo che Maiden le dicesse che a volte le cose finiscono senza che sia colpa di nessuno. Per molte persone si tratta di un'evoluzione naturale. Avevo bisogno di consigli su come spingere gli eventi in questa direzione e pensai di chiedere a Sebastian.

Andai a trovarlo a Penzance. Arrivando dal lungomare di Mount's Bay, Sebastian abita a metà di Morrab Road in una vecchia casa vittoriana di fronte a una delle tante residenze per anziani della città. Il giorno in cui andai a trovarlo, il portone era aperto e nell'androne erano appoggiati un SUP e una bicicletta. Sotto l'inserto in vetro smerigliato della porta interna c'era una targa in ottone con nome e numero di telefono di Sebastian e la scritta VOICE4HEALING.

La porta non era chiusa a chiave ed entrai. Sentii subito varie voci che recitavano una sorta di mantra al piano di sopra: una voce maschile profonda che faceva da guida e altre che rispondevano in coro. Botta e risposta, botta e risposta. Mi parve che dicessero *ah nondo ahm*. Andarono avanti così per dieci minuti buoni.

Poi scese il silenzio. Mi ero accomodato in una specie di anticamera arredata in stile orientale, con ottomane coperte da teli, cuscini variopinti e cristalli appesi alle finestre che proiettavano arcobaleni sulle pareti. Su un tavolo basso c'era un grande vassoio tondo in ottone inciso sul quale erano esposte varie brochure che pubblicizzavano i servizi offerti da Voice4Healing:

meditazione, esercizi di respirazione, canto classico indiano, pratiche di movimento somatico e improvvisazione, tutto allo scopo di incoraggiare le persone a rilassarsi e coltivare un autentico «suono incarnato», qualunque cosa fosse, grazie a corsi collettivi, sedute individuali, recitazioni di gruppo, sia in presenza che da remoto. Tipico di Sebastian, pensai, aver trovato un modo per far soldi senza lavorare.

Udii i passi di più persone che scendevano le scale e un brusio di voci sommesse. A giudicare dai canti che avevo sentito fino a un attimo prima, quasi mi aspettavo una sfilata di tonache e vesti di foggia religiosa, invece vidi solo jeans e magliette, felpe e scarpe da ginnastica, un abito rosa shocking e un caftano colorato. Per ultimo arrivò mio fratello Sebastian: pantaloni larghi di lino blu con la coulisse e un'impeccabile camicia bianca, anch'essa di lino, aperta sul petto per mostrare il ciondolo in osso di mammut che portava sempre. Era a piedi nudi.

Dopo aver accompagnato i clienti alla porta – Giovedì alla stessa ora? chiese qualcuno, lui annuì e rispose: Certo – entrò nella stanza dove lo stavo aspettando. Dato che lo avevo avvisato che sarei andato a trovarlo, per prima cosa disse: Scusa, è durato più a lungo del previsto. E mi spiegò che il gruppo aveva avuto un momento di grazia che lui non si era sentito di interrompere finché non erano stati tutti pronti.

Non gli chiesi come facesse a sapere che il gruppo era pronto o meno perché mi avrebbe propinato qualche teoria strampalata a base di chakra, vibrazioni o roba del genere.

Mi venne incontro. Io ero davanti al tavolino con le brochure disposte a ventaglio. Mi prese di mano quella che stavo leggendo e la rimise a posto insieme alle altre. Mi conosceva bene. Sapeva che non avevo la minima intenzione di partecipare a uno dei suoi gruppi di autoguarigione emotivo-sentimentale tramite il canto e la recitazione di mantra.

Disse che aveva una gran sete e mi invitò a seguirlo. Ci addentrammo nella casa e scendemmo una rampa di scale fino al seminterrato, dove c'era una cucina modernissima. Aprì un frigorifero grande quanto un camion e tirò fuori una bottiglia di vino bianco. Me ne offrì un bicchiere, ma scossi la testa. Sono venuto per parlare, dissi. Ho bisogno di un consiglio.

Sebastian mi lanciò una delle sue occhiate e disse: Questa sì che è una novità! Su cosa potrei mai darti un consiglio?

Donne, risposi.

Ah.

Sebastian era assolutamente refrattario a qualsiasi legame che potesse assomigliare anche solo lontanamente a un impegno. Dopo la fine del primo e unico matrimonio, era stato ben attento a non contrarre altri vincoli coniugali ed era diventato un vero maestro nell'arte della seduzione e dell'abbandono. Quando lasciava una donna dopo averla tenuta soggiogata con il suo fascino per poche settimane o mesi, riusciva sempre a rimanere in buoni rapporti. Gli dissi che volevo sapere come faceva.

Sebastian si appoggiò alla porta del frigorifero e bevve un sorso di vino dalla bottiglia. Me lo chiedi per curiosità? O c'è qualcosa di più? Aveva tutte le ragioni di farmi quella domanda, dal momento che lo avevo sempre criticato apertamente per il fatto che le sue relazioni non duravano mai più di qualche mese. Possibile che non riuscisse ad accontentarsi di una sola donna, come tutti?

C'è qualcosa di più, ammisi a malincuore.

Non è da te, commentò. Quanto tempo è passato?

Da quando?

Da quando tu e Maidie siete convolati a nozze, avete fatto il grande passo, o come lo vuoi chiamare.

Ventun anni, gli dissi.

Tanti. Cos'è successo? Hai trovato un modello più recente?

È un po' che le cose non vanno tanto bene tra me e Maidie, dissi. Andiamo avanti per inerzia. Per finta. Ma io voglio smettere di fingere. Penso che anche Maidie sia stufa, del resto.

Sebastian prese due bicchieri da una credenza che era l'unico pezzo d'epoca di tutta la cucina e probabilmente era lì dai tempi in cui era stata costruita la casa. Li riempì, tappò la bottiglia e la rimise nel frigo. Me ne porse uno e disse: Bevi, che ne hai bisogno. Hai una faccia...

Sto bene così, risposi.

Considerate le cose che mi hai appena detto, bene non stai

di sicuro. E vorrei farti notare, Mike, che non hai risposto alla mia domanda.

Sì che ho risposto.

No. Quindi te lo chiedo un'altra volta: chi è il nuovo modello con cui sostituirai Maidie?

Non voglio farla soffrire. È stata una buona moglie.

Dopo più di vent'anni, pensi di potertene andare senza farla soffrire? Ma dove vivi? Sulla luna?

So benissimo che non è possibile. Ma vorrei che lo fosse. È stata una buona moglie, come ti ho detto. È una madre meravigliosa. Ma adesso...

Adesso cosa? Ha smesso di essere una buona moglie e una madre meravigliosa? Ha un altro? Cos'ha che non va, Mike?

Niente. Sono io che mi sono stufato di lei. Andiamo avanti per abitudine. Il nostro è un rapporto vecchio, stantio. Lo facciamo perché lei se lo aspetta, non perché la desidero. Probabilmente non ne ha più voglia nemmeno lei.

Mi sembra normale, dopo vent'anni. Non sono più fuochi d'artificio e marce trionfali a ogni orgasmo. Come invece immagino ti succeda con l'altra. Perché, se si tratta di questo, quanto tempo prevedi che possa durare, dopo che le avrai messo un anello al dito? E non dirmi che non hai un'altra, Mike. Si capisce subito dall'aria da cane bastonato. Scommetto che ti ha dato un ultimatum. O me o tua moglie, e se scegli lei tra noi è finita. È questo il problema? Stai cercando di decidere se il nuovo modello è meglio di quello vecchio?

No, non si tratta di questo. Lei non mi ha mai detto... Non lo farebbe mai. Non è quel tipo di donna.

Ah, no? E che tipo è questa donna per cui stai mandando all'aria la famiglia?

Con lei... Con lei è diverso. Non è come con Maidie. Con Maidie non è mai stato così nemmeno nei primi tempi. Non ho mai provato prima quello che provo per lei. Mai, per nessuna.

Sebastian scoppiò a ridere e bevve un altro sorso di vino. Disse: Fidati di me, Mike, non durerà. All'inizio è sempre così, ma poi cambia e finisce.

Ribadii che con Maidie non c'erano mai stati né fuochi d'artificio, né marce trionfali, lanci di coriandoli e cotillon. Era sempre stato come assolvere a un obbligo. Fin dall'inizio. Io facevo il mio dovere, lei il suo. Prendevo posizione, eseguivo, tornavo a dormire. Ne erano nati due figli, ma null'altro. Invece con Kayla...

Si chiama così? Kayla? Cristo santo, Mike, quanti anni ha?

Cosa c'entra? Abbiamo voglia di stare insieme e questa voglia ci sta divorando vivi. Ti sembra che io possa far stare bene Maidie se penso a un'altra ogni minuto di ogni giorno che passa?

Allora è giovane, eh? Nulla divora un uomo della tua età più di un bel tocco di carne giovane e soda. Quanti anni ha?

Te l'ho già detto. La questione dell'età tra noi non ha importanza. Non ne ha mai avuta, fin dal primo momento. Ciò che conta per entrambi è stare insieme.

Lo dici tu o lo dice lei?

Lo diciamo tutti e due. Io la desidero. Lei mi desidera. Non riusciamo a pensare ad altro. E riguardo alla vita quotidiana con Maiden, è come se io non ci fossi già più.

Sebastian annuì. Diede un'occhiata a un orologio in stile industriale appeso alla parete della cucina e disse che tra un quarto d'ora aveva una seduta, doveva cambiarsi e preparare la stanza. Ma io non volevo che mi mollasse senza avermi dato un consiglio, non volevo uscire di lì senza essermi fatto dire qual era il modo meno doloroso per porre fine al mio matrimonio.

Mentre si sfilava dalla testa la camicia di lino, Sebastian disse: C'è un unico modo. Strappare il cerotto tutto in una volta. Lì per lì fa male, ma poi passa.

Cercai di prepararmi a mettere in pratica il consiglio. I giorni passavano, ma non ce la facevo. Provai due volte a fare l'amore con Maidie senza riuscirci e pensai che forse in questo modo si sarebbe resa conto che non potevamo più fingere. Ma lei fu la comprensione incarnata e disse: Non ti preoccupare, Mike. Sei solo stressato. Lavori troppo. Dobbiamo trovare qualcuno che ci dia una mano, e nel frattempo... Sorrise e, stesa sopra di me, si lasciò scivolare verso il basso e me lo prese in bocca. Buon Dio, in più di vent'anni non lo aveva mai fatto! Ma anche così, niente. Nemmeno un accenno. Era come se il mio corpo non volesse tradire Kayla. Quando finalmente ci riuscii – una volta, una volta solo, lo giuro – fu perché chiusi gli occhi e immaginai che al posto di Maidie ci fosse Kayla.

In seguito, confessai. Non a Maidie, a Kayla. Lo feci con un'e-mail perché mi mancò il coraggio di dirglielo a voce. Prima le spiegai i miei tentativi di chiudere definitivamente con Maiden, e poi lasciai parlare il cuore. Presto, le promisi. Presto sarà tutto finito. Perdonami.

Sei un essere umano, rispose. E dopo un attimo aggiunse: Continuo a ripensare a St. Austell... Sei il mio paradiso, scrisse.

Anche lei era il mio paradiso, la mia terra, il mio tutto. Glielo dissi. E le scrissi che Maiden non significava niente per me. Una volta sì, ma da allora era passato tanto tempo. Voglio stare con te, le scrissi. Dentro di te.

Sono tua, Michael, rispose.

Assaporai quelle parole. Avrei dovuto cancellarle, ma non ne ebbi la forza.

E così Gloriana le lesse. All'epoca aveva solo tredici anni, accese il computer per prepararsi per la lezione di francese dell'indomani. Invece del compito assegnato, però, trovò la risposta di Kayla alla mia e-mail e, risalendo indietro nel thread, lesse tutti i messaggi che ci eravamo scambiati da quando ci eravamo conosciuti in crociera. Andò dritta da sua madre. Non posso biasimarla per questo. Fece il suo dovere di figlia. Portò Maidie davanti al computer e insieme lessero tutto.

Maidie mi lasciò quel pomeriggio. Quando tornai a casa dopo aver sostituito la guarnizione nel mulino a sfere con l'aiuto di Bran era quasi sera, ma dalla cucina non veniva nessun profumo e nessuno rispose al mio saluto. Il cottage era immerso nel buio e quando accesi la luce vidi che sul tavolo dove normalmente mangiavamo c'era un fascio di fogli. Capii subito che erano stampe di documenti scaricati dal computer. Erano tenuti insieme da un coltello da macellaio che li aveva trapassati ed era rimasto conficcato nel tavolo. Il messaggio mi parve più che eloquente.

Quando li presi in mano, mi resi conto che in quei fogli c'erano tutte le nostre e-mail: quelle di Kayla a me e le mie a lei. C'era tutta la nostra storia: prima i consigli paterni, poi dichiarazioni passionali crude ed esplicite e da ultimo l'intenzione di porre fine al mio matrimonio ormai privo di senso.

Non le lessi tutte. Sapevo cosa avevo scritto. Non rimpiangevo una sola parola. In confronto alla passione che provavo per Kayla, mia moglie e i miei figli non contavano niente. Potevano anche dissolversi nel nulla, per quanto mi riguardava. L'importante per me era avere Kayla accanto.

Lasciai le stampe sul tavolo. Andai di sopra e, prevedibilmente, trovai armadi e cassetti vuoti. Maiden e Gloriana avevano fatto le valigie e se n'erano andate. All'epoca Merritt viveva a Londra e studiava danza sperando di diventare coreografo.

Intuii che dovevo essere prudente. Era troppo presto per sentirmi sollevato dalla loro partenza. Vidi che la spia luminosa del telefono fisso lampeggiava: doveva esserci almeno un messaggio sulla segreteria. Pensando che fosse di Maiden, mi feci forza e andai a premere il pulsante per sentire cosa aveva da dire.

Invece era Merritt. Il messaggio era breve. Bastardo maledetto, urlava. Che cazzo stai facendo? Sei uno stronzo egoista, lo sai?

Be', sì, lo sapevo. Ero uno stronzo egoista. Ma non ne potevo più di fingere. Con il senno di poi, credo di aver inconsciamente lasciato accessibili quelle e-mail proprio nella speranza che Maiden le vedesse e se ne andasse. Non avevo messo in conto che le potesse leggere anche qualcun altro. Se avesse saputo che la tradivo, Maiden mi avrebbe piantato, ne ero sicuro. Non credevo però che avrebbe coinvolto i figli. Non immaginavo che i figli si sarebbero fatti coinvolgere. Invece, dopo aver letto cosa stava succedendo tra suo padre e una giovane sudafricana, Gloriana si era precipitata a dirlo sia alla madre che al fratello.

Al termine del messaggio di Merritt, la spia continuò a lampeggiare, segno che ce n'era un altro. Sarà Maiden che mi dice quello che pensa e avanza le sue richieste, pensai. Naturale che sfoghi rabbia, tristezza, paura e disperazione.

Ma mi sbagliavo di nuovo. Era ancora Merritt. Questa volta aveva una voce gelida e non urlava schifato. Parlava con un tono da cui traspariva tutto il suo disprezzo e non mi chiamava più papà. Ruota tutto intorno a te, vero, Mike? Sei un coglione. Ti odio. Ti odiamo tutti. Goditi la tua bella fica adolescente. Non ci vedrai mai più, nessuno di noi.

È solo una reazione a caldo, mi dissi. Una reazione naturale. Mio figlio aveva bisogno di dare sfogo alla sua rabbia, di un modo per esprimere il suo dolore. Lo capivo e non lo biasimai. Con il tempo sarei riuscito a fargli capire che mi ero comportato come qualsiasi uomo perdutamente innamorato.

Lasciai Bran ai suoi impegni e presi un aereo per il Sudafrica. Avevo chiamato Kayla dicendo soltanto: È fatta. Vengo a prenderti, tesoro.

Sapevo che le stavo chiedendo di rinunciare a tutto. Tornare in Cornovaglia con me significava abbandonare tutto quello che conosceva, la famiglia, gli amici, il futuro che forse aveva pensato di vivere con un uomo di età molto più vicina alla sua. Avrebbe visto la madre e i fratelli una volta ogni tanto, quando fosse andata a trovarli in Sudafrica o loro fossero venuti a trovare lei in Cornovaglia. E sarebbe successo raramente, soprattutto che lei andasse in Sudafrica, perché non riuscivo a immaginare di stare lontano da lei nemmeno per un giorno.

Non posso dire che i suoi mi abbiano accolto con un tappeto rosso. Kayla aveva fatto del suo meglio per prepararli, ma avevo comunque oltre vent'anni più di lei e bastava guardarmi per capire che non ero neppure un quarantatreenne particolarmente in forma. Voglio dire, pur non essendo decrepito, non facevo certo voltare per strada le ragazze dell'età di Kayla, a meno che non mi conoscessero personalmente. Ma avevo la resistenza di un torello, e nessuno lo sapeva meglio di Kayla.

Durante le presentazioni mi stette vicino. Conobbi per primi la madre e il fratello Willen. Misi bene in chiaro che le mie intenzioni nei confronti di Kayla erano serie: matrimonio, figli e un futuro tranquillo. Le prime due cose le posso garantire, dissi. La terza era in mano agli dei. Ma, a parte le sorprese che potevano riservarci gli dei, non era vero che volevo altri figli: volevo Kayla e soltanto lei.

La madre pensava che Kayla volesse un sostituto del padre, un rimedio alla sofferenza che aveva provato quando lo aveva perso. Willen pensava che fosse semplicemente impazzita. Kayla cercava una via di fuga, per non dover più provare quel tipo di dolore. Entrambi si premurarono di spiegarmelo bene, in due conversazioni separate.

La madre lo fece davanti a due martini piuttosto carichi nel giardino dietro la casa, una grande villa ben arredata da cui trasparivano agio, buon gusto e soldi a palate. Ci sedemmo sotto un pergolato con vista sulla piscina, circondata da chaise longue con materassini e asciugamani coordinati. Un giardiniere spuntava una siepe talmente ben curata da sembrare potata con le forbicine da unghie. Lì accanto c'era una gabbia con alcuni canarini silenziosi, come se si aspettassero che un gatto saltasse loro addosso da un momento all'altro.

La madre si chiamava Donna. Diamoci del tu, disse. Hai un anno meno di suo padre quando è mancato. Spero che tu capisca cosa significa.

Risposi che veramente no, non capivo.

Kayla vorrebbe ritrovare suo padre, dichiarò. Ero già al corrente di molte delle cose che mi raccontò, ma non di tutte. Sapevo che Kayla era la cocca del papà, ma non che sul letto di morte gli aveva promesso di stare vicina ai fratelli, di essere di esempio affinché anche loro potessero vivere una vita «degna di essere vissuta». Dal momento che era la primogenita – questo lo sapevo – spettava a lei tracciare la via che tutti gli altri avrebbero seguito. Doveva essere per loro una guida, un faro, in modo che si adoperassero tutti per migliorare la società in cui erano nati. La vedova mi spiegò che il padre di Kayla era un uomo impegnato socialmente e che, finché la salute glielo aveva consentito, aveva lavorato nel mondo della finanza con l'obiettivo di «risollevare le sorti della gente di colore» – testuali parole – insegnando loro gli usi e le potenzialità del denaro. Anche i suoi figli avrebbero dovuto dedicarsi alla medesima missione.

Risollevare le sorti della gente di colore? ripetei. Volevo che si rendesse conto di quanto razzismo c'era in quelle parole.

Donna non batté ciglio. Dopotutto, aveva trascorso tutta la vita in Sudafrica. Mi chiese come avrebbe potuto Kayla, a mio avviso, adoperarsi per qualcuno se lasciava definitivamente il Sudafrica. Come avrebbe potuto mantenere le promesse che aveva fatto a suo padre sul letto di morte?

Personalmente, credo che le promesse sul letto di morte siano una forma di ricatto emotivo. Uno finisce per sentirsi in dovere di mantenerle per... per cosa? Per non deludere un morto? Da quello che mi pareva di capire, comunque, Kayla aveva già fatto il suo dovere nei confronti dei fratelli: aveva mostrato loro come rendersi indipendenti e costruirsi un futuro pensando con la propria testa.

Ovviamente, mi guardai bene dal dirlo a Donna. Risposi che capivo perfettamente, a prescindere dall'uso di espressioni come « risollevare le sorti della gente di colore ». Mi permisi di farle notare, tuttavia, che il Sudafrica non era l'unico luogo in cui era possibile adoperarsi per i meno fortunati. La Cornovaglia, spiegai, era la regione più povera del Regno Unito. In Cornovaglia c'erano decine di nobili cause cui Kayla poteva dedicarsi. Sposarmi non le avrebbe impedito di prodigarsi per il prossimo. Poteva onorare la promessa fatta al padre anche vivendo in Cornovaglia con me.

Con te? ribatté Donna in tono tagliente. Era chiaro che non mi considerava una nobile causa.

Mi affrettai a precisare che ero pronto a sostenere Kayla in ogni sua decisione e che, una volta sposati, avrei fatto tutto ciò che potevo per spianarle qualsiasi strada avesse deciso di percorrere.

Alla fine Donna mi disse, senza peli sulla lingua: Non puoi prendere il posto di suo padre, ed è questo che Kayla vorrebbe. Non funzionerà, ricordatelo. Sarà un disastro per entrambi.

Ci siamo, pensai. Sapevo che era lì che voleva arrivare. Le dissi che Kayla e io ne avevamo parlato e che era normale che una ragazza che perde il padre in così giovane età cerchi inconsciamente un sostituto della figura paterna. All'inizio avevo pensato di essere solo questo per lei. All'inizio ero stato solo questo. Ma poi avevamo superato quella fase, ci eravamo spostati su un piano diverso.

Vuoi dire che te la sei scopata, tradusse lei.

Non mi aspettavo parole così crude da una donna della sua età. Be', sì, certo, ammisi. Ma non è questo il motivo per cui...

Disapprovo. Disapproverò sempre. La conclusione di Donna fu questa. A Kayla l'ho già detto, e averti conosciuto non mi ha fatto cambiare idea. So cosa vuoi e perché lo vuoi. E se adesso non ti vergogni di aver tradito tua moglie e sedotto una ragazza molto giovane e vulnerabile, ti assicuro che prima o poi te ne pentirai.

Kayla è maggiorenne, le ricordai. Ed era maggiorenne quando io e lei...

Basta, sbottò. La conversazione era finita.

Non c'era altro da dire. Sapevo che Donna avrebbe fatto il possibile per convincere Kayla che non ero l'uomo per lei.

Poi fu la volta di Willen. Lui fu molto più conciso. Le dai sicurezza, disse. Non c'è altro motivo. Kayla non vuole più soffrire e si illude che con te non succederà. Non dovevo dimenticare che Kayla poteva scegliere fra molti uomini, lì a Città del Capo.

Replicai che avrei fatto tesoro di tutto ciò che mi aveva detto.

Quando mia sorella aprirà gli occhi e si renderà conto di quello che sta facendo, salirà sul primo aereo per tornare a casa, disse. E lui, Willen, sarebbe stato lì ad aspettarla. Lui, e anche Samuel.

Non replicai, ma evidentemente mi lesse qualcosa in faccia perché con aria quanto mai compiaciuta mi chiese se, fra le tante cose che non sapevo di Kayla, non sapevo nemmeno di Samuel. Kayla non ti ha mai parlato di lui? chiese in tono fintamente sorpreso.

Kayla era già in macchina e non sentì le parole di suo fratello. Non sentì nemmeno la mia risposta: di sua sorella sapevo tutto quello che dovevo sapere. Io e Kayla eravamo stati sinceri fin dall'inizio.

Willen fece un sorrisetto e osservò che Kayla e la sincerità non andavano molto d'accordo. Poi rise, diede una manata sul tettuccio dell'auto e se ne andò.

Partimmo e, come prevedibile, Kayla mi chiese cosa mi avesse detto Willen. Risposi che non mi approvava più di quanto mi approvasse sua madre. Ma non nominai Samuel.

Era ovvio che Willen voleva instillarmi tutti i dubbi possibili riguardo a Kayla. A sedici anni, non poteva capire ciò che io e Kayla significavamo l'uno per l'altra. Sapevo che Kayla aveva avuto dei ragazzi in passato – non era vergine quando eravamo stati insieme la prima volta e non aveva nemmeno cercato di farsi passare per tale – ma per l'appunto erano solo ragazzi. E i ragazzi, da che mondo è mondo, non sanno nulla delle donne. Sono interessati a una cosa soltanto e non chiedono di più perché non sanno che si può avere di più. Quindi, anche se nella giovane vita di Kayla potevano esserci stati un Samuel, uno Stephen o uno Sean, erano acqua passata e non facevano parte del suo futuro. Erano stati un breve interludio, uno sfrugugliare eccitato sotto i vestiti sul sedile posteriore di un'auto, uno strusciarsi affannoso in un corridoio buio, dita, lingua e bocca dappertutto. Un po' di risate, un po' di divertimento, il brivido della novità e nient'altro.

Perciò non le dissi una parola e non le feci domande. Poi salimmo su un aereo per tornare in Inghilterra e cominciare a vivere insieme.

Arrivati in Cornovaglia, percorremmo in auto la costa nord-occidentale, dove l'Atlantico sferza le scogliere lungo le quali si snoda il Southwest Coast Path: mille chilometri di sentieri che abbracciano l'intera penisola, serpeggiando ora in salita, ora in discesa, ma sempre vicino al mare e alle onde che lambiscono spiagge di sabbia o si frangono contro falesie di ardesia e distese di massi granitici. Era pieno inverno e per alcuni sarebbe stato un panorama lugubre, ma per me che ci ero nato quei luoghi erano pieni di bellezza e promesse.

Durante il viaggio le spiegai in cosa consisteva l'attività che mio padre, suo padre e suo nonno prima di lui avevano avviato, e che io continuavo a mandare avanti in comproprietà con mio fratello minore. Si chiamava Lobb's Tin & Pewter. Kayla sgranò gli occhi, mi chiese se lavoravo in miniera e se non c'era il rischio che avessi un incidente sottoterra. Ridacchiai perché quando la gente pensa allo stagno o a qualsiasi altro minerale, in effetti, la prima cosa che le viene in mente sono le miniere.

No, spiegai. Io lavoravo lo stagno alluvionale e il mio mestiere consisteva nell'estrarre il minerale dalla cassiterite, una roccia abbastanza comune che si trova nei depositi alluvionali lungo le spiagge della Cornovaglia. Anticamente, le dissi, la mia era stata una famiglia di minatori, ma la domanda di stagno era diminuita e ormai lo si prendeva solo nei depositi alluvionali. Veniva usato prevalentemente a scopo decorativo e ornamentale, non industriale. Aveva avuto un periodo di grande splendore, soprattutto negli anni in cui la Gran Bretagna era in guerra, ma adesso le cose erano cambiate. Fra poco lo vedrai con i tuoi occhi, le dissi.

La Lobb's Tin & Pewter è nascosta in un avvallamento fra le colline non lontano da St. Agnes. Vi si accede tramite strade e stradine secondarie senza nome che attraversano piccoli borghi. Il giorno del nostro arrivo non c'era nessuno in giro, perché pioveva e soffiava un forte vento e le persone di buon senso erano tutte in casa davanti al fuoco a sonnecchiare, senza scarpe e con le ginocchia avvolte in coperte di lana lavorate a maglia.

L'ultimo tratto di strada per arrivare alla Lobb's Tin & Pewter è uno sterrato che percorremmo con cautela, sobbalzando. Ci ritrovammo davanti l'escavatore che procedeva lentamente, e questo mi confortò, perché voleva dire che nonostante il tempaccio Bran stava lavorando come al solito.

Era impossibile sorpassarlo, e sia Bran che io lo sapevamo. Kayla chiese se c'era una fattoria nelle vicinanze, perché visto da dietro l'escavatore era molto simile a un trattore. No, dissi, quello è Bran Udy. Lavora per me. Sta portando un carico di pietre da macinare nel frantoio. Ti spiegherò come funziona dopo che ti sarai sistemata.

Al bivio subito dopo il cancello della proprietà, Bran girò verso lo stabilimento e ci vide. Aveva una cerata impermeabile che lo copriva dalla testa ai piedi, ma riuscì a fare un cenno con il capo e un altro con un dito. Kayla rispose salutando con la mano e mi chiese come mai Bran non si metteva al riparo dalla pioggia che, a quel punto, scrosciava formando le grandi cortine d'acqua tipiche della costa occidentale della Cornovaglia. Le dissi che, come ogni nativo che si rispetti, ci era abituato.

Lei mi fece notare che probabilmente Bran avrebbe gradito

una tazza di tè o un thermos di zuppa calda, no? Le spiegai che viveva lì vicino con la moglie, Jen, in un caravan al di là del cumulo di detriti accanto alla ruota idraulica. Lei mi chiese se non smetteva mai di lavorare, neanche con un acquazzone così, e se anche io e mio fratello lavoravamo indefessamente sotto la pioggia. Non potei fare a meno di ridere al pensiero di Sebastian che lavorava indefessamente sotto la pioggia. Sebastian ha una quota, le dissi, ma non partecipa alla conduzione dell'impresa.

Fermai la macchina accanto al cottage che, in quella giornata cupa, non si presentava molto bene. Anzi, a dire la verità era spaventosamente tetro. Non c'era nemmeno un fiore nelle aiuole, i rampicanti erano spogli e c'erano soltanto rami scheletrici che salivano verso le finestre del primo piano. Mi voltai verso Kayla con un sorriso incoraggiante per darle il benvenuto nella sua nuova casa e le lessi in faccia che ciò che aveva davanti in quel momento non corrispondeva alla sua idea di « un cottage in Cornovaglia ».

Le suggerii prontamente di rimanere in macchina mentre io scaricavo i bagagli e accendevo la stufa. Accettò di buon grado e si guardò intorno esitante. Dall'auto vedeva praticamente solo il fabbricato con il forno dove colavo peltro e stagno per le mie creazioni. Non c'era nient'altro lì vicino, a parte il frantoio per macinare la cassiterite, dietro l'alta recinzione di legno.

Entrai in casa e mi precipitai su per le scale con una valigia per mano. Le posai nella camera da letto e, prima di controllare che non ci fossero tracce della mia vita precedente con Maiden, chiusi le tende, accesi la stufa elettrica e ritornai giù. Le scale, mi resi conto, erano molto più anguste di quanto ricordassi. Le vidi con occhi nuovi, come le avrebbe viste Kayla, appena arrivata dalla splendida casa della sua famiglia in Sudafrica: strette e buie, con i gradini irregolari. Una finestrella in basso e un'altra in alto le illuminavano debolmente, e mi rimproverai di non essermene occupato – avrei dovuto aggiungere almeno qualche lampadina – prima di partire per il Sudafrica. Decisi che avrei provveduto non appena Kayla si fosse sistemata.

Andai a prenderla. Volevo portarla in braccio oltre la soglia come fanno gli sposini, ma non eravamo ancora marito e moglie. Così aprii la portiera della macchina e le offrii la mano. Le diedi il benvenuto a casa. Le baciai il palmo, la feci entrare e chiusi la porta.

Entrammo nella zona pranzo, con la cucina in fondo che in quella giornata buia sembrava più tetra che mai. Accesi rapidamente tutte le luci e osservai Kayla mentre per la prima volta si faceva un'idea della sua nuova casa. Vidi che si sforzava di sembrare contenta. Il pavimento era di pietra, coperto da tappeti logori e male assortiti che probabilmente risalivano ai tempi del mio bisnonno. Appoggiato contro una parete annerita dal fumo c'era un cassettone scuro e al centro della stanza un tavolo con le sedie scompagnate. A un lato della porta, una rastrelliera in ferro per scarpe e stivali, un portaombrelli e un appendiabiti. Le pareti, dove fino a poco tempo prima erano appese varie foto di famiglia, erano spoglie, ma si vedevano ancora i segni delle cornici che Maiden si era portata via quando se n'era andata con Gloriana.

Mi scusai per non aver pensato a rendere la casa più accogliente, allegra e moderna. Sei rimasta scioccata? Stai già pensando di piantarmi in asso e tornartene dalla tua famiglia in Sudafrica? Non è come te l'aspettavi, vero?

Lei si voltò verso di me e disse: È ... è diversa da come me l'aspettavo, sì. Ma possiamo renderla più accogliente, vedrai. E nel frattempo, siamo insieme. È questo l'importante, no?

Cristo, quanto avevo bisogno di sentirmelo dire! Di essere certo che Kayla non avesse rimpianti, nonostante la modestia della sua nuova casa! Le spiegai che ero stato talmente stressato, tra lei in Sudafrica, Maiden, i ragazzi e la separazione, che avevo pensato soltanto a riportarmela in Cornovaglia il prima possibile, e nient'altro. Non specificai che divorziare mi era costato una fortuna e non avevo i soldi per abbellire il cottage. Temevo forse che, se lo avesse saputo, si sarebbe disamorata di me? Trovatemi un quarantenne che, nei miei panni, non sarebbe stato terrorizzato all'idea che un uomo di vent'anni più giovane potesse mettere gli occhi sulla sua donna – o meglio, su sua moglie, non appena fossi riuscito a farla diventare tale – e a portargliela via? C'era il suo ex, Samuel. Durante i molti mesi in cui eravamo stati lontani, Kayla doveva averlo visto, frequentato...

Aveva certamente avuto mille occasioni per rimettersi con lui. Era fatta di carne pure lei, dopotutto.

In ogni modo, le dissi che ero contento di sentirle dire così e che volevo essere tutto per lei, come lei era tutto per me.

8 APRILE

Launceston e Bodmin
Cornovaglia

« Può cambiare scuola, Beatrice. Non morirà nessuno. Nessuno perderà niente. »

« Pete perderà i suoi amici » ribatté Bea all'ex marito. « E per un ragazzo dell'età di Pete gli amici sono tutto. »

« Se ne farà di nuovi. »

« La fai facile, tu. »

« Però è vero, no? »

« No, Ray, il problema è proprio questo: non lo sappiamo. Né tu, né io. »

Era prestissimo. Bea aveva messo la sveglia a un'ora antelucana perché voleva fare un salto a Leedstown e passare dal cottage prima di andare al lavoro, sebbene comportasse un discreto viaggetto. E infatti il discorso era proprio partito da lì: la distanza tra i punti A, B, C e D. Era un fatto incontrovertibile che Bodmin, dove si trovava la sede della polizia, fosse molto più vicina a Launceston che a Leedstown, ragion per cui, secondo Ray, Bea e Pete si dovevano trasferire in maniera definitiva nella Dimora Storica. Tutto vero, aveva ammesso Bea, ma non bisognava dimenticare che la scuola di Pete a Redruth distava soltanto quindici chilometri da Leedstown mentre, se lei avesse accettato di trasferirsi nella Dimora Storica, per andare a scuola Pete avrebbe dovuto fare oltre ottanta chilometri al giorno. Certo, Ray lo accompagnava volentieri, ma alla lunga sarebbe stato insostenibile e lei non poteva dargli il cambio. A quel punto Ray aveva suggerito di far cambiare scuola a Pete. Potevano iscriverlo a un istituto superiore a Launceston, o vicino a Launceston, o anche a Exeter, dove avrebbe potuto portarlo lui andando al lavoro. E così si erano ritrovati invischiati in una di quelle discussioni sul futuro che Bea cercava in tutti i modi di evitare.

La sua intenzione era di sgattaiolare fuori dal letto, vestirsi al buio e uscire di casa in punta di piedi senza farsi sentire da Ray, ma sfortunatamente aveva battuto contro la porta, che aveva lasciato aperta quando era andata in bagno durante la notte, e si era fatta talmente male a un alluce che temeva di esserselo rotto. Ray si era svegliato, aveva acceso l'abat-jour sul comodino e, sbattendo le palpebre, le aveva chiesto che cosa diavolo stesse facendo alle... ma davvero erano le quattro meno un quarto? Cristo, Bea! Sì, erano le quattro meno un quarto, gli aveva risposto. Voleva passare da casa a Leedstown prima di andare al lavoro e sarebbe stata felice di svegliare Pete (che, ovviamente, non sarebbe stato affatto felice di essere svegliato a quell'ora) per portarlo a scuola subito dopo.

Naturalmente, Ray le aveva chiesto che bisogno ci fosse di passare da Leedstown. Non sarebbe stato il caso di mettere in vendita il cottage, piuttosto? Era rimasto un momento a pensare se aggiungere un aggettivo per rimarcarne l'inadeguatezza. Bea aveva detto che doveva «controllare due cosette» e lo aveva esortato a tornare a dormire. Ray sembrava irritato, ma le aveva detto di lasciare dormire Pete, lo avrebbe portato lui a Redruth, e, a proposito, non era forse il momento di prendere in seria considerazione di spostarlo in un'altra scuola?

La discussione si era portata via più tempo del previsto. Bea riuscì comunque a mettersi in viaggio prima delle cinque, dopo essersi assicurata che i cani 1, 2 e 3 avessero fatto colazione e fossero usciti nel giardino del suo ex marito a fare i bisogni e rincorrersi tra i cespugli.

Arrivò a Leedstown in poco più di un'ora, perché c'era pochissimo traffico. Albeggiava e la giornata sembrava promettente, con il sole che lanciava stelle filanti color albicocca in un cielo che da livido andava rapidamente schiarendo e diventava sempre più azzurro. Quando giunse in Horsedowns Road, si era alzato il vento e stava arrivando qualche nuvola da ovest, ma non sembrava minacciare pioggia.

Parcheggiò nel vialetto e appena scese dalla macchina venne accolta dall'aria fresca del mattino e dal cinguettio dei fringuelli. In casa c'era odore di chiuso perché da troppo tempo nessuno cambiava l'aria o passava l'aspirapolvere. Entrò nel soggiorno e aprì le finestre del bovindo. Poi andò ad aprire anche quelle sul retro della casa, dove il giardino trascurato iniziava ad assomigliare a un pascolo montano e le aiuole abbandonate a loro stesse reclamavano un intervento radicale.

O torno a stare qui, oppure vendo, si disse. Fare avanti e indietro dalla Dimora Storica non piaceva né a lei né a Ray, ma fino a quel momento Bea non era riuscita a prendere una decisione. Non aveva ancora capito se preferiva andare a vivere con Ray o tornare a stare a Leedstown con Pete. Leedstown non aveva granché da offrire, andava detto. C'erano un negozio di alimentari che fungeva anche da ufficio postale, un pub, un meccanico, un rivenditore di legname, una chiesa metodista, una bacheca per gli annunci e basta. C'era il parco di Binner Down, sì, ma a parte i residenti, a Leedstown non c'era nessuno perché nessuno aveva motivo di andarci. E quindi, quando anni prima Bea aveva cercato casa per lasciare il marito, aveva potuto comprare a un prezzo abbordabile.

Era proprio quello che desiderava: una sistemazione economica in un paese dove non andava nessuno.

Si era trovata bene e aveva imparato ad apprezzare la vita che faceva con Pete e la libertà di cui godeva. Il cottage di Leedstown era una specie di bozzolo dentro al quale si sentiva bene, a proprio agio. E di colpo ne fu consapevole: voleva stare lì.

Si mise subito al lavoro. Calcolò di avere il tempo per spolverare e passare l'aspirapolvere. Cambiò le lenzuola a entrambi i letti e gli asciugamani del bagno. Riempì di acqua due vasi ripromettendosi di comprare dei fiori. E di chiamare Ray per dirgli che sarebbe andata lei a prendere Pete a Redruth nel pomeriggio. Per spiegargli il resto doveva prima trovare le parole.

Quando arrivò alla stazione di polizia, si fermò a prendere un caffè prima di entrare nella sala operativa, dove si stavano radunando i colleghi. Phoebe Lang era appoggiata allo stipite della porta e stava leggendo un documento con una mano nei capelli e l'aria contrariata. Mentre Bea scambiava due parole con un agente su un dettaglio dell'indagine, alzò lo sguardo e richiamò all'ordine la squadra. «Abbiamo i primi risultati dei laboratori forensi: le impronte digitali esaminate finora appartengono tutte a persone che hanno una giustificazione per essere state nel capannone e nelle vicinanze del luogo in cui è avvenuto l'omicidio. Perciò, finché non troveremo l'arma del delitto, ci serviranno a poco o niente.»

Bea non rimase sorpresa. Per analizzare la marea di cose che avevano repertato sulla scena del crimine ci sarebbero voluti mesi e quindi per mandare in galera l'assassino era indispensabile trovare l'arma del delitto. Purtroppo, però, poteva essere ovunque. Quel caso procedeva a una lentezza esasperante e ogni giorno che passava la possibilità di trovare il colpevole sembrava più remota.

Phoebe Lang chiese un aggiornamento su tutte le attività svolte fino a quel momento, e il resoconto cominciò proprio dall'arma del delitto, di cui Mylo Baker aveva stabilito soltanto che doveva essere un oggetto appuntito. L'agente che aveva svolto le ricerche spiegò che c'erano molti tipi di punte compatibili con l'ipotesi di Baker, suddivisibili in diverse categorie: chiodi da arrampicata, per traversine ferroviarie, in acciaio zincato, da giardinaggio, per staccionate e recinzioni, da carpenteria, per cemento armato, picchetti da tenda... Ma era possibile che la punta facesse parte di un utensile. Occorreva pertanto controllare tutti i negozi che vendevano chiodi e oggetti muniti di una punta e in quelli in cui negli ultimi tre mesi fossero stati venduti strumenti compatibili con l'arma del delitto, e qualcuno avrebbe dovuto visionare i filmati delle telecamere di sorveglianza.

Quelle parole scatenarono mugugni di disapprovazione. Phoebe Lang li zittì e ricordò che l'assassino aveva affilato lo strumento di cui si era servito per farlo diventare l'arma letale che aveva ucciso Michael Lobb. A che punto erano le ricerche di coti e arrotini?

Venne riferito che in Cornovaglia esistevano sei negozi specializzati nell'affilatura di strumenti da taglio, che erano già stati contattati telefonicamente o di persona e, da Penzance a St. Austell, tutti dichiaravano di non aver affilato altro che coltelli, forbici, asce, hori hori...

«Hori che?»

«Sono coltelli per scavo, capo. Da giardinaggio.»

... cesoie e punteruoli. Il punteruolo era una possibilità da prendere in considerazione e quindi stavano cercando di rintracciare la persona che ne aveva fatto affilare uno per verificare se avesse un qualche legame con Michael Lobb.

«Alla Lobb's ci sono strumenti da giardinaggio particolari, che potrebbero essere usati per uccidere?» chiese Phoebe Lang. «Non ne avete idea? Be', controllate. Lì, e pure a casa del figlio, della figlia e della ex moglie.» Bisognava passare in rassegna altresì vivai, fioristi, centri di giardinaggio e ferramenta, dove poteva essere stata acquistata l'arma del delitto.

«Qualcuno controlli presso le varie compagnie di assicurazioni se Michael Lobb aveva una polizza sulla vita» continuò Phoebe Lang. «E qualcuno vada sul Southwest Coast Path. Se fosse stato Willen Steyn a uccidere Lobb, l'arma potrebbe essere lungo il sentiero...»

«O in fondo al mare» commentò cupamente qualcuno.

«Sì, certo: Steyn potrebbe anche averla gettata in mare» rispose Phoebe Lang. «Ma, siccome non lo sappiamo, uno di voi percorrerà il sentiero partendo da St. Agnes come lui e un altro lo farà nella direzione opposta, da Watergate Bay, dove lo abbiamo fermato. Lo so, le probabilità di ritrovare l'arma sono scarse, ma non voglio lasciare nulla di intentato.»

Andava approfondita anche la pista dei possibili nemici di Lobb, ma a parte Willen Steyn – che comunque non rientrava nella categoria dei nemici veri e propri – e forse la ex moglie, Michael Lobb sembrava non averne. Nella speranza di scoprire qualcosa di più sul suo passato sarebbe stato utile andare a parlare con la madre.

«Mettiamoci al lavoro» concluse Phoebe Lang e lasciò a Bea l'assegnazione dei vari compiti.

Mousehole
Cornovaglia

Al Wedge o' Cheese Café non era più ora di punta, quando Gloriana arrivò a Mousehole. Di solito lo trovava pieno di gente, ma quella mattina si era alzata tardi perché la sera prima era rimasta sveglia fin quasi alle due per mettere a punto il testo del nuovo video da postare su *Unburden*. Il messaggio che intendeva veicolare nel vlog le stava particolarmente a cuore e le voci che aveva sentito provenire dal monolocale di Cressida avevano rafforzato la sua determinazione a parlare delle coppie in cui uno dei due si fida ciecamente e l'altro ne approfitta. Gloriana aveva riconosciuto le voci: una era di Cressida Mott-King e l'altra – un sussurro seguito da una risatina – di quello stronzo di Nate Jacobs, il compagno di Jesse McBride. Il fatto che Nate Jacobs fosse lì a «dare lezioni» a Cressida le aveva dato l'abbrivio ed era partita bene, ma dopo un po' aveva incominciato a impappinarsi, senza riuscire a illustrare in maniera adeguata quanto male stesse facendo lo Sciupafemmine – così lo chiamava – alla sua compagna e alla troietta che aspirava a prenderne il posto. Subito dopo si era impantanata chiedendosi se dire alla sua migliore amica tutta la verità a proposito del fedifrago bastardo e mentitore o restare a guardare in silenzio. Alla fine aveva deciso di tornarci su quando fosse stata più lucida.

Entrò nel Wedge o' Cheese Café. Non aveva ancora fatto colazione e voleva cercare di capire che cosa pensava Jesse delle lunghe assenze di Nate nella fase di preparazione della mostra con i suoi studenti.

Purtroppo croissant, *pain au chocolat* e panini alla cannella erano finiti. Jesse aveva ancora due *teacakes* del giorno prima, però. Poteva tostarle e imburrarle e a Gloriana sarebbero sembrate appena sfornate.

Gloriana avrebbe preferito un *pain au chocolat,* ma si accontentò perché aveva fame e Jesse sparì in cucina, da cui subito dopo provenne un gran fracasso. Gloriana andò a vedere. Jesse aveva messo le *teacakes* sotto il grill e aveva cominciato a preparare i dolci per il tè del pomeriggio. Gloriana guardò l'enorme quantità di impasto e il colino pieno di lamponi e concluse che fra le specialità del giorno ci sarebbe stata una Victoria sponge.

«Posso darti una mano?» chiese.

«Puoi imburrarti la *teacake* da sola» rispose Jesse.

«Tu non la mangi?»

Jesse scosse la testa. «Adesso no. Magari più tardi.» Le spiegò che la sera prima l'aveva chiamata Ciara, dell'Harbour Hotel. Aveva a pranzo un pullman di pensionati americani e pensava che nel pomeriggio, dopo aver girato in lungo e in largo per il paese, avrebbero avuto piacere di prendere un tè. «Insomma, gli suggerirà di venire qui. E così faccio *scones*, Victoria sponge e pasticcini vari. Speriamo che alla fine vengano, altrimenti domani ci toccherà ingozzarci!» concluse ridendo.

Gloriana osservò l'amica al lavoro. Sembrava avesse inserito il pilota automatico. Aggiunse lievito in polvere e sale alla farina che aveva versato in un'enorme ciotola e mescolò energicamente con la frusta, per poi versare l'impasto in una teglia. Incominciò a prendere uova da una confezione gigante e a romperle con una mano sola dentro la planetaria. «Hai qualcosa che ti frulla in testa. Ti conosco. Me ne vuoi parlare?»

«Stavo pensando che qui sei sprecata. Quante cose squisite sai fare?»

Jesse inclinò la testa e la guardò. Aveva una macchia di farina sulla guancia, che cercò di pulirsi con una mano infarinata. «È questo che ti preoccupa? Non ci credo.»

«Dovresti essere in qualche resort di lusso a preparare dessert spettacolari per clienti danarosi.»

Jesse rise. «E dove? Non mi pare che in Cornovaglia ci siano tanti resort di lusso.»

«Vai altrove, allora.»

«Non ci penso nemmeno. Non adesso, perlomeno.»

«Per via di Nate?» E siccome Jesse non rispose, Gloriana insistette: «Secondo me dovresti pensare al tuo futuro, Jesse. Al *tuo* futuro».

«È quello che sto facendo.» Jesse si assicurò che la farina, le uova, il burro – e un pizzico di vaniglia – fossero bene amalgamati e, senza mescolarlo troppo, iniziò a versare l'impasto negli stampi preventivamente imburrati.

«Anche Nate pensa al futuro, Jesse?» Gloriana avrebbe voluto aggiungere che a lei non pareva proprio: Jesse sì, stava pensando al futuro, ma Nate pensava solo a sé stesso, tant'è che era sempre a «dare lezioni» a Cressida Mott-King. Gloriana lo sapeva bene: Nate passava con lei ore e ore, quando avrebbe dovuto lavorare alle sue opere per Art on the Quay o insegnare alla Stanhope Forbes School of Art.

Stava per vincere ogni remora e dirle tutto, quando si sentì il trillo della porta del caffè. Jesse si pulì le mani nel grembiule, infilò le teglie nel forno, chiuse con cura lo sportello, impostò il timer e andò a vedere chi era entrato.

Gloriana rimase in cucina. Diede un morso alla *teacake* e bevve un sorso di caffè. Poi sentì una voce femminile che diceva: «Sto cercando Gloriana Lobb, del negozio qui accanto. Secondo l'orario affisso sulla porta a quest'ora dovrebbe essere aperto, invece è ancora chiuso. La conosce? Mi fa un macchiato senza schiuma, per favore?»

Gloriana abbandonò la colazione e raggiunse Jesse. In piedi davanti al bancone c'era una donna con i capelli praticamente rasati a zero e una cresta alla moicana color melograno che guardava l'orologio extralarge che portava al polso.

«Sono io» disse Gloriana. «Gloriana Lobb.»

La donna alzò lo sguardo, la squadrò e poi disse a Jesse: «Me lo fa da asporto, per favore?» Si rivolse a Gloriana e si presentò. «Ispettore investigativo Beatrice Hannaford. Vorrei parlarle un momento.»

«Per via di mio padre?» chiese Gloriana.

«Sarà una cosa breve» rispose la poliziotta.

«Ho capito. Be', come mi ha appena fatto notare, sono già in ritardo» disse Gloriana.

«Nessun problema» replicò Beatrice Hannaford. «Può aprire mentre parliamo.»

«Mi devo anche cambiare.»

«Non mi sembra un problema nemmeno questo. Dove si cambia di solito? Qui o in negozio?»

«In negozio» rispose Gloriana.

«Andiamo, allora. Anch'io sono abbastanza di fretta.»

Jesse finì di preparare il caffè macchiato per la poliziotta, lo mise in un bicchiere da asporto e glielo porse dicendole che offriva la casa. Non volle farsi pagare nemmeno da Gloriana.

«Non è il modo migliore per mandare avanti un'attività» osservò l'ispettore Hannaford.

«Per la polizia e la mia migliore amica la consumazione è gratis» ribadì Jesse con un sorriso.

Gloriana uscì con l'ispettore e aprì il negozio. «Andiamo nel retro» disse.

Era uno spazio piccolo e in due ci si muoveva appena, ma Gloriana aveva bisogno di cambiarsi e di truccarsi, e soprattutto di fare qualcosa per nascondere l'apprensione mentre la poliziotta le parlava.

Scelse uno dei tre abiti vintage che usava per lavorare. «Immagino che sia qui per mio padre. Non lo vedevo da un secolo. Davvero, non ricordo l'ultima volta che ci siamo visti. Forse al battesimo dell'ultimo figlio di Merritt. Bonnie scodella un pargolo via l'altro» disse.

«Non era in buoni rapporti con suo padre?» chiese l'ispettore, mentre Gloriana toglieva dalla gruccia rivestita di velluto l'abitino di Mary Quant e abbassava con delicatezza la cerniera. Era rosso, bordato di beige, con due bande beige sui fianchi e tre bottoni beige sul petto. Era uno dei suoi preferiti. Il rosso le donava.

Per un attimo pensò di cambiarsi dietro il vecchio paravento che usavano i clienti per provarsi i vestiti, ma poi decise di lasciar perdere: se l'ispettrice voleva vederla in mutande, a lei non importava. Si tolse il maglione, le scarpe da ginnastica, i jeans e si infilò il vestitino rosso. «No, non eravamo in buoni rapporti. Anche se forse io mi sarei espressa in un altro modo.»

«E cioè?» chiese la poliziotta bevendo un sorso di caffè.

«Non c'erano rapporti, punto e basta. E andava bene così. Non voglio avere nulla a che fare con lui. Comunque ora è morto, lo so. Me lo ha detto mio fratello il giorno dopo. Scommetto che c'è lo zampino di Kayla.»

«Pensa che sia stata lei a ucciderlo? Perché?»

«Probabilmente ha trovato uno un po' più giovane e ha finalmente capito cosa si è persa tutto questo tempo. Oppure vuole tornare in Sudafrica. Magari dal suo ex.»

«Capisco.» L'ispettore Hannaford osservò Gloriana mentre prendeva da una mensola il beauty case, lo apriva e iniziava a tirare fuori il necessario per trasformarsi in una versione di sé stessa anni Sessanta, in stile con il vestitino rosso. Estrasse uno specchietto ingranditore, fondotinta, ombretti, matita per sopracciglia, eyeliner, ciglia finte, fard e rossetto. «Come fa a saperlo, se non aveva rapporti con suo padre?» chiese Hannaford.

«Sono cose che mi racconta mio fratello. Merritt non vuole che i suoi figli crescano senza il nonno, e così quando è nata Apollonia ha provato a ricucire con Michael. Apollonia è la sua figlia più grande.» Si posò qualche ditata di fondotinta sulla faccia e lo sfumò con una spugnetta. «Hanno ricominciato a parlarsi, a vedersi a Natale, Pasqua e tutte le feste comandate, e un giorno Michael gli ha parlato di un fidanzato di Kayla, che le aveva scritto quando si erano sposati. Non so altro.»

«Neanche come si chiamava questo fidanzato?»

«No, non ne ho la minima idea. Potrebbe saperlo Merritt. E ovviamente glielo saprà dire Kayla.»

«Merritt quindi era in confidenza con suo padre?»

Gloriana si specchiò, passò più volte il pennello sul fard e se lo applicò con cura. «Dipende da cosa intende. Non so. Gli ha raccontato del fidanzato di Kayla e della lettera. Vuol dire che erano in confidenza?»

L'ispettore Hannaford soppesò la risposta mentre Gloriana si occupava delle sopracciglia. «Pensa che fosse abbastanza in confidenza da conoscere le disposizioni testamentarie di vostro padre?» chiese poi.

Gloriana non rispose subito e rifletté sulle implicazioni di quella domanda. Le vennero in mente le foto della casa che Merritt aveva appena comprato, ma si impose di non trarre conclusioni affrettate.

«Le è venuto in mente qualcosa?» incalzò Beatrice Hannaford.

«Penso che abbia lasciato tutto a Kayla» disse Gloriana.

«Senza pensare ai figli e ai nipoti?»

«Può darsi che a Merritt abbia lasciato un contentino.» Gloriana usò il piegaciglia prima su un occhio e poi sull'altro. «Vede, Michael era... Faceva tutto quello che diceva lei» aggiunse.

«Quindi è stata Kayla a dirgli di lasciare tutto a voi figli?»

Gloriana si pizzicò accidentalmente una palpebra e trasalì. Abbassò il piegaciglia. «In che senso? Non ho capito.»

«Suo padre ha lasciato tutto a lei e a suo fratello, in parti uguali. Ho visto il testamento. Kayla al massimo potrebbe essere la beneficiaria di un'assicurazione sulla vita, che però finora non è saltata fuori.»

Gloriana meditò sull'informazione. «Che sia stato un modo per chiederci scusa?»

«Possibile.»

«Ah, be', allora...» Gloriana si fermò appena in tempo: meglio evitare di parlare della casa di Merritt con l'ispettore Hanford. Chissà mai che cosa ne avrebbe dedotto.

«Ho notato che la palazzina è in vendita. Sopra il negozio c'è un appartamento?» disse Bea.

Gloriana applicò la colla alle ciglia finte e aspettò di averle fissate per bene, prima di rispondere: «Sì, è in vendita. Cioè, è in vendita il contratto di locazione. E sì, sopra c'è un appartamento. E sì, ero interessata e adesso, se è vero quello che mi ha appena detto, forse la cosa diventa fattibile. Perché se io e Merritt vendiamo la Lobb's, potrei avere abbastanza soldi. Presumo che a questo punto sospettiate anche di me, quindi le dico chiaro e tondo che io dell'eredità non sapevo assolutamente niente. L'ho saputo adesso, quando me lo ha riferito lei. Ma direi così comunque, giusto?»

«Penso di sì» rispose Bea con un sorriso mesto. «Devo chiederle dove si trovava la notte del 3 e la mattina del 4 aprile.»

Gloriana si sentì avvampare. «Guardi che io non c'entro nulla con la morte di Michael. Perché avrei dovuto ucciderlo, se non lo frequentavo più da anni? Non ci parlavamo nemmeno.»

«Lei capisce che uno dei miei compiti è parlare con tutti coloro che erano in qualche modo legati alla vittima» replicò Bea Hannaford. «E in particolare con i suoi eredi.»

Gloriana sospirò, prese un pettine e si sistemò l'acconciatura alla Mary Quant. «Ero a casa, a lavorare al mio vlog» disse poi.

«Ah. Sì. Ne ho sentito parlare. Era con qualcuno?»

«No. Vivo da sola ed ero da sola. Se ho qualcuno intorno, non riesco a esprimermi con chiarezza. E le persone da me si aspettano chiarezza.»

«I suoi ascoltatori? O sono spettatori? Come li definirebbe?»

«Follower.»

«Ne ha molti?»

«Sì, parecchi.»

«E come fa a saperlo?»

«Lo so perché mi lasciano commenti, mi mandano cuoricini e pollici in su. E comunque il numero dei follower è misurabile. Provi a guardare uno dei miei video.» Chiuse il beauty case. «Perché mi fa queste domande, comunque?»

«Casomai decidessi di cambiare mestiere» rispose Beatrice Hannaford.

Gloriana alzò gli occhi al cielo. Prese un paio di stivali di vernice rossi, modello Daddy Long Legs, e andò nel negozio a sedersi su uno sgabello per infilarli. Poi si guardò allo specchio a figura intera, anch'esso vintage, con una cornice di plastica verde fluo e grandi fiori rossi e gialli agli angoli. Inforcò gli occhiali e si passò le dita tra i capelli, arruffandoli leggermente.

Beatrice Hannaford la raggiunse. «Qualcuno può confermare le sue dichiarazioni?»

«Vuole sapere se qualcuno può confermare che lavoravo al mio vlog? Le ripeto, vivo da sola e sto bene da sola. Quindi, no, non ho nessuno che possa confermare il mio 'alibi'.» Schioccò le dita, come se le fosse appena venuta in mente una cosa. «Ora che ci penso, lo potrebbe confermare la mia vicina. È possibile che si ricordi che ero in casa.»

«Come si chiama?» chiese la poliziotta.

«Cressida Mott-King. Studentessa di arte, o almeno così dice. Non so altro. Non ho nemmeno il suo numero di telefono.» Aspettò che l'ispettore finisse di scrivere e aggiunse, come se ci avesse pensato solo in quel momento: «Ah, sì. Va a letto con il compagno della mia amica Jesse. Cressida, intendo. Ma la cosa non mi riguarda».

«A meno che non ci vada a letto pure lei» ribatté Hannaford.

Da Bodmin a Mousehole
Cornovaglia

Quando Geoffrey Henshaw riuscì finalmente a trovare il negozio di Gloriana Lobb a Mousehole, era in ritardo di novanta minuti rispetto alla tabella di marcia che si era dato la sera prima, quando aveva spento l'abat-jour sul comodino. Il motivo del suo ritardo era l'inaspettata comparsa alla porta della sua camera da letto del signor Snyder circa dieci minuti prima dell'ora in cui lui solitamente scendeva a fare colazione. Con espressione severa e le mani sui fianchi, gli aveva comunicato che c'era una persona che desiderava vederlo e subito dopo aveva aggiunto che sperava non diventasse un'abitudine perché, in primis, era la seconda volta che veniva interrotto mentre preparava la colazione – «Avevo appena aperto i cornflakes» – e, in secundis, non faceva da segretario a nessuno, e tantomeno da receptionist.

Geoffrey si era scusato e, immaginando che fosse di nuovo la poliziotta, aveva promesso di scendere nel giro di cinque minuti massimo: doveva solo allacciarsi le scarpe e scegliere quale cravatta mettere.

Ma quando era sceso, con sua grande costernazione, aveva visto che non si trattava della poliziotta, bensì di Freddie. Era in piedi nell'ingresso, con le mani dietro la schiena e l'espressione disperata, e appena lo aveva visto si era precipitata verso di lui gettandosi tra le sue braccia.

Geoffrey aveva cercato di non farsi prendere dal panico: «Freddie, amore mio...»

«Mi sei mancato, Geoff!» E poi, a voce sempre più alta: «Dovevo assolutissimamente vederti. Me ne frego dei soldi della nonna. Me ne frego dei miei genitori. Me ne frego dell'università. Voglio solo te, Geoff. Voglio fare dei figli con te. Non posso continuare a stare lontana da te».

«Freddie, amore, capisco che tu...»

«No, non capisci! Oh, come fai a non renderti conto che tu sei tutto per me? Tutto!»

Geoffrey si era sentito arrossire. In cucina c'era movimento, Snyder stava per arrivare e non avrebbe di certo gradito la sceneggiata. Aveva due possibilità: portare Freddie in camera sua o farla uscire immediatamente dal B&B. Aveva optato per la seconda.

L'aveva trascinata verso la porta e l'aveva praticamente spinta fuori. Subito dopo si era chiesto dove andare. Non conosceva bene la zona, ma dal poco che aveva visto, nei paraggi non c'erano né pub, né ristoranti, né parchi, aree giochi o centri commerciali. Non restava che portarla a fare un giro in macchina.

«Dove stiamo andando? Sei arrabbiato? Non ti arrabbiare, ti prego! Non posso sopportare che tu sia arrabbiato con me!» aveva protestato Freddie.

«Non sono arrabbiato, tesoro. Ma dobbiamo parlare» aveva risposto Geoffrey con il tono più calmo possibile. Grazie al cielo la sera prima aveva trovato parcheggio lì nei pressi, vicino alla prigione di Bodmin. Aveva aperto a Freddie la portiera della 2CV e si era messo al volante cercando di farsi venire in mente un posto sufficientemente isolato, per non rischiare scenate in pubblico.

Era partito e al primo incrocio aveva svoltato a destra, imboccando una stradina costeggiata da siepi alte e molto fitte. Freddie si era messa a piangere. Se aveva esordito lamentandosi di sentire la sua mancanza e proclamando di amarlo alla follia e di volere dei figli da lui, a quel punto si stava profondendo in mille scuse: era così stupida, così irrazionale, così... non sapeva neanche lei come dire. Sapeva solo che non poteva vivere senza di lui, ma i suoi genitori volevano tenerli separati ancora per anni e lei si sentiva prigioniera in un inferno! Come faceva lui a non capire l'intensità dei suoi sentimenti, l'amore profondo che nutriva...

Geoffrey aveva smesso di ascoltare. Aveva adocchiato uno slargo poco più avanti e aveva accelerato per piazzarcisi prima che sparisse come un miraggio nel deserto. Aveva parcheggiato, aveva spento il motore e si era girato verso Freddie vagliando freneticamente varie possibilità. Doveva assolutamente riportarla a Exeter. Ma come? Se avesse cercato di convincerla a finire la scuola, sarebbe passata dalle lacrime all'isteria.

Le aveva preso una mano, se l'era avvicinata alle labbra e

l'aveva baciata, prima sul dorso e poi sul palmo. «Freddie, amore mio...»

«Guarda che non sto scherzando» gli aveva detto lei fra i singhiozzi. «Quello che ho detto è tutto vero.»

«Lo so, amore, lo so.»

«Però non vuoi...»

«Figurati se non voglio, Freddie! Ma devo riuscire a ottenere dei risultati in questo lavoro per dimostrare di essere un uomo degno di tal nome. Non solo a me stesso, ma anche al mio capo e soprattutto ai tuoi genitori.»

«Io ti posso aiutare, lo sai.»

«Certo, lo so.» Geoffrey aveva tentato di farsi venire in mente una scusa credibile. «Solo che per ora non ho un alloggio decente, non ho un'auto decente... non ho niente da offrirti.»

«Non mi importa!»

«Lo dici adesso, amore mio, e ti credo: non importa nemmeno a me. Ma un domani... Un domani peserà a entrambi, dammi retta. Devo pur essere in grado di offrirti qualcosa!»

«Non ha importanza, te l'ho detto.»

Geoffrey aveva preso un respiro profondo. Si era legato a quella ragazza senza pensare a dove potesse portare quella storia e di colpo si ritrovava in una piazzola vicino alla prigione di Bodmin a cercare di far ragionare una diciassettenne fermamente convinta che dovessero vivere per sempre felici e contenti, e a cominciare da subito. Freddie non dava importanza al denaro, perché era sempre vissuta nell'abbondanza, non sapeva cosa fosse il bisogno, ogni suo desiderio era stato esaudito e dava per scontato che sarebbe sempre stato così. Ma la realtà era che Geoffrey non era in grado di mantenerla: prima di tutto doveva sistemarsi.

Aveva provato a dirglielo e la reazione di Freddie era stata: «Non mi ami. Ti sei stancato di me. Non sopporti le mie sfuriate. Dillo, allora. Dillo, dillo, dillo!»

«Non è vero. Se sto cercando di sistemarmi è perché voglio un futuro con te, Freddie.»

«Non ci credo.»

«Amore, come posso dimostrarti che sei al centro del mio

mondo, al centro del mio cuore, al centro della mia anima...» Geoffrey era rimasto a corto di metafore.

«Parole, parole. Soltanto parole.»

«Sono le uniche cose che sono in grado di darti adesso come adesso, amore mio.»

Non avrebbe dovuto dirlo, se ne era reso conto all'istante. Freddie era scoppiata in singhiozzi. Aveva provato più volte a parlare senza riuscirci, da quanto le mancava il fiato. «Non sono soltanto le cose che dici, Geoff. Non sei per niente affettuoso nei miei confronti. Potresti abbracciarmi, ma non lo fai. Potresti baciarmi, ma non lo stai facendo. Potresti... Potremmo...» aveva mormorato alla fine. Aveva aperto la portiera e si era lanciata giù dall'auto ferma nella piazzola, cadendo sulle ginocchia. Si era rialzata e si era messa a correre, non verso il carcere di Bodmin, ma nell'altra direzione, e questo significava che Geoffrey doveva correrle dietro, perché quella era capace di gettarsi sotto le ruote di un trattore, se ne fosse passato uno.

E così Geoffrey aveva sospirato, era sceso dalla macchina e l'aveva rincorsa. Per sua fortuna, Freddie andava piano perché la strada era dissestata e lei aveva la vista annebbiata dalle lacrime, e alla fine era andata a sbattere contro il palo di una recinzione. Geoffrey aveva tirato un sospiro di sollievo, perché correre con le scarpe eleganti era una vera tortura. Freddie si era aggrappata al paletto singhiozzando disperata, Geoffrey l'aveva raggiunta e l'aveva abbrancata. «Lasciami!» aveva gridato Freddie, ma lui l'aveva stretta ancora più forte.

«Ti amo! Ti adoro! Voglio vivere con te e avere tanti figli... dieci figli! E se non riesco a dimostrartelo abbastanza...» le aveva detto con passione. Non aveva avuto alternative: l'aveva baciata e poi, gemendo e ansimando, l'aveva spinta contro il palo e, quando lei gli aveva abbassato la zip dei pantaloni e gli aveva infilato la mano nelle mutande, l'aveva lasciata fare. Ma intanto pensava a come diavolo aveva fatto a cacciarsi in quel pasticcio e a come tirarsene fuori.

Era riuscito a fermarla prima che fosse troppo tardi. Aveva emesso un gemito, poi un sospiro, Oddio, amore. Oh, sì. Oh, amore. E subito dopo: Aspetta, non possiamo... non qui, non così. Oh, amore, quanto ti voglio! Ma non ora, amore mio...

Presto, sì. Prestissimo... Alla fine era riuscito a farla tornare in sé ed erano rimasti fronte contro fronte, ansimanti: lei per il desiderio, lui per il sollievo di aver evitato il peggio.

Freddie era ripartita poco dopo. Era arrivata con la macchina della sua amica Sarah e Geoffrey aveva passato un quarto d'ora a salutarla dal finestrino per cercare di rassicurarla, sussurrarle promesse e confessarle di soffrire tanto – quanto lei se non di più! – ma di credere fermamente nell'amore che li univa.

A quel punto, la sua colazione era fredda come il pavimento della prigione di Bodmin, ma Geoffrey aveva mangiato comunque, grato che Snyder non si fosse più fatto vedere. Poi era riuscito a mettersi in viaggio senza ulteriori complicazioni.

Aveva telefonato a Sebastian Lobb per farsi dare i recapiti dei figli di suo fratello Michael. All'indirizzo di Newlyn non gli aveva risposto nessuno, ma quando aveva bussato con decisione alla porta di un monolocale in Gwavas Quay aveva svegliato una donna giovane e carina che si era affacciata dalla porta accanto in camicia da notte e, quando le aveva chiesto se fosse Gloriana Lobb, lo aveva mandato a Mousehole, in un negozio chiamato Vintage Britannia. «Non ci sono mai stata» gli aveva confidato. «Sei il suo ragazzo? Spero di sì. Sarebbe l'ora.»

Geoffrey avrebbe volentieri continuato la chiacchierata, ma non aveva tempo. Aveva chiesto se Mousehole era distante, spiegando di non essere della zona, al che la ragazza aveva indicato vagamente verso sud e gli aveva raccomandato di seguire la litoranea, perché se fosse tornato sulla strada principale si sarebbe perso di sicuro.

Geoffrey aveva seguito scrupolosamente le indicazioni ed era giunto a destinazione. Il grande parcheggio all'entrata del paese faceva pensare che durante la stagione estiva ci fossero molti turisti, ma quel giorno era quasi vuoto e così Geoffrey scelse un posto, lasciò la macchina e si avviò a piedi. Confidava che un negozio chiamato Vintage Britannia non fosse difficile da trovare e decise di recarsi nel luogo dove sicuramente gli avrebbero saputo dire dov'era: il pub. Era aperto e il gestore stava portando dentro un fusto di birra scura. Geoffrey lo seguì, chiese indicazioni per il negozio di Gloriana Lobb e le ottenne prontamente.

Quando entrò e si trovò davanti una ragazza vestita come Twiggy, rimase sconcertato e dubitò che si trattasse della persona che stava cercando. Indossava un miniabito rosso con stivali *en pendant* e stava passando energicamente l'aspirapolvere sulla moquette a quadri verdi e arancioni ascoltando a tutto volume un brano di un vecchio gruppo pop.

Siccome gli dava le spalle e Geoffrey non voleva spaventarla, riaprì e richiuse la porta con più forza, sperando che la ragazza sentisse il trillo nonostante il rumore dell'aspirapolvere e la musica. Forse fu lo spostamento d'aria ad allertarla. Fatto sta che la ragazza alzò la testa e lo squadrò da dietro un paio di occhiali neri cat-eye, si scusò e spense l'aspirapolvere. Poi andò ad abbassare il volume della musica.

«Spero di non averla spaventata» disse Geoffrey, portandosi una mano sul cuore come se fosse stato lui a essere stato colto di sorpresa. E, in effetti... Geoffrey non si aspettava di venire catapultato indietro nel tempo, nonostante il nome del negozio.

«Questa moquette si sporca subito» si giustificò la ragazza. «Non avrei dovuto prenderla arancione e verde, ma era in saldo e, quando uno è al risparmio... Cercava qualcosa in particolare?»

Geoffrey si rallegrò nel sentire che Gloriana Lobb aveva problemi di liquidità, sapendo di avere una soluzione da poterle offrire. «Gloriana Lobb?»

«Dipende. Chi lo vuole sapere?»

«Mi perdoni.» Geoffrey si presentò e le diede un biglietto da visita.

Gloriana lo guardò. «Corwall EcoMining. Immagino sia venuto per la proprietà di mio padre» disse.

«Le porgo le mie condoglianze» disse Geoffrey. «E, se non se la sente di parlare del...»

«Sì» lo interruppe lei. «Senza alcuna esitazione. La risposta è sì.»

«Mi scusi, non sono sicuro di aver capito. Cosa intende, se posso chiedere?»

«Lei può chiedermi tutto quello che vuole» rispose Gloriana Lobb. «Può anche preparare i documenti e portarmeli. Se mi porta anche un congruo assegno, ci metto subito la firma.»

Da St. Ives a Perranporth
Cornovaglia

Go for the Green, il negozio di piante di Maiden Kittow, era a St. Ives, all'angolo tra Bedford Road e Chapel Street. Aveva la vetrina e la porta di un rosso brillante e una lunga insegna in ferro battuto della stessa sfumatura di colore. In vetrina erano esposte varie piante da appartamento in mezzo a vasi di ceramica, piedistalli artistici e cestini da picnic superlussuosi. Neanche l'ombra di un nanetto da giardino, notò Bea.

Era lì per parlare con Merritt Lobb, che lavorava con la madre, ma scoprì che quel giorno in negozio c'era solo la ex moglie di Michael Lobb, Maiden. Bea per errore la chiamò «signora Lobb» e la proprietaria di Go for the Green la richiamò prontamente all'ordine correggendola con severità: «Kittow, se non le dispiace».

«Mi scusi, signora Kittow» disse Bea. Le mostrò il tesserino e disse che stava cercando suo figlio, Merritt Lobb.

«Per il testamento, immagino» disse Maiden Kittow, che aveva le mani sporche di terra e un grembiule con vari attrezzi del mestiere nella tasca. «Venga nel retro. Stavo rinvasando alcune piante.»

Bea la seguì, passando dietro il bancone, e si ritrovò in un ampio locale con un ufficio vuoto in fondo. L'ufficio aveva una grande finestra che affacciava su un'area di stoccaggio e all'interno c'erano un tavolo da disegno con relativo sgabello e una scrivania su cui erano posati un telefono d'epoca, di quelli con la cornetta che pesava almeno un chilo, e una lampada da tavolo.

Maiden riprese il lavoro che aveva interrotto. «Gloriana mi ha telefonato appena lei è uscita dal suo negozio. Mi ha detto del testamento» disse.

«Capisco. È rimasta sorpresa, quando gliel'ho comunicato.»

«Non se lo aspettava proprio. Ma si fidi di me: salterà fuori un altro testamento. Ci giurerei. Non posso credere che quella troietta gli abbia permesso di lasciare tutto ai figli.»

«L'attuale signora Lobb, intende?» chiese Bea.

«E chi, se no? Quella ha sicuramente fatto in modo che Michael lasciasse tutto a lei.»

«Non è escluso» ammise Bea. «Ma a volte le persone, pur volendo cambiare testamento, non fanno in tempo. Rimandano, procrastinano... Specialmente a un'età in cui la morte sembra ancora lontana.»

«Mah» fu la risposta di Maiden Kittow.

«Perciò devo parlare con suo figlio» ribadì Bea.

Maiden prese da un sacco una paletta di humus dall'odore intenso e lo mescolò alla terra che era dentro un vaso. Poi spostò il vaso, ne prese un altro e lo posizionò sul bancone. «Bisogna che lo chiami. Non so dove sia.»

«Non lavora oggi?» chiese Bea.

«È in giro a installare verande. Potrebbe essere ovunque.»

Uscì dal retrobottega sfilando il cellulare dalla tasca posteriore dei pantaloni kaki e un attimo dopo Bea sentì aprire e chiudere la porta del negozio. Curioso che per telefonare a suo figlio la signora Kittow avesse deciso di uscire.

Bea ne approfittò per dare un'occhiata in giro. Osservò gli attrezzi da giardinaggio, sia quelli che Maiden Kittow stava usando, sia quelli confezionati. Oltre alle piante, il negozio vendeva infatti utensili da giardino, semenze, vari tipi di concime e vasi di cotto in tre diversi formati. Li guardò: alcuni avevano il fondo bucato, altri no.

Quando Maiden tornò dopo la telefonata, Bea le chiese a che cosa servissero i vasi senza drenaggio e Maiden le spiegò che i fori venivano praticati al momento della vendita in base alle esigenze del cliente. Qui in negozio? chiese Bea. E Maiden rispose che sì, certo, venivano forati in negozio. Facevano tutto, a Go for the Green.

«Non portate mai lavoro a casa?» le chiese Bea.

Maiden le lanciò un'occhiataccia. «Io no» rispose. «È importante?»

«Solo una curiosità» spiegò Bea. «È riuscita a contattare suo figlio?»

Scoprì così che Merritt Lobb si trovava in un complesso residenziale subito dopo Perranporth. Maiden le diede l'indirizzo.

Bea si chiese quanto distasse dalla Lobb's Tin & Pewter. Aveva idea che fosse abbastanza vicino.

Imboccò la A30; da St. Ives fu costretta a seguire per una decina di chilometri un autoarticolato che procedeva a una lentezza esasperante e che le auto davanti a lei tentavano invano di sorpassare. Dovettero aspettare che la strada diventasse a doppia corsia per superare finalmente il camion e proseguire a una velocità più sostenuta. Il tempo era cambiato. Si era alzato il vento, che aveva sospinto verso la terraferma grossi nuvoloni scuri. Minacciava pioggia.

Bea superò Perranporth e trovò la strada che le aveva indicato Maiden. Il complesso residenziale, di recente costruzione, era a sud di quello che in alta stagione si trasformava in un luogo infernale, giacché aveva la fortuna di vantare la bellissima spiaggia di Ligger Bay e la sfortuna di attirare vacanzieri da tutto il Regno Unito.

La casa dove Bea sperava di trovare Merritt Lobb era rivestita di lastre di granito ed era in fondo alla strada, dove grandi prati verdi digradavano verso il mare. Bea parcheggiò in un passaggio laterale che dava su un giardino recintato dietro la casa, pensando che Merritt Lobb fosse lì a montare una veranda. Quando aprì il cancello e lanciò un'occhiata, però, non vide segno di lavori in corso.

Tornò indietro e fece il giro per andare a bussare alla porta. Era una casa piuttosto grande, a due piani e con alcuni abbaini che facevano pensare che avesse anche una mansarda. Non era niente di speciale e di certo non poteva competere con la Dimora Storica di Ray, ma era in una posizione che garantiva una certa privacy e una bella vista.

Il portone era color turchese. Bea bussò, poi vide che c'era un campanello e lo suonò. Dovette farlo ancora una volta, prima che la porta si aprisse. La accolse una bella donna dai tratti misti con un bimbo in un marsupio. Aveva una gran massa di capelli che probabilmente all'inizio della giornata doveva aver raccolto, ma che a quel punto erano scompigliati perché il bambino ci stava giocando. Indossava una felpa macchiata e pantaloni di velluto a coste. Ai piedi aveva zoccoli sui quali una mano infantile aveva disegnato dei fiori.

«Sì?» disse. E, prima che Bea potesse rispondere, aggiunse rapidamente: «Mi scusi. Buongiorno. Lei è la signora Blair, vero? La vicina di fronte? Abbiamo trovato il suo messaggio di benvenuto sulla porta... La ringrazio e mi scuso. Prego, si accomodi. Stavo prendendo le misure delle finestre. Ci stavo provando, perlomeno: Joyful mi sta rendendo il compito difficile. Venga, si accomodi».

Bea immaginò che Joyful fosse il bambino. Nome insolito, ma aveva sentito di peggio. Fu costretta a confessare di non essere la vicina della casa di fronte venuta a darle il benvenuto. Le mostrò il tesserino. «In realtà sono l'ispettore investigativo Hannaford. Mi ha dato l'indirizzo Maiden Kittow» disse.

«Ossignore benedetto. È qui per Merritt, vero? Sì, Maiden mi ha telefonato per avvertirmi, ma siccome mi ha parlato di un ispettore... ho dato per scontato che... Ho peccato di sessismo, mi scusi. Manco fossimo ancora nel secolo scorso. Glielo chiamo subito: è di sopra a montare delle mensole. Io sono Bonnie, a proposito. La moglie di Merritt.»

Lasciò Bea lì dov'era per correre di sopra. Bea diede un'occhiata in giro. Notò un raccoglitore ad anelli pieno di campioni di tessuto e un trapano elettrico ai piedi di una delle quattro finestre che davano sul davanti, sopra le quali erano stati appena montati bastoni di ottone per le tende. Le venne il dubbio che Merritt non fosse lì per Go for the Green, come aveva capito da sua madre, ma in quanto padrone di casa.

Sentì uno scambio di battute sottovoce al piano di sopra e dopo un paio di minuti rumore di passi sulle scale. Quindi nella stanza entrò un uomo che dimostrava più o meno l'età di Kayla Lobb, seguito dalla moglie. Non era particolarmente alto, aveva i capelli castano scuri, la faccia magra, con gli zigomi sporgenti, e una postura da ballerino. A Bea sembrarono una strana coppia: lei con i piedi per terra. Lui all'opposto.

«Merritt Lobb» disse stringendole la mano con una certa forza. «Mia madre mi aveva avvertito che sarebbe venuta, che mi doveva parlare. Prego.»

«Non l'ha informata?» chiese Bea.

«Di cosa?» domandò Merritt. «Non so. Non mi sembra...»

«Lei e sua sorella siete gli unici beneficiari dell'eredità di vostro padre.»

« Sì, me l'ha detto mia sorella » replicò lui. « Io e Bonnie siamo rimasti senza parole. »

Bea trovò strano che Gloriana l'avesse detto al fratello, ma non alla madre. Forse aveva preferito sorvolare, considerate le circostanze in cui i suoi avevano divorziato. « È casa vostra o state facendo dei lavori per qualcun altro? » chiese Bea.

« È nostra » rispose Merritt.

« Posso? » Bea indicò con la testa quella che supponeva essere la zona pranzo e, senza aspettare che le venisse dato il permesso, entrò. I padroni di casa la seguirono.

La cucina era completa di tutti gli elettrodomestici e sembrava nuovissima. Odorava tutto di nuovo: frigorifero, lavastoviglie, lavelli, rubinetti, scolapiatti, piani di lavoro. L'unica cosa che sembrava essere stata usata era il tostapane, accanto al quale c'erano una pagnotta dall'aria bio, un panetto di burro nel suo involucro, con un coltello piantato dentro, e una scatola di Twining's in bustine. Vicino al lavello vide un bollitore elettrico e due mug blu con la scritta MUM e DAD in giallo. In fondo alla cucina c'era un angolo per la colazione che dava su quello che sarebbe diventato il giardino e, al di là di una porta a vetri, la sala da pranzo con credenze incassate nei muri per riporre piatti e bicchieri.

« Che bella casa grande » osservò Bea.

« Siamo una famiglia numerosa » disse Merritt.

« Che sta per diventare ancora più numerosa » aggiunse Bonnie posandosi una mano sulla pancia, ancora poco pronunciata. « È in arrivo il quinto » disse con un sorriso. « Anzi, la quinta. Spero tanto che sia un'altra femmina. »

« Prima abitavamo da mia madre » spiegò Merritt a Bea. « Ma si sa che dopo tre giorni... Senza contare il problema Texas. »

Il problema Texas? si domandò Bea. Cosa c'entrava il Texas?

Bonnie sembrò leggerle nel pensiero. « È il nostro secondo figlio. Si chiama Texas » disse.

Bea annuì, calcolando mentalmente che quella casa così grande e così ben arredata doveva essere costata una fortuna e che Merritt, per quanti giardini d'inverno progettasse, non poteva ragionevolmente aver messo da parte tanti soldi lavorando nel negozio della madre. « Lei fa l'arredatrice? » chiese a Bonnie.

La donna rise. «Magari. No, faccio la mamma.»

«E prima dei figli?»

«Mi occupavo di illuminotecnica nei teatri» rispose Bonnie. «È così che ci siamo conosciuti, io e Merritt.»

«Anche lei si occupa di illuminotecnica?» chiese Bea a Merritt.

«No, io sono un ballerino» rispose lui. «O meglio, lo ero. A Londra. Speravo di diventare coreografo, ma non ce l'ho fatta.»

«Come mai?» domandò Bea.

«Troppa concorrenza. Non avevo abbastanza pelo sullo stomaco.»

«E ora lavora per sua madre?»

Merritt rimase un momento zitto, come se stesse cercando di capire se dietro quella domanda ci fosse un'insinuazione. «Sì» disse dopo un po', e dal tono Bea intuì che temeva di passare per un fallito perché, non essendo riuscito a realizzare i propri sogni di gloria a Londra, era tornato a casa da mamma, che gli aveva pure trovato lavoro. Ma a Bea tutto questo non interessava: lei voleva sapere come aveva fatto a comprarsi una casa così.

«Quando avete comprato? È un immobile molto bello, tra l'altro. Complimenti» disse.

Merritt e Bonnie si scambiarono un'occhiata, come per accertarsi di dire la stessa cosa. «Non so... Un mese e mezzo fa?» Merritt guardò la moglie, che confermò. «È stato un bel salto, ma era indispensabile. Mettevamo i soldi da parte da quando è arrivata Apollonia, la più grande» aggiunse.

«Quindi non avete problemi economici?» chiese Bea. «Per pagare il mutuo e tutto il resto?»

«No» rispose Merritt guardando Bea negli occhi. «Io e Bonnie siamo molto bravi a fare economia.»

«E comunque d'ora in poi non sarà più necessario» rimarcò Bea.

Merritt rimase zitto, Bonnie si fissava i piedi. A Bea parve che Merritt avesse la fronte sudata, ma non ne era sicura. Aspettò. Sapeva che stando zitta lo avrebbe indotto a parlare, prima o poi.

E infatti Merritt dopo un po' disse: «Se pensa che io abbia

ucciso mio padre per comprare questa casa, è completamente fuori strada».

«È il mio mestiere» replicò Bea. «Dove si trovava la notte fra il 3 e il 4 aprile?»

«A casa con la mia famiglia. Texas stava male. Soffre di gravi allergie alimentari e ho passato la notte a camminare avanti e indietro con lui in braccio.»

«Se mangia la cosa sbagliata, urla come un ossesso e non lascia dormire nessuno» spiegò Bonnie con fervore. «I bambini non sentono nemmeno le cannonate, ma noialtri non chiudiamo occhio e al mattino siamo degli zombie, compresa mia suocera. Io di sicuro sono uno straccio. E quella notte siamo stati tutti svegli per colpa di Texas.»

Interessante, pensò Bea. Un altro alibi in famiglia. Stava iniziando a pensare che fossero coinvolti tutti quanti nella morte di Michael Lobb, una specie di *Orient Express* versione Cornovaglia.

«Com'erano i rapporti con suo padre?» chiese a Merritt.

«Buoni» rispose lui. «Voglio dire, quando ha lasciato mia madre l'ho odiato con tutto il cuore e per un po' non ho voluto più avere a che fare con lui. Gliel'ho detto chiaro e tondo. Poi però ho conosciuto Bonnie, ci siamo messi insieme, è arrivata Apollonia e... be', sono cambiate le cose. Mi dispiaceva che i nostri figli non conoscessero il nonno. E così ho fatto pace. Senza aspettarmi nulla di particolare. Quindi si tolga dalla testa che io abbia riallacciato i rapporti con mio padre per cercare di convincerlo a nominarmi suo erede. Non è così. Voglio dire, per convincerlo avrei dovuto accettare anche Kayla, cosa che non ho mai avuto intenzione di fare. Le rare volte che la vedevamo, la trattavamo con educazione, ma niente di più. Sarebbe stato brutto nei confronti di mia madre, visto che... Cioè, lui e Kayla erano amanti già da un po' – un bel po' – quando mia madre li ha scoperti.»

«Veramente li ha scoperti Gloriana. Vostra madre l'ha saputo da lei» precisò Bonnie. «Chissà come sarebbero andate le cose, se Gloriana non...»

«È lo stesso, Bonnie. Non importa come l'ha saputo mamma: lui a Kayla non avrebbe mai rinunciato.»

«Capite bene che, visto dall'esterno, è un po' strano» gli fece notare Bea. «Lei acquista un immobile costoso, che probabilmente da solo non si può permettere; subito dopo suo padre viene assassinato e lei scopre di essere l'unico erede insieme a sua sorella. C'è qualcosa che non quadra nella cronologia. La sequenza dei fatti fa pensare che lei fosse già al corrente dell'eredità. Dite di essere bravi a fare economia ma, per quanto parchi e morigerati siate, quattro figli costano, e state per avere il quinto. Con cinque figli ci vuole una casa grande. Le possibilità sono tre: sperare in una botta di fortuna, comprare un biglietto della lotteria o prendere in mano la situazione. Quale ha scelto?»

«Merritt non è un...» Bonnie si interruppe. «Non riesco nemmeno a dirlo.»

Lo fece Bea al posto suo. «Un assassino? Merritt non è un assassino?»

«Gliel'ha detto: non sapeva di quel testamento!»

«È vero, signora Lobb: suo marito mi ha detto di non saperne niente» ammise Bea. «Ma le persone mentono. Soprattutto quando c'è di mezzo un morto.»

Trevaunance Cove
St. Agnes, Cornovaglia

Keith Gribbin provò l'impulso di affogare la sua allieva per la terza volta da quando era cominciata la lezione. Le aveva chiesto ripetutamente di non portare il cane alla scuola di surf, che frequentava perché la madre si era messa in testa di farle prendere lezioni private, ma Pamela si rifiutava di lasciarlo a casa. Sosteneva che Tiggy era un cane da assistenza, che la aiutava a gestire l'ansia e quindi doveva averlo accanto in qualsiasi circostanza, anche sulla battigia. E la madre le dava ragione. Hayley Franklin-Kernow, si chiamava, e presenziava a tutte le lezioni dall'inizio alla fine, senza allontanarsi un attimo, nemmeno per andare a bere un tè o un caffè al Driftwood Spars. Dopo la prima lezione, aveva preso Keith da parte e gli aveva spiegato che il terapeuta di Pamela le aveva consigliato un'attività all'aperto, ritenendola molto utile in quella fase del suo processo di guarigione – Keith si era chiesto da cosa dovesse guarire – e le aveva suggerito l'ippoterapia, ma siccome da quelle parti non c'erano ippoterapisti, avevano optato per la surf-terapia.

Keith pensava che fossero tutte baggianate, ma non voleva inimicarsi le associazioni per i diritti degli animali, le associazioni in difesa degli animali da assistenza, dei cani di assistenza e di chissà cos'altro, sicuramente pronte a scagliarsi sui social contro colui che aveva impedito a una persona psicologicamente fragile di prendere lezioni di surf nella sua scuola.

Ovviamente il detestabile cagnetto in acqua non entrava e passava il tempo a girare per la spiaggia in cerca di posti dove fare i suoi bisogni. Alla fine di ogni lezione Keith raccomandava a Pamela di raccogliere i ricordini che Tiggy lasciava in giro e immancabilmente lei «si dimenticava». Se Hayley Franklin-Kernow non lo avesse pagato più che bene, Keith avrebbe chiuso con Pamela già da tempo.

Far lezione a quella ragazza era un incubo. La prima volta che erano entrati in acqua, si era messa a urlare e si era avvinghiata a lui con una forza tale che Keith aveva temuto lo strangolasse. Aveva provato a dire alla madre che forse il surf non era lo sport più adatto per aiutare la figlia a superare l'ansia, acquisire fiducia in sé stessa e aumentare l'autostima, ma lei si era dichiarata convinta che invece fosse proprio quello che le serviva e aveva concluso dicendo: «All'inizio fa sempre così. Poi, con il tempo, si abitua».

Keith aveva provato a proporle un altro istruttore della scuola di surf, ma Hayley Franklin-Kernow non aveva voluto saperne: il titolare della scuola era lui, no? E allora doveva essere lui a dare lezioni a Pamela.

La ragazzina aveva fatto qualche progresso, ma con una lentezza che Keith trovava frustrante. Se era vero che a quel punto aveva smesso di stargli attaccata alla muta da sub come una patella, continuava a ripetere in tutti i modi che, piuttosto che immergersi nelle acque gelide di Trevaunance Cove, sarebbe andata in capo al mondo e che il surf le faceva schifo, tanto che stava cominciando a disamorarsi della disciplina pure lui.

Gli esercizi preliminari a terra erano andati abbastanza bene.

Pamela aveva imparato facilmente a tirarsi su senza usare le ginocchia e senza uscire dalla sagoma disegnata. Fin lì, tutto bene. Ma Pamela doveva rinforzare i muscoli della parte superiore del corpo per riuscire a portare al largo la tavola e a casa avrebbe dovuto fare flessioni e trazioni, saltare la corda e allenarsi su una tavoletta propriocettiva. La madre sosteneva che Pamela si allenava tutti i giorni, ma Keith non vedeva i risultati. Se il surf doveva curare la sua ansia, aumentare la sua fiducia in sé stessa e accrescere la sua autostima, Pamela doveva prepararsi seriamente, prima di entrare in acqua.

Invece stava dimostrando anche quel giorno di non essere neanche lontanamente pronta a entrare in acqua. Era arrivato il momento di imparare a remare e Keith le stava vicino, le teneva la tavola da surf e cercava di incoraggiarla, ma quando la invitò a immergere le braccia, Pamela ebbe un piccolo attacco di panico e cominciò a sbraitare che no, no, no, non ce la poteva fare!

A quel punto Tiggy iniziò ad abbaiare come una forsennata. «Forza, Pamela! Dai che ce la fai!» gridarono altri due istruttori e Hayley Franklin-Kernow tentò di rincuorare la figlia, mentre Keith le faceva notare che, in meno di sessanta centimetri d'acqua, Pamela non poteva affogare. Sempre che lui non le tenesse la testa sott'acqua, naturalmente, cosa che sarebbe stato fortemente tentato di fare se non ci fosse stata tutta quella gente sulla spiaggia.

Tiggy continuò ad abbaiare finché Keith decise che per quel giorno era abbastanza. Si spostò in maniera da poter guardare in faccia Pamela, farle vedere che stava tenendo ferma la tavola con entrambe le mani e dimostrarle così che lei non correva alcun rischio di ritrovarsi al largo, quando di colpo Tiggy smise di abbaiare. Forse la bestiaccia aveva finalmente capito che non aveva intenzione di fare del male alla sua padroncina, pensò Keith. Poi si sentì chiamare, si voltò e vide che si era raccolta una piccola folla intorno al cane e a qualcosa ai piedi della rampa di cemento usata per l'alaggio delle barche con l'alta marea.

Pamela, che era rivolta verso Keith e dava le spalle alla spiaggia, gli chiese cosa fosse successo, ma Keith non le rispose perché non lo sapeva. Allora lei iniziò a strillare che era successo qualcosa alla sua cagnolina e rotolò giù dalla tavola finendo nella tanto temuta acqua. Con il sedere sul fondo, prese a gridare e strepitare come suo solito. Keith mollò la tavola, afferrò Pamela per la vita e la tirò su, aiutandola a rialzarsi, mentre Hayley Townsend-Kernow ordinava alla figlia di tornare sulla tavola da surf e riprendere la lezione.

Pamela si divincolò e corse a riva per raggiungere il suo cane, che sembrava impegnato in una specie di tiro alla fune con uno degli istruttori della scuola nei pressi dell'alaggio. Pamela gridò all'uomo di lasciare in pace Tiggy, che era un cane da assistenza e che voleva soltanto proteggere la sua padroncina. «Pensa che mi volete fare del male, non capite?» urlò. «Lasciatela in pace!»

Keith non obiettò, sebbene Tiggy non sembrasse tanto preoccupata dell'incolumità di Pamela, quanto interessata a qualcosa – forse un indumento – che l'istruttore stava tentando di strapparle di bocca. Mentre Pamela si faceva largo tra i curiosi per riappropriarsi della sua cagnolina, Keith portò la tavola fuori dall'acqua e raggiunse il gruppo.

Pamela si lanciò su Tiggy e la prese in braccio. Quando Keith arrivò, stava per portarla via. L'istruttore della scuola coinvolto nella disputa con il cane era Spider Augustino, che disse a Pamela: «Tienimi lontano quel maledetto cagnaccio!» e sputò sulla sabbia per sottolineare il concetto. Poi appallottolò l'indumento conteso e lo porse a Keith.

«Quel botolo correva sulla spiaggia tenendo in bocca questo» disse.

«Cos'è?» chiese Keith.

«Dacci un'occhiata. Mi sa che dobbiamo chiamare la polizia.»

Regent's Park
Londra

Daidre aveva preso la bici per andare dal suo ufficio alla maleodorante Casa dei Rettili, a sedare una lite scoppiata fra il custode e una troupe cinematografica riguardo alla possibilità di filmare il drago di Komodo recentemente acquisito per un breve documentario da proiettare durante l'annuale cena dei sostenitori dello zoo. Volevano riprendere Drogon «in azione», e secondo loro «in azione» significava «impegnato a uccidere una preda da sbranare subito dopo». Trovare un accordo accettabile da ambo le parti aveva comportato un notevole dispendio di tempo, energie e diplomazia da parte di Daidre, perché il drago di Komodo aveva mangiato solo quattro giorni prima e non era previsto che ingurgitasse altro per le successive tre settimane. Al termine della discussione, Daidre non vedeva l'ora di tornare in ufficio.

Si diresse verso la bici e trovò Gwynder seduta su una panchina ad aspettarla. Si stava strappando le pellicine intorno alle unghie. Daidre si preoccupò: la sorella finiva di lavorare prima di lei e di solito tornava subito a casa. Nel vederla arrivare, Gwynder si alzò subito e le andò incontro con aria allarmata.

«Mi ha telefonato Kayla Lobb» disse.

I pensieri di Daidre cominciarono a correre di qua e di là come cavie impazzite in un labirinto. «Kayla Lobb?» chiese.

«La moglie di Michael Lobb. Chiamava per dire che è morto.»

«Chi?»

«Michael Lobb. Sai chi è, vero?» E, vedendo che Daidre non rispondeva subito: «È quello per cui lavorano papà e Goron, Edrek. Lo conosci. Ci sei stata, perdio».

«Mi dispiace. Non mi ricordavo più il nome.»

«Non te lo ricordavi più?»

«Perché me lo stai dicendo? Non capisco. C'è stato un incidente? Si sono fatti male anche Goron e Bran?»

«È stato assassinato, Edrek. Michael Lobb è stato assassinato.»

Mentre sua sorella le raccontava ciò che le aveva riferito Kayla Lobb – ferite da taglio, sangue ovunque, violenta aggressione, polizia, investigatori, prove – Daidre cercò freneticamente di farsi venire in mente un commento plausibile. «È terribile» disse alla fine. «Mi dispiace tanto. Eravate amiche, vero? Tu e Kayla, intendo. Non eravate molto legate?»

Gwynder non rispose subito. Aggrottò le sopracciglia e scrutò la sorella. «Perché me lo chiedi, se non ti ricordi neppure come si chiamava Michael Lobb? Come fai a dire che ero amica di sua moglie?»

«Non lo so. Mi è venuto da chiedertelo: c'è qualcosa di male?» Tolse l'antifurto alla bicicletta.

«Non mi chiedi nemmeno chi l'ha ucciso? Se è stato arrestato qualcuno?»

«Pensavo che... Non me lo avresti detto subito, se l'avessi saputo?»

«Non hai nemmeno chiesto quando è successo.»

«Quando è successo?» domandò Daidre, iniziando a spingere la bici in direzione dell'Outer Circle. Gwynder le si piazzò davanti, si mise a cavalcioni della ruota anteriore e afferrò il manubrio. «Cosa fai, Gwyn?» protestò Daidre. «Senti, mi spiace per lui, mi spiace che sia morto, ma...»

«Oh mio Dio! Lo sapevi già, vero? Te lo leggo in faccia. Sapevi che Michael Lobb era stato assassinato e sei stata zitta. Perché non me l'hai detto?»

Vedendo che la sorella non demordeva, Daidre rispose con un sospiro: «Perché sapevo come avresti reagito».

«E cioè?»

«Così» disse Daidre. «Perché ti interessa tanto la morte di quell'uomo, Gwyn?»

«Non la sua morte. Il suo omicidio. È stato assassinato nella sua proprietà. Di sicuro ci sarà qualcuno che penserà che... Kayla mi ha chiamata perché... Goron è lì, capisci? Goron è lì, abita nella proprietà della vittima. Lo sai. Lo interrogheranno.»

«Interrogheranno tutti. È la prassi. Probabilmente hanno già interrogato sia lui che Bran. E tutti gli altri che bazzicavano lì intorno.»

«Se hanno parlato con Goron... Devo andare in Cornovaglia. Penseranno che... lo sai cosa penseranno... Kayla dice che...»

«Senti, Gwyn: Goron ti ha telefonato? E Bran? Ti ha telefonato Bran?»

«No, ma la polizia...»

«La polizia gli andrà a parlare e gli farà delle domande, punto. Parleranno anche con Bran. E con Kayla. Piano piano elimineranno dalla rosa dei sospettati tutti quelli che non c'entrano niente, e quindi anche Goron.»

«Kayla è a pezzi. È preoccupata. Spaventatissima.»

«Lo credo. Se suo marito è stato assassinato... Lo sarebbe chiunque. Ma ti ha chiesto di andare da lei? No? Di andare da Goron? No? Ti ha chiesto qualcosa? No? E allora cerca di calmarti. Sappiamo tutte e due che Goron non è il tipo da uccidere nessuno, per nessuna ragione. Quindi, prima di precipitarti da lui, parlagli. Parla anche con Bran. Poi decidiamo insieme cosa fare.»

«Tu però lo sapevi e non...»

«Sì, è vero e ti chiedo scusa. Mi dispiace non avertelo detto. L'ho fatto per proteggerti.»

«Non ho bisogno della tua protezione, Edrek. Né ora né mai. Sono perfettamente in grado di cavarmela da sola.»

A Daidre dava fastidio che la sorella usasse il nome che le era stato dato alla nascita, ma non la corresse. Disse invece: «Sì, certo. Vorrei che lo fossimo tutti. Dai, torniamo a casa».

Trevellas
Cornovaglia

Bea stava tornando da Perranporth dopo il colloquio con Merritt Lobb e sua moglie e, poiché la Lobb's Tin & Pewter era sulla strada, decise di farci un salto. Bran Udy aveva autorizzato la MIT a entrare nel suo caravan, Kayla Lobb aveva acconsentito a far perquisire il cottage e Bea sapeva che in quel momento c'erano agenti impegnati a passarli al setaccio centimetro per centimetro. Seguì la strada costiera in direzione di St. Agnes per un breve tratto e all'altezza di Trevellas svoltò per la Lobb's Tin & Pewter. Appena imboccato lo sterrato, cercò un posto dove accostare tra erbacce e rovi e prese il cellulare.

La giornata stava volgendo al termine e lei aveva deciso di fermarsi a dormire al cottage in Horsedowns Road, ma voleva prima parlarne con Pete e sondare il terreno per capire se preferiva tornare a Leedstown anche lui. Era sicuramente abbastanza grande per restare in casa da solo e Leedstown era molto più vicina alla sua scuola di Redruth rispetto alla Dimora Storica di Ray, che d'altra parte offriva molti più comfort rispetto al cottage, fra cui un comodo piano cottura, un forno a microonde e una doccia affidabile.

La conversazione fu breve e Bea andò subito al punto. Lei sarebbe tornata a Leedstown, perché tutto quell'andare e venire stava cominciando a pesarle, e voleva sapere se Pete preferiva stare con lei o con suo padre. Bea aveva l'affidamento esclusivo e in teoria Pete avrebbe dovuto vivere con lei fino alla maggiore età, ma Bea non voleva che questo si trasformasse in una sorta di condanna.

Il «sì, certo» del ragazzo tradì la sua delusione. Pete voleva bene sia a lei sia al padre e cercava in tutti i modi di non offendere nessuno dei due. Era un buono, gli dispiaceva far soffrire gli altri. «Pensaci qualche giorno, amore. Non devi decidere adesso» gli disse Bea.

«È solo che papà...»

«Qui non si tratta né di tuo padre né di me, Pete» lo interruppe Bea. «Non devi pensare a noi e a come la prenderemo, ma a te stesso, a quello che vuoi fare, a dove preferisci stare.»

Pete rimase zitto. Troppo a lungo. «Volevi dirmi qualcos'altro, Pete?» gli chiese lei.

«No.» Con un filo di voce.

«Allora ci sentiamo presto.»

Si salutarono e Bea ripartì. Decise di incominciare dal caravan degli Udy, quindi passò oltre l'ingresso della Lobb's Tin & Pewter e proseguì lungo lo sterrato fino a una stradina in pessime condizioni, tutta buche e fossi. Quando sentì il fondo dell'auto raschiare contro qualcosa, decise di lasciare la macchina lì e proseguire a piedi. In quel momento si mise a piovere.

Bea prese la giacca a vento dal sedile posteriore, la indossò, scese, tirò su il cappuccio e scarpinò nel fango finché non intravide il tetto arrugginito di un caravan. Avvicinandosi, notò un fuoristrada della polizia parcheggiato lì vicino. Bussò due volte allo sportello del caravan, aprì ed entrò. Dentro faceva un caldo soffocante e pochi secondi dopo essere entrata già si sentiva scorrere lungo la schiena rivoli di sudore. Si tolse la giacca e la scosse. Una raffica di vento fece tremare il veicolo.

Bran Udy e suo figlio erano seduti affiancati su uno strapuntino con la fodera verde sbiadita, sporca e consunta, che probabilmente era vecchia quanto il caravan.

C'era puzza di cipolle, di muffa e di fumo. La colpa di quest'ultima era di Bran, che aveva accanto un portacenere ammaccato pieno di mozziconi e si stava rollando una sigaretta.

Si capiva che non era per niente contento di avere la polizia in casa. Aveva dato il permesso, sì, ma evidentemente non si era reso conto di quanto sarebbe stata approfondita la perquisizione. Né di quanto sarebbe durata. Quando vide Bea, espresse subito la propria contrarietà.

«Alla fine mi rimettete tutto in ordine, giusto? Perché io se no sporgo denuncia, la avverto. Nessuno mi aveva detto che volevate svuotarmi gli armadi e curiosarmi nei cassetti. Che cosa vi aspettate di trovare?»

«È la procedura in caso di omicidio, signor Udy» disse Bea. «Stiamo facendo il più in fretta possibile. Stiamo perquisendo anche il cottage dei Lobb.»

«Son tre ore che sono qui!» sbottò Bran. «Questo sarebbe *il più in fretta possibile*?»

«Capisco la sua irritazione e capisco che vi stiamo chiedendo molto. Ma il nostro scopo è escludere entrambi dalla...»

«Quante volte ve lo devo dire? Noi non avevamo nessun motivo di far del male a Mike. Anzi: così io e Goron abbiamo perso il lavoro. Secondo lei, mi fa piacere rimanere disoccupato? Alla mia età non mi assume più nessuno. Al massimo posso sperare di trovare un posto da custode, a passare la ramazza per terra. E Goron... l'unico lavoro che ha avuto fuori da qui glielo aveva trovato sua sorella ed è finita com'è finita.»

Era la prima volta che Bea sentiva parlare di una sorella. «Ah, quindi Goron ha una sorella. Dove si trova in questo momento? Posso chiamarla? Magari potreste andare a stare da lei, finché non avremo finito qui.»

«Ne ha due, di sorelle. E sono tutt'e due a Londra. Quella che gli aveva trovato il lavoro è la maggiore.»

Bea guardò Goron e si domandò se fosse in grado di dire la sua. «Era un lavoro che non faceva per lei o è stato licenziato per qualche motivo?» gli chiese.

Goron guardò suo padre. Poi abbassò gli occhi sulle scarpe da ginnastica – Bea si chiese come facesse a tenerle così bianche – e scosse la testa. «Ho mollato» sussurrò. Si aggiustò gli occhiali sul naso.

«Ha mollato il lavoro? Perché? Era troppo difficile?»

«Non è mica stupido» sbottò Bran. Accese la sigaretta con un fiammifero da cucina che lasciò cadere nel posacenere senza spegnerlo. A Bea iniziarono subito a bruciare gli occhi.

«Intendevo difficile fisicamente, non intellettualmente, signor Udy.»

Bran sbuffò. «Non gli piaceva. Ha preso da me: gli piace stare all'aria aperta. Siamo fatti così, sa? Edrek però gli aveva trovato lavoro in una fabbrica di sidro e li aveva fatti trasferire vicino a Casvelyn, lui e Gwyn. Goron non si è mai trovato bene.»

«A Casvelyn?»

«No, gliel'ho già detto! Non gli piaceva il lavoro che gli aveva trovato Edrek.»

«Edrek è sua sorella?»

«Per modo di dire» rispose lui. «Conosceva il proprietario della fabbrica e lo ha raccomandato. Quello di Goron era un posto fisso. Peccato che non era all'aperto.»

«Doveva lavorare al chiuso?»

«Sì. Sempre al chiuso.»

«È per questo che ha lasciato il posto in fabbrica? Soffre di claustrofobia?» chiese di nuovo Bea a Goron.

«Gliel'ho detto» rispose Bran, senza dare al figlio il tempo di aprire bocca. «Gli piace stare all'aria aperta. Punto. Siamo fatti così, ripeto. Non c'entra essere claustro... com'è che si dice.»

«Ispettore?» Uno degli agenti impegnati nella perquisizione era comparso dal corridoietto che portava all'angolo cottura, dove il lavello era pieno di stoviglie sporche e c'erano una pentola di fagioli, due carote vizze e un gambo di sedano appassito sparsi qua e là nel disordine generale. «Può venire un momento?» le chiese.

Bea fece un cenno a Bran e Goron e lo seguì in una delle due zone notte. Sul letto c'era la scatola di un gioco da tavolo, Cluedo. Era aperta e il tabellone era posato sul coperchio. «C'era dentro questa» disse l'agente aprendo il tabellone e indicando una foto.

Bea si chinò e chiese all'agente di passarle un paio di guanti usa-e-getta. Avrebbe dovuto portarseli, ma non aveva previsto di doverli usare. Invece nel caravan era stato trovato un indizio interessante.

Bea infilò i guanti e prese la foto con la punta delle dita. Era un ritratto di Kayla Lobb, molto più giovane, completamente nuda. Teneva le mani sotto i seni, mostrando all'obiettivo i capezzoli rosei, e la testa piegata da una parte. Sorrideva invitante, come a dire: «Mi vuoi?»

«Mi dà una bustina?» chiese Bea e ci mise dentro la foto. «Continuate pure» disse poi all'agente.

Tornò da Bran e Goron con la bustina trasparente in mano. La fece vedere prima all'uno e poi all'altro. «Che cosa mi sapete dire di questa?»

«Dove caspita l'avete trovata?» balbettò Bran. Fece per prenderla, ma Bea la allontanò e la mostrò a Goron. «Quindi è sua.» Osservò la reazione del ragazzo, che rimase zitto e dopo un po' si voltò verso la finestra. Si vedeva unicamente una montagna di detriti e scarti di lavorazione, ma Bea sapeva che dietro c'era il cottage dei Lobb. «Ha una cotta per la signora Lobb, Goron?»

Bran saltò su. «In che senso? Mio figlio non ha nessuna cotta per la signora Lobb. È una donna sposata e lui lo sa. Diglielo, Goron. Digli che non...»

«Devo parlare con Goron a tu per tu» intervenne Bea. «Esce lei, signor Udy, o usciamo noi?»

«Mio figlio non capisce, lo vede anche lei. È un po' lento. Non si rende bene conto di cosa gli succede intorno. È...»

«Usciamo noi.» Bea si rimise la giacca a vento, chiamò un agente e, quando quello fece capolino dalla zona notte, disse: «Io e lui andiamo a parlare fuori. Se per favore può stare con il padre...»

«Lo so che cos'avete in mente, voialtri!» gridò Bran. «Lo so cosa pensate, ma non è vero. Avete capito? Non è vero niente! Qualcuno sta cercando di... qualcuno lo vuole...» Bea aprì lo sportello. «Ce l'avete messa voi, quella foto. Ecco com'è andata. Non mi potete dire che...» urlò Bran.

«Lo tenga d'occhio» disse Bea all'agente facendo scendere Goron dal caravan.

Pioveva e tirava vento, ma siccome non voleva perdere l'abbrivio nel tragitto fino alla macchina, decise di restare a parlare lì. Si sarebbero infradiciati, però. A meno che il SUV della polizia non fosse aperto... Bea vi si avvicinò e aprì la portiera. Salì al posto di guida e fece segno a Goron di sedersi vicino a lei.

Quando si fu sistemato, si voltò verso di lui. «Ha un rapporto particolare con la signora Lobb, Goron?» chiese.

Il ragazzo abbassò la testa, come aveva fatto anche prima sul caravan. «La aiuto.»

«Come?» chiese Bea.

«La accompagno a scuola con la macchina.»

«A scuola? La signora Lobb frequenta qualche scuola?»

«La sua. Insegna danza» rispose Goron. «La proteggo. È pericoloso.»

«La scuola è in una zona pericolosa?»

Goron stette zitto un momento. «Qui» rispose poi.

«Sta dicendo che qui è pericoloso?» Bea aveva l'impressione di aver toccato un punto cruciale. Se lo sentiva, l'istinto le suggeriva che Goron stava per rivelarle qualcosa di fondamentale. Ci avrebbe giurato.

«È bellissima» dichiarò il ragazzo.

«La signora Lobb? Sì, è una bella donna» rispose Bea. Non era propriamente il suo tipo, ma non era il caso di precisarlo.

Goron deglutì e guardò verso il caravan e la montagnola dietro cui c'erano il cottage e lo stabilimento. «Mi fa da maestra. Mi insegna a leggere. Io non...»

Bea sentì partire la suoneria del cellulare. Goron si interruppe. Bea imprecò fra sé, maledicendo il seccatore.

Vide che era Phoebe Lang e imprecò di nuovo. Le scrisse *Non ora* e rifiutò la chiamata. Stava per ricominciare a interrogare Goron Udy quando il cellulare squillò di nuovo. Di nuovo Phoebe Lang. Bea non poteva non rispondere.

La sovrintendente fu breve. «Vada a Trevaunance Cove» disse. «È stato ritrovato qualcosa di interessante.»

MICHAEL

Ci sposammo a Truro, dove non conoscevo nessuno che avesse a che fare con la mia vecchia vita. Andammo da soli all'ufficio di stato civile, ripromettendoci di organizzare un matrimonio con tutti i crismi nella bella stagione, invitando i parenti di Kayla. Anche se avevo i miei dubbi sul fatto che i suoi volessero venire in Cornovaglia per qualsiasi motivo connesso con la mia persona, feci finta di niente e le dissi di scegliere una data. Le promisi anche che avremmo fatto le cose per bene e per il ricevimento avremmo prenotato uno degli alberghi di lusso del circondario. Lei doveva scegliere la chiesa e tutto quello che le faceva piacere, tutto quello di cui aveva bisogno per essere felice. Accecato dalla passione, non pensavo a quanto mi sarebbe costato. Ero pronto a indebitarmi pur di farla contenta. Volevo presentarla a tutti quelli che conoscevo. Volevo che chi aveva dei dubbi constatasse il suo amore per me e il mio per lei.

Soprattutto, però, volevo presentarla ai miei figli. Mi stupii quando nessuno dei due acconsentì a venire a conoscere la nuova moglie del loro padre? No, ma ci rimasi male. Forse ero stato superficiale a illudermi che la accogliessero a braccia aperte. Ma ero convinto che con il tempo avrebbero cambiato idea. E per il momento mi accontentai di invitare la mia famiglia di origine, che a quel punto della mia vita era composta da mia madre e mio fratello.

Mia madre abita a Blisland, non lontano dalla brughiera di Bodmin, nella strada che parte dal parco pubblico del paese. Si era trasferita lì poco tempo dopo la morte di mio padre. È un piccolo cottage con un bel giardino dove, in estate, ha l'abitudine di chiacchierare con vicini e passanti con un gin tonic in mano fingendo che sia un bicchiere di acqua frizzante. Quando conobbe Kayla aveva settantun anni, ma molto ben portati. Faceva una passeggiata con i due cani tutti i giorni sui sentieri della zona e spesso si spingeva fino alla brughiera di Bodmin. Per spostarsi usava solo la bicicletta, che piovesse o ci fosse il sole; faceva volontariato con i detenuti e in non so quanti comitati e associazioni che si occupavano di mense per i poveri, problemi ambientali, finanziamenti etici eccetera eccetera. Sapevo che non avrebbe rinunciato a nessuno di questi impegni per venire da noi, così andammo noi da lei. Le dissi che non si disturbasse a cucinare, avremmo portato un takeaway dal ristorante indiano. Per tutta risposta mi raccomandò di usare contenitori compostabili o riciclabili. Lei avrebbe preparato i gin tonic. Non mi sognerei mai di mangiare un curry senza gin tonic, disse.

Non si diede molto da fare per riceverci, preparò un pan di Spagna alla vaniglia e lo sistemò su un piatto da portata al centro del vecchio tavolo della cucina insieme a un coltello per torte, una pila di piatti scompagnati, alcuni tovaglioli di stoffa con motivi africani disposti a ventaglio e un set di forchette da dessert d'epoca. Questa è per dopo, disse indicando la torta, e a Kayla: Sei uno scricciolo, eh? Sei carina, ma sei magra come un chiodo. E a me: Non mi sembra il tuo tipo. Credevo ti piacessero un po' più in carne. Guardai Kayla e alzai gli occhi al cielo.

Kayla sorrise, ma era imbarazzata. Dissi che non era vero, non avevo nessun «tipo». Fu un'idiozia, perché diedi il destro a mia madre di passare all'attacco: non aspettava altro.

Andò a prendere sul davanzale della finestra sopra il lavandino una vecchia scatola di latta, la aprì e iniziò a frugarci dentro dicendo: Tutti hanno un tipo, Mike.

Tirò fuori un'istantanea sgualcita di me, Maiden e i bambini seduti sul divano, vestiti a festa per Natale, i bambini imbronciati, Maiden con l'aria stanca e io con la faccia di quello che finge di essere felice e contento, ma non lo è. Porgendo la foto a Kayla, disse: Ecco chi stai rimpiazzando.

Non mi capacitavo. Mi colse talmente alla sprovvista che non ebbi il tempo di strapparle di mano la foto. Mia madre non era mai stata una fan sfegatata di Maiden, ma stravedeva per i miei figli, soprattutto per Merritt. Se aveva fatto uno scherzo del genere con la foto, doveva essere perché Merritt l'aveva montata contro di me, probabilmente da mesi. Peccato: mi ero illuso che per lei la mia felicità fosse un filo più importante.

Poiché aveva conosciuto Maiden durante la crociera, quando venne messa di fronte alla donna che stava « rimpiazzando », Kayla non cadde proprio dalle nuvole. Non aveva mai visto i ragazzi, però, e nella foto erano ancora piccoli, non i due adulti autosufficienti che erano adesso. Mia madre l'aveva scelta apposta perché considerava Kayla una rovinafamiglie e ci teneva a farglielo sapere.

Da parte sua, Kayla non era una che si lasciava intimidire da una pensionata. Guardò la foto e commentò che Merritt aveva i miei occhi, mentre Gloriana aveva l'aria di essere una ragazza che sapeva il fatto suo, vero? Restituì la foto a mia madre e le disse che doveva essere molto fiera del suo Michael, che mandava avanti con successo un'azienda e aveva due figli cui voleva un bene dell'anima.

Mia madre avrebbe potuto tenerle testa: quando c'era da battibeccare non si tirava indietro. Ma non ne ebbe la possibilità perché i suoi due cani – uno spaniel e un piccolo meticcio presi al canile – iniziarono ad abbaiare precipitandosi verso la porta di casa. Udirono due colpi secchi, poi la porta che si apriva. Dalla cucina sentimmo i cani guaire e uggiolare e la voce di mio fratello che diceva: Ciao, bestiacce. Va bene, va bene, ecco qui. Al che i latrati cessarono e i due cani tornarono in cucina trotterellando, ciascuno con un osso tra i denti. Andarono ad accucciarsi sotto il tavolo mentre Sebastian entrava nella stanza.

Sebastian rubò la scena come sempre. È alto e muscoloso, come quasi tutti i nostri parenti da parte di madre, ma quel giorno sembrava ancora più imponente. Indossava un maglione irlandese e, come al solito, jeans aderenti. Aveva un berretto da marinaio sulla testa pelata e non si era rasato.

C'era qualcosa di virile, di maschio, nel suo atteggiamento che le donne trovavano irresistibile. Se avessi saputo che quel giorno ci sarebbe stato anche lui, avrei preparato Kayla.

Sebastian baciò mia madre sulla guancia. Sei splendida come sempre, mamma, e lei reagì con una risatina da tredicenne. Poi si rivolse a Kayla: E tu devi essere mia cognata... Si presentò come il figlio scavezzacollo e disse che gli era giunta voce che c'era curry per pranzo.

Capii così che era stata mia madre a invitarlo. Ecco perché c'erano più di tre piatti da dessert! Avrei dovuto immaginarlo, ma non ci avevo fatto caso.

Mi chiese: Posso dare il benvenuto a tua moglie, Mike...? Baciò Kayla su tutte e due le guance stringendole una mano fra le sue. Inspirò profondamente il suo profumo fresco e pulito, poi disse: E bravo, Mike! Fuori la vecchia e dentro la nuova, eh? Direi che hai vinto un terno al lotto.

Kayla arrossì. Si portò una mano al petto appoggiandola tra i seni, la punta delle dita sulla clavicola. Mi guardò, fece un sorriso esitante e rispose: Piacere di conoscerti, Sebastian. Ma il terno al lotto l'ho vinto io. E mi fissò quel tanto che bastava per dire a mio fratello che era mia ed era contenta di esserlo. Mi sentii scoppiare di orgoglio.

Feci notare a mia madre che non ci aveva detto che Sebastian sarebbe stato dei nostri: avremmo portato più curry, se lo avessimo saputo. Ho pensato che alla tua nuova mogliettina avrebbe fatto piacere. Volevo farti una sorpresa, replicò lei. Dopotutto, chi ha voglia di passare il pomeriggio con una vecchietta e due cani, quando si sa che più si è, più ci si diverte?

Sebastian, dal canto suo, non era venuto a mani vuote. Oltre agli ossi per i cani, aveva portato due bottiglie di champagne e una di Bush Black Label. Mia madre rise e chiese se ci voleva far ubriacare tutti. Sebastian rispose che era un'occasione da festeggiare, no? Voleva dare il benvenuto in famiglia alla nuova cognata, e pur sapendo che c'erano modi migliori per far festa a una donna, gli era sembrato di gran lunga il più fraterno. Pronunciò le ultime parole facendole l'occhiolino. Poi continuò: Ti converrà tenere gli occhi aperti, fratello. Questa ragazza è una perla. Ora capisco perché hai mollato tutto.

Ci trasferimmo in salotto. Bevemmo lo champagne chiacchierando del più e del meno con Sebastian e mia madre, che in presenza di mio fratello si illuminava. Sebastian era il suo orgoglio, la sua gioia, la soddisfazione più grande della sua vita, e la sua espressione raggiante lo dimostrava. Pendeva dalle sue labbra, ridacchiava alle sue battute, insistette perché raccontasse a Kayla del suo lavoro a Penzance – la sua «vocazione», come la chiamava lei – e lo invitò a intrattenerci con i racconti dei suoi viaggi in India, dove aveva iniziato a praticare «l'arte del canto».

Sebastian non si fece pregare. Era un grande affabulatore. Mentre parlava, attirava l'attenzione sugli aspetti di sé che sottolineavano la sua mascolinità: si accarezzava il mento – non rasato come dettava la moda –, divaricava le gambe per mostrare gli attributi, muoveva le mani lisce di chi non ha mai fatto un lavoro pesante in vita sua.

E poi c'era la sua risata poderosa, così piena di vita, così ricca di promesse... Vorrei poter dire che la sua era una posa, ma non è vero: mio fratello è veramente così. Era così allora e lo è ancora oggi. Produce una quantità eccessiva di testosterone e per lui smettere di diffondere feromoni maschili nell'atmosfera sarebbe impossibile quanto impedire al cuore di battere.

Tutto questo avrebbe potuto darmi fastidio, ma era mio fratello e lo conoscevo bene. Avevo visto come si relazionava prima con le ragazze e poi con le donne adulte, sapevo che l'ultimo dei suoi desideri era mettersi con una che, come Kayla, voleva accanto un uomo affidabile con cui sposarsi e avere figli.

Più tardi me lo disse lei stessa: Che tipo, tuo fratello! Immagino che le donne impazziscano per lui. Mi sarei innamorata di lui anch'io, un tempo. Prima di conoscerti.

Questo avvenne la sera, dopo che eravamo tornati al cottage. Nel frattempo, avevamo mangiato e bevuto, e poi avevamo fatto quattro passi sul sentiero che portava alla Jubilee Rock. Durante la passeggiata, Sebastian aveva offerto la mano a Kayla per superare un tornello chiedendomi: Non ti dispiace, vero, Mike? Io avevo risposto di no, ma Kayla era intervenuta: Dispiace a me, e si era fatta aiutare da me. Poi mi aveva afferrato il braccio e se l'era tenuto stretto al seno.

Sebastian aveva riso e mi aveva detto: Un terno al lotto, fratello mio.

*

Cominciammo la nostra vita insieme nel vecchio cottage. Di tanto in tanto, Kayla diceva che sarebbe stato bello vivere in un posto meno isolato, ma era impossibile: non avevamo né mai avremmo avuto i soldi. Alla fine glielo spiegai e da allora non accennò più a volersi trasferire, ma si diede da fare per trasformare la casa. Non cambiò solo il colore delle pareti e le tende: modificò proprio l'atmosfera. Dove prima c'era oscurità, portò luce. Se prima dominava il silenzio, ora nella nostra vita c'era quasi sempre una musica di sottofondo. Il profumo della cena mi accoglieva alla fine della giornata e quello del forno riempiva l'aria alla mattina, se Kayla si alzava presto e mi preparava la colazione. Spesso insisteva perché Bran pranzasse con noi e, quando seppe che sua moglie non stava bene e languiva nel caravan al di là del mucchio di detriti vicino alla ruota idraulica, cominciò a preparare zuppe, pane e pasticci di carne – Dio solo sa come avesse imparato a farli così buoni – e a portarli ai nostri vicini con gli stivali di gomma rosa e la giacca a vento azzurra. Bran protestava e io cercai di spiegare a mia moglie che non era il tipo da accettare elemosine. Kayla sbuffò e chiarì, prima a me e poi a lui, la differenza tra elemosina e amicizia, che stava nell'imparare a conoscere l'altro, e alla fine ci chiese se non ci rendevamo conto che la vita vale la pena di essere vissuta se ci si occupa del prossimo.

Questo ovviamente mi ricordò la promessa che aveva fatto al padre. E capii che cosa stava facendo, sia pur lontano dal suo paese natale.

Poco tempo dopo comparvero due dei figli di Bran. Rimasi a bocca aperta perché non mi aveva mai detto di averne. Erano due gemelli – un maschio e una femmina sui diciotto o diciannove anni – e fu Kayla a scoprire dalla madre il motivo per cui né lei né Bran ne avevano mai parlato. Da piccoli erano stati tolti ai genitori e presi in carico dai servizi sociali. Avevano anche una sorella maggiore, che era stata adottata molto tempo prima dalla famiglia di Plymouth che l'aveva presa in affido.

Kayla mi disse che non aveva voluto insistere per avere maggiori dettagli oltre a quelli raccontati spontaneamente da Jen Udy: tutto era successo nel periodo in cui Bran stava cercando di mettersi in proprio e Jen dedicava a lui tutte le sue energie, per aiutarlo e mantenerlo sulla retta via. Da giovane era uno scapestrato, uno che non avrebbe mai voluto figli, e infatti non aveva versato una lacrima quando glieli avevano tolti. Kayla mi disse che Jen invece ne aveva versate a fiumi. Ma erano poverissimi, vivevano nella miseria e le condizioni dei bambini erano state segnalate. Erano intervenuti gli assistenti sociali e li avevano portati via.

Mi parve giusto accompagnare Kayla al caravan per conoscere i figli di Bran. Fortunatamente era una giornata mite e trovammo l'intera famiglia all'aperto. Dubito che saremmo potuti stare tutti e sei nel caravan. Davvero non riuscivo a immaginare come quei quattro riuscissero a vivere insieme dentro una roulotte.

Jen era seduta su una sdraio malconcia a prendere il sole, avvolta in numerosi vecchi scialli. La figlia le si avvicinò piena di sollecitudine e gliene mise sulle spalle un altro, mentre Bran guardava il figlio che esaminava quattro sassi piuttosto grossi. Vidi che uno era cassiterite e sentii che Bran chiedeva: Allora, cosa mi dici? Dai, su. Non dirmi che non la riconosci, Goron.

Kayla salutò. Michael vuole conoscere i nostri nuovi vicini, disse.

Jen fece per alzarsi, ma la figlia glielo impedì tenendole una mano sulla spalla, come se potesse bastare lo sforzo di tirarsi su dalla sedia per mandarla all'ospedale. Jen sorrise fiacca e Bran si voltò verso di noi.

Scoprimmo che la ragazza si chiamava Gwynder, ma in famiglia la chiamavano Gwyn. Come mi aveva detto Kayla, lei e Goron erano gemelli ma, pur essendo entrambi biondi come la madre, non si assomigliavano per niente. Lui era alto, di una magrezza impressionante; lei era alta, ma florida e prosperosa come le donne dei dipinti che si vedono al museo.

Bran spiegò che stava insegnando il mestiere a Goron. Almeno in parte, disse. Certe mansioni cominciavano a diventare troppo pesanti per lui e, pur sottolineando che per il momento se la cavava benissimo da solo, voleva che Goron potesse intervenire e prendere il suo posto quando lui non ce l'avesse più fatta.

Questo mi preoccupò perché, come sempre, avevo i soldi contati. Bran mi lesse nel pensiero e mi disse di stare tranquillo, che era lui quello che aveva bisogno di aiuto e non toccava a me pagare il figlio.

Non mi sembrava giusto e Kayla era d'accordo con me. Ma Bran non ne volle sapere. Kayla mormorò che avremmo trovato un modo.

Bran sapeva quanto era importante per me continuare a garantire l'alta qualità dei materiali per cui era famosa la Lobb's Tin & Pewter. Dopo diverse settimane di addestramento, una mattina presto si presentò alla porta del cottage con Goron e disse che erano pronti a darmi una dimostrazione di quel che aveva imparato.

Prima andiamo sulla spiaggia, dichiarò Bran. Voglio farti vedere come se la cava con l'escavatore.

Partimmo incolonnati, io e Bran sul suo pick-up e dietro Goron sull'escavatore. Dal momento in cui era salito sul mezzo, il ragazzo non aveva spiccicato parola. Bran si diresse verso alcune spaccature nella roccia vicino a Perran Sands. Eravamo in bassa stagione e c'erano pochi turisti, quindi non fu un problema raggiungere la zona.

Fu una bella prova. Goron non ebbe problemi a manovrare l'escavatore, anche se quando arrivammo alla spiaggia era così sudato che dovette asciugarsi la faccia.

Bran gli disse di mostrarci cosa andava fatto a quel punto e come, e Goron, muto come una statua al cimitero, portò l'escavatore fino all'estremità nord della spiaggia, dove la falesia sembrava essere stata aperta in due da un'enorme mannaia. La fenditura nella roccia, alta come un grattacielo, era piuttosto larga all'imboccatura, ma poi si restringeva sempre di più. In silenzio Goron indicò i massi sparpagliati sul fondo della gola, nel punto più interno. Le probabilità che fossero di cassiterite erano buone, ma per confermarlo occorreva vederli alla luce e là in mezzo non ce n'era abbastanza. Spostarli non era possibile perché l'escavatore non ci passava, ma Goron non fece una piega.

Andò a prendere due massi, li portò senza fatica fino all'escavatore, li caricò nella benna e tornò a prenderne altri.

È forte come un bue, commentò Bran. A vederlo non si direbbe, eh?

Ed è così che Goron Udy cominciò a lavorare con il padre e la sua figura silenziosa diventò una presenza costante alla Lobb's Tin & Pewter. Si dimostrò subito efficiente e potei affidargli man mano una parte sempre maggiore del lavoro più faticoso. Questo mi lasciò più tempo libero, e ne avevo davvero bisogno, perché l'estrazione dello stagno incominciava a pesarmi. Ero più vecchio di quello che avrei voluto e sentivo di doverlo nascondere a Kayla.

Volevo che fosse felice della vita in Cornovaglia, e lei faceva del suo meglio per apprezzarla. Capitava spesso che tornassi al cottage e la trovassi in compagnia di un gruppo di donne del circondario con le quali aveva messo su una sorta di circolo culturale. Si incontravano regolarmente per parlare di libri, film, ricette che avevano sperimentato o notizie di cronaca. A volte arrivavo a casa e trovavo la cena in caldo nel forno e un biglietto sui fornelli per comunicarmi che era andata a Redruth o a Truro a «fare un giretto». Andava anche a trovare mia madre, e come immaginavo non le ci volle molto per conquistarla. Portavano insieme i cani nella brughiera di Bodmin, oppure si spingevano fino a Dartmoor per vedere i pony allo stato brado. Mia madre le trasmise la passione di frugare nei negozi dell'usato alla ricerca di cianfrusaglie con la speranza di imbattersi in un vero tesoro. A volte Kayla tornava a casa con una vecchia brocca con la scritta *Brighton* in caratteri svolazzanti, o una tazza commemorativa delle nozze di Carlo e Diana, o qualcos'altro che le era piaciuto. Al ritorno da quelle spedizioni mi raccontava sempre qualche aneddoto su mia madre: come avevano riso guardando due bassottini che giocavano nel parco pubblico di Blisland; come si erano completamente perse a Launceston o a Camborne; quanto si erano divertite al museo di Truro. Kayla diceva che mia madre le era molto simpatica. Mia madre diceva lo stesso di Kayla.

Solo con Merritt e Gloriana non riusciva a fare passi avanti. Non la volevano neppure conoscere. Quando le dissi che chi ci rimetteva erano loro, Kayla dichiarò che a rimetterci eravamo tutti quanti e l'unico che poteva fare qualcosa per migliorare la situazione ero io. Dopotutto ero io che li avevo abbandonati, quindi solo io potevo rimediare.

Tutti i figli hanno bisogno di un padre, Michael, disse. Sapevo che era un'allusione alla morte di suo padre e a quanto ne soffriva ancora. I miei figli non hanno bisogno di niente, replicai. Sei proprio sicuro? Insistette lei.

All'inizio non accennò ad avere dei figli nostri; pensavo non ne volesse, e a me stava bene. A me bastava lei. Avere Kayla nella mia vita era più che sufficiente: non desideravo altro e non avevo bisogno d'altro. Anzi, l'arrivo di un figlio avrebbe cambiato gli equilibri fra noi ed era un'eventualità cui preferivo non pensare. Così decisi di prendere provvedimenti, nel senso che andai di nascosto a Camborne a farmi sterilizzare per evitare sorprese da lì in avanti. In quel modo saremmo rimasti solo io e Kayla, senza distrazioni tipo dover cambiare il pannolino a un neonato urlante. E il corpo di Kayla – il tempio della mia religione – sarebbe rimasto intatto, senza nessuna delle trasformazioni indotte dalla gravidanza e dal parto, come smagliature e cedimenti vari del seno marmoreo o della sua fessura stretta e calda.

Avrei dovuto dirglielo, lo so. Ma più parlava di Merritt e Gloriana, più temevo che le venisse voglia di avere un figlio e annunciasse che era giunto il momento. Nessuno sapeva della vasectomia, quindi se Kayla voleva provarci eravamo liberissimi di farlo. E se, prova e riprova, non fosse successo niente, Kayla avrebbe concluso che non era destino, che era questione di fortuna, o che avevo ragione quando le dicevo che queste cose succedono quando smetti di pensarci e ti rilassi, cara ragazza. Così, ogni volta che la guardavo maliziosamente e le chiedevo se voleva fare un altro tentativo perché ero più che pronto, lei rideva e mi dava un buffetto scherzoso sul petto, e io mi mettevo sopra di lei e la prendevo nel modo che piaceva a entrambi.

Kayla era tutto per me, e io non desideravo altro, a parte essere a mia volta tutto per lei. Dicono che la passione con il tempo si affievolisce, ma a noi non succedeva e io fui così stupido da credere che non sarebbe mai successo.

PARTE SECONDA

15 APRILE

Westminster
Londra

Otto giorni dopo la conversazione fra Lynley e Sir David Hillier, Isabelle Ardery tornò a New Scotland Yard. Lynley le aveva liberato l'ufficio subito dopo averla sentita per telefono, pur mantenendo il ruolo di sovrintendente investigativo facente funzione fino al suo rientro, e si augurava di non dover mai più prendere il suo posto. Non era tagliato per quel tipo di lavoro. Era stato per anni ispettore investigativo e gli andava bene così: non aveva nessun desiderio di fare carriera.

Era in ufficio e stava parlando sul fisso con un pubblico ministero quando lo smartphone gli segnalò una chiamata in arrivo. Vide che era Isabelle e si scusò con il suo interlocutore dicendo che era sopraggiunto un impegno urgente e lo avrebbe richiamato appena possibile.

«Torni, finalmente?» chiese a Isabelle senza nemmeno salutarla. «Dimmi che stai chiamando per questo.»

«Sto chiamando per questo.»

«Ti aspetta un'accoglienza calorosa.»

Isabelle sbuffò. «Vuoi mettermi ancora più ansia di quella che ho?»

«Mi limito a dire la verità. Quando torni?»

«Sono nel parcheggio. Mi raggiungi?»

«Sei già qui?»

«Sì.»

«Mi fa molto piacere. Ti raggiungo volentieri. Posso chiederti però perché non sali da sola? Che cosa pensi che ti succeda?»

«Dovrei dire qualcosa a tutti quelli che incontro, salutarli, fare convenevoli, avanzare previsioni per il futuro, parlare del tempo che fa... Roba così.»

«E quindi?»

«Preferisco arrivarci un passetto alla volta, Tommy.»

«Un passetto alla volta? Per arrivare a parlare del tempo?»

«Per favore, non mi prendere in giro. Hai capito benissimo. Mi sentirei più tranquilla in tua compagnia. Fingiamo di esserci incontrati nel corridoio, in ascensore, a prendere il caffè – dove vuoi tu – e di essere impegnati in una fitta conversazione. In questo modo potrò evitare di rivolgere un saluto collettivo e ringraziare tutti per il lavoro svolto durante la mia assenza.»

«Prima o poi ti toccherà comunque. Perché rimandare?»

«Te l'ho detto: un passo per volta. Allora, vieni? Non costringermi a pregarti in ginocchio.»

«Arrivo.»

Lynley la trovò vicino a un'automobile che non aveva mai visto. Sembrava in forma, tailleur blu scuro e dolcevita bianco, pronta a riprendere il proprio ruolo. Gli parve che fosse di nuovo l'Isabelle Ardery con cui aveva lavorato nel Kent tanti anni prima.

«Grazie, Tommy. Anche se magari non sembra, ti sono immensamente grata, credimi.»

«Sembri un'altra.»

«Lo dicono tutti.» Isabelle si sistemò gli orecchini d'oro, a cerchio, prima uno e poi l'altro. Era agitata. «Per la verità, io non mi sento così diversa da prima» aggiunse. «Sono ancora a pezzi. Lasciare il centro di recupero è stato più difficile di quanto mi aspettassi e tornare a Wandsworth mi ha mandato in crisi. Mi tengo insieme con i cerotti.»

«Non si direbbe» rispose Lynley. «Andiamo su?»

Isabelle guardò prima l'ascensore e poi lui. «Se proprio dobbiamo...»

In ascensore Lynley le chiese come stavano i suoi figli in Nuova Zelanda con il padre e la sua nuova compagna. Isabelle rispose che erano innamorati del Paese e trovavano straordinario che l'acqua dello sciacquone girasse nell'altro senso. «Ci sentiamo con FaceTime nel weekend. Non hai idea di quante volte me l'hanno fatto vedere.»

«Quindi si sono integrati bene?»

«Benissimo. Se va tutto liscio – e parlo di me, non di loro – a Natale li vado a trovare.»

«Non potresti trasferirti anche tu? Hai provato a contattare la polizia di Auckland?»

Isabelle gli lanciò un'occhiataccia. «Ti vuoi liberare di me?»

«Dio me ne guardi. Sono felicissimo che tu sia tornata. A proposito, Hillier mi ha chiesto di riferirgli eventuali cedimenti nella tua condotta.»

«Ma va? E quando?»

«Lo stesso giorno in cui io e te ci siamo sentiti per telefono. Purtroppo sei rientrata così presto che non ho fatto in tempo a nascondere dispositivi di videosorveglianza nel tuo ufficio» rispose Lynley strizzando l'occhio.

«Che disdetta» commentò Isabelle, squadrandolo da capo a piedi. «Non ti ci vedo a fare la spia per conto di Hillier, Tommy» aggiunse.

«Me ne rallegro. Ho provato a dirgli di rivolgersi a qualcun altro, ma non c'è stato verso di convincerlo.»

«Non sarà contento di sapere che mi hai avvertito.»

«Da me non lo saprà mai. Potrebbe venirgli un colpo apoplettico: non voglio averlo sulla coscienza. Ah, eccoci. Vogliamo cominciare la nostra fitta conversazione?»

«Va bene.»

Le porte dell'ascensore si aprirono e Lynley e Isabelle si diressero verso l'ufficio di Isabelle fingendosi impegnati in un discorso serissimo. In quel momento Dorothea uscì dall'ufficio e si fermò di colpo, diventando rossa come un peperone. «Sovrintendente investigavo Ardery, che piacere vederla. Stavo giusto...» Fece un gesto vago verso la scrivania di Isabelle, dove aveva appena posato un mazzo di fiori. «Bentornata. Siamo così... così... felici...?»

«Grazie, Dee» disse Isabelle. «È un bellissimo bouquet.»

«Sono geloso: a me non ha mai regalato dei fiori, Dee» disse Lynley. Poi, rivolto a Isabelle: «Ti lascio, così hai il tempo di sistemarti. Dico agli altri che fra poco verrai a salutarci?»

Isabelle ebbe un attimo di esitazione. Guardò Lynley negli occhi. «Va bene» rispose dopo un po'.

Westminster
Londra

Il sergente investigativo Barbara Havers avrebbe tanto voluto che qualcuno l'avesse avvertita per tempo del rientro della sovrintendente. Se l'avesse saputo prima di uscire di casa, sarebbe arrivata in orario e avrebbe anche scelto un abbigliamento più consono. Invece, all'oscuro di tutto, aveva affrontato il solito traffico infernale a bordo della sua vecchissima Mini, felice del lettore dvd che aveva comprato usato ma che funzionava ancora bene e le permetteva di studiare l'italiano durante il tragitto da Chalk Farm a New Scotland Yard. Aveva acquisito sufficienti competenze linguistiche per fare il pieno (*lah benziina pear favoray*), chiedere aiuto in caso avesse forato (*oh uuna gomah tear-a*) e augurare *bwohn compleehano*, si fosse mai presentata l'occasione. Non le dispiaceva quell'approccio esclusivamente fonetico e incentrato sulla lingua parlata, perché non prevedeva di dover leggere o scrivere niente in italiano nel prossimo futuro. A dire la verità, riteneva assai improbabile anche che le capitasse di parlarlo.

Ricevette la notizia del rientro di Isabelle Ardery mentre era bloccata nel traffico, grazie a un succinto messaggio di Dorothea Harriman: *Torna oggi*. Non c'era bisogno di specificare il soggetto. Barbara e Dee avevano sviscerato talmente l'argomento che potevano tranquillamente evitare di far nomi.

Ovviamente Barbara sapeva che Isabelle Ardery sarebbe tornata, prima o poi, ma sperava che il suo rientro avvenisse il più tardi possibile. Anzi, si era illusa che il ritorno della sovrintendente potesse coincidere grosso modo con il proprio pensionamento. Purtroppo non era così.

Non che Isabelle Ardery le fosse antipatica, ma lei e Barbara erano come il giorno e la notte. Non erano mai andate d'accordo, sin da quando Isabelle Ardery aveva sostituito definitivamente Malcolm Webberly. E il giorno del suo rientro a New Scotland Yard, la sovrintendente avrebbe sicuramente posato il suo sguardo critico su Barbara e sulla sua T-shirt – *Good Morning. I See the Assassins Have Failed* – e non avrebbe trovato spiritosa la citazione di Terry Pratchett. Probabilmente avrebbe pensato che il messaggio fosse rivolto a lei. Poteva forse darle torto? Per questo motivo, dopo aver letto il messaggio di Dee, Barbara accostò in Chalk Farm Road – in piena pista ciclabile, con le due ruote sinistre sul marciapiede – e chiamò Dorothea sperando che avesse un maglioncino o un cardigan di riserva nascosto in un cassetto. Sperare in una felpa sarebbe stato troppo (Dee Harriman le aborriva) e farsi prestare un paio di pantaloni sarebbe stato inutile (Barbara non ci sarebbe entrata), ma si augurava che avesse un top qualsiasi con cui nascondere la coulisse dei pantaloni, oltre alla scritta sulla T-shirt. Se Dee non avesse avuto nulla da prestarle, avrebbe dovuto indossare la T-shirt al contrario. Non poteva fare molto altro per adeguare il proprio look agli standard richiesti, quali che fossero. Le sembrava già di sentire Lynley: « Standard minimi professionali, sergente ». Ma non aveva intenzione di mettersi a discettare di abbigliamento con uno che si vestiva a Savile Row.

Dee rispose alla chiamata con: « Ispettore investigativo Havers? Non ha ricevuto il mio messaggio? » Poi aggiunse a bassa voce: « Barbara, dove sei? È qui e sta per chiedermelo ».

« Come ti è sembrata? »

« Bene. Normale. Più o meno. Dove sei? »

« Che cosa sta facendo? »

« È dal vicecommissario. »

« Bene. » Barbara tirò un sospiro di sollievo. Se Ardery era andata da Hillier, probabilmente sarebbe rimasta fuori ufficio per un po', soprattutto se il vicecommissario era bello carico.

« Non so quanto sia un bene. Probabilmente le sta facendo un discorsetto tipo: *Bentornata, ma ti avverto che se ricominci sei licenziata* » disse Dee.

« Hillier ha notoriamente il cuore tenero » osservò ironica Barbara. « Quando ho detto 'bene' mi riferivo al fatto che il discorsetto del vicecommissario durerà un bel po', anche perché sarà corredato da diversi predicozzi. » Barbara cercò il pacchetto di Players nella borsa e si accese una sigaretta prima di esprimere la sua richiesta. Per caso Dee aveva qualcosa da prestarle per coprire la maglietta? Anche un cardigan... qualsiasi cosa...

« Purtroppo no » rispose Dee. « Ma perché? Come ti sei vestita, Barbara? Cos'ha la tua maglietta che non va? »

«Una scritta che personalmente trovo buffa, ma che Ardery potrebbe invece trovare offensiva.»

«Capisco... Fammi pensare un attimo... Posso chiedere al sergente investigativo Nkata se ti presta la sua giacca.»

Barbara ridacchiò. «Non è Halloween, Dee.»

«Un grembiule da cucina? Chiedo giù da Peeler's se me ne prestano uno?»

«Con che scusa mi presento al lavoro con un grembiule di Peeler's, Dee?»

«Giusto. Capisco il problema.» Dopo una breve pausa Dee chiese: «Non puoi metterti la maglietta al rovescio? E magari con il davanti dietro? No, basta che sia al rovescio. Ti vengo incontro con un paio di forbici e tagliamo via le etichette».

Barbara ci pensò un momento e decise che, data la situazione, più di così non si poteva fare. Disse a Dee che l'avrebbe avvertita appena arrivava a New Scotland Yard e l'avrebbe aspettata nel parcheggio. Era sicura di poter portare giù un paio di forbici? Ma certo! le rispose Dee.

Problema risolto, pensò Barbara. Chiuse la chiamata, ingranò la marcia e aspettò un varco nel traffico. Stava per immettersi quando le squillò il telefono. Il suo primo pensiero – ottimistico – fu che Dee avesse trovato una soluzione migliore, ma quando guardò lo schermo vide che a chiamarla non era Dee, bensì Florence Magentry, Mrs. Flo per i suoi ospiti e i loro familiari. E se Mrs. Flo la chiamava da Greenford a quell'ora voleva dire che era successo qualcosa di brutto.

Westminster
Londra

Barbara rischiava di far riprecipitare Isabelle Ardery nel baratro dell'alcolismo chiedendole subito un giorno di permesso e non voleva farlo. Perciò, invece di rivolgersi a lei, andò dall'ispettore Lynley. La sovrintendente avrebbe preteso spiegazioni e la sola idea di rivelare certi dettagli della propria vita privata la mandava nel panico. Con l'ispettore Lynley invece sarebbe bastato pronunciare la parola Greenford e lui avrebbe capito che si trattava di sua madre e che era un'emergenza.

Nonostante avesse bocciato la proposta di Dorothea, aveva deciso di fare un salto da Peeler's a procurarsi un grembiule prima di salire in ufficio. Lynley era al cellulare. Alzò lo sguardo, la vide e aggrottò la fronte. «Ti richiamo, John» disse. Chiuse la chiamata, posò il cellulare sulla scrivania e fissò Barbara a mani giunte.

«Ho trovato un traffico bestiale» si affrettò a scusarsi Barbara stropicciandosi il grembiule. «So che la sovrintendente è tornata e che sono orrendamente in ritardo. Ho di nuovo cominciato con il piede sbagliato.» Si lanciò un'occhiata alle spalle per controllare che non stesse arrivando Isabelle Ardery, magari armata di motosega. «E mi rendo conto che questo non è...» aggiunse indicando il proprio outfit. Sapeva che Lynley avrebbe capito al volo.

«Vorrei poterle dire che Isabelle, essendo appena rientrata, ha troppe cose a cui pensare per preoccuparsi del nostro abbigliamento, ma temo che la sua mise non possa passare inosservata, sergente.»

«Lo so, lo so.» Barbara si indicò il grembiule e la maglietta a rovescio. «Dice che la sovrintendente non apprezzerebbe?»

«Mi ha letto nel pensiero, Barbara. Sperava forse che fossi in grado di prestarle qualcosa di più consono?»

«No, no. Non sono venuta per questo. Mi hanno telefonato da Greenford. Poco fa, mentre venivo qui.»

Lynley cambiò espressione. «Sua madre?»

«Devo andarci subito, ispettore. E siccome mi serve il permesso della sovrintendente, volevo chiederle cortesemente...» Gli rivolse uno sguardo implorante.

«Vuole che glielo chieda io? Prima o poi dovrà parlarle comunque, Barbara» disse Lynley.

«Lo so, ispettore. Ma se possibile non oggi... non così... non in questo stato, ecco.»

«Meglio che io non sappia che cosa c'è scritto sulla maglietta, vero?»

«Diciamo che non è stata una scelta felice per la giornata odierna.»

Lynley aggrottò la fronte. «C'è qualcosa che potrebbe renderla meno incorreggibile, sergente?»

«Sono una donna estrosa, ispettore.» Sollevò una gamba dei pantaloni per mostrargli i calzini, che erano rosa, con dei gatti.

Lynley li osservò e poi spostò lo sguardo sulle scarpe da basket rosse, i pantaloni che Barbara di tanto in tanto usava anche come pigiama, la maglietta al rovescio e il grembiule di Peeler's.

Sospirò e la congedò con un gesto della mano. «Vada» le disse. «Farò da intermediario.»

«Sicuro?»

«Sicurissimo. Mi chiami appena ha notizie che io possa riferire al sovrintendente.»

«La ringrazio, ispettore» rispose lei con calore.

Ciò detto, si voltò e se ne andò. Prima di prendere l'ascensore frugò nella borsa, tirò fuori un pacchetto di Jaffa Cakes, lo aprì con i denti e si mise in bocca un biscotto.

La telefonata di Mrs. Flo era stata breve. «Barbara, è meglio che venga subito, cara. Mi dispiace, ma temo che per la mamma sia giunto il momento» le aveva detto in tono gentile e sommesso. Naturalmente, non stava parlando della propria madre, morta decenni prima, ma della mamma di Barbara, che era ricoverata nella residenza di Florence Magentry insieme ad altri tre anziani «ospiti», come li definiva lei. Soffrivano tutti di diverse forme di demenza, a vari stadi.

Da quando la madre di Barbara era ricoverata ne erano mancati due, prontamente sostituiti da altrettanti, le cui famiglie si erano trovate nella stessa situazione di Barbara. Quando era morto suo padre, fumatore incallito, la madre era peggiorata a vista d'occhio e nel giro di poco tempo non era più stata in grado di vivere da sola. Barbara aveva tentato di farla assistere da una vicina, ma siccome non bastava, aveva cominciato a cercare una soluzione alternativa e alla fine aveva scoperto l'eccezionale Florence Magentry. E così Aggie Havers era andata a vivere a Greenford. Barbara non era mai stata molto legata a sua madre, ma l'idea di parcheggiarla in un ospizio a passare il resto dei suoi giorni a guardare dalla finestra o a rimbambirsi davanti alla televisione era troppo orribile e non l'aveva neanche presa in considerazione.

Aggie Havers si era trovata bene a Greenford con Mrs. Flo. Per un po' aveva mantenuto una certa lucidità, poi le volte in cui riconosceva Barbara erano diventate sempre più rare. Spesso la confondeva con sua sorella Doris, che era morta da decenni. Ogni tanto, nel vedere quella donna sovrappeso, mal vestita e spettinata, si stupiva e la chiamava «mamma».

Il fatto che sua madre non la riconoscesse più aveva fatto perdere a Barbara la motivazione ad andare regolarmente a Greenford. All'inizio, se non era troppo impegnata, ci andava una volta a settimana, poi una ogni quindici giorni e dopo un po' una volta al mese. Considerate le condizioni della madre, le sembrava ragionevole. In quell'ultimo periodo, aveva ridotto ulteriormente le visite. Erano tre mesi che non andava a Greenford e almeno un mese e mezzo che non telefonava per chiedere notizie. In compenso aveva ricevuto diverse telefonate da parte di Mrs. Flo. «La mamma non sta tanto bene, sa? Ma non si preoccupi, cara, vedrà che si riprenderà. Quella donna è una roccia!» Fino a quando, ovviamente, Aggie Havers non si era più ripresa.

Barbara impiegò novantacinque minuti per raggiungere la residenza della signora Florence Magentry. Greenford era un quartiere abbastanza carino e abbastanza verde, ma non era propriamente un'oasi di quiete ai margini della metropoli, tipo Dulwich.

La casa di Mrs. Flo era una delle tante villette bifamiliari tutte uguali. La maggioranza dei giardini era stata trasformata in posti auto, una necessità tristemente comune in tanti quartieri di Londra. Le case sembravano fatte con lo stampino: vetrata o bovindo in facciata, camere da letto al primo piano, tetto di tegole rosse e una pensilina sopra il portone per riparare dalla pioggia.

La casa di Florence Magentry aveva gli esterni in graniglia e un piccolo parcheggio davanti, ma aveva conservato una parte del giardino originario, che nonostante la giornata nuvolosa era un tripudio di colore grazie a narcisi, tulipani e violacciocche. Le rose rampicanti sul pergolato lungo il vialetto di accesso erano piene di boccioli, ma non ancora in fiore.

Poiché il parcheggio era vuoto, Barbara lasciò lì la Mini. Al suo arrivo la porta si aprì come per magia, senza bisogno di bussare, e Barbara si trovò faccia a faccia con Mrs. Flo. Dalla sua espressione, capì di non essere arrivata in tempo.

Mrs. Flo le posò una mano sulla spalla. «La situazione è precipitata molto in fretta, cara. Non deve sentirsi in colpa. Voglio dire, so che per lei venire fin qui è un problema. Prego, si accomodi.»

La casa era stranamente silenziosa e profumava di lillà. Di solito, Mrs. Flo impegnava i suoi ospiti in varie attività semplici e alla loro portata, volte a intrattenerli e a rallentare il più possibile il deterioramento delle loro capacità relazionali. Quel giorno i tre ospiti rimasti erano sul retro della casa a prendersi cura dell'orticello e delle loro aiuole personali. Nonostante non ci fosse il sole, indossavano tutti un cappello estivo. Innaffiavano, strappavano erbacce, concimavano, seminavano. E poi ricominciavano daccapo.

«Sono belli indaffarati» disse Mrs. Flo seguendo lo sguardo di Barbara. «A volte insieme alle erbacce strappano anche le piantine, ma nonostante tutto l'orto ci dà grandi soddisfazioni. Anzi: quest'anno li lascerò piantare solo poche piante di zucchine. L'anno scorso non sapevamo più che cosa farne, tante ne sono venute. Abbiamo regalato zucchine a tutto il vicinato.»

Barbara non rispose. Non aveva mai avuto un orto in vita sua, non ne aveva mai visto uno e intendeva continuare così. Mrs. Flo prese Barbara sottobraccio. «È in camera sua, cara. Conosce la strada. Non ho ancora avvertito nessuno. Si prenda pure tutto il tempo che le serve, cara.»

Lì per lì Barbara pensò che Mrs. Flo volesse dire che non aveva ancora comunicato la triste notizia a nessun altro membro della famiglia. Ma non c'era nessun altro a cui comunicare che Aggie Havers non c'era più. Barbara si sentì improvvisamente alla deriva, sola al mondo e senza nulla a parte il lavoro e qualche collega. Poi capì che Florence Magentry probabilmente stava parlando delle pompe funebri.

«Raggiungo gli altri in giardino» disse. «Se ha bisogno, mi chiami.»

Barbara annuì e salì al primo piano. Entrando in camera, si coprì il naso con il pugno per non sentire l'odore di vecchiaia che permeava la stanza e subito se ne pentì. Quella che aveva davanti non era una sconosciuta trovata morta dopo una notte all'addiaccio sotto il London Bridge: era sua madre. E per quanto avesse perso la memoria e la lucidità, restava sempre e comunque sua madre. Barbara avrebbe dovuto accompagnarla nell'ultimo tratto del suo viaggio. Avrebbe dovuto essere lì con lei nel momento del trapasso. Avrebbe dovuto trovare il modo di andare a tenerle compagnia. Anzi, no: avrebbe dovuto trovare la voglia di andare a trovarla almeno due volte alla settimana, da quando l'avevano avvertita che stava peggiorando. Non lo aveva fatto. E non perché fosse troppo occupata con il lavoro, ma perché aveva smesso da anni di considerare Aggie Havers sua madre, molto prima di affidarla alle cure di Mrs. Flo.

Non le avevano coperto il volto, per fortuna. Sembrava dormisse. Aveva le mani incrociate sul petto, sopra il lenzuolo, e i capelli grigi e sottili ben pettinati. Indossava una camicia da notte di cotone con un colletto di pizzo rigido. Sembrava nuova e fastidiosa sulla pelle e Barbara si chiese se Mrs. Flo ne tenesse una scorta per quel genere di occasioni.

Si avvicinò al letto e notò che l'unico particolare inquietante di sua madre morta era il fatto che teneva la bocca aperta come se volesse prendere fiato, per via del rilassamento della mandibola.

Avrebbe dovuto piangere. Avrebbe dovuto provare dolore, lo sapeva. Dopotutto quella donna l'aveva messa al mondo. Ma Barbara sembrava aver perso la capacità di provare qualsiasi sentimento tanti anni prima, quando era morto suo fratello.

Si sentiva paralizzata. Cosa doveva fare, sola in quella stanza con sua madre sul letto di morte? Darle un bacio in fronte? Accarezzarle i capelli spenti, parlare al suo corpo ormai esanime? Non riuscendo a fare nulla di tutto questo, si limitò a lisciare il lenzuolo, che non aveva nessun bisogno di essere lisciato.

Poi si disse che in quelle circostanze c'erano tantissime cose da fare e che lei era l'unica che le poteva fare, e uscì a cercare Mrs. Flo. Sicuramente Florence Magentry aveva esperienza in quel genere di faccende e le avrebbe spiegato che cosa bisognava fare e come.

Greenford
Londra

Come Barbara aveva previsto, dopo la morte di sua madre iniziarono subito ad accumularsi decisioni da prendere. L'impresario delle pompe funebri si presentò così in fretta che Barbara non aveva ancora fatto in tempo ad abituarsi all'idea che sua madre se n'era andata per davvero. Lo aveva chiamato Florence Magentry. Barbara immaginò che fosse considerata un'ottima cliente da tutti gli operatori del settore i quali, conoscendo l'età media e le condizioni di salute dei suoi ospiti, appena ricevevano una sua telefonata si attivavano all'istante.

Si presentarono in tre, tutti maschi e tutti vestiti di scuro: completo nero, camicia bianca, cravatta nera e scarpe perfettamente lucidate. Due entrarono con un carrello. Barbara li seguì mentre lo portavano su per le scale e lo sistemavano con grande efficienza accanto al letto di sua madre. A quel punto si scusò e uscì, perché sapeva che lo step successivo avrebbe comportato l'apertura di un sacco e la tempestiva chiusura dello stesso con una zip, previo trasferimento della salma dal letto al carrello, e preferiva non vedere. Era strano, si disse, dato che aveva già assistito a quella scena molte volte nel corso della sua vita.

Il terzo uomo vestito di nero era rimasto sul portone e, mentre il carrello con il corpo della madre veniva portato giù per le scale e poi spinto lungo il vialetto fino al carro funebre in attesa, si schiarì la voce. Barbara lo guardò. Era un bell'uomo e non aveva l'espressione lugubre che si sarebbe aspettata. Questo, per certi versi, la sollevò.

«Le mie più sentite condoglianze» le disse. Aveva una voce pacata che ben si accordava con il volto. «La defunta è sua madre, se ho capito bene.» E, quando Barbara annuì, aggiunse: «Quali erano i suoi desideri?»

«I suoi desideri?» chiese Barbara stupidamente.

«Inumazione, tumulazione, cremazione...» suggerì l'uomo con tatto.

Barbara scosse la testa. Non sapeva assolutamente che cosa volesse sua madre dopo la propria morte. Si sentì una figlia degenere.

« Magari ha lasciato qualcosa di scritto? » ipotizzò l'impresario delle pompe funebri, sempre in tono gentile. « Molti lo fanno. »

Barbara guardò Mrs. Flo in cerca di aiuto. « Do un'occhiata nella sua camera » propose la donna. « Non vi serve saperlo subito, vero? » domandò all'impresario.

« No, no » rispose l'uomo. « Ma, prima ce lo fate sapete, meglio è. In questi casi... Capirà. »

Barbara si accorse, con orrore, di essere sul punto di scoppiare in una risata isterica all'idea del corpo della madre che si decomponeva mentre lei si macerava nell'indecisione. Stava per dire: « Potete conservarla in una cella frigorifera, no? »

Poi però si trattenne e tentò di fare mente locale: quando era morto suo padre, c'erano stati una veglia, un funerale, la sepoltura e poi un sobrio rinfresco. Sua madre, già allora, non stava bene: al rifresco vagava fra gli invitati chiedendo dove fosse Jimmy, prendeva i tramezzini e li posava dove capitava senza nemmeno assaggiarli. Doveva dedurre che sua madre desiderava il medesimo cerimoniale che aveva organizzato per il marito? Nel caso, come avrebbe fatto Barbara a occuparsene? Da che parte si cominciava? E comunque: chi sarebbe venuto al rinfresco? Mrs. Flo, naturalmente. L'ispettore Lynley, se gli avesse detto che era morta sua madre. Il sergente Winston Nkata e Dorothea Harriman, perché Lynley li avrebbe sicuramente avvisati. Ma l'elenco finiva lì: cinque persone in tutto.

Dopo aver cercato qua e là eventuali istruzioni scritte in camera di Aggie Havers, Mrs. Flo tornò a mani vuote. Barbara le chiese se la madre le avesse mai parlato delle sue volontà, o le avesse lasciato intendere qualcosa, ma purtroppo no, la mamma non le aveva mai detto niente. « E comunque non c'era più con la testa e perciò... Non aveva la lucidità per... Non crede, Barbara? Negli ultimi mesi la mamma non era nemmeno del tutto cosciente di cosa le accadeva intorno. »

Barbara si sentì travolgere dalla vergogna e dai sensi di colpa. Ripensò a tutto ciò che avrebbe potuto fare con e per sua madre da quando era ricoverata nella residenza di Mrs. Flo: portarla a fare un giro, a mangiare il curry, offrirle il tè delle cinque in qualche hotel elegante, accompagnarla dal parrucchiere, a pranzo, regalarle una manicure, una pedicure... Qualsiasi cosa, davvero, che potesse farle piacere e rallegrarla. Aveva parlato più volte con Mrs. Flo di organizzare una giornata speciale per sua madre, ma non l'aveva mai fatto.

E ora... Meglio non pensarci. Barbara sentiva il bisogno di mettere un attimo da parte sua madre, la morte di sua madre e tutte le sue manchevolezze di figlia. Aveva scientemente rimosso il problema per tutti quegli anni: non poteva continuare ancora per qualche giorno?

E così disse all'impresario funebre che gli avrebbe fatto sapere e quello le diede il suo biglietto da visita. Vi erano impressi i contorni di un carro funebre vittoriano trainato da cavalli con tanto di pennacchio e la scritta *Cheery Brothers Funeral Services.* « Faccio Cheery di cognome » si giustificò l'impresario. « Certo, certo » rispose Barbara, e si infilò il biglietto da visita nella borsa. Cheery la pregò di contattarlo non appena avesse preso una decisione e le raccomandò di non procrastinare troppo.

Barbara gli promise di fare in fretta.

Dopo che Cheery se ne fu andato in compagnia dei suoi colleghi e della cara salma, Mrs. Flo dichiarò che a quel punto ci voleva una bella tazza di tè. Barbara doveva sedersi in sala da pranzo e berla in tutta tranquillità, magari mangiando uno dei suoi biscotti fatti in casa. Più tardi avrebbe controllato meglio per vedere se Aggie Havers aveva lasciato scritto qualcosa riguardo al funerale. « Lei è già abbastanza provata, cara: controllo io. Se trovo qualcosa che può aiutarla a prendere una decisione, la avverto subito. Intanto metto da parte le cose della mamma, così con comodo le porta via » disse a Barbara con la consueta dolcezza.

« No, no » rispose Barbara d'istinto. Subito dopo si rese conto di come poteva suonare quel rifiuto e si affrettò a precisare: « In questo momento proprio non me la sento. Grazie di cuore ».

« E di che cosa? »

« Di averla accolta, prima di tutto. Di averla curata e trattata amorevolmente. Lei non sa quanto... » Le lacrime arrivarono in quel momento. Barbara non voleva assolutamente mettersi a piangere, detestava piangere e non lo faceva mai. Ma in quel momento si aprirono le cateratte. Non pianse soltanto la morte della madre, ma soprattutto la solitudine che a quella morte era legata: prima quella della madre e adesso anche la sua, di Barbara. Accidenti, era proprio a pezzi. Doveva andare via da lì il prima possibile.

MICHAEL

Passarono tre anni prima che potessimo celebrare le nozze come le avevo promesso. Nel frattempo Kayla si era creata un giro di amicizie, non così vasto da dovermi trascurare, ma nemmeno così piccolo da trovarsi mai a corto di compagnia femminile. E così invitammo anche le sue amiche, oltre naturalmente a mia madre e mio fratello, sua madre, suo fratello Willen, le sue sorelle, Bran con la moglie Jen, che era malata, e i figli Goron e Gwynder. Eravamo un'allegra brigata, pensai.

Con un po' di acrobazie riuscii a far quadrare i conti e organizzare le cose per bene, come avevo promesso. Per il fatidico sì Kayla scelse una chiesa in un paesino non lontano da Newquay. Seguì il pranzo in un albergo sul mare e poi, alla sera, la festa.

Ci furono due momenti per me molto sgradevoli, ma visto che era il giorno del mio matrimonio cercai di non pensarci troppo. Il primo fu quando Willen passò di nascosto a Kayla una busta piuttosto spessa. Io me ne accorsi e ovviamente le chiesi che cosa contenesse. Lei rispose che erano foto da incorniciare, ricordi della sua infanzia in Sudafrica, ma lo disse in un modo che non mi convinse. Insistetti e alla fine ammise che era una lettera di Samuel, ma che non aveva intenzione di leggerla e non dovevo rovinarmi la giornata, dal momento che Samuel rappresentava il suo passato e non aveva nulla a che fare con il suo futuro e con me.

Per l'altro spiacevole episodio devo ringraziare mio fratello. Sebastian, che aveva bevuto decisamente troppo, invitò Kayla a ballare. Su questo non avevo nulla in contrario, anche perché una delle amiche di Kayla aveva lanciato l'idea che gli uomini pagassero dieci sterline ciascuno per un ballo con la sposa. Solo che lui tirò fuori quattro banconote da dieci per assicurarsi non uno, ma quattro balli, e una volta sulla pista la prese fra le braccia in un modo che mi fece prudere le mani. Alla fine del quarto ballo, poi, le fece fare un casquè da spezzarle la schiena e le diede un lungo bacio in bocca. Gli avrei tirato volentieri un pugno per essersi approfittato di Kayla in quel modo ma, davanti a tutti, cosa potevo fare? E così mi sforzai di buttarla in ridere, di fingere che fosse una delle solite bravate di Sebastian. Mi avvicinai a grandi passi ed esclamai gioviale *Giù, giù! Fai il bravo!* come se mi stessi rivolgendo a un cane, paragone che francamente in quel momento mi pareva proprio azzeccato. Aggiunsi qualcosa del tipo: E per oggi basta baci, e fra i presenti si alzarono risatine nervose. Sebastian la lasciò andare, ma poi tirò fuori un fazzoletto immacolato, se lo passò sulla bocca e disse che non immaginava che avere una nuova cognata fosse così bello. Seguirono altre risate nervose.

Fu mia madre a salvare la situazione. Le dispiaceva che Sebastian si fosse messo in cattiva luce e, sventolando una banconota da venti sterline, disse che anche lei voleva ballare con la sposa, ma prometteva che il suo bacio di benvenuto in famiglia sarebbe stato più casto. La povera sposa doveva aver temuto di perdere le tonsille! Le sue parole suscitarono una fragorosa risata generale. La musica ricominciò, mia madre e Kayla ballarono insieme, altri invitati si unirono alle danze e la serata proseguì tranquilla.

Chiesi a Sebastian cosa diavolo gli fosse passato per la testa e lui mi rispose di darmi una calmata. Non farne un dramma. È stato solo un bacio, Mike. E scommetto che a lei è piaciuto.

A quel punto ci vidi rosso. Strinsi i pugni, e lui se ne accorse. Stai lontano da Kayla, dissi. Vivi sereno, ribatté lui. Se fai tante storie per un bacio, ti aspetta un futuro molto difficile con una moglie così giovane. Finirai per farla scappare. Secondo lui, baciando Kayla « in quel modo » mi aveva fatto un favore, perché almeno adesso sapevo che effetto mi faceva vederla con qualcuno che non fossi io. E grazie che era lui e non un altro. Un altro mica si sarebbe fermato lì.

Mio fratello era bravissimo a rigirare le frittate. Stava insinuando che ero io a dover riflettere sulla mia reazione, come se ci fosse qualcosa di male a voler difendere ciò che mi apparteneva di diritto.

Meglio lasciar correre, pensai, e chiusi il discorso.

*

Restava la lettera di Samuel. Mi rodeva che un uomo avesse scritto a mia moglie proprio il giorno del matrimonio. Perché Willen si era prestato a portare quella lettera di Samuel in Cornovaglia e a consegnarla a Kayla il giorno delle sue nozze? Non avrei trovato pace finché non avessi saputo cosa c'era scritto.

Lo chiesi a Kayla quando tornammo alla normalità, dopo che i suoi furono ripartiti per il Sudafrica e l'euforia delle nozze era svanita. Ero caduto lavorando e mi era venuto un occhio nero. Quando mi vide in quello stato, Kayla si agitò moltissimo. Io, a dire il vero, rimasi lusingato dalla sua reazione. Andò a prendere del ghiaccio e lo avvolse in una salvietta, poi mi fece cenno di seguirla in salotto, si sedette sul divano e mi fece sdraiare con la testa sulle sue ginocchia. Con una mano mi teneva il ghiaccio sull'occhio e con l'altra mi massaggiava la testa, e cosa c'è di più bello delle carezze di una donna insieme al mormorio della sua voce? Mi disse che dovevo stare attento perché, se mi fosse successo qualcosa, che ne sarebbe stato di lei?

Quella domanda mi fece tornare in mente la lettera. Lei aveva avuto degli uomini prima di me e ne avrebbe avuti altri dopo, le risposi e, a proposito, cos'era che Samuel aveva voluto farle recapitare proprio il giorno del nostro matrimonio? Rispose che aveva strappato la lettera senza neanche leggerla perché, come mi aveva già detto quel giorno, Samuel faceva parte del passato, e poi cosa avrebbe mai potuto scriverle di importante, ora che noi due eravamo insieme? Quella risposta fu una pugnalata, perché sapevo che era una bugia. Kayla non aveva affatto strappato la lettera. Un pomeriggio in cui era andata insieme a un'amica a vedere l'antico scranno della sirena nella chiesa di Zennor – perché avevano letto non so quale libro che ne parlava – avevo trovato la lettera in soffitta dentro una delle sue valigie.

Non l'avevo trovata per caso, ovviamente. Come avrei potuto, visto dov'era? No, ero andato a cercarla dappertutto perché non credevo che una donna potesse distruggere la lettera di un suo ex, e senza manco leggerla. E infatti, a giudicare dall'usura, Kayla l'aveva letta parecchie volte e l'aveva conservata. Avevo frugato in tutti i cassetti, controllando persino che non fosse attaccata sotto con il nastro adesivo, e finalmente l'avevo trovata, dentro una valigia. Ero stato molto attento a tirarla fuori in modo da poterla poi rimettere esattamente dov'era.

All'ultimo minuto mi ero fermato e mi ero chiesto se davvero volevo leggerla. Kayla era mia. Me l'aveva dimostrato più e più volte. Cos'altro volevo da lei? Temevo forse che mi lasciasse? L'avevo resa felice, no? Felice quanto lei aveva reso felice me. La desideravo ancora come il primo giorno, e lei desiderava me, no?

Ciononostante c'era un altro che le scriveva. E lei aveva nascosto la lettera. Non potevo non guardare che cosa le aveva scritto.

Mi ero pulito le mani sui pantaloni e avevo tirato fuori dalla busta i fogli piegati. Li avevo aperti con cura e la prima cosa che avevo visto era stata: *Mi hai detto che non provi nulla con lui, Kay...* e poi: *Hai detto che con lui nemmeno una volta...* e ancora: *non come quando siamo insieme io e te.*

Come interpretare quelle parole? Prima di tutto, dovevo snebbiarmi la mente. Dovevo calmarmi, leggere la lettera dall'inizio alla fine e accettare che mentre io cercavo il coraggio di separarmi da Maiden e dai miei figli per stare con lei, Kayla e questo Samuel si erano frequentati, avevano riallacciato un rapporto che risaliva a quando Kayla aveva solo quindici anni, a prima che perdesse il padre. Fin qui era tutto chiaro. Quello che non capivo era cosa intendesse Samuel quando scriveva che lei con me non provava nulla, che io « non avevo idea »... Di cosa parlava, visto che l'intesa sessuale tra me e Kayla era perfetta? Evidentemente lei gli aveva mentito, ma per quale motivo? Perché non gli aveva detto la verità, e cioè che eravamo amanti e amici, destinati fin dall'inizio a diventare marito e moglie?

Leggendo la lettera avevo capito anche che quel Samuel non rispettava e venerava Kayla come me. Traspariva chiaramente che per lui il corpo di Kayla non era un tempio sacro, ma un palazzo di piacere da esplorare avidamente dalla testa ai piedi e di cui godere in tutti i modi possibili. Non si diceva fiero di amarla, ma di « farla venire un sacco di volte » – come aveva scritto volgarmente – e le chiedeva se non era questo che voleva da un uomo. Kayla gli aveva mentito, quando gli aveva detto che le piaceva? Come mai aveva deciso di buttarsi via sposando un vecchio impotente? Era convinta che, contrariamente a suo padre, lui non l'avrebbe mai abbandonata? Per l'amor di Dio, Kay, usa il cervello per una volta, le scriveva.

Mi sudavano le mani. Se Kayla aveva riempito Samuel di balle su di me e su di noi, poteva aver mentito anche a me. Ma su che cosa? Forse non le bastavo, nonostante quasi ogni notte a letto le dimostrassi quanto la amavo. E il suo corpo non mentiva: morbido e bagnato, si inarcava di piacere e, a volte, dopo ne chiedeva ancora.

Così, mentre ero sdraiato con la testa sul suo grembo e lei mi massaggiava delicatamente il cuoio capelluto e mi chiedeva che ne sarebbe stato di lei se mi fosse successo qualcosa, le dissi: Presumo che torneresti da Samuel. Immagino che ti starà aspettando.

Smise di colpo di accarezzarmi la testa e la salvietta con il ghiaccio le cadde di mano. Come potevo dire una cosa del genere?

Ho trovato la lettera, risposi.

Ho dovuto tirare le orecchie a Goron, il figlio di Bran, perché nelle ultime settimane ha lavorato con meno impegno del solito. È distratto, ha la testa tra le nuvole. Mi guarda male e quando gli chiedo se c'è qualcosa che non va si volta dall'altra parte. Ne ho parlato con Kayla e lei si è messa a ridere. Secondo lei, è solo la mia immaginazione. Goron ti ammira molto, ha detto. Ti considera un esempio da seguire. Questa spiegazione non mi ha convinto più di tanto. È un tipo strano, Goron.

Kayla si sta riprendendo da una brutta caduta. È scivolata durante una lezione di danza. Sulle lezioni di danza dirò di più fra poco. Per il momento basti sapere che cadendo ha battuto la testa, si è graffiata tutto un lato del viso e si è procurata un livido sulla guancia. Quando l'ho vista tornare in quello stato, mi sono veramente spaventato. Ho pensato che l'avessero aggredita per scipparla. A Penzance, a St. Ives e nel Sud della Cornovaglia ci sono dei tossici. Kayla si ostina a fare lunghe passeggiate da sola sul sentiero lungo la costa, ma potrebbe fare brutti incontri. Preferirei che rimanesse più vicino a casa.

Deve stare più attenta. Non sta mai ferma, è sempre in giro. Le ho detto che non abbiamo bisogno dei soldi che guadagna insegnando danza, anche se non è del tutto vero, e lei ha risposto che con i soldi delle lezioni stava sistemando il cottage e mi aiutava a pagare lo stipendio a Goron. Non possiamo mica farlo lavorare gratis, no? Le sue parole mi hanno colpito e mi hanno fatto riflettere: devo assolutamente trovare il modo di guadagnare di più per coprire le spese delle migliorie che Kayla vuole fare in casa.

Ma torniamo alla bugia sulla lettera di Samuel. Quando le dissi che avevo trovato la lettera e l'avevo letta, per alcuni istanti non si sentì altro che il ticchettio dell'orologio del mio bisnonno sulla mensola del caminetto, seguito dal sonoro *din-don-dan* del primo quarto.

Poi Kayla mi rimproverò scandalizzata di aver frugato tra le sue cose e io rimasi spiazzato. Lei mi aveva mentito riguardo alla lettera di Samuel e invece di vergognarsi si lamentava perché ero andato a curiosare nella sua roba! Significava che non le credevo, che non mi fidavo di lei, disse. Perché, Michael, perché? Cosa ho fatto perché tu dubiti di me?

Le chiesi se le cose che scriveva Samuel erano vere: su loro due, e su quello che lei provava per me... Kayla rispose che non se lo ricordava nemmeno, perché aveva letto quella lettera soltanto una volta. Insisteva: Tu non mi credi. E probabilmente ti stai chiedendo perché dovresti credermi. Sì, ti ho mentito riguardo alla lettera. Ti ho detto che l'avevo buttata via. Ma l'ho fatto per te, Michael, per non farti preoccupare, perché so che hai paura che io mi innamori di uno più giovane. E non venirmi a dire che non è vero, perché sono sicura. Te lo leggo in faccia.

Io avrei voluto crederle, e glielo dissi. Non volevo che tra noi ci fossero segreti, perché i segreti possono distruggere l'amore tra due persone.

Lei staccò la mano dalla mia testa e posò il ghiaccio per terra. Mi tirai a sedere e vidi che la mia domanda l'aveva colpita nel vivo.

Come puoi pensare che qualcuno o qualcosa – figuriamoci una lettera – possa mettersi fra noi? Ti ho mai dato un solo motivo per dubitare di quello che provo per te? chiese.

Be', a dire il vero, no.

Mi lasciò sul divano e sentii che saliva le scale. Tornò dopo pochi minuti con la lettera di Samuel in mano e, davanti a me, la strappò in mille pezzi. Me li porse e mi pregò di bruciarli. Disse che non voleva sentirla nominare mai più. Non voleva avere più niente a che fare con Samuel.

Fu un momento solenne tra noi. Quel gesto e quelle parole scacciarono dalla mia mente tutti i dubbi riguardo gli altri uomini. Non la portai nemmeno in camera da letto. Lo facemmo direttamente sul pavimento del salotto, due volte.

Abbiamo vissuto felici e contenti per parecchi anni. Kayla diventava sempre più amica di Jen Udy. Le piaceva andare a camminare sui sentieri dei dintorni tra felci, rovi e ginestre, e uno dei suoi itinerari passava accanto al caravan. Prese l'abitudine di fermarsi ed entrare, perché con il tempo si era molto affezionata a Jen e perché le piaceva farsi raccontare della sua gioventù da girovaga. Ma quelle visite avevano anche un secondo fine. Kayla sapeva che Jen non stava bene e che gli Udy andavano avanti a zuppe, formaggio e gallette. Così, invece di preparare una sola *shepherd's pie* per noi, ne preparava due e una la portava a Jen dicendo: Vi dispiace aiutarci a finirla, Jen? Per noi è troppa e sarebbe un peccato farla andare a male. La povera Jen si vergognava ad accettare e le diceva che senz'altro Michael l'avrebbe gradita per pranzo l'indomani. Al che Kayla se ne usciva con qualcosa tipo: No, grazie, Michael ha detto che avrebbe proprio voglia di un pasticcio di pollo e porri per pranzo e, sai com'è, lavora così tanto che io cerco di accontentarlo.

Con il tempo Jen iniziò a confidarsi con Kayla. Usciva molto di rado, quindi secondo Kayla avere un'altra donna nelle vicinanze era una manna dal cielo per lei. Kayla si sentiva utile, diceva. Le faceva piacere aiutare Jen a fare le cose che da sola non poteva fare. E poi con lei poteva chiacchierare. È così bello avere una vicina con cui fare due chiacchiere, Michael! disse una volta e io allora le chiesi se non le bastavo. La sua risposta fu: Caro Michael, noi donne abbiamo bisogno di frequentare altre donne.

Fu lei a raccontarmi la storia di Goron e Gwynder, i figli di Bran e Jen, e di cosa era successo mentre erano in affido. Appena erano diventati maggiorenni, avevano lasciato i genitori affidatari e avevano vissuto per conto loro per circa un anno, ma ben presto avevano capito che senza un mestiere non avrebbero fatto molta strada, e così erano tornati dai genitori biologici.

Mi sembrava impossibile che Bran non mi avesse mai detto che aveva dei figli. Kayla mi spiegò che non li aveva mai voluti, che aveva addirittura chiesto a Jen di abortire. Ovviamente lei si era rifiutata e a quel punto Bran le aveva detto che si arrangiasse da sola, visto che lui l'aveva avvertita fin dal primo giorno che non voleva marmocchi tra i piedi.

Senza denaro né mezzi di trasporto, Jen aveva fatto del suo meglio, ma non era bastato, e su segnalazione di qualcuno – forse dello stesso Bran per togliersi di torno i figli – erano intervenuti gli assistenti sociali. I bambini non erano mai stati vaccinati, non erano mai stati dal dentista, non avevano mai messo piede in una scuola, mostravano segni di malnutrizione e la maggiore – erano in tre – perdeva i capelli.

Non riuscivo a immaginare come potessero due adulti voler tornare in una situazione del genere, eppure i gemelli l'avevano fatto. Secondo Kayla, in otto anni di affido avevano subito angherie ancora peggiori.

Gwyn era una ragazza normalissima, ma Goron era strano allora e continua a esserlo anche adesso. Se Bran è un uomo di poche parole, Goron non parla proprio. Però sa ascoltare. Se ti presta attenzione, è attenzione assoluta. Quando gli dai una spiegazione, non occorre ripeterla.

Non assomiglia per niente a Bran. A parte la statura, dal padre non ha preso altro. Ha un viso vagamente femmineo e i denti storti. Kayla dice che gli basterebbe darsi una sistemata e troverebbe una donna nel giro di una settimana, ma secondo me Goron non è interessato a trovare una donna. Quando l'ho detto a Kayla, è scoppiata a ridere e ha detto: Tutti gli uomini vogliono una donna, Michael, a parte quelli che preferiscono gli uomini. Non stava insinuando che Goron fosse finocchio, però: gliel'ho chiesto. Era solo un modo per dire che voler condividere la vita con qualcuno fa parte della natura umana.

Kayla prese sotto la sua ala sia Goron che la sorella Gwyn. Voleva che si sentissero bene accolti, mi disse, proprio come l'avevo fatta sentire io quando era venuta a vivere con me anni prima.

Ero contento che Kayla avesse dei progetti, purché non comportassero grandi cambiamenti nella nostra vita. Quindi, se voleva aiutare i due fratelli Udy a costruirsi un futuro, non avevo nulla in contrario e le auguravo di riuscirci. Mi fanno sentire come una mamma chioccia, disse, nonostante i gemelli avessero solo qualche anno meno di lei. Lo disse con una risatina, quel mamma chioccia, ma con un'ombra di malinconia che mi allarmò. Temevo che le venisse voglia di diventarlo veramente.

E avevo ragione, perché Kayla si mise a fare i discorsi tipici delle donne che cominciano a intravedere la fine dell'età fertile, a chiedermi se pensavo mai ad avere altri figli. Io la buttavo in ridere: Ci penso il meno possibile. Ma Kayla insisteva: Potrei smettere di prendere la pillola, Michael. Potremmo lasciar fare al destino. E io: Ti stancheresti troppo. Mi stancherei troppo. Ci stancheremmo troppo entrambi. Cambierebbe tutto. E lei: I cambiamenti non sono necessariamente un male, Michael. E comunque non sappiamo nemmeno se posso avere figli.

Ovviamente con me non poteva. Ma come avrebbe reagito se le avessi confessato di essermi fatto operare? Avrei potuto raccontarle una bugia, dirle che mi ero fatto la vasectomia dopo la nascita di Gloriana, ma per certi versi avergliela tenuto nascosto sarebbe stato ancora più grave. Kayla mi avrebbe sicuramente rinfacciato di non averla avvertita prima di diventare il suo amante e marito. Se le avessi detto che con me figli non ne avrebbe avuti, perché dalla vasectomia non si torna indietro, Kayla avrebbe potuto lasciarmi. Ne avrebbe avuto tutto il diritto. Volevo rischiare?

No. E così non dissi una parola, lei smise di prendere la pillola e ogni volta che facevamo l'amore le lasciavo credere che poteva essere la volta buona, quella in cui avremmo concepito un bambino. Almeno cinque o sei volte, dopo l'amore disse: Ecco, me lo sento, ci siamo, Michael. Addirittura si metteva un cuscino sotto il bacino in modo che gli spermatozoi potessero trovare più facilmente la strada. Ovviamente non ce n'erano, ma io la assecondavo, le baciavo la pancia e mormoravo parole di incoraggiamento: Coraggio, vecchietti! Potete farcela! Forza, nuotate!

Era giusto tutto questo? Certo che no. Ma avevo troppa paura di perderla. E siccome nessuno al mondo sapeva che mi ero fatto sterilizzare, per quanto Kayla potesse rimanere delusa per la mancata gravidanza, io avevo solo da guadagnare. Dal momento che avevo già avuto due figli con Maiden, Kayla avrebbe concluso che la colpa era sua e avrebbe finito per rassegnarsi a non avere figli. E io avrei fatto in modo che non avesse rimpianti.

Quello che non avevo previsto era che rimanesse incinta lo stesso.

17 APRILE

Westminster
Londra

Barbara Havers stava cercando in tutti i modi di rimandare qualsiasi decisione riguardo al funerale di sua madre, ne era perfettamente consapevole. Il pensiero tornava lì in continuazione, quando meno se lo aspettava, ma ogni volta lo scacciava. Evitava anche qualsiasi riflessione sul fatto che la morte della madre non le provocava alcun dolore o senso di perdita. Perché, in realtà, non provava assolutamente nulla.

Mrs. Flo l'aveva chiamata la sera prima. Aveva guardato fra «le cose della mamma» senza trovare nulla che indicasse le volontà della signora Havers circa le proprie esequie. Barbara allora le aveva chiesto cosa le consigliava di fare, in mancanza di indicazioni ufficiali o ufficiose. «Oh, cara Barbara, non sta a me decidere» aveva risposto Mrs. Flo.

«Ma... se fosse sua madre?» le aveva chiesto Barbara.

«Ho perso mia madre a vent'anni, improvvisamente» aveva detto Mrs. Flo. «Mio padre era ancora vivo e si è occupato lui di tutto. Per mia madre, perciò, non ho dovuto prendere nessuna decisione. E, quando è mancato lui, aveva lasciato scritto che cosa fare. Probabilmente dopo la morte di mia madre aveva creduto che fosse meglio così. A proposito, ha chiamato il signor Cheery. Dice che hanno una persona qualificata – assistente sociale, psicologo, non so – di supporto alle famiglie che faticano a prendere una decisione.»

Barbara non aveva nessunissima voglia di affrontare la questione con un perfetto sconosciuto, quindi aveva detto a Mrs. Flo che sì, grazie, ci avrebbe pensato, le aveva chiesto per favore di riferire al signor Cheery che doveva mettere a punto gli ultimi dettagli e si sarebbe fatta viva. Naturalmente, non era vero.

Mrs. Flo aveva replicato: «Se è un problema di soldi, cara Barbara, il signor Cheery dice che...»

«Non è un problema di soldi» l'aveva interrotta Barbara, pur non avendo ancora preso in considerazione l'aspetto economico. Per la verità, non aveva preso in considerazione nessun aspetto della questione. Sapeva che i funerali erano costosi, sapeva che non erano mai state accantonate somme per quel tipo di spese e sapeva anche che la sola bara poteva costare un piccolo patrimonio, di cui lei non disponeva.

Decise di rimandare la decisione almeno fino all'indomani e andò in ufficio, sperando che il lavoro le riempisse la giornata e le consumasse sufficienti energie mentali da distrarla da qualsiasi altro pensiero.

Arrivò a New Scotland Yard nel primo pomeriggio. Quella mattina aveva telefonato dicendosi impegnata a risolvere alcune questioni relative alla futura sistemazione della madre. Non era propriamente la verità, ma non era neanche una bugia. Sperava di scoraggiare così ulteriori domande e approfondimenti, ma il suo ritorno in ufficio non placò l'interesse dei colleghi.

Il sergente investigativo Winston Nkata fu il primo a chiederle notizie della madre. Era prevedibile, visto che era un cocco di mamma: lei lo definiva «il suo gioiello» e lui si sarebbe fatto ghigliottinare per la sua mamma adorata. Winston non aveva mai visto Aggie Havers, ma era convinto che Barbara le fosse molto legata. Per fortuna si limitò a un «Tutto bene, Barb? Tua mamma?» mentre lei posava la borsa sulla scrivania.

Il: «Tutto a posto, grazie» di Barbara evidentemente gli bastò, perché rispose: «Chissà che sollievo, Barb».

Dorothea non fu altrettanto facile da depistare e Barbara ringraziò gli dei che la sovrintendente Ardery la tenesse molto occupata. Dee ebbe solo il tempo di passare a farle un salutino. «Sono così contenta di vederti, Barbara. Quando stamattina non ti ho sentito, ho temuto che... voglio dire, so che tua madre ultimamente non stava benissimo e quindi...»

«Problema risolto» rispose Barbara. Era la verità, in fondo.

L'ispettore Lynley le diede molto più filo da torcere. La squadrò da capo a piedi. «Da quanto tempo non fa un pasto regolare, Barbara?» disse. E, prima che lei potesse rispondere: «Andiamo».

L'ora di pranzo era finita ed era presto per il tè, ma a Lynley sembrava non importare. Chiamò l'ascensore. «Io e Barbara siamo da Peeler's, se avete bisogno» disse a voce alta. Quando le porte si aprirono, la fece passare per prima. Era un vero gentleman, gli veniva naturale.

«L'ho chiamata, sa? Non è da lei assentarsi dal lavoro senza dare spiegazioni, Barbara» aggiunse mentre scendevano.

«Chi è che ha chiamato?»

«Florence Magentry» rispose Lynley.

«Ah.»

«Se posso chiedere: perché non prende i giorni di permesso per lutto che le spettano?»

«Dovrei?»

«La maggior parte di noi lo fa.»

«Sì, lei li ha presi. Ma io sono diversa.» Avrebbe voluto rimangiarsi quelle parole appena le erano uscite di bocca. Quando la moglie di Lynley era in coma irreversibile, tenuta in vita artificialmente, era toccato a lui decidere di staccare la spina. In seguito Lynley si era dimesso da Scotland Yard ed era tornato dai suoi in Cornovaglia, sicuro di non voler più lavorare in polizia. Dopo un po', però, una serie di eventi gli avevano dimostrato che non era fatto per la vita da gentiluomo di campagna. «Mi scusi. Non volevo» disse Barbara.

«È la verità.»

«Una verità a cui lei preferisce non pensare, però.»

«È quello che sta facendo lei, Barbara? Guardi che rimuovere non serve a niente.»

«La mia situazione è totalmente diversa dalla sua, ispettore.»

«Perdere una persona cara è perdere una persona cara, Barbara.»

Havers non replicò e si apprestò a preparare due tè. «Guardi che ci sto pensando» disse dopo un po', voltandosi appena.

«A cosa?»

«A... a cosa fare.»

«A cosa fare... in relazione a sua madre?»

«Sì. Esatto.»

«E intanto finge che non sia mancata?»

«Non sto fingendo che non sia mancata. È che non vado in giro a dire a tutti che...»

«Non lo ha detto a nessuno.»

«Va bene. È vero.» Barbara portò le tazze al tavolo scelto da Lynley. Per sé aveva preparato il solito PG Tips, ma Lynley doveva fare a meno del suo tè preferito perché da Peeler's non servivano – né mai avrebbero servito – Lapsang Souchong. Barbara gli aveva preso un Darjeeling. «Senta, è meglio così. Guardi, è più facile. Non ho voglia di parlarne e non ho voglia di beccarmi gli sguardi di compassione dei colleghi o, peggio ancora, i loro silenzi, perché cosa si dice a una che ha appena perso un genitore? Condoglianze vivissime? E a me tocca ringraziare quando in realtà non me ne...» Si fermò. Aveva esagerato. Si rese conto di avere la bocca secca e prese la tazza, ma nella fretta la fece cadere e rovesciò PG Tips da tutte le parti. «Ma che cavolo!» imprecò, e corse a prendere una manciata di tovaglioli di carta dal distributore accanto alla caraffa del caffè. Si sentiva pericolosamente vicina alle lacrime.

Quando tornò al tavolo, Lynley si era spostato per proteggere i pantaloni di sartoria da eventuali sversamenti e la guardava con la sua tipica espressione. Quell'uomo sapeva leggere nell'anima delle persone, maledetto lui, e ci provava sempre. Ma con lei non ci sarebbe riuscito, proprio no. Anche perché non sapeva manco lei cos'aveva nell'anima.

«Abbiamo concluso, ispettore?»

«Cosa vuole che faccia?»

«In che senso? Per cosa? Per chi?»

«Riguardo alla morte di sua madre.»

«Lei ne è al corrente perché ha chiamato Mrs. Flo. Che anche gli altri si sbattano, se sono tanto interessati ai fatti miei.» Gli lanciò un'occhiataccia, sperando di fargli capire che lo riteneva troppo invadente e che doveva lasciarla in pace.

Lynley annuì, ma non smise nemmeno un istante di guardarla diritto negli occhi. «Come vuole lei, Barbara» disse. E nonostante ciò, insistette: «Se c'è qualcosa che posso fare per lei, comunque...»

«Non c'è niente che lei possa fare per me» ribatté Barbara.

« Sto riflettendo su alcune cose e, quando sarò pronta, prenderò una decisione. »

« Mi ritiro in buon ordine, allora » disse Lynley. « Faccia pure tutto da sola e come vuole lei. »

« Mi dà la sua parola, ispettore? Promesso? »

« Promesso. »

•

Belgravia
Londra

Lynley si stava versando un Lagavulin – senz'acqua e con un cubetto di ghiaccio piuttosto piccolo – da sorseggiare nello studio controllando la posta, quando il cellulare gli segnalò una chiamata in arrivo. Era John Penellin. Presentendo cattive notizie, stava per non rispondere, ma il suo senso del dovere ebbe la meglio.

« Dimmi che la BBC vuole girare una serie in costume a Howenstow » esordì. « E che è disposta a pagare qualsiasi cifra. »

« Magari » rispose Penellin.

« Hai parlato con mia madre, allora? »

« Esclusivamente del tetto e dei lavori necessari. Non del fatto che non ci sono i soldi per procedere. »

« Non ti credevo così codardo, John. »

« Tu le hai parlato? »

« Me ne guardo bene! »

Penellin rise. Lynley sentì un tintinnio di bicchieri e dedusse che John era a casa a gustarsi un whisky prima di cena. Era un amante dello Jura, meno torbato del Lagavulin, ma comunque piuttosto buono. Sentì in sottofondo una voce di donna e il chiacchiericcio di una bambina. John viveva con la figlia Nancy, che era rimasta vedova, e la nipotina.

« Cinque minuti e arrivo » disse Penellin, per poi rivolgersi a Lynley. « C'è una porta da sistemare. Credo sia solo un problema a uno dei cardini. Anzi, me lo auguro. »

Mentre John parlava, Lynley si spostò in sala da pranzo con il bicchiere in mano. Si avvicinò a una finestra e guardò fuori, ma dopo un attimo si voltò dall'altra parte. Non riusciva a guardare il prato, la terrazza, i vasi o le aiuole senza pensare a Helen, che trafficava spesso in giardino ma aveva il pollice nero. La cosa lo infastidiva e al tempo stesso lo divertiva. Se provava a dirle «Amore, lascia fare al giardiniere», Helen si stizziva: «Non posso lasciarmi bullizzare da una pianta, Tommy! Da un essere inanimato!»

«Nelle tue mani, purtroppo...»

«Smettila! Sai benissimo cosa intendo.»

Lynley sorrise a quel ricordo. E provò una tristezza infinita. Chissà se con il tempo quello strazio si sarebbe attenuato.

«... Peregrine Tregowan, questo pomeriggio. Per puro caso, s'intende.»

«Scusa» disse Lynley, tornando al presente. «Ero sovrappensiero.»

«Dicevo che ho incontrato per caso Peregrine Tregowan a Nanrunnel.»

«E cosa ci faceva Tregowan a Nanrunnel?»

«Ah, questo non lo so. Stava uscendo dall'Anchor and Rose in compagnia di una graziosa signorina...»

«I soliti motivi, allora» fu il commento di Lynley.

«Avrebbe potuto essere sua figlia. Ma il modo in cui si è congedato da lei è stato tutto fuorché paterno. In ogni caso, abbiamo chiacchierato un po'.»

«Tu e Peregrine? O tu e la graziosa signorina?»

«Io e Peregrine. La signorina stava andando al porto.»

«Peregrine avrà la barca ormeggiata lì.»

«Possibile. Mi ha chiesto se siamo stati contattati da un gruppo che ha attività minerarie nel Sudovest. Da lui sono stati diverse volte. Peregrine gli ha ceduto i diritti di sfruttamento minerario di Angarrack House.»

Lynley sapeva che la Cornovaglia era ricca di minerali di ogni tipo e che lo sfruttamento dei numerosi giacimenti faceva parte da sempre della storia della contea, ma sapeva anche che ormai i filoni delle miniere erano esauriti: ciminiere e stabilimenti abbandonati punteggiavano la costa ovest. Angarrack House però non si trovava sulla costa, bensì nella zona centrale della Cornovaglia, che non aveva mai conosciuto l'epoca d'oro delle miniere.

« Che minerali sperano di trovare? » chiese.

« Litio » rispose Penellin. « Pare abbiano messo a punto un sistema di estrazione da brine geotermiche che non impatta sull'ambiente. »

Lynley sbuffò. « Ci vogliamo credere? E come sostengono di operare questo miracolo? » chiese in tono sprezzante.

« Secondo Tregowan, perforano pozzi in cerca di serbatoi geotermici, pompano fuori l'acqua e la analizzano. Se contiene litio, lo estraggono e poi rimettono l'acqua dov'era. Forse con il tempo il litio si rigenera, non sono sicuro: non è il mio campo. Il punto è che la cessione dei diritti minerari potrebbe fruttare abbastanza soldi per rifare il tetto, Tommy. »

Lynley si accigliò. Si accorse che dalla cucina provenivano strani rumori: Denton stava armeggiando con pentole e padelle e cantava *Anything Goes*. Il fatto che sapesse tutte le parole faceva pensare che si fosse esercitato parecchio. Evidentemente la sua carriera di aspirante attore era in ripresa.

« Li hai contattati? Come si chiamano? » chiese.

« Cornwall EcoMining, e no, non li ho contattati. Volevo prima parlarne con te. Sinceramente, non ho idea di quanto fastidio possano arrecare i loro sondaggi. Peregrine sostiene che non provocano danni, che è tutto perfettamente ecologico, non c'è troppo rumore e via discorrendo. E che gli pagano i diritti... una sorta di royalties, se vogliamo. Secondo me, potrebbe essere un buon modo per fare cassa e non solo in vista del rifacimento del tetto, ma a lungo termine. A quel punto potrebbe non essere più necessario aprire Howenstow al pubblico. »

Lynley ci pensò un momento e decise che la EcoMining era l'alternativa più semplice.

« Va bene, John. Chiamali e fissami un appuntamento. Mi organizzo e vengo a Howenstow. »

Chalk Farm
Londra

Per non pensare, Barbara Havers decise di leggere qualcosa che la distraesse. Rimpianse di non aver preso un tabloid tornando a casa dal lavoro. *The Source* sarebbe stato l'ideale, con le sue rivelazioni mozzafiato sulla famiglia reale (le liti fra i rampolli la appassionavano moltissimo), dettagliate denunce della fragilità dei divi (sesso occasionale nei bagni pubblici, per esempio), scandali politici (la scoperta di altarini legati allo spionaggio spesso garantiva giorni e giorni di intrattenimento, ma anche gli adulteri corredati da prole illegittima non erano male), omicidi efferati (ma quello sembrava lavoro...) e processi sensazionali (idem). Quella sera però Barbara era costretta a fare affidamento sulla sua piccola biblioteca, che conteneva romanzi rosa, gotici, storici, fantasy e un Harry Potter praticamente intonso. L'aveva comprato anni prima per capire cosa entusiasmasse tanto le folle, ma non era riuscita a finirlo. Nessuna di quelle letture la attirava, e sapeva benissimo perché: sua madre.

Il cervello non le dava tregua: funerale in chiesa, sepoltura e sobrio rinfresco? Cremazione, spargimento delle ceneri in un luogo caro a sua madre – ma quale? Nessuno dei luoghi cari a sua madre sembrava adatto a un meritato eterno riposo – e sobrio rinfresco? Cerimonia solenne con canti ed elogi funebri, seguita da un sobrio rinfresco? Barbara non riusciva a decidersi nemmeno sul rinfresco, che pure era l'unica costante: dove lo poteva tenere e chi poteva invitare, a parte Mrs. Flo e qualche collega?

Sospirò e si rassegnò a riprendere il libro di Harry Potter. Sperava che almeno le conciliasse il sonno.

Lo aveva appena aperto quando dal cellulare partì il claxon che usava come suoneria nelle ore notturne. Era tardi e pensò che si trattasse di un'emergenza lavorativa. Ma quando prese il telefono dal tavolo della cucina, che usava per mangiare, per farsi da mangiare e per svariate altre attività, vide che la chiamata proveniva dall'Italia. C'era una sola persona che poteva chiamarla dall'Italia.

« *Bòn-a sera a-mìco mio*. Sei ancora sveglio? »

«Sono italiano, Barbara, tu sai» disse Salvatore Lo Bianco.

«Vuoi dire che non hai ancora cenato?»

Salvatore Lo Bianco rise. «Esatto. Mamma ora finisce di cucinare. Cena fra poco.»

«Ma a che ora andate a letto voi mediterranei? Non vi stancate mai?»

«Ci stanchiamo, ci stanchiamo» replicò Salvatore. «Infatti facciamo siesta. Dimmi, Barbara: Come va? È tanto che non sentiamo. Tutto bene? Stai tu bene? Perché non mi chiami?»

«Non mi hai chiamato neanche tu, Salvatore. Pari siamo.»

Salvatore restò zitto. Barbara sentì che stava fumando una sigaretta. Dopo un po' le disse che non capiva. «Intendo che, come io potevo telefonare a te, anche tu potevi telefonare a me» spiegò Barbara.

«Ah, be', sì: questo è verità. Colpa di tutti due. Così... Tu hai cenato? Dimmi cosa mangi.»

«Non te lo dirò mai. Vedi, io non ho una mamma che mi cucina...» Si interruppe perché di colpo le si era chiusa la gola e le era andata via la voce.

«Hai ragione. Mia mamma cucina, tutte le madri italiane. È questo che ti serve, Barbara: una mamma italiana.»

«Perfetto. Chiedi alla tua se si vuole trasferire a Londra.»

Salvatore scoppiò a ridere. «Nemmeno nei tuoi sogni!»

«Peccato. Allora, mi hai chiamato solo per vedere se ho fatto progressi con l'italiano? La risposta è no.»

«No, no. Solo volevo salutare. Era tanto che noi non sentivamo.»

«Be', allora grazie.»

«Sulle mamme: come sta tua? Quando porti a conoscerla?»

Barbara si insospettì. Salvatore non le aveva mai chiesto di sua madre. Era la prima volta che la nominavano. Era singolare che tirasse fuori l'argomento proprio in quel frangente... No, doveva averglielo detto qualcuno. E c'era una sola persona che poteva aver fatto una cosa del genere. D'altra parte, la prima a parlare di mamme era stata lei. Forse Salvatore voleva solo essere gentile.

«Sta bene. Cioè, insomma. Sta come può stare una nelle sue condizioni. E la tua? So che ti cucina pranzo e cena, ti cambia le lenzuola, ti fa il bucato e ti stira le camicie, quindi immagino sia in forma.»

«Eccellente» rispose Salvatore. «Io credo che sono le scale. Tante scale la tiene giovane.»

«Per forza...» Barbara era stata a casa dei Lo Bianco a Lucca. Abitavano in una delle torri della città vecchia. La casa era su sei piani, tutti utilizzati. La signora Lo Bianco avrebbe potuto scalare l'Everest.

«Allora, Barbara, mi dica: quando vieni a visitare a Lucca? Voglio che conosce Marco e Bianca. Loro inglese è più buono...»

«Migliore» lo corresse Barbara. «Il loro inglese è migliore.»

«Sì. Più migliore.»

Barbara scoppiò a ridere. «No. Solo migliore.»

«Okay. Il loro inglese è solo migliore.»

Barbara scoppiò di nuovo a ridere. Salvatore riusciva sempre a metterla di buonumore.

«Devi venire.»

«Ti piacciono le sorprese?»

«Mi porti sorpresa?»

«Sarò io la sorpresa. Un bel giorno sentirai bussare alla porta e mi troverai lì.»

«Presto?»

«Giuro su mia madre.»

«Tua madre? Non capisco...»

«Te lo spiego la prossima volta che ci vediamo, okay?»

«Va bene. Adesso lascio. Per voi inglesi tardi, vero? Domani devi andare a lavorare. È importante puntuale, no? Non vuole far arrabbiare la sovrintendente Ardery ora che è appena tornata: vero?»

«Vero» rispose Barbara.

«Ti dico buonanotte, allora.»

«E io ti dico: buon appetito.»

Risero.

Fu solo dopo aver chiuso la chiamata che Barbara si ricordò di non aver mai detto a Salvatore Lo Bianco che Isabelle Ardery sarebbe rientrata in servizio.

Belsize Park
Londra

Quando il tecnico veterinario responsabile degli uccelli tropicali la invitò a cena, Daidre Trahair accettò per due motivi. Il primo era che Damien Pratt, di dieci anni meno di lei, non era interessato ad altro che a una lettera di referenze per essere ammesso alla specializzazione, quindi si sentiva tranquilla. Il secondo – più importante – era che avrebbe avuto la possibilità di passare una sera lontana da sua sorella.

A scanso di equivoci, Daidre disse di non volere che fosse lui a offrire e pretese di fare alla romana. Damien Pratt accettò malvolentieri: suo padre lo avrebbe rimproverato aspramente, le disse. « Facciamo in modo che non lo venga a sapere, allora » rispose lei. Gli chiese di scegliere un locale nelle vicinanze perché la mattina seguente aveva un impegno molto presto. Era una bugia, non aveva nulla in programma, ma voleva dare un ulteriore segnale a Pratt: fra di loro non c'era e non ci sarebbe mai stato niente.

Telefonò a Gwyn per dirle che non sarebbe tornata a cena e che non era il caso di aspettarla per mangiare quello che aveva rimediato a The Terrace. Gwyn sembrò sorpresa – era normale, visto che Daidre non era mai andata a mangiare fuori con nessuno da che abitavano assieme – ma parve accogliere con gioia la notizia.

Daidre si insospettì immediatamente. In quel periodo Gwyn era ancora più diffidente del solito. Aveva telefonato due volte a Kayla Lobb e poi le aveva raccontato tutto quello che si erano dette nei minimi dettagli. Le indagini erano ancora in corso. L'ultimo aggiornamento era che nel caravan degli Udy era stata trovata una foto di Kayla e le erano state chieste spiegazioni. Kayla non sapeva dove fosse stata trovata, ma sapeva che faceva parte di una piccola raccolta di foto osé che aveva dato a Michael quando era ancora sposato con Maiden. Era convinta che lui le avesse distrutte, ma evidentemente non era così. In ogni caso, se la polizia ne aveva trovata una nel caravan degli Udy, voleva dire che qualcuno l'aveva rubata, perché a Michael non sarebbe passato nemmeno per l'anticamera del cervello di regalare in giro foto spinte di sua moglie.

Daidre non lo riteneva un motivo valido per precipitarsi in Cornovaglia e lo aveva fatto presente alla sorella, ma Gwyn aveva obiettato che la polizia ne avrebbe approfittato per dare la colpa a Goron. Sbavava per Kayla e le girava sempre intorno come un cagnolino, le aveva detto, e di sicuro se si era imbattuto per caso in quella foto – e chissà che non le avesse trovate tutte, perché magari Lobb alla fine non le aveva distrutte –, non avrebbe resistito alla tentazione di impossessarsene. Quel ritratto di Kayla nuda gli avrebbe permesso di fantasticare su una donna chiaramente fuori dalla sua portata. C'era qualcosa di morboso, okay. E, sì, d'accordo, Goron non avrebbe dovuto rubare quella foto. Ma non voleva dire niente. Non c'entrava niente con la morte di Lobb.

«La polizia però sosterrà che è un indizio, o qualcosa del genere. Un indizio compromettente per Goron. Potrebbero arrestarlo, interrogarlo... Edrek, Goron non capirà niente!» aveva concluso.

Daidre sapeva dove Gwyn voleva andare parare, ma era stata irremovibile: non era il caso di partire subito per la Cornovaglia. Non avrebbero potuto comunque fare niente. Nel momento in cui si fosse resa necessaria la loro presenza, si sarebbero messe in viaggio.

Gwyn l'aveva accusata di essere senza cuore. «Sei spietata» le aveva detto. «Pazienza: andrò da sola. Ci *devo* andare.»

«Se decidi di partire, sul treno c'è una carrozza per le biciclette» le aveva risposto Daidre. «Anche se girare in bici in Cornovaglia non è il massimo, fra la pioggia, le strade strette e tutto il resto.»

«O Bran o Goron verranno a prendermi alla stazione» aveva replicato Gwyn. «Magari verranno tutti e due.»

«Dove starai? Polcare Cove è troppo lontano da Trevellas per fare tutti i giorni avanti e indietro.»

«Starò nel caravan. Se ben ricordi, Edrek, ci ho già vissuto. Non sarà una novità per me.»

«E il tuo lavoro? Che cosa intendi fare?»

«Me ne frego del lavoro. Voglio tornare a casa.»

Daidre aveva accettato la sconfitta, ma sperava ancora che Gwyn si ricredesse. Quando quella mattina l'aveva vista uscire per andare a The Terrace come al solito, aveva addirittura pensato di averla convinta. Questo le permise di godersi la cena con Damien Pratt, che risultò più gradevole di quanto si aspettasse. Era un uomo spiritoso ed essendo anglo-indiano aveva vissuto esperienze molto diverse dalle sue. Conversarono amabilmente e alla fine della serata Daidre si rese conto di essere stata bene in compagnia, come non le accadeva da mesi.

Si salutarono con un bacio sulla guancia. «Questo potrebbe essere l'inizio di una bella amicizia» disse Daidre.

Damien sorrise. «E magari anche qualcosa di più?»

«No, Damien, no. Sono troppo vecchia per te.» Non era soltanto una questione di età, ma non era il caso di approfondire. Né con lui, né con nessun altro. Sorrise, salì in bici, gli fece ciao con la mano e partì verso casa.

Il buonumore si azzerò appena arrivò in Howitt Road. La bici di Gwyn non era legata come al solito alla ringhiera in ferro battuto davanti al bovindo e le luci in casa erano tutte spente.

Capì subito che cosa voleva dire.

Legò la bici al posto di quella di sua sorella, prese la borsa dal cestino ed entrò in casa. Venne accolta da buio e silenzio.

In cucina c'era un biglietto appoggiato a una bottiglia di vino. Il messaggio di sua sorella la colpì profondamente: *Io non sono come te, Edrek. Io so cosa significa voler bene.*

MICHAEL

La vita ha un modo tutto suo di prenderti a calci nelle mutande. Avevo sudato sette camicie con Bran e Goron tutto il pomeriggio per cercare di liberare l'escavatore che era rimasto incastrato in una maledetta fenditura sotto Godevy Point, dove non sarebbe dovuto andare proprio, visto che non abbiamo la licenza del Ducato per raccogliere materiale in quella zona. Goron ci si era infilato per dimostrare Dio solo sa cosa a suo padre, e Bran era furibondo.

Liberare l'escavatore senza danneggiarlo era stato difficile perché la fenditura aveva un'angolazione che Goron non aveva messo in conto, ma a furia di manovre – marcia indietro, marcia avanti, alza la benna, abbassa la benna e via così – alla fine ci eravamo riusciti. Bran aveva dato a Goron una bella dose di scappellotti e il ragazzo se li era presi senza ribellarsi, come un fantoccio. Io avevo detto qualcosa a Bran mentre Goron se ne stava lì a testa bassa, come un cane bastonato in attesa di ulteriori punizioni dal padrone, poi mi ero avviato verso casa.

Ero sudato fradicio e non vedevo l'ora di darmi una lavata e bere una birra. Quando entrai, mi trovai davanti l'ultima cosa che mi sarei mai aspettato: vari palloncini legati alle sedie del tavolo da pranzo e un grande cartello – scritto a mano, e capii subito da chi – che diceva *Congratulazioni, papà!* Lo sfondo era azzurro, le lettere rosa, e nel caso fossi stato totalmente ottuso c'era anche una cicogna che reggeva appeso al becco un neonato in fasce.

Sul tavolo c'erano un secchiello con una bottiglia di champagne e un gran fiocco dorato, e quattro bicchieri che aspettavano di essere riempiti.

Il mio primo pensiero fu che fossero venuti a trovarci Bonnie, la moglie di Merritt, con i due figli Apollonia e Texas – no comment sulla scelta dei nomi – e che Kayla avesse organizzato una festicciola a sorpresa per dare a Merritt la bella notizia che stava per diventare papà per la terza, e probabilmente non ultima, volta. Bonnie scodellava un pargolo via l'altro. Ma mentre pensavo questo, Kayla scese e mi si gettò tra le braccia esclamando che era vero, sì, ce l'avevamo fatta, e che era fuori di sé dalla gioia e voleva stappare lo champagne. Dovevamo brindare!

Come avrei dovuto reagire? Non ebbi il tempo di far niente perché proprio in quel momento entrò senza bussare Sebastian a braccetto con mia madre, che quasi piangeva di gioia per me, per noi e per il lieto evento. Mi disse: Immagino che sarai emozionatissimo, Mike.

Sebastian mi diede una pacca sulla spalla e mi fece i complimenti. Ora dovrai trattarla con i guanti. Si avvicinò a Kayla, le mise un braccio sulle spalle e, stringendosela al fianco, disse qualcosa a proposito della dolce attesa, che non capii perché non riuscivo a pensare lucidamente e nemmeno ci sentivo tanto bene. Sebastian aggiunse che Kayla avrebbe fatto meglio a sospendere le lezioni di ballo per un po', eh?, e lei ribatté ridendo che non ci pensava nemmeno, dato che la danza è la miglior attività fisica che ci sia, e comunque era stato proprio grazie alla danza e ai corsi di ballo che si era liberata da quello stress e quelle preoccupazioni che le impedivano di rimanere incinta.

In quel momento ebbi un'illuminazione: continuare a dare lezioni di danza significava continuare ad andare a Penzance. Era *quello* che aveva in mente Kayla, non i benefici dell'attività fisica! Sospendere le lezioni avrebbe voluto dire smettere di andare a Penzance. E chi abitava a Penzance? Che imbecille! Come avevo fatto a non accorgermene?

Tutti si aspettavano che festeggiassi, però, e così versai lo champagne, brindai con mia madre e mio fratello e baciai mia moglie, che beveva acqua frizzante. Mi disse che era felice. È il nostro sogno che si avvera, Michael.

Più che un sogno, però, a me sembrava un incubo.

Grazie al cielo ebbi il buon senso di andare a parlare della gravidanza con il mio medico. Com'era potuto succedere, visto che mi ero fatto sterilizzare?

Lui rimase sorpreso, naturalmente, e non mi fece le congratulazioni, ma mi diede una spiegazione: era raro – rarissimo – ma poteva succedere. Chissà com'è rimasta sorpresa tua moglie, mi disse.

Perché io non gli avevo mai detto che Kayla non lo sapeva. Avevo sempre usato il plurale. Tipo: Abbiamo preso questa decisione... E: Ne abbiamo parlato e siamo d'accordo a non avere figli... eccetera. Quindi il dottore credeva che Kayla lo sapesse e che fosse stata una decisione anche sua.

Disse che ci saremmo abituati all'idea, che ci sarebbe bastato vedere il bambino una volta per dimenticare che non volevamo un marmocchio a scorrazzare per casa, che la vita tende spontaneamente a riprodursi, è una forza inarrestabile – più forte di noi e delle nostre decisioni – e trova sempre il modo di affermarsi. Disse che sarei stato un ottimo padre e, bontà sua, non accennò al fatto che con i primi due figli invece ero stato un vero disastro. Disse che alla mia età non avrei avuto problemi a star dietro a un bimbetto, innanzitutto perché ero sano come un pesce e poi perché al giorno d'oggi avere cinquant'anni era come averne trenta. E poi: Sei un furbacchione, Mike. Non so cosa volesse dire esattamente.

Quindi era possibile? Glielo richiesi, per sicurezza, e quando lui disse di nuovo di sì non mi restò che credergli. Altrimenti avrei dovuto immaginare Kayla insieme a un altro, ed era una cosa che mi faceva impazzire di gelosia. Non avevo neanche voglia di vederla coccolare un neonato giorno e notte, di venire rifiutato perché lei non aveva voglia di far sesso, era esausta, indaffarata, tutta presa a cambiare pannolini e a farsi succhiare gli splendidi capezzoli da un lattante... Ma non sapevo come evitarlo.

Mi rassegnai all'idea perché non avevo scelta. Lei non parlava d'altro. Andava in giro per le stanze a prendere le misure e mi chiedeva come avremmo fatto a vivere in così poco spazio con un neonato, e se non era l'ora di pensare a cambiare casa. Le facevo notare che io e Sebastian eravamo cresciuti lì, che ci avevamo vissuto in quattro e che eravamo stati in quattro anche quando io e Maiden avevamo avuto Merritt e Gloriana. E lei mi rispondeva: Sì, tesoro, ma il mondo è cambiato e adesso ci sono tante soluzioni moderne per facilitare la vita con un neonato...

Non precisava mai quali fossero queste soluzioni moderne, ma in compenso mi faceva notare i pericoli da cui eravamo circondati, il rischio che il bambino finisse dentro il frantumatore a ganasce o rimanesse intrappolato nella ruota idraulica. L'unico problema, secondo me, potevano essere le vasche di decantazione, ma erano protette da una robusta recinzione. E così le dissi: Amore, la nostra casa è questa. E lei: Ma non deve esserlo per forza, Michael. Possiamo comprare qui in zona e lasciare il cottage a Bran. Quel caravan non va bene per Jen. Loro due potrebbero venire a stare qui, e Goron e Gwynder rimanere nel caravan. Amore, Goron non ha nemmeno un letto. Pensa a cosa significherebbe per lui... Poi fece scorrere le dita sui bottoni della mia camicia e con un sorrisetto li sbottonò uno a uno, e da lì procedemmo come di consueto. Ero pazzo di lei come sempre. E lei lo sapeva.

Kayla perse il bambino al quarto mese. Anche se mi ero rassegnato all'idea che da due saremmo diventati tre, confesso che ogni notte pregavo Dio o il fato o chi per lui affinché mi risparmiassero un terzo figlio. Ma Kayla era felice e piena di progetti per la camera del bimbo e io stavo zitto e cercavo di non pensare ai cambiamenti che stavano per stravolgerci la vita. Dopo l'aborto mi dissi: almeno adesso torniamo alla normalità. Ovviamente la coccolai, la consolai, le dissi che ne avremmo avuti altri, che era giovane e chiaramente eravamo entrambi fertili, come dimostrato dai fatti. Ora però doveva riposare, riprendersi completamente e ritrovare il buonumore e le forze. Non le sembrava il caso di interrompere le lezioni di danza per un po'? Avrei fatto qualsiasi cosa pur di tenerla lontana da Penzance e da mio fratello, che quando Kayla aveva perso il bambino si era presentato con un mazzo di fiori e la faccia da funerale. La sua espressione mi aveva costretto a riconsiderare un'ipotesi che facevo di tutto per non prendere in considerazione sapendo che, se avessi cominciato a rimuginare in quella direzione, sarei impazzito.

Kayla non rimase più incinta. Con il passare dei mesi e poi degli anni mi sentivo sempre più sollevato. Mi dicevo da solo che ero un idiota, che non dovevo essere geloso perché Kayla mi era fedele quanto lo ero io a lei. Bonnie e Merritt avevano avuto la terza figlia – e l'avevano chiamata Joyful Noise, che Dio li perdoni – e stavano aspettando il quarto, quando nella nostra vita entrò Geoffrey Henshaw.

La prima volta che Henshaw telefonò gli rispose Kayla. Stava facendo pane e biscotti da portare a Jen e voleva mettere in un cestino più piccolo anche dei biscotti per Goron. Il ragazzo la seguiva dappertutto come un cagnolino, poveraccio. Lo capivo: non aveva altro nella vita a parte il lavoro e stava in quello squallido caravan dove, secondo Kayla, gli toccava dormire sullo strapuntino perché c'erano solo due cuccette.

Quando rientrai dal lavoro, nell'aria aleggiava ancora il profumo del pane appena sfornato. Kayla non c'era e mi aveva lasciato un biglietto per dire che era andata a St. Agnes e che aveva chiamato un certo Geoffrey – il cognome le era sfuggito – per un colloquio. Ovviamente entrai subito in agitazione perché non sapevo chi fosse quel Geoffrey e perché Kayla fosse andata a St. Agnes a parlare con lui. Non l'avevo mai sentito nominare. Come faceva Kayla a conoscerlo? Dove lo aveva conosciuto? E perché?

L'unica cosa che sapevo era che a St. Agnes c'erano un sacco di posti che si prestavano a incontri clandestini. Io e Kayla ne avevamo approfittato spesso, quando lei stava al B&B e io cercavo di sganciarmi da mia moglie. Di certo Kayla sapeva dove andare a farsi strapazzare da qualcuno. Mio fratello Sebastian stavolta non c'entrava. Stavolta c'era Geoffrey.

Kayla rientrò mezz'ora dopo, quando mi ero già bevuto due belle dosi di Black Bush. Era pallida, come se il pomeriggio con quel Geoffrey l'avesse stancata moltissimo. La affrontai e le chiesi dove diavolo era stata, e quando si avvicinò la annusai sicuro di sentirle addosso odore di sesso.

Oh, Michael, Jen ha il cancro! Ecco perché stava sempre così male!

Mi raccontò che da parecchio tempo Jen aveva delle perdite di sangue da sotto, ma non aveva mai detto niente. Dato che si stava avvicinando alla menopausa, aveva pensato che fosse normale e quando si era accorta che invece normale non era ormai era troppo tardi. Non restava che pregare e sperare in un miracolo. Mi disse che Gwynder e la madre parlavano di andare in qualche santuario dove Jen potesse bere l'acqua benedetta o farsi imporre le mani o roba del genere. Bran non aveva fatto commenti e Goron era muto come un pesce. Poi scoppiò in lacrime e io le chiesi cosa c'entrava St. Agnes con tutto questo. E lei, sorpresa: St. Agnes? Allora le mostrai il biglietto e le chiesi di nuovo perché fosse andata a St. Agnes e chi diavolo fosse Geoffrey.

Lei mi rispose che non aveva idea di chi fosse quel Geoffrey e che a St. Agnes era andata dall'erborista a fare una commissione per Jen. La ascoltavo quando parlava? E come mai avevo bevuto, e quanto? E perché usavo quel tono con lei? Cosa credevo? Cosa diavolo mi era preso?

Mi era preso quello che mi prendeva sempre quando si trattava di lei. Bastava che nominasse un uomo e subito mi vedevo davanti il baratro dei ventitré anni di differenza. Scusa, tesoro, non so cosa mi è successo, le risposi. Ovviamente era una spudorata bugia.

Il risultato fu che non ebbi ulteriori informazioni su chi era quel Geoffrey finché non richiamò la mattina seguente. A quel punto scoprii che si chiamava Geoffrey Henshaw e che voleva parlare con me. Telefonò mentre stavo facendo colazione con porridge e caffè. Disse che era un geologo e che lavorava per la Cornwall EcoMining e io gli risposi che, eco o non eco, la cosa non mi interessava.

Mi chiese se ero almeno disposto ad ascoltarlo e io ribattei che no, non ero interessato, che in Cornovaglia era già stato estratto tutto l'estraibile e che lo sapevano tutti da più di cent'anni. Ma lui rispose che non era del tutto vero – basti pensare al caolino, l'argilla per la porcellana – e per mia informazione il litio era molto abbondante. La Cornwall EcoMining stava investendo nell'estrazione del litio e si aspettava di ricavarne presto utili considerevoli. Non volevo approfittare di quell'opportunità? Chiesi quale fosse, e lui mi rispose che proprio di quello voleva parlarmi, che era molto più facile spiegarlo di persona e che non mi avrebbe rubato più di un'ora e mezzo.

Kayla sentì tutto, perché avevo messo il cellulare in vivavoce in modo da poter continuare a mangiare mentre il tizio parlava. Vidi che annuiva, come a dire che dovevamo sentire che cosa ci proponeva, se non altro per curiosità. Io ero di diverso avviso. Dissi a Geoffrey Henshaw che ci avrei riflettuto, ma in realtà non ne avevo nessuna intenzione. Avevo dedicato tutta la vita alla Lobb's Tin & Pewter e non volevo sentir parlare né di litio né di nient'altro che significasse la condanna a morte della mia azienda.

Tutto questo senza tenere conto né di Sebastian, a cui nostro padre aveva lasciato una quota dei terreni e della Lobb's Tin & Pewter, né di tutti gli altri, pronti a darmi le loro opinioni non richieste. Manco fossi così stupido da non capire cosa poteva significare quell'occasione, se giocavo bene le mie carte...

Geoffrey Henshaw richiamò la mattina dopo per chiedermi se avevo deciso. Risposi che non lo avevo ancora fatto e mi diede altre ventiquattro ore. La terza volta che telefonò rispose Kayla, al mio cellulare, sostenendo che dovevamo ascoltare entrambi Henshaw perché per quanto ne sapevamo poteva essere una buona cosa per tutti.

Mi arresi. Kayla prese appuntamento con il tizio e io non protestai. Nel frattempo, doveva aver informato sia Sebastian che Merritt, perché tutti e due mi fecero una testa così.

Merritt si era rifatto vivo per la prima volta poco tempo dopo essersi messo con Bonnie e aver lasciato Londra per tornare in Cornovaglia. Aveva capito che non sarebbe mai diventato un coreografo di musical ed era andato a lavorare da sua madre, nel negozio di piante e fiori che Maiden aveva rilevato quando il proprietario aveva deciso di vendere e trasferirsi in Spagna. A Merritt quel lavoro non piaceva particolarmente, ma non aveva trovato altro perché non aveva un mestiere. Aveva puntato tutto su un futuro nei musical del West End.

Quando era rimasta incinta, Bonnie aveva deciso che il bambino doveva avere rapporti con tutti i parenti del ramo paterno, non solo con Maiden e Gloriana. Così una mattina di un fine settimana Merritt era venuto a trovarmi alla Lobb's Tin & Pewter.

Si presentò direttamente in bottega. Stavo colando lo stagno liquido in un nuovo stampo per gioielleria, che è un'operazione delicata perché il metallo fuso va colato in maniera uniforme e senza sbavature, e così quando sentii aprire la porta dissi di aspettare un attimo e sentii Merritt che diceva: Ciao, papà. Entrai in agitazione perché erano anni che non ci vedevamo. Non speravo manco più che mi perdonasse. E in effetti non era venuto per perdonarmi, ma per annunciarmi che lui e Bonnie stavano per diventare genitori. Bonnie, mi disse, teneva molto alla famiglia. Sua madre e suo padre vivevano nel Cambridgeshire, quindi il bambino non avrebbe potuto vederli spesso. Per questo motivo Bonnie voleva avere una famiglia in Cornovaglia, e non le bastavano Maiden e Gloriana, visto che esisteva anche un nonno. Ma, se Merritt non glielo avesse detto, il nonno non avrebbe mai saputo di essere tale.

Dopo un po' venne fuori che non era l'unica ragione per cui Merritt voleva fare pace: aveva bisogno di un lavoro. Aveva quello con la madre, certo, ma gliene serviva un altro perché doveva affrontare un sacco di spese, adesso che aveva messo incinta la compagna. Mi sarebbe piaciuto poterlo accontentare, ma avevo a malapena lavoro sufficiente per Bran e Goron, e glielo dissi.

Merritt ci restò male e misi in conto che molto probabilmente avrebbe interrotto di nuovo i rapporti. Ma non lo fece, e questo fu gratificante. Mi ha perdonato. Spero che un giorno anche Gloriana lo farà.

Quindi Kayla non aveva tutti i torti a dire che Sebastian e Merritt erano interessati alla proposta della Cornwall EcoMining e che volevano sentire Geoffrey Henshaw. Sapeva che Sebastian aveva una partecipazione del 40 percento nella Lobb's Tin & Pewter – glielo avevo detto anni prima – e probabilmente pensava che alla mia morte l'attività sarebbe passata ai miei figli. Il fatto è che io non ho nessuna intenzione di morire presto e voglio lasciare a lei la mia quota della Lobb's Tin & Pewter. Comunque pensarci adesso è prematuro.

E così accettai di dedicare un'ora e mezzo del mio tempo a Geoffrey Henshaw, che si presentò pochi giorni dopo. Stava incontrando diversi proprietari terrieri in tutta la Cornovaglia, perché la Cornwall EcoMining voleva acquisire i diritti minerari su ogni metro quadrato di terra che non fosse di proprietà del Ducato.

Si presentò al volante di un macinino che sembrava un residuato bellico, ma vestito di tutto punto, con un completo tre pezzi, nodo Windsor alla cravatta e ventiquattrore in mano. Kayla gli aprì subito la porta perché lo avevamo visto arrivare dalla finestra.

Era un bell'uomo, un po' effemminato. Schiena dritta, fisico snello e una gran testa di riccioli. Ci tenne a farmi sapere subito che era geologo, che aveva studiato alla scuola mineraria e che sapeva tutto di estrazione.

In effetti sull'estrazione di stagno alluvionale era molto preparato. E anche se non era nato in Cornovaglia, l'attività mineraria faceva parte della storia della sua famiglia, proprio come della mia. Il suo bisnonno aveva fatto il minatore nelle Midlands, suo nonno era stato impiegato negli uffici di un'azienda mineraria nel Galles e suo padre era amministratore delegato di una società che aveva miniere in vari Paesi europei e sudamericani. A ogni generazione, la famiglia Henshaw era salita di un gradino, e probabilmente Geoffrey Henshaw intendeva raggiungere la vetta, quale che fosse.

Aprì la ventiquattrore, tirò fuori vari opuscoli, disegni e una rivista patinata, e ci spiegò dalla A alla Z il procedimento di estrazione del litio.

Concluse affermando che si trattava di un metodo assolutamente non invasivo, anche se non capivo come fosse possibile, dal momento che bisognava fare trivellazioni in tutta la contea. Le trivellazioni servivano per trovare serbatoi geotermici e prendere le salamoie che contenevano il litio.

Sembra molto semplice, disse Kayla. A quanto pareva i terreni sarebbero rimasti praticamente intatti, no? E poi a Henshaw: Me lo può confermare, dottor Henshaw?

Non mi chiami dottore, la prego, ribatté lui arrossendo. Si aggiustò il nodo della cravatta e disse che sì, in linea di massima era vero. Nel caso della Lobb's Tin & Pewter, tuttavia, la Cornwall EcoMining aveva pensato a un progetto diverso, più importante, se avevamo la pazienza di ascoltarlo.

Kayla mi guardò come a dire: *Lo ascoltiamo?*

Lo invitai a proseguire, anche se in tono molto poco incoraggiante.

Nel caso della Lobb's Tin & Pewter, spiegò Henshaw, la Cornwall EcoMining non era interessata esclusivamente ai diritti minerari. Il nostro sito andava bene per la lavorazione del litio, non per il pompaggio dalla falda geotermica. E per la lavorazione avevano bisogno di uno stabilimento, che sarebbe stato costruito senza alcun impatto negativo sull'ambiente. La Cornwall EcoMining avrebbe portato ricchezza e benessere in tutta la regione, perché avrebbe creato più di cento posti di lavoro a tempo indeterminato. Lo stabilimento avrebbe lavorato ventiquattr'ore su ventiquattro, spiegò Henshaw, e poi mi disse che, se volevo un qualche ruolo nell'impresa, lui poteva procurarmelo. In ogni caso mi avrebbero pagato la proprietà al prezzo di mercato. E si poteva prevedere che mi venisse riconosciuta anche una percentuale sugli utili che sarebbero indubbiamente maturati una volta ammortizzato l'investimento richiesto per le trivellazioni, per la costruzione dell'impianto di lavorazione e delle altre strutture necessarie per i dipendenti. Dry-room, mensa, servizi igienici eccetera.

Ci informò che si trattava di un'offerta particolare, che non veniva fatta a tutti, ma ci fece capire che la Cornwall EcoMining stava valutando anche altri siti. Servivano solo due centri di lavorazione, e soltanto uno sulla costa sud-orientale. Confessò di avere già in corso diverse trattative e concluse con: In questi casi chi prima arriva meglio alloggia, non so se mi spiego.

Risposi come avrebbe risposto qualsiasi imprenditore dotato di buon senso. Avrei letto i documenti, ci avrei riflettuto, ne avrei parlato con mia moglie, avrei chiesto l'opinione del mio socio e poi gli avrei fatto sapere. Ribatté che capiva e apprezzava, ma mi consigliava di non aspettare troppo. A volte, concluse sorridendo a entrambi, chi dorme non piglia pesci.

Anche se, in quanto socio di minoranza della Lobb's Tin & Pewter, Sebastian non poteva avere l'ultima parola, mi sentii in dovere di parlargliene. Sapevo già che mi avrebbe detto di vendere tutta la stramaledetta baracca finché c'era qualcuno che la voleva. Questo perché, ovviamente, a lui non interessava – aveva definito più volte la Lobb's Tin & Pewter una croce che mi portavo sulle spalle – e perché per mantenerla a galla era necessario reinvestirci la maggior parte degli utili. Tiravamo avanti – io e Kayla, intendo – ma era ovvio che la Lobb's non ci avrebbe mai fatto diventare ricchi.

La mia riluttanza all'idea di vendere non era dovuta solo agli utili che potevamo o non potevamo ricavarne, però. Dovevo tenere in considerazione Bran e la sua famiglia. Lavorava per me da anni, e ora più che mai aveva bisogno di un impiego, con la moglie malata e i gemelli di nuovo a casa. Che ne sarebbe stato di loro se avessi venduto?

Secondo Sebastian ero un idiota a farmi tanti scrupoli. Bran poteva trovarsi un altro lavoro, e per quanto riguardava i figli, mica erano disabili, no? C'era lavoro in abbondanza per chiunque fosse disposto a rimboccarsi le maniche. Non aveva idea di dove potesse andare a lavorare Bran, ma ne aveva a iosa su come potevamo gestire la vendita della Lobb's alla Cornwall Eco-Mining e su cosa avremmo potuto fare con il ricavato.

Potresti finalmente portare via Kayla da quella topaia, disse. Merita di vivere in un ambiente piacevole, anziché in quel postaccio. Non fare l'idiota, Mike.

Io e Kayla eravamo sempre stati felici lì dove eravamo. Avevamo avuto il dispiacere del bambino – per Kayla era stato veramente un dolore, io avevo fatto finta –, però l'avevamo superato. Era vero che Kayla pativa un po' l'isolamento, ma la sua tristezza di quel periodo era dovuta a Jen, che era malata, e adesso che si prendeva cura di lei con Gwynder ero certo che sarebbero diventate amiche. Kayla e Gwynder avevano più o meno la stessa età: ero sicuro che l'affetto di Kayla per la madre si sarebbe esteso anche alla figlia. Era naturale.

Di questo però con Sebastian non feci parola. Mi limitai a dirgli che eravamo felici dove eravamo, io e Kayla. E poi, cosa avrei fatto se avessi smesso di lavorare? Questo lavoro è la mia vita, dissi. Sei un idiota, Mike, disse Sebastian. Quando aprirai gli occhi e capirai come stanno le cose, sarà troppo tardi.

18 APRILE

Westminster
Londra

Barbara Havers era grata della distrazione che le aveva procurato la telefonata di Salvatore Lo Bianco. La sua mente aveva smesso di enumerarle i suoi molteplici difetti e mancanze in quanto figlia e si era fissata su un'altra questione: che cosa c'era dietro la telefonata di Salvatore? Più ci rimuginava, più sentiva montare la collera. Immaginava rabbiosamente versioni su versioni del discorsetto che intendeva fare all'ispettore Lynley alla prima occasione.

Lynley non aveva preso nemmeno in considerazione la possibilità che lei desiderasse una certa riservatezza su faccende che erano per l'appunto riservate. Non si rendeva conto che stava a lei e solo a lei dire o non dire se sua madre era viva o morta? Certe volte – e quella era una – Lynley lasciava che il sangue blu prendesse il sopravvento e dall'alto del suo titolo nobiliare credeva di poter dettare legge sui comuni mortali come lei. Non capiva. E lei, semplice poliziotta, doveva subire.

Dormì malissimo. A parte la telefonata di Salvatore, aveva troppe cose nella testa e i pensieri correvano come criceti nella ruota, girando in tondo inutilmente tra mille considerazioni sulla morte della madre. Si era fatta una serie di elenchi mentali, ma ogni volta dopo un po' aveva cambiato idea. Non riusciva a prendere una decisione e non capiva perché.

Era per questo che era tanto arrabbiata con Lynley. Si sentiva paralizzata, prigioniera in un blocco di ghiaccio, ma l'unica che poteva far sciogliere quel ghiaccio era lei, e con i suoi tempi. Invece Lynley aveva preso l'iniziativa di testa sua e adesso tutti avrebbero incominciato a farle domande, a chiederle quand'era il funerale, ansiosi di... starle vicini? Dimostrarle affetto? Cos'è che erano tanto ansiosi di fare?

Arrivò a New Scotland Yard in totale confusione. Aveva trovato traffico da Chalk Farm fino a destinazione e questo non le aveva certo migliorato l'umore. La prima persona che vide fu proprio Lynley. Chiacchierava al telefono tranquillo e beato, tutto sorrisi, con l'aria del gatto davanti a una ciotola di croccantini.

Barbara posò la borsa e lo raggiunse nel suo ufficio. Appena varcata la soglia, Lynley alzò gli occhi, registrò la sua espressione e si scusò con il suo interlocutore al telefono. «Ti richiamo.» Rimase un momento in ascolto e poi aggiunse: «Sì, sono d'accordo».

Chiuse la chiamata e posò il telefono. «Cosa ci fa qui, Barbara? Ha diritto a un congedo: perché non se ne sta a casa?»

Barbara prese un bel respiro per cercare di calmarsi e disse: «Dove vuole arrivare, ispettore?»

Lui la fissò un attimo prima di rispondere: «In che senso? Sta bene, Barbara? Posso fare qualcosa per lei?»

«Mi sembra abbia già fatto abbastanza. O no?»

«Non so a cosa si riferisce.»

L'espressione innocente di Lynley la mandò in bestia. «Lo sa benissimo, invece.»

«Barbara, glielo giuro. Non so...»

«Forte del suo titolo nobiliare dei miei stivali, lei pensa di potersi intromettere brutalmente nella mia vita, senza il minimo rispetto, nella convinzione assoluta di essere dalla parte della ragione. Deve andare tutto come vuole lei e, quando non succede, lei può sempre nascondere la polvere sotto il tappeto. Non è così?»

«Ma cosa sta dicendo, Barbara?»

«Non faccia il finto tonto!» Barbara alzò la voce. L'algido aplomb di Lynley la spingeva ai confini della follia. Quell'uomo avrebbe fatto ammattire chiunque, ed erano anni che lei lo sopportava. Anni e anni. «Questa è l'ultima volta che entra a gamba tesa nella mia sfera privata, chiaro?»

«Questo mi è chiaro, sì» rispose Lynley con la massima calma. «Quello che non mi è chiaro è il motivo della sua sfuriata.»

Di male in peggio! Quel tono garbato, gentilizio, da scuole esclusive... Il tono di chi si sente su un piedistallo... Sembrava che lo facesse apposta, a rimarcare il divario fra loro. Barbara era furibonda, pronta a esplodere come un razzo sulla rampa di lancio. « È andato a dirgli di mia madre, gli ha chiesto di telefonarmi! Sapeva persino che Ardery è tornata a lavorare! L'ho capito da quello, che era stato lei. Perché sono sicura di non avergli mai detto che la sovrintendente riprendeva servizio. »

Barbara si rallegrò nel cogliere un lampo di imbarazzo nell'imperturbabile ispettore. Vide che prendeva fiato. Per farsi coraggio? Per chiedere aiuto al Signore?

« Non è andata così, Barbara. Esattamente l'opposto. È stato lui a chiamare me, non viceversa. Era preoccupato per lei. Stiamo parlando di Salvatore, vero? »

« Baggianate! » urlò Barbara. « Tutte baggianate, dalla prima all'ultima! Non mi guardi con quella faccia! Lei lo sapeva, che mia madre era vicina alla fine... Lo sapeva, che era... che era... »

« Barbara, sapevamo tutti che sua madre era vicina alla fine. »

« Ma solo lei e Dorothea sapevate di... lui. »

« *Lui* » ripeté Lynley.

« Esatto, lui! Sa benissimo di chi parlo. Stavo per cascarci di nuovo, sa? Si metta nei miei panni! Poi però ha parlato della sovrintendente Ardery e ho capito tutto. Perché, vede, lungi dal dirgli che Ardery stava per tornare, manco gli avevo detto che se n'era andata. Non l'avevo mai nemmeno nominata. Questo significa che l'ha saputo da qualcun altro. Sappiamo entrambi da chi. »

Lynley non rispose. Teneva in equilibrio una biro sulla punta delle dita. La posò. Aveva l'aria così assorta e meditabonda che a Barbara venne voglia di cavargli gli occhi.

« Non lo neghi! » urlò. « È stato lei. Gli è andato persino a dire... Gli ha persino... Ma perché? Perché? Non ha pensato a come mi sarei sentita? Mi ha telefonato solo perché gli facevo pena! E io sono stufa di far pena, di venire considerata una povera, patetica... »

« Un momento » la interruppe Lynley. « Nessuno la considera patetica. »

« Ma per piacere! Ve lo leggo in faccia, sa? Quella sfigata di

Barbara, che non riuscirebbe a tenersi un uomo accanto manco se ne andasse della sua stessa vita. La sua di lui, intendo. Sono stufa e arcistufa! E comunque non mi ha ancora risposto: perché l'ha fatto? Che cosa le è venuto in mente di... »

« Ispettore? »

La voce arrivava dal corridoio. Barbara si voltò mentre Lynley diceva: « Che c'è, Winston? » Era l'ispettore investigativo Nkata. Indicò con la testa nella direzione dell'ufficio della sovrintendente.

« Ha appena chiamato Dee. Dice che sta arrivando. »

Una frazione di secondo dopo, Nkata si fece da parte e sulla soglia comparve Isabelle Ardery, scortata da Dorothea, che si stropicciava le mani con aria mortificata. La sovrintendente sembrava di pessimo umore.

Barbara si ricordò che cosa si era messa quella mattina dopo aver deciso di andare a parlare con Lynley nel momento stesso in cui la sovrintendente incominciò a squadrarla: una vecchia T-shirt *Chicken Little Was Right*, i consueti pantaloni a righe da clown, scarpe da basket rosse, felpa annodata in vita. Inoltre non si era pettinata, e neppure lavata la faccia. Insomma, era un disastro. Lynley, invece, era elegantissimo come suo solito, con tanto di panciotto e orologio a cipolla nel taschino – ma chi li usava più? – camicia bianca e cravatta dal nodo impeccabile, non un capello fuori posto.

« Vi si sente a un chilometro di distanza: ne siete consapevoli? » chiese Ardery. Indicò prima Lynley, poi Havers, poi di nuovo Lynley. « Non lo trovate un comportamento poco professionale? » E, prima che Barbara avesse il tempo di aprir bocca, aggiunse: « Venite nel mio ufficio. Tutti e due ».

Westminster
Londra

Sotto tortura, Lynley avrebbe prontamente ammesso di desiderare che Barbara Havers avesse qualcuno o qualcosa nella sua vita, oltre al lavoro. Avrebbe ammesso anche di aver detto a Salvatore Lo Bianco che la madre di Barbara era mancata. Ciò che non avrebbe mai ammesso, nemmeno se gli avessero infilato schegge di bambù arroventate sotto le unghie, era di essere stato lui a telefonare a Lo Bianco e non viceversa. Su questo aveva mentito.

Era convinto che Barbara Havers e Salvatore Lo Bianco fossero fatti l'uno per l'altra e che avessero semplicemente bisogno di una spintarella per capirlo da soli. Fra loro era scattata la scintilla sin dal primo incontro, Lynley se n'era accorto subito. Se lui l'avesse alimentata un pochino, si sarebbe potuta trasformare nel fuoco della passione.

Sapeva cosa gli avrebbe detto Helen, se fosse stata ancora viva: *Sai, Tommy, non credo che questa sia una delle tue idee migliori. E se Barbara viene a sapere che ti stai impicciando degli affari suoi?* Avrebbe inclinato la testa, gli avrebbe sorriso in quel suo modo inconfondibile e avrebbe aggiunto: *Nutro per te la massima stima, ma in questo caso...* Be', sì, in effetti stavolta aveva ragione Barbara.

Entrarono tutti e tre nell'ufficio di Isabelle, che senza nemmeno voltarsi ordinò a Lynley e Barbara di chiudere la porta. Poi si parò di fronte a loro con le braccia conserte e un'espressione severa. Lynley notò che l'ufficio era cambiato poco da quando Isabelle ne aveva ripreso possesso. Sulla credenza c'erano le foto dei figli gemelli, James e Laurence, una caraffa di acqua e sei bicchieri. Isabelle aveva cambiato il sottomano sulla scrivania e aveva messo una tazza con la scritta *Best Mum Ever* accanto al calendario da tavolo e alle due vaschette per i documenti in entrata e in uscita.

Guardò Lynley, poi Barbara, poi di nuovo Lynley. «Ditemi.»

«L'ispettore si è intromesso indebitamente...» partì Barbara. E contemporaneamente Lynley disse: «Si tratta di un semplice malinteso».

«Che cosa? Come può avere la faccia tosta di...»

«Basta così» sbottò Isabelle. Puntò il dito contro Barbara: «Lei è in permesso retribuito per evento luttuoso. A partire da oggi. È chiaro?»

«Senta, non ho bisogno di nessun...»

«Non mi interessa che lei ne senta il bisogno o meno, sergente Havers. È evidente che non è in condizioni di lavorare. E se c'è una che sa quali sono le condizioni minime per poter lavorare, be'... quella sono io.»

«La prego» disse Barbara. «Non mi costringa a... Non succederà più: glielo giuro su un pila di bibbie.»

«Non succederà più, concordo» replicò Isabelle. «Perché lei sarà in permesso. Ha perso sua madre, ha diritto a un periodo di licenza e ne usufruirà. Chiaro?»

«Se mi ascoltasse un momento...»

«Basta così, sergente. Vada a casa. Non la voglio vedere qui per almeno una settimana.»

Barbara impallidì.

«Nel caso si annoiasse, le consiglio di fare un po' di shopping. Non può continuare a presentarsi al lavoro conciata così. Rinnovi il guardaroba, dia retta a me.» Isabelle si voltò verso Lynley. «Lei, ispettore, ha un talento naturale per far saltare i nervi al prossimo. Spero che dopo tutti questi anni in polizia ne abbia preso consapevolezza. E siccome ho il sospetto che il vostro contenzioso sia nato da qualcosa che ha fatto lei, la prego di rimediare. Non è responsabile del sergente Havers sul lavoro e meno che mai fuori dal lavoro. Sono stata abbastanza chiara o devo prendere misure più drastiche?»

Misure più drastiche significava coinvolgere Hillier, cosa che nessuno voleva, neppure Isabelle. Barbara lanciò un'occhiataccia a Lynley e annuì. «È tutto chiaro» sussurrò.

In quel momento poco opportuno partì la suoneria del cellulare di Lynley: era John Penellin. «Posso?» chiese l'ispettore a Isabelle.

«Prego» rispose lei secca. «Qualsiasi cosa, basta che ve ne andiate. Tutti e due.»

Barbara uscì per prima e andò dritta alla sua scrivania senza aspettare Lynley. Si limitò a voltare la testa per dirgli: «Non finisce qui, ispettore».

Lynley la vide prendere la borsa e mettersela a tracolla. Sospirò e rispose al telefono: «Ciao, John».

«Ho fatto quella telefonata» disse John Penellin.

Per un attimo Lynley pensò che si riferisse anche lui a Salvatore Lo Bianco. Ma, ovviamente, non era possibile. «Quale telefonata?»

«Alla compagnia mineraria di cui ti parlavo. Sono interessati. Non promettono nulla, ma vorrebbero dare un'occhiata e incontrarci per spiegarci come funziona. Se a loro piacciono i terreni e a noi piace la loro offerta... Be', potrebbe essere risolutivo. Non ho ancora preso appuntamento. Tu quando potresti venire?»

«Parlo con la sovrintendente. In questo momento non è granché bendisposta nei miei confronti, ma posso provare a chiederle qualche giorno di ferie.»

Regent's Park
Londra

Appena aveva letto il biglietto, Daidre aveva provato a chiamare la sorella al cellulare. Invano: o Gwyn aveva spento il telefono sapendo che lei l'avrebbe cercata, oppure era in una zona dove non c'era segnale. Daidre propendeva per la prima ipotesi. Gwyn non voleva parlare con lei di Goron e dell'omicidio di Michael Lobb perché era convinta che si fossero dette tutto quello che c'era da dire. Trovava giusto tornare in Cornovaglia e aveva deciso di partire: punto e basta.

Quella mattina, quando suonò la sveglia, Daidre si tirò a sedere nel letto e fece un altro tentativo. Aveva anche il numero di Bran, ma non lo chiamò. Non aveva nessuna voglia di parlargli.

Arrivata allo zoo, andò per prima cosa a The Terrace ad avvertire che Gwyn Udy quel giorno non sarebbe andata a lavorare. Stava poco bene, aveva l'influenza, spiegò. Era meglio per tutti che stesse a casa, evitando di contagiare personale e clienti. Il responsabile le chiese quando pensava di riprendere a lavorare e Daidre rispose che probabilmente ci sarebbe voluto qualche giorno. Doveva guadagnare tempo per tentare di convincerla a tornare alla sua vita.

La richiamò appena uscita da The Terrace. Gwyn continuò a non rispondere. Daidre capì che quello di sua sorella era una specie di braccio di ferro: si negava nella speranza che lei la raggiungesse in Cornovaglia per riportarla a Londra. No, Gwyn non voleva tornare a Londra. Tutt'altro. Voleva che Daidre stesse con loro in Cornovaglia e magari sfoderasse una bacchetta magica con la quale tirar fuori Bran e Goron dai guai in cui si erano cacciati, qualunque essi fossero. Daidre non lo sapeva di preciso e non sentiva il bisogno di approfondire.

Di solito la giornata volava via senza lasciarle nemmeno il tempo di prendere fiato, ma quel giorno le ore parvero interminabili, lente come un'elefantessa che accompagna il piccolo appena nato in un luogo sicuro.

Le squillò il cellulare alle tre e mezzo, mentre stava tornando in ufficio dopo un incontro con il responsabile delle iniziative filantropiche. Si fermò, vide che era la sua segretaria e siccome la sua segretaria la chiamava solo in caso di emergenza – riguardo a un animale dello zoo o a qualche grana amministrativa – rispose subito.

La donna disse che aveva chiamato una persona dalla Cornovaglia cercando la dottoressa Trahair e aveva chiesto il suo numero di cellulare. Quindi non era Gwyn, pensò Daidre. Aveva detto come si chiamava? No, aveva lasciato solo un numero di telefono. Voleva che glielo dettasse? Sì, grazie.

Daidre fece il numero e subito le rispose una voce femminile, affannata come se avesse corso. «Edrek?»

«Con chi parlo?» Daidre suonò aggressiva, ma sentirsi chiamare con quel nome la indisponeva. Tollerava di essere chiamata Edrek soltanto da Gwyn e Goron. Bran non la chiamava né Edrek né Daidre, per il semplice motivo che non si parlavano da più di vent'anni.

«Mi scusi. Sono Kayla Lobb. Parlo con Edrek Udy? La sorella di Gwyn Udy?»

«Non sono più Edrek Udy, ma Daidre Trahair. Gwyn è lì con lei? È stata Gwyn a dirle di chiamarmi?»

«No. È stata un'idea mia. Nel senso che sono io che l'ho voluta chiamare. Gwyn diceva che era inutile, ma io credo che lei debba essere al corrente di quello che è successo.»

Daidre aspettò che glielo spiegasse. Sentì una voce maschile in sottofondo e lì per lì pensò che fosse Bran e che la signora Lobb stesse facendo da intermediario tra lei e quello che non era mai stato un padre per nessuno dei tre figli. «C'è Bran Udy con lei?» chiese, brusca.

«No, no. È mio fratello. Non sappiamo come comportarci, nessuno dei due. Ma forse lei ci può aiutare.»

«Se mi dice che cosa è successo, forse...» Daidre stava perdendo la pazienza. Non era in vena di giocare agli indovinelli.

«Gwyn stamattina è andata a Truro. Le abbiamo detto in tutti i modi di non farlo, le abbiamo consigliato di aspettare di avere notizie più precise per capire meglio come muoverci. Niente da fare: appena ha saputo di Goron, non c'è stato verso di fermarla.»

«Gli è successo qualcosa?»

«La polizia lo ha interrogato una prima volta qualche giorno fa, quando ha perquisito il caravan. Poi, ieri, lo hanno arrestato e gli hanno fatto un altro interrogatorio. Adesso è a Truro. Deve comparire davanti alla Magistrates' Court.»

Daidre cercò la panchina più vicina e si sedette. Non sapeva bene come funzionasse il sistema giudiziario in Inghilterra, ma da quanto aveva capito dai polizieschi che guardava in tv e da Tommy, la Magistrates' Court era la corte più bassa, che si occupava di reati minori o di infrazioni risolvibili con una sanzione pecuniaria. Tenuto conto del fatto che c'era stato un omicidio, tuttavia, dubitava fosse quello il caso.

«Perché? Cos'ha fatto... Pensano che...?»

Kayla Lobb restò zitta e Daidre temette di averla scioccata dimostrando la propria ignoranza in fatto di corti giudiziarie. Oppure Kayla Lobb stava cercando il coraggio per darle una notizia sconvolgente. «Verrà incriminato per omicidio» disse infatti.

A Daidre si offuscò la vista. Sbatté le palpebre più volte e vide che di fronte a lei si erano seduti una mamma e un bambino con una gran testa di riccioli rossi. Il bambino stava mangiando un cono da cui il gelato colava sulla maglietta, sui pantaloni, sulle mani e persino sulle scarpe da ginnastica.

Kayla Lobb stava continuando a parlare. Daidre si sintonizzò di nuovo. «... penalista specializzato. Se Goron viene rinviato alla Crown Court, l'avvocata d'ufficio che gli hanno dato per l'interrogatorio non lo potrà più seguire. Lo ha spiegato a

Gwyn, e Gwyn lo ha spiegato a me. Si chiama... Willen, dov'è il foglietto su cui hai scritto il nome dell'avvocata? Ah, eccolo. Furat Rafiq. Così si chiama l'avvocata d'ufficio. Speriamo che ci raccomandi lei qualcuno. Un penalista esperto in omicidi, intendo. Io e Willen pensavamo... cioè, secondo noi se ne dovrebbe occupare una persona di famiglia, ma Gwyn non ce la può fare, è in uno stato pietoso... E Bran non saprebbe nemmeno da che parte cominciare. E così, abbiamo ritenuto opportuno... Cioè, veramente è stata un'idea mia. Insomma, ho creduto doveroso informarla.»

«Dove sono adesso Goron e Gwyn? Sono ancora a Truro?»

«Gwyn non lo so. Goron è in prigione. Furat Rafiq mi ha detto che lo hanno portato a Exeter, in custodia cautelare. Può darsi che anche Gwyn sia andata a Exeter. Mi auguro di no, visto che non può fare niente, adesso come adesso. Non l'ha chiamata?»

«No, non mi ha chiamata.»

«Mi dispiace tanto. Sappiamo tutti che Goron non avrebbe mai fatto del male a Michael. Non riusciamo a capire come mai siamo arrivati a questo punto. È...»

Le si incrinò la voce.

A Daidre venne in mente che non le aveva ancora fatto le condoglianze. Kayla Lobb era rimasta vedova e lei non aveva pensato neppure per un attimo a cosa doveva provare. «Mi spiace... Suo marito è mancato e io non... Condoglianze. Mi perdoni. Avrei dovuto...»

«Non si preoccupi. È che in caso di morte violenta... cosa si dice?»

Daidre sentì di nuovo la voce dell'uomo in sottofondo e Kayla che rispondeva: «Sì, lo so». Poi, a Daidre: «Guardi, ci rendiamo conto che le stiamo chiedendo tanto, ma secondo noi... quantomeno per il bene di Gwyn...»

«Ho capito» disse Daidre.

Westminster
Londra

La risposta di Isabelle Ardery alla richiesta di Lynley fu immediata: « Sì, sì, prenditi tutti i giorni che vuoi ». Poi aggiunse: « Non hai turni di servizio, giusto? »

Lynley rispose di no e si trattenne dal precisare che non prendeva ferie da mesi.

« La tua richiesta è in qualche modo legata al sergente Havers? » fu la domanda successiva della sovrintendente.

« Ma no, figurati! Ho fatto tesoro di quanto mi hai detto. Mi tocca andare in Cornovaglia per alcuni problemi nella casa di famiglia. L'amministratore della tenuta mi ha telefonato per... »

« L'amministratore della tenuta? Vabbè, lasciamo stare. Però dimmi, Tommy: in che secolo vive la tua famiglia? »

« Purtroppo non in quello di maggiordomi, cameriere, valletti, governanti e giardinieri. Peccato, mi sarebbe piaciuto. E anche a mia madre, che deve accontentarsi di un vecchio maggiordomo e di qualche aiuto esterno. Sempre meno, comunque. Gli aiuti esterni, intendo. Il maggiordomo è fisso. »

« Hai un maggiordomo? » chiese Isabelle.

« Solo perché alla sua età non troverebbe mai un altro impiego » rispose Lynley. « Potrebbe andare in pensione, certo, ma non ne vuole sapere. Eppure, oltre alla nostra, avrebbe anche la pensione dell'esercito, che è sostanziosa. Lavora con noi da tantissimi anni, da quando mio padre si è ammalato la prima volta, ed è convinto che mia madre e mia sorella non siano in grado di cavarsela senza di lui. »

Isabelle alzò una mano per zittirlo. « Non ti devi giustificare. Immagino abbiate tutti i diritti di avere... non dirmi che la chiamate 'servitù', ti prego. »

« Un aiuto in casa » disse Lynley. « Per quanto il signor Hodge non aiuti più granché, visto che dorme quasi tutto il giorno. »

« Il signor Hodge sarebbe il maggiordomo? »

« Esatto. »

« Be', dopo tanti anni, potrà pure schiacciare un pisolino! »

« Immagino di sì » concordò Lynley.

A quel punto Isabelle lo congedò: « Va bene, vai pure in ferie. Arrivederci ».

Lynley la ringraziò e se ne andò. Isabelle stava già allungando la mano verso il telefono che si era messo a squillare. Lynley sentì che diceva « Sì, Judi? » e capì che era stata convocata nell'ufficio del vicecommissario.

Chiamò l'ascensore riflettendo che la sua risposta a Isabelle era stata sincera solo in parte: era vero che aveva chiesto ferie per un motivo che non aveva nulla a che fare con Barbara Havers, ma era vero anche che intendeva coinvolgerla. La circostanza che si era venuta a creare, infatti, per una fortunata combinazione di esigenze, eventi e difficoltà, poteva essere di aiuto per la sua storica partner, che stava chiaramente attraversando un momento difficile.

Salì in macchina e la chiamò. La risposta di Barbara fu: « Cosa c'è? Anzi: cos'*altro* c'è? »

Lynley non raccolse la provocazione. « La partita è aperta! Prepari le valigie, sergente. Ho bisogno di lei. »

« Quale partita? » chiese Barbara.

« Glielo spiego strada facendo » rispose Lynley. « Ci vediamo domani mattina alle dieci alla stazione di Paddington. »

« È uno scherzo, ispettore? »

« No. Come lei ben sa, gli scherzi non sono il mio forte. Prendiamo il treno per andare a Exeter. »

« A fare? »

« A prendere la coincidenza per Penzance. »

« Cosa andiamo a fare in Cornovaglia? Perché? Cos'ha in mente, ispettore? »

« Niente. Devo andare a Howenstow. Le sto solo chiedendo di accompagnarmi. »

« No, no, no » ribatté Barbara. « Mi scusi, ma lei ha parlato di un inizio partita. »

« Era un modo di dire. Allora, viene con me in Cornovaglia? »

« Nella sua tenuta di famiglia? Piuttosto mi faccio estrarre tutti i molari senza anestesia. Non saprei che posate usare. E potrei essere tentata di rubare l'argenteria. Non so fare le riverenze. »

« Non ce ne sarà bisogno » ribatté lui.

« Non mi fido. »

«Si fidi. Quanto alle posate, farò in modo che a lei ne diano soltanto tre. Va bene?»

Silenzio. Lynley lo interpretò come un buon segno.

«Posso mangiare in cucina, ammesso che venga?» chiese. «E stare nella camera della governante? Avrete avuto una governante, no? E avrà avuto una camera, giusto?»

«Non le rispondo nemmeno, Barbara. Mi lasci solo dire che alla mia famiglia dispiacerebbe, se lei scegliesse di mangiare per conto suo. Ma se per lei è un problema... Ne parliamo in treno, andando a Exeter, va bene? Ci pensi, Barbara: ha una settimana libera e la possibilità di passarla in Cornovaglia. È mai stata in Cornovaglia, Barbara?»

«Ci vado tutti gli anni. Due volte l'anno. In uno dei resort più costosi.»

«Be', potrebbe essere la volta buona per visitarla, no?»

Barbara sospirò. «Non è contemplato che io rifiuti il suo invito, vero?»

«Perspicace come sempre, Barbara.»

«E va bene. Ma mi serve almeno un giorno per prepararmi.»

«In che senso? A cosa?»

«Mi servono dei vestiti decenti, se devo presentarmi ai pranzi di famiglia.»

«Va benissimo vestita com'è, Barbara.»

«E certo! Qualsiasi cosa mi metta, sembro comunque un tacchino ripieno. Ma lei, se posso chiedere, come fa a essere sempre così elegante?»

«Ho ereditato il guardaroba di mio padre.»

«Non ci credo. Lei ha un sarto personale, non lo neghi.»

«Credevo che Dorothea le stesse dando una mano a rinnovare il guardaroba.»

«Ci ha provato, ma anche la sua pazienza ha un limite.»

Lynley sorrise nel ritrovare un barlume della vecchia Barbara. «Avverto tutta la famiglia, così avranno il tempo di prepararsi ai suoi outfit. Va bene? Ci vediamo domattina alla stazione di Paddington, allora.»

«Uffa! Va bene. D'accordo.»

«Perfetto. Non se ne pentirà, Barbara. Si fidi di me.»

«Non sono così ingenua, ispettore.»

MICHAEL

Poi una sera, a Penzance, la mia amatissima Kayla fu aggredita. Era buio pesto, c'era la nebbia e lei stava andando dalla scuola di ballo alla macchina, che aveva lasciato a una certa distanza, in Western Promenade Road. Poiché era bassa stagione, le luci accese nelle case sul lungomare erano pochissime, e la nebbia le rendeva ancora più fioche. Il chiarore proveniente dai lampioni era ridotto a qualche striscia lattiginosa. Anche gli alberghi erano praticamente vuoti e per strada non c'era anima viva. Kayla era quasi all'incrocio tra Morrab Road e Western Promenade Road, dove c'è il parcheggio di uno degli alberghi, quando un bastardo le mise un braccio intorno al collo, la trascinò nel parcheggio buio e le puntò un coltello alla gola.

Kayla si difese con le unghie e con i denti. Si divincolò, urlò con tutto il fiato che aveva in corpo. Afferrò il coltello dalla parte della lama, lo strappò di mano al suo aggressore e lo lanciò lontano e lui, a quel punto, la prese a pugni in faccia: gliene diede tre e le ruppe il naso, e lei sentì in bocca il sapore del sangue. Lui le strappò i collant, ma lei gli diede un pugno, lo graffiò e cercò di cavargli gli occhi, continuando a urlare tutto il tempo. Alla fine, il bruto scappò nella nebbia e lei rimase lì, pesta e sanguinante in quel lurido parcheggio.

Nessuno accorse in suo aiuto. Forse nessuno aveva sentito. Non passava anima viva, e Kayla era lì per terra, terrorizzata all'idea che lo sconosciuto tornasse alla carica.

Riuscì a rialzarsi sulle ginocchia e poi in piedi e ad arrivare barcollando sul marciapiede. Dopo, Dio solo sa come, dal lungomare si trascinò fino a casa di Sebastian. Le aprì la porta l'ultima fiamma di mio fratello, che nel vedere una donna ferita e sanguinante sulla soglia di casa si spaventò a morte e si mise a urlare.

Lì per lì Sebastian non la riconobbe nemmeno, tanto era

malmessa. Ma quando Kayla lo chiamò per nome riconobbe la voce, la prese in braccio, la portò in casa e disse alla sua amica di chiamare la polizia. Kayla cominciò a gridare che non voleva. Non aveva visto in faccia il suo aggressore e non si sentiva in grado di reggere un interrogatorio. Voleva solo Michael. Per favore, per favore, chiama Michael, implorava.

Salii in macchina e mi precipitai a Penzance guidando come un pazzo. Era una notte nera come la pece e la nebbia era talmente fitta che non vedevo niente al di là dell'impenetrabile coltre grigia su cui si rifletteva la luce dei fari. Per tutta la strada non feci che ripetermi che avrei trovato il bastardo che aveva aggredito mia moglie e l'avrei ammazzato.

Quando arrivai a casa di Sebastian, la sua amica se n'era andata: doveva aver capito che i programmi per la serata erano irrimediabilmente andati a monte, viste le condizioni di Kayla. Sebastian le aveva fasciato la mano, ma l'emorragia non si fermava. L'aveva avvolta in una coperta e le teneva una borsa del ghiaccio sul viso.

Finalmente! disse Sebastian quando mi vide entrare. Kayla non voleva chiamare la polizia e non voleva neanche andare al pronto soccorso, perché quelli del pronto soccorso di sicuro avrebbero chiamato la polizia. Diglielo tu, Mike, che deve sporgere denuncia.

A quel punto, Kayla si alzò a fatica dal divano. Era malferma sulle gambe e mentre la sorreggevo stringendola a me la sentii mormorare: Non mi ha violentato, Michael. Ci ha provato, ma io mi sono difesa. Avrei voluto alzare gli occhi al cielo e ululare di gioia.

Sebastian disse di nuovo che bisognava chiamare la polizia, ma di nuovo Kayla lo supplicò di non farlo, e supplicò anche me. Voleva solo andare a casa, disse.

Mike, sii ragionevole, disse Sebastian.

Risposi: Se vuole andare a casa, la porto a casa. Per stasera, niente polizia.

Il giorno seguente, dopo averle guardato bene il naso, i lividi, gli occhi neri e i tagli alla mano, la portai al pronto soccorso di

Redruth. Sicuramente il naso andava medicato, il palmo della mano continuava a sanguinare, e poi volevo che la visitassero perché temevo che cadendo avesse battuto la testa. Kayla continuava a ripetere che non aveva battuto la testa e che voleva solo dormire, e questo mi pareva molto pericoloso, visto che non sapevamo se avesse subito un trauma cranico. Credo che alla fine si sia lasciata portare a Redruth solo perché si era resa conto che non aveva senso *non* andarci. Redruth era la città più vicina, perché a St. Agnes non c'era il pronto soccorso.

L'aiutai ad arrivare alla macchina. Mentre stavo per aprirle la portiera Bran ci vide e si fermò di colpo. Guardò prima Kayla, poi me. Gli dissi che avevamo fretta, in tono più brusco di quanto volessi. Kayla gli fece ciao con la mano e gli assicurò che stava bene, era caduta a Penzance, ma non era nulla di grave. La solita imbranata, aggiunse. Dall'espressione di Bran capii che non le credeva, e chi poteva dargli torto?

La feci salire in macchina, le allacciai la cintura e vedendo che tremava andai a prendere una coperta in salotto. Quando tornai, Bran era chino accanto all'auto con la portiera aperta e le parlava, e Kayla lo ascoltava. Bran alzò gli occhi nel sentirmi arrivare, si raddrizzò immediatamente e da come mi guardava capii che mi considerava responsabile di quello che era successo.

Ovviamente, mentre le sistemavo la coperta addosso chiesi a Kayla che cosa si fossero detti e lei rispose che Bran l'aveva esortata a smettere di insegnare danza. Secondo lui, le donne dovevano stare a casa e badare ai bambini, cucinare e lavare i piatti. Kayla ridacchiò stancamente e poi fece una smorfia di dolore. Il naso, mormorò. È come se me l'avessero preso a martellate.

Arrivati a Redruth, andammo al pronto soccorso. Nella sala d'attesa c'era solo una ragazzina con una brutta frattura al braccio, accompagnata dalla madre, che gliel'aveva steccato alla bell'e meglio. La ragazzina singhiozzava, la madre le accarezzava la testa e le sussurrava all'orecchio. Mi preparai a una lunga attesa, immaginando che l'avrebbero visitata per prima, e infatti ci ignorarono a lungo – un po' troppo per i miei gusti – ma alla fine chiamarono anche Kayla. La aiutai ad alzarsi e ci avvicinammo all'infermiera, che chiese cos'era successo. Risposi che mia moglie era stata vittima di un'aggressione a Penzance. L'infermiera rimase impassibile quando dissi che Kayla era mia moglie e le domandò: Un'aggressione a Penzance, dunque? Kayla annuì e chinò la testa come se non volesse far vedere a nessuno in che stato aveva la faccia.

Continuando a guardare Kayla, l'infermiera mi disse che dovevo aspettare fuori mentre uno dei medici visitava mia moglie. Non me lo sognavo nemmeno, dissi. Kayla era già traumatizzata dalla violenza subita per mano di uno sconosciuto e non volevo traumatizzarla ulteriormente mettendola nelle mani di gente che non conosceva.

L'infermiera ribatté che nessuno voleva fare del male a mia moglie e aggiunse che la sala medica era piccola. Non c'era spazio per tre adulti oltre alla paziente, al lettino e alle attrezzature necessarie. Mi dispiace, ma deve aspettare qui fuori, ribadì. Stavo per insistere, ma Kayla mormorò: Non c'è problema, amore.

L'infermiera mi lanciò un'occhiataccia, forse nel sentire che una ragazza così giovane mi aveva chiamato *amore*, e disse che avrebbero fatto il più presto possibile. Mentre si allontanavano, si voltò a squadrarmi altre due volte con uno sguardo gelido. Non le piacevo, ma non mi importava. Era reciproco.

L'attesa mi parve eterna. Andai avanti e indietro contando le piastrelle del pavimento e le luci del soffitto, presi tre tazze di caffè imbevibile da una di quelle macchinette infernali, mangiai due merendine e sfogliai una rivista di gossip che parlava di gente famosa soltanto perché era famosa. Poi passai agli opuscoli sulle malattie sessualmente trasmissibili – non avevo idea che ce ne fossero così tante – e finalmente vidi rispuntare Kayla dalla stessa porta a vento oltre la quale l'avevo vista sparire. Era con un'infermiera diversa. Si bisbigliarono qualcosa, poi l'infermiera le porse quello che mi sembrò un opuscolo e Kayla se lo infilò nella borsa. Con questo, e con mio grande sollievo, la lasciarono andare. Aveva una medicazione sul naso e le avevano dato dei punti alla mano. Avevano controllato che non avesse altri traumi o fratture e le avevano detto che, a parte il naso, sarebbe guarita completamente nel giro di una o due settimane.

Non disse altro finché non salimmo in macchina. Poi mi raccontò che un medico asiatico e una donna che era entrata con lui l'avevano interrogata a lungo. Pensavano che il naso me lo avessi rotto tu. Volevano essere certi che tu non fossi un marito violento. Penso che sia per questo che non ti hanno lasciato entrare con me. Devono aver pensato che davanti a te non avrei avuto il coraggio di parlare. Poi appoggiò la testa all'indietro e chiuse gli occhi.

Avrei tanto voluto sapere come gli fosse venuto in mente che io potessi picchiare mia moglie. A quanto pareva i sanitari del pronto soccorso non erano gli unici a pensarlo, però.

A quanto capii, doveva essere stato Bran a lanciare l'allarme. Ci conoscevamo da anni, ma sembrava che tutto fosse svanito nel nulla nel momento in cui quell'ingrato aveva visto Kayla salire in macchina quella mattina. Si sparse la voce. Eravamo tornati a casa da nemmeno due ore – Kayla era a letto in camera nostra con le coperte rimboccate e vari cuscini dietro la schiena e ascoltava musica a basso volume dal cellulare – quando iniziò il pellegrinaggio.

Per prime arrivarono le sue amiche del «circolo culturale» che, venute a sapere della disavventura, si presentarono da sole o a coppie, portando fiori, pagnotte, una torta al limone, tre pentole di stufato, un'enorme teglia di lasagne e un altrettanto enorme *shepherd's pie*, come se pensassero che Kayla dovesse stare a letto per un mese. La processione di gente che bussava alla porta e saliva le scale era tale che alla fine aiutai Kayla a trasferirsi in salotto, dove si stese sul divano avvolta in una coperta fatta a maglia da mia madre quando ero ancora bambino.

Con mia sorpresa, si presentarono anche Merritt e Bonnie con la figlia Apollonia. Merritt portò una pianta con tante foglie in un bel vaso. Un pensiero gentile, anche se sospettavo che l'avesse prelevata gratis dal negozio di Maiden.

Chiesi come l'avevano saputo. Merritt rispose che gli aveva telefonato Sebastian. Poi disse a Kayla che Sebastian era preoccupatissimo, che voleva sporgere denuncia, ma aspettava che lei gli desse il permesso.

Kayla rassicurò sia Merritt che Bonnie, che aveva un pancione enorme, tanto che temevo mi partorisse lì in salotto. Avevo acceso la stufa, ma Kayla tremava lo stesso. Ero lì lì per invitare mio figlio e mia nuora a lasciar riposare mia moglie, ma non ce ne fu bisogno perché poco dopo se ne andarono.

Subito dopo però arrivò Goron. Kayla sembrava contentissima di vederlo e batté la mano sul sofà per invitarlo a sedersi accanto a lei, dicendo che voleva sapere innanzitutto come stava la sua cara mamma. Era quasi sera e ne approfittai per mettere sul fuoco il bollitore. Mentre ero in cucina, vidi la borsa di Kayla appesa alla maniglia del frigorifero e, dopo aver messo a scaldare l'acqua, andai a prendere il latte da versare nel bricco che stava sul davanzale della finestra. Quando aprii il frigo, la borsa scivolò in terra, sul vecchio pavimento di pietra. La guardai, origliai per capire cosa stavano facendo in salotto, sentii il mormorio delle voci – Kayla era brava a far parlare Goron – e, mentre aspettavo che l'acqua bollisse, aprii la borsa.

Sapevo che non avrei dovuto curiosare, ma volevo vedere l'opuscolo che le avevano dato al pronto soccorso. Era uno di quelli che si trovano nella sala d'attesa degli studi medici e che vengono passati con discrezione alle donne in difficoltà, intitolato: *Sei vittima di violenza domestica? Non sei sola.* Spiegava, primo, come riconoscere la violenza domestica anche se non ti picchiavano a sangue e non ti rompevano le ossa a sprangate e, secondo, cosa fare una volta stabilito che di violenza domestica si trattava. C'erano numeri di telefono di servizi di sostegno psicologico, case di accoglienza e consulenti legali. Evidentemente Kayla non era riuscita a convincere le infermiere che a picchiarla non era stato suo marito, ma uno sconosciuto.

Stavo rimettendo l'opuscolo nella borsa quando mi cadde l'occhio su una cosa e mi venne la pelle d'oca. Era un involucro di carta lucida, dorata, in uno scomparto con la cerniera aperta. Lo tirai fuori per guardare meglio. Era piccolo e quadrato, sigillato e sterile: un preservativo.

Non c'è cosa peggiore del sospetto. Uno va avanti convinto che sia tutto a posto perché gli *sembra* tutto a posto, finché in un attimo gli crollano tutte le certezze. Sono rarissimi i momenti fatali che arrivano senza alcun preavviso, a parte quelli scaturiti dalla follia di un killer solitario o di un terrorista. I fulmini a ciel sereno? No. Da qualche parte un temporale che li annuncia c'è sempre. Gli tsunami? Vengono dopo un terremoto e chi si trova lungo il percorso dell'onda anomala si rende conto del pericolo imminente. Gli incidenti aerei? Penso che chi è a bordo si renda conto di cosa sta per succedere, pur continuando a sperare in un miracolo mentre l'aereo precipita lungo una traiettoria dalla conclusione inevitabile. Nel mio caso, non ci fu niente di così drammatico. Solo quel preservativo.

Perché Kayla aveva un preservativo nella borsa? Da quanto tempo lo teneva lì? Da cosa voleva proteggersi? Da una gravidanza? Da una malattia? Da un'infezione? Cosa dovevo pensare, e cosa dovevo fare?

Sentii che stava ancora parlando con Goron. Goron, che non parlava praticamente con nessuno... Ma in fondo avevano praticamente la stessa età, e cercai di immaginarli insieme, nudi, sdraiati... dove? Nel nostro letto, a casa nostra? Non riuscivo a immaginare Kayla nel nostro letto con Goron che, per quanto ne sapevo, non aveva mai visto una donna nuda dal vero. Bran, allora? Improbabile. Era rozzo, ignorante e spesso anche sporco. Non ce lo vedevo, nel ruolo del seduttore. Sebastian? Ci provava con tutte, era un dongiovanni impenitente. Quando c'era da far sesso, Sebastian metteva il pilota automatico, le spogliava – o almeno toglieva gli indumenti strettamente indispensabili – e ci dava dentro. Pensandoci bene, era l'ipotesi più verosimile. Tutte le meditazioni, recitazioni e sedute di roba new age organizzate da Sebastian si svolgevano a Penzance, e a Penzance Kayla aveva aperto la sua scuola di ballo, benché Redruth e St. Ives fossero più vicine e persino St. Agnes fosse papabile. Ma Kayla aveva scelto Penzance su suggerimento di mio fratello. Era stato lui a trovarle una bella sala spaziosa nella St. John's Hall, strategicamente vicina a Morrab Road, dove lui aveva lo studio, e anche la camera da letto.

Non volevo credere che Sebastian si facesse mia moglie, ma chi altro poteva essere? Uno che non conoscevo? Qualcuno del corso di ballo? Un suo ex? Mi venne in mente Samuel. Kayla lo aveva incontrato inaspettatamente da qualche parte? Avevano parlato e si erano resi conto che la scintilla tra loro non si era mai spenta del tutto? Si erano dati appuntamento, e l'appuntamento si era trasformato in qualcosa di più? L'unica altra possibilità era – Ti prego, no! – mio figlio. Kayla aveva quattro anni scarsi più di lui e la moglie di Merritt con quel pancione probabilmente non aveva nessuna voglia di assolvere ai doveri coniugali. A giudicare dalla frequenza con cui Bonnie restava incinta, Merritt doveva essere un mostro di virilità e quindi, se Kayla andava a letto con mio figlio, doveva per forza usare il preservativo, onde evitare di farsi ingravidare dal figlio di suo marito. Kayla era rimasta incinta una volta, e anche se da allora non era più successo, nulla escludeva che potesse capitare di nuovo.

Ero il mio peggior nemico. Quel preservativo mise radici nella mia testa come quei tumori che si ramificano con tentacoli impossibili da rimuovere. Volevo andare da Kayla, mostrarle il profilattico e chiederle spiegazioni. A che cosa le serviva, visto che con me non lo usava?

Goron era ancora lì quando arrivò l'ennesima ospite, sua madre, che voleva vedere con i propri occhi se poteva fare qualcosa per Kayla.

Erano mesi che non vedevo Jen. Non capitava mai. Viveva insieme a Bran dall'altra parte del cumulo di detriti e, sebbene ci fosse un sentiero accidentato che portava al caravan fra ginestre e felci, io non ci andavo mai. Era Kayla che la assisteva, non io.

Se non fosse stata sottobraccio a Bran, non l'avrei nemmeno riconosciuta. Non poteva aspettare che Kayla si riprendesse abbastanza da andare fino al caravan a trovarla, mi spiegò Bran, e voleva venire a vedere come stava. Gli aveva detto che, se lui non aveva voglia di accompagnarla, sarebbe andata da sola. Spalancai la porta e li feci accomodare in salotto.

Jen, Jen! Non dovevi, esclamò Kayla. Poi la rassicurò sul fatto che non aveva assolutamente niente di grave. Mi chiese di preparare del tè, di portare tazze e piattini e qualche Digestive al cioccolato su un vassoio. Jen disse che non dovevo disturbarmi. Nessun disturbo, risposi, e andai in cucina lasciandole a chiacchierare fra loro. Un momento dopo vidi arrivare Bran.

Voleva sapere se avevano scoperto chi era stato ad aggredire mia moglie. Gli dissi che il buio, la nebbia e il fatto che non c'era nessuno per strada non solo avevano permesso a quel bastardo di cogliere Kayla di sorpresa, ma avevano anche impedito a lei di vederlo bene. Kayla aveva solo una vaga idea della stazza e basta: poteva essere chiunque. Bran mi chiese cosa ne pensava la polizia, e gli dovetti dire che Kayla si era rifiutata di sporgere denuncia. Del resto, che cosa avrebbe potuto fare la polizia sulla base di una descrizione così generica? dissi. Nulla. Cosa potevamo pretendere? Un bruto armato di coltello, di notte, nella nebbia. Kayla non sapeva nemmeno quanto era alto, solo che era più alto di lei.

Jen ci raggiunse. Aveva l'aria molto seria. In sottofondo si sentivano le voci di Goron e Kayla che continuavano a parlare. Kayla era così buona con lui! Jen disse che Kayla aveva un cuore d'oro e sapeva mettere a proprio agio le persone.

Alla fine li convinsi a portarsi via un po' di roba da mangiare. Lì per lì dissero di no, che Gwynder era nel caravan e stava preparando la cena per tutti. Ma io insistetti e alla fine se ne andarono con due borse della spesa stracolme. Come ho già detto, erano restii a farsi aiutare, specialmente Bran, ma riuscii a convincerli che erano loro ad aiutare noi e non il contrario, perché da soli non ce l'avremmo mai fatta a mangiare tutto quel ben di Dio prima che andasse a male. Così se ne andarono, e Goron con loro. E io mi ritrovai solo con mia moglie, con il preservativo nella tasca posteriore dei jeans.

Kayla era comprensibilmente esausta dopo tante visite. Vidi che era sul punto di appisolarsi. Avrei dovuto lasciarla riposare, ma non ci riuscii perché la mia mente rimbalzava di qua e di là come una pallina impazzita. Tirai fuori dalla tasca la bustina dorata. Un uomo dotato di maggiore buon senso – o forse meno innamorato – avrebbe aspettato che la moglie si riprendesse dal trauma, oppure avrebbe chiuso un occhio per evitare scenate.

Il problema era che io non sono mai stato così. Quando voglio sapere una cosa, la voglio sapere e basta. E nel caso specifico volevo saperla subito, non aspettare che lei schiacciasse un pisolino di due ore, che quella stramaledetta giornata finisse o – meno che mai – che Kayla si riprendesse al cento percento.

Kayla mi tese la mano e disse: Grazie, Michael.

Grazie di cosa?

Grazie di esistere, di essere il cuore del mio cuore, rispose.

Avrei potuto cogliere l'attimo. Avrei potuto lasciar correre. Prima o poi avrei dimenticato tutto. Ma ero un idiota. Le presi la mano, gliela tenni aperta e le baciai teneramente il palmo. Poi su quello stesso palmo appoggiai il preservativo, le feci chiudere il pugno e domandai: Chi è?

Kayla aprì le dita per vedere cosa le avevo messo in mano. Che cos'è? chiese, anche se aveva visto benissimo. Perché avevo un preservativo? E perché glielo avevo messo in mano?

Risposi con una mezza verità. Quando avevo aperto il frigo per prendere il latte da mettere nel tè, la sua borsa era caduta per terra, si era aperta e...

Non avevo chiuso la cerniera?

Sì, l'aveva chiusa, ma io non avevo intenzione di ammetterlo. Dissi che no, la borsa era aperta e, rimettendo a posto quello che si era rovesciato sul pavimento, avevo trovato il preservativo.

Dentro la borsa? Avevo trovato un preservativo dentro la sua borsa?

Sì, esatto.

Mi guardò sconcertata. Disse che non aveva idea di cosa ci facesse nella sua borsa. Perché mai dovrei avere un preservativo nella borsa se tutti e due vogliamo un bambino?

Non lo so. Dimmelo tu, risposi. Ero convinto che avesse mangiato la foglia. Dal momento che era rimasta incinta di me una volta e poi mai più, doveva aver fatto degli accertamenti e aver scoperto che da parte sua era tutto a posto, non c'era nessun impedimento, e quindi era colpa mia se i figli che desiderava non arrivavano.

E quella era la sua vendetta. Darsi a un altro uomo – e usare il preservativo – era il modo perfetto non solo per punirmi, ma anche per dirmi che aveva capito tutto.

Lo sai, vero? dissi.

Chiese cosa avrebbe dovuto sapere.

Insistetti: Chi è? Sebastian? Samuel? È qui in Inghilterra? Vi siete rivisti?

Mi chiese di cosa stessi parlando.

Magari Goron? O Merritt? O qualcuno dei corsi di ballo?

Kayla non è stupida. Sapeva perfettamente di cosa stavo parlando. Se avevo trovato un preservativo nella sua borsa, le chiedevo: Chi è? e facevo dei nomi, le risposte possibili più di tante non potevano essere.

Michael, mi stai chiedendo se mi scopo tuo figlio? O Goron? Chiunque ti venga in mente?

Le si riempirono gli occhi di lacrime e disse che voleva rimanere da sola, se per favore potevo andarmene. Voleva riposare. Aveva male dappertutto. E indicando il naso rotto chiese se pensavo che fosse una conseguenza della sua passione per il sesso estremo.

Poi mi disse di spegnere la luce. Ne avremmo parlato la mattina dopo. Aggiunse che, per la cronaca, non aveva idea di come fosse potuto finire nella sua borsa un preservativo. Magari era sepolto lì dai tempi in cui lavorava sulla nave da crociera, infilato a sua insaputa nella borsa da un vecchio viscido. Oppure da un collega dell'equipaggio in vena di scherzi stupidi. Il punto era, mi disse, che lei non lo sapeva. Mi voltò le spalle con un gemito e ripeté che ne potevamo riparlare il mattino seguente, se nel frattempo non mi fossi tranquillizzato.

Il mattino dopo le chiesi scusa. La notte porta consiglio e, dopo averci riflettuto, avevo capito che Kayla non aveva motivo di farsela con un altro, tanto più che non sapevo nemmeno dove avrebbe potuto trovare il tempo. Le portai il caffè, poi preparai le uova e tre fette di bacon. Feci tostare il pane. Speravo che da questo capisse che desideravo dimenticare la discussione della sera prima.

Non so nemmeno io perché vado fuori di testa in questo modo, le dissi.

Hai paura che ti lasci per uno più giovane, rispose. Non ti rendi conto di quanto sei importante per me. Amo te e solo te, ma se tu non ci credi, inevitabilmente appena distolgo l'attenzione da te pensi che ti tradisca. Non posso vivere così.

Le dissi che aveva ragione, ci avevo riflettuto tutta la notte. Sapevo che era sempre stata solo e completamente mia.

Ma allora perché tiravo sempre fuori Samuel, chiese.

Le dissi che avevo capito com'era andata: io ero lì in Cornovaglia a cercare di separarmi da Maiden, continuavo a promettere che l'avrei lasciata presto, prestissimo, la settimana successiva, il mese successivo, dopo Natale, dopo Capodanno, durante l'estate... E lei era in Sudafrica. Il tempo passava per colpa mia, perché io tergiversavo, e come faceva lei a essere sicura che davvero avrei mantenuto la promessa? E laggiù c'era Samuel e loro due erano già stati insieme. La colpa è solo mia, dissi: non riuscivo a trovare il modo giusto per divorziare. Alla fine Gloriana aveva letto le e-mail e a quel punto era successo tutto da sé, senza che io muovessi un dito. Le dissi che aveva sposato un vigliacco. Stanotte ho finalmente capito che, se mai mi lascerai, sarà per colpa mia e non per colpa di un altro.

Non ti lascerò, disse per rassicurarmi. Quando mi tese la mano, richiusi le mie dita sulle sue e le dissi che avevo gettato via il preservativo, cosa che in effetti avevo fatto.

Allora, possiamo considerare chiuso il discorso? mi domandò.

Discorso chiuso per sempre, risposi.

19 APRILE

Newlyn
Cornovaglia

Alla fine Gloriana aveva deciso di parlare con Jesse McBride a cuore aperto. Aveva appena terminato un video per *Unburden* sull'importanza dell'amicizia fra donne nelle congiunture difficili e, se non avesse detto a Jesse tutta la verità, si sarebbe dimostrata ipocrita, e anche vigliacca. L'amicizia prevedeva sincerità, soprattutto se era di lunga data come quella fra lei e Jesse.

Il problema era trovare il momento giusto, ma a risolverlo era stata la stessa Jesse, che le aveva telefonato per proporle di andare a camminare con lei una mattina. Doveva cominciare a fare un po' di moto e il brisk walking con Gloriana le sembrava l'ideale, visto che era troppo fuori allenamento per cimentarsi in qualsiasi altra attività sportiva.

Gloriana l'aveva preso come un segno del destino: era arrivato il momento. «Di solito parto alle cinque dalla statua del pescatore: sei sicura di farcela? A che ora inizi al Wedge o' Cheese Café, la mattina?»

Jesse aveva detto di essersi portata avanti: aveva già preparato tutto e le bastava arrivare in tempo per accendere i forni. E poi le voleva parlare e vedersi a quell'ora le sembrava la cosa migliore, visto che durante la giornata erano sempre occupatissime tutte e due.

Il fatto che Jesse avesse qualcosa da dirle aveva fatto accendere in Gloriana un barlume di speranza: che avesse finalmente visto la luce? Che stesse cercando il coraggio per troncare definitivamente con Nate? Se così fosse stato, Gloriana non avrebbe avuto bisogno di farsi latrice di cattive notizie, evitando così tutti i rischi notoriamente corsi dagli ambasciatori, che portassero pena o meno.

Aveva accettato la proposta di Jesse con entusiasmo e si erano date appuntamento.

Non era ancora l'alba quando Gloriana era al Fisherman's Memorial e aveva già finito di fare stretching. Stava incominciando a domandarsi se Jesse alla fine avesse deciso di lasciar perdere quando la vide arrivare arrancando sull'erba del Newlyn Green, il grande campo usato sia per il calcio sia per il cricket. Non sembrava per niente pronta per una sessione di brisk walking. Gloriana di solito seguiva un percorso ad anello lungo il porto, su fino a Bowjey Beach e ritorno attraverso il bosco, ma evidentemente Jesse era sincera, quando aveva detto di essere fuori allenamento: con quel passo, non ce l'avrebbe fatta di sicuro.

Nel caso Gloriana avesse ancora qualche dubbio, appena arrivata al Fisherman's Memorial, Jesse vomitò in una grande fioriera di granito che conteneva vasi di gigli e narcisi. I fiori emanavano un profumo lieve e gradevole, che però fu subito sopraffatto dall'odore di vomito.

Jesse alzò gli occhi con espressione mortificata. «Scusa, non pensavo... Sarà meglio che tu vada da sola.»

«Come ti senti, Jesse?»

Jesse si sedette pesantemente sul piedistallo di granito della statua, rischiando di piazzare il fondoschiena sopra una di quelle corone di fiori di carta che si trovano intorno ai monumenti ai caduti di tutto il Regno Unito. «Saranno le ostriche che ho mangiato ieri sera. Avevano un sapore un po' strano. E anche l'odore... Mi sa che non erano fresche» disse.

«Non dirmi che le hai mangiate crude» disse Gloriana, sedendosi accanto all'amica e cingendole le spalle con un braccio. «Quante volte ti ho detto di non mangiare frutti di mare crudi?»

«Non le ho mangiate crude.»

«Dove le avevi comprate?»

«Non lo so.»

«Come fai a non saperlo?»

«Le ha prese Nate.»

«Le ha mangiate anche lui?»

«Non credo. Era di fretta. Aveva una lezione.»

Gloriana alzò gli occhi al cielo. «Quell'uomo insegna più ore dell'orologio, Jesse. Com'è possibile che abbia così tante lezioni serali?»

Jesse si raddrizzò lentamente appoggiandosi con una mano al piedistallo e tenendosi l'altra sullo stomaco. «Fra poco c'è il vernissage. Si stanno preparando. La scuola è aperta anche di sera per permettere a tutti di lavorare alle loro opere: insegnanti e studenti.»

Sì, certo. Gloriana sapeva benissimo dove passava le serate Nate. La sera prima non l'aveva visto, era vero, ma non aveva visto nemmeno Cressida Mott-King. Presumibilmente erano andati a far «lezione» da qualche altra parte. Nate era un donnaiolo, lo era sempre stato. Forse lo era già in fasce. Bastava vedere come si comportava quel viscido, il modo in cui guardava le donne, con studiato interesse, come se non riuscisse a staccare gli occhi da loro. Gloriana odiava dal profondo del cuore gli uomini come Nate Jacobs.

«Aiuta ancora i suoi studenti a prepararsi per la mostra?» chiese a Jesse. «Privatamente, intendo. Nel tempo libero. Invece di stare con te.»

«Per lui è una mostra importante» spiegò Jesse. «E anche per gli studenti. Vuole che facciano un buon lavoro.» Si alzò con un gemito. «Mi sento meglio. Dai, andiamo.» E si incamminò verso il porto.

Gloriana si rese conto di aver esagerato e si affrettò a raggiungerla. «Scusa. È solo che secondo me... meriteresti molto di più, ecco.»

Jesse allungò il passo, come se avesse intuito ciò che Gloriana stava per dire e non lo volesse sentire. «Senti, io lo amo» replicò con fermezza. «E l'amore richiede un certo grado di fiducia, anche se per te è una cosa difficile da accettare. Tu pensi che io sia un'imbecille.»

Gloriana non riuscì a negarlo. «E tu pensi che io sia rigida e piena di chiusure mentali.»

«Quindi forse abbiamo torto entrambe. Dai, camminiamo e basta.»

Non avevano fatto molta strada quando Gloriana vide il volantino affisso a un palo del telefono all'angolo tra Jack Lane e

Creeping Lane. Era in mezzo ad altri, fra cui uno di Vintage Britannia. Anche sul palo del telefono dall'altra parte della strada ne erano affissi diversi e, pure lì, uno era di Gloriana. Ma entrambi i volantini di Gloriana, sia di qua che di là della strada, erano parzialmente nascosti da un altro spillato poco sopra. Era impossibile non notarlo, tanto era sgargiante. Con la scritta DARREN IL TUTTOFARE in lettere rosa su uno sfondo verde lime, QR code in un angolo e foto del suddetto Darren in grembiule di pelle, con due lunghi coltelli in mano, braccia incrociate sul petto e sorriso a trentadue denti.

Che palle! Quel Darren avrebbe potuto benissimo affiggere il suo volantino da qualche altra parte, non essendoci certo penuria di porte, bacheche, recinzioni o vetrine disponibili. Gloriana si avvicinò al primo palo e staccò l'invadente volantino di Darren, poi attraversò la strada e strappò anche l'altro, lo appallottolò e lo buttò per terra. Ne conservò uno per sicurezza. Meglio sapere dove trovarlo, quel Darren, per dirgli quello che pensava. Tornò da Jesse.

«E dai, Gloriana, è solo un volantino!» esclamò Jesse. «Ne hai un sacco, ovunque...»

«E lui non ha nessun diritto di coprirmeli!» Agitò il volantino, lo piegò e lo infilò nella tasca della felpa. «Andiamo.»

Sebbene Jesse avesse detto di volerle parlare, sembrava aver cambiato idea. Gloriana capì di aver superato un limite. Avrebbe voluto chiederle scusa, ma non voleva rimangiarsi niente di quello che aveva detto di Nate e così proseguirono la camminata in silenzio. Gloriana continuava a staccare i volantini che coprivano quelli di Vintage Britannia e Jesse osservava in silenzio. Era molto più tollerante di lei, pensò Gloriana. Accettava le stranezze altrui senza batter ciglio. E ovviamente questo la portava a subire...

No! Gloriana si impose di lasciar perdere e di pensare ad altro. Ci riuscì, ma solo fino allo Star Inn.

Stava facendo giorno e dalle finestre aperte del pub proveniva un delizioso profumino di bacon. Gloriana sentì brontolare lo stomaco e si voltò verso Jesse per chiederle che cosa ne pensava di fermarsi a fare colazione, ma la sua amica stava correndo verso un cassonetto sull'angolo. Sollevò lo sportello e ci vomitò dentro, tremando per lo sforzo. Finiti i conati, restò aggrappata al cassonetto, ansante. Aveva il fiatone come se avesse corso per chilometri.

Era la seconda volta che vomitava in meno di un'ora.

Questa riflessione spinse Gloriana ad avvicinarsi. Jesse continuava ad abbracciare il cassonetto e dopo un attimo vomitò di nuovo. Gloriana la chiamò, Jesse alzò la testa e si voltò. Era madida di sudore.

« Di quante settimane sei? »

« Sette. »

« Gliel'hai detto? »

Jesse scosse la testa. « È proprio di questo che ti volevo parlare. »

« Del fatto che aspetti un bambino? »

« Ho paura che Nate pensi che l'ho incastrato. »

« L'hai incastrato? »

Jesse abbassò gli occhi. Un furgone con la scritta CREWS' FISH sulla fiancata passò rombando e Jesse rabbrividì in previsione degli odori sgradevoli della friggitoria di pesce e dei numerosi ristoranti lungo la strada. Chinò la testa e sussurrò: « Lui non vuole figli, ma io sì. E so che sarà un ottimo padre ».

Gloriana avrebbe avuto voglia di prenderla per il collo e darle una scrollata. « È scorretto, Jesse, lo sai. Nate fa quello che vuole, come ha sempre fatto. E se dice di non volere figli... »

« Ma se non frequenta bambini, come fa a saperlo? »

« Metterlo di fronte al fatto compiuto non mi sembra il modo migliore per farglielo capire. »

« Ma è l'unico modo! Tutte le volte che provo a parlargliene, lui svicola. »

« Se svicola, significa che non ne vuole nemmeno parlare, Jesse. Non credi? »

Jesse si girò di scatto e vomitò di nuovo dentro il cassonetto. Ma erano conati a vuoto, perché ormai nello stomaco non aveva più niente.

« Le persone non cambiano » disse Gloriana. « Possono fare finta, ma solo per un po', perché dopo una settimana, o un mese, si rivelano per quello che sono veramente. Nessuno può fingersi in eterno diverso da quello che è. Cambi solo se qualcosa ti incasina il cervello, tipo un fulmine che ti arriva dritto in testa. Ecco, in quei casi può nascere una nuova persona. Ma Nate non è mai stato colpito da un fulmine, giusto?»

«Guarda, io non riesco a credere che... È una persona meravigliosa, gentile, attento...»

«È un donnaiolo, Jesse. Ci prova con tutte quelle che incontra. Ti racconta che aiuta i suoi studenti, ma lo sai anche tu che non è vero. L'hai visto con i tuoi occhi, lo sai. Però pensi che avere un figlio in qualche modo lo indurrà a cambiare e a restarti fedele. Pensi che, una volta padre, anche se gli verrà voglia di farsi una si tratterrà.»

«Ti prego, smettila. Devo andare a lavorare. E anche tu. Non mi aiuti, dicendomi queste cose» le fece notare Jesse con un gesto vago. «So che lo fai per il mio bene e che sei...» Si portò una mano alla bocca come se le fosse venuta di nuovo la nausea, ma in realtà stava cercando di non piangere. Gloriana pensò che le donne, quando si tratta di uomini, sanno essere veramente stupide.

Perranporth
Cornovaglia

Geoffrey Henshaw stava andando a Perranporth e decise di non fermarsi alla sede della Cornwall EcoMining. Finché non avesse avuto la certezza dell'acquisizione della Lobb's Tin & Pewter, preferiva evitare discussioni con Curtis. Prima di potergli annunciare trionfalmente di aver ottenuto il risultato, doveva ancora fare due telefonate. Dopo quell'annuncio i suoi rapporti con Curtis sarebbero cambiati: finalmente il suo superiore avrebbe smesso di comandarlo a bacchetta e di guardarlo male per ogni cosa che diceva.

Grazie a Kayla Lobb era riuscito a farsi dare dalla ex moglie di Lobb l'indirizzo di suo figlio Merritt e, quando arrivò nel complesso residenziale sopra Perranporth, lo trovò a casa insieme con un branco di bambinetti che urlavano per dieci, o anche venti. Geoffrey vide che stavano traslocando. Il pavimento del salotto era quasi interamente coperto di Lego, vestitini di bambole e piatti di carta sporchi, in cucina erano impilati scatoloni e c'erano mobili sparsi qua e là. Nella casa aleggiavano odori di pesce e curry, con una lieve prevalenza del primo.

Non poteva arrivare nel momento più sbagliato. Quando Merritt gli aprì la porta, una donna, presumibilmente la moglie, stava cercando di indirizzare i bambini su per le scale. Per andare ad aprire, Merritt doveva averla abbandonata a metà dell'operazione e la donna era in evidente difficoltà. Geoffrey notò subito che Merritt non assomigliava al padre ed era più esile e longilineo.

« Sì? » chiese, lievemente infastidito, mentre la moglie lo chiamava dalle scale. « Amore, prendi Texas, per piacere? »

Merritt intercettò un bimbetto che stava correndo verso la porta aperta e lo prese in braccio.

« Sono capitato in un brutto momento » disse Geoffrey. Gli porse il biglietto da visita. « Ho avuto l'indirizzo da sua madre. Volevo illustrarle la proposta che avevo già fatto a suo padre, prima della sua dipartita. »

Merritt si voltò verso le scale. « Ce la fai, Bonnie? »

Bonnie sembrava sul punto di ribattere: *Se ti dico che non ce la faccio cambia qualcosa?* « Prendo io Texas, allora » rispose invece. Merritt le passò il piccolo e accompagnò Geoffrey in cucina, dove l'odore di pesce era ancora più forte. « Posso offrirle un tè oppure un bicchier d'acqua. Mi perdoni, ma non c'è altro. Non abbiamo ancora avuto il tempo di andare a fare la spesa... »

Geoffrey rispose che grazie, stava bene così.

« Okay » disse Merritt, e accese il bollitore. « Immagino sia venuto da me per comprare la Lobb's. »

« Non io personalmente » precisò Geoffrey. « Per conto della società per cui lavoro, la Cornwall EcoMining. »

Merritt sbuffò. « Eco-Mining? Ma è un ossimoro! Quando c'è da far soldi, di ecologia e ambiente se ne fregano tutti, da queste parti. »

« La Cornwall EcoMining no. Il procedimento di estrazione è ecocompatibile e non impatta sull'ambiente. »

« Sì, certo » ribatté Merritt sarcastico. In quel momento si udì un tonfo al piano di sopra, seguito da urla e pianti. Merritt andò ai piedi delle scale. «Tutto bene? Bonnie, si è fatto male qualcuno?» gridò.

Un altro bambino scoppiò in singhiozzi. Pianti e strilli erano intervallati da «È stato lui!», «È stata lei!», finché a un certo punto intervenne Bonnie: «Vi faccio vedere io chi è stato, se non la smettete subito».

Merritt tornò in cucina. Geoffrey gli fece uno spiegone sulla sostenibilità ambientale della Cornwall EcoMining e sull'estrazione di minerali da fonti geotermiche e relativa lavorazione. Ormai lo sapeva a memoria.

Merritt andò a prendere il bollitore e versò l'acqua in una tazza. «È proprio sicuro di non volere un tè?» chiese e quando Geoffrey glielo confermò disse senza preamboli: «Vabbè, il succo è che volete comprare la Lobb's Tin & Pewter, giusto? È venuto a chiedermi se sono disposto a vendere, presumo. Se mi fate una buona offerta, sì. Sì, voglio vendere. Anche mia sorella, penso. E, prima concludiamo, meglio è. Non dovrà perdere tempo a convincerci».

Geoffrey fu colto da un'improvvisa ondata di gratitudine, sebbene l'uso dell'aggettivo «buona» davanti alla parola «offerta» potesse dare adito a complicazioni: non era affatto detto che la Cornwall EcoMining fosse disposta a soddisfare le aspettative di Merritt Lobb. «Io non sono autorizzato a farle un'offerta, ma le assicuro che Cornwall EcoMining pagherà il giusto prezzo di mercato» disse.

«Non so se basterà. So che cosa cercate» ribatté Merritt.

«Litio» disse subito Geoffrey, per dimostrare che non c'era nulla di segreto.

«E so anche che vi interessano gli immobili, perché non potete costruirne di nuovi dove vi pare e in tempi ragionevoli. La Cornovaglia appartiene quasi tutta al Ducato e la parte che non gode della protezione del Ducato è comunque tutelata da privati cittadini, English Heritage, National Trust, Forestry Commission e svariati altri paladini dell'ambiente. Non vi autorizzeranno mai a costruire obbrobriosi capannoni industriali e, anche se presentaste un progetto che non è un pugno in un occhio, per realizzarlo ci mettereste una vita. Ma se le strutture esistono già... be', allora è un altro discorso. Io credo che la

Cornwall EcoMining non abbia voglia di aspettare un secolo per avere permessi e nulla osta. Io, come dicevo, se l'offerta è buona sono disposto a vendere.»

«Vedrà che sarà un'ottima offerta» dichiarò Geoffrey. Gli spiegò che gli avrebbero mandato una proposta scritta che sicuramente avrebbe soddisfatto le sue aspettative. In quel momento lo pregava semplicemente di firmare un documento nel quale Merritt dichiarava la propria disponibilità a vendere. A quel punto lo avrebbe contattato Curtis Robertson.

Sancirono l'accordo con una stretta di mano. Poi Geoffrey partì per la seconda visita della giornata, avendo appreso che la sorella di Merritt, Gloriana, a quell'ora si trovava nel suo negozio a Mousehole. Era un viaggio lungo, ma buona parte del tragitto era sulla A30 e filò veloce. Stava per prendere la B3315 per arrivare a Newlyn e da lì proseguire lungo la costa, quando sentì partire la suoneria speciale assegnata a Freddie.

Non era proprio il momento, ma rispose comunque. «Amore!»

«Non hai letto i miei messaggi?»

«Scusa. Stamattina sono partito presto. E adesso a dire il vero sono in macchina e quindi non posso...»

«Ti avevo mandato delle foto, Geoff. Dovevi guardarle e dirmi cosa ne pensavi.»

«Scusa, non ho... Posso richiamarti quando...»

«No, non c'è tempo! Accosta. Devi assolutamente vedere quelle foto.»

«Va bene. Appena trovo una piazzola...»

«No, accosta adesso! Davvero, è importante.»

Geoffrey non riusciva a immaginare cosa potesse esserci di tanto importante, ma obbedì. Si fermò davanti a un passo carrabile e avvertì Freddie che se fosse arrivato qualcuno a protestare avrebbe dovuto interrompere la chiamata. «Allora guarda subito le foto che ti ho mandato. Ti sono arrivate? Perché vedi, ieri sono uscita con Sarah e... hai presente quell'antiquario che c'è sul molo? Ha della roba carinissima, veramente. E ieri ho visto quest'anello stupendo. Sì, Geoff, l'ho trovato, finalmente! È del 1922, pensa! Dai, guarda le foto e dimmi se ti piace.»

Geoffrey guardò le immagini che Freddie gli aveva inviato. Erano tantissime. Le scorse con il pollice finché non trovò quella dell'anello in questione. Era d'oro, Art nouveau, con un diamante solitario circondato da tralci e ghirlande. Era davvero bello, un piccolo capolavoro. E doveva costare più di quanto lui guadagnava in un anno.

«Che cosa ne dici?» chiese Freddie emozionatissima. E, senza aspettare risposta, continuò a parlare a raffica: «Non pensi che veicoli esattamente il messaggio che ci serviva?»

«È molto bello, Freddie. Però non capisco: che messaggio ci serve veicolare?»

«Quell'anello dimostrerà ai miei genitori che sei un uomo di successo. Sarà la prova assoluta della serietà delle tue intenzioni.»

«Le mie intenzioni sono serie e tu lo sai. Non è questo che conta? Lo so io, lo sai tu: che tutti gli altri se ne vadano al diavolo!»

Freddie rimase in silenzio. Lui la mise in vivavoce, si appoggiò allo schienale e si massaggiò la fronte. Le chiese se c'era ancora o era caduta la linea, ma subito dopo gli sembrò di sentire un sospiro. «Freddie? Amore? Ci sei?»

«Ci sono. Sì. Non ho ancora buttato giù» fece lei piccata.

Geoffrey si accigliò. In che senso Freddie non aveva *ancora* buttato giù? «Ci sei rimasta male? Per quello che t'ho detto dell'anello?»

«Be', non me l'aspettavo» ribatté Freddie, che aveva perso tutto l'entusiasmo di poco prima. Geoffrey sapeva che era colpa sua, ma aveva semplicemente cercato di farla ragionare. Non era nelle condizioni di regalare gioielli di antiquariato a nessuno. Non era nelle condizioni di regalare gioielli, stop. Pensava che Freddie lo sapesse. Stava cercando di rimettersi in carreggiata e non poteva permettersi di attingere ulteriormente ai suoi miseri risparmi. Freddie non poteva non capirlo.

«Senti, Freddie, mi dispiace deluderti. Un giorno ti regalerò tutti gli anelli che vorrai, ma oggi non ti posso accontentare.»

«Capisco» rispose lei con un filo di voce. «Okay. Posso chiederti, però...?»

«Certo» disse Geoffrey. «Chiedimi tutto quello che vuoi.»

«Che anello avevi regalato a Pepper? Per lei i soldi li hai trovati, o sbaglio?»

Geoffrey prese un bel respiro e si impose di mantenere la calma. Era una domanda offensiva, e lo sarebbe stata in ogni caso, ma fatta in quel momento lo era ancora di più. « A Pepper avevo regalato una semplice fedina d'oro, Freddie. » E aggiunse con voluta cattiveria: « E lei non ha avuto niente da ridire. Anzi, era felice ».

Si accorse che Freddie era trasalita. Silenzio. « Scusa, Geoff, mi dispiace tantissimo. Adesso mi odi, vero? Anch'io mi odierei, al tuo posto. Sono troppo attaccata ai soldi, sono una...? »

« Ma no » la interruppe. Ormai gli veniva automatico. « Senti, amore, fra poco ho un appuntamento. Ti richiamo, va bene? »

« Seriamente? Dici per davvero? »

« Ma certo, amore » rispose, e buttò giù. Subito dopo si chiese se Pepper fosse stata veramente contenta di quella semplice fedina d'oro o se se ne fosse convinto lui. Magari non era stata per niente contenta, ma lui si era illuso che lo fosse. E se si era illuso con Pepper... Non riuscì a concludere quel pensiero, nemmeno nella sua testa.

Riaccese il motore della 2CV e si rimise in viaggio. Soffiava un vento forte che muoveva le siepi e gli alberi e il cielo era diventato del colore del peltro.

Parcheggiò non lontano dal caratteristico porticciolo di Mousehole. La passeggiata era quasi deserta e le barche ormeggiate dondolavano sull'acqua. Sul molo sud c'erano alcuni pescatori con le lenze e sul molo nord c'era una pittrice con una tunica piena di macchie che montava il cavalletto nonostante il vento e la pioggia imminente.

Si incamminò verso Vintage Britannia, che era accanto al Wedge o' Cheese Café.

Prima di congedarlo, Merritt gli aveva detto che a suo parere non c'era bisogno di andare a parlare con Gloriana di persona. « Sarà entusiasta che qualcuno voglia comprare 'l'eredità' di nostro padre » aveva detto, mimando le virgolette.

Geoffrey gli aveva fatto notare che gli serviva la firma di Gloriana sulla dichiarazione di disponibilità alla vendita, perché prima di fare un'offerta il suo capo aveva bisogno che fosse tutto in regola. Merritt aveva risposto: «Se fate l'offerta giusta, mia sorella firmerà senza pensarci due volte, glielo dico io».

Exeter
Devon

Daidre era arrivata a Exeter la sera precedente, dopo quattro ore e mezzo di autostrada e una coda di tre chilometri all'uscita per Chippenham, dove per motivi misteriosi sembrava fosse diretto mezzo Regno Unito. Detestava restare bloccata nel traffico – come tutti – ma aveva stretto i denti e finalmente alle dieci e un quarto era giunta a destinazione. Aveva trovato da dormire in una villa vittoriana ristrutturata e si considerava fortunata, perché non aveva prenotato niente e lungo la strada aveva visto talmente tanti B&B con la scritta *NO VACANCY* che aveva temuto di dover passare la notte in macchina. Invece alla fine una stanza libera c'era e Daidre l'aveva presa, sebbene avesse le dimensioni di un loculo e la vasca da bagno assomigliasse a una bara. Ma era pulita, compresi la logora passatoia nel corridoio e i piatti, le tazzine e le posate sul tavolo della colazione.

Daidre aveva dormito male, ma non poteva dare la colpa al letto che, pur essendo strettino, era comodo e bello caldo. A disturbarle il sonno era stato il vicino di stanza, che russava a un volume paragonabile a quello di un motore di grossa cilindrata. Purtroppo le pareti della villa vittoriana erano sottili e prive di isolamento acustico. Ma probabilmente Daidre non avrebbe dormito comunque, con tutti i pensieri che le giravano per la testa.

Quella mattina contattò Furat Rafiq, l'avvocata che aveva assistito Goron durante gli interrogatori e all'udienza alla Magistrates' Court. Rafiq le disse che stava andando a Exeter da Goron e che sarebbe stata lieta di incontrarla prima, presso la pensione in cui era alloggiata o al Caffè Nero di Queen Street. «Ci sarà sicuramente un posto più vicino, ma conosco poco Exeter» disse a Daidre.

Daidre confermò l'appuntamento al Caffè Nero. Subito dopo chiamò Gwyn e le lasciò l'ennesimo messaggio, spiegandole che era a Exeter, che aveva parlato con Kayla e che stava per incontrare l'avvocata d'ufficio di Goron nella speranza che la aiutasse a decidere i passi da compiere. «Ci vediamo al Caffè Nero di Queen Street» disse. «Per favore, vieni anche tu. Dobbiamo capire cosa succederà adesso e come possiamo aiutare Goron.»

Quando entrò nel Caffè Nero, vide che Furat Rafiq era già arrivata. Era al bancone, dove erano esposti anche vari prodotti da forno, in procinto di ordinare. Daidre diede per scontato che fosse lei perché indossava un tailleur nero con camicetta bianca e un hijab color lavanda. La raggiunse al bancone e si presentò. L'avvocata la squadrò. «Non avrei mai detto che siete fratelli. Non vi assomigliate per niente. Cosa prende?» chiese, a mo' di saluto.

Daidre ordinò un latte macchiato e basta: non aveva appetito.

Scelsero un tavolino e, senza preamboli, Furat Rafiq cominciò a spiegare a Daidre come stavano le cose in quel momento, che cosa sarebbe successo e l'iter giudiziario previsto. Mise il dolcificante nel cappuccino e mescolò. «Possiamo parlare un po' di suo fratello? Lo vedo spaesato, confuso. Mi ha dato questa impressione fin dall'inizio. Perciò, mi scusi se glielo chiedo ma... Senza offesa... Ha un deficit cognitivo?»

Daidre rispose che Goron era molto introverso e taciturno e non aveva studiato, ma non aveva deficit. «E nemmeno tendenze omicide» precisò.

«Sì, certo. Capisco. Ma è normale che dica così. E infatti, se parlassimo di chiunque altro, le crederei solo fino a un certo punto. Ma nel caso di Goron, concordo con lei: neanche a me sembra un assassino» rispose l'avvocata con delicatezza.

«Che cosa possiamo fare?» chiese Daidre.

«Prima di tutto dovete trovare un penalista specializzato in omicidi.»

«Non può continuare a seguire lei il caso?»

Furat Rafiq scosse la testa. «Purtroppo no. Io posso richiedere tutto il materiale probatorio raccolto dalla polizia, ma per valutarlo come si deve ci vuole un penalista specializzato in omicidi. Avrà accesso alle dichiarazioni dei testimoni e avrà contatti nei laboratori forensi per richiedere eventualmente altri esami e ulteriori indagini. Passerà in rassegna fotografie della scena del crimine, perizie e referti dei laboratori forensi su ogni aspetto dell'indagine, dalle impronte digitali alle macchie ematiche e al DNA. E, non ultimo, sarà in grado di consigliarvi un collega abilitato a rappresentare Goron in fase dibattimentale.»

Daidre prendeva appunti, ma si sentiva sopraffatta dalla mole di informazioni che le stava dando Furat Rafiq e dal pensiero di quanto sarebbe costato tutto quanto. Non era certo ricca e suo padre viveva da sempre in miseria. Forse Goron aveva qualcosa da parte, ma doveva trattarsi di somme risibili. E per quanto Kayla Lobb le fosse sembrata preoccupata per Goron, era impensabile chiederle di contribuire economicamente alla difesa dell'uomo accusato di aver ucciso suo marito.

«Conosco un bravo penalista qui a Exeter» disse Furat quando Daidre smise di scrivere. «Se vuole, gli andiamo a parlare. Prima, però, vorrei che mi accompagnasse al colloquio con Goron. Magari a lei spiegherà qualcosa che a me ha taciuto.»

Daidre acconsentì. Visto che Gwyn non si era presentata, né si era degnata di chiamare per dire che non sarebbe andata, non aveva senso continuare ad aspettarla. Furat aveva parcheggiato abbastanza vicino a Queen Street. Salirono sulla sua Kia e andarono al carcere di Exeter.

Daidre dava per scontato che il carcere fosse fuori città, nella brughiera. Invece si trovava in Blackall Road ed era una via di mezzo tra un istituto di igiene mentale e una casa di correzione. Era un palazzo di mattoni con numerosi comignoli e le finestre – con le sbarre – che affacciavano sulla strada e sul marciapiede.

In qualità di sua legale rappresentante, Furat poteva parlare con Goron quando voleva. Lei e Daidre superarono i controlli di sicurezza, lasciarono gli effetti personali in appositi stipetti, si sottoposero a una perquisizione e quindi vennero accompagnate in una saletta interna dove rimasero per un tempo interminabile. Alla fine vennero fatte accomodare in una stanza con le pareti rosa e una striscia orizzontale turchese a metà altezza. Strani colori per un carcere, pensò Daidre. Al centro della stanza c'era un tavolo con quattro sedie. Non c'erano finestre o altre forme di ventilazione e l'aria puzzava di chiuso e di disinfettante. Daidre non vide telecamere o dispositivi elettronici di sorta. Lei e Furat avevano potuto portare con sé soltanto un bloc-notes e una matita mezzo spuntata. Appena sentì richiudere la porta, Daidre ebbe un piccolo attacco di claustrofobia. In quella stanzetta priva di finestre si sentiva soffocare.

Dovettero aspettare ancora a lungo prima che arrivasse Goron, il quale non manifestò la minima sorpresa nel vedere che insieme all'avvocata c'era anche sua sorella maggiore. Sembrava un cane bastonato. Guardò prima l'una e poi l'altra, poi chinò la testa. Daidre si alzò e gli andò incontro. Non lo vedeva da mesi: l'ultima volta era stata quando era andata a Polcare Cove a prendere Gwyn per riportarla a Londra, dopo che Goron aveva abbandonato il lavoro nella fabbrica di sidro e il cottage nel quale abitava con la gemella. Si accorse che era dimagrito moltissimo. Come potevano gli inquirenti pensare che avesse avuto la forza di uccidere un uomo?

«Sono venuta per aiutarti, Goron. L'avvocata Rafiq mi ha spiegato la situazione e quello che succederà adesso. Come stai? Mangi abbastanza? Devi mangiare per mantenerti in salute, Goron. Devi restare forte» gli disse.

Il ragazzo continuò a guardare in basso e a tacere.

«Gwyn è venuta a Exeter, lo sai? Non l'ho ancora vista, ma le ho lasciato dei messaggi. È venuta a trovarti? Le hai parlato?» proseguì Daidre.

Goron annuì, ma senza alzare gli occhi.

Daidre si accorse che Furat si stava spazientendo e si ricordò che il suo compito era farlo parlare. Non sapeva da dove cominciare. Si sentiva spaesata come non mai. Goron non aveva nessuna fiducia in lei, lo sapeva benissimo. Non l'aveva nemmeno salutata. Probabilmente le rimproverava di non averlo mai ascoltato, di aver fatto delle scelte per lui senza cercare di capire quali fossero davvero i suoi problemi o i suoi desideri.

«Vogliamo che questa vicenda si risolva nel miglior modo possibile. Ci faremo consegnare le prove in base alle quali hanno deciso di arrestarti e controlleremo tutto per vedere se hanno preso un abbaglio. Per accusarti di omicidio, devono avere in mano...»

«Niente processo.»

Per un attimo Daidre dubitò che fosse stato davvero Goron a parlare. « Come dici? »

« Non voglio nessun processo. »

« Ma ci deve essere un processo, Goron! »

« Ho fatto quello che andava fatto: diteglielo. »

Daidre guardò Furat e vide che l'avvocata li osservava con grande attenzione. Aveva l'aria di chi aspetta che anche l'altro giunga alle sue stesse conclusioni.

Daidre si rivolse di nuovo al fratello. « Non capisco. Cos'è che andava fatto? »

« Quello che ho fatto. Potete dirglielo voi. »

« Stai dicendo che Michael Lobb andava ucciso? » E quando Goron annuì, Daidre si sentì gelare il sangue nelle vene. « Perché? » gli chiese. « Perché bisognava farlo? »

Goron non rispose. Si mordicchiava il labbro superiore come se non volesse aggiungere altro, salvo ripetere quello che già aveva detto, e cioè che aveva commesso l'omicidio e che farlo era stato necessario. Daidre si chiese se a Gwyn avesse svelato qualche particolare di più.

« Gwyn non risponde né al telefono né ai messaggi che le mando. Puoi chiederle di farsi sentire, per piacere, quando la vedi la prossima volta? Dille che sono qui per aiutarti. Sto cercando di capire come fare, insieme con l'avvocata Rafiq e un suo collega penalista, specializzato in casi come il tuo. D'accordo? »

Goron la guardò e le chiese: « Gwyn sta bene? »

« Non lo so, non la vedo da giorni » rispose Daidre. « L'ultimo ad aver avuto contatti probabilmente sei tu. »

« Be', quando la vedi, dille che... Edrek, non sono pentito. »

Poiché Goron si rifiutava di aggiungere altro, Daidre e Furat si congedarono. Uscite dal carcere, prima di salire in macchina si fermarono un momento a parlare.

Daidre era in preda a un'angoscia profonda. « Non sono stata di grande aiuto. Avrebbe dovuto farsi accompagnare da Gwyn. Forse con lei si sarebbe sbottonato di più » disse.

« Sto cominciando a pensare che Goron sappia cosa è successo e come è successo, ma non voglia dire niente per non mettere qualcuno nei guai » replicò Furat, guardando il carcere.

«Secondo lei sta proteggendo il vero colpevole? E chi sarebbe? L'unica persona che mi viene in mente è Kayla Lobb, la moglie di Michael Lobb.»

«E vostro padre? Non potrebbe essere lui?»

Daidre ci pensò su un momento. «Chi? Il vero colpevole che Goron vuole proteggere?» E quando Furat annuì, disse: «Ma perché? Non mi sembra che Bran Udy avesse motivo di uccidere Michael Lobb, anzi. Lo stesso vale per Goron».

«In base alle prove raccolte, però, la polizia lo ritiene colpevole.»

«In base alle prove raccolte finora» precisò Daidre.

«Esatto. Ed è per questo che vi serve un penalista. Che cosa ne dice, lo contatto?»

«Sì, grazie. Direi che è il momento.»

Exeter
Devon

Furat Rafiq chiamò lo studio legale del penalista e fu costretta a lasciare un messaggio: «Per favore, gli dica che è urgente. Il mio assistito è in custodia cautelare nel carcere di Exeter». Sperava di riuscire a farsi dare un appuntamento in tempi brevi, perché preferiva parlarne di persona. Disse a Daidre che le piaceva vedere in faccia il suo interlocutore, chiunque fosse, e poterlo guardare dritto negli occhi. Si perdeva molto meno tempo in ciance, a suo parere. Furat spiegò a Daidre che il fatto che Goron avesse ammesso il reato non significava necessariamente che lo avesse commesso per davvero.

«Pensa che sia uno di quei mitomani che chiamano la polizia per confessare anche se sono innocenti?»

Furat scosse la testa. «Purtroppo no. Se è stato arrestato e incriminato, significa che la polizia ha qualcosa in mano.»

«E quindi...?»

«Le evidenze possono essere fraintese, la polizia potrebbe aver trascurato qualche elemento rilevante, le prove a carico di Goron potrebbero essere state piazzate artatamente...»

«Non crede che Goron ce lo direbbe? Se fosse così, si proclamerebbe innocente, invece di dire che è stato lui.»

«Ripeto: forse sta proteggendo il vero colpevole.»

«E cioè? Kayla Lobb? Il fratello di Kayla Lobb? Il fratello di Michael Lobb? I figli? Perché Goron dovrebbe proteggere chiunque di loro rischiando vent'anni di galera?»

«Per amore? Senso del dovere? Paura? Per un malinteso? Fedeltà mal riposta? Del resto, se non si sta assumendo la colpa per proteggere qualcun altro, che motivazioni poteva avere per uccidere Michael Lobb?»

Daidre si premette due dita sulle tempie e chiuse gli occhi. «Non lo so. Non ne ho proprio idea. Se sta proteggendo il vero colpevole, se qualcuno sta cercando di incastrarlo... Chi? Non so perché Michael Lobb sia stato ucciso, chi aveva un movente e chi non lo aveva...»

Furat annuì comprensiva. In quel momento le squillò il cellulare. Guardò lo schermo e si allontanò di qualche passo. «Potrebbe essere lui» disse nel frattempo.

«Edrek?»

Daidre si voltò di scatto e vide Gwynder sul marciapiede davanti al carcere. Provò un moto di sollievo e subito dopo di collera. «Non hai ricevuto i miei messaggi? Ti ho chiamato. Ti ho scritto. Perché non mi hai mai risposto?»

Gwyn si scostò i capelli dal viso e li fissò con una molletta che aveva tirato fuori dalla tasca. «Mi sembrava inutile.»

«Ah. Ho capito. E quindi sei andata via senza dire una parola. Per fare cosa, esattamente?»

«Per stare qui con Goron. Edrek, sapevi benissimo che non potevo restare a Londra con Goron in questa situazione. Come avrei fatto? Sì, lo so: tu ci saresti riuscita. Ovvio. L'hai ampiamente dimostrato. Ma come ho detto e ripetuto più volte, io sono diversa da te. E Goron è mio fratello.»

«Dove alloggi?»

«Ho preso una stanza in Hoopern Street. Vicino al carcere, così vado a trovarlo ogni volta che posso. Non voglio che si senta solo.»

«Va bene» disse Daidre. Fece un respiro profondo, cercando di placare la rabbia che le parole della sorella le avevano provocato. « Capisco. »

« E ho i soldi per pagarmi la stanza. Quindi non torno a Londra con te. »

« Va bene. » Daidre pensò a Gwynder che passava le giornate a Exeter in attesa dell'orario di visita per andare a trovare il fratello. Le dispiaceva pensarla sola in quella città, probabilmente perché per lei la solitudine sarebbe stata insopportabile, se fosse stata costretta a rimanere a Exeter. Le venne in mente una soluzione accettabile per entrambe, ma non sapeva come avrebbe reagito Gwynder. « Senti, Gwyn, perché non stiamo insieme al cottage? È vero che Polcare Cove è distante, ma possiamo prendere la macchina e andare da Goron tutte le volte che vogliamo. »

« E quando tu vai via? » chiese Gwynder. « Perché fra un po' tu vai via, lo so. Ti conosco, Edrek. »

« Prima o poi dovrò tornare a Londra, sì. Ci penseremo quando verrà il momento. Cosa dici? »

Gwynder deglutì. Daidre intuì che era tentata di accettare. Non doveva essere piacevole per lei stare da sola in un B&B.

In quel momento tornò Furat Rafiq. « Lei è l'altra sorella? » chiese a Gwynder. Poi, a Daidre: « Era Rupert Somerton. Abbiamo appuntamento domani mattina alle dieci e mezzo. In Commercial Street, vicino al molo. Suggerisco di vederci alle nove e quarantacinque al caffè sotto lo studio. Non è detto, ma nel caso Somerton ci potesse ricevere prima... Almeno siamo già lì ».

« Vieni anche tu? » chiese Daidre a Gwyn. « Rupert Somerton è un penalista specializzato in omicidi. »

« Goron non ha... »

« Lo so » la interruppe Daidre. « Ma siccome verrà processato, dobbiamo trovare qualcuno in grado di verificare che cosa ha in mano la polizia e come mai si è convinta che sia lui l'assassino. »

« L'avvocato Somerton andrà alla ricerca di eventuali errori, omissioni e vizi di forma nelle indagini » intervenne Furat. « Sarebbe bene che venisse anche lei, se non altro per rivolgergli tutte quelle domande alle quali io non so rispondere. »

«Non c'è bisogno di nessun penalista» ribatté Gwyn. «Goron non ha ucciso nessuno. Non esiste. È impossibile.»

«Ciononostante, come ha detto sua sorella, andrà a processo» ribatté l'avvocata. «Non è obbligata a venire da Somerton, ma potrebbe almeno convincere suo fratello a collaborare con lui, o perlomeno a non mettergli i bastoni tra le ruote.»

Gwyn era sulle spine. Si voltò verso la porta del carcere come sperando di veder uscire il fratello. Alla fine disse che avrebbe spiegato a Goron che doveva collaborare con l'avvocato penalista. Se era il modo migliore per dimostrare la sua innocenza, si sarebbe fatta in quattro per convincerlo.

Stazione di Paddington
Londra

Barbara Havers era orgogliosa di essere riuscita a sconfiggere uno dei suoi tanti demoni. Il giorno prima aveva stanziato una somma di denaro per lo shopping, si era messa la borsa a tracolla e aveva affrontato a testa alta Camden High Street. Essendo un giorno feriale, era riuscita ad arrivare al mercato di Buck Street senza sgomitare. Aveva deciso di andare lì perché voleva essere libera di curiosare tra vestiti, pantaloni, maglie, giacche e scarpe senza commessi in agguato. Non sarebbe entrata in una boutique per tutto l'oro del mondo. Al massimo in un Marks & Spencer. Le bancarelle erano preferibili perché non avevano personale che offriva assistenza non richiesta.

Aveva rimandato lo shopping il più possibile. Sapeva di non avere nulla di adatto a un soggiorno in una raffinata tenuta gentilizia in Cornovaglia, pur non avendo esperienza di tenute gentilizie – né in Cornovaglia né altrove –, ma aveva comunque passato in rassegna il proprio esiguo guardaroba capo per capo. Come sospettava, non aveva trovato abiti confezionati per l'occasione da fate e topi canterini.

E così alla fine era uscita a fare shopping. Ormai era tardo pomeriggio e il cielo si era coperto. Non si vedevano uccelli in volo – brutto segno – e stava per scoppiare un temporale. Da Chalk Farm Road era andata al Camden Lock Market, ma la maggior parte dei banchi apriva soltanto il weekend e così aveva proseguito fino in Buck Street, dove l'avevano accolta gli invitanti effluvi dello street food. Subito aveva incominciato a brontolarle lo stomaco per il profumo stuzzicante di hamburger, hot-dog, kebab, panini con il *chorizo* e toast. Era stata sul punto di cedere alla tentazione e comprarsi una salsiccia alla griglia dentro un morbido panino con salse e intingoli vari, ma si era fatta forza e aveva stabilito che l'hot-dog sarebbe stata la ricompensa per aver portato a termine l'operazione shopping, magari corredato da una porzione di patatine fritte. La cosa più urgente era procurarsi dei vestiti per... Barbara non lo sapeva di preciso.

Era abbastanza certa che le cene di casa Lynley si fossero evolute dai primi del Novecento e che nessuno si presentasse più in lungo o in smoking. Dubitava che ci fosse ancora qualcuno che si sedeva a tavola vestito da sera. Con il rischio di sbrodolarsi, peraltro. Ma nel momento stesso in cui l'aveva pensato, le era parso di sentire l'ispettore Lynley con quel suo tono sardonico: «I tovaglioli sono stati inventati per questo, sergente». A Lynley piaceva essere sardonico.

Mettere insieme i capi di abbigliamento che riteneva adatti aveva richiesto parecchio tempo. Barbara non sapeva abbinare le tinte e non aveva idea di quali colori le donassero e quali no sicché, per andare sul sicuro, aveva optato per il nero. Intuendo che il nero integrale sarebbe stato eccessivo, aveva introdotto una nota di contrasto scegliendo anche qualcosa di bianco. Moderatamente soddisfatta dei suoi acquisti, aveva comprato anche un trolley in cui riporli, tutti a parte gli hot-dog: due abiti informi che il venditore aveva definito «scamiciati», abbastanza larghi da nascondere la pancia; una giacchina bianca corta con le maniche abbastanza larghe da nascondere le braccia e due paia di pantaloni elasticizzati, uno nero e uno denim. Aveva anche comprato quattro magliette senza scritte e un paio di scarponcini con la suola di gomma.

Era rientrata a casa sfinita, aveva piegato tutto con cura, aveva messo nella valigia anche un paio di pantaloni con la coulisse e una maglietta da usare come pigiama, e aveva deciso che sì, era pronta per partire.

In quel momento era alla stazione di Paddington e stava riflettendo su cosa comprare da leggere, dato che non riusciva a immaginare di fare conversazione con Lynley fino in Cornovaglia. Era alla cassa automatica quando lo vide entrare nella stazione con l'aria infastidita per il volume degli annunci e la folla di viaggiatori diretti ovunque, fermarsi, guardare prima il tabellone delle partenze, poi l'orologio e quindi voltarsi a cercarla. Forse temeva che lei non si presentasse. Come sentendosi osservato, il quel momento Lynley si voltò verso il WHSmith dove lei era in coda alla cassa. Appena la vide, annuì con aria sollevata.

Per risparmiarsi le occhiate critiche di Lynley su ciò che aveva appena comprato da WHSmith, Barbara si sbrigò ad avvicinare al lettore la carta di credito e a infilare tutto quanto in un sacchetto. Lynley la raggiunse mentre usciva dal negozio.

« Dovremmo procurarci qualcosa da mangiare » le disse.

« Il suo valletto non le ha preparato un picnic? Un bel cestino di vimini con torte salate, tramezzini al salmone, frutta e una bottiglia di champagne? »

« Purtroppo no. Guardi, Barbara, lei deve rendersi conto che... »

« Di cosa mi devo rendere conto, ispettore? »

« Glielo dimostro subito, senza bisogno di tante parole. » Indicò uno stand che vendeva *Cornish pasties*. « Questi la metteranno nella giusta disposizione d'animo per godersi l'avventura in Cornovaglia. »

Barbara non gli disse che nulla al mondo avrebbe potuto metterla nella giusta disposizione d'animo per godersi un'avventura in Cornovaglia, e si limitò a fargli presente che temeva di trovarsi a disagio tra gli arazzi e i pezzi di antiquariato del castello di famiglia.

Lynley rise. « Di arazzi e pezzi di antiquariato ne restano ben pochi, vedrà. »

Ordinò per lei un fagottino con manzo, cipolle e patate – « Quello tradizionale » specificò – e per sé uno con pollo e porri.

« Non è che suo padre si rivolta nella tomba se gliene vede prendere uno pollo e porri invece che quello tradizionale? » gli chiese Barbara.

«Si rivolta nella tomba comunque» rispose lui. «Considerava i *Cornish pasties* un cibo troppo umile e volgare per noi Lynley. Ero costretto a mangiarli di nascosto.»

Con i *pasties* e due bottigliette di acqua frizzante in un sacchetto, Lynley e Barbara andarono al treno e cercarono la carrozza e i posti assegnati. Gentleman come sempre, Lynley la aiutò a mettere il trolley sul ripiano portabagagli sopra i loro sedili. Lui aveva con sé solo alcuni giornali. Li appoggiò sul tavolino e Barbara vide che erano *The Times*, *The Guardian* e *Financial Times*.

Poco dopo la partenza, Barbara cominciò a tirare fuori dal sacchetto di WHSmith un succo d'arancia, un pacchetto di Custard Creams, due sacchetti di patatine sale e aceto, una copia di *Hello!* con un servizio fotografico sulla moglie e i figli del primo ministro nella residenza di Chequers in primavera, e l'ultimo numero di *The Source*. Aprì i Custard Creams, ne offrì uno a Lynley – che rifiutò con garbo – ne prese uno per sé e si dedicò al tabloid.

«Letture leggere?» chiese Lynley.

«È un pezzo che non succede niente di eclatante, ha notato?» replicò Barbara.

«Meglio per noi, visto il lavoro che facciamo.»

«Certo. Ma un bello scandalo non comporta necessariamente illeciti che richiedano il nostro intervento. Che so: un parlamentare sorpreso con l'amante, un comportamento ignominioso da parte di un rampollo della casa reale, un calciatore che compra droga da un agente sotto copertura, una popstar che pubblica un'autobiografia piena di retroscena piccanti... Il mondo è diventato un inferno, glielo dico io.»

Lynley guardò pensieroso fuori dal finestrino gli ultimi caseggiati pieni di graffiti che lasciavano il posto a enormi parcheggi e centri commerciali, capannoni industriali e sobborghi residenziali. «Il suo è un punto di vista interessante, Barbara.» Indicò il tabloid con un cenno del capo. «Magari lì trova qualcosa di agghiacciante.»

«Sarebbe in prima pagina» gli fece notare Barbara. «Se non è in prima pagina, non è una notizia agghiacciante.»

«Soltanto rifrescante, allora?»

«Molto spiritoso.» Barbara aprì il tabloid e Lynley prese in mano *The Guardian*. Barbara si chiese se Lynley senior si rivoltasse nella tomba anche per la scelta del quotidiano, oltre che dei *Cornish pasties*.

Aveva attaccato il terzo biscotto alla crema e aperto il succo d'arancia quando a pagina 5 di *The Source* le cadde l'occhio su un articolo intitolato *Assassinio in Cornovaglia – Arrestato il presunto colpevole*. Evidentemente il direttore del giornale l'aveva trovata una notizia troppo marginale per metterla in prima pagina. Ma per Barbara non lo era affatto. Anzi, le conversazioni avute con Daidre Trahair la rendevano particolarmente sensibile all'argomento.

Si apprestò a leggere l'articolo, ma le cadde l'occhio su due nomi, Michael Lobb e Goron Udy, e su «carcere di Exeter», e balzò in piedi nonostante il dondolio del treno. Quando Lynley alzò gli occhi dal giornale mormorò: «Toilette» e non aspettò risposta.

In realtà Barbara non aveva bisogno di andare al bagno, ma della privacy necessaria per fare una telefonata.

Howenstow, Lamorna
Cornovaglia

Non c'era nulla di più deprimente di una località turistica sotto la pioggia. Quando il treno da Exeter entrò nella stazione di Penzance, sulla Mount's Bay si stavano abbattendo cortine di pioggia e il St. Michael's Mount che le dava il nome era una macchia grigia in lontananza. In alta stagione Penzance doveva essere presa d'assalto dai fan dell'abbronzatura, nonché da quelli di Gilbert & Sullivan e dei loro *Pirati di Penzance*, pensò Barbara, ma quel giorno sembrava una città fantasma. La stazione ferroviaria era praticamente deserta.

Mentre il treno rallentava e poi si fermava, Lynley si alzò, prese la valigia di Barbara dal ripiano portabagagli e si diresse verso la porta del vagone. «Ci vengono a prendere» disse. La porta si aprì, Lynley scese agilmente sulla banchina e si voltò per darle una mano. Barbara rispose che grazie, non c'era bisogno, ma lui insistette: «I gradini sono scivolosi. Non vorrei che si rompesse una gamba. Venga, su».

Barbara brontolò, ma accettò l'aiuto. Era appena scesa quando sentirono chiamare: «Tommy!»

Si voltarono. Barbara vide che si stava avvicinando una donna alta e slanciata con un impermeabile giallo, cappello da marinaio in tinta con la tesa all'insù, jeans e stivali di gomma verdi infangati fino alla caviglia. L'impermeabile e il cappello gocciolavano. Barbara pensò che fosse una dei giardinieri, ma si ricredette subito perché la donna disse a Lynley «Ciao, tesoro» e lui si chinò a darle un bacio sulla guancia. «Tempo da lupi, eh?» Poi, rivolta a Barbara: «Lei è Barbara Havers, giusto? Io sono Daze, la mamma di Tommy».

«E lui chi è?» chiese Lynley indicando il cagnone che le stava al fianco. «È un levriero irlandese? Da dove salta fuori, mamma?»

«Oh, è una storia lunga» rispose Daze con leggerezza. «Si chiama Padraig. È molto affettuoso. Se lo accarezzi, è felice.» E a Barbara: «A lei piacciono i cani?»

Barbara non aveva esperienza diretta, avendo visto esclusivamente cani altrui, in giro per la città e nei parchi pubblici. Daze notò la sua esitazione e aggiunse: «Be', conoscerà i nostri appena arriveremo a casa. La stazza è un tantino impressionante, ma sono bravissimi. Le darò qualche biscotto da tenere in tasca, così se li farà amici».

«Grazie.» Barbara allungò una mano chiusa verso Padraig che, pur con una certa riluttanza, fu abbastanza collaborativo da annusarla.

«Pensavo venissero John o Judith. Peter, al massimo» disse Lynley.

«Judith aveva da fare in cucina e Peter è a trovare degli amici a Oxford. Non so quando tornerà» disse Daze. Lei e Lynley si scambiarono uno sguardo eloquente. «Aspettatemi qui. Vado a prendere la macchina» aggiunse la donna.

«Aspetta, mamma, vado io...»

«È inutile che ti infradici anche tu: io sono già zuppa. Vieni, Padraig.»

Barbara notò il piglio sicuro della signora Lynley che andava verso il parcheggio con il suo cane. Stentava a credere che quella donna fosse la contessa di Asherton. Quando era salita sul treno a Paddington non sapeva bene cosa aspettarsi, ma di certo non questo.

« Sua madre è un'amante degli animali, vedo » disse a Lynley.

« Dei cani » precisò lui. « La avverto: anche quelli a casa sono grossomodo della taglia di Padraig. Mia madre si è lasciata influenzare troppo dal *Mastino dei Baskerville.* »

« Li usa per andare a caccia? »

« Ma no, cosa dice? Mio padre è riuscito a portarla a caccia una volta soltanto: è rimasta traumatizzata. Io e i miei fratelli anche. »

Arrivò un Land Rover e si fermò davanti all'uscita della stazione. Era talmente sporco e coperto di fango che era impossibile discernerne il colore. Il parabrezza era così lurido che nemmeno la pioggia era riuscita a lavarlo del tutto.

Lynley caricò il trolley nel bagagliaio del fuoristrada, disse a Barbara di sedersi davanti, vicino a sua madre, e si sistemò dietro con il cane. A Barbara venne da ridere all'idea che Thomas Lynley, con il suo abito di sartoria, dovesse stare gomito a gomito con un cane grosso come un pony delle Shetland. Sempre che i cani avessero i gomiti, naturalmente.

Imboccarono una strada che andava verso sud e dopo un certo numero di curve si ritrovarono sulla litoranea, lungo la quale si susseguivano bungalow per turisti, hotel, pub e alcuni ristoranti che sotto la pioggia avevano un'aria spaventosamente desolata. A Barbara tornarono in mente le vacanze al mare con i suoi, prima che suo fratello si ammalasse: sole, sabbia, gelati, granite e zucchero filato, autoscontri e ruote panoramiche, tutti e quattro stipati in una minuscola camera d'albergo, con lo spazio per due letti e poco altro e la finestra aperta da cui nelle serate estive entrava aria fresca e profumata di mare. Il pensiero della famiglia – padre, fratello, madre – la riportò bruscamente al presente e alle decisioni che doveva prendere. Le venne un groppo in gola, ma sbatté gli occhi e si riprese. Si rese conto che Daze stava chiacchierando allegramente con Lynley di Stephanie, del collegio che frequentava e di tutte le presunte vessazioni che subiva.

Percorsero una serie di stradine strette e costeggiate da siepi oltre le quali si estendevano campi e pascoli. L'odore di campagna era marcato nonostante la pioggia. Alla fine, imboccarono uno sterrato che si addentrava nel bosco e arrivarono davanti ai cancelli spalancati della tenuta, che a prima vista sembrava gigantesca. Accanto ai cancelli c'era un casotto, dove probabilmente dimorava il servitore incaricato di aprirli e chiuderli a seconda di chi si presentava, lasciando fuori plebaglia e malintenzionati.

Proseguirono lungo un viale con alberi su entrambi i lati che formavano una sorta di tunnel sopra la strada. Barbara vide alcuni recinti in cui pascolavano pecore o cavalli e si stava giusto chiedendo dove diamine fosse la casa, quando Daze svoltò in un cortile in cui erano parcheggiati altri due veicoli. Da quelle che a Barbara parvero scuderie arrivarono di corsa quattro cani, abbaiando come forsennati.

Daze sospirò e si voltò verso Lynley sul sedile dietro. «Devo ammettere che Padraig non dà il buon esempio.» Spalancò la portiera e i cani le fecero un sacco di feste. Si girò verso il sedile del passeggero e disse: «Adesso Tommy le fa fare un giro, Barbara». Poi, al figlio: «Le ho preparato la Stanza Gialla. Mostrale la camera e il resto della casa, ma per favore evitate la cucina: temo che Judith l'abbia lasciata in uno stato pietoso». Scostò la manica dell'impermeabile per guardare l'orologio, che era da uomo, e mentre Lynley scendeva dal Land Rover stiracchiandosi disse: «Fra tre quarti d'ora prendiamo il tè nella Morning room, va bene? Ho chiesto a John di unirsi a noi».

Daze e i cani sparirono dietro le scuderie e Barbara cercò di assumere un'aria disinvolta, come se fosse abituata a bazzicare dimore di campagna nei cui corridoi sarebbe stata bene la tetra e inquietante signora Danvers con i suoi occhi da furetto.

Dal punto in cui Daze aveva parcheggiato si vedeva la casa, ma Barbara aveva l'impressione che fosse un pezzetto soltanto – un'ala del palazzo, forse? – dato che non c'erano ingressi maestosi, ma solo un cancelletto in quello che pareva il muro dell'orto. Non era certo da lì che i conti di Howenstow facevano entrare in casa i loro ospiti.

Lynley prese il trolley di Barbara dal bagagliaio del Land Rover e le si avvicinò. «Venga, Barbara. Le mostro la sua stanza. Passiamo dal portone. Potremmo incontrare Hodge: nel caso, non si impressioni. Speriamo che sia a riposare.»

«Hodge?»

«Il maggiordomo. Indossa la livrea, ma è più una posa che altro. Lui ci tiene e noi lo assecondiamo. Sembra burbero, ma è una pasta d'uomo.»

«Mi fa piacere» rispose Barbara.

Howenstow, Lamorna
Cornovaglia

La speranza di Lynley riguardo al decrepito maggiordomo di famiglia si rivelò vana: il massiccio portone di quercia si aprì come per magia non appena lui e Barbara misero piede nel portico di pietra, sormontato da un bassorilievo con lo stemma dei Lynley. Hodge, che si ostinava a non andare in pensione e a non morire nel sonno, disse «Bentornato, Mylord» con voce lugubre e un'intonazione solenne, come se credesse di essere ancora in epoca vittoriana. Era imbarazzante. Arretrò di due passi e chinò leggermente il capo per invitarli a entrare. Lynley fece le presentazioni di rito. «Molto lieto, sergente investigatore» rispose Hodge. Poi si voltò e tese un braccio per indicare il salone d'ingresso: «Prego». Lynley lo ringraziò e lo congedò, al che Hodge fece una sorta di inchino e sparì nel vestibolo.

Lynley notò che Barbara si stava sforzando eroicamente di non guardarsi intorno a bocca aperta. Essendovi cresciuto, ormai era abituato a Howenstow e non si rendeva conto dell'impressione che faceva a chi ci entrava per la prima volta. Probabilmente a Barbara sembrava di essere in una serie tv in costume.

Il salone d'ingresso di Howenstow aveva boiserie in rovere alle pareti e un enorme caminetto di granito, sopra il quale erano esposte porcellane di Meissen. Alle pareti erano appesi ritratti di varie epoche in massicce cornici dorate. I mobili erano pochi: due imponenti cassapanche e un tavolo di ebano al centro, sul cui piano intarsiato era posizionata una corbeille.

Barbara indicò le pareti e domandò sottovoce, come se fosse in chiesa: «Chi sono quelli?»

Lynley guardò i quadri. Sinceramente, non lo sapeva. Alcuni erano lontani antenati, rispose. Solo di pochi ricordava il nome. «Gli altri credo siano uomini politici, più qualche architetto e un paio di attrici. Il più antico è il ritratto sopra il camino. È di Lord Foster, che fece costruire la casa.»

«E il cognome Lynley da dove arriva, allora?»

«Da qualche matrimonio d'interesse, presumo. Judith le saprà dire qualcosa di più. È lei la custode degli archivi di famiglia. Verrà anche lei a prendere il tè.»

«A questo proposito, le volevo dire...»

Lynley, che stava per aprire la porta del vestibolo, si fermò e si voltò verso di lei inarcando un sopracciglio.

Barbara era sulle spine. «È proprio necessario? Non posso esimermi?»

«Ha dei problemi a prendere un tè con noi?»

Barbara si guardò intorno, come per accertarsi che non la sentisse nessuno. «Per la miseria, ispettore: rovescerò sicuramente qualcosa, lo sa.»

«Cosa teme di rovesciare, sergente?»

«Tutto il rovesciabile.»

Siccome Lynley la fissava, Barbara si voltò verso uno dei ritratti. «Non è così terribile come pensa, sergente. Andrà tutto bene. Venga con me» disse Lynley.

Il vestibolo aveva un altro caminetto gigantesco, ma il locale era più che altro usato come un vano di disimpegno per passare da una parte all'altra della casa. Anche lì erano appesi ritratti di antenati. Lynley spiegò che fra essi figuravano le amanti di alcuni conti e almeno tre figli nati fuori dal matrimonio. Sotto le finestre – che davano sulla parte nordorientale del giardino, riservata alle piante che amavano l'ombra – c'erano divanetti foderati di tessuto rosso con motivi dorati. Lynley condusse Barbara verso l'imponente scala di rovere a destra del caminetto. Lungo la scala i ritratti erano più piccoli e raffiguravano prevalentemente uomini in divisa, a parte il grande quadro di un cavallo con coda e criniera ben pettinate. Sul pianerottolo c'era un tavolino a mezzaluna con intarsi in avorio sopra il quale si vedeva il bronzo di un cavallo rampante, accompagnato da un giovane togato che cercava di ammansirlo.

Lynley le fece strada lungo un corridoio e oltre un'altra rampa di scale. Le spiegò che quelle erano le scale di teak. Barbara naturalmente le poteva utilizzare, ma lui le consigliava di prendere quelle di rovere perché avrebbe fatto meno fatica a orientarsi. Le scale di teak conducevano alla cucina e a varie dispense e sgabuzzini, alcuni in uso e altri no, agli uffici e alla sala da biliardo.

«Sono una grande giocatrice di biliardo, ispettore. Scommetto che non lo sapeva. E di snooker. Ma per l'amor del cielo non lo dica a Dorothea, altrimenti mi iscrive a qualche torneo nella speranza che ci incontri l'anima gemella» fu il commento di Barbara.

Lynley sorrise. Barbara stava tornando a poco a poco la Havers di sempre.

Giunti alla fine del corridoio, ne imboccarono un altro. Lynley le mostrò le varie camere da letto e le indicò la propria e quella di sua madre. La stanza di Barbara era in fondo, esposta a est.

Lynley le aprì la porta e la fece entrare per prima. Daze aveva scelto bene: la Stanza Gialla era semplice e accogliente, senza troppi pezzi di antiquariato. Barbara posò il trolley sulla panchetta ricamata ai piedi del letto a baldacchino, che per fortuna non aveva preziosi drappi di velluto. C'erano un camino che aveva le dimensioni di una cameretta, un comò in noce, una poltrona con poggiapiedi coordinato e un piccolo tavolo da toeletta, sul quale era posato un vaso di giacinti bianchi e viola che profumavano l'ambiente.

«Le lascio il tempo di sistemarsi. Ci vediamo nella Morning room per il tè» disse Lynley.

«E cioè dove?»

«A questo piano. Dietro alle scale di rovere. Torni indietro lungo il corridoio e la troverà.» Guardò l'ora. «Ci vediamo là. Io adesso vado a parlare con l'amministratore della tenuta» disse. Stava per uscire quando si ricordò di aggiungere: «Si senta libera di girare per casa, Barbara. Se si perde, mi chiami sul cellulare».

«Questa non l'avevo mai sentita. Grazie, comunque» commentò Barbara.

Lynley rise e se ne andò. Era sicuro che si sarebbe trovata bene a Howenstow, anche se lei era convinta del contrario.

Lynley tornò indietro per lo stesso tragitto ed entrò nel salotto che – bisognava ammetterlo – più che un luogo in cui conversare e rilassarsi, sembrava un museo. Veniva usato raramente e ospitava una vasta collezione di pezzi di antiquariato, con abbondanza di dorature, intarsi e ghirigori. Alle pareti, altri ritratti e i tipici dipinti che secoli addietro i giovani benestanti erano soliti acquistare nei loro viaggi all'estero.

In fondo al salotto c'erano due porte. Una conduceva alla Morning room e l'altra, esattamente di fronte, alla galleria. Lynley prese quest'ultima e vide subito i danni provocati dalle infiltrazioni. La grande tela che per un po' aveva nascosto la macchia d'umidità – un ritratto di Carlo II seduto con tanto di corona e il mantello rosso indossato per l'apertura del parlamento – era stata spostata e il danno era in piena vista. La macchia iniziava sul soffitto, in corrispondenza della perdita dal tetto, e anziché seguire un percorso lineare verso il basso si era allargata a ventaglio a formare una sorta di piana alluvionale fino al pavimento.

Lynley si ripromise di controllare se le stanze al piano di sotto avessero subito danni. Per fortuna non erano utilizzate, dato che una era il salone di pietra e le altre la vecchia sala di studio e quella che un tempo era stata la camera da letto di un anziano conte invalido.

Prese il cellulare, chiamò John Penellin, gli disse di aver appena visto i danni nella galleria e gli chiese se potevano parlarne.

Howenstow, Lamorna
Cornovaglia

Si incontrarono nello studio di Penellin al piano terra, vicino alla sala da biliardo. C'erano due scrivanie di rovere – uno scrittoio da ufficio e un secrétaire – due poltrone, boiserie in rovere, caminetto con mensola in rovere, vari tappeti scoloriti per terra e mappe della proprietà appese ai muri.

Penellin era appena rientrato da un'ispezione a uno dei muretti a secco che era crollato. Ripararlo non sarebbe stato un problema, dichiarò. Peccato che non si potesse dire la stessa cosa per il tetto. Si sedettero sulle due poltrone. Lynley notò che sulla scrivania di John c'erano diversi disegni architettonici arrotolati.

«A proposito del tetto: a che punto siamo?» chiese.

John scosse il capo e si strofinò il mento. Quel giorno non si era rasato. «L'ardesia dell'epoca giusta è difficilissima da reperire e ha costi proibitivi. Spero che ci autorizzino a utilizzare materiali più recenti. Ho già contattato la commissione tecnico-urbanistica. Verranno a esaminare il tetto e valuteranno le varie proposte di rifacimento.»

«Cosa pensi che diranno?»

«Se l'ardesia del periodo in cui è stata costruita la casa è introvabile e non ci consentono di usare materiali più recenti, saremo costretti a coprire il tetto con teli impermeabili e penso che non vada bene neanche a loro. Si troverà una soluzione di compromesso.»

Lynley annuì. «Cosa posso fare, nel frattempo?»

John indicò i disegni arrotolati sulla scrivania. «Comincia a dare un'occhiata a questi. Ho abbozzato un paio di possibili interventi nel caso foste tutti favorevoli all'idea di aprire Howenstow al pubblico.»

«Non dovevamo parlare con quelli dell'estrazione ecologica? Non volevamo provare a vendergli i diritti minerari?»

«Sì, certo. Quelli che ti sottopongo sono solo progetti su cui riflettere nel caso in cui con la EcoMining non si riesca a concludere. Non è detto che si debba per forza aprire al pubblico. Vale la pena però incominciare a prenderlo in considerazione, secondo me.» Penellin si alzò e andò alla scrivania.

Lynley inforcò gli occhiali e lo raggiunse. Penellin prese un disegno, liberò la scrivania e lo srotolò.

Lynley si fece coraggio e ascoltò Penellin.

«Cominciamo con l'ala sud-ovest. Partiamo con il primo piano ed eventualmente in un secondo tempo ristrutturiamo anche il pianterreno.» Mise un peso alle due estremità del foglio. Lynley esaminò il disegno. Prevedeva la trasformazione dell'ala della casa che un tempo ospitava la nursery, da cui si potevano ricavare cucina, sala da pranzo, salotto e un ulteriore bagno. Le camere da letto, che si trovavano nella stessa ala ma al di là delle scale di servizio, non erano interessate dalla ristrutturazione. Quelle degli ospiti potevano restare tali, oppure essere adibite ad altri usi. Eventualmente, abbattendo alcuni tramezzi sarebbe stato possibile ricavare anche un soggiorno.

Lynley capì che cosa aveva in mente Penellin: la famiglia avrebbe avuto un uso limitato della casa, ma solo nei mesi in cui la villa avrebbe aperto ai visitatori. I Lynley avrebbero usato la scala di servizio e la porta della cucina, quella che dava sull'orto. E se qualcuno per sbaglio li avesse visti, avrebbe dato per scontato che fossero anche loro lì per visitare la tenuta.

«E se utilizzassimo anche il piano terra?»

I costi sarebbero stati significativamente superiori, gli spiegò Penellin. La ristrutturazione avrebbe comportato un esborso molto maggiore. Arrotolò la prima serie di disegni, la mise da parte e passò alla seconda, che prevedeva la trasformazione anche di cucina, dispense e ripostigli. La sala da biliardo poteva essere facilmente riconvertita in salotto e si poteva recuperare la sala da pranzo della servitù, ma per il resto sarebbe stata un'impresa complessa.

«Quindi tu ristruttureresti solo il primo piano dell'ala?»

«Se lo scopo è aprire Howenstow al pubblico, sì. Richiederebbe meno lavori, i tempi sarebbero più contenuti e si potrebbe aprire prima. Piuttosto, io ristrutturerei le scuderie.»

Lynley lo guardò al di sopra degli occhiali. «A quale scopo? Tremo già al pensiero, John...»

«Pensavo a un caffè e un gift shop» rispose Penellin e, senza dargli il tempo di protestare, aggiunse: «Sono indispensabili entrambi, se vogliamo che l'impresa abbia successo. Non possiamo pretendere che la gente si porti la merenda da casa, anche se dovremmo prendere in considerazione di predisporre un'area picnic. Conclusa la visita, le persone hanno voglia di sedersi a prendere un tè, un caffè, uno *scone*, una fetta di torta, un tramezzino... E sono interessate ad acquistare un ricordino: cartoline, souvenir, strofinacci, opuscoli, mug e così via».

Lynley abbassò lo sguardo sul disegno e sospirò. «Sei assolutamente certo che non ci sia un Vermeer di cui non conosciamo l'esistenza appeso da qualche parte? Sono quadri di piccole dimensioni, non si sa mai.»

«Non ho controllato nei bauli da viaggio, lo ammetto. Qualcuno potrebbe aver acquistato un Vermeer e averlo dimenticato lì, dove giace da secoli.»

«Succede. Non è indispensabile che sia un Vermeer. Andrebbe bene anche un Constable, o uno schizzo di Leonardo di cui nessuno conosce l'esistenza...»

«Darò un'occhiata per sicurezza.»

«Alcuni di quei bauli non vengono usati da... Dai tempi delle guerre napoleoniche, probabilmente. Abbiamo un filo di speranza?»

«Temo proprio di no» rispose Penellin.

Howenstow, Lamorna
Cornovaglia

Barbara cercò di tirarla per le lunghe il più possibile. Poiché si era portata ben poco, disfare la valigia comportò sì e no cinque minuti di fatica. A quel punto andò in bagno, si lavò i denti e la faccia, fece i gargarismi con il collutorio e si pettinò.

Era incerta se cambiarsi o meno. Non aveva mai preso parte a un tè in casa di una contessa e non aveva idea di come si svolgesse tale rituale a casa Lynley, ma dubitava che avessero mai invitato una plebea come lei per servirle PG Tips da una teiera d'argento. Fra l'altro, quella non era gente da PG Tips. Probabilmente nessun membro dell'antico casato dei Lynley si era mai abbassato ad assaggiare quel tipo di tè.

Per far passare il tempo, gironzolò per la camera da letto ispezionando ogni minimo dettaglio. Si astenne dal provare il materasso per timore di sgualcire il copriletto perfettamente liscio e si limitò a testare la poltrona e il poggiapiedi abbinato. Poi spostò il paralume della lampada accanto alla poltrona e guardò con attenzione il disegno a carboncino sopra il caminetto. Raffigurava una figura androgina con una gran testa di riccioli rossi e un abbigliamento dal quale era assolutamente impossibile capire se si trattasse di un bisnonno o di una bisnonna di Lynley.

Si alzò da poltrona e poggiapiedi con scarsa agilità e si ripromise di esercitarsi a eseguire la manovra con più eleganza. Per perdere ancora qualche minuto, si avvicinò a una delle due finestre della stanza e guardò il prato ovale perfettamente tagliato davanti all'ingresso principale e la fontana che vi zampillava al centro, circondata di primule e piantine nane. Da lì si vedeva anche il tetto della cappella dietro l'angolo nord della casa. Barbara sapeva che in quella cappella erano sepolti la moglie e il figlio mai nato di Lynley. Ma cappelle e sepolture erano argomenti che preferiva non toccare, sicché si fece coraggio e uscì dalla stanza.

Rifece al contrario la stessa strada che aveva fatto con Lynley, soffermandosi su vari quadri a tema nautico e marino. Si fermò davanti alla porta della camera di Lynley e tese le orecchie, pur non sapendo che cosa si aspettasse di sentire. Silenzio assoluto. O era con l'amministratore della tenuta oppure era già nella Morning room ad aspettare lei e il tè.

Barbara stette molto attenta a non fare deviazioni per evitare di perdersi e magari ritrovarsi in un boudoir del Settecento e finire imprigionata in un groviglio di drappeggi. Passò davanti ad altre due rampe di scale prima di arrivare a quella di rovere. Come promesso, la Morning room era subito dietro.

Era tutto pronto per il tè. Sul tavolo al centro della stanza era stesa una candida tovaglia perfettamente stirata sulla quale erano disposte tazze, piattini e compagnia bella. Il servizio da tè era sulla credenza, fra fotografie in bianco e nero in cornici d'argento – quasi tutte di coppie elegantissime, in posa – e due candelabri d'argento che sembravano provenire dal saccheggio di qualche abbazia ai tempi della dissoluzione dei monasteri. Ma la vera stranezza, secondo Barbara, erano gli arazzi appesi alle pareti, che conferivano alla stanza una cupa solennità. Peraltro, narravano storie incomprensibili e indecifrabili. Sembravano fare riferimento a epoche storiche diverse: in uno erano raffigurate delle specie di bighe, in un altro delle carrozze, e a bordo di entrambi i tipi di mezzi di trasporto c'erano dame in crinolina. Anche se, a ben guardare, forse erano toghe mosse dal vento.

Nella Morning room entrò una donna alta e bionda con un grande vassoio di tramezzini, *scones* e ciotoline di *clotted cream* e marmellata. Indossava un grembiule da cucina bianco su cui erano stampate bocche rosso fuoco. Su una di queste c'era una macchia di marmellata violacea che la faceva sembrare nell'atto di gustare un cucchiaio di confettura.

Dal colore dei capelli, Barbara dedusse che doveva trattarsi della sorella maggiore di Lynley. «Buonasera! Piacere. Ci ha trovato, quindi. Io sono Judith, la sorella di Tommy». Indicò con un cenno del capo il vassoio e assunse un'espressione rammaricata. «Con i tramezzini e gli *scones* me la sono cavata, ma la Bakewell tart è un disastro e l'ho lasciata in cucina. Dovrei smettere di improvvisarmi pasticcera ma, anche se sono una frana, mi piace troppo. Pazienza.» Posò il vassoio vicino al servizio da tè e fece un gesto a minimizzare ulteriori considerazioni. Assomigliava moltissimo alla madre, pensò Barbara. E in quel momento fece il suo ingresso Daze, seguita da Padraig, il levriero irlandese.

«È proprio indispensabile, mamma?» disse Judith in tono lievemente spazientito.

«Che cosa, tesoro?»

«Il cane, mamma. So già che cercherà in tutti i modi di elemosinare bocconcini e che tu lo vizierai. Che cosa penserà Barbara?»

«Mmm, già» disse Daze osservando il vassoio. «E la Bakewell tart? Credevo fosse il pezzo forte della merenda.»

«Purtroppo non è venuta benissimo.»

«Peccato. Be', gli *scones* hanno un'aria deliziosa, in compenso. E i tramezzini anche.»

«Mamma, il cane!» insistette Judith.

«Vedrai che Padraig non ci darà nessun fastidio» disse Daze. «Ha trovato tutto ciò che le serve, cara?» chiese poi a Barbara.

«Anche di più» rispose lei. Evitò di specificare che quella era la camera da letto più elegante in cui fosse mai stata perché, avendone girate piuttosto poche in vita sua, non si riteneva un'esperta in materia.

«Mi fa piacere. Prego, si accomodi. Cominciamo senza Tommy. Che tè gradisce, Barbara?» Indicò le teiere d'argento sulla credenza. «Abbiamo Darjeeling e Lapsang Souchong. Le consiglio il Darjeeling. Il Lapsang Souchong è il tè preferito di Tommy, ma non a tutti piace. Helen – l'ha conosciuta, vero? – diceva che sa di calzini sporchi, anche se non ci ha mai voluto dire come facesse a sapere che gusto hanno i calzini sporchi. Personalmente, ho preferito non approfondire. Cosa le verso, Barbara?»

«Darjeeling» rispose lei.

«Anche per me, grazie» disse Judith. Porse a Barbara il vassoio dei tramezzini che definì «i soliti». Barbara notò un paio di pinze d'argento e immaginò di dover usare quelle, invece delle mani. Temeva però di non saperle adoperare e di lanciare inavvertitamente un tramezzino dritto contro un arazzo. Judith sembrò intuire i suoi timori perché le chiese: «La servo io?»

«Grazie» rispose Barbara. Disse che ne avrebbe assaggiato volentieri uno per tipo e tirò un sospiro di sollievo quando Judith replicò: «Solo uno? Guardi che ce ne sono altri in cucina».

«Allora due» disse Barbara, e non protestò quando Judith gliene servì tre di ciascuno.

Daze si sedette, ma Judith aspettò che tutte e tre fossero servite, prima di prendere posto a tavola. Daze prese il tè liscio, Judith vi aggiunse una fettina di limone. Barbara, che non aveva mai bevuto Darjeeling, non sapeva bene cosa fare. Normalmente ci avrebbe messo il latte e un quintale di zucchero, ma per non fare brutta figura seguì l'esempio di Judith e prese il limone.

Daze bevve un sorso senza produrre il minimo rumore. «Tommy ci ha detto che ha perso da poco sua madre. Condoglianze. Perdere un genitore è brutto a qualsiasi età. Mia madre aveva più di novant'anni, quando se n'è andata, eppure ho sofferto moltissimo» disse.

Barbara annuì. Fu esonerata dal replicare grazie all'arrivo di Lynley. Era insieme a John Penellin, che presentò a Barbara.

Era un bell'uomo sui cinquanta, abbronzato, lineamenti marcati e capelli grigio ferro che sfioravano il colletto.

«Ah, eccovi qua. Judith ti ha preparato il Lapsang, Tommy. Abbiamo tramezzini e *scones*, ma purtroppo niente torta. Ci sarebbe dovuta essere una Bakewell tart, ma...» disse Daze.

«Te la sei mangiata tutta, Judy?» la interruppe Lynley.

«Magari! No, è venuta malissimo. Forse ho sbagliato la temperatura del forno, non so.»

«Volete che vi versi io il tè?» chiese Daze.

«Faccio io» rispose Lynley. Annusò le due teiere, ne prese una, riempì una tazza e la porse a John. Poi prese l'altra e si servì.

«Avete parlato del tetto?» chiese Daze.

«Sì» rispose Lynley.

«E cos'avete deciso?»

Lynley e Penellin si scambiarono un'occhiata. «Per ora niente. Stiamo valutando le varie opzioni» rispose Penellin.

«Varie opzioni?» ripeté Daze. «La cosa mi preoccupa.»

«E siamo solo agli inizi» disse Lynley a sua madre.

«Non sei affatto rassicurante» commentò lei.

MICHAEL

La faccenda del preservativo finì nel dimenticatoio e le cose tornarono alla normalità. Dopo l'aggressione Kayla dovette annullare le lezioni di ballo e nel mese di convalescenza dedicò parte del tempo libero a cercare una sede più vicina a casa. Quando riuscivo a staccare dal lavoro la accompagnavo, ma non trovammo nulla di adatto. Io avrei voluto che abbandonasse del tutto l'impresa di insegnare a ballare il valzer, la samba, il cha cha cha o altro agli abitanti della Cornovaglia. Nessuno dei suoi allievi aveva i numeri per partecipare a *Ballando con le stelle*, no? Kayla rispondeva che su questo avevo ragione, ma i soldi che guadagnava servivano a coprire le spese e poi insegnare danza le piaceva, era brava e ballare era un ottimo sistema per tenersi in esercizio, anche se non tutti lo sapevano. Per non parlare del fatto che aveva studiato per diventare ballerina e non voleva uscire dal giro. E poi danzare la rendeva felice. Era una necessità per lei. A quel punto fui costretto a guardare in faccia la realtà: Kayla aveva rinunciato a tutto per me e io dovevo fare il possibile perché non se ne pentisse.

Se insegnare danza la rendeva felice, che insegnasse finché voleva, decisi. Così Kayla continuò a cercare un posto dove tenere i suoi corsi. Ma a parte la St. John's Hall di Penzance, non le andava bene niente. I suoi allievi stavano tutti nei dintorni di Penzance, e Penzance non era poi così lontano da casa.

Dopo quello che era successo, non mi piaceva l'idea che andasse in giro da sola, soprattutto alla sera, e così le dissi che l'avrei accompagnata io alla St. John's Hall, l'avrei aspettata fuori – o nel salotto di Sebastian mentre lui teneva le sue sedute serali – e poi l'avrei riaccompagnata a casa. Ma Kayla sapeva che questo avrebbe sottratto tempo al mio lavoro proprio nel periodo in cui i clienti cominciavano a ordinare bigiotteria e oggettistica in stagno e in peltro per negozi di souvenir e gift shop di tutta la Cornovaglia, fino a Plymouth. Era il periodo dell'anno in cui lavoravo di più. Kayla evitò di farmi pesare che i soldi ci servivano tutti, sia quelli che guadagnavo io sia quelli che portava a casa lei. Non che fossimo poveri, ma non saremmo mai diventati ricchi.

Fu Sebastian ad avere la bella idea di chiedere a Goron di fare da guardia del corpo a Kayla e accompagnarla a Penzance al posto mio. Scommetto che sarà felice di rendersi utile, disse.

Kayla accettò solo dopo essersi accertata che non ci fosse bisogno di Goron al caravan per assistere la madre. Spiegai a Goron quanto era importante l'incarico che gli stavo affidando, visto quel che era successo a Kayla, e alla sua maniera – cioè annuendo e spostando nervosamente lo sguardo su Kayla per poi spostarlo nervosamente su di me e poi sui propri scarponi – lui mi fece capire che le avrebbe fatto sia da autista che da guardia del corpo. Trovata questa soluzione, appena se la sentì, Kayla ricominciò a insegnare.

Scortare Kayla a Penzance e ritorno ebbe risvolti positivi anche per Goron. Durante uno dei primi viaggi, Kayla scoprì che Goron non sapeva leggere. Mi raccontò che il sospetto che fosse analfabeta le era venuto, nonostante lui fosse abilissimo a nascondere il problema. Dopo averglielo fatto confessare – non ho idea di come lo avesse fatto, ma conoscendola non mi stupisco che ci fosse riuscita – Kayla si lanciò nell'impresa di insegnargli l'ABC. Trascorrendo sempre più tempo con la famiglia Udy, venne a sapere che il più grande desiderio di Jen era immergersi nelle acque miracolose di Lourdes, in Francia, per guarire dal cancro che la stava divorando.

Non fu Jen a confidarlo a Kayla, ma Gwyn. Jen era all'ultimo stadio, in quella fase della malattia in cui i medici generalmente si limitano alle cure palliative, e cioè a non far soffrire i pazienti, somministrandogli sempre più morfina finché i poveretti non se ne vanno nel sonno. È terribile vederla in quello stato, disse Kayla.

Per trovare i soldi per andare a Lourdes Gwyn si era rivolta alla sorella maggiore, che però non glieli aveva voluti dare.

La sorella maggiore? domandai, interrompendola prima che li chiedesse a me. Avrei fatto fatica a dirle di no. Goron e Gwyn hanno un'altra sorella?

Sì, confermò Kayla. Si chiamava Edrek ed era stata tolta anche lei a Bran e Jen, ma, diversamente da Goron e Gwyn, era stata adottata e non era più tornata al caravan. Aveva tagliato i ponti con tutti gli Udy e si considerava figlia della coppia che l'aveva adottata. Edrek non vuole avere niente a che fare con noi, aveva detto Gwyn a Kayla.

Che situazione! commentai. Brutta davvero. Ma non poteva darsi che questa Edrek avesse semplicemente un approccio più pragmatico alla situazione?

Kayla pensava che fosse insensibile e basta, ma lei veniva da una famiglia molto unita, in cui tutti si immischiavano continuamente nelle faccende degli altri. Non tutte le famiglie sono come la tua, le dissi.

Fu allora che chiese d'impulso: Michael, non possiamo pagarglielo noi, il viaggio a Lourdes? Io e te?

Anche se non mi sorprese, quella richiesta mi parve una follia per due motivi. In primo luogo, non credevo ai miracoli. Secondo, non avevamo i soldi per pagare il viaggio in Francia a due persone. Anzi, tre, come capii quasi subito, perché Kayla non aveva intenzione di lasciar andare da sole Gwyn e la madre. Per portare Jen in Francia – nelle condizioni in cui era – ci volevano due persone, una per occuparsi della sedia a rotelle e del bagaglio e una per tutte le altre incombenze.

Di Kayla si può dire tutto, ma non che non sia determinata. Quindi non mi stupii quando, diversi giorni dopo averla delusa rifiutando di finanziare il viaggio della speranza, mi disse che si era rivolta al fratello, Willen, gli aveva spiegato la situazione e lui le aveva mandato la somma necessaria dal Sudafrica.

Rimasi un po' male nello scoprirlo. Era mia moglie. Toccava a me prendermi cura di lei, soddisfare i suoi bisogni e anche esaudire i suoi desideri. Non era compito di suo fratello.

Glielo dissi. Capì immediatamente di avermi offeso, di avermi fatto sentire non all'altezza del mio ruolo di marito. Disse: Michael! Non ho mai pensato che tu non fossi un buon marito. E non lo pensa nemmeno Willen. È che dal punto di vista economico abbiamo poco spazio di manovra, me ne rendo conto. Mi fa solo piacere poter fare qualcosa per aiutare gli Udy, tutto qui.

Ricordati che sono orgogliosi e non vogliono elemosina, le dissi. Se proprio ci tieni, stai attenta a come gliela metti, quando le inviti ad andare a Lourdes. Ma Kayla ci aveva già pensato. Conosceva gli Udy quanto bastava per sapere che nessuno di loro avrebbe mai accettato di farsi pagare un viaggio in Francia da qualcuno al di fuori della famiglia. Così si era informata su Lourdes e aveva scoperto che un tempo i malati si immergevano nell'acqua benedetta, ma ormai per motivi di igiene molti ricorrevano invece al cosiddetto gesto dell'acqua, che valeva tanto quanto immergersi in una delle varie piscine miracolose. Adesso l'acqua si beve, disse. Oppure ci si lava il viso. Jen potrà fare l'una e l'altra di queste due cose senza bisogno di uscire dal caravan.

Ma come fa, senza andare a Lourdes?

Kayla disse che era semplicissimo, che bastava procurarsi l'acqua e che aveva intenzione di andare lei stessa a Lourdes a prenderne un po'. Il costo del viaggio non era un problema, visto che Willen le aveva prestato i soldi. Sarebbe andata a prendere lei l'acqua di Lourdes, l'avrebbe portata in Inghilterra e Jen avrebbe compiuto il gesto dell'acqua. Se miracolo doveva essere, quello sarebbe bastato.

Il suo piano era questo e una sera, dopo una lezione a Goron, tornò a casa raggiante perché aveva spiegato a tutti in cosa consisteva precisamente il gesto dell'acqua. Aveva mostrato i risultati delle sue ricerche su Lourdes, con tanto di foto dei fedeli davanti a una specie di abbeveratoio con tanti rubinetti uno accanto all'altro. C'era chi riempiva di acqua benedetta bottiglie e brocche, chi la beveva, chi si lavava la faccia, mentre i più entusiasti se la versavano addosso e sui vestiti a piene mani o a secchiate.

Insomma, secondo Kayla non era necessario che Jen andasse fino a Lourdes per essere miracolata. Sarebbe stata lei a portare il miracolo a Jen.

*

Kayla stette via più a lungo di quanto mi aspettassi, anche se non so da dove mi fosse venuta l'idea che potesse andare e tornare da Lourdes in meno di settantadue ore. Alla fine ci volle un'intera settimana per via di difficoltà impreviste per arrivare a destinazione, per trovare un posto dove dormire e per affrontare tutto quel che c'era da affrontare per portare a termine l'impresa. Non si poteva semplicemente andare davanti a un rubinetto di acqua miracolosa con una bottiglia vuota.

C'erano centinaia e centinaia di persone, mi disse quando la sentii la prima sera, appena arrivata a Lourdes. Per avvicinarsi all'acqua le ci vollero due giorni interi. Non aveva mai visto così tante persone in sedia a rotelle, con le stampelle, praticamente piegate in due sul deambulatore, trasportate su barelle e lettighe di tutte le fogge. C'erano orde di pellegrini ovunque.

Era riuscita a trovare una stanza che pareva una cella in un convento non lontano dai *Sanctuaires*, mi disse, anche se non sapeva esattamente cosa fossero. E purtroppo dal convento non avrebbe potuto telefonarmi, se non di nascosto, per via delle regole sul silenzio e la contemplazione. Con una risatina aggiunse a bassa voce che non si sentiva portata per una vita contemplativa, fatta di silenzio e castità. Soprattutto non di castità. Mi manchi, Michael.

E a me mancava lei. Mi resi conto che, a parte i mesi che aveva passato in Sudafrica in attesa che io divorziassi da Maiden, non eravamo mai stati separati. Era divenuta talmente parte della mia vita che non riuscivo a immaginare di vivere senza di lei.

Le dissi che avrei tanto voluto averla lì con me in quel momento, nel nostro piccolo cottage in Cornovaglia. Pioveva e tirava vento e lo stramaledetto generatore era di nuovo fuori uso, ma non mi importava perché stavo parlando con lei. Cominciai a dirle cosa le avrei fatto se fosse stata lì con me e lei mi disse cosa avrebbe fatto in risposta. Proseguimmo per dieci minuti buoni, come due adolescenti arrapati che si dicevano le cose sconce; entrambi avevamo il respiro sempre più affannoso, finché la sentii gridare: *Oh Dio! Smettila!*

Risi. Mi par di capire che il sesso al cellulare è ancora meglio di quello vero, dissi. Sarà il posto, aggiunsi immaginandola in un convento con le brave suorine che senza dubbio l'avevano sentita e ora pregavano per la sua anima immortale.

Mio Dio, se solo tu fossi qui... disse.

Certo che è lì con te, amore. Non è forse onnipresente? replicai.

Fece una risata bassa, di gola. E poi, come se stessimo ancora facendo l'amore, mormorò: Sei fantastico.

Ti amo, sussurrai. Vorrei usare la lingua per...

Cadde la linea. Era per via del tempaccio. Non provai neppure a richiamarla. Avevo il cuore che mi batteva all'impazzata e un'erezione importante. Avevo bisogno di sfogarmi, e lo feci mentre la pioggia si abbatteva sul cottage e il vento scuoteva le finestre facendo tintinnare i vetri.

Per riuscire a prendere sonno bevvi più whisky del necessario e quando mi risvegliai ero ancora in salotto, vestito come la sera prima, con un sapore in bocca che preferisco non descrivere, e puzzavo di alcol, sudore e sperma. Avevo la testa che mi pulsava, lo stomaco che ondeggiava come una nave in mare aperto e una sete tale che avrei bevuto anche del piscio di cavallo. Non avevo idea di che ora fosse.

Mi alzai barcollando. Avevo assolutamente bisogno di una doccia, di vestiti puliti e di tanto caffè forte. Non sapevo come fare a portare a termine tutte quelle operazioni e me ne stavo appoggiato allo stipite della porta del salotto a contemplare le scale che dovevo salire, quando sentii battere tre colpi secchi al portone. E chi era?

Andai lentamente verso l'ingresso. Persino la luce fioca all'interno del cottage mi dava fastidio agli occhi. Mi sembrava di avere le orecchie imbottite di ovatta e infatti, quando chiesi chi era, non riuscii a capire la risposta.

Bussarono di nuovo, e il rumore mi fece l'effetto di un pugno in un occhio. Poi una voce sconosciuta disse: Signor Lobb? Per evitare ulteriori shock sensoriali, girai la maniglia e spalancai la porta. Strizzai gli occhi, abbagliato dal sole. L'intruso era controluce e vidi più che altro la sagoma, mentre il viso restava completamente in ombra. Mi feci schermo con il braccio e chiesi di nuovo chi era e cosa voleva da me. Quando si mosse, vidi che era il tipo della EcoMining. Porca miseria, pensai. Lo stronzo non si arrende, eh?

Non mi ricordavo come si chiamava – Fanshaw? Sanshaw? – ma fu lui a togliermi subito ogni dubbio dicendo affabilmente: Sono Geoffrey Henshaw, signor Lobb. Spero che abbia avuto modo di dare un'occhiata ai documenti che le ho lasciato.

Lo fissai imbambolato. I postumi della sbronza mi permettevano al massimo di associarlo alla compagnia mineraria presunta ecologica interessata alla mia terra, e nient'altro. Documenti? mi chiesi. Quali documenti? Non gli avevo già detto chiaramente che la Lobb's Tin & Pewter non si toccava?

Il tipo domandò se poteva entrare a parlare un momento, cosa che in quel momento era all'ultimo posto nella lunga lista delle mie priorità. Dissi che avevo bevuto e purtroppo dovevamo rimandare a un altro giorno, ma lui rispose che aveva richiesto una visura catastale e gli risultava che non ero l'unico proprietario della Lobb's Tin & Pewter. Era di questo che voleva parlarmi. Disse anche che, se volevo andare a darmi una rinfrescata, poteva aspettare. Era una questione importante ed era meglio affrontarla quanto prima.

Ero troppo sconvolto per mettermi a discutere e gli chiesi se riusciva a farmi un caffè. Ridacchiò, rispose che pensava di avere competenze sufficienti e che me lo avrebbe preparato volentieri. Se nel frattempo avessi fatto ciò che dovevo per mettermi in condizioni di ascoltarlo...

Lo lasciai in cucina e mi trascinai al piano di sopra tenendomi alla ringhiera. Mi spogliai abbandonando i vestiti per terra, feci una doccia fredda, poi una bollente, poi un'altra fredda. Non avevo idea di che ora fosse e guardai l'orologio. Erano quasi le due del pomeriggio.

Dopo un po' scesi di sotto sperando che nel frattempo Henshaw se ne fosse andato. Invece era ancora lì e nell'aria c'era profumo di caffè. Henshaw aveva anche trovato il pane e ne aveva tostato alcune fette che aveva disposto in un piatto sul tavolo, accanto al burro e alla marmellata. Era intento a leggere qualcosa sul cellulare.

Quando si accorse che ero entrato in cucina, mise in tasca il cellulare e disse che avevo tutta un'altra faccia, che sperava mi sentissi meglio e se poteva versarmi una tazza di caffè.

Me lo verso da solo, dissi, e così feci.

Mi chiese dov'era mia moglie, perché pensava facesse piacere anche a lei sentire quello che era venuto a proporci.

Gli dissi che stava dando una mano a un'amica. Mi chiese se potevo andare a chiamarla. Era importante che entrambi sentissimo la nuova soluzione di compromesso, disse, perché al termine della spiegazione ci sarebbe stato molto da discutere. La Cornwall EcoMining ha inserito nuove clausole, disse. Penso che entrambi vorrete sapere quali sono.

È in Francia, gli dissi.

L'amica di sua moglie sta in Francia?

Mi trattenni dal fargli notare che non erano fatti suoi e risposi semplicemente che mia moglie era in Francia e, se voleva che fosse presente anche lei, doveva tornare un'altra volta, ma non sapevo quando esattamente. Si affrettò a rispondere che, stando così le cose, era più che disposto a illustrare a me i dettagli della nuova proposta; avrei potuto spiegarli io a mia moglie al suo ritorno. Non erano molti.

Grazie a Dio, pensai. Non vedevo l'ora che si togliesse dai piedi.

La Cornwall EcoMining stava concludendo i lavori in quella parte della contea, mi disse. Vari proprietari avevano accettato di cedere i diritti minerari, desiderosi di trarre profitto dall'estrazione del litio. E in realtà la Cornwall EcoMining era in trattativa anche con il Ducato riguardo ai diritti minerari della famiglia reale. Come se quei bastardi ricchi sfondati avessero bisogno di soldi, pensai.

Sapevo che quel colloquio aveva lo stesso obiettivo del primo. La Cornwall EcoMining voleva i miei terreni per costruirci i suoi impianti. Con tono affabile Henshaw mi disse che potevamo affrontare il discorso in diversi modi. A quel punto mi versò una seconda tazza di caffè – avevo ingollato la prima come fosse acqua – e se ne servì un'altra anche lui. Occorreva soltanto trovare un accordo.

Gli dissi – con voce altrettanto affabile, credo – che restavo della mia opinione, che la Lobb's Tin & Pewter mi era stata lasciata in eredità da mio padre, mio nonno e mio bisnonno e me la volevo tenere.

Henshaw annuì e mi disse che questo lo aveva capito. Ma anche i miei figli volevano portare avanti l'azienda di famiglia?

Be', ero sicuro che Merritt avrebbe preferito che vendessi e gli passassi una somma consistente, in modo che si potesse comprare una casa decente per la famiglia in continua espansione. (Cristo, ma perché non se lo teneva nei pantaloni? Avrei proprio voluto saperlo...) Dal suo punto di vista, mi si presentava un'occasione irripetibile per realizzare un notevole profitto vendendo un'impresa che, anno più anno meno, a stento arrivava a chiudere i conti in pareggio. Per Merritt e – diciamocelo – anche per mio fratello, la Lobb's Tin & Pewter era un peso e tale sarebbe rimasta, tramandata di padre in figlio, di nipote in pronipote, nella speranza di preservare una tradizione e farla diventare ciò che non era mai stata: un'attività redditizia.

Così risposi alla domanda di Henshaw con tre parole: Sono ancora giovani. Speravo che recepisse il messaggio. Con il tempo – e ne ho in abbondanza, dato che ho solo cinquantasei anni e non ho nessuna intenzione di morire a breve – mio figlio, o magari mia figlia, avrebbe capito l'importanza di onorare la memoria degli antenati proseguendo l'attività di famiglia. Con questo pensavo di chiudere definitivamente il discorso.

Capisco, rispose Henshaw pensoso, tamburellando con le dita sul bordo della tazza. Aveva unghie curatissime, come se fosse appena uscito dalla manicure. Ma con i miei figli ne avevo parlato? E con mio fratello?

Gli chiesi perché tirasse in ballo mio fratello. Mi fece notare – come se ce ne fosse bisogno – che Sebastian, in quanto proprietario al 40 percento della proprietà e dell'attività, poteva essere estremamente interessato all'offerta della Cornwall EcoMining.

Sebastian non poteva vendere la sua quota, gli dissi. Henshaw ribatté che invece poteva benissimo. Non c'era alcuna clausola che gli impedisse di disporre come meglio credeva della sua quota, e lo studio legale cui la Cornwall EcoMining si era appoggiata lo aveva confermato. Si poteva procedere.

Il termine «procedere» non mi piaceva neanche un po'. A

cosa si riferiva? Mi spiegò che, dal punto di vista legale, avere una quota del 40 percento di una proprietà significava essere proprietari del 40 percento dei terreni e del 40 percento di tutti gli immobili che su detti terreni insistono, che Sebastian aveva il diritto di fare quello che voleva con il suo 40 percento e che era più che disponibile a venderlo immantinente alla Cornwall EcoMining.

La mia prima risposta fu: Non può. Non ha la maggioranza, ed è così che nostro padre ha disposto nel testamento. Solo chi ha la maggioranza può prendere decisioni cruciali sulla proprietà, e la vendita è una decisione cruciale, per la miseria.

Ehm, sì. Henshaw si fece pensieroso e cominciò a massaggiarsi la nuca. Disse che da una ricerca nei documenti registrati presso la contea era emerso che i proprietari della Lobb's Tin & Pewter potevano prendere decisioni solo limitatamente alla rispettiva quota di azienda e di proprietà e che questo valeva sia per il proprietario di maggioranza che per quello di minoranza.

È strano, lo so, disse Geoffrey Henshaw. Secondo me, vostro padre non si aspettava che questa divisione creasse problemi in futuro. Bevve un sorso di caffè prima di proseguire. Era chiaro che mi stava dando tempo, in modo che riuscissi a elaborare le informazioni. Quando ritenne di aver aspettato abbastanza, riprese ricordandomi che all'inizio della conversazione aveva parlato di una soluzione di compromesso.

Non attese che rispondessi.

Stiamo offrendo ai proprietari immobiliari un contratto di locazione della durata di cent'anni, spiegò. Non ci interessa acquistare i loro castelli, ville di famiglia o quant'altro. Con un contratto di locazione i proprietari possono coprire almeno in parte i costi di gestione di certe dimore... – scusi, ma non saprei come altro definirle – di certe dimore mostruose. Siamo disposti a farlo anche con voi, a condizione di poter costruire quello che vogliamo nelle aree edificabili attualmente occupate dagli immobili della Lobb's Tin & Pewter. Un contratto di locazione di cent'anni, ripeté. Naturalmente, non le pagheremmo la stessa cifra che incasserebbe da una vendita, ma sarebbe comunque una bella somma.

Stavo cercando di mettere ordine nella montagna di informazioni che Henshaw mi aveva rovesciato addosso, la più preoccupante delle quali era la faccenda dei diritti che secondo lui Sebastian poteva esercitare sul suo 40 percento. Chiaramente, dovevo parlare con il mio avvocato. Era lui che aveva redatto il testamento di nostro padre, quindi se c'era qualcuno che sapeva esattamente cosa si poteva o non si poteva fare con il mio 60 percento e il 40 percento di Sebastian, era lui.

Dissi a Geoffrey Henshaw che avrei parlato con il mio avvocato, gli avrei mostrato tutti i documenti, avrei sentito il suo parere e poi avrei contattato la Cornwall EcoMining. Henshaw mi consigliò di non aspettare troppo. Gli assicurai che non avrei perso tempo, e non era una bugia. Il mio continuava a essere un no, ma volevo sapere cosa potevo fare per bloccare Sebastian.

Telefonai a mio fratello nell'istante stesso in cui Henshaw uscì dalla porta. Lo chiamai al numero fisso e trovai la segreteria. Lasciai un messaggio breve e conciso: Chiamami appena senti questo messaggio. Stessa cosa al numero di cellulare, quando il risponditore automatico mi invitò a lasciar detto qualcosa. Poi chiamai nostra madre. Avevo bisogno di averla dalla mia parte. Anche se Sebastian era il suo cocco dagli occhi azzurri, mi sembrava impossibile che fosse d'accordo a vendere la Lobb's, o anche solo ad affittarla.

Oh, non saprei, fu il massimo che riuscii a tirarle fuori dopo averle spiegato tutto quanto. Non credo che il nostro Sebastian possa andare contro le tue decisioni, Michael, ma devi parlarne con lui. E come sta la nostra Kayla, caro? Spero che venga a trovarmi presto. Ti prego di dirglielo. Come vanno le cose...?

Sperava di sentirsi dire che finalmente Kayla era di nuovo incinta, lo sapevo. Le dissi che era andata a Lourdes.

Oh. Capisco. Be', tanto vale provare, no?

Mi ci volle qualche secondo prima di capire che si riferiva alla presunta incapacità di Kayla di rimanere incinta dopo l'aborto. No, non è per quello, dissi. Una nostra vicina ha il cancro. È in fase terminale. Voleva andare a Lourdes, ma è troppo debole, così Kayla è andata al posto suo.

Capisco, disse mia madre. Non aggiunse altro e nel silenzio la sentii sospirare. Peccato, disse dopo un po'. Mi dispiace per voi due, Michael. Per fortuna che hai almeno Merritt e Gloriana. A proposito, è tornata sui suoi passi?

Gloriana? chiesi. Mia madre fece un verso di assenso. No, Gloriana non era tornata sui suoi passi né materialmente né metaforicamente. Fin dall'inizio, aveva visto in Kayla una rovinafamiglie. Ammesso che esistesse un modo per far cambiare idea a mia figlia, io non l'avevo ancora scoperto.

Volevo riportare mia madre sul discorso di Sebastian e, sapendo che non ci sarebbe tornata di sua iniziativa, pensai che l'unica era prendere il toro per le corna. Così le chiesi senza mezzi termini cosa pensava del fatto che Sebastian volesse vendere il 40 percento della proprietà di famiglia a una società di sedicente prospezione mineraria sostenibile. Rispose che dovevo aver capito male. Perché mai Sebastian avrebbe dovuto prendere una decisione del genere? E soprattutto perché l'avrebbe fatto senza prima parlarne con il socio di maggioranza? Probabilmente ci sta solo riflettendo, Michael. Sai com'è fatto Sebastian.

In ogni caso, nulla gli dava il diritto di vendere la proprietà di famiglia. Non doveva neppure prenderlo in considerazione.

Mia madre ripeté che dovevo parlarne con Sebastian.

Il giorno dopo decisi di prendermi il pomeriggio e andare a Penzance. Lasciai la bottega nelle mani di Bran e Goron e salii in macchina per attraversare la Cornovaglia.

Quando arrivai in vista di Mount's Bay, il mare era molto mosso e al largo c'erano creste bianche sollevate dal vento. Pioveva di traverso, a quarantacinque gradi.

Una volta raggiunta la baia, Penzance non era lontana. Svoltai a Chyandour e passai davanti ad alcuni alberghi malandati. Dato il tempaccio, non ebbi problemi a trovare parcheggio. Lungo Morrab Road c'erano molti posti liberi, tra cui uno proprio davanti a casa di Sebastian.

Scesi dalla macchina, mi tirai su il bavero della giacca e andai verso il portone di mio fratello. Era aperto, ma la porta interna no. Bussai energicamente con il batacchio e, poiché non sortiva alcun effetto, mi attaccai al campanello. Lo sentivo suonare dentro la casa, ma nessuno venne ad aprire. Strano, perché Sebastian aveva clienti a tutte le ore del giorno e spesso anche fino a tarda sera. A meno che non stesse tenendo un seminario da qualche altra parte, a quell'ora sarebbe dovuto essere in casa.

Porca miseria, ero stufo di tutti questi contrattempi. Diedi qualche altro colpo con il batacchio, poi infilai la mano nella buca delle lettere in maniera da tenere aperto lo sportellino e cominciai a urlarci dentro. Sentii una voce di donna dietro di me che diceva: Le conviene risparmiare il fiato, caro.

Mi rialzai dalla posizione accovacciata che avevo assunto per urlare nella cassetta delle lettere, mi voltai e vidi una donna con una giacca impermeabile gialla. Era in fondo al vialetto davanti alla porta di Sebastian e trascinava sotto la pioggia un carrello della spesa coperto con sacchetti di plastica di vari colori.

Sebastian Lobb era via, disse.

E dove?

Rispose che non lo sapeva, che Sebastian non aveva avvertito nemmeno i suoi clienti, perché ne aveva visti parecchi bussare invano alla porta.

Non è da lui, pensai, perché Sebastian era di sicuro un irresponsabile nella vita privata, ma non quando si trattava dei suoi clienti. Se bussavano invano alla porta, doveva essere successo qualcosa di grave.

Sollevai di nuovo lo sportellino e riuscii a vedere un pezzetto di pavimento. C'era della posta accumulata, probabilmente da diversi giorni. Nessuna risposta al messaggio che avevo lasciato sul telefono fisso, nessuna chiamata dal cellulare, nessun avviso ai suoi clienti...? Un brivido mi corse lungo la schiena. Dovevo buttare giù la porta o chiamare la polizia. Presi il cellulare per chiamare il 999.

Dietro di me sentii la vicina che mi chiedeva cosa pensavo di fare. Mi voltai e vidi che non si era mossa di un passo, nonostante la pioggia battente. Risposi che stavo chiamando la polizia. Se Sebastian non apriva ai clienti e non rispondeva al telefono...

La donna mi interruppe e ripeté quello che aveva già detto: Sebastian era via. E aggiunse una cosa che avrebbe potuto dirmi fin all'inizio: lo aveva visto partire.

Le chiesi quando, e lei sbuffò e disse: Due giorni? Forse tre? Era uscito con uno zaino in spalla, era salito in macchina e se n'era andato. L'aveva visto soltanto perché stava togliendo i gerani secchi dalle cassette sul davanzale. Abito due case più in là, disse indicando la direzione. La macchina di Sebastian, parcheggiata davanti al suo bovindo, non poteva passare inosservata, e lui neanche. L'aveva persino salutata con la mano, disse la vicina. Quindi era sicura che fosse lui. Da allora non l'aveva più visto, ma immaginava che fosse andato da qualche parte insieme a una delle tante signore con cui passeggiava sottobraccio.

Non riuscivo a capire, non tanto la storia delle signore sottobraccio, quanto il fatto che se ne fosse andato. A meno che... Sebastian è ed è sempre stato fondamentalmente un vigliacco, quando c'è da confrontarsi a viso aperto. Se Henshaw era riuscito a parlargli del suo 40 percento e della soluzione di compromesso che aveva prospettato anche a me, poteva darsi che avessero raggiunto un'intesa. In quel caso, Sebastian sapeva che lo avrei cercato per farmi dire che cosa aveva deciso e perché. E, per non dover affrontare spiacevoli discussioni, si era dileguato per rimandare più che poteva l'inevitabile. Un classico.

20 APRILE

Howenstow, Lamorna
Cornovaglia

Barbara era soddisfatta. Era riuscita a sopravvivere a tè, aperitivo – per lei solo acqua minerale frizzante – e cena senza rovesciare o rompere nulla. Aveva indossato con un po' di apprensione uno dei due abiti comprati per l'occasione e aveva tirato un sospiro di sollievo nel vedere che, nonostante la dimora gentilizia e i titoli aristocratici, i Lynley non cenavano abbigliati come ai tempi di Edoardo VIII. Vestivano molto diversamente da lei, certo. Erano molto più eleganti. Ma la loro non era un'eleganza spropositata e Barbara non sfigurava, nonostante avesse dimenticato di portare un paio di scarpe decenti e si fosse trovata perciò a scegliere tra gli scarponcini con suola di gomma e le scarpe da basket rosse. Aveva optato per queste ultime, e i Lynley avevano avuto il tatto di non commentare.

Era molto soddisfatta anche di non essere rimasta a bocca aperta nel vedere la sala da pranzo. Aveva già capito che non avrebbero mangiato in cucina, ma era rimasta momentaneamente senza parole nel vedere l'enorme sala con la boiserie e i dipinti a olio, gli stucchi sul soffitto, il lungo tavolo, la tovaglia di lino bianco senza una piega e i piatti, i bicchieri e le posate di raffinata fattura. Su ogni coperto c'era un tovagliolo che stava in piedi da solo, tanto era inamidato.

Per un attimo aveva temuto che comparissero schiere di camerieri con vassoi d'argento e zuppiere di porcellana, pronti a servire i commensali con cerimoniosa solennità, ma con sua grande gioia aveva scoperto che Nancy, la figlia di John Penellin, aveva preparato un buffet sulla credenza e ognuno si sarebbe servito da solo.

Avevano cercato tutti di metterla a suo agio e la conversazione era stata piacevole e rilassata. Avevano parlato della figlia di Judith, Stephanie, «prigioniera in collegio», di Peter Lynley e di quando sarebbe tornato da Oxford, dove era andato a trovare degli amici. Daze aveva raccontato aneddoti divertenti dell'infanzia dei figli a Howenstow, Judith aveva spiegato che cosa era andato storto nella preparazione della Bakewell tart e Lynley aveva ammesso alcune disavventure di quando si era improvvisato cuoco nella sua cucina di Londra. Insomma, Barbara era rincuorata e incominciava a pensare di riuscire a concludere la visita a Howenstow senza collezionare troppe brutte figure.

Scese a fare colazione e scoprì che anche quella era a buffet: sulla credenza c'erano varie scatole di cereali, brocche di latte e caraffe di spremuta e succhi di frutta, pane tostato e due scaldavivande. Niente Pop-Tarts, notò con un pizzico di delusione. Ma era prevedibile che i Lynley snobbassero le merendine confezionate. Peccato.

Non essendoci nessuno in vista, stabilì che la colazione fosse libera e che poteva cominciare senza aspettare gli altri. Aveva già in mano la scatola dei cornflakes quando partì la suoneria del suo cellulare, *Peggy Sue* di Buddy Holly. Barbara lo andò a prendere – lo aveva posato sulla sedia su cui intendeva sedersi – e vide che era Daidre Trahair. Istintivamente si guardò intorno, anche se la stanza era vuota. «Mi dia solo un attimo» rispose, ciononostante, e, vedendo che in fondo alla stanza c'era una porta, si fiondò lì. Si ritrovò in una specie di sgabuzzino, circondata da credenze piene di vassoi d'argento e bicchieri di cristallo.

«Scusi, cercavo un po' di privacy» disse.

«Volevo ringraziarla per il messaggio» rispose Daidre. «È al lavoro, immagino.»

«Veramente no. Come va?»

«Sono venuta a Exeter per seguire le cose più da vicino.»

«Ho letto sul giornale che suo fratello è stato arrestato. Come sta? Immagino che sia andata a trovarlo.»

«Sì, e sostiene che fosse una cosa che andava fatta.»

«Ossignore! Ha confessato?»

«Non lo so. Gli ho parlato, ma non sono riuscita a fargli dire niente di sensato. Ieri ho incontrato la sua avvocata e neanche lei riesce a cavargli qualcosa di ragionevole. Dice che non vuole andare a processo...»

«Non dipende da lui.»

«... e che la morte di Michael Lobb era 'necessaria', o qualcosa di simile. Sinceramente, mi sembra che chiunque la troverebbe un'affermazione a dir poco compromettente.»

«Non posso che concordare» disse Barbara, ben sapendo che se gli inquirenti avessero ritenuto infondata la confessione di Goron Udy lo avrebbero scarcerato all'istante. Era chiaro che dovevano avere in mano prove importanti, da non sottovalutare.

«Stamattina ho appuntamento con un penalista di qui. Mi accompagna la legale d'ufficio di Goron, Furat Rafiq. Spero che ci spieghi come muoverci al meglio.»

«Posso fare qualcosa per lei, Daidre?» chiese Barbara.

«La ringrazio» rispose Daidre. «Ma che cosa può fare da Londra? Se avrò bisogno di qualche telefonata, magari...»

«Aspetti, aspetti. In questo momento sono in Cornovaglia» la interruppe Barbara. «Quando l'ho chiamata ieri ero sul treno.»

«In Cornovaglia? E che cosa ci fa lei...» Lasciò la frase a metà, come se le fosse venuto in mente qualcosa all'improvviso. «È successo qualcosa a Tommy? O alla sua famiglia?»

«Tutto bene, a parte che gli sta cadendo il tetto di Howenstow sulla testa. Ho dovuto prendere una settimana di congedo – non mi chieda perché – e ho deciso di venire in Cornovaglia. Cioè, ha deciso l'ispettore per me. Insieme alla sovrintendente Ardery.»

«È lì da sola?»

Barbara scoppiò a ridere. «Mi creda, non sono così coraggiosa. No, no... sono qui con lui, a casa sua. Lui è dovuto venire per via del tetto, ma io non ho niente da fare, quindi se vuole posso darle una mano, o anche solo il mio sostegno morale, eventualmente.»

«Grazie, Barbara, ma non voglio disturbarla mentre è in vacanza.»

«Non mi disturba affatto. Anzi, mi fa felice. Io non sono tipo da vacanze, è risaputo. Chieda a Dee Harriman, se non mi crede. L'anno scorso ha cercato in tutti i modi di convincermi ad andare in un villaggio per single. Ma non c'è riuscita.»

Daidre rimase in silenzio per un momento. «Ci penso un momento, Barbara» disse poi.

«Ci pensi pure tutto il tempo che vuole. Nel frattempo, mi dica come si chiama il penalista e se lo posso contattare.»

«So solo che si chiama Rupert Somerton e che ha lo studio a Exeter.»

«Magari posso dare una mano a lui. Avrà da esaminare montagne di documenti, verbali, testimonianze, prove e quant'altro. Avrà di sicuro bisogno di un assistente, se non lo ha già. E gli assistenti costano. Quando gli parla, gli faccia presente che io sono disponibile a costo zero.»

«Oh, Barbara, io non... Non vuole pensarci su un giorno o due?»

«Ho già deciso. L'alternativa sarebbe sviscerare la storia dei circa trecento personaggi ritratti nei quadri appesi ovunque nella dimora avita. Preferisco di gran lunga dare una mano a questo Rupert. Glielo dica.»

Silenzio. Barbara lasciò che l'altra si prendesse tutto il tempo.

«Grazie, Barbara, riferirò. Lei però non dica niente a Tommy, per favore. Né dell'omicidio, né dell'arresto di Goron e meno che mai che sono qui in Cornovaglia» disse infine Daidre.

«Va bene» rispose Barbara. E poi: «Gli farebbe piacere darle una mano, Daidre. Lo sa, vero?»

«Sì, lo so» fece Daidre dopo un momento.

Bodmin
Cornovaglia

Bea Hannaford aveva imparato da tempo a fidarsi di quello che le diceva il suo corpo. Aveva imparato a non mettere in dubbio i segnali che le inviava nemmeno quando la mente sosteneva tutto il contrario. La mente era spesso ingannatrice.

Sul lavoro era subissata di informazioni da parte dei vari membri della squadra, che doveva valutare e selezionare, e a volte faceva una fatica del diavolo a capire se la sua mente eseguiva bene quel compito oppure no. Temeva che la ingannasse, controllandola come se fosse una marionetta quando lei si illudeva invece di avere in mano la situazione, trascinandola nel caos.

Il momento migliore per risolvere questo genere di dilemmi per lei era sempre stato la mattina presto. In solitudine, prima che cominciassero le mille distrazioni della giornata. E così si alzava di buon'ora, si faceva il caffè e rifletteva. Da un po' di tempo, però, non ci riusciva più. Colpa degli andirivieni dalla Dimora Storica di Ray al cottage di Leedstown e viceversa. I tanti pensieri che aveva nella testa la tenevano prigioniera, la paralizzavano: Pete, Ray, Launceston o Leedstown, il lavoro, la relazione con Ray, l'omicidio Lobb.

Punto primo: da diversi giorni aveva lo stomaco in subbuglio, un leggero mal di gola e praticamente nessun appetito. Potevano benissimo essere sintomi di allergia primaverile, di un raffreddore in arrivo o un'influenza fuori stagione, ma... C'era un ma, ed era il:

Punto secondo: non riusciva a decidere se trasferirsi definitivamente a casa di Ray o rimanere a Leedstown. E il pensiero di dove Pete avrebbe scelto di vivere le procurava un'ansia inaspettata. Quando gli aveva dato la possibilità di scegliere, aveva scioccamente dato per scontato che Pete non avrebbe avuto dubbi a stare con lei. A Leedstown aveva molta più libertà che a Launceston con Ray e la scuola era più vicina. Anche i cani preferivano chiaramente Leedstown, per via della vicinanza al parco di Binner Down. Invece Pete non aveva accolto con gioia l'idea di tornare a stare al cottage e Ray era fin troppo contento di accompagnarlo a scuola, anche se era un viaggio di chilometri e non avrebbe potuto continuare a farlo in eterno. Insomma, Bea era in una posizione di stallo, ancora indecisa su quando dire e fare ciò che andava detto e fatto. Forse a trattenerla era il:

Punto terzo: era convinta che la MIT avesse arrestato l'uomo giusto e che a uccidere Michael Lobb fosse stato Goron Udy. Il Crown Prosecution Service era evidentemente d'accordo, visto che aveva affidato il caso a un pubblico ministero, il corposo materiale probatorio acquisito lo confermava e lo stesso imputato aveva praticamente confessato. La confessione era discutibile, ma tutto indicava che il colpevole fosse lui. Bea ne era convinta per via del:

Punto quarto: le analisi forensi confermavano il coinvolgimento di Goron Udy. La montatura degli occhiali era stata riparata con lo scotch. In sé non era significativo, perché poteva essersi rotta in un altro momento, ma su lenti e montatura erano state trovate tracce di sangue, e quel sangue era risultato essere di Michael Lobb. Dagli indumenti della vittima erano stati prelevati capelli e fibre; alcuni dei capelli erano risultati essere di Goron Udy e tra le fibre repertate ve ne erano alcune compatibili con gli indumenti insanguinati che erano stati nascosti in mezzo al pietrame a Trevaunance Cove e disseppelliti casualmente da un cane. Mancava solo il referto delle analisi sul materiale organico prelevato sotto le unghie della vittima, ma era altamente probabile che il DNA fosse di Goron Udy. Quindi il caso era praticamente risolto e Bea poteva smettere di pensarci. Però... C'era un però, ed era il:

Punto quinto: Bea non aveva mai visto così tante prove a carico di un assassino, ma a parte il materiale organico sotto le unghie, tutte le altre potevano essere stata piazzate a bella posta da qualcuno per depistare le indagini. Nonostante la sovrintendente Lang fosse soddisfatta di come erano state svolte, Bea non poteva escludere che l'intera MIT si fosse lasciata fregare. Avevano sospettato di Goron Udy fin dall'inizio e avevano cercato conferma ai loro sospetti: bias di conferma. E in quelle indagini lei – ispettore investigativo Beatrice Hannaford – aveva avuto una grande responsabilità. A dirigerle formalmente era stata la sovrintendente Lang, ma Bea le aveva coordinate. E questo portava al:

Punto sesto: quel giorno Bea aveva chiesto un incontro privato con la sovrintendente, prima della riunione collettiva e fuori della sede di Bodmin. Si erano date appuntamento al Costa Coffee di Fore Street prima dell'orario di apertura di negozi, banche e agenzie immobiliari, e infatti erano riuscite entrambe a trovare parcheggio. Ordinarono il caffè più semplice possibile e si sedettero a un tavolo con vista sulla strada.

«C'è qualcosa che non mi torna» esordì Bea.

«Nel caffè americano?» chiese Phoebe.

«Non mi riferivo al caffè» rispose Bea. «Come lei ben sa.»

«Mi spieghi» disse Phoebe versando due bustine di dolcificante nel suo caffè e mescolandolo pensierosa.

«Troppe prove» spiegò Bea. «E niente arma del delitto. La scena del crimine fa pensare a un omicidio disorganizzato e a un assassino disorganizzato, magari in preda a un raptus o a un improvviso accesso di collera, mentre l'assenza dell'arma e il luogo in cui sono stati nascosti gli indumenti insanguinati indicano premeditazione e la presenza di un complice. Non abbiamo mai preso in considerazione questa pista.»

«Non capisco perché tragga questa conclusione» rispose Phoebe. «L'arma potrebbe essere ovunque. Non solo l'assassino potrebbe averla occultata chissà dove ma, ammesso che si tratti davvero di un attrezzo, se l'assassino l'aveva ripulito, qualcuno potrebbe averlo trovato ed esserselo tenuto senza immaginare che era stato usato per uccidere.»

«Secondo Mylo, se era un attrezzo di uso comune, era stato affilato di recente. Una punta normale non avrebbe provocato quel tipo di lesioni. Bisognerebbe risalire a chi glielo ha affilato. Magari ricorda qualcosa.»

«Magari invece no, perché è passato troppo tempo. Potrebbe averlo fatto affilare con molto anticipo.» Phoebe bevve un sorso di caffè, fece una smorfia e aggiunse un'altra bustina di zucchero. Bea non aveva ancora assaggiato il suo. «Prendiamo in esame i fatti» proseguì Phoebe. «E prendiamo in esame anche gli altri possibili colpevoli.» Li contò sulle dita. «Il fratello di Kayla Lobb. I due agenti che hanno perlustrato il Southwest Coast Path erano in prestito dalla stazione di Newquay e, poiché ambiscono a entrare nell'Investigativa, erano fortemente motivati a trovare l'arma. Ma tra Newquay e St. Agnes, a parte mazzi di fiori commemorativi e un orsetto di peluche con un palloncino sgonfio, hanno raccolto soltanto spazzatura. Due sacchi interi, pensi.»

«Non vuol dir niente» ribatté Bea. «Il sentiero costeggia il mare.»

«Lo so. E se il fratello di Kayla Lobb, dopo aver ucciso il cognato, ha lanciato l'arma in mare, non la troveremo mai. Ma a parte il fatto che era ospite dei Lobb quando il cognato è stato ucciso, contro di lui non abbiamo niente. E soprattutto non ha un movente.»

«Non è un segreto che detestasse Michael Lobb. Lo ha ammesso apertamente.»

«Uno può detestare suo cognato senza per forza volerlo uccidere.» Phoebe guardò fuori, verso un gruppo di scolaretti in divisa che stavano entrando nel negozio di una onlus, ognuno con un sacchetto in mano.

«L'assicurazione potrebbe essere un movente.» Era stato un lavoro improbo, ma dopo aver contattato tutte le compagnie di assicurazioni del Regno Unito, erano finalmente riusciti a trovare una polizza sulla vita stipulata da Michael Lobb poco dopo il matrimonio, di cui Kayla era la beneficiaria.

«Sono soltanto ventimila sterline, Bea, non una cifra che le permetta di vivere di rendita fino alla fine dei suoi giorni. Quanto basta per rifarsi una vita e magari tornare in Sudafrica. Potrebbe averne avuto bisogno perché oberata di debiti e bisognosa di liquidità, ma... c'è qualcosa che avvalori questa ipotesi?»

Bea rifletté un momento sull'ipotesi dell'indebitamento e tratteggiò un altro possibile scenario. «Malversazione? Michael si accorge di un falso in bilancio, o di un ammanco, e accusa...»

«E accusa chi? Anche in questo caso sospetteremmo di Goron Udy o di suo padre, giusto? A proposito, abbiamo sentito il perito? Ha ancora lui i libri contabili, vero?»

«Sì» rispose Bea. Sospirò. La sovrintendente aveva ragione. Nella bottega di Lobb erano stati trovati decine di registri e libri contabili della ditta, che il contabile forense stava esaminando. Fino a quel punto non aveva trovato nessuna irregolarità: il bilancio era in attivo e non sembrava nascondere illeciti di sorta. Bea bevve un sorso di caffè guardando una donna dall'aria esausta sul marciapiede che spingeva un passeggino con tre bambini dentro, e la vista dei tre fratellini le fece venire in mente Sebastian Lobb. «Il fratello della vittima, allora» disse.

«Sentiamo» replicò pazientemente Phoebe.

«Ha, o potrebbe avere, più di un movente. Prima di tutto, la morte di Michael spiana la strada alla vendita della Lobb's, perché gli eredi, Merritt e Gloriana, difficilmente vorranno mandare avanti l'attività. Se loro sono d'accordo a vendere, Sebastian intascherà il 40 percento.»

«Va bene. È possibile. E gli altri moventi?»

«Debiti? Troppe spese? Imminente pignoramento della casa?»

«Ha elementi per affermarlo?»

«No. Perché una volta che Goron ha confessato, abbiamo smesso di indagare.»

«Non abbiamo soltanto la sua confessione, Bea. Ci sono un sacco di prove.»

«Sì, ma non sono convinta.»

La sovrintendente finì il caffè, piegò la testa di lato e lanciò a Bea un'occhiata piena di comprensione. «Se non ci fossero stati abbastanza elementi, la procura avrebbe detto che non c'erano gli estremi per procedere. Lo sa, Bea.»

«Finché non si trova l'arma, però...» borbottò Bea.

«L'arma non è fondamentale» la interruppe Phoebe. «Se la avessimo, avremmo la certezza assoluta della colpevolezza di Goron Udy, ma abbiamo comunque abbastanza elementi per arrivare a una condanna.»

Bea annuì a malincuore.

Si congedò dalla sovrintendente con un senso di inquietudine e di malessere diffuso. Continuava a esserci qualcosa che non la convinceva. Se non era l'indagine a provocarle la nausea, doveva cercarne la causa nella sua vita privata. Ma non era certissima di volerla scoprire.

Exeter
Devon

Rupert Somerton era uno dei cinque avvocati di uno studio associato in Commercial Road, vicino al fiume, al King's Wharf e a un pub. Era al primo piano di una palazzina di mattoni rossi, sopra una caffetteria con la porta rossa e un'antica vasca per la raccolta dell'acqua piovana trasformata in fioriera, piena di viole di vari colori.

Sulla porta a vetri dello studio in cima alle scale era incisa la scritta *Studio Legale Somerton & Smythe.* Sotto venivano specificate le aree di competenza, e cioè testamenti, compravendita di immobili, pianificazione patrimoniale, successioni, contenziosi per infortuni e diritto di famiglia. L'omicidio non compariva nell'elenco, ma Daidre lo trovò comprensibile, visto che in quella parte del Paese gli omicidi erano piuttosto rari.

Furat Rafiq entrò per prima e tenne la porta aperta per lei. Diede il suo biglietto da visita all'occhialuto impiegato alla reception e disse che avevano appuntamento con l'avvocato Somerton. L'uomo si alzò, rivelando così il proprio abbigliamento: jeans attillati, camicia rosa con polsino risvoltato, gilet e scarpe eleganti, perfettamente lucidate, senza calze. Prese il biglietto da visita di Furat e le invitò ad accomodarsi.

La reception era moderna, con molto metallo cromato e finta pelle nera. Si sedettero e dopo un'attesa che a Daidre parve interminabile – anche se, quando guardò l'ora, vide che erano passati meno di cinque minuti – l'impiegato della reception tornò e annunciò che l'avvocato Somerton era pronto a riceverle.

Rupert Somerton era un uomo di età indefinibile, con folti capelli sale e pepe, ma il volto senza una ruga e le mani di un adolescente. Era intento a infilare documenti in alcune cartelline. Le impilò, le allineò battendone i bordi sulla scrivania e vi posò sopra le mani. Daidre lo trovò impenetrabile, ma si disse che forse per un penalista quella era una dote.

Furat spiegò il motivo della loro visita. «Conosco il caso, sì. Non i dettagli, ma sono al corrente dell'omicidio, della vittima e dell'arresto» ribatté Somerton. Poi si rivolse a Daidre: «Lei è la sorella, quindi».

«La sorella maggiore. Goron ha anche una gemella, che ha preso alloggio vicino al carcere.»

«Posso avere i suoi dati?» domandò togliendo il cappuccio a una penna stilografica. Era una vita che Daidre non ne vedeva usare una.

«Gwynder Udy» rispose. Fornì le informazioni richieste e i propri dati personali. Somerton prese nota di tutto sulla copertina di una cartellina intonsa, che aveva tirato fuori da un cassetto della scrivania.

«Mi ha portato la documentazione?» chiese a Furat. Lei annuì e gliela consegnò.

«Goron ha ammesso il reato e la polizia lo ha arrestato e sottoposto a interrogatorio» spiegò.

«Lei era presente?»

«Sì. Goron non ha fornito ulteriori informazioni. Né a loro, né a me. E neanche dopo, a sua sorella.»

Somerton lesse le carte, sfogliandole lentamente. Furat e Daidre rimasero in attesa. Alla fine, l'avvocato alzò lo sguardo e annuì. Disse che avrebbe iniziato immediatamente. Avrebbe richiesto copia di tutto il materiale alla Cornwall Constabulary e al Crown Prosecution Service e avrebbe studiato tutte le deposizioni e le dichiarazioni dei testimoni. Avrebbe analizzato le prove materiali e i referti delle analisi forensi e valutato la necessità un'eventuale perizia di parte. Avrebbe fatto in modo che i testimoni venissero ascoltati nuovamente, e stavolta a interrogarli sarebbe stato il suo team, non la polizia. Avrebbe svolto insomma il lavoro necessario per preparare la difesa di Goron al processo.

«C'è molto da fare, dunque» disse Daidre, e spiegò che Barbara Havers si era offerta di dare una mano. «È sergente investigativo alla Metropolitan Police.»

«Ed è disposta a lavorare per me, che sto dall'altra parte della barricata? Strano...»

«È un'amica» spiegò Daidre. «Combinazione, in questo periodo è in Cornovaglia.»

Somerton annuì con aria grave e seriosa. «Mi lasci il suo numero di telefono. Vi devo avvertire, però, che sarà un'impresa impegnativa dal punto di vista economico e che non c'è alcuna garanzia che porti ai risultati auspicati.»

«Ne siamo consapevoli» disse Furat lanciando uno sguardo a Daidre.

«Sì, certo» confermò Daidre. «Da che parte cominciamo?»

«Chiediamo copia di tutto il materiale e iniziamo a visionarlo» rispose Somerton.

Howenstow, Lamorna
Cornovaglia

Geoffrey Henshaw non aveva bisogno di una laurea specialistica per sapere che i proprietari di grandi tenute e ville storiche spendevano cifre spropositate per mantenerle in piedi. Fece questa considerazione anche la prima volta che vide Howenstow, e non perché la casa stesse cadendo a pezzi: tutt'altro. Ma era evidente che per abitare lì bisognava essere più che benestanti e le impalcature intorno all'ala nord indicavano che erano in corso lavori importanti.

Geoffrey si era attivato dopo una telefonata di Curtis, che lo aveva esortato a muovere le chiappe e andare a parlare con l'amministratore di una grande tenuta nell'entroterra di Mount's Bay, non lontano dalla spiaggia di Lamorna Cove, che si chiamava Howenstow. Il cognome del proprietario era Lynley e Curtis non si ricordava il nome di battesimo, ma sapeva che era un nobile: conte, barone, duca o qualcos'altro. Ma l'importante era che costui era interessato a cedere i diritti minerari. Geoffrey aveva fatto qualche ricerca su Internet e aveva scoperto che la famiglia era messa discretamente bene, ma non è che mangiasse in piatti di porcellana di Meissen. Aveva studiato la storia dei Lynley e di come avevano acquisito quella proprietà così estesa all'interno del Ducato di Cornovaglia. Vi risiedevano da quasi tre secoli, in un viavai di conti, contesse, visconti e onorevoli, dame e cavalieri. L'attuale signore di Howenstow era l'ottavo conte di Asherton e, stranamente, lavorava in polizia. Era vedovo e senza figli, ma aveva due fratelli – l'onorevole Peter e Lady Judith – che risiedevano nella tenuta insieme con la madre vedova. Pareva ci fosse anche una nipote, ma Geoffrey aveva scoperto ben poco sul suo conto a parte il nome: Stephanie Davenport.

La tenuta era di dimensioni tali da richiedere un amministratore residente in loco, tal John Penellin. Era stato lui a contattare la Cornwall EcoMining per fissare l'appuntamento. Curtis gli aveva riferito che Penellin aveva senza dubbio le mani in pasta – e forse pure i piedi –, ma in questioni importanti come la cessione dei diritti minerari era il proprietario a decidere. Non poteva dare lui l'autorizzazione, indipendentemente dalla cifra che la Cornwall EcoMining era disposta a offrire in cambio dello sfruttamento di eventuali minerali presenti nella tenuta. Questo tipo di decisione spettava al conte Lynley.

Geoffrey varcò gli enormi cancelli in ferro battuto di Howenstow, accanto ai quali si trovava una specie di casotto. Poco più in là, c'era una donna che stendeva con un cesto di vimini ai piedi e un bimbetto sul passeggino a pochi metri di distanza, all'ombra di un frassino. Sentendo arrivare la 2CV di Geoffrey, si voltò e alzò una mano in segno di saluto. Lui ricambiò il gesto e proseguì lungo il viale, sotto l'arco formato dai rami dei faggi secolari su ambo i lati, oltre i quali si intravedevano recinti e maneggi. Dopo un po' arrivò a una di quelle ville gigantesche in cui di solito per entrare tocca pagare il biglietto.

Geoffrey si vergognava a parcheggiare il suo catorcio davanti a quella costruzione così elegante – sopra il portico c'era addirittura lo stemma del casato! – così proseguì e si fermò nel cortile delle scuderie, dove c'era un ingresso molto più modesto. Doveva essere la porta di servizio, che un tempo veniva adoperata da servitù e fattorini, cui era vietato usare l'ingresso principale.

La porta si aprì e comparve un uomo alto, asciutto, con i capelli sale e pepe e lo sguardo penetrante. Geoffrey si sentì subito giudicato, e in difetto, ma scacciò quella sensazione, prese la ventiquattrore e scese dalla macchina.

«Signor Penellin?» disse. Si presentò con una stretta di mano.

L'uomo, stringendogliela vigorosamente, annuì e disse: «Le dispiace se passiamo dalla cucina? Per arrivare al mio ufficio è più comodo». Si fermò e toccò lo schermo del cellulare. «È arrivata la Cornwall EcoMining.» Restò un momento in ascolto, poi chiese a Geoffrey: «Tè? Caffè?» Geoffrey rispose che avrebbe bevuto volentieri una tazza di tè.

«Tè. Per me, Assam» disse Penellin al cellulare. Poi, a Geoffrey: «E per lei?»

Geoffrey rispose che l'Assam andava bene anche per lui. Risolto il problema tè, Penellin lo fece entrare dalla porta da cui era appena uscito e lo portò in un retrocucina con lavandini in zinco talmente grossi che Geoffrey per un attimo pensò fossero vasche per lavare mucche e pony, e poi in una cucina dove la stufa a carbone aveva le dimensioni di una piccola locomotiva. Sopra alla stufa erano appese pentole e padelle di rame che avrebbero avuto bisogno di una bella strigliata. Nel camino, dove si sarebbe potuto arrostire un cervo allo spiedo, era contenuta una cucina moderna, e sul tavolo al centro della stanza erano posati una bilancia, spesse ciotole di ceramica, un paniere di uova e una cesta con zucchine e broccoli.

Geoffrey non riusciva nemmeno a immaginare come fosse quella cucina ai tempi d'oro della casa, ma supponeva che i pasti venissero preparati da servitori in impeccabili uniformi bianche sotto la guida di un capocuoco o di uno chef. A sinistra della cucina c'era un corridoio sul quale si aprivano diverse stanze più piccole, mentre dritto davanti a loro Geoffrey vide un passaggio verso la parte padronale della casa.

L'ufficio di John Penellin si trovava lì, vicino a una sala da biliardo, con un lampadario a sei campane di colore rosso sopra il tavolo. Dall'ufficio si vedeva l'ingresso principale, davanti al quale una fontana creava arcobaleni nel sole e attirava le colombe, che volavano fra gli spruzzi.

Geoffrey si voltò all'arrivo di un uomo alto, in jeans e camicia bianca con le maniche rimboccate, senza scarpe. L'uomo si fermò, si guardò intorno e annuì. «Maledizione, il tè. Torno subito.»

Geoffrey pensò che fosse un altro dipendente della tenuta, che magari stava affiancando Penellin per poi prendere il suo posto, ma quando l'uomo tornò con un vassoio di latta con mug, zucchero e mezzo litro di latte, cambiò idea. L'uomo infatti posò il vassoio sulla scrivania e disse a Penellin: «Mi raccomando, non dirlo a mia madre». Poi, rivolto a Geoffrey: «Usare mug e non servire il latte in una brocca, a un ospite, per giunta! Mi fucilerebbe, se lo sapesse».

Non era, dunque, un dipendente, ma il conte in persona. Il padrone del castello, per così dire. Geoffrey ebbe conferma della sua intuizione quando Penellin rispose: «Tranquillo. Non farò la spia». E poi: «Lui è Geoffrey Henshaw, della Cornwall EcoMining, Tommy. Signor Henshaw, le presento Thomas

Lynley, l'attuale proprietario della tenuta. Tua madre è fuori con i cani» disse infine rivolgendosi a Lynley.

«Bene. Meglio che tutto questo resti tra noi» rispose il conte.

«Certo» disse Penellin. Poi si rivolse a Geoffrey e gli disse di aver saputo della Cornwall EcoMining dal proprietario di Angarrack House. «Saremmo interessati anche noi, se possibile» concluse.

«A cosa, di preciso?» chiese Geoffrey.

«A cedere i diritti minerari» rispose Thomas Lynley.

Geoffrey annuì. «Noi cerchiamo litio. Abbiamo messo a punto un procedimento di estrazione innovativo.»

«È proprio per questo che volevamo parlarle» spiegò Penellin. «Siamo interessati, ma non sappiamo esattamente cosa comporta.»

Geoffrey lo spiegò. Era semplice: perché ci fosse litio, era necessario che ci fosse granito nel sottosuolo. In questo eventuale substrato granitico la Cornwall EcoMining cercava fratture, e lì perforava pozzi alla ricerca di giacimenti di brine geotermiche. Quando li trovava, estraeva le brine in grandi quantità, le pompava nei propri stabilimenti per estrarre il litio e quindi le reiniettava in profondità.

«Di quali profondità parliamo?» domandò Penellin.

Geoffrey disse che non era in grado di rispondere con precisione. In passato erano arrivati fino a duemila metri, ma non si poteva prevedere.

Penellin e Lynley si scambiarono uno sguardo, poi il secondo disse: «Immagino che l'impianto di perforazione sia di grandi dimensioni, quindi».

«Abbastanza, sì» confermò Geoffrey.

«Rumoroso?»

«Meno di quello che ci si potrebbe aspettare. Ma è chiaro che un po' di rumore lo fa.» E, vedendo che i due si scambiavano un'occhiata perplessa, aggiunse: «In ogni caso il primo passo consiste nello studio dei rilievi geologici più recenti. Adesso come adesso, parlare di trivellazioni è prematuro».

«Dovete prima di tutto determinare se c'è un substrato granitico, giusto?» chiese Penellin.

«Esatto. E, se lo troviamo, cerchiamo eventuali fratture con il GPR. Pardon, il georadar.»

«Quindi se non c'è substrato granitico, non se ne fa niente» disse Lynley.

«Esatto. E anche se il substrato granitico c'è, ma non ci sono fratture.»

«Quindi le probabilità sono scarse?» chiese Penellin.

«No, non direi. In Cornovaglia c'è molto granito nel sottosuolo e ci sono anche molte fratture, come abbiamo scoperto. Ma non si può sapere finché non si comincia a cercare.»

Lynley annuì. «John, possiamo parlare un attimo in privato?» disse a Penellin, e fece un gesto verso il corridoio. Penellin lo seguì e chiuse la porta, lasciando Geoffrey solo a riflettere. Aggiudicarsi quella proprietà poteva rappresentare una svolta decisiva per la sua vita professionale, il colpo grosso di cui aveva bisogno per consolidare la propria posizione all'interno della Cornwall EcoMining.

Lynley e Penellin tornarono. «Procediamo con il sondaggio preliminare» disse il primo.

«Saggia decisione. Ora si tratta soltanto di mettere una firmetta qui...» Geoffrey tirò fuori il documento, ma con suo sommo imbarazzo vide che vi era appiccicata una busta coperta di baci di rossetto. Non sapeva che fosse lì, ma poteva benissimo immaginare chi ce l'aveva messa. La tolse in fretta e furia, sperando che i suoi interlocutori non l'avessero notata.

Lynley prese in mano il documento e disse che lo avrebbe letto e, se fosse stato tutto a posto, il giorno dopo lo avrebbe contattato. Per il signor Henshaw andava bene?

Geoffrey rispose che sì, certo. Nel frattempo avrebbe cercato i rilievi geologici e avrebbe incominciato a studiarli.

Andò via di ottimo umore. A quel punto non gli restava che trovare fratture in un eventuale substrato granitico nella tenuta di Howenstow.

Blisland
Cornovaglia

Fu il persistente senso di inquietudine a spingere Bea Hannaford fino a Blisland, un paesino ai margini della brughiera di Bodmin. Lo trovò senza difficoltà e osservandolo dalla macchina concluse che era uno dei pochi posti all'altezza del suo nome, essendo davvero un luogo bellissimo. Parcheggiò vicino al Village green e venne accolta da un vento freddo e dal *rat-tat-tat* di un picchio in cima a un albero. Da un lato si estendeva un mosaico di campi smeraldini divisi da siepi, dall'altra c'era il parco con una giovane donna che camminava sfidando il freddo per godersi la giornata di sole. Spingeva un passeggino doppio. Dietro era seduto un bambino infagottato fino agli occhi e davanti c'era una montagna di copertine rosa sotto cui presumibilmente era nascosta una neonata. Bea attraversò il parco per raggiungere quello che le sembrava un pub e a un certo punto sentì che la madre leggeva ad alta voce al figlioletto qualcosa che non le parve propriamente un libro per bambini. Riconobbe chiaramente le parole: « E dovette entrare subito dentro di lei, dovette penetrare la pace terrestre del suo corpo morbido e arrendevole ». Bea era abbastanza sicura che non si trattasse di un'edizione per l'infanzia.

Cathy Lobb, la madre di Michael e Sebastian, abitava abbastanza vicino al centro del paese – ovvero al Blisland Inn –, in un cottage di granito coperto da rose rampicanti che cominciavano a fiorire. Ai lati del vialetto in pietra che conduceva alla porta di casa c'erano due aiuole curatissime, in parte prato e in parte viole del pensiero gialle. Alla base della staccionata bianca spuntavano campanule azzurre. L'effetto era lezioso, pensò Bea. Ma in fondo vivere in un cottage lezioso in un paesino perfetto non sarebbe stato male. Casa sua, in Horsedowns Road, era ben diversa.

Sembrava che la porta d'ingresso venisse spolverata ogni giorno. Bea bussò, poi vide il campanello e suonò. Nessuno rispose. Forse aveva sbagliato a cercare l'effetto sorpresa. Aveva preferito non avvertire Cathy Lobb perché non voleva che telefonasse al figlio Sebastian o alla nuora Kayla per informarli, ma a quel punto andare fino a Blisland era stata una perdita di tempo. Decise di ritornare verso il parco.

Stava giusto varcando il cancello quando sentì chiamare allegramente: « U-huu! U-huu! » Bea si voltò verso la chiesa, il cui campanile svettava sopra gli alberi e i tetti del paese, e vide una donna anziana che le andava incontro con un foulard annodato sotto il mento stile regina Elisabetta, giacca a vento viola, pantaloni di velluto a coste arancioni e stivali di gomma verde mela. In mano aveva un secchio rosso scarlatto. Bea la guardò e la donna chiese: « Cercava me? »

Bea la salutò con la mano e la aspettò. La signora Lobb attraversò la strada. « Mi occupo degli addobbi floreali nella chiesa di St. Protus and St. Hyacinth » spiegò. « Il vicario dice che per i vespri non servono, ma a me piace che la chiesa abbia un po' di colore. E poi mi fa sentire parte della comunità, capisce. Più si invecchia, più è importante mantenere dei legami sociali. Non trova? »

Senza attendere risposta, varcò il cancello, superò Bea e andò ad aprire la porta, che non era chiusa a chiave. Era un'abitudine ancora abbastanza diffusa nei paesini di campagna, dove gli sconosciuti venivano individuati nel giro di tre minuti e tenuti d'occhio da dietro cinque o sei tende scostate.

Bea entrò nella casa di Cathy Lobb. A parte le pareti bianche, era piena di colore: tende, mobili, cuscini, tappeti... Sembrava di essere in mezzo a un arcobaleno.

Cathy lasciò il secchio accanto alla porta, si tolse gli stivali di gomma e si mise le pantofole. « Lei non è un'agente immobiliare, vero? » E quando Bea rispose di no, aggiunse: « Meno male. Vengono almeno una volta al mese a chiedermi se voglio vendere. Sempre più gente di città cerca un buen retiro in campagna, ma non vogliamo che il nostro diventi un paese di seconde case che si popola soltanto nel fine settimana, d'estate e durante le feste. Gradisce un tè, a proposito? Io l'ho preso prima di andare in chiesa, ma ci vuole un attimo a far bollire l'acqua. Ho anche dei fagottini ripieni di fichi. Ma prima dovrei chiederle chi è ».

Bea si presentò e mostrò le credenziali. « Cornwall Police. »

Cathy Lobb cambiò tono. « È qui per Michael, allora. Kayla

mi ha telefonato per dirmi che avete arrestato quel ragazzo. Secondo lei avete preso un granchio, ma immagino ve lo abbia già detto. Viene con me in cucina?»

Bea la seguì. La cucina era luminosa come il soggiorno. Vicino alla finestra c'era una gabbia con due canarini che cinguettavano allegri. Cathy Lobb li andò a salutare. «Ciao!» disse affettuosamente. «È tornato quel brutto gatto a fissarvi dalla staccionata? Siete riusciti a farlo scappare? Vi presento l'ispettore Hannaford. Lei e io adesso ci beviamo un tè.» Poi si rivolse a Bea: «Li ho presi da poco, sa? Michael... È stato terribile, uno shock...»

«Immagino» disse Bea. «Non oso pensare che effetto faccia perdere un figlio.»

Cathy annuì lentamente, con aria pensierosa. «Orribile. Peggio che orribile. Ma gli uccellini mi tirano un po' su. Prima avevo due cani, ma ormai sono troppo vecchia per portarli a spasso come si deve. Allora... il tè.» Cominciò a muoversi per la cucina e ad aprire e chiudere sportelli, cassetti e frigorifero con gesti rapidi ed efficienti. In un attimo preparò tazzine, teiera, zuccheriera, brocchetta di latte e un piatto di fagottini ripieni di fichi fatti da lei.

Ne prese uno, staccò due pezzetti e li offrì ai canarini. «Ne assaggi uno, ispettore. Anzi, ne prenda due, la prego. Altrimenti finisce che li mangiamo tutti io e i canarini e rischiamo di sentirci male». Bea si servì, anche Cathy prese un fagottino e lo posò sul piatto. «Ho bisogno di tenermi occupata. Mi serve a non lasciarmi andare dopo la perdita di Michael, sa? Così pulisco, cucino, curo il giardino, mi occupo degli uccellini, curo gli addobbi floreali della chiesa, ho un gruppo di lettura. Seguo i bambini che hanno difficoltà a leggere. E vado a camminare tutti i giorni. Quando piove faccio soltanto tre giri del paese, però. E conto i passi, che forse non è tanto normale, considerando che potrei ascoltare un audiolibro... A quest'ora avrei già finito *Guerra e pace*!» Sospirò. «Ma quei nomi russi, sinceramente... Non riesco a memorizzarli.» Mescolò il tè nella teiera, se ne versò un po' nella tazza, lo osservò con attenzione, lo dichiarò perfetto e lo versò a Bea usando un colino di acciaio. Nel proprio aggiunse latte, ma niente zucchero.

«Uno pensa che perdere un figlio dell'età di Michael sia meno devastante. In fondo ha fatto la sua vita, si è sposato, ha avuto figli e nipoti, ha avuto successo nel lavoro... Michael ha fatto crescere l'azienda ereditata dal padre, sa? Cerco di consolarmi dicendomi che ha vissuto bene, che è stato felice...» Spezzò il fagottino a metà. «Ma non ci riesco. Mi tengo tutto dentro perché agli altri non fa piacere sentirsi raccontare continuamente sempre le solite disgrazie. Fosse morto dopo una lunga malattia, mi consolerei pensando che almeno ha smesso di soffrire. Si dice così, no? Ma visto il modo in cui se n'è andato, non riesco a pensare che riposi in pace» confessò.

Bea assaggiò il fagottino ripieno di fichi. Era squisito. Probabilmente Cathy Lobb era un'ottima cuoca. «È difficile darsi pace dopo un omicidio. È una cosa che ho imparato con il mio lavoro. È difficile anche quando il colpevole viene trovato e condannato, anche se muore in carcere. Lei conosce l'uomo che è stato arrestato per l'omicidio di suo figlio, signora Lobb?»

Cathy scosse la testa. «Probabilmente l'ho incontrato qualche volta andando a trovare Michael e Kayla, ma non me lo ricordo. Devo averlo visto di sfuggita. Se gli avessi parlato o ci avessi comunque passato del tempo assieme, voglio sperare che me lo ricorderei. È la vecchiaia, capisce? Con il passare degli anni la memoria va a farsi benedire. So che lavorava per Michael, questo sì. Lui e suo padre.»

«Li aveva assunti Michael, quindi. Non suo marito?»

«No, no, mio marito si faceva aiutare solo da Michael, tranne in casi eccezionali. Non serviva altro personale.»

«Mi parli un po' dell'azienda.»

Cathy bevve un sorso e annuì. Spiegò che Michael aveva lavorato con il padre finché questi aveva deciso di andare in pensione e gli aveva ceduto la Lobb's Tin & Pewter, perché ormai era in grado di mandarla avanti, lasciando una quota all'altro figlio. «Avevamo paura che Sebastian non riuscisse a cavarsela da solo – capisce? – e volevamo che potesse contare su qualcosa in caso di bisogno. Da piccolo ha avuto dei problemi, povero Sebastian. Ha sofferto durante il parto e me lo hanno trattenuto in ospedale un sacco di tempo. E siccome aveva bisogno di cure particolari, ci siamo abituati a tenerlo nella bambagia. Siamo stati eccessivamente protettivi, forse. Con il senno di poi, non era necessario fare tutto quello che abbiamo fatto. Ma quando un figlio ti nasce fragile, tendi a considerarlo fragile tutta la vita, anche quando diventa adulto. È sciocco, lo so. E in effetti Sebastian da grande non ha più avuto bisogno di noi.»

«Non è sposato, vero?» chiese Bea.

«Ora no. Lo è stato, però. Tanto tempo fa. Era molto giovane e non è finita bene. E così adesso è contrario al matrimonio. Ha un sacco di compagne, perché le donne gli piacciono, ma dopo un po'... spariscono. Non durano mai. Me ne ha presentate ben poche, in tutti questi anni.»

Bea rifletté su quell'ultimo commento. Sebastian temeva il giudizio della madre riguardo alle donne con cui si accompagnava?

Cathy sembrò averle letto nel pensiero. «Credo che si scelga compagne più grandi e che si vergogni a portarmele a casa» disse infatti subito dopo.

«Perché? A lei dispiace?»

«Che stia con una più vecchia di lui? Ma no! Probabilmente lo attira il fatto che non sono più fertili.»

«Perché Sebastian non vuole figli?»

«Già. Con l'attuale compagna evidentemente si trova bene. E infatti la storia va avanti da abbastanza tempo. Si chiama Fabienne.»

Bea prese nota del nome. «E di cognome?»

«Non lo so. Credo che abiti a Falmouth, ma non sono sicurissima nemmeno di questo. Mi pare mi abbia detto che insegna lingue, ma non vorrei confondermi con qualcun'altra.»

Bea scrisse sul suo bloc-notes: *Fabienne, Falmouth, insegnante di lingue?* «E con il fratello andava d'accordo? Com'erano i rapporti fra Michael e Sebastian?»

«Buoni, ma non erano legatissimi. Michael ha dieci anni più di Sebastian: praticamente è di un'altra generazione, no? E poi Sebastian fa un lavoro particolare. Tiene workshop sulla voce, recita mantra, aiuta la gente a... non so come si dice... Mettersi in contatto con il proprio io interiore? Qualcosa del genere, comunque. E Michael ha sempre trovato che fosse un po'... Non capiva come la gente potesse pagarlo per sedersi lì a emetter suoni sotto la sua guida. Parlavano due lingue diverse, Michael e Sebastian: Sebastian trovava Michael tradizionalista e Michael considerava Sebastian troppo... non so come dire.»

«New Age?»

«Ecco, giusto.»

«Aveva dei nemici? C'era qualcuno che ce l'aveva con lui per qualche ragione?»

Cathy offrì altre briciole ai canarini, dicendo loro severamente che quelle erano davvero le ultime, e di non chiederne più. «Be', Maiden sicuramente ha serbato rancore per anni. E Gloriana ha troncato completamente i rapporti. La ex moglie e la figlia, intendo. Ma lei questo già lo sapeva, giusto? Merritt – il figlio – all'inizio ha fatto la stessa cosa, ma poi ha cambiato atteggiamento e alla fine ha fatto pace con suo padre.»

«Le viene in mente qualcuno che può aver tratto vantaggio dalla scomparsa di suo figlio, signora Lobb?» chiese Bea.

Cathy scosse la testa, ma ci pensò. Bea la lasciò riflettere. «Dal punto di vista economico?» chiese infine l'altra.

«Per esempio.»

«Non so quanto Michael li pagasse, ma i due Udy magari volevano un aumento, Michael non glielo voleva dare e... Mi sembra impossibile, però.»

«Non è più probabile invece che, ora che lui non c'è più, Merritt e Gloriana vendano tutto e i due Udy perdano il lavoro?»

Cathy inclinò la testa come uno dei suoi canarini. «Non sono Merritt e Gloriana a ereditare. La Lobb's va a Kayla» disse.

«Il testamento prevede che vada tutto a Merritt e Gloriana» ribatté Bea. «Kayla non è fra gli eredi.»

«Davvero?» Cathy non aspettò risposta e proseguì: «Michael mi aveva detto di aver cambiato il testamento. Sarà stato nel... Mi faccia pensare... È stato poco dopo che Kayla ha perso il bambino».

«Forse pensava di cambiarlo, ma poi non l'ha fatto.»

«No, no, me lo ricordo benissimo. Ero ospite da loro. Ci sarò stata tre o quattro giorni, dopo l'aborto, per dare una mano a Kayla. Era molto giù di morale e Michael era preoccupato, tanto che una sera quando lei è andata a letto mi ha detto che doveva fare qualcosa per Kayla, nel caso lui morisse. Ecco perché voleva cambiare il testamento. »

« Michael glielo ha fatto leggere? »

« Non ce n'era bisogno. Conosco mio figlio: quando Michael decideva di fare una cosa, stia tranquilla che la faceva. »

Sito Archeologico di Carn Euthyk
Scorrier
Cornovaglia

Per Emily Withers le gite scolastiche avevano un unico aspetto positivo: le davano la possibilità di stare con Sid Cronk senza che i suoi genitori potessero brontolare. Sid non piaceva né a sua madre né a suo padre, che avrebbero voluto cancellarlo dalla sua vita. Quando erano in buona lo definivano « una compagnia inadeguata per te », altrimenti andavano direttamente su « quel teppista mezzo delinquente ». Ma la realtà era che i suoi genitori avevano la puzza sotto il naso. La prima domanda che facevano, riguardo ai suoi amici, era: « Che mestiere fanno i suoi? » E non si rendevano conto che bastava tornare indietro di un paio di generazioni per trovare fra i loro antenati bottegai, fabbri e ciabattini.

Emily aveva litigato infinite volte con i suoi a proposito di Sid. Erano ingiusti nei suoi confronti, non provavano nemmeno a conoscerlo meglio, non gli rivolgevano la parola quando la andava a trovare, ma se speravano che lui recepisse il messaggio e togliesse il disturbo, si sbagliavano. Perché Emily lo amava. Cioè, non tanto da voler passare il resto della sua vita con lui – c'era un limite a tutto – ma abbastanza da voler stare con lui adesso, perché era un gran bel ragazzo e le piaceva un sacco.

Sid era un *bad boy*, e come tale era almeno quindici volte più interessante dei nerd con il ciuffo che piacevano ai suoi genitori. Non era sveglissimo, ma era strafico: bel viso, lineamenti scolpiti, occhi azzurro ghiaccio e sorriso da brividi. Quel sorriso le aveva appena detto che cosa sarebbe successo tra loro appena arrivati a Carn Euthyk.

La loro insegnante – Miss Valerie Fawkes (no, nessuna parentela con Guy Fawkes) – aveva fatto una testa così a tutti quanti su quel sito archeologico: era un villaggio dell'Età del Ferro, «uno degli insediamenti preistorici meglio conservati del Regno Unito». Era stato abitato dall'800 a.C. al 400 d.C. e fra le rovine c'era una casa che era stata abitata per circa un secolo a partire dal 1750.

«Immaginate!» declamava Miss Fawkes. «Qui l'uomo ha dimorato per oltre mille anni.»

Da come la prof ne aveva parlato prima della visita, Emily si era immaginata di poter entrare nelle case, sia pure diroccate, e di vedere resti di fienili, focolari e recinti per animali. Mai più avrebbe pensato di ritrovarsi in mezzo a insulsi muretti che non le arrivavano nemmeno alle ginocchia. Miss Fawkes chiese in tono estasiato se si rendevano conto di «cosa tutto questo significava» e quando Sid rispose sottovoce «un beato cavolo» Emily non poté fare a meno di scoppiare a ridere. Era assolutamente d'accordo con Sid. Se quello era un insediamento preistorico e chi ci abitava si vestiva di pelli come san Giovanni Battista, la vita media doveva essere assai breve, data l'assenza di bagni e impianti di riscaldamento.

«E adesso arriviamo alla parte migliore, la più straordinaria...» annunciò Miss Fawkes, guidandoli su un lato del villaggio, dove due gradini scendevano verso un'apertura squadrata. «Questo è il *fogou*» dichiarò con entusiasmo. «Nessuno ha ancora stabilito con precisione quali fossero le sue funzioni. Seguitemi e per favore fate attenzione alla testa. Il soffitto è di pietra ed è piuttosto basso.» Scomparve dentro una specie di tunnel, esortando gli studenti a ipotizzare a cosa potesse servire la struttura.

«Miseria, c'ho voglia di fumare» borbottò Sid. Lui ed Emily si erano volutamente piazzati in fondo alla fila di studenti che seguivano Miss Fawkes come una covata di anatroccoli. «Che dici, Em? Li molliamo e andiamo là a farci una siga?»

Le indicò un monticello erboso che Miss Fawkes aveva in precedenza definito un recinto per animali. Sid notò lo sguardo di Emily. «Possiamo anche limonare un po', già che ci siamo» aggiunse.

Emily vide che sorrideva con l'aria da furbetto. Lo ignorò. Stava cercando di prendere appunti, perché sicuramente ci sarebbe stata una verifica sull'argomento nei giorni successivi. Disse di no. Doveva stare attenta alla spiegazione della prof: non poteva permettersi altri brutti voti.

E poi lei non voleva fumare. Non aveva mai fumato ed era contraria alle sigarette, non perché fosse una bacchettona, ma perché non voleva farsi venire il cancro. E che il fumo faceva venire il cancro era innegabile, glielo avevano inculcato fin da piccola. E in effetti l'unica cosa che non le piaceva di Sid era il fatto che fumasse. Emily lo pregava sempre di smettere, lui le diceva di sì e cinque minuti dopo se ne dimenticava e si accendeva un'altra sigaretta.

«Conviene che sentiamo la spiegazione e prendiamo appunti. O ci interroga, o ci dà una verifica.»

Sid si passò la lingua sul labbro superiore – era una cosa che la faceva impazzire – e la fermò un attimo prima che si chinasse per entrare nel tunnel dove si sentiva la voce di Miss Fawkes che parlava e parlava. «Dai, Em.»

«Fra un po', okay?» rispose Emily. E corse avanti per raggiungere Martha Windsor (nessuna parentela neppure lei). Le mise una mano sulla spalla e Martha si voltò. Dietro gli occhiali con le lenti spesse, gli occhi sembravano due gigantesche biglie verdi. «Com'è che si chiama questo posto dove siamo adesso? Non ho sentito» le chiese.

Martha alzò le due biglie al cielo. «*Fogou*» rispose. «Non è che non hai sentito, Emily. È che stai sempre appresso a quel futuro hooligan che ti ronza intorno.»

Emily sapeva che Martha avrebbe fatto carte false per mettersi con Sid Cronk – come tutte le altre, del resto – ma non commentò. «Grazie. Come si scrive?» si limitò a dire.

Martha sospirò, le fece lo spelling, le voltò le spalle e corse a raggiungere il gruppo.

«Che stronza» mormorò Emily.

«Stronza di merda» concordò Sid con una smorfia, ma l'osservazione di Martha sembrava averlo convinto a lasciare che Emily prendesse tutti gli appunti che voleva.

Scoprirono che il *fogou* era davvero un tunnel sotterraneo, con pavimento, pareti e soffitto di pietre grossolanamente squadrate. Era un'impresa non da poco per l'Età del Ferro, li informò Miss Fawkes. E aggiunse che c'era una particolarità che rendeva il posto ancora più interessante.

Si trattava di un vano sotterraneo a cui si accedeva attraverso un'apertura nella parete della galleria. Era circolare, fatto con le stesse pietre del resto del *fogou*, con un'apertura in alto, dotata di una grata, da cui poteva entrare la luce e uscire il fumo. C'era anche una nicchia nel muro che sembrava una specie di focolare.

«Questo dovrebbe farvi venire qualche idea a proposito delle possibili funzioni del *fogou*» disse Miss Fawkes. «Fate un giro per conto vostro, ragazzi. Date un'occhiata a tutto quanto. Ci vediamo all'uscita.»

C'era ben poco da girare e «dare un'occhiata» richiese una quindicina di secondi scarsi. Il resto del gruppo uscì dal vano sotterraneo ed Emily stava per seguirli quando Sid la prese per mano.

«Aspetta, bella. Qui è perfetto» disse e, prima che Emily capisse a cosa si riferiva, la spinse con destrezza contro il muro in un punto nascosto a chi si trovava nella galleria e la baciò. Come sempre Emily si ritrovò in paradiso, nonostante il freddo delle pietre le trapassasse i vestiti. Aveva il sedere talmente gelato che le sembrava di essere nuda dalla vita in giù. Il pensiero le fece venire da ridere.

Sid si staccò un istante. «Che c'è? Che ti prende?»

Emily glielo sussurrò a un orecchio e lui le infilò la mano sotto la gonna. «Ci sto di brutto.»

Emily protestò «No, Sid! Non qui!» ma lui continuò imperterrito. Prese fra le dita l'elastico degli slip di Emily e glieli abbassò fino alle ginocchia, poi fino alle caviglie e quindi glieli sfilò e li lanciò per terra e *Oddio, oddio, oddio!*

«Poco fa erano qui.» Era la voce di Martha Windsor, ed era vicinissima.

Sid afferrò Emily e la trascinò con sé dentro la nicchia, o focolare che fosse, sperando di non farsi vedere. Ma se Martha si fosse affacciata dalla soglia, avrebbe visto le mutandine di Emily e, se fosse entrata, avrebbe visto anche loro. In ogni caso, avrebbero fatto una figuraccia, perché Martha sarebbe certamente andata a raccontarlo subito a tutti. Chiunque altro avrebbe fatto finta di niente, ma lei di sicuro no.

Emily si rannicchiò il più possibile dentro la nicchia e tirò Sid verso di sé per cercare di nascondersi meglio. Naturalmente Sid fraintese e, credendola pronta e disponibile, le sollevò la gonna e le mise le mani sulle natiche per farlo lì, contro la parete.

Si sentì una voce che chiamava Martha. Poi qualcuno disse: « Non sono fatti tuoi ». E qualcun altro: « Lascia perdere ». Questi interventi ebbero l'effetto di convincere Martha a tornare dagli altri e di convincere Sid Cronk che c'era tutto il tempo per una sveltina.

Era scomodo, però: doveva sollevarla un po'. « No, Sid! Ci scoprono! » protestò Emily, e aggiunse, un momento dopo: « Ahia! No! Mi fa male! Ahia, la testa! Mettimi giù! »

Ovviamente questo fece subito tornare indietro Martha, che esclamò: « Lo sapevo! » E poi: « Guardate che l'hanno capito tutti, cosa state facendo ».

« Meglio così. Potevate pensare che ci avesse mangiato uno di quegli elefanti pelosi che poi si sono estinti. Invece così non vi siete preoccupati » replicò Sid, per nulla imbarazzato.

C'era luce sufficiente per vedere Martha alzare gli occhi al cielo. « Si chiamano mammut, testa di rapa » lo corresse. Poi vide le mutande di Emily per terra e si chinò a raccoglierle. Emily fece una smorfia. Era un tanga che faceva parte di un set con i giorni della settimana ricamati davanti. Martha guardò il ricamo. « Non è nemmeno domenica, Emily. » Si voltò e se ne andò.

« Ridammi subito le mie mutande! » gridò Emily e nel cercare di districarsi per uscire dalla nicchia fece cadere l'oggetto contro cui aveva battuto la testa poco prima.

L'oggetto rotolò a terra.

Quando Emily e Sid videro di cosa si trattava dimenticarono all'istante Martha Windsor (sempre nessuna parentela) e le possibili ripercussioni del furto del tanga.

Era chiaramente un oggetto antico, forse quanto quel luogo, rimasto nascosto per secoli dentro un camino. Risaliva senza dubbio all'Età del Ferro e forse era un attrezzo per scuoiare gli animali. Nessuno dei due aveva mai visto niente di simile, ma tutti e due giunsero alla stessa conclusione nello stesso istante.

Qualunque cosa fosse, andava consegnata a Miss Fawkes. Se non altro, sarebbe stato un ottimo modo per distrarre l'attenzione dal tanga che Martha Windsor intendeva sicuramente consegnarle.

MICHAEL

Kayla rientrò dalla Francia due giorni dopo, in aereo fino a Londra e poi in treno da Londra a Redruth. Fu un viaggio molto faticoso, perché non c'erano collegamenti diretti per la Cornovaglia da nessun posto, e meno che mai da Londra. Mi chiamò solo durante l'ultima tappa, nel tardo pomeriggio, quando stava per partire dalla stazione di Bristol Temple Meads. Le chiesi perché non mi aveva avvertito prima, che sarei andato volentieri a prenderla a Bristol. E lei: Non dire scemenze, ci avresti messo un'eternità.

Quando la vidi alla stazione di Redruth, rimasi sorpreso dall'aria stanca e dalle occhiaie scure che aveva. La abbracciai e le dissi che mi era mancata ancora più di quanto immaginavo. In macchina, mentre tornavamo a casa, la aggiornai sulla Cornwall EcoMining e sulle macchinazioni di Sebastian. Ma come è possibile? Gli hai parlato? disse, e questo mi fece piacere. Mi chiese anche se ero andato dall'avvocato. Le dissi che avevo preso appuntamento per farmi spiegare se Sebastian con il suo 40 percento poteva porre delle condizioni, e quali. Speravo che nel testamento di nostro padre ci fossero disposizioni precise sui nostri rispettivi diritti, e su cosa potevamo fare e non fare con i terreni.

E se il testamento non dice niente al riguardo? chiese lei.

Vedremo. Una cosa alla volta, tesoro.

Per la verità, non avevo capito bene che intenzioni avesse Sebastian. Non ero ancora riuscito a parlargli, le dissi e le raccontai la mia spedizione a vuoto. Geoffrey Henshaw aveva detto di aver parlato con lui, ma io ero andato a cercarlo a casa sua e una vicina l'aveva visto partire in fretta e furia.

In fretta e furia? È successo qualcosa a vostra madre?

No, no, le dissi. Mamma sta bene. Probabilmente Sebastian è scappato perché sapeva che Henshaw mi avrebbe spifferato tutto. Un classico, commentai. Ma prima o poi tornerà a Penzance. Dovrà pur lavorare...

A quel punto le chiesi di Lourdes. Lei frugò nello zaino e tirò fuori una bottiglia di plastica che conteneva la presunta acqua miracolosa. Una normalissima bottiglia di acqua minerale da litro. Non so cosa mi aspettassi di diverso, ma anche l'acqua che conteneva mi parve normalissima acqua minerale.

Kayla mi fece notare che sì, era acqua, ma veniva dalla sorgente indicata dalla Vergine Maria alla ragazza che aveva avuto l'apparizione. La Madonna le aveva mostrato dove doveva scavare e proprio in quel punto era sgorgata una sorgente che, da allora, non aveva mai smesso di produrre acqua miracolosa.

La vendono, allora? le domandai. Ma, no! esclamò. Però vendono decine e decine di souvenir e, ripensandoci, avrebbe potuto comprarne uno da portare a Jen oltre all'acqua: rosari benedetti dal papa, immaginette che raffiguravano santi e martiri, libri di preghiere, cartoline, foto di persone che sostenevano di essere guarite dopo essersi bagnate nell'acqua. L'acqua era gratis, ma per prenderla bisognava mettersi in coda e aspettare il proprio turno. A quel punto si poteva fare il gesto dell'acqua sul posto, oppure riempire un contenitore e portarsela via, come aveva fatto lei.

C'erano centinaia di persone alla fonte, mi disse, a tutte le ore. Le ci era voluto un po' per capire quando e come avvicinarsi a un rubinetto e riempire la bottiglia.

Pensavo che ci fosse gente che la vendeva sottobanco, dissi, che magari riempiva le bottiglie al lavandino della cucina per poi venderle come acqua miracolosa.

Mi invitò a non essere così cinico, e non aveva tutti i torti. E tu non essere così ingenua, avrei potuto ribattere, invece risi e le dissi che mi era mancata da impazzire e che il sesso al cellulare non reggeva al confronto con quello vero.

Lei rise. Anche per me, concordò.

Ci vuol poco a immaginare quanto fosse gratificante quella risposta. Adesso ci rifacciamo, ragazza mia, le dissi.

Arrivati a casa, la portai direttamente in camera da letto. Non scaricai nemmeno i bagagli dalla macchina. E nemmeno la spogliai: le tolsi solo gli indumenti che mi intralciavano, le aprii le gambe e mi abbassai i pantaloni. Venni come un idrante prima ancora di averla penetrata del tutto. Era inevitabile.

L'indomani eravamo pronti a riprendere la solita vita. Io mi occupai di controllare la produzione di stagno e peltro per valutare se bastava a evadere gli ordini che si erano accumulati e lei andò a consegnare l'acqua miracolosa a Jen e a spiegare a Gwynder come andava fatto il gesto dell'acqua. Teneva molto a rassicurarle sul fatto che andare a prendere l'acqua e portarla in Cornovaglia era stato il modo migliore per realizzare il loro desiderio, perché in quel periodo nessuno poteva immergersi nelle varie piscine miracolose e – per quanto se ne sapeva – non sarebbe stato possibile farlo nemmeno in futuro. Invece erano migliaia le persone che compivano il gesto dell'acqua, sia lì a Lourdes che altrove: Jen non sarebbe stata la sola a dimostrare la sua fede in quel modo.

Sulla fede di Jen, tra l'altro, io avevo qualche dubbio. Non mi risultava che fosse cattolica, perciò mi pareva che qualsiasi cosa facesse con quell'acqua – che la bevesse, ci si lavasse la faccia o se la versasse addosso – sarebbe stato perfettamente inutile. Non sapevo nemmeno se era credente e, nel caso non lo fosse e il gesto dell'acqua non producesse il miracolo che desiderava, che senso aveva avuto andare fino in Francia?

Pochi giorni dopo raggiunsi Redruth per l'appuntamento con l'avvocato. Parcheggiai in Station Road ed entrai nella zona pedonale, dove c'è la famosa statua del minatore in tenuta da lavoro.

Faceva un freddo cane ed ero intirizzito. Attraversando la strada al limite della zona pedonale tirai su la cerniera della giacca a vento e mi rammaricai di non essermi portato un berretto. C'era pochissima gente in giro.

Lo studio di Cassius Salisbury III era in un edificio anonimo con la facciata in graniglia, nel West End, tra un ristorante cinese-thailandese e un bugigattolo che vendeva hamburger, nugget di pollo, pizza e patatine, da cui veniva un odore di fritto tremendo. Era uno studio associato con cinque avvocati – quattro dei quali si chiamavano Salisbury – cui la nostra famiglia si rivolgeva per tutte le questioni legali da almeno tre generazioni. Cassius era uno dei pronipoti del fondatore e aveva la passione, a mio parere deplorevole, per le giacche alla cacciatora *pied-de-poule* e i pantaloni verde militare. Era uno che si preparava sempre prima di ricevere un cliente, e perciò non rimasi sorpreso nel vedere diversi faldoni impilati sulla scrivania.

Facemmo quattro chiacchiere sui suoi figli e sui miei. Seguiva Gloriana sui social, confessò, e aveva notato che il suo *Unburden* aveva un discreto numero di follower. Non avevo la più pallida idea di cosa stesse parlando, ma feci un mormorio di assenso. E il negozio a Mousehole andava bene? Gloriana doveva aver preso da me la vena artistica. Avviarlo non doveva essere stato facile, ma i mercati di nicchia rendevano bene. Anche tu operi in un mercato di nicchia e anche a te le cose vanno bene, quindi sai cosa voglio dire, concluse.

Tirai un sospiro di sollievo quando smise di parlare di Gloriana, del suo *Unburden* e del suo negozio, perché non avevo idea che mia figlia avesse dei follower sui social e tantomeno un negozio. Non sapevo neanche quale fosse il suo «mercato di nicchia». Gli dissi che il settore della bigiotteria e dell'oggettistica in stagno non era più quello di una volta perché erano aumentate le spese di produzione, ma per fortuna il peltro era più redditizio. Era molto più facile e più rapido da lavorare per via del punto di fusione dei minerali che componevano la lega. Tiriamo avanti, dissi, ma non diventeremo mai ricchi.

In questo modo ci avvicinammo al nocciolo della questione, ovvero la divisione della proprietà in ragione del 40 e 60 percento stabilita da mio padre nel testamento. Era semplice. Il cottage era toccato interamente a me, mentre la Lobb's Tin & Pewter era stata divisa in due quote del 40 e 60 percento, destinate rispettivamente a Sebastian e a me. Stavo per dire che fin qui non c'era nulla di nuovo, quando Cassius Salisbury III continuò dicendo che la cosa curiosa era l'assenza di indicazioni su ciò che era compreso esattamente nelle due quote. Nostro padre non aveva nemmeno preso in considerazione l'eventualità che uno dei suoi figli volesse vendere il frutto del lavoro di tutta la sua vita e di quella di suo padre, nonché del sogno di suo nonno, che si era ripromesso di tirare fuori dalle miniere la famiglia Lobb e portarla alla luce del sole. Ancor meno aveva valutato la possibilità che qualcuno al di fuori della famiglia potesse voler acquistare o affittare la proprietà, che non si trovava in una zona di particolare pregio perché non era nei pressi di qualche villaggio pittoresco e neanche sul mare, bensì lontano dalla costa e da tutto il resto, praticamente sepolta in fondo a una stretta valle. Era il posto ideale per l'uso che ne aveva fatto la famiglia Lobb, ma per poco altro. Non era terreno adatto per il pascolo, né per essere coltivato, e nemmeno per un parco naturale o una riserva di caccia. Era troppo pietroso, non facilmente arabile e pieno di detriti del frantoio e residui delle vasche di decantazione, e vi crescevano solo ginestre, eriche e felci. Mai gli sarebbe venuto in mente che quelle terre potessero interessare a qualcuno che non fosse un Lobb. Gli uomini di famiglia estraevano stagno ormai da quattro generazioni. Merritt rappresentava la quinta generazione e prima o poi anche Sebastian avrebbe avuto un figlio... Questo doveva aver pensato nostro padre. Nemmeno nei sogni più folli avrebbe mai immaginato che il litio diventasse una materia prima così richiesta.

Il problema, quindi, era stabilire in che cosa consistevano esattamente il 40 e il 60 percento. Bisognava venirne a capo, se volevamo affittare o vendere una parte soltanto del terreno. Secondo Cassius III, era molto più semplice vendere o affittare l'intera proprietà. Qualsiasi altra soluzione rischiava di diventare molto costosa. Ci volevano, come minimo, un avvocato specializzato in compravendite immobiliari e un consulente cui far fare una perizia di stima, e poi un tecnico super partes per frazionare la proprietà in modo da non precludere una vendita o un contratto di locazione a terzi. La faccenda poteva sfociare in una disputa legale che avrebbe comportato montagne di documenti e molte ore di lavoro dell'avvocato e che forse sarebbe finita anche davanti a un giudice. Purtroppo, non esisteva un re Salomone che potesse tagliare in due la proprietà.

Chiesi a Cassius Salisbury III cosa mi consigliava di fare. Lui si tolse gli occhiali, se li pulì nella cravatta, ispezionò le lenti e aggrottò la fronte perché erano sporche come prima. Mi disse che la soluzione più saggia sarebbe stata trovare un «compromesso» con mio fratello. Mi suggerì di far stimare il valore della proprietà da un professionista – scelto di comune accordo con Sebastian – per sapere quanto avrei dovuto dargli per rilevare la sua quota. Sebastian avrebbe incassato il suo 40 percento e io avrei potuto decidere in autonomia il destino della proprietà.

A quel punto gli chiesi cosa sarebbe successo se Sebastian, anziché vendere, avesse voluto affittare il suo 40 percento del terreno alla Cornwall EcoMining, attirato dalla prospettiva di una rendita derivante dall'estrazione del litio. Se il suo piano era quello, non mi avrebbe venduto la sua quota per nessuna ragione al mondo. Cassius III disse che, se Sebastian aveva intenzione di prendere quella strada, eravamo di nuovo al punto di partenza, cioè a dover frazionare la proprietà, con tutti gli inconvenienti di cui sopra. Mi disse che dovevo decidere io che strategia adottare. Ero io quello che conosceva meglio mio fratello.

Tornando alla macchina, iniziai ad analizzare le alternative che mi aveva prospettato Cassius III. Non me ne andava bene nessuna. Non avevo abbastanza soldi per nessuna delle due. Avevo sperato che nel testamento ci fossero disposizioni precise per la divisione della proprietà, ma ora capivo che cosa doveva aver pensato nostro padre e perché. Senza dubbio ci aveva messo lo zampino anche nostra madre, magari dicendo qualcosa tipo: Non possiamo mica lasciare il nostro Sebastian in braghe di tela, ti pare? Sebastian non si era mai interessato nemmeno per cinque minuti della Lobb's Tin & Pewter, non aveva mai lavorato nello stabilimento in vita sua, ma a mia madre questo non importava. Lui aveva i suoi interessi, aveva studiato e aveva la sua clientela cui elargiva chissà quali perle di saggezza, ma se a un certo punto si fosse trovato in difficoltà, l'azienda di famiglia gli avrebbe fatto da salvagente.

Il ragionamento di mio padre mi era chiaro. Aveva formulato il testamento in modo da proteggere l'azienda dalle eventuali mire di Sebastian. Omettendo di specificare in che cosa consisteva esattamente il suo 40 percento, lo aveva lasciato con le mani legate. Come avrebbe potuto vendere o affittare la sua parte della proprietà, se non sapeva neppure quale fosse?

Almeno questo gli andava spiegato, ed ero pronto a farlo io. Inutile che si illudesse: riguardo alla Cornwall EcoMining non poteva decidere un bel niente.

21 APRILE

Bodmin
Cornovaglia

Bea Hannaford era nella sala operativa e stava rileggendo tutta la documentazione, riga per riga. Aveva cominciato alle cinque meno venti di quella mattina, appena arrivata in ufficio da Leedstown, dove aveva dormito tre ore soltanto. Sperava che qualcuno della MIT avesse parlato con Fabienne Cognome-Non-Specificato per verificare l'alibi di Sebastian Lobb. Nel constatare che era stato fatto, tirò un sospiro di sollievo. Ma, salvo il nome completo – Fabienne Porter – Bea non trovò altre informazioni. Fabienne Porter era stata contattata solo per telefono: poteva addirittura venire il dubbio che non esistesse. La colpa di quella negligenza era sua, perché era lei che coordinava le indagini. Così come era colpa sua se l'arma del delitto era stata cercata con cura solo in una parte dello stabilimento, tralasciando la zona in cui si trovavano gli impianti di estrazione dello stagno dalla cassiterite, dove era stato effettuato un sopralluogo frettoloso da un agente soltanto. Le indagini non erano state sufficientemente accurate. La MIT aveva trascurato troppi particolari.

Bea stava male al solo pensiero. Sapeva che la responsabilità era sua. Non avrebbe dovuto lasciare così tante questioni irrisolte. Avrebbe dovuto controllare ogni dettaglio. Invece così aveva il dubbio di aver mandato in carcere un innocente. Certo, il Crown Prosecution Service aveva ritenuto ci fossero tutti gli estremi per incriminarlo, ma Bea non si sentiva a posto con la propria coscienza. Aveva avuto troppa fretta di chiudere il caso. Tre settimane di indagini le erano sembrate più che sufficienti.

Sapeva benissimo perché. Ufficialmente a dirigere le indagini era il sovrintendente investigativo Phoebe Lang, ma Phoebe Lang faceva affidamento sugli elementi che le forniva la squadra, e questi elementi dovevano essere verificabili, inconfutabili, incontrovertibili eccetera eccetera. Toccava a Bea accertarsi che le informazioni fossero complete e che non fosse stato trascurato nulla.

Ne aveva parlato con Phoebe il giorno prima, quando nel tardo pomeriggio erano rimaste sole nella sala operativa. Non poteva non confessarle le lacune dell'indagine, perché se fosse andato storto qualcosa la prima testa a cadere sarebbe stata proprio quella della sovrintendente. Phoebe l'aveva guardata incredula, aveva imprecato e le aveva chiesto se era impazzita: voleva per caso farsi da parte e lasciare le indagini a un collega? «Non voglio toglierle il caso e rovinarle il curriculum» le aveva detto. «Ma questa faccenda va risolta, e subito.»

«Ultimamente non mi sento al massimo della forma» aveva ammesso Bea. «A casa...»

«Si rimetta in sesto, allora. E se si tratta di Ray, lo affronti. Affronti la situazione. Qualunque sia il problema, cerchi di risolverlo.»

Bea sapeva che era arrivato il momento di parlare con Ray e prevedeva che sarebbe stato doloroso per entrambi. Si amavano e nel complesso stavano bene insieme. Purtroppo a lei non andava più di «stare insieme». Non era colpa di nessuno.

Dopo lo scambio con Phoebe, era andata subito da Ray, alla Dimora Storica. Né lui né Pete la aspettavano e li aveva sorpresi a mangiare una pizza direttamente dal cartone. Erano stati contenti di vederla e non avevano manifestato la minima vergogna per lo scarso valore nutrizionale della loro cena.

Pete aveva la faccia unta e Ray si era messo a mo' di bavagliolo un vecchissimo strofinaccio scolorito con il disegno di uno dei monumenti storici della Cornovaglia, l'ufficio postale di Tintagel. In un angolo erano impilati libri e quaderni di Pete che avevano l'aria di non venire aperti da giorni, ma probabilmente non era vero perché Ray controllava rigorosamente che il figlio facesse i compiti. Ray beveva una lager direttamente dalla bottiglia, Pete una Coca-Cola, in aperta violazione delle regole che lei e Ray avevano concordato, motivo per cui il ragazzo aveva provato a nasconderla dietro il coperchio del cartone della pizza.

«Ciao, mamma!» aveva detto Pete. «Sei qui!»

«Il tuo spirito di osservazione non cessa mai di stupirmi» era stata la simpatica risposta di Bea. «Versa quella Coca nel lavandino, per favore.»

«Ma mamma...»

«Fai come ti ha detto tua madre» era intervenuto Ray. Mentre Pete si trascinava verso il lavandino e prima di rovesciare la bibita ne beveva alcuni sorsi, le aveva chiesto scusa con il labiale. «Hai già cenato?» le aveva domandato poi.

«Mi faccio un uovo strapazzato.»

«No, no. Siediti. Te lo faccio io. Ti verso un bicchiere di vino, nel frattempo? Vuoi anche un po' di pane tostato? Bacon? Pete, prendi il bacon, per favore.»

«No, no» aveva detto lei. «Finisci di mangiare. Ci penso io.»

«Non se ne parla.» Ray si era alzato, aveva spostato il cartone della pizza, le aveva liberato un posto e le aveva ordinato di sedersi. Non voleva assolutamente che si mettesse a cucinare: le avrebbe preparato lui un'omelette. «E, se vuoi, ti imbocco anche» aveva dichiarato.

Lei aveva sospirato, ma lo aveva lasciato fare. Pete aveva preso il bacon, Ray aveva versato il vino e lei li aveva osservati con un nodo alla gola e le lacrime agli occhi. Alla fine Pete aveva preso i suoi libri, si era avvicinato, le aveva dato un bacio sulla guancia con un «Sono contento che sei venuta, mamma» e li aveva lasciati soli.

«Anche a me fa piacere che tu sia qui» aveva detto Ray appena Pete aveva chiuso la porta di camera sua. «Ti preparo un bel bagno caldo, poi ti metto a letto e fino alle sei e mezzo di domani non ti lascio scendere.»

«Purtroppo non posso fermarmi a dormire.»

Ray, che aveva preso dal frigo burro, uova, formaggio e bacon e acceso il fuoco sotto la padella, si voltò accigliato. «Non ha senso. Perché sei venuta, allora?» L'aveva squadrata un momento. «C'è qualcosa che non va, Beatrice?»

«Problemi con le indagini.»

«Con le indagini o con Phoebe Lang? Non ha un buon carattere, ma tu lo sai meglio di me.»

«No, Phoebe non c'entra. Con lei vado d'accordo.»

«Posso aiutarti in qualche modo?»

«No. Non credo.»

Ray l'aveva scrutata ancora un po' ed era tornato ai fornelli. Aveva posato tre fette di bacon nella padella, aveva sbattuto le uova, grattugiato il formaggio, scelto alcuni aromi dalla credenza e messo il pane nel tostapane. Era stato zitto, e lei anche. Dopo un po' il silenzio si era fatto pesante e a Bea avevano incominciato a sudare le mani.

Alla fine si era decisa a parlare: «Senti, Ray, tu lo sai che ti amo. Sei l'unico uomo che ho amato, fin dal primo giorno. O perlomeno dal weekend in cui siamo andati a Chesil Beach per pescare».

«E abbiamo preso un sacco di pioggia» aveva continuato lui guardando il bacon che aveva iniziato a sfrigolare.

«Ma siamo andati a pescare lo stesso, perché altrimenti saremmo dovuti tornare a casa e non volevamo, nessuno dei due.»

Ray aveva annuito. «Mi vuoi dire come mai sei venuta, Bea?» aveva chiesto nel silenzio che era seguito.

«Ho deciso che non voglio tornare a vivere con te» aveva risposto lei con un filo di voce. «Non sono più la persona di prima, quando eravamo una famiglia.»

«Ho fatto qualcosa di sbagliato?»

«No, amore, non è colpa tua. Non è colpa di nessuno.»

«*Amore?*» aveva ripetuto Ray. «Sicura?»

«In che senso?»

«Perché mi chiami *amore*?»

«Perché sei il mio amore. Perché sarai sempre il mio amore. Ray, non sei tu che non vai bene. È solo che sto meglio, e mi sento più a mio agio, se nella mia vita...»

«... non ci sono io.»

«Non è questo che volevo dire.»

«E Pete?» aveva chiesto lui.

«Ray...»

«E Pete, Beatrice? Hai pensato a cosa significherà per lui, se ci separiamo di nuovo?»

«Deciderà lui dove stare. Non intendo forzarlo. Gli ho chiesto di scegliere liberamente.»

«Gli hai chiesto di scegliere fra me e te? Come pensi che si senta, poverino?»

«Gli ho chiesto di scegliere dove vuole stare, non con chi. Non puoi continuare ad accompagnarlo a scuola tutti i giorni fino a Redruth, Ray. È troppo lontano. È insostenibile. Pete ha bisogno di stabilità. Se deciderà di restare qui con te, dovrà cambiare scuola.»

«Ma, visto che i suoi amici sono a Redruth, la scelta non si pone. Brava, Bea. Hai raggiunto il tuo scopo.»

Bea avrebbe voluto fargli notare che non sapevano ancora che cosa avrebbe deciso Pete, ma aveva la sensazione che il discorso non avrebbe portato da nessuna parte. Così aveva mangiato l'omelette che le aveva preparato Ray e poi era tornata a Leedstown. Era arrivata dopo mezzanotte, aveva dormito male e tre ore dopo si era alzata, si era fatta la doccia ed era andata a Bodmin a studiare il caso per vedere quali altri errori aveva commesso, oltre a non andare di persona a parlare con Fabienne Porter e a non ordinare sopralluoghi più approfonditi in tutti gli impianti della Lobb's Tin & Pewter.

Stavano incominciando ad arrivare i colleghi della MIT quando Phoebe Lang ricevette la telefonata di un collega dell'Investigativa di Camborne. Bea la vide ascoltare per un po', dire qualcosa e poi voltarsi verso di lei e farle segno di raggiungerla nel suo ufficio. Quando Bea entrò, aveva già chiuso la chiamata.

«Potremmo aver avuto un colpo di fortuna» annunciò.

«E cioè?»

«Due ragazzi in gita scolastica a Carn Euthyk hanno trovato uno strano oggetto arrugginito e lo hanno consegnato ai colleghi di Camborne.»

«Carn... che?» chiese Bea.

Phoebe rispose che era un sito archeologico vicino a Scorrier, le avevano detto i colleghi di Camborne. Non sapevano che cosa fosse esattamente l'oggetto consegnato dai due ragazzi, ma li avevano contattati sapendo che non avevano mai trovato l'arma con cui era stato commesso l'omicidio di Trevellas. Volevano vederlo? L'unica cosa che per il momento era stata accertata era che non si trattava di un manufatto dell'Età del Ferro.

Phoebe aveva detto che avrebbe mandato qualcuno. Disse a Bea che poteva essere un viaggio a vuoto, ma forse invece avevano finalmente trovato l'arma del delitto.

La congedò con: «Incrociamo le dita, ispettore Hannaford».

Exeter
Devon

La sera precedente, durante l'aperitivo, al cellulare di Barbara era arrivata una chiamata da un numero sconosciuto. Poiché aveva promesso a Daidre Trahair di darle una mano, si era sentita in dovere di rispondere. Si era scusata ed era uscita un attimo dall'immenso salotto pieno di oggetti da museo ed era scesa fino a metà della scala di rovere. Era l'avvocato Rupert Somerton, il cui accento aristocratico lì per lì l'aveva messa sulle difensive. Si erano parlati brevemente. A dargli il numero era stata la dottoressa Daidre Trahair, aveva esordito. Barbara gli aveva confermato la propria disponibilità ad assisterlo – a titolo gratuito, sì – e Somerton le aveva dato appuntamento per l'indomani. Era in programma un incontro nel pomeriggio e Barbara era invitata a prendervi parte.

Barbara aveva ben chiaro che, se voleva tenere all'oscuro di tutto l'ispettore Lynley, doveva procurarsi un mezzo di trasporto. Il primo ostacolo da superare era quello. Il secondo era raggiungere la stazione ferroviaria di Exeter in tempo per vedere Daidre Trahair e sua sorella (forse). Ci rimuginò tutta la notte e alla fine ebbe un'illuminazione. A colazione espresse il desiderio di andare a visitare Penzance: «Quando mi ricapiterà di tornare in Cornovaglia?» C'era un autobus che poteva prendere?

«Non dirà sul serio» ribatté Lynley. «Non c'è niente da vedere a Penzance.»

«I Morrab Gardens» osservò sua madre.

Lynley sbuffò. «Se vuole fare un giro in un parco, può restare tranquillamente qui.»

Daze lo liquidò con un gesto della mano. «Non gli dia retta.

Se vuole andare a Penzance, vada a Penzance» disse a Barbara. Poi si rivolse ai figli: «Chi di voi due la accompagna?» Si versò un altro caffè dalla grande caffettiera d'argento al centro del tavolo. Quella mattina erano di nuovo in sala da pranzo. Evidentemente in cucina era al lavoro Nancy Penellin.

«Posso benissimo andare con l'autobus. Basta che mi diciate dove...» disse Barbara.

«Non se ne parla nemmeno» la interruppe Daze. «Judith? Tommy? Chi...?»

«Io devo vedere John per il tetto» disse Lynley. «Quindi non...»

«Davvero?» disse Daze. «Bene! Avete trovato chi lo ripara, dunque?»

«Non proprio» rispose Lynley e Barbara si accorse subito che era evasivo.

«Cosa vuol dire 'non proprio'? O sì o no!»

«Sono cose lunghe, mamma.»

«Be', spero che sia il tetto sia la galleria vengano riparati in tempi ragionevoli.»

«Hai usato il verbo giusto» rispose Lynley.

«Quale? Riparare?»

«No. Sperare.»

Daze lo guardò negli occhi. Evidentemente lo conosceva bene, pensò Barbara. «Allora la accompagna Judith, Barbara. Non hai programmi, vero, cara?» disse la signora Lynley, senza ulteriori commenti.

Barbara provò a protestare, ma Judith dichiarò che le faceva piacere accompagnarla a Penzance, che aveva comunque intenzione di andare a Mousehole e Penzance era poco più in là.

«Ci vediamo per pranzo?» chiese Lynley a Barbara.

Barbara rispose che era improbabile. «Troverò sicuramente una friggitoria.»

«Già» replicò Lynley. «Come ho fatto a non pensarci?»

Finirono di fare colazione, poi Barbara e la sorella di Lynley partirono alla volta di Penzance. Durante il viaggio Judith chiacchierò allegramente delle disavventure della figlia in collegio, dove sembrava che subisse vessazioni di ogni tipo, del fratello Peter, che era a Oxford da amici, del fatto che la madre avrebbe voluto che Peter «si sistemasse e mettesse su famiglia, cosa che a me sembra piuttosto improbabile», di John Penellin e delle sue mansioni. E concluse con: «E Tommy? Lei come lo trova, Barbara? Siamo un po' preoccupati per lui».

Barbara si voltò a guardarla, ma Judith era impenetrabile e teneva lo sguardo fisso sulla strada, peraltro strettissima. Non sapendo se la famiglia fosse al corrente della storia di Lynley con Daidre Trahair, Barbara cercò di tenersi sul vago. «Come al solito. È un uomo responsabile. Riesce sempre a trovare un suo equilibrio.»

Judith le rivolse una rapida occhiata. «Apprezzo la sua lealtà nei confronti di mio fratello, Barbara.»

Quando arrivarono a Penzance, Judith si fermò di fronte alla Jubilee Pool. «A che ora torno a prenderla?»

Non fu facile, ma Barbara riuscì a convincerla che non era il caso, che sarebbe riuscita a tornare a Howenstow da sola. Dovette rassicurarla più volte che non stava facendo i complimenti, davvero, andava bene così, ma alla fine Judith si persuase e ripartì. Barbara aspettò che svoltasse a sinistra e si allontanasse, quindi, dopo un rapido sguardo alla bellissima piscina Art déco, si avviò verso la stazione ferroviaria, godendosi la giornata di sole, la brezza e il panorama, con il monte Saint Michael all'orizzonte.

Due palazzoni moderni e il Wharfside Shopping Centre facevano a pugni con l'architettura prevalentemente georgiana della cittadina, ma verso la stazione c'erano le botteghe tipiche di tutte le località balneari, che vendevano dolci, gelati, pollo e kebab. Barbara sentì un profumino delizioso. *Krapfen?* Nonostante la colazione abbondante, ben più nutriente dei suoi soliti Pop-Tarts, le brontolò lo stomaco.

Il viaggio in treno fino a Exeter si concluse senza eventi degni di nota e, come promesso, Daidre Trahair andò a prenderla alla stazione. Era insieme a una donna con gli occhiali di tartaruga, che le presentò. Era sua sorella Gwyn, la gemella di Goron. Concluse le presentazioni, Daidre sorrise: «Com'è carina oggi, Barbara!» La veterinaria in effetti l'aveva sempre vista sciatta come suo solito.

Barbara, dal canto suo, la trovò dimagrita e con i capelli più lunghi, ma non particolarmente cambiata. Daidre indossava orecchini discreti e portava anche lei gli occhiali, con la montatura dorata. Era vestita in maniera formale, al contrario della sorella, che era invece in jeans, felpa e scarpe da ginnastica e non sembrava particolarmente felice di vederla. Barbara intuì che c'era qualcosa che non andava.

«Stamattina mi ha chiamato Somerton» disse Daidre mentre andavano alla macchina. «Ha ricevuto montagne di materiale dalla polizia e dalla procura. Non so bene che cosa le chiederà di fare, Barbara.»

«Di dimostrare ciò che noi già sappiamo» intervenne Gwyn. «Ovvero che Goron è innocente. Lo scopo è questo, Edrek, giusto?»

«Sì, be'...» replicò Daidre in tono pacato, ma poco convinto.

Barbara scoprì che Somerton aveva lo studio in una bella palazzina di mattoni in Commercial Street, vicino all'Exeter Quay. Si fermarono al caffè sotto lo studio per «rifocillarsi», come disse Daidre. Si sedettero a un tavolino in un angolo: cappuccino per Daidre, bagel e caffè nero per Gwyn e macchiato e croissant al cioccolato – senza sensi di colpa – per Barbara.

«È davvero gentile a offrirci il suo aiuto durante le ferie» le disse Daidre.

«Ferie forzate» precisò Barbara. «Siete voi a farmi un favore.»

«Le sono grata comunque» insistette Daidre. «Lei è sicuramente in grado di capire dove ha sbagliato la polizia, in cosa è stata negligente.»

«Ci proverò» rispose Barbara. «Ma se il Crown Prosecution Service ha deciso di procedere, significa che la polizia gli ha fornito elementi probanti, convincenti.»

«Non può esserci niente di probante, perché Goron non ha ucciso nessuno» ribatté Gwyn. «Penserà che lo dico solo perché siamo gemelli, ma glielo assicuro: o lo hanno incastrato, oppure si sta prendendo la colpa per proteggere qualcuno.»

Barbara capì di aver lasciato trapelare la propria perplessità dal fatto che Gwyn si sentì in dovere di aggiungere: «Secondo me, Goron sa chi è stato ma non lo vuole dire».

«Perché?» chiese Barbara. «Per paura?»

«Non lo so. Non so perché lo faccia. Ma conosco Goron. Lo conosco meglio di chiunque altro.»

«Finiamo di fare colazione e saliamo da Somerton?» intervenne Daidre, prima che Barbara potesse porre altre domande.

«In ogni caso il processo ci sarà: lo sapete, vero? Il Crown Prosecution Service farà marcia indietro soltanto se salterà fuori qualcosa che dimostri inequivocabilmente che il colpevole è un altro» disse Barbara alle due sorelle.

Rupert Somerton le ricevette subito. Era in piedi dietro la scrivania e stava infilando un foglio in una busta. Daidre gli presentò Gwyn e Barbara e lui annuì porgendole la busta. «Le ho scritto una serie di nominativi di colleghi abilitati a difendere Goron in sede dibattimentale. Sono tutti molto competenti. Rifletteteci, parlatene anche con vostro fratello, e ditemi in quale ordine li devo contattare. Non è detto che siano tutti disponibili. Ma prego, accomodatevi.» Indicò la parte dello studio in cui c'erano un divano, poltrone e un tavolino basso sul quale erano posate cinque scatole di cartone senza coperchio contenenti fascicoli, cartelle e documenti vari.

Siccome Barbara non aveva mai lavorato per un penalista, chiese che cosa si aspettava da lei e Somerton le spiegò che occorreva spulciare ogni documento e passare al vaglio ogni minimo particolare, e cioè tutte le testimonianze raccolte dalla polizia dal momento del suo arrivo sulla scena del crimine; i verbali di tutti gli interrogatori; referti di analisi, esami e test, compresi autopsia, tossicologico e perizie forensi; tutti i documenti che avevano in qualche modo a che fare con la vittima, dagli atti di proprietà fino alle ricevute del calzolaio; tutti i video e le fotografie della scena del crimine. Insomma, andava controllato tutto quanto per filo e per segno alla ricerca di eventuali lacune, negligenze e omissioni.

«È un lavoro enorme» concluse Somerton. Si rivolse a Barbara: «È sicura di volerci aiutare? Come dicevo, non è previsto alcun rimborso per...»

«Mi presto volentieri» rispose Barbara. «E gratis.»

«Allora vediamo da dove cominciare» disse Somerton.

Howenstow, Lamorna
Cornovaglia

Lynley stava andando nello studio di John Penellin quando incrociò sua madre nel corridoio insieme a Padraig, il levriero irlandese, e agli altri cani. Erano appena rientrati da una «bella corsa» nel frutteto, disse Daze. Subito dopo confessò che purtroppo Padraig era stato «un po' monello» e si erano infangati tutti quanti, lei compresa. Quando Padraig tirava, riusciva a contenerlo solo fino a un certo punto. «Non vorrei aver commesso uno sbaglio, Tommy. Spero che si dia una calmata. Stai andando a parlare con John?»

«Sì» rispose Lynley, tenendosi alla larga dal levriero per non sporcarsi pure lui.

«Come procede la cosa?»

«Procede» rispose lui.

«Sei evasivo, Tommy, o è solo una mia impressione?» chiese Daze. «È un problema di soldi?»

«Come sempre.»

«Ma i fondi per riparare il tetto ci sono, vero?»

«Potrebbe esserci qualche piccolo imprevisto» le disse. «Stiamo aspettando una valutazione più approfondita.»

Daze sembrava avere dei dubbi, ma non li espresse. «Speriamo che non piova. I teloni impermeabili sono così antiestetici...» Proseguì per la sua strada, seguita dai cani.

Lynley entrò nello studio e trovò John Penellin in piedi davanti a una carta della proprietà appesa al muro. Penellin si voltò. «Oh, ciao» disse. Poi gli riferì che Geoffrey Henshaw lo aveva chiamato per aggiornarlo sulle caratteristiche geologiche del sottosuolo di Howenstow.

Lynley gli lesse negli occhi che non erano quelle auspicate. Non si sbagliava.

«Mi ha spiegato con dovizia di particolari la geologia di questa zona, che è diversa da quella di Porthcurno o di St. Ives» disse Penellin. «Ci manderà una relazione scritta, quindi non ti sto a spiegare tutto quello che mi ha detto sulle altre località più adatte della nostra. Ti basti sapere che Howenstow si trova sopra il...» Cercò il foglietto su cui si era appuntato il nome.

«... il Gramscatho Basin, che è composto prevalentemente da arenaria e ardesia. Sfortunatamente, è così in tutta l'area della Mount's Bay.»

«Quindi non è nemmeno il caso di fare i sondaggi?»

«Pare che i rilievi geologici consultati da Henshaw siano unanimi. E ne ha consultati diversi, perché la contea viene studiata dai geologi da oltre un secolo.»

«Quindi la strada dei diritti minerari non è percorribile.» Lynley sospirò. «Peccato. Speravo di poter dare a mia madre notizie migliori. Si sta cominciando a chiedere il motivo del ritardo nei lavori.»

«Non era l'unica opzione» gli ricordò Penellin. «Ne abbiamo prese in considerazione diverse.»

«Sì, ma dubito di trovare un'istituzione finanziaria degna di questo nome disposta a prestarmi i soldi necessari per il rifacimento del tetto, John. Se l'unica garanzia è il mio stipendio... Possiamo provare a vendere qualche pezzo di antiquariato, ma non credo che ci sia un grande mercato per i mobili decorati in foglia d'oro, oggi come oggi. E ipotecare Howenstow è fuori discussione.»

«Certo. Concordo. Ma se ci presentiamo con un progetto più articolato, è possibile invece che la banca ci conceda un finanziamento.»

«E cioè?»

«Rifacimento del tetto e ristrutturazione della ex nursery.» Lynley fece per ribattere, ma John lo precedette: «Senti, Tommy: per ottenere un prestito dobbiamo dimostrare di poterlo ripagare. E noi abbiamo un progetto che prevede la ristrutturazione di un'ala della villa per gli alloggi di famiglia e l'apertura al pubblico del resto della proprietà, che in tal modo viene messa a reddito».

«Sì, con mia madre alla cassa, mia sorella a vendere crostate, Peter a fare da guida turistica e Hodge sull'attenti in veste di comparsa?»

Penellin sorrise. «Mi piace l'idea di Hodge sull'attenti.»

Lynley rise, suo malgrado. «A me sembra un incubo.»

«Non necessariamente, Tommy. Se decidiamo di ristrutturare, faremo le cose con calma.»

«A passo di lumaca» disse Lynley.

«Allora mi dai il tuo consenso, se non proprio la tua benedizione? Ho trovato un ottimo architetto che sarebbe disponibile a vederci per parlarne. Fisso un appuntamento?»

«Se l'alternativa è sperare di trovare una pentola d'oro in fondo all'arcobaleno, sì.»

«Lo chiamo subito, allora.»

Redruth
Cornovaglia

Cassius Salisbury III cominciò con una domanda. Alzò lo sguardo dal tesserino di riconoscimento di Barbara e disse: «Posso chiedere cosa c'entra la Metropolitan Police con la morte di Michael Lobb?» La squadrò dalla testa ai piedi. Aveva un'espressione e un tono così formali che Barbara ringraziò la sua buona stella che quella mattina le aveva fatto indossare uno dei suoi nuovi scamiciati. Anche Daidre era molto professionale, ma lei lo era sempre.

Dopo il colloquio con Rupert Somerton a Exeter, avevano deciso di andare a parlare con l'avvocato di Michael Lobb. Prima di mettersi in viaggio per Redruth, avevano controllato velocemente la documentazione per vedere se la polizia lo aveva consultato in merito al testamento della vittima, ma non avevano trovato nulla. Gwyn aveva deciso di rimanere a Exeter per stare vicina a Goron. Voleva andare a trovarlo tutte le volte che poteva, aveva detto, perché non voleva che si sentisse solo e abbandonato. E così si erano salutate, e Barbara e Daidre erano andate a Redruth senza di lei.

Barbara spiegò a Cassius Salisbury III che assisteva il penalista che stava preparando la difesa dell'imputato al processo per l'assassinio di Lobb. Lei e la sua collega – la dottoressa Trahair – stavano esaminando il materiale messo a disposizione dalla polizia e volevano vedere il testamento di Michael Lobb.

«Non sono tenuto a mostrarvelo» rispose Salisbury.

«Capisco» disse Barbara. «Ma i familiari non sono sicuri di

chi erediterà cosa e noi vorremmo avere le idee chiare in proposito.»

«Il signor Lobb aveva una copia del testamento» disse Salisbury. «Quando redigo un testamento, conservo sempre l'originale firmato e ne do una copia al testatore. Consiglio sempre di metterla in una cassetta di sicurezza o in cassaforte, o perlomeno in un contenitore ignifugo. Converrebbe fare così con tutte le carte importanti: atti di proprietà, documenti fiscali, contratti di compravendita, polizze assicurative e così via. Per quanto riguarda il testamento del signor Lobb, ho fatto richiesta di omologazione su istruzione dell'esecutore testamentario. In genere il testamento viene pubblicato dopo l'omologazione, quando viene consegnato all'esecutore testamentario.»

«Che in questo caso è...?» chiese Barbara.

«Il fratello del testatore, Sebastian Lobb. Sarà lui a sistemare le questioni patrimoniali di Michael.»

«Non la moglie?» chiese Daidre.

«No. L'esecutore testamentario non può essere uno dei beneficiari. Si configurerebbe un conflitto di interessi, capisce.»

«Sta dicendo che la moglie è una dei beneficiari?» chiese Barbara.

«La principale beneficiaria» confermò Somerton. «Non ricordo bene i particolari, ma la moglie eredita quasi tutto.»

Barbara e Daidre si scambiarono un'occhiata perplessa. Cassius Salisbury III intuì a che cosa stavano pensando e aggrottò la fronte. Si mise a tamburellare con la matita sulla scrivania. «Volevate vedere il testamento perché state cercando di capire chi potesse avere un movente?» chiese a Barbara.

«Il caso presenta delle stranezze. L'uomo che è stato arrestato non aveva alcun motivo apparente per uccidere Lobb. Specie se a ereditare è la signora Lobb.»

Somerton la guardò con attenzione. «Si spieghi meglio.»

«Sarebbe stato come sputare nel piatto in cui mangiava, per così dire» rispose Barbara. «Sia lui che il padre lavoravano per Michael Lobb e adesso rischiano di perdere il posto. Non ne troveranno un altro facilmente se, come presumo, la vedova venderà, perché il lavoro da queste parti scarseggia.»

Daidre si voltò verso Barbara. «Kayla non ha mai detto di

essere lei a ereditare. Possibile che non sia al corrente del testamento? Voglio dire, magari è convinta che sia ancora valido quello precedente e invece Lobb lo aveva cambiato dopo aver sposato lei.» Chiese all'avvocato: «È possibile che Lobb l'abbia tenuta all'oscuro?»

Salisbury allargò le braccia come a dire: *E io come faccio a saperlo?*

«L'esecutore testamentario sa cosa prevede il testamento?» chiese Barbara.

«Sta al testatore metterlo al corrente o meno. Michael Lobb poteva confidare le proprie disposizioni testamentarie a chi voleva, al fratello come al vicino di casa.»

Barbara aggrottò la fronte e guardò il soffitto, anche se non c'era nulla da vedere a parte una sfilza di neon che avrebbero fatto sembrare gravemente malata anche la persona più sana del mondo. Si grattò il mento e chiese: «La polizia – cioè, quelli che hanno condotto le indagini – sa del testamento e chi sono gli eredi?»

Somerton infilò la matita nel portapenne. «Dovete chiederlo a loro. Questa è la prima volta che parlo del testamento di Michael Lobb con la polizia. Finora non mi aveva mai chiesto niente nessuno, a parte l'esecutore testamentario per aprire la successione.»

«Sta dicendo che la polizia non è venuta a parlarle e non le ha chiesto nulla, nemmeno per telefono?» chiese Barbara, profondamente perplessa.

«No, non sto dicendo questo» replicò Somerton. «La polizia mi ha contattato, ma per chiedermi se Lobb avesse stipulato un'assicurazione sulla vita tramite me. Ho risposto che con me aveva solo fatto testamento ed è finita lì.»

«Chi è stato a contattarla, se lo ricorda?» chiese Barbara.

«Adesso glielo dico... Mi ha lasciato i suoi contatti, nel caso avessi scoperto qualcosa.» Frugò tra le carte sulla scrivania e infine trovò il foglietto che cercava in un cassetto. Lo tirò fuori e lesse: «Beatrice Hannaford. Si chiama così l'ispettore che mi ha telefonato. Per chiedermi della polizza, ribadisco».

Trevellas
Cornovaglia

Era tardo pomeriggio quando Barbara e Daidre arrivarono alla Lobb's Tin & Pewter, in fondo a una stradina che sembrava una mulattiera. Barbara temeva che a furia di scossoni la sua schiena avesse subito danni irreversibili.

Si guardò intorno. Era un posto veramente squallido: mucchi di pietrame sparsi qua e là e, nell'unica zona pianeggiante, fabbricati dall'aspetto tetro. Una specie di palizzata mezza rotta li separava dall'area che ospitava gli impianti di estrazione dello stagno, ma al momento sembrava tutto fermo.

Daidre posteggiò vicino a un escavatore e rimase lì, zitta, a guardare mordendosi un labbro una moto ferma al margine dello spiazzo. Il silenzio si protrasse talmente a lungo che a un certo punto Barbara le chiese: «Tutto a posto?»

Daidre si riscosse e le rivolse un sorriso forzato. «Sì» rispose. «Lei è pronta?»

Barbara annuì. Scesero dalla macchina. L'aria era fresca e non tirava vento. Barbara si fermò un momento a guardare la casa dei Lobb. I cottage della Cornovaglia venivano spesso definiti accoglienti, soprattutto dalle agenzie immobiliari, ma in quel caso l'aggettivo era decisamente fuori luogo. La casa dei Lobb di accogliente non aveva proprio nulla e sembrava piazzata lì per caso, aveva l'intonaco scrostato e gli infissi talmente vecchi e consunti che della pittura bianca restava solo qualche traccia e il legno sottostante era grigio e coperto di licheni. Anche la porta era in condizioni pietose e le aiuole sui due lati erano spoglie e trascurate, o forse curate da qualcuno che non aveva il pollice verde.

Mentre si avvicinavano, la porta si aprì e uscì un uomo, che se la richiuse subito alle spalle. Barbara aveva letto che quando Michael Lobb era stato ucciso il fratello di Kayla si trovava in Cornovaglia, ma l'uomo che era appena uscito dal cottage sembrava troppo vecchio per essere il fratello di una donna di poco più di trent'anni. Ipotizzò pertanto che fosse il fratello di Michael Lobb, ma cambiò idea quando lui si fermò nel vedere Daidre e rimase a fissarla. Anche Daidre si fermò.

L'uomo socchiuse gli occhi scuri. «Cosa ci fai tu qui?» chiese.

«Sono venuta per Goron» rispose Daidre.

«Ci godi, eh?»

Daidre non rispose e restò immobile.

«Sei contenta che sia in prigione, Edrek?» disse lui.

«No. Lo sai benissimo.»

«Tu dici? Goron ha preferito stare qui che con te, e questo ti rode. Siccome ha preferito me a te, al tuo bel cottage sul mare, alla tua laurea e al tuo lavoro di Londra, sei venuta a ridere delle sue disgrazie. Gliela vuoi far pagare, e solo perché ha preferito stare con suo padre che con te.»

Dunque era il padre di Daidre. Barbara sapeva soltanto che si chiamava Udy e che lui e Daidre non si parlavano da anni.

«Non dici niente?» continuò Udy. «Non hai niente da dire o ti manca il coraggio di aprir bocca?»

«Siamo qui per cercare di aiutare Goron. Gwyn è a Exeter e lo va a trovare tutte le volte che può. Tu, piuttosto: stai facendo qualcosa per lui?» ribatté Daidre.

«Con che faccia me lo chiedi? Tu che non hai mosso un dito per aiutare tua madre quando stava morendo? Tu, che te ne sei fregata e l'hai lasciata crepare? Che non ti sei degnata nemmeno di mandare un fiore al suo funerale?»

Quelle parole turbarono Barbara, che decise di intervenire: «Buongiorno, signor Udy. Sono il sergente investigativo Barbara Havers, della Metropolitan Police di Londra e collaboro con l'avvocato che ha preso in carico il caso. Daidre è...»

«Si chiama Edrek, non Daidre. Non è quello il suo nome. Non lo è mai stato. E le dico una cosa: la polizia ha preso un granchio. Fin dall'inizio si sono messi in testa che a uccidere Mike era stato Goron e non hanno indagato nessun altro. Niente, non c'è stato verso. Una manica di incapaci, dal primo all'ultimo.»

«È uno dei motivi per cui siamo qui» spiegò Barbara. «Per riesaminare prove, testimonianze, referti, perizie e quant'altro. Se c'è qualcosa che non va, lo troveremo.»

«Lo troverete sicuro. E a quel punto deciderò come comportarmi, perché se pensate che me ne starò zitto dopo quello che sta patendo mio figlio, vi sbagliate di grosso.»

Detto ciò, andò alla moto con passo deciso, la accese con un rombo assordante, girò il manubrio e imboccò lo sterrato.

In quel momento si aprì la porta del cottage e comparve una donna minuta, che Barbara immaginò essere Kayla Lobb, la giovane moglie della vittima. Non era bella secondo i canoni convenzionali, ma era una di quelle donne che si sanno valorizzare. Camicia e sciarpa si armonizzavano bene con la carnagione e il colore dei capelli e i pantaloni attillati mettevano in evidenza il fatto che non aveva il minimo problema di linea.

«Ho sentito che Bran parlava con qualcuno e... Lei dev'essere Daidre» disse.

«Sì. E lei è Barbara Havers.»

«Grazie di essere venuta» disse Kayla. «Non sa quanto le sono grata. Ha visto Goron? Come sta? Ma prego, entrate.»

Con un cenno le invitò a seguirla nel cottage, che era caldo e odorava leggermente di naftalina. Le fece accomodare in un salotto dove erano impilati diversi abiti da uomo per terra e sul divano, foderato dello stesso tessuto delle poltrone, in quello che una volta si chiamava «stile country». Aveva un motivo floreale, con grandi rose arancioni e viluppi di edera. Anche i cuscini erano della stessa stoffa. Sulle scale comparve un uomo. «Questi sono gli ultimi, Kay» disse.

Kayla lo presentò a Daidre e Barbara. Era suo fratello, Willen Steyn. «Stavamo decidendo cosa fare dei vestiti di Michael» spiegò. «Volevo dare qualcosa a Bran, ma ha preso soltanto le giacche e sostiene che non gli serve altro. Pensavo che magari facessero comodo a Goron, ma Bran non vuole nemmeno nominarlo. È... be', è molto scosso.»

Prese i vestiti che le porgeva il fratello e li posò davanti al caminetto. Poi spostò quelli sul divano e per terra per metterceli vicino. Nel frattempo Barbara osservò bene il fratello. Notò un alone giallastro su un lato della faccia che le fece pensare a un occhio nero in via di guarigione e prese mentalmente nota di controllare se Willen Steyn era stato interrogato, cercare il verbale nel materiale di Rupert Somerton e vedere se c'era qualche riferimento al livido sul volto.

Sentendosi osservato, Steyn la fissò apertamente.

«Ecco qua. Sedetevi pure» disse Kayla un po' agitata. «Che

maleducata, non vi ho nemmeno offerto un tè! O preferite un caffè? Ho anche dei biscotti, ma non li ho fatti io, sono quelli del supermercato.»

Siccome Daidre rifiutò, anche Barbara disse di no, ma con un certo dispiacere, perché avrebbe mangiato volentieri un biscotto, fatto in casa, confezionato, o anche ridotto in briciole. Daidre spiegò che Barbara stava collaborando alla difesa di Goron e che era loro intenzione rivedere tutto il materiale probatorio che la polizia aveva presentato al Crown Prosecution Service.

Barbara guardò Willen, che rimase impassibile.

«Siamo appena state a Redruth dall'avvocato di suo marito» disse poi a Kayla. «Come richiesto dall'esecutore testamentario, è stata avviata la procedura per la successione.»

Kayla spostò lo sguardo da Barbara a Daidre. «E non va bene?» chiese.

«Sì, sì, va bene» rispose Barbara. «Bisogna fare così. L'esecutore testamentario è il fratello e ha fatto quello che doveva.»

«Non mi sorprende» osservò Kayla. «Che l'esecutore testamentario sia Sebastian, intendo. Ha una quota nella Lobb's ed è lo zio di Gloriana e Merritt. Vuole che ricevano il giusto, è logico.»

«Non sono loro gli eredi» disse Barbara.

«Come sarebbe a dire?» chiese Kayla.

«La beneficiaria è lei, signora Lobb» le spiegò Daidre.

«Non è possibile!» esclamò Kayla.

«Lo dice l'avvocato di suo marito, signora» ribatté Barbara.

«Io non volevo ereditare niente, a Michael l'ho detto un sacco di volte. Credevo l'avesse capito.»

«Non ne dubito» disse Barbara. «Ma può darsi che lui non fosse d'accordo. O che se ne sia dimenticato.»

«Impossibile, le dico. Sapeva benissimo che, se mai gli fosse successo qualcosa, volevo tornare in Sudafrica dalla mia famiglia.»

«Confermo» intervenne Willen. «Noi desideriamo da tanto che torni in Sudafrica. Tutta la famiglia.»

«Compreso lei?» gli chiese Barbara.

Ma Kayla continuò imperterrita a seguire il suo ragionamento, come se non li avesse nemmeno sentiti. «Cosa me ne faccio io della Lobb's Tin & Pewter? Mi bastava un'assicurazione sulla vita: non volevo altro. Mi ha detto che l'aveva fatta...»

«Non le ha mai mostrato il testamento più recente? Non sapeva che l'aveva cambiato?» chiese Barbara.

«Certo che no: gli avrei detto di cambiarlo di nuovo. L'unico testamento che ho visto io è quello in cui la proprietà va a Gloriana e Merritt. Voi ne avete visto uno più recente?»

«L'avvocato Salisbury sostiene che ne esiste un altro più recente. Suo cognato Sebastian potrebbe saperlo, essendo l'esecutore testamentario.»

«In ogni caso, a me non interessa. Io non voglio ereditare la Lobb's. Io voglio tornare in Sudafrica. La cedo volentieri a Gloriana e Merritt: è l'azienda di famiglia e non spetta certo a me stabilire cosa farne. Non voglio decidere io.» Si toccò le labbra pensierosa. «Saranno convinti di averla ereditata loro, peraltro. Se non sapevo io che Michael aveva rifatto testamento, figuriamoci loro.»

«Magari invece Mike a loro l'aveva detto» suggerì suo fratello.

«Mi sembra difficile... Non penso proprio che l'avrebbe fatto... Oh, è terribile. Gloriana e Merritt ci rimarranno malissimo. Adesso li chiamo e...»

«Posso chiederle di non farlo?» intervenne Barbara.

«Perché, scusi?» si intromise Willen sospettoso, come se Barbara stesse cercando di tendere un tranello a sua sorella.

«Vorrei dirglielo io.»

Kayla rimase in silenzio per un momento. Poi evidentemente ricordò qualcosa, perché disse con decisione: «Non può pensare che sia stato uno di loro... Sono i suoi figli!»

«Non sarebbe la prima volta» replicò Barbara.

Newlyn
Cornovaglia

Non avendo praticamente venduto niente tutto il giorno, Gloriana decise di chiudere Vintage Britannia prima del solito.

Dubitava che a quell'ora si riversassero a Mousehole orde di appassionati di vintage e voleva cominciare un nuovo vlog per *Unburden* sul tema del lutto. Nello specifico, sull'assenza di emozioni a seguito di un lutto e i suoi possibili significati. Suo padre, che lei detestava da quando aveva tradito e abbandonato moglie e figli, era stato assassinato e di conseguenza lei aveva ereditato una proprietà che poteva valere una fortuna come no. Quell'eredità le faceva comodo, sì. Sperava che la vendita della proprietà ereditata le fruttasse abbastanza soldi da consentirle di subentrare nel contratto di locazione dell'immobile in cui si trovava il suo negozio, lasciare il monolocale in cui abitava in quel periodo e trasferirsi in un appartamento tutto per sé. E tuttavia non piangeva né il padre, né la sua morte brutale. Dov'erano i sensi di colpa che avrebbero dovuto attanagliarla? Perché non provava dolore? Il dolore scaturiva forse dal senso di colpa? O era il senso di colpa a scaturire dal dolore?

Non sarebbe stato facile registrare quel video, Gloriana ne era ben consapevole. Se voleva che il suo sfogo fosse sincero, doveva fare un minimo di autoanalisi e non ne aveva nessuna voglia. Poteva sempre provare a improvvisare: se il video fosse venuto una schifezza, non l'avrebbe postato. Non c'era nessuno a bacchettarla, giusto? Se non si sentiva pronta a scavare nel proprio intimo e a parlarne ai suoi follower, non era obbligata. Alla fine decise comunque di fare un tentativo.

Chiuse il negozio e si avviò verso la macchina, che aveva lasciato vicino al porto. Passando davanti al Wedge o' Cheese vide che Jesse stava servendo tè e *scones* a una coppia di mezza età che leggeva un tabloid. Gloriana le fece ciao con la mano e Jesse rispose al saluto. Le sembrò stanca, provata. Forse dormiva troppo poco. Del resto era comprensibile che soffrisse di insonnia: per quanto si ostinasse a negare, non poteva fidarsi totalmente di Nate Jacobs e questo di sicuro la teneva sveglia la notte.

Arrivò a Gwavas Quay nel giro di pochi minuti, ma non trovò dove lasciare la macchina e andò a parcheggiare davanti al Trelawney Fish & Deli (Not Just Another Fish Shop!), la pescheria ristorante con pesci e delfini azzurri disegnati sulla facciata. I clienti facevano la fila per comprare il pescato del giorno, dalle cozze agli sgombri. Gloriana si incamminò verso Gwavas Quay, che non era distante.

Vide la bicicletta di Cressida legata al pluviale; un'anta del portone era aperta e lasciava intravedere la triste moquette grigia ai piedi della scala. Salendo, Gloriana sentì una voce maschile. Ovvio, pensò. Cos'altro c'era da aspettarsi da quei due? L'ultimo dei loro pensieri doveva essere produrre qualcosa per la mostra.

Era quasi arrivata in cima alle scale quando Cressida aprì la porta del suo monolocale e si affacciò sul pianerottolo. Indossava solo una maglietta lunga, bianca e macchiata di colore. Aveva colore anche sulle gambe, sui piedi (nudi) e sulle trecce alla francese. «Oh, ciao, Gloriana» disse. Alle sue spalle, la voce maschile continuava imperterrita a parlare e Gloriana capì che si trattava di un podcast quando sentì: «... nessuno si aspettava che durante quel weekend sarebbe sparita da Myrtle Beach una ragazza di diciassette anni...» Nel frattempo, Cressida disse tanto per dire: «Sei tornata presto».

«Volevo registrare un vlog» rispose Gloriana. «Tu sei già al lavoro, vedo.»

Cressida lanciò un'occhiata verso le scale, come per vedere se stava arrivando qualcuno. Gloriana le stava per dire: «No, mi spiace, Nate non è con me», quando colse la delusione della sua vicina di casa e, per la prima volta, la vide sotto una luce diversa: non le era mai venuto in mente che la studentessa di Nate Jacobs potesse nutrire per il suo docente un interesse sincero. Aveva sempre pensato che Cressida lo considerasse poco più che un giocattolo con cui trastullarsi durante gli studi alla Stanhope Forbes School of Art. E adesso veniva fuori che invece il caro Nate aveva esercitato il suo fascino perverso anche su Cressida Mott-King, come su Jesse McBride e innumerevoli altre malcapitate. Gloriana si rese conto che ciò costituiva un'opportunità da non perdere: poteva sfruttare l'interesse di Cressida per Nate a vantaggio della sua amica Jesse, salvandola da inevitabili delusioni future.

«Ci beviamo un bicchiere di vino?» propose.

«Stavo lavorando. E tu non volevi metterti a registrare un vlog?»

«Sì. Dicevo giusto un bicchiere. Trovo che mi sciolga un po'. Mi fa venire delle idee, mi aiuta a trovare il filo logico.»

Cressida guardò di nuovo verso le scale e Gloriana non riuscì a trattenersi dal chiedere: «Oppure stai aspettando Nate? Avete in programma... una lezione privata?» Aggiunse le virgolette soltanto mentalmente.

«Nate?» chiese Cressida, con il tono di chi cade dalle nuvole.

Gloriana le diede un aiutino: «E dai, Cressida, il tuo prof dell'accademia. Quello che ti porti a letto ultimamente».

Cressida si offese e fece un passo indietro.

«I muri sono sottili. Non posso fare a meno di sentirvi...» spiegò Gloriana.

«Scusa, ma perché non ti fai gli affari tuoi?» Il tono era tagliente, ma Cressida era arrossita.

«Hai ragione, non mi riguarda» rispose Gloriana. «Però riguarda la mia amica Jesse. Sai chi è, vero? È la compagna di Nate. Vivono insieme in Rock Road. Da tre anni, più o meno.»

«Sì, me l'ha detto» affermò Cressida. «Nate mi ha messo al corrente della situazione. E ha messo al corrente pure lei. Le ha detto di me appena abbiamo cominciato a...»

«A andare a letto assieme» concluse per lei Gloriana. «Te l'ha detto lui, vero? Ti ha raccontato di aver messo le cose in chiaro con Jesse e tu ci hai creduto.»

Cressida rientrò in casa e Gloriana, nonostante fosse chiaro che la ragazza non voleva più parlare con lei e che nessuno l'aveva invitata, la seguì. Il quadro a cui stava lavorando Cressida era astratto, appoggiato su un cavalletto enorme. Gloriana si guardò intorno e notò che le opere di Cressida erano tutte così: figure geometriche in colori primari che occupavano interamente la tela. «Non sei un'allieva di Nate, allora. Non veniva qui a darti lezioni private.» Stavolta fece il gesto delle virgolette. «Lui è un paesaggista, no? O anche i tuoi sono paesaggi di un qualche tipo? Speri che lasci Jesse?»

Cressida si avvicinò al cavalletto e si fermò davanti al quadro come per studiare l'effetto. Poi prese uno dei tanti pennelli e ripassò con cura il bordo di un triangolo rosso. «Non spero niente» rispose seccamente, senza nemmeno voltarsi.

«Davvero?» disse Gloriana. «Da quel che ho potuto sentire attraverso i muri – ululati compresi – ho l'impressione che ti farebbe piacere, se lui la lasciasse. Ma perché dovrebbe, visto che tu e Jesse vi lasciate manipolare entrambe? Possibile che accettiate di giocare con le sue regole – ammesso che esistano – e vi accontentiate delle briciole?»

Cressida posò il pennello sul tavolo. Ne prese un altro e lo intinse nel blu. «Ti sbagli» disse. «Nate mica mi dà briciole.»

«E cioè?»

«Con Jesse ha intenzione di chiudere. Sta solo aspettando che...»

«Che cosa? Ti ha fatto credere che lascerà Jesse? Ma sei scema?» Era troppo, ma Gloriana non riusciva a trattenersi. Perché le donne erano così stupide? Perché chiudevano volutamente gli occhi? «Ti avverto: Nate non lascerà Jesse perché è una situazione troppo comoda e vantaggiosa per lui. Quindi la domanda è: vuoi continuare a dividerlo con Jesse o con chiunque altra o lo vuoi tutto per te? L'impressione che ho avuto è che la sua compagnia ti piaccia parecchio. Come dicevo, i muri sono di carta velina.»

«Va bene, ho capito!» Cressida lanciò il pennello sul tavolo. «Adesso so come la pensi. Ti ha mandato Jesse, vero? Lo so, che siete amiche. Me l'ha detto Nate, e mi ha detto anche di stare attenta, perché ce l'hai con lui e sicuramente mi saresti venuta a dire le cattiverie che mi hai appena detto.»

«Be', certo. Meglio che tu non sappia con chi hai a che fare, giusto? Perché, se scoprissi che fa il doppio gioco, magari potresti cambiare le regole anche tu. E questo a lui non va.»

Ciò detto, Gloriana se ne andò. Mentre infilava la chiave nella serratura del suo monolocale pensò sconsolata che era come se Jesse McBride e Cressida Mott-King fossero fatte della stessa stoffa e Nate Jacobs fosse il sarto con le forbici in mano.

MICHAEL

Mia madre mi avvertì, quando mio fratello si rifece vivo. Mi disse con un sospiro di rassegnazione che era di nuovo innamorato. Non so di chi, ma scommetto quello che vuoi che è sposata o fidanzata o comunque non è libera, mi disse.

Sebastian preferisce così, altrimenti c'è il rischio che vogliano una relazione stabile, commentai.

Alla prima occasione, andai a Penzance per parlargli. Era sera e avevo avuto una giornata pesante. La macchina frantumatrice si era bloccata e io e Bran ci eravamo riempiti di fango e di lividi nel tentativo di capire cosa avesse, a parte il fatto che era vecchia. Goron ci girava intorno cercando di aiutarci, ma quando Kayla era uscita dal cottage e aveva annunciato che andava al caravan a vedere come stava Jen e a portarle non so quale tisana speciale e gli aveva chiesto se voleva approfittarne per una lezione, lui aveva detto subito di sì. Se fossero stati due compagni di scuola, si sarebbe offerto di portarle la cartella.

Bran e io ci eravamo scambiati un'occhiata e mi era parso che Bran volesse dirmi di tenerli d'occhio. Francamente, a me non sembrava il caso e gli avevo detto di non preoccuparsi, che Goron sapeva benissimo che Kayla gli era molto affezionata, ma nulla di più. Bran aveva socchiuso gli occhi, li aveva guardati allontanarsi e sparire dietro la ruota idraulica, verso il sentiero per il caravan, poi aveva detto: Vorrei tanto sapere cos'ha nella testa Goron. Con Gwyn e con Kayla parla, ma con sua madre e con me non apre bocca.

Finito di lavorare, avevo dovuto assolutamente farmi una doccia e cambiarmi, e quando ero partito per Penzance era quasi buio.

La casa di Sebastian era illuminata a giorno e dal grande bovindo senza tende si vedeva l'interno del salotto. Il tocco indiano traspariva dai colori delle pareti e dei tessuti e – quando entrai – dal forte profumo d'incenso e dalla musica esotica in sottofondo. Rullo di tamburo e un attimo dopo le voci. Una specie di litania che poteva essere in qualsiasi lingua, o forse erano solo vocalizzi. Va' a sapere. Sospirai e mi sedetti su un pouf rivestito della stessa stoffa a righe dei divanetti, con tante monetine dorate lungo le cuciture; al centro, dove appoggiavi le chiappe, c'era un medaglione luccicante con decorazioni complicate.

Le voci tacquero, ma il tamburo continuò a battere ancora per un minuto o due. Sentii mio fratello che intonava una sorta di invocazione e varie voci maschili che rispondevano. Sembravano monaci, tanto che mi chiesi se Sebastian si fosse convertito al buddismo o a qualche altra religione strana, e non la finivano più. A un certo punto si aprì la porta ed entrò una donna con un look giovanile e casual che sembrava semplicissimo, ma era sicuramente costato un mucchio di soldi. Quando mi vide, si fermò di colpo. Guardò verso le scale e poi di nuovo verso di me. Mi alzai in piedi. No, no, niente, disse. Non capivo. Niente cosa? domandai. Lasci perdere, non importa, rispose, e poi: Gli dica che ho capito, che so benissimo che ha un'altra, che si chiama Fabienne e che tra noi due è finita. Poi girò sui tacchi e se ne andò senza ulteriori spiegazioni. Ma in quel breve lasso di tempo avevo notato il vistoso diamante che portava all'anulare sinistro insieme alla fede.

L'ennesima ex di Sebastian. Anche se non avesse aperto bocca e non avessi saputo da mia madre che mio fratello aveva una nuova fiamma, l'avrei capito comunque. Non perché fosse il suo tipo: Sebastian non ha preferenze. A lui vanno bene tutte, basta che respirino. Da tempo ormai lo diverte più l'inseguimento che la conquista e resiste insieme a una donna solo finché lei sta sottomessa e non avanza pretese. E il modo migliore per evitare rivendicazioni di sorta, secondo lui, è stare con donne già impegnate.

Mi avvicinai al bovindo e guardai fuori per vedere dove andava, ma la donna era già sparita. Mi era sembrata decisa a rompere con Sebastian in maniera definitiva, ma ero abbastanza sicuro che lui non ne avrebbe fatto un dramma. Probabilmente era andato da qualche parte con Fabienne proprio per forzare la mano di quest'altra. Un po' come stava facendo con me, in un certo senso: mi stava forzando la mano.

Mi allontanai dal bovindo e cominciai a passeggiare avanti e indietro. Sebastian era sempre stato un manipolatore. Dovevo stare attento a come mi muovevo nella questione della comproprietà. Non è che stava manipolando anche me?

Al piano di sopra il botta e risposta tra Sebastian e il coro cessò. Tutti insieme intonarono una cantilena a bocca chiusa, poi anche quel suono lentamente svanì. Subito dopo sentii che scendevano le scale e, quando passarono davanti alla porta del salotto, vidi che erano vestiti tutti nello stesso modo: lunga camicia bianca e pantaloni neri. Mi chiesi se mio fratello stesse diventando anche il guru di una setta, perché Sebastian una ne faceva e cento ne pensava.

Scese le scale per ultimo. Aveva una camicia di lino bianca con elaborati ricami bianco su bianco, un paio di jeans ed era scalzo.

Sembrò stupito di vedermi. Non ti aspettavo, disse, e si guardò intorno come se temesse di veder sbucare qualcuno da dietro il divano o dalla sala da pranzo. Gli chiesi se aveva tempo per due parole e che avevo un messaggio per lui. Aggrottò la fronte e si guardò di nuovo intorno. Se n'è andata, dissi, ma sembra che abbia capito tutto. E lui: Chi? Non mi ha detto come si chiama, risposi, ma mi ha chiesto di dirti che ha capito che hai un'altra, una che si chiama Fabienne. Ha detto che tra voi è finita.

Sebastian sospirò e scosse la testa. Andò a chiudere a chiave la porta di casa e mi invitò a seguirlo in cucina, spegnendo le luci man mano. Prese una bottiglia di single malt e due bicchieri dallo scaffale più alto di un pensile e li appoggiò sul tavolo vicino a una pila di corrispondenza ancora da aprire e un'altra, più bassa, di riviste. In cima a quest'ultima c'era una copia di *The Big Issue*, un giornale di strada che distribuiscono a Londra, pensai. Sebastian è stato a Londra, pensai. Ci sarà andato con Fabienne.

Versò due dita di whisky nei bicchieri, scolò il suo in due sorsi e se ne versò ancora. Io non toccai il mio. Volevo restare lucido perché ero andato lì a parlare della Lobb's e non volevo che mi intortasse.

Va sempre a finire male, disse e per un momento non capii a cosa si riferiva. Mi spiegò che, come sempre, aveva pensato di divertirsi un po' con lei, senza impegno e senza danno per nessuno. Non si capacitava del fatto che dopo un po' alle donne smettesse di andare bene: io lo metto in chiaro fin dal primo momento, disse. Io non mento mai. Eppure, giuro su Dio, Mike, finiscono sempre per chiedere di più.

Gli feci notare che scegliere di stare con una donna non equivaleva a chiudersi in una prigione. Purché sia la donna giusta, ovviamente.

Rispose che la facevo facile perché ero stato fortunato: quando parlavo di vivere con una donna, pensavo a Kayla.

È vero, dissi. Dal momento in cui l'avevo vista per la prima volta, non avevo più desiderato nessun'altra, non avevo più guardato nessun'altra.

Buon per te, mi rispose scrollando le spalle.

Chi è la tua nuova fiamma, allora? Questa Fabienne...

Mi chiese perché lo volevo sapere.

Così, per curiosità.

Be', era la moglie di uno, la figlia dei suoi genitori, la sorella dei suoi fratelli, la nipote dei suoi zii. In genere non glielo chiedeva nemmeno, confessò. Non gli interessava. A volte non chiedeva neanche che cognome avessero.

Ma almeno i nomi di battesimo te li ricordi? Scherzavo, ma fino a un certo punto.

Faccio il possibile, rispose, e mi spiegò che per anni se l'era cavata benissimo chiamandole *amore*.

Bevve l'ultimo sorso di whisky. Non posso farci niente, Mike. Sono fatto così.

Sei stato a Londra? domandai.

Londra? ripeté con aria assente.

Accennai alla copia di *The Big Issue* sul tavolo, accanto al resto della posta.

Ah. Sì, disse. Siamo stati a Londra, aggiunse.

Hotel di lusso? Champagne in camera?

Ha un appartamento a Holland Park, mi disse.

Dove l'hai conosciuta?

A quel punto sembrò innervosirsi. Che importanza ha dove

l'ho conosciuta e perché? Cosa vuoi? Sei in cerca di un diversivo?

In quel momento al suo cellulare arrivò la notifica di un messaggio. Lo tirò fuori dalla tasca posteriore dei jeans, diede un'occhiata e se lo rimise in tasca esclamando: Cristo, devono sempre avere l'ultima parola!

Mi guardò. Poi guardò il mio bicchiere, che non avevo toccato, e disse che aveva parlato con Geoff Henshaw. E immaginava che Henshaw mi avesse riferito che lui – Sebastian – voleva vendere il suo 40 percento della Lobb's Tin & Pewter.

Sì, lo sapevo. Henshaw era venuto anche da me e me l'aveva detto.

Sebastian disse che secondo lui avremmo dovuto vendere tutto quanto, perché alla Cornwall EcoMining interessava comprare tutto quanto, ma sapendo che io ero refrattario e dubitando di riuscire a convincermi aveva deciso di vendere la sua quota. Dal momento che io non ero disposto a cedere il mio 60 percento, non aveva scelta.

Eravamo arrivati al dunque. Gli chiesi quale parte della proprietà, secondo lui, costituiva il suo 40 percento. Rispose che definire il 40 percento non era un problema. Gli spiegai che nostro padre aveva lasciato disposizioni volutamente vaghe proprio per evitare la situazione in cui ci trovavamo ora. Chiese se potevo spiegargli esattamente quale fosse «la situazione in cui ci trovavamo ora» e io gli riferii quello che mi aveva detto Cassius Salisbury III. Era vero che Sebastian possedeva il 40 percento, ma nessuno sapeva in che cosa consistesse. A parte il cottage, che era interamente mio, tutto il resto era definito genericamente «la proprietà» senza specificare cosa apparteneva a chi, e stabilirlo sarebbe venuto a costare una cifra che io non mi potevo permettere e che lui non era disposto a sborsare.

Mi offrii di comprare la sua quota. Mi chiese quanto pensavo di dargli e gli dissi che il valore di una proprietà si calcolava in base alle tasse che ci si pagavano e che per la sua quota ero pronto a pagargli il 40 percento del valore imponibile complessivo. E lui: Se pensi che io possa accettare un'offerta del genere, sei completamente pazzo.

E perché non poteva accettare? Voleva liberarsi della Lobb's, sì o no?

Sottolineò, non senza ragione, che il valore della proprietà non dipendeva dagli utili derivanti dall'estrazione dello stagno alluvionale, ma dal fatto che la Cornwall EcoMining era interessata a costruirci sopra una raffineria. Pertanto era disposta a sganciare una bella somma. Per questo vogliono l'intera proprietà.

Risposi che questo mi era chiaro, ma che gli stavo proponendo la soluzione più semplice per uscire dall'impasse in cui eravamo finiti. Vendimi il tuo 40 percento e la chiudiamo qui. Rispose che se mi avesse venduto la sua quota al prezzo che gli proponevo, sarebbe stato idiota quanto lo ero io a non voler accettare la generosa offerta della Cornwall EcoMining. Mi chiese perché mi ostinavo a non voler vendere. Avevo intenzione di fare la fine di nostro padre, che per quarant'anni si era ammazzato di fatica a raccogliere e spaccare pietre per tirarci fuori un po' di stagno? Vendi quel postaccio, così potremo entrambi vivere la nostra vita come ci pare e piace. Se ti intestardisci, ci rimetteremo entrambi.

Gli dissi che non vedevamo le cose allo stesso modo. Io stavo facendo esattamente la vita che volevo.

E Kayla? chiese. Pensi che una ragazza della sua età...

Lo interruppi per sottolineare che Kayla non era più una ragazza.

Ragazza, donna, chiamala un po' come vuoi, disse brusco. Ero davvero convinto che Kayla volesse passare tutta la sua vita in quel buco di cottage?

Forzai leggermente la realtà dicendo che Kayla non aveva mai accennato a voler andare via, che era solidale con la mia scelta di preservare un pezzo di storia della Cornovaglia e uno stile di vita tradizionale. Per te invece contano solo i soldi, gli dissi.

Proprio così, dichiarò Sebastian. Perché in questo momento abbiamo la possibilità di ricavare dalla Lobb's una cifra molto più alta di quella che potremo mai ricavare in futuro. Secondo lui, avrei dovuto ringraziarlo perché, finché si rifiutava di vendermi il suo 40 percento, la Lobb's in teoria valeva quanto la

Cornwall EcoMining era disposta a pagare. Se mi avesse venduto la sua quota, io fossi diventato l'unico proprietario e avessi rifiutato la proposta della Cornwall EcoMining, quelli alla fine si sarebbero rivolti a qualcun altro e il valore della nostra terra si sarebbe pressoché azzerato. Come fai a non capirlo, Mike?

Lo capivo eccome, ma gli ribadii che per me era importante salvaguardare lo stile di vita tradizionale. La Lobb's Tin & Pewter era stata creata dal nulla dal nostro trisnonno, era stata una fonte di sostentamento per le generazioni successive e avrebbe continuato a essere della famiglia Lobb. Gli ricordai che non avevamo diritto di venderla e, anzi, avevamo il dovere di tramandarla a un'altra generazione e che questo intendevo fare.

Mi chiese a chi pensavo di tramandarla, visto che Merritt non vedeva l'ora che vendessi perché sperava di avere i soldi per trasferirsi con la famiglia in una vera casa, invece di rimanere stipati come acciughe da Maiden a Carbis Bay. Ero matto come un cavallo, se pensavo che Merritt e Gloriana fossero, o mai potessero essere, interessati all'estrazione di stagno o alla produzione di oggettistica in peltro.

Così si concluse la nostra conversazione.

22 APRILE

Navax Point
Cornovaglia

Geoffrey Henshaw era al settimo cielo. Appena conclusa la breve telefonata con Kayla Lobb, si precipitò alla 2CV e partì a tutta velocità alla volta di Trevellas. Quando arrivò alla Lobb's Tin & Pewter, la giovane vedova lo stava aspettando. Gli aprì subito la porta del cottage e gli presentò il fratello Willen, che era venuto a trovarla dal Sudafrica. «Non me lo aspettavo proprio, sa? Non avevo idea» disse a Geoffrey.

«Come l'ha saputo?» le chiese.

«È stranissimo, guardi: a dirmelo sono stati una poliziotta di Londra e la sorella di Goron Udy.»

«Erano appena state dall'avvocato di Michael. Lo hanno saputo da lui» aggiunse Willen.

Kayla li condusse nel soggiorno, dove vicino alla stufa elettrica faceva un caldo inverosimile e in sottofondo si sentiva un brano ballabile degli anni Quaranta; a Geoffrey fece venire in mente scene di militari che in tempo di guerra danzavano con le volontarie dell'Esercito della Salvezza.

«Ci ho pensato su e alla fine le ho telefonato» disse Kayla.

«Ha fatto benissimo, signora.»

«Sì. Grazie. Voglio vendere il mio 60 percento, ma voglio dividere per tre e dare a Merritt e Gloriana un terzo ciascuno. Sebastian era disponibile a vendere la sua quota sin da subito, quindi penso che sarà d'accordo. Lui e Michael parlavano spesso della Lobb's.»

«Ci siamo sentiti» intervenne Geoffrey. «È d'accordo anche lui a vendere.»

Kayla giunse le mani. «Perfetto. Che cosa bisogna fare?» chiese.

«È sicura di voler dividere la sua quota con i figli di suo marito?» chiese Geoffrey.

«Ci hai pensato bene, Kay? Perché se Michael l'ha lasciata a te...» si intromise il fratello.

«A me basta avere abbastanza denaro per tornare in Sudafrica e comprarmi una casetta tutta mia. Sarò di nuovo vicino ai miei. Potrò ricominciare a insegnare danza.» Poi si voltò verso Geoffrey: «Quindi si può procedere?»

«Si tratta semplicemente di preparare la documentazione che serve» la rassicurò Geoffrey. Disse che le sarebbe arrivata al più presto una proposta per iscritto. I documenti sarebbero stati a nome suo, dopodiché lei avrebbe potuto spartire il ricavato della vendita con i due figli di Lobb.

«Non ci sono problemi, vero?» gli chiese Kayla. «Se dopo la vendita mi tengo un terzo e do due terzi a loro va bene, no?»

Nessun problema, le rispose Geoffrey. E aggiunse che era generosa a voler dividere il ricavato: la Cornwall EcoMining avrebbe pagato una somma cospicua per terreni e fabbricati.

Concluso l'incontro, ripartì a tutta velocità, come uno che dovesse raggiungere la moglie in sala parto per assistere alla nascita del primo figlio. Alla sede della Cornwall EcoMining parcheggiò vicino a una macchina che non aveva mai visto. Ma non ci badò: gli bastava aver riconosciuto l'auto di Curtis. Si precipitò verso la porta dell'ex stazione di pompaggio, che era aperta, e salì le scale di corsa.

Preparare i documenti necessari avrebbe richiesto un'oretta. Restava da decidere soltanto la cifra che la Cornwall EcoMining era disposta a offrire per i terreni sui quali da secoli operava la Lobb's Tin & Pewter. Ma questo dipendeva dalle alte sfere.

Geoffrey era ancora al primo piano quando gli squillò il telefono. Lo tirò fuori dalla tasca. Era Freddie. Rispose dicendo: «Ti richiamo». Ebbe solo il tempo di sentire *Ma Geoff...* e buttò giù.

Al secondo piano, il telefono squillò di nuovo e lui lo silenziò. Arrivò all'ultimo piano e si fiondò nell'ufficio di Curtis. Il suo capo era paonazzo e boccheggiava e per un attimo Geoffrey temette che gli fosse venuto un ictus. Stava parlando con un uomo. Geoffrey si rese conto che era il padre di Freddie e si sentì morire. Anche von Lohmann era paonazzo. Appena vide Geoffrey, alzò una mano tremante e gli puntò un dito contro, come Macbeth davanti al fantasma di Banquo.

«È lui!» urlò. «Il mostro che ha rovinato mia figlia! È un pedofilo! Va licenziato! Lo esigo! Se non caccia subito questa carogna...»

«Suvvia...» intervenne Geoffrey.

«... io faccio licenziare lei. Vi faccio licenziare tutti e due. Capito?»

Forse era von Lohmann il più prossimo all'ictus, pensò Geoffrey. E buttò lì: «Ce l'abbiamo fatta, Curtis! Hanno dato il consenso. Dobbiamo solo cambiare il nome sul contratto: è la signora Lobb ad aver ereditato, non i figli».

«Allora, lo licenzia o no?» sbraitò von Lohmann.

«La vita privata dei nostri dipendenti non ci interessa» rispose Curtis a von Lohmann, che ricominciò a inveire e minacciare. Curtis si voltò verso Geoffrey. «Bravo. Lo sapevo che ci saresti riuscito. Facciamo autorizzare l'offerta dai grandi capi e intanto sistemiamo i documenti. Se chiudiamo entro oggi, sei un mito.»

Si misero subito al lavoro. Von Lohmann continuò a blaterare rabbioso ancora un po', ma poi prese le scale e se ne andò. Lo sentirono uscire sbattendo la porta e poi, mentre Curtis parlava delle condizioni d'acquisto con i suoi superiori, mettere in moto e ripartire.

«Cristo» mormorò Curtis appena finì di parlare con i suoi capi e di farsi dare tutte le informazioni necessarie. Indicò la porta con la testa. «Che tipo, il padre della tua donna, Henshaw! Sicuro che ne valga la pena?»

Quando finalmente i documenti furono pronti, Geoffrey salutò Curtis e si avviò, ansioso di tornare a Trevellas a farli firmare da Kayla Lobb prima che cambiasse idea. Scendendo le scale, si fermò a controllare il telefono. C'erano dodici nuovi messaggi, tutti di Freddie. Aspettò di essere fuori, prima di ascoltarli. Prese un bel respiro e si fece coraggio. Si posizionò su un lato della vecchia stazione di pompaggio e, guardando il mare, ascoltò i vocali della sua amata.

Prevedibilmente, erano variazioni su un unico tema: *Mi hai buttato giù! Perché mi hai chiuso il telefono in faccia? Richiamami subito! Ti devo parlare urgentissimamente.* A cambiare era soltanto il tono, che da confuso e spaventato diventava insistente, quindi rabbioso e infine apertamente ostile.

Geoffrey sospirò. Era inutile rimandare. La chiamò. Freddie rispose all'istante. «Perché mi hai...» Ma Geoffrey la interruppe subito. «Avevo una riunione, Freddie. Stavo andando a una riunione. Ti ho detto che ti avrei richiamata. Tuo padre...»

«È per quello che ti chiamavo!» E cominciò a parlare in fretta, con voce sempre più stridula, come se avesse paura che lui chiudesse di nuovo la chiamata senza lasciarla finire. «Geoff, ci ha scoperti. Non so come ha fatto, visto che non lo sa nessuno. Che io e te ci sentiamo, intendo. Cioè, qualcuno lo sa. Ma le mie amiche non andrebbero mai a dirlo a mio padre. Sanno benissimo che cosa farebbe se...»

«È venuto in ufficio da me, Freddie.» Geoffrey non ne poteva più di tutti quei drammi. «Sono arrivato alla riunione e me lo sono trovato lì.»

«Oddio, oddio! Ce l'ha fatta, vero? Lo sento dalla tua voce. Ti ha fatto disamorare di me, vero?»

«No, Freddie» rispose Geoffrey. Era sincero: non era stato von Lohmann a farlo disamorare. Era stata lei stessa. Pensandoci bene, gli venne addirittura il sospetto che fosse stata lei a far capire al padre che la storia fra loro continuava, per forzare la situazione e ottenere quello che desiderava.

«Oh, Geoffrey, ti amo tanto! E volevo... volevo che lo sapessi.»

«Lo so che mi ami.»

«No, non parlo di quello. Ho comprato l'anello. Con la carta di credito di mio padre. Non so come reagirà quando gli arriverà l'estratto conto, ma per ora non ci voglio pensare. Avevo paura che lo comprasse qualcuno prima che tu lo vedessi. E poi volevo dimostrare al mondo che, a prescindere da tutto, io appartengo a te, tu appartieni a me e così sarà per sempre.»

Geoffrey ebbe una visione folgorante del proprio futuro e balbettò: «Io non... Freddie, non avresti dovuto comprarlo».

«Perché no? È bellissimo, e noi siamo fidanzati, ci sposeremo e...»

Geoffrey fece ciò che avrebbe dovuto fare mesi prima. «No, Freddie. Non ci sposeremo. Non posso» disse.

«Non puoi? Cos'è che non puoi fare?»

«Sposarti. Non posso sposarti.»

«È riuscito a convincerti, allora! Ti ha minacciato? Lo sapevo che avrebbe rovinato tutto!»

«Non è questo» rispose Geoffrey. «Ho sbagliato. Mi dispiace, ma è stato uno sbaglio.»

«Cosa? Io? Io sono stata uno sbaglio? Che cosa stai dicendo?»

«No, non tu. Io...»

«La mia vita è stata uno sbaglio? Le cose che mi hai detto, le cose abbiamo fatto insieme... Erano uno sbaglio, Geoff?»

«Mi dispiace, Freddie. Mi sono lasciato...»

«Me l'avevi promesso!» Con voce stridula. «Ero pronta a concedermi a te! Mi sono conservata vergine per te! Volevo che la prima notte di nozze scoprissi che avevo dedicato a te e solo a te il piacere, la gioia, l'onore, di... di...» Freddie singhiozzava e Geoffrey si sentiva un verme.

Ci riprovò. «Senti, Freddie, io pensavo che... Mi dispiace. Davvero. Mi sento una merda e ti chiedo scusa con tutto il cuore.»

«Mi chiedi scusa? Mi hai rovinato la vita e pensi di cavartela chiedendo scusa? Ma Geoffrey Henshaw è fatto così, vero? Se ne frega di rovinare la vita agli altri! A chi tocca adesso? Hai un'altra, vero? Lo so: hai trovato un'altra, che ha preso il mio posto. Lo sapevo, che c'era sotto qualcosa. Da quando sei in Cornovaglia... Lo sapevo, lo sapevo, lo sapevo. Una serpe, ecco cosa sei. Un miserabile insetto. Fango sotto le mie scarpe.»

«Non volevo farti del male» disse Geoffrey. «Però... A volte succede.»

«A me no!» urlò lei. «A me non succede! Ti odio, Geoff.»

«Capisco. Anch'io mi odio.»

«Ah, be', allora... Sei un vigliacco, un lurido codardo. Non hai nemmeno avuto il coraggio di dirmelo in faccia. Non ti voglio più vedere. Mai più. Non ti voglio più parlare. E ti denuncio se provi a...»

«Capisco perfettamente» disse Geoffrey.

« Ma vaffanculo » fu la risposta di Freddie. E riattaccò.

Geoffrey aveva il batticuore e il fiatone come se avesse appena corso la maratona. Impiegò un po' a rendersi conto che era libero, finalmente libero. Aveva raggiunto un obiettivo importante sul lavoro e si era affrancato da tutte le catene. Era libero di salpare verso nuovi lidi. Quali, però? Non era sicuro di quale fosse la meta, né di come arrivarci.

Lo scoprirò con il tempo, si disse.

Tornò verso il parcheggio e la sua vecchia 2CV, per scoprire che il padre di Freddie gli aveva sfasciato il parabrezza.

Mousehole
Cornovaglia

Barbara aveva appuntamento con Daidre a Mousehole, nel parcheggio sul molo nord, che si protendeva verso il molo sud per riparare il porto dalle mareggiate. In quel momento barche e pescherecci poggiavano sulla sabbia per via della bassa marea. I gabbiani volavano sulla Mount's Bay schiamazzando e la manica a vento era gonfia. Era ancora troppo presto per stendersi a prendere il sole e solo pochi temerari ci provavano. I più preferivano posteggiare in un punto panoramico e leggere il giornale in macchina.

Daidre era già lì. Il giorno prima Kayla aveva insistito perché si fermasse a dormire al cottage da lei. « Il posto c'è e io e Willen saremmo felici di ospitarla, Daidre. È assurdo che lei vada avanti e indietro da Exeter o da Polcare Cove. » Le aveva messo a disposizione persino la macchina, così che Daidre potesse prestare la sua a Barbara. Memore dell'incidente in cui aveva distrutto l'auto di Lynley qualche anno prima, Barbara era stata tentata di rifiutare, ma alla fine aveva accettato perché in effetti era molto più comodo.

Era tornata a Howenstow e aveva detto di averla noleggiata. Poiché Daidre aveva una normalissima Vauxhall, indistinguibile da qualunque altra Vauxhall in circolazione, Barbara ritenne improbabile che Lynley si accorgesse che era della sua ex. Peraltro, per quanto ne sapeva lui, Daidre Trahair era a Londra. Barbara era moderatamente sicura di non venire sbugiardata.

Era stata alzata fino a tardi a leggere le dichiarazioni rilasciate da Gloriana Lobb alla polizia e aveva scoperto che la vlogger non aveva un alibi. Abitava in un monolocale a Newlyn e sosteneva che la vicina – un'artista di nome Cressida Mott-King – avrebbe potuto confermare che era in casa al momento dell'omicidio del padre. Siccome però sosteneva anche che la suddetta Cressida quella sera fosse in compagnia del suo amante, tal Nate Jacobs, era assai probabile che costei non fosse in grado di confermare nulla, tranne il colore delle mutande di lui.

Gloriana Lobb affermava che quella sera aveva lavorato a un vlog. Barbara lo aveva cercato e aveva trovato una serie di video in cui Gloriana Lobb pontificava su una miriade di argomenti che spaziavano dal cambiamento climatico alla crisi alimentare nel Sud del Sudan. Ne guardò diversi, ma non vi trovò nulla di illuminante. Apprese però che Gloriana Lobb pensava che gli uomini fossero tutti stronzi – in particolare quelli bianchi – e che il mondo stesse andando a rotoli, opinioni con le quali Barbara era complessivamente d'accordo.

Lei e Daidre non ebbero difficoltà a raggiungere il negozio di Gloriana Lobb a Mousehole. Si trovava in una delle strettissime viuzze acciottolate del borgo, fra antiche case di granito grezzo che conferivano all'ambiente un fascino d'altri tempi. Per raggiungere la parte alta e più nuova del paese bisognava scarpinare su per tortuose scalinate di pietra, fra case arroccate sul colle e giardini fioriti.

La palazzina in cui si trovava Vintage Britannia era in vendita. Accanto c'era il Wedge o' Cheese Café, dalla cui porta color pavone usciva un profumino delizioso. La coda di clienti in attesa arrivava fino sul marciapiede. Barbara sentì parlare di croissant alle mandorle e fu tentata di entrare, ma si trattenne.

Si fermarono davanti alla vetrina di Vintage Britannia a guardare la giovane donna che sistemava barattoli vintage a forma di tostapane e di cestino da picnic fra vassoi di latta con pubblicità di vari marchi e teiere di ceramica risalenti al medesimo periodo. Anche la ragazza sembrava della stessa epoca, quando Carnaby Street era ancora una mecca della moda alternativa e non una bolgia di turisti a caccia di magliette e souvenir. Indossava un abitino senza maniche con orlo smerlato, scarpe massicce e cappellino pillbox, il tutto sui toni del giallo e del verde lime. Aveva i capelli scuri tagliati a caschetto e un paio di grandi occhiali arancioni. Quando alzò la testa, Barbara notò che aveva gli occhi truccati di nero e le ciglia finte. Doveva essere Gloriana Lobb, che pareva essere stata catapultata lì direttamente dalla Swinging London.

All'interno del negozio le accolse *Catch the Wind* e siccome Barbara preferiva la musica anni Cinquanta, non riuscì a farsi venire in mente il nome del cantante.

Non c'erano clienti e la nostalgica degli anni Sessanta le salutò con un: «Buongiorno, date pure un'occhiata in giro. Se avete bisogno, sono qua». Uscì dalla vetrina, tolse da uno sgabello il coperchio di una scatola di cartone, prese lo sgabello e lo portò nel retrobottega.

Barbara e Daidre iniziarono a curiosare: Daidre guardò alcuni abiti vintage e Barbara una serie di statuette stravaganti e tazze commemorative di varie incoronazioni a partire da Edoardo VII. Gloriana le informò che l'articolo di maggior richiamo, a parte l'abbigliamento, era la bigiotteria in bachelite, che dichiarò essere «tutta assolutamente autentica» e non «paccottiglia cinese». Barbara si avvicinò al bancone, dove svariati oggetti in bachelite – collane, spille e orecchini –, vistosi e coloratissimi, erano esposti in una vetrina vicino alla cassa. C'era anche un supporto a forma di albero con decine di braccialetti appesi. Daidre la raggiunse. Gloriana le squadrò come per capire se le aveva già viste.

«Gloriana Lobb?» Barbara prese il tesserino dalla borsa e si presentò: «Sergente investigativo Barbara Havers». Indicò Daidre. «La dottoressa Trahair.»

«Ho già parlato con la polizia. Non vedo cosa potrei aggiungere a quanto ho già dichiarato» disse subito Gloriana.

«Capisco» replicò Barbara. «Ma noi lavoriamo per l'altra squadra.»

«Cioè?» chiese Gloriana, spostando lo sguardo da Barbara a Daidre e viceversa.

Barbara spiegò che lavoravano per la difesa dell'imputato,

Goron Udy, e stavano rivedendo tutto il materiale probatorio raccolto dalla polizia e presentato al Crown Prosecution Service alla ricerca di eventuali errori, omissioni o distorsioni della realtà, anche intenzionali, volte a rafforzare il castello accusatorio. «Non siamo qui per questo, però. Volevamo parlarle delle disposizioni testamentarie di suo padre» concluse.

«E cioè?»

«Il testamento che nomina eredi lei e suo fratello non è il più recente. Ne esiste un altro.»

Gloriana scoppiò in una risatina amara. «Come volevasi dimostrare. Ha lasciato tutto a lei, vero?» E, prima che Barbara potesse rispondere, aggiunse: «L'ho pensato fin dall'inizio che la vedovella addolorata stesse nascondendo qualcosa. Be', mia madre ci resterà malissimo e mio fratello probabilmente si impiccherà. Mai dire gatto... no?» Prese uno spray da sotto il bancone e cominciò a pulire il vetro.

«Perché pensa che sarà un brutto colpo per sua madre e suo fratello?» le chiese Barbara.

«C'è bisogno che ve lo spieghi io?»

«Ci darebbe una mano a capire meglio» rispose Daidre.

Gloriana si fermò con il panno a mezz'aria e fece una faccia dalla quale traspariva chiarissimamente che non aveva nessuna voglia di essere collaborativa. «Mia madre adesso ha un compagno. Ormai è una vita che lei e Anthony stanno insieme. E quindi dovrebbe aver superato la cosa, no? Ma non riesce a perdonare a mio padre di aver tenuto il piede in due scarpe per anni, prima che la storia con quella troietta venisse fuori. Quindi sapere che la rovinafamiglie eredita tutto...» Tornò a strofinare il vetro con energia. «Era al settimo cielo, quando ha scoperto che gli eredi eravamo io e Merritt e che quella vacca non beccava un centesimo. Ci godeva, che Kayla si ritrovasse con un pugno di mosche. E anche Anthony era contento, perché a quel punto mia madre non avrebbe avuto più motivo di continuare a menarla con la storia del tradimento e della famiglia distrutta. Invece adesso sarà punto e a capo: mio padre che l'ha tradita, Kayla, l'infamia e tutto il resto. Povero Anthony. Mi fa pena. Davvero, mi chiedo come faccia a sopportarla, quando attacca la solita solfa.»

Barbara si stupì che nei documenti che aveva visionato fino a quel momento non ci fosse menzione di quell'Anthony. « Come si chiama il compagno di sua madre? »

« Anthony » rispose Gloriana. « Ma è un uomo mite, che non farebbe del male a una mosca, se è lì che vuole arrivare. Non avrebbe le palle. »

Barbara fece spallucce. « E di cognome? »

« Grange. G-r-a-n-g-e. »

« Ha un recapito? »

Gloriana sospirò, chiaramente scocciata, ma prese il primo foglio che le capitò sottomano, un volantino che aveva posato accanto alla cassa, lo voltò e scrisse sul retro nome, indirizzo e numero di telefono, quindi lo fece scivolare sul bancone verso Barbara. « Avrà un alibi, comunque. Sarà sicuramente stato con mia madre. A parte il fatto che non è proprio il tipo da andare in giro ad ammazzare la gente. »

« Perché dice così? » chiese Daidre.

« Perché è un vicario della Chiesa Anglicana » rispose Gloriana.

Mousehole
Cornovaglia

Lo studio dell'architetto con cui John Penellin aveva preso appuntamento era vicino al centro del paese, in Fore Street. Da lì si vedevano il porto e l'obelisco in memoria dei trentasei caduti nella grande guerra con l'immancabile corona di papaveri rossi. Davanti al monumento c'erano tre ragazze che invece di essere a scuola fumavano la sigaretta elettronica, con la gonna dell'uniforme scolastica tirata su a scoprire le cosce.

Mentre John illustrava all'architetto, Oswald Quigley, la ristrutturazione che aveva in mente per Howenstow servendosi di schizzi e disegni, Lynley rimase quasi sempre zitto. Quigley ascoltò, guardò i disegni e annuì con aria solenne mordicchiandosi il labbro. Parlò di ingegneria strutturale, muri portanti e non, modifiche all'impianto idraulico e sostituzione dell'impianto elettrico e alla fine confermò ciò che a

Lynley stava diventando sempre più chiaro, e cioè che la ristrutturazione della casa era possibile, ma avrebbe richiesto un notevole dispendio di tempo e denaro. Alla fine Quigley chiese se volevano che contattasse l'impresa con cui lavorava abitualmente per avere una stima approssimativa dei costi e dei tempi. Prima di affidargli il progetto, era meglio che si facessero un'idea.

Lynley si disse d'accordo, ma aveva l'impressione che gli ostacoli fossero insormontabili e che contattare l'impresa fosse del tutto inutile. Quando uscì dallo studio dell'architetto, aveva l'umore a terra. Si fermò a guardare il porto e la baia senza vederli veramente. «Glielo si leggeva in faccia, John. Ci costerà una somma astronomica. Ammesso e non concesso che l'apertura al pubblico di Howenstow sia un successone e ci frutti un sacco di soldi, impiegheremmo comunque anni a ripagare un eventuale prestito. Se non possiamo rifare il tetto e andare avanti come prima, l'unica è spostare tutti i quadri, chiudere la galleria e sperare che non ci crolli il tetto sulla testa.»

«Non mi pare la soluzione migliore» commentò Penellin. Poi aggiunse: «E comunque, anche se in qualche modo riuscissimo a trovare i soldi per rifare il tetto, il problema di fondo resta. Tommy, la cifra che spendiamo in manutenzione e riparazioni varie aumenta di anno in anno. Gli affitti dei terreni agricoli generano entrate discrete e ci consentono di tirare avanti, ma non sono sufficienti a fare fronte a interventi straordinari come questi».

Si avviarono verso il porto, per andare a riprendere il Land Rover che avevano lasciato nel parcheggio sul molo. Si fermarono davanti al monumento ai caduti a guardare un pullman turistico che tentava imprudentemente di imboccare South Cliff Road, larga a malapena un metro e ottanta. Uno dei passeggeri era sceso per aiutare l'autista e gesticolava come un forsennato gridando: «Attento! Attento!» mentre i passanti si facevano piccoli piccoli schiacciandosi contro lo Ship Inn da un lato e la ringhiera dall'altro.

Lynley e Penellin osservarono la scena per un po', poi ripresero a camminare. «Tutte le tenute come Howenstow si stanno ridimensionando, in un modo o nell'altro. Finora siete riusciti a resistere, ma il trend è quello. Che vendiate parte dei terreni o della galleria, il succo è lo stesso: quello stile di vita non è più sostenibile. È così, Tommy. Bisogna accettarlo» disse John.

Lynley ne aveva piena consapevolezza, tant'è che abitava e lavorava a Londra. Quando suo padre era morto, non aveva preso il suo posto di signore del castello. Non gli era mai interessato ed era stato ben felice di lasciare il ruolo di castellana a sua madre e quello di amministratore a John Penellin. Aveva delegato ad altri la gestione di Howenstow con grande gioia e senso di liberazione, ma adesso se ne doveva per forza occupare. John aveva ragione: per pagare il rifacimento del tetto poteva vendere qualcosa, ma sarebbe stato metterci una pezza. Il problema andava risolto alla radice. Howenstow andava messa a reddito e John Penellin aveva individuato l'unica soluzione praticabile. Lynley doveva farsene una ragione.

Cominciarono a scendere verso il parcheggio sul molo. Lynley sospirò. «Chiami la banca, allora? Informati sulla possibilità di un prestito.»

«Per il tetto o anche per la ristrutturazione?»

«Cominciamo con il tetto» rispose Lynley. «Ma non parlare di prestiti con mia madre e Judith, per favore. Glielo diremo solo quando sarà indispensabile.»

«Resterà fra noi» promise Penellin. «Anche se, a mio parere, se l'aspettano.»

«Se lo dici tu» replicò Lynley.

Arrivarono al Land Rover e Lynley si mise al volante, fece retromarcia e, in cima alla rampa che portava alla strada, frenò bruscamente. Due donne avevano appena voltato l'angolo per scendere verso il parcheggio. Ed erano Barbara Havers e Daidre Trahair.

Truro
Cornovaglia

Venne fuori che Fabienne Porter, la donna che aveva fornito un alibi a Sebastian Lobb, non abitava a Falmouth, come pensava la signora Cathy Lobb, ma a Truro, in St. George's Road, in una villetta a schiera in tipico stile georgiano. I Victoria Gardens erano lì vicino e quando Bea arrivò, vide una donna slanciata che camminava a passo svelto con un cagnolino bianco riccioluto al guinzaglio. Era Fabienne Porter.

«Ho portato Sacha ai giardini prima del suo arrivo, altrimenti non ci avrebbe dato pace mentre parlavamo» disse a Bea aprendo la porta di casa. Fece entrare per prima la cagnetta. «Prego, si accomodi. Se ha la pazienza di aspettare un momento, do uno spuntino a Sacha. Torno subito.» Indicò a Bea il salotto, che dava su St. George's Road, e le offrì un tè. Bea rifiutò. Un caffè allora? Un espresso? Bea ringraziò, ma declinò nuovamente l'offerta. Non era lì per prendere il tè con Fabienne Porter, ma per farsi dare informazioni affidabili. E per valutare l'affidabilità di un'informazione, aveva bisogno di guardare chi gliela forniva.

Diede un'occhiata alla casa. Evidentemente Fabienne Porter amava l'antiquariato. Bea non se ne intendeva, ma capì che gli arredi erano tutti dello stesso periodo e con ogni probabilità di epoca georgiana come la casa. Erano in condizioni perfette, di un legno lucido che probabilmente era mogano, con le gambe sottili e profili di ottone. Non c'era un granello di polvere.

Si avvicinò al caminetto per guardare le tre fotografie sulla mensola: un pilota d'aereo in divisa, due ragazzi in uniforme scolastica e gli stessi due ragazzi abbracciati a un golden retriever dall'aria felice. Assomigliavano molto al pilota, che era un affascinante uomo di mezza età con un neo sullo zigomo sinistro.

«Mio marito, Templer» disse Fabienne rientrando nel salotto. Sorrise. «Non mi chieda perché i suoi genitori abbiano scelto quel nome. Lui sostiene che gli è andata ancora bene, visto che sua madre è appassionata di preistoria e di quella serie di romanzi sui cavernicoli, ha presente? Insomma, pare che lo volesse chiamare come il protagonista, ma per fortuna all'ultimo momento l'hanno dissuasa. Sicura di non volere un tè? Io me ne sono preparata una tazza.» Gliela mostrò.

Bea scosse il capo continuando a guardare i ragazzi. «Sono i suoi figli?»

«Di Templer e la sua prima moglie. Io sono la terza. Vogliamo sederci?» Indicò il divano e le due poltrone disposte attorno a un tavolino basso. Si accomodarono.

«Dalla seconda moglie non ha avuto figli?» chiese Bea.

«No. Sono stati sposati per poco tempo.»

«È pilota di linea?»

«Sì. Vola da Bristol.»

«Bristol non è vicinissima. Si ferma a dormire lì, quando ha un volo la mattina presto?»

«Sì, è spesso fuori. A Bristol e in Italia. Dipende dal turno e dalla rotta.»

«I ragazzi non vivono con voi?»

«No, no. Stanno con la madre, vicino a Winchester. Vengono durante le vacanze e in estate e fanno con noi un Natale sì e uno no.»

«Quindi lei ha molto tempo libero» osservò Bea.

«Sì. E se allude a Sebastian, Templer lo sa. Siamo una coppia aperta. Templer ha un debole per le hostess. Lo so per esperienza diretta.»

«È stata hostess anche lei?»

«Esatto. Non mi sono mai illusa che sposando me cambiasse. E così fin dall'inizio abbiamo deciso che il nostro non sarebbe stato un rapporto esclusivo. Rinnoviamo l'accordo ogni anno.»

Che bravi! Bea lo pensò, ma chiese: «È così anche con Sebastian Lobb?»

«In che senso?» Fabienne Porter si portò la tazzina alle labbra e bevve silenziosamente un sorso di tè. Aveva unghie perfette e, in generale, sembrava avere molta cura del proprio aspetto.

«Anche con Sebastian Lobb ha il medesimo accordo?» chiarì Bea.

«Be'...» Altro sorso di tè. «Sebastian è una cara persona, ma la nostra relazione è stata solo sessuale.»

«Non vi vedete più?»

«Perché me lo chiede?»

«Perché ha usato il passato.»

«Ah. Ecco, io e Sebastian non ci frequentiamo regolarmente. Ci siamo sempre visti poco. Del resto io ho un marito e lui è molto impegnato, fra sedute e seminari. Quindi ogni tanto mi chiama – o io chiamo lui – e decidiamo data, ora e luogo dell'incontro. Spesso ci vediamo di pomeriggio, a volte passiamo la notte assieme. È capitato che stessimo insieme qualche giorno, ma raramente. Per via dei suoi orari. E di quelli di Templer, ovviamente.»

«E lei, signora Porter? Lei che orari fa?»

Fabienne inarcò un sopracciglio perfetto. «Io?» Bea annuì. «Io non ho orari. Ho smesso di fare la hostess circa due anni dopo essermi sposata. È un lavoro che sembra glamour, ma non lo è affatto. Ormai è come avere a che fare con un pullman di ragazzotti villani e indisciplinati.»

«E adesso?»

«Adesso cosa?» Inclinò la testa. Non aveva un capello fuori posto, di un biondo caldo con riflessi bronzei, e un taglio fintamente spettinato che di certo era opera di un bravo parrucchiere, con ogni probabilità non di Truro. «Vuole sapere come passo le mie giornate?»

«Più o meno» rispose Bea.

«Faccio volontariato. Aiuto le puerpere a gestire i neonati, lavoro in ospedale... Ci sono mille modi per rendersi utili: basta cercarli.»

«È così che ha conosciuto Sebastian Lobb?»

«Facendo volontariato?» Risatina. «Non è proprio... come dire? Il suo ambito. No, l'ho conosciuto a un cerchio di canto. Lui ha condotto la seduta e alla fine abbiamo parlato un po'. E poi ho fatto con lui un lavoro sulla voce, con alcune lezioni individuali.»

«E da cosa è nata cosa» commentò Bea.

«Esatto.»

Bea non poté fare a meno di ammirare l'aplomb di Fabienne Porter. Sembrava proprio che riguardo ai suoi rapporti con Sebastian Lobb non avesse nulla da nascondere. «Sa che il fratello di Sebastian è stato assassinato?» chiese.

«Sì, mi ha chiamato la polizia poco dopo che è successo. Sebastian aveva detto che era con me, la notte in cui è morto.»

«Era vero? Era davvero con lei?»

«Sì, certo. E infatti ho confermato. Era venuto verso le sei e mezzo, abbiamo cenato assieme e poi, visto che Templer era a

Bristol perché aveva un volo la mattina dopo, si è fermato a dormire.»

«L'aveva invitato lei?»

«Non mi ricordo, ma penso di sì. Se è venuto lui a Truro, è probabile. Mi aveva chiamato qualche giorno prima e aveva proposto di vederci. Io ho controllato i turni di Templer e gli ho proposto una data in cui ero disponibile.»

«Non è stato lui a proporla?»

«No, non poteva, dipendeva dai turni di Templer.»

«È rimasto qui tutta la notte, quindi?»

«Sì. Abbiamo fatto l'amore, ci siamo addormentati, poi lo abbiamo rifatto, ci siamo riaddormentati e il mattino dopo è andato via.»

«E durante la notte è rimasto sempre con lei?»

«Se si fosse alzato, me ne sarei accorta, perché ho il sonno molto leggero. Ripeto: è arrivato alla sera ed è andato via la mattina.»

«A che ora?»

«Non so di preciso... Le sette e mezzo? Le otto meno un quarto? Abbiamo preso il caffè e poi è uscito subito.»

«Non è successo niente di particolare, che ricordi?»

Fabienne posò la tazza sul tavolino. Si sentì squillare un telefono e scattare la segreteria telefonica. «Ciao, amore. Volevo farti un salutino veloce. Mi hanno offerto un volo per Praga. È una cosa occasionale, ma sarei per accettare. Quando puoi chiamami e fammi sapere che cosa ne pensi» disse una voce maschile.

Era il marito, ovviamente. Bea non ricordava l'ultima volta in cui aveva lasciato un messaggio sulla segreteria di un telefono fisso.

«Templer adora Praga. Anche a me piace molto. Ci è mai stata?» chiese Fabienne.

«No, mai.»

«Deve andarci, se ha occasione. È una città incantevole.» Si posò le mani in grembo. «Mi ha chiesto se è successo qualcosa di particolare, la sera in cui Sebastian si è fermato a dormire da me. A me non è sembrato: posso solo dirle questo. Sebastian a volte è indecifrabile. Penso sia perché sta sempre con più donne contemporaneamente e quindi deve stare attento a quello che dice e a come si comporta.»

«Per non chiamarvi con il nome sbagliato?»

«Non mi stupirei.»

«Sembra che la cosa non le dia fastidio.»

«E infatti non mi dà nessun fastidio. Io e Sebastian non abbiamo alcuna progettualità. Io non ho nessuna intenzione di lasciare Templer e Sebastian lo sa. Forse gli piaccio proprio per questo. Anche se...» Per un attimo sembrò perdersi nei propri pensieri.

«Anche se...?» la incalzò Bea.

«Be', mettiamola così: ho la sensazione che Sebastian voglia mettere fine ai nostri incontri.»

«Perché?»

«È un amante meraviglioso e con le donne ci sa fare. Ma l'ultima volta che siamo stati assieme... ho avuto l'impressione che avesse la testa altrove.»

«Che pensasse a un'altra?»

«Questo non lo so. Ma di sicuro pensava ad altro.»

«E questo come l'ha fatta sentire?»

«Il fatto che avesse la testa altrove?» Fabienne ci pensò un momento. «Vuole sapere la verità? Mi lascia indifferente. Nulla dura in eterno, giusto?»

Halsetown
Cornovaglia

Barbara provò un momento di puro terrore quando, in compagnia di Daidre Trahair, si imbatté nell'ispettore Lynley. Non doveva essere impegnato, occupato chissà quante ore e in ansia perché gli stava cadendo a pezzi la casa di famiglia? Che cosa diamine ci faceva a Mousehole? Lynley la guardò, poi guardò Daidre, poi di nuovo lei, poi di nuovo Daidre. Barbara avrebbe voluto sprofondare. Stava per gridargli che no, non era come pensava, ma non poteva perché invece *era proprio come pensava*: Barbara Havers – storica collega, compagna di squadra e presunta amica – sapeva che Daidre Trahair si trovava in Cornovaglia e non gli aveva detto niente.

Si scambiarono saluti, parole e convenevoli vari, ma Barbara non sentì niente perché aveva il battito a mille, le mani sudate e le ascelle non ne parliamo.

Dopo un po' andarono ognuno per la propria strada. «Mai più immaginavo che...» disse Barbara.

«Lo so» rispose Daidre, sempre cortese.

Basta, non aggiunse altro. Barbara seguì il suo esempio e stette zitta. Chiuso l'argomento Thomas Lynley, suggerì di andare a spulciare ancora un po' di documenti e verbali di polizia in un posto tranquillo, per esempio una biblioteca, ma siccome la biblioteca più vicina era a Penzance, optarono per un ristorante in Fore Street, che sembrava carino, benché nessuna delle due avesse fame. Si sedettero a un tavolo abbastanza grande e, dopo aver ordinato, tirarono fuori le carte che Rupert Somerton aveva dato in lettura a Barbara.

Più le studiava, più Barbara aveva l'impressione che gli inquirenti fossero stati superficiali. Le sembrava che la MIT si fosse concentrata subito su Goron Udy senza valutare con sufficiente attenzione altre possibilità. Per esempio, il fratello di Kayla Lobb era stato interrogato una sola volta, nonostante fosse ospite del cognato quando questi era stato ucciso; anche Merritt Lobb era stato sentito una volta soltanto, pur essendo uno dei beneficiari del primo testamento ritrovato; l'alibi del fratello della vittima era stato verificato soltanto con una telefonata, benché la donna che glielo forniva fosse la sua amante e potesse avere più di un motivo per mentire. A giudicare dalla documentazione prodotta, la negligenza della MIT non era dovuta a mancanza di personale, ma sembrava frutto di una conduzione approssimativa delle indagini, come se chi le aveva dirette fosse stato troppo impaziente di consegnare un colpevole alla giustizia.

Barbara lo fece notare a Daidre, che disse: «Ma perché Goron ha confessato, allora?»

Barbara le spiegò che non era infrequente: a volte le persone confessavano reati che non avevano commesso, per le ragioni più assurde. «Mi creda, succede spessissimo. È sempre successo e sempre succederà.»

«Ma non ci sono montagne di prove che confermano le loro confessioni, immagino.»

Barbara dovette ammettere che sì, effettivamente di solito era così, ma Daidre non doveva dimenticare che gli inquirenti inevitabilmente tralasciavano delle cose, o tendevano a concentrarsi su un unico filone di indagine per risparmiare tempo e chiudere il caso in fretta. Il vicario, per esempio, Anthony Grange: nessuno lo aveva sentito, nessuno era mai andato a parlargli. E come lui potevano esserci altre persone che andavano interrogate: lei e Daidre avrebbero controllato ed eventualmente sarebbero andate a parlarci. A partire dal vicario.

Lo trovarono a casa sua, a Halsetown, non lontano da Carbis Bay. Il vicario non abitava in una canonica, come Barbara si aspettava, ma in una delle casette a schiera in Laity Lane costruite anticamente per i minatori. Pareva in procinto di traslocare, però: era circondato da pile di scatoloni già chiusi ed etichettati e altri ancora aperti, nei quali stava imballando i vari mucchi di libri e biancheria sparsi qua e là.

«L'abbiamo disturbata nel bel mezzo di un trasloco» disse Barbara quando Grange le fece entrare nel salotto.

«Sì» rispose. «Stavo... cioè, sto traslocando.»

«Va a stare lontano?»

«No, no. A Carbis Bay. La mia... Mi verrebbe da chiamarla 'fidanzata', ma alla mia età fa ridere. Forse è meglio 'compagna'. Comunque sia, vado ad abitare con lei.»

«Maiden Lobb?»

Grange ebbe un lievissimo moto di stizza. «Kittow, veramente. Maiden Kittow.»

«State insieme da molto?» chiese Barbara.

«Otto anni» rispose una voce. «Dico bene, Anthony?»

Si voltarono e videro Maiden Kittow scendere dal piano di sopra con una pila di riviste che Anthony Grange le prese prontamente di mano. Aveva i capelli grigi con un curioso ciuffo alla pompadour ed era in tuta e scarpe da ginnastica, com'era giusto, visto che stava aiutando il suo compagno a svuotare la casa.

«Era da tanto che desideravamo convivere» spiegò. «Anthony è stato più che paziente.»

«La signora Lobb? Chiedo scusa, Kittow?» chiese Barbara. Maiden dimostrava molti più anni della donna che aveva preso il suo posto nella vita di Michael Lobb. Ed effettivamente ne aveva molti di più.

«Esatto» rispose. «E voi siete...?»

Barbara presentò Daidre al vicario e alla prima moglie di Michael Lobb e tirò fuori il tesserino. «Metropolitan Police?» chiese Grange, stupito.

Maiden guardò il tesserino. «Siete qui per l'omicidio di Michael, presumo. Cosa c'entra la Metropolitan Police? Ho già parlato con gli investigatori.»

Barbara decise di eludere le domande di Maiden Kittow e di concentrarsi su quell'ultima affermazione. «Sì, signora Kittow. Ma il vicario no. Siamo venuti a parlare con lui.»

Maiden guardò Grange, poi Barbara, e dichiarò in tono deciso: «Non penserete che Anthony abbia avuto qualcosa a che fare con la morte di Michael! Anthony, non sei obbligato a rispondere alle loro domande. Non dire niente».

«Nessun obbligo, la signora ha ragione» disse Barbara. «Lei ha tutti i diritti di tacere. Ma siccome stiamo piano piano eliminando le varie persone che non sono coinvolte nella tragedia, ci farebbe piacere avere gli elementi per escludere anche lei. Può dirci dov'era la notte in cui Lobb è stato ucciso? E la mattina dopo?»

«Anthony...» Maiden Kittow intervenne di nuovo in tono deciso.

Il vicario doveva essere una persona mite e di buon carattere, ma non si lasciava mettere i piedi in testa. «Tranquilla, Maiden» rispose. E poi, a Barbara: «Ero qui. Di solito la sera sto in casa».

«Non era con la signora... Kittow?»

«No. Finché Merritt, Bonnie e i bambini vivevano da lei, tornavo sempre a dormire qui. Pensavo... Pensavamo fosse meglio non dare il cattivo esempio.»

«Suo figlio viveva da lei con moglie e figli?» chiese Barbara a Maiden.

«Sì. Ogni tanto venivo io a dormire qui, ma a casa mia Anthony non si è mai fermato.»

«Sarò all'antica, ma così sono» dichiarò Grange con un sorrisetto. «Essendo un uomo di Dio, lo trovavo sconveniente. Almeno finché non vado in pensione, voglio...»

«Quando prevede di andarci?» domandò Barbara.

«In pensione? L'anno prossimo.»

«E come mai si trasferisce adesso?» chiese Daidre.

«Sono lieto di annunciare che finalmente io e Maiden ci sposeremo.»

«Ci avete messo un po' a decidere, eh?» chiese Barbara.

«Non potevamo contrarre matrimonio finché Michael era in vita.»

«Perché?» indagò Barbara.

«La Chiesa Anglicana non lo permette» rispose Grange. «E noi vogliamo un matrimonio religioso, ovviamente.»

«Quindi finché Michael Lobb era vivo non vi potevate sposare.»

«Esatto. Ma adesso non ci sono più ostacoli: Merritt e la sua famiglia sono andati a stare per conto loro, io mi sentivo pronto e anche Maiden si è...»

«Anthony, dovremmo riprendere a fare gli scatoloni, se vogliamo finire oggi.»

Barbara la ignorò ed esortò il vicario a finire la frase. «Si è...?»

Ancora una volta, Grange guardò prima Maiden e poi Barbara. Leggermente confuso e imbarazzato, stette zitto. Dopo un po', fu Maiden a spiegare.

«Anthony avrebbe voluto che ci sposassimo subito dopo che è mancato Michael, ma io ho insistito per aspettare un po'. Mi sembrava che convolare a nozze subito dopo l'assassinio del mio ex fosse... di cattivo gusto.» Si avvicinò ai cartoni, si inginocchiò per terra e cominciò a riempirne uno di libri. Dalle nuvolette di polvere che sprigionavano ogni volta che li maneggiava, Barbara dedusse che non venivano spolverati da anni, né i libri, né gli scaffali su cui erano riposti. «Non c'è abbastanza spazio per tutti i tuoi libri, Anthony. Sei sicuro di aver fatto una cernita?» chiese Maiden.

«Tocchi un tasto dolente, tesoro» le rispose il vicario. «Ci ho provato, ma non riesco a separarmi da nessuno di loro.»

Maiden lesse il titolo del volume che aveva in mano. «Le *Lettere di san Paolo*?»

«Mi serve. Lo consulto per scrivere i sermoni.»

«Quindi fra poco non ti servirà più» decretò Maiden buttandolo da una parte. «In pensione non scriverai più nessun sermone, giusto?»

«È solo una formalità, signor Grange, ma può dirci che cosa ha fatto la notte in cui Lobb è stato ucciso? E, più precisamente, dalla sera del 3 aprile alla mattina del 4?» chiese Barbara, vedendo che Maiden intendeva chiudere lì il discorso, sia con il futuro marito che con loro, disse:

«Ero a casa. Ne sono sicuro» rispose Grange. «Ho cenato, guardato un po' di tv e sono andato a dormire.» Poi, a Maiden: «Ci siamo telefonati, quella sera? Ci siamo dati la buonanotte? Non mi ricordo».

«Certo che sì» rispose Maiden. «Come ogni sera. Me ne ricorderei, se non ci fossimo sentiti.»

«C'è qualcuno che può confermare che lei si trovava nella sua abitazione?» chiese Barbara.

«Oh, per l'amor di Dio!» sbottò Maiden.

«Non credo» rispose Anthony con un certo rammarico. «Ora che mi ricordo... Ho anche ascoltato un po' di musica, come faccio spesso quando sono solo. Amo Schumann, i concerti per pianoforte di Chopin, le sinfonie... Qualche vicino potrebbe aver sentito, anche se... In genere per non disturbare tengo il volume basso.»

«Mi sembra che ci siamo detti tutto quello che c'era da dire» intervenne Maiden. «Se non avete altre domande...»

Ma Barbara ne aveva ancora un sacco, di domande. Ed era il momento giusto per cercare le risposte. «Signora, mi conferma che nella bottega del suo ex marito c'era una cassaforte?»

«Perché? C'è stato un furto? Non penserete che Anthony...»

«No, nessun furto. Ai tempi in cui eravate sposati c'era?»

«Sì.»

«Lei aveva accesso a quella cassaforte?»

«Certo! Se mai fosse successo qualcosa a Michael, dovevo essere in grado di aprirla, no?»

«Quindi conosceva la combinazione.»

«Se non avessi saputo la combinazione, non l'avrei potuta aprire. Ma perché mi fa queste domande?»

«Cosa c'era dentro?»

«Tutti i documenti importanti. Ci tenevamo i passaporti, i certificati di nascita, le polizze assicurative, documenti fiscali, contratti...»

«Anche il testamento di suo marito?»

«Sì. Mettevamo in cassaforte tutte le carte più importanti. E a volte anche contanti.»

«E suo marito ha continuato a fare così anche dopo il divorzio, che lei sappia?»

«Non glielo so dire. Penso di sì.»

«Avrebbe messo in quella cassaforte un testamento più recente di quello in cui nominava eredi i figli, secondo lei?»

Maiden rimase un attimo sconcertata. «Lo sapevo. Quando mi hanno detto che aveva lasciato tutto a Merritt e Gloriana mi è sembrato impossibile. Immagino che abbia lasciato tutto a lei, invece» disse.

«Sì. Ma sembra che del nuovo testamento non fosse al corrente nessuno, tranne l'avvocato.»

«Mi vuol far credere che la sudafricana non ne sapesse niente?»

«Pare che fosse all'oscuro.»

«Non ha senso. Michael avrà dato anche a lei la combinazione della cassaforte, no?»

«Potrebbe non avergliela data, invece? Secondo lei, è possibile?»

Maiden rifletté un momento. «Lo escludo nella maniera più assoluta. Stravedeva per quella donna. E siccome voleva continuare a portarsela a letto, per convincerla ad abbandonare tutto per lui avrà dovuto darle delle garanzie.»

«Perché Kayla Steyn ha abbandonato tutto per un uomo molto più vecchio di lei? Come se lo spiega, signora Kittow?»

«Oh, quella lo ha puntato sin dal primo momento. Aveva delle mire su di lui, di ogni genere. E Michael l'ha accontentata su tutti i fronti.»

Howenstow, Lamorna
Cornovaglia

Lynley sapeva benissimo che Barbara voleva evitare qualsiasi accenno al fortuito incontro di Mousehole e ai motivi per cui si trovava lì con Daidre Trahair, e che a tal fine si sarebbe ingegnata in tutti i modi possibili per non restare sola con lui. Perciò nulla di quanto accadde quella sera lo sorprese.

Barbara non si presentò all'aperitivo, ma Daze gli assicurò che avrebbe cenato con loro. Le aveva confessato di aver avuto una giornata «piuttosto intensa». Durante la cena Barbara dimostrò doti di savoir-faire inaspettate partecipando con brio e disinvoltura a molteplici conversazioni su svariati argomenti quali: le difficoltà di una madre alle prese con una figlia adolescente (Judith), la storia di Howenstow (Daze), vantaggi e svantaggi dell'ubicazione della tenuta, fra Lamorna Cove, il villaggio di Nanrunnel e il borgo marinaresco di Mousehole (John Penellin, che Judith aveva invitato a rimanere a cena). Evitò con cura di incrociare lo sguardo di Lynley, persino quando rispose alle domande di Judith su che effetto faceva avere Tommy come capo. Fu una performance magistrale, le andava riconosciuto. Ma lavoravano insieme da troppo tempo perché Barbara non sapesse che Lynley non si sarebbe lasciato scoraggiare e avrebbe preteso delle risposte.

E infatti aspettò che tutti si fossero ritirati e che nella casa regnasse il silenzio e poi uscì dalla propria stanza deciso a farsi dare delle spiegazioni.

Daidre Trahair era l'ultima persona che si aspettava di incontrare a Mousehole. E vederla insieme a Barbara Havers aveva rappresentato uno sviluppo del tutto inaspettato nel suo rapporto sia con l'una che con l'altra. Non riusciva a capacitarsi né del come né del perché. Era rimasto senza parole, così sconvolto che aveva riportato il Land Rover nel parcheggio e le aveva raggiunte.

Aveva presentato Daidre a John Penellin, che non aveva la minima idea di cosa stesse succedendo, e Barbara si era profusa in mille spiegazioni non richieste, sostenendo di aver capito che Lynley era terribilmente impegnato con i problemi della sua tenuta e di aver pertanto contattato Daidre per farsi consigliare cosa visitare (quando mai Barbara Havers chiedeva consiglio a qualcuno?) scoprendo così che anche lei era in Cornovaglia! Daidre si era offerta di mostrarle le località più deliziose della regione (quando mai Barbara Havers trovava delizioso qualcosa che non fosse commestibile?) Aveva concluso con: «Insomma, tutto è bene quel che finisce bene».

Non occorreva essere grandi conoscitori dell'animo umano per capire che c'era sotto qualcosa, e qualcosa di grave. Daidre era cupa come non mai e sembrava impaziente di scappare. Ma lui non voleva lasciarla andare.

Vederla gli aveva provocato un fremito inaspettato. Daidre aveva sorriso educatamente quando le aveva presentato Penellin, ma era stata zitta. Intuendo che non avrebbe detto una parola se non fosse stata obbligata, Lynley l'aveva costretta.

Come stava? Come stava Gwyn? Praticava sempre il roller derby con le Electric Magic? E allo zoo tutto bene?

Daidre gli aveva risposto che stava bene, che anche Gwyn stava bene e che la squadra invece era un po' in crisi. Per il resto, tutto nella norma anche se faticoso, soprattutto allo zoo. E tu, Tommy?

Lui le aveva raccontato che la sovrintendente Ardery era tornata a New Scotland Yard.

«Sta bene, spero.»

«Sembra di sì. Speriamo che continui così.»

Poi le aveva chiesto se sarebbe stato possibile rivedersi, visto che erano entrambi in Cornovaglia, ma Daidre aveva risposto che non lo sapeva, perché era molto impegnata. Lui aveva replicato con gentilezza di farlo sapere a Barbara, se mai avesse trovato un momento libero. «La mia famiglia ci terrebbe a conoscerti.»

E con questo la conversazione si era conclusa. Non era stato un grande scambio, ma almeno si erano parlati.

Percorse a grandi passi il corridoio e bussò alla porta della Stanza Gialla. Barbara aprì un attimo dopo. «Me l'aspettavo. Immagino non sia qui per un segreto rendez-vous notturno. Eppure ci starebbe bene: nel cuore della notte, mentre tutti sono a letto, il signore del castello si aggira per i corridoi del suo maniero in camicia da notte, con una candela in mano e il cuore che gli batte forte nel petto mentre lei lo aspetta con il cuore in gola – anche se non ho mai capito bene come sia possibile, anatomicamente parlando – con indosso una leggera camiciola che lascia intravedere le curve armoniose conferendole la parvenza di... un angelo? Una vergine sposa? Faccia lei, ispettore.»

«Lei ha sbagliato mestiere, Barbara. Comunque, mi deve delle spiegazioni. Mi fa entrare, prima che mia madre si svegli, fraintenda il nostro 'rendez-vous notturno', per usare le sue parole, e faccia stampare le partecipazioni?»

Barbara si scostò e lo lasciò entrare. Poi chiuse la porta.

Era completamente vestita, come Lynley prevedeva. Dal momento che non era affatto stupida, si aspettava un interrogatorio da quando si erano incontrati a Mousehole con Daidre.

Lynley indicò il poggiapiedi.

«Posso?»

«Faccia come se fosse a casa sua.»

Lynley si avvicinò, lo spostò e le indicò la poltrona. «Si accomodi, Barbara.»

Barbara si sedette sulla poltrona, lui sul poggiapiedi. «Allora?»

«Allora cosa, ispettore?»

«Mi dica cosa sta combinando, Barbara. Perché qualcosa sta combinando.»

Barbara assunse un'espressione perplessa, fingendo in maniera assai poco credibile di non capire. «Gliel'ho detto: l'ho chiamata, combinazione era anche lei in Cornovaglia e quindi...»

«Non sono un idiota, sergente. Dovrebbe saperlo, ormai. Mi spieghi cosa sta succedendo. E prima di inventarsi un'altra scusa, sappia che non mi muoverò da qui finché non mi avrà detto la verità. Sì, sergente sono pronto a restare tutta la notte nella sua camera da letto.»

«E se sua madre poi...»

«Sergente.»

Barbara sospirò. «C'è stato un omicidio, ispettore. È questo che sta succedendo.»

Lynley ascoltò corrucciato il racconto di Barbara, dalla morte del titolare della ditta in cui lavoravano gli Udy, padre e figlio, ai sospetti su Goron, l'arresto, l'interrogatorio e l'ammissione di colpevolezza davanti alla Magistrates' Court.

Lynley era sempre più stupito. « Perdio, Barbara, perché non mi ha detto niente? » esclamò alla fine.

« Perché lei, cioè Daidre... Daidre non voleva. »

« Da quanto tempo ne è al corrente, Barbara? »

Barbara fece una smorfia prima di rispondere: « Più o meno da quando è successo ».

Nel vedere l'espressione delusa di Lynley, si affrettò a precisare: « Ispettore, mi ha telefonato lei. Aveva saputo dell'omicidio e mi voleva fare qualche domanda generica. Niente di che, voleva capire come funzionava la procedura. Cosa succede quando uno muore ammazzato, cosa fa la polizia, cosa fanno gli altri, cosa si doveva aspettare e con quali tempi ».

Si interruppe e Lynley capì che stava cercando di misurare quanto fosse rimasto male. « Mi ha pregato di non farle sapere niente e, come dicevo, all'inizio voleva solo delle informazioni su cosa poteva succedere a suo fratello, visto che avevano accoppato il suo principale, nient'altro. Goron non era stato nemmeno interrogato. Le ho semplicemente spiegato cosa aspettarsi » aggiunse poi.

« Capisco. » E, in effetti, era abbastanza comprensibile che Daidre non avesse chiamato lui: non si sentivano da mesi. Era sicuramente per questo che si era rivolta a Barbara. « E poi? »

« Non voleva che Gwyn venisse a sapere che il principale di suo fratello era morto ammazzato, perché sarebbe subito corsa in Cornovaglia. Però Gwyn dopo un po' l'ha scoperto lo stesso, perché ne hanno parlato i giornali. I tabloid, veramente. Cioè, *The Source*. È stato *The Source* a pubblicare la notizia. E lei sa che... »

« ... che *The Source* è una delle sue letture preferite » concluse Lynley. « Sì, lo so. »

« Letture leggere, ispettore » si schermì lei.

« Non siamo qui per discutere dei suoi gusti in fatto di lettura, sergente. »

« Grazie, ispettore. » E chinò il capo. Lynley sapeva perfettamente che era umiltà simulata, non reale. « Quindi, come dicevo, Gwyn l'ha scoperto e si è precipitata qui. Goron è stato arrestato e ora è in custodia cautelare a Exeter. È stato incriminato e ha mezzo confessato. Questo è quanto.»

Lynley rifletté su quello che gli aveva appena raccontato osservando il vecchio tappeto persiano sotto i loro piedi. «Lei però pensa che non sia stato il fratello. Giusto?»

Barbara si grattò la testa. «Non so cosa penso, ispettore. Però le posso dire che Daidre e sua sorella Gwyn sono convinte che sia innocente.»

«Ci sono prove a suo carico?»

«Credo proprio di sì, ma a quanto ho visto dalle foto la scena del crimine era un tale macello che certe cose potrebbero essere state piazzate appositamente per far ricadere la colpa su di lui.» Gli fece un breve riassunto, basato su quello che aveva visto nelle foto e letto nei documenti.

«È stato pugnalato, giusto?» replicò Lynley. «Ha detto che c'è stata una colluttazione e che la scena del crimine era un macello: sul cadavere ci sarà stata sicuramente abbondanza di DNA. Se lo hanno incriminato, vuol dire che hanno trovato il suo DNA sul morto.»

«Probabile. Ma non ha movente. Non si capisce perché avrebbe dovuto uccidere Lobb. Non ci guadagna niente.»

«Mi ha parlato di confessione, però. Gliel'hanno estorta? Era presente un avvocato?» Barbara annuì e lui continuò: «Sta proteggendo il vero colpevole? E chi? La moglie? Il fratello? Chi altro c'è?»

«Il figlio, la figlia, l'ex moglie, il suo nuovo compagno. Sembra che non possa essere stata una donna, comunque. Lobb è stato pugnalato con una specie di punteruolo – così dice il referto autoptico – ma l'arma del delitto non è stata ritrovata. Per essere una donna, doveva avere la stazza e la forza di un'amazzone.»

«Il padre, allora. Magari Goron si prende la colpa per proteggere lui.»

«Non possiamo escluderlo. Però, di nuovo: qual è il movente? Nessuno dei due aveva motivo di ammazzare Lobb.»

«E gli altri che ha nominato? Loro lo avrebbero?»

Barbara spiegò che prima era stato trovato un testamento e poi ne era venuto fuori un altro, specificando chi si era illuso di aver ereditato, chi aveva ereditato per davvero e che cosa avrebbe significato ereditare per ciascuno degli interessati. «Eravamo a Mousehole per questo. La figlia di Lobb non ha un alibi e vorrebbe comprare la palazzina in cui ha il negozio. Il figlio ha appena comprato casa e non si sa bene dove abbia trovato i soldi. La figlia ha fatto mettere a verbale che non sapeva dell'eredità, ma noi sospettiamo che invece sia lei sia il fratello si aspettassero di ricevere qualcosa alla morte del padre. Potrebbero essere complici, oppure potrebbe aver fatto tutto il figlio per risparmiare guai alla sorella» concluse.

«Sarebbe una grande prova d'amore fraterno» osservò Lynley.

«Non credo si volesse immolare per lei. Avrebbe avuto il suo tornaconto.»

«Chi coordina le indagini?» chiese Lynley.

Barbara rimase momentaneamente spiazzata. «Perché... Mi scusi, ispettore, ma perché le interessa?»

«Me lo dica, per favore. Non può non saperlo.» Indicò la pila di cartelline beige che Barbara aveva sistemato sotto uno dei comodini.

«Ispettore, non vedo perché...»

«Non mi faccia innervosire, sergente.»

«Bea Hannaford» rispose Barbara sconfortata.

«Ah. Domani mattina la chiamo.»

«No, ispettore! Non può. Davvero, non la chiami. L'ho promesso a Daidre. Non avrei dovuto dirle nemmeno quello che le ho appena detto, ispettore. Ho giurato a Daidre che me lo sarei tenuto per me. Non deve assolutamente sapere che le ho raccontato tutto.»

«Daidre non verrà a sapere che ho parlato con Bea Hannaford, sergente.»

«Lo verrà a sapere di sicuro, invece.»

«Basta che lei glielo tenga nascosto. Posso chiederle come fa a essere così informata sul caso?»

Barbara provò a tergiversare, ma lui la richiamò all'ordine: «*Barbara*».

«Sto collaborando alla difesa del ragazzo, ispettore.»

«Ah» commentò, in tono offeso.

«Guardi che io non... Ispettore, è stata una pura coincidenza. L'avvocato non può fare tutto da solo perché c'è un sacco di materiale da spulciare, Daidre e Gwyn non hanno i soldi per pagare qualcuno e così mi sono offerta... »

« Va bene. Ho capito. » Lynley alzò una mano per farla tacere. « E quindi? »

« E quindi adesso sto visionando il materiale probatorio che la MIT ha presentato al Crown Prosecution Service e alla Magistrates' Court, dove Goron era difeso da un avvocato d'ufficio. »

Lynley si alzò in piedi. « Bene. Allora domani cominciamo a lavorarci. » Si avviò verso la porta.

« Oh, la prego, ispettore. Glielo chiedo per favore. »

Lui si voltò. « Daidre lo verrà a sapere solo se glielo dirà lei, Barbara. E a quanto vedo lei è bravissima a custodire segreti. »

MICHAEL

Nonostante ciò che avevo detto a Sebastian, non mi fidavo di Kayla al cento percento, anche se a quel punto stavamo insieme da dodici anni e, a parte l'aborto spontaneo e l'aggressione di quella notte a Penzance, la nostra vita era andata avanti senza intoppi. Io avevo il mio lavoro e lei dava lezioni di ballo. Ma soprattutto eravamo ancora più innamorati del giorno in cui ci eravamo sposati.

E non era vero che eravamo isolati. Io mi dedicavo a bigiotteria e oggettistica, ma vedevo Bran e Goron tutti i giorni al lavoro. Kayla vedeva regolarmente le amiche del circolo culturale; voleva molto bene a Jen e aiutava Gwyn ad assisterla; faceva da maestra a Goron, impresa non facile perché il povero ragazzo aveva problemi di apprendimento. Insomma, Kayla pareva soddisfatta e io non ero mai stato così felice dai tempi dell'adolescenza. Ovviamente c'era la differenza d'età. Kayla avrebbe potuto uscire la sera con persone più giovani, andare in discoteca a Truro, Redruth e Camborne – niente di particolarmente esaltante, lo so – e invece rimaneva a casa con me. Quando accennavo al fatto che si era legata a un uomo che ormai aveva i giorni migliori dietro le spalle, mi chiedeva di chi stavo parlando. L'unica persona a cui era legata era suo marito! E indissolubilmente.

Sì, però...

E lei: Però cosa?

Scommetto che non avresti mai pensato di fare una vita così, amore. Qui, chiusa in questo vecchio cottage con me che ho quasi cinquantasei anni e li dimostro tutti.

Be', in effetti pensavo che saremmo andati a ballare più spesso, disse facendomi l'occhiolino.

Ti piacerebbe andare a ballare?

Per tutta risposta scoppiò a ridere e disse che stava scherzando, ma io mi resi conto che non era vero. La danza era stata la sua vita. Faceva ancora parte della sua vita. E così, quando il Football Rugby Club di Perranporth organizzò un ballo di beneficenza – *Musica dal vivo! Ricchi premi e cotillon!* – comprai due biglietti per farle una sorpresa e le dissi che si procurasse un vestito speciale per l'occasione, perché tutti dovevano vedere cosa voleva dire danzare per davvero.

Immaginavo già la scena, con noi due che volteggiavamo sulla pista come in quei film dove tutti smettono di ballare per guardare ammirati la coppia che danza come in un musical del West End. La band suona. La gente batte le mani a tempo di musica. Tra gli applausi della folla, lui solleva la ballerina, se la carica sulle spalle e le fa fare una piroetta. Sì, mi immaginavo protagonista di una scena di questo genere insieme a Kayla.

Purtroppo non fu così che andò. Mi ritrovai in poltrona a guardare la televisione e ad applicarmi ghiaccio alternato con impacchi caldi sul ginocchio che mi era rimasto incastrato fra la benna e la ruota dell'escavatore quando, per imperscrutabili ragioni, lo stramaledetto arnese si era rifiutato di fare una salita che in mille altre occasioni aveva affrontato senza problemi. Risultato: a ballare io non ci andai proprio. Secondo il medico di famiglia, dovevo considerarmi fortunato a non essermi spappolato la gamba. Mi vietò di caricarci il peso per almeno una settimana e, come ho già detto, mi prescrisse ghiaccio e impacchi caldi.

Kayla si sforzava di nascondere la delusione, ma a me rincresceva che rinunciasse al ballo. Si era comprata il vestito apposta, era andata dal parrucchiere e si era data lo smalto alle unghie delle mani e dei piedi. Non volevo che il mio ginocchio le rovinasse la serata.

C'erano solo tre persone a cui potevo chiedere di farle da cavaliere: Goron, Bran e mio fratello. Né Goron né Bran mi parevano molto adatti, quindi lo chiesi a mio fratello.

Non vedevo motivo per cui avrebbe dovuto dirmi di no. Voleva bene a Kayla e presumevo che si sarebbe prestato volentieri a portarla a ballare al posto mio. E infatti Sebastian accettò, dicendo che aveva un «altro impegno» ma lo avrebbe spostato. Immaginai stesse parlando della sua ultima fiamma. Si presentò puntuale come un orologio per far salire Kayla, tutta in ghingheri, sulla sua Polestar nuova di zecca. Sei bella da mozzare il fiato, le disse e scoppiò a ridere quando lei gli disse a sua volta che aveva un look perfetto. Perfetto per cosa? chiese Sebastian.

Anch'io mi ero chiesto cos'avesse in mente, quando lo avevo visto arrivare vestito in un modo che sicuramente aveva studiato per far colpo: pantaloni scuri eleganti, camicia bianca con il collo alla coreana sbottonato, giacca attillata. Gli raccomandai di riportare mia moglie a casa entro mezzanotte, e lui: Hai paura che si trasformi in una zucca, se la tengo fuori oltre il dodicesimo rintocco? Kayla disse: Guarda che se mai è la tua macchina che fa quella fine, scemo.

Li sentii ridere mentre lui chiudeva la porta.

A dire il vero, stetti sulle spine quasi tutto il tempo, rimpiangendo di non essere andato anch'io. Non ero in grado di ballare, ma avrei potuto guardare Kayla che passava da un cavaliere all'altro. Così, invece, sarebbe stata con mio fratello per tutta la sera.

Quando tornarono mi ero addormentato in poltrona. L'auto elettrica di Sebastian era silenziosa e li sentii solo quando aprirono la porta del cottage. Non riuscii a capire cosa dicevano, solo che bisbigliavano sulla soglia.

Quando la porta si chiuse, guardai l'orologio: erano le due e un quarto. Il ballo, che io sapessi, finiva alle undici. Chiamai Kayla. Si affacciò sulla porta del salotto e mi chiese come mai ero ancora sveglio. Dissi che volevo aspettarla alzato e mi ero assopito. Ma lo sapeva che ora era?

Disse che sì, lo sapeva, era tardi. Era già tardi quando era successo il pasticcio, per questo non mi aveva chiamato. Quando le chiesi cosa fosse successo, mi raccontò che alle dieci e mezzo si era presentata al ballo un'amica di Sebastian che gli aveva fatto una scenata.

Una scenata? Che genere di scenata?

Kayla disse che era una sua ex, era ubriaca fradicia e se l'era presa con Kayla chiamandola Fabienne. Aveva urlato a Sebastian che non era stupida e che non si sarebbe lasciata mettere da parte come uno straccio vecchio. Dopo un po' l'avevano buttata fuori dal locale, ma Sebastian non aveva voluto che si mettesse al volante in quello stato. Quando chiesi di dove fosse, Kayla rispose Bodmin e mi raccontò che Sebastian aveva voluto a tutti i costi accompagnare a casa questa Gayle – così si chiamava – guidando lui la sua macchina. Kayla li aveva seguiti sulla Polestar. Quando finalmente erano arrivati a Bodmin – Sebastian si era dovuto fermare perché Gayle aveva vomitato dal finestrino – l'avevano aiutata a scendere dalla macchina e consegnata al marito, che era ubriaco quanto lei. Tipico di Sebastian, che si trattasse di una donna sposata.

Poi i due – Gayle e il marito – avevano cominciato a litigare, e lei gli aveva lanciato una statuetta di bronzo. L'aveva mancato, ma aveva centrato uno specchio che era andato in mille pezzi. A quel punto aveva afferrato una lampada, ma per fortuna Sebastian era riuscito a strappargliela di mano.

Da lì in poi, Gayle se l'era presa alternativamente con il marito, con Sebastian e con Kayla, continuando a chiamarla Fabienne, urlando e strepitando e minacciando di dar fuoco alla casa. Dopo un po' Kayla aveva cercato un telefono e aveva chiamato la polizia. Erano arrivati, avevano raccolto le dichiarazioni e la faccenda si era chiusa così.

Sono contento che tu non ti sia fatta niente, dissi, e lei mi mostrò tre graffi profondi sulle braccia che le aveva fatto Gayle. Aveva sanguinato in più punti. Ha aggredito te e non Sebastian? Ce l'aveva con tutti, disse. Lei aveva cercato di spiegarle che era la cognata di Sebastian, ma Gayle non voleva sentire ragioni. A quanto pareva era l'amante che aveva sostituito l'amante di prima, o quella prima ancora – va' a sapere – e si era messa a gridare che sapeva a che gioco stava giocando Sebastian. Dopodiché, a beneficio di Kayla – e del marito – aveva spiegato il modus operandi di Sebastian in fatto di donne e sesso. Aveva detto a Kayla di non farsi illusioni, di togliersi dalla testa di poter ottenere qualcosa di più da quel bastardo, perché era impossibile. Sei giovane e pensi che con te sarà diverso, ma per lui sei solo carne fresca, le aveva detto.

E dove diavolo era mio fratello mentre succedeva tutto questo?

Era lì che cercava di farla ragionare, rispose Kayla. Gayle voleva prenderlo a pugni e calci, ma lui per fortuna era riuscito a tenerla a bada.

Dissi che gli volevo parlare e presi il cellulare. Non puoi aspettare domani, Michael? disse Kayla. Sebastian non aveva nessuna colpa, e comunque a quell'ora era in macchina che stava tornando a Penzance e non poteva rispondere.

Dissi che mio fratello avrebbe dovuto fare qualcosa, non avrebbe dovuto lasciare che questa Gayle le mettesse le mani addosso.

Kayla lo giustificò dicendo che Sebastian aveva fatto di tutto e di più, aveva cercato in ogni modo di calmare quella pazza ed era stato un signore ad accompagnarla a casa per non lasciarla guidare ubriaca.

Quello che era successo al ballo era un classico, dissi. Pensa che Sebastian adesso ha anche una con cui si vede in un appartamento a Holland Park.

Come fa a tenere il piede in tante scarpe contemporaneamente? chiese Kayla. Tuo fratello fa una vita veramente strana.

È sempre stato così, risposi.

23 APRILE

Howenstow, Lamorna
Cornovaglia

Barbara Havers aveva passato gran parte della notte a guardare alternativamente il soffitto e fuori dalla finestra, verso il cielo coperto e senza stelle sopra la silenziosa tenuta di Howenstow. Non era mai stata capace di mentire e, se ancora avesse avuto dei dubbi in proposito, la conversazione della sera prima con Lynley glieli avrebbe tolti definitivamente. Di conseguenza, sapeva di dover informare Daidre del fatto che Lynley intendeva contattare la sede della Cornwall Constabulary e in particolare la Major Incident Team. E la sola idea la riempiva di sgomento.

Se l'ispettore e la veterinaria si fossero riconciliati, sarebbe stato tutto più facile, maledizione. Barbara non sapeva perché avessero litigato – né le interessava saperlo – ma era chiaro che Lynley era ancora innamorato. L'aveva capito persino lei, che non era certo esperta in affari di cuore.

Quando finalmente venne giorno, il cielo era un ammasso di nuvoloni plumbei e carichi di pioggia. Non c'era una bava di vento e la campagna pareva aspettare con ansia l'acquazzone in arrivo. Barbara si preparò per il maltempo: T-shirt, pantaloni, scarpe da ginnastica e giacca a vento. Stava per uscire dalla stanza quando le suonò il cellulare: era Mrs. Flo. Fu tentata di non rispondere. Con ogni probabilità Florence Magentry chiamava per offrirsi di aiutarla a decidere in merito al funerale di sua madre e tutto il resto e Barbara non aveva nessuna voglia di affrontare quell'argomento. Consapevole del fatto che, se voleva mettere un po' di ordine nella sua vita, da quello doveva cominciare e non poteva rimandare all'infinito, Barbara si sedette alla toeletta e rispose.

«Barbara, cara, come va?» Mrs. Flo era gentile e affettuosa come sempre.

«Va» rispose Barbara.

«Bene.» Mrs. Flo chiamava dal fisso e Barbara se la immaginò nella sua bella cucina accogliente a Greenford, seduta al vecchio tavolo con il piano in formica, che giocherellava con il filo del telefono. «Come sta, cara? Posso aiutarla in qualche modo?»

Barbara decodificò il messaggio: *Sarebbe ora di far sapere qualcosa all'impresa di pompe funebri, non trova?* Barbara si sentì in colpa: stava mettendo la povera Mrs. Flo in una posizione imbarazzante nei confronti del signor Cheery.

«Ho sentito di nuovo il signor Cheery» continuò infatti Mrs. Flo. «Mi chiedeva se... Voleva sapere che cosa ha deciso, cara. Perché... vede, Barbara, non possono tenerla lì ancora a lungo, sa?»

«Lo so, lo so» rispose Barbara. «Mannaggia. Mi dispiace davvero tanto.»

«Posso...? C'è qualcosa che...? Vorrei tanto poterla aiutare, Barbara.»

Aggie Havers sarebbe stata cremata. A quel punto Barbara ne era certa come era certa del suo numero di scarpe, anche se non era ancora riuscita a dirlo chiaro e tondo. Sì, sì, sapeva benissimo che ormai quasi tutti optavano per la cremazione e che le ceneri venivano consegnate alla famiglia per essere conservate in un'urna, oppure disperse in un luogo particolarmente caro al defunto. Un tempo avrebbe saputo che luogo scegliere per sua madre – e forse non ci sarebbe stato nemmeno bisogno di cremarla – e chissà che non fosse proprio per questo che aveva fatto così fatica a decidere di consegnare alle fiamme eterne le spoglie mortali di sua madre. Ma non era solo questo, rifletté. Lei e sua madre non erano mai state affiatate, nemmeno quando Aggie Havers era ancora lucida, prima del deterioramento cognitivo. Il problema era un altro, anche se Barbara si rifiutava di ammetterlo, prima di tutto con sé stessa. Adesso però si era resa conto che era proprio quello il nodo che fingeva in tutti i modi di non vedere.

«Chiamerò Cheery in mattinata. Non ho con me il suo biglietto da visita, però. Può darmi il numero, Mrs. Flo?»

«Ma certo, cara» rispose lei. «Ha da scrivere?»

Barbara si guardò intorno e vide, sul comodino, il foglio sul quale Gloriana Lobb le aveva scritto i recapiti di Anthony Grange. Lo andò a prendere, trovò una biro nel cassetto del comodino e sotto il numero di Anthony Grange scrisse quello della Cheery Brothers che Mrs. Flo le dettò. Finita la telefonata, emise un lungo sospiro, fissò il numero di telefono dell'impresa di pompe funebri, si disse che era ancora troppo presto per chiamare e girò il foglio dall'altra parte per scacciare il pensiero per un po'.

Si ritrovò di fronte la foto di Darren il Tuttofare, un uomo sorridente con un grembiule di cuoio e le braccia incrociate sul petto, che impugnava un coltellone da macellaio per mano, stile samurai. Sotto, c'era scritto SERVIZIO A DOMICILIO e in un angolo c'era un QR code. Incuriosita, Barbara aprì la app e lo inquadrò. Arrivò così al sito web del sedicente tuttofare, che si dichiarava uomo dai molteplici talenti disponibile a svolgere i lavori più svariati. Tra questi, con grande sorpresa di Barbara, figurava anche l'affilatura di coltelli a domicilio.

«Porca miseria!» Ebbe cura di imprecare a voce bassa. Andò a prendere i documenti che le aveva dato Rupert Somerton e iniziò a sfogliare nelle varie cartelline. Le aprì tutte, una per una, cercando di non farsi prendere dall'entusiasmo e di ricordarsi che la sua scoperta poteva essere significativa come no.

Tuttavia, sembrava proprio che nessuno fosse mai andato a parlare con Darren l'arrotino.

Bodmin
Cornovaglia

Bea arrivò in ufficio con congruo anticipo rispetto alla riunione mattutina della MIT. Voleva inserire nel sistema gli appunti che aveva preso durante la conversazione con Fabienne Porter, l'amante di Sebastian Lobb. Al termine del colloquio con la donna aveva tratto due conclusioni. La prima era che Fabienne Porter diceva la verità, perché non aveva assolutamente nessuna ragione di mentire. La seconda era che Sebastian Lobb non poteva aver ucciso suo fratello a meno che non avesse il dono dell'ubiquità, perché non poteva trovarsi contemporaneamente in due posti diversi. E così aveva spuntato un altro nominativo dal suo elenco mentale di possibili colpevoli. Sebastian Lobb poteva pure essere ansioso di mettere le mani sulla quota del fratello, ma non era arrivato a ucciderlo per questo.

Bea era uscita sollevata dall'incontro con Fabienne Porter: aveva colmato una piccola lacuna nelle indagini e a quel punto nessuno avrebbe potuto più rimproverarla di non essere andata a parlare di persona con la donna che di fatto costituiva l'alibi di Sebastian Lobb.

La riunione incominciò con i rapporti dei vari membri della squadra operativa. Il primo riguardava lo strano oggetto consegnato alla polizia di Camborne, ritrovato da due adolescenti che si erano appartati durante una gita scolastica in un sito archeologico vicino a Scorrier. Nessuno aveva ancora capito cosa fosse, ma poiché era sporco di sangue era stato mandato ai laboratori forensi con preghiera di analizzarlo con la massima urgenza. I periti non garantivano niente, ma promettevano di fare il possibile.

C'era un aggiornamento anche riguardo alla cassaforte nella bottega di Michael Lobb. Per aprirla ci voleva un fabbro, ma ci voleva anche un agente dell'Investigativa che presenziasse dall'inizio alla fine, e poiché gli agenti in servizio alla Lobb's erano impegnati entrambi nell'area dove la cassiterite veniva separata dai minerali che la contenevano, erano trascorsi diversi giorni prima che si potesse procedere.

«A proposito di quell'area» disse Bea interrompendo una dei due agenti in questione, «ci sono due vasche che...»

«Ne parliamo dopo» la bloccò subito Phoebe. «Finiamo di parlare della cassaforte, prima.»

Finalmente il lavoro era stato eseguito a norma di legge, in presenza di un agente, e il contenuto della cassaforte era stato repertato e acquisito come materiale probatorio. Fra le carte che Michael Lobb vi custodiva c'era un testamento più recente di quello ritrovato in precedenza, che nominava erede universale la moglie, purché ancora in vita e ancora legalmente sposata al testatore. Qualora Kayla Lobb fosse nel frattempo deceduta o avesse divorziato da Michael, l'azienda e la proprietà sarebbero andate ai figli. Vi erano inoltre: certificati di nascita, polizze assicurative relative al cottage e allo stabilimento, compresi i capannoni e macchinari, una polizza sulla vita di ventimila sterline a favore di Kayla Lobb, i passaporti del defunto e della vedova, duecentosessantacinque sterline in contanti e una busta marrone contenente alcune fotografie.

« Fotografie di cosa? » domandò Phoebe.

« Foto osé » rispose un'agente, arrossendo.

« Della moglie. Nuda. Piuttosto... allusive? È così che si dice? » chiese un collega meno sensibile.

« Fatemi capire » disse Phoebe. « Siamo a livello di pornografia? »

« Puoi considerare pornografiche le foto di tua moglie? » ribatté qualcuno. « Magari gliele ha fatte proprio lui. »

« Giusto » disse una voce dal fondo.

« Nelle foto però la moglie è giovanissima » interloquì qualcun altro. « Dimostra sedici anni o diciassette anni. Diciotto a dir tanto. »

« Potrebbero essere selfie? » chiese un altro ancora.

« Potrebbero, sì » fu la risposta.

Bea intervenne ricordando che era stata trovata una foto di Kayla Lobb nuda anche nel caravan degli Udy, dentro la scatola di un gioco da tavolo. « In quella foto a me è sembrata giovanissima. E in una posa che io definirei audace, più che allusiva. Quel tipo di foto che trovi nelle cabine telefoniche... »

« *Trovavi*... Quando ancora esistevano le cabine telefoniche... » fece notare qualcuno.

« ... con la scritta 'chiamami a questo numero e ti farò felice' o roba del genere » concluse Bea. « La foto nel caravan potrebbe essere stata sottratta da quella busta. »

« Sappiamo se Michael Lobb teneva la cassaforte chiusa anche durante le ore lavorative? » chiese Phoebe. « La moglie potrebbe saperlo » aggiunse poi.

« Potrebbe averla presa lei? E magari averla messa apposta nel caravan degli Udy? »

« Ha dichiarato di non conoscere la combinazione della cassaforte » rispose Bea.

« Potrebbe avercela messa Lobb? »

« Scusate, ma a me sembra irrilevante » osservò qualcuno.

« Non c'è niente di irrilevante, in un'indagine » ribatté Phoebe. Poi si rivolse all'agente che aveva a fianco. « Cercate di scoprire qualcosa di più su quelle foto e se la signora Lobb era al corrente del fatto che suo marito le teneva in cassaforte. Passiamo oltre. Cosa mi dite degli impianti di preparazione del minerale di stagno? »

« Ci sono due vasche di decantazione. » L'agente di poco prima riprese la parola e ripeté l'informazione.

« Che cosa sono le vasche di decantazione? » domandò Phoebe.

« Quelle dove finiscono i residui dopo la separazione della cassiterite dal minerale. Sul fondo si deposita uno strato di sedimento che viene rimosso una volta all'anno. »

« E perché ci interessano queste vasche? »

« Perché nel sedimento in fondo a una delle due c'erano un paio di scarponi. »

Le parole dell'agente galvanizzarono tutti i presenti e lei sorrise compiaciuta. Era comprensibile, visto che poco prima, quando aveva provato a rivelare quell'importante sviluppo, Phoebe Lang l'aveva interrotta in malo modo. « Attualmente sono nei laboratori della Scientifica. »

« Di chi sono? Lo sappiamo? » chiese Phoebe.

« Quando sono intervenuta io, poco dopo l'omicidio, Goron Udy aveva ai piedi un paio di scarpe da ginnastica » disse Bea. Si sarebbe voluta prendere a schiaffi da sola. Aveva notato che Goron Udy aveva ai piedi scarpe sportive pulite, mentre suo padre aveva scarponi da lavoro sporchi da far schifo.

Phoebe rimase contrariata e lanciò a Bea un'occhiataccia da cui si capiva che sarebbe tornata sull'argomento in separata sede. Bea se l'aspettava e non poteva darle torto.

Mentre Phoebe impartiva le ultime istruzioni, Bea si accorse che la stavano chiamando sul cellulare dalla reception. C'era una persona che desiderava parlare con lei, un collega di Londra, della Metropolitan Police.

E cosa caspita vuole da me? pensò. « Chi è? »

« L'ispettore Thomas Lynley. Cosa gli dico? »

« Che arrivo subito. »

St. Just
Cornovaglia

Secondo il messaggio registrato sulla segreteria del numero che Barbara aveva chiamato, Darren il Tuttofare dalle otto e mezzo a mezzogiorno sarebbe stato nella piazza del mercato di St. Just. Barbara chiamò Daidre per spiegarle l'idea che le era venuta e si diedero appuntamento davanti al Wellington Hotel, che si trovava nella piazza del mercato, per andare a conoscere Darren Lewis. Barbara aveva scoperto anche il cognome dal messaggio in segreteria.

St. Just era un ex centro minerario, una cittadina piena di storia con strette viuzze e semplici casette senza giardino. Trovare la piazza del mercato non fu difficile. Era nella parte più vecchia del paese e aveva al centro una sorta di monumento con un piedistallo esagonale su cui poggiava un lampione corredato di due frecce segnaletiche che indicavano la strada per Penzance e quella per St. Ives. Sul piedistallo era seduta una donna con un impermeabile e due bassotti – anche loro con cappottino impermeabile – che non sembravano particolarmente entusiasti di stare all'aperto, sebbene per il momento non piovesse. La piazza era piena di negozi e attività commerciali e quella mattina davanti alla macelleria c'era anche il furgone di Darren il Tuttofare.

Barbara aspettò Daidre davanti all'hotel, come stabilito. Gli ombrelloni nel dehors erano aperti, non si sapeva bene se per proteggere i tavolini dall'imminente temporale o nella vana speranza che uscisse il sole. Barbara si sedette in un punto da cui poteva osservare il furgone: sulla fiancata c'era una versione cartoon di Darren nella stessa posizione del volantino che le aveva dato Gloriana Lobb.

Il furgone era aperto su un lato e Barbara vedeva Darren Lewis che lavorava con una mola a pietra. Notò che non assomigliava per niente alla foto sul volantino. Dimostrava una ventina di anni in più ed era completamente diverso, a parte il grembiule di cuoio. Era un uomo massiccio, con una salopette di jeans, una T-shirt nera, una bandana stile pirata e baffoni da tricheco che non andavano più di moda da almeno cinquanta o sessant'anni. Indossava cuffie e occhiali protettivi. Barbara non riusciva a vedere che cosa stesse facendo di preciso ma, qualsiasi cosa fosse, produceva un rumore infernale. Non a livelli insopportabili, ma sentirlo tutto il giorno a distanza ravvicinata avrebbe fatto digrignare i denti a un santo.

Quando Daidre arrivò, Barbara stava mangiando un panino dolce alla cannella e bevendo un caffè. Le indicò il furgone con un cenno del capo, le offrì un pezzo del suo panino – che Daidre rifiutò educatamente – e disse: «Voglio aspettare che finisca il lavoro che sta facendo. Non vorrei mai che si deconcentrasse, visto che lavora con i coltelli. Non lo vuole nemmeno assaggiare? Sicura?»

Daidre sorrise. «Sicura.» Si sedette di fronte a Barbara e si posò le mani in grembo.

«Tutto bene con Kayla Lobb e suo fratello? Nessun problema?»

«Tutto bene, grazie. Sono entrambi molto gentili.» Daidre ebbe un attimo di esitazione e assunse un'espressione pensosa. «Si prendono cura di me quando in realtà dovrebbero farmi la guerra. Soprattutto Kayla» disse poi.

«In che senso?»

«Sa che io e lei stiamo continuando a indagare su un caso che a suo avviso è già risolto. Le dispiace per Goron, certamente, ma se noi dovessimo riuscire a dimostrare che la polizia ha sbagliato, Kayla sarà punto e a capo.»

«La classica ferita che si riapre?» chiese Barbara e quando Daidre annuì continuò: «Solo che qui la ferita non si è ancora richiusa, mi pare. Certe ferite impiegano anni a farlo». Bevve un sorso di caffè per farsi coraggio e si buttò, perché non poteva tenerglielo nascosto: «Sono stata costretta a dirglielo».

Daidre capì al volo. «Lo immaginavo. Dopo Mousehole... Mi racconti, Barbara.»

«È venuto a bussarmi in camera nel cuore della notte pretendendo una spiegazione. Esclusa l'ipotesi che volesse attentare alla mia virtù, non mi è rimasto che confessare. Mi ha costretto a dirgli cosa è successo e perché io e lei eravamo insieme a Mousehole.»

«Non le ha lasciato scampo, scommetto» disse Daidre.

«Proprio così. Ma non è tutto...» Barbara prese fiato. Le costò uno sforzo immenso, ma lo disse: «Vuole dare una mano anche lui».

Daidre spinse indietro gli occhiali con l'indice e guardò pensierosa il resto del dolce di Barbara. Poi aggrottò la fronte. «Non è riuscita a dissuaderlo?» Barbara la guardò come a dire *Secondo te?*, allora Daidre proseguì: «Ovviamente no. Mi dispiace. L'ho messa in una posizione antipatica, vero?»

«Ma no, si figuri. Comunque, non ci darà una mano *direttamente*. Vuole chiamare Bea Hannaford, l'ispettore della MIT che coordina le indagini. Dice che proverà a lavorare su quel fronte, sempre che l'ispettore glielo permetta. Si conoscono già, Lynley e Hannaford. Ma lei lo sa meglio di me, no?» Non c'era bisogno che Daidre rispondesse e quindi, sforzandosi di suonare speranzosa, Barbara aggiunse: «Secondo me, Hannaford non lo vorrà fra i piedi. Lo ringrazierà per la gentile offerta, ma gli dirà che non c'è bisogno perché è già tutto chiaro, tutto stabilito. E la cosa finirà lì».

«Probabilmente lei ha ragione e all'inizio Hannaford gli dirà di no. Ma sa com'è Tommy, no? Le farà una testa così sull'importanza di un paio di occhi in più, un punto di vista diverso eccetera eccetera e Hannaford finirà per accettare. Un cervello in più a costo zero» disse Daidre.

«È possibile» ammise Barbara. «Comunque, sempre che accetti, che cosa potrebbe fare Lynley? Replicare il lavoro della MIT? Anche volendo, non avrebbe il tempo. È venuto in Cornovaglia per occuparsi del tetto e delle altre seccature della tenuta di famiglia e deve trovare un'impresa che gliele sistemi, prima che cedano le travi dei preziosi soffitti e distruggano il mobilio in foglia d'oro.»

«In foglia d'oro?» Daidre, che stava osservando Darren Lewis al lavoro nel suo furgone, si voltò a guardare Barbara.

Barbara si rese conto di aver esagerato e tentò di minimizzare. «Niente, niente» farfugliò. «Il punto è che la casa dei Lynley ha bisogno di lavori.»

«Lei mi nasconde qualcosa, Barbara» disse Daidre. «Qual è il problema? Mi dica la verità.»

Barbara spezzò a metà quel che restava del panino dolce e ne porse un pezzo a Daidre, che lì per lì fece di no con la testa ma poi accettò. « È una dimora storica, di quelle vincolate dai Beni Culturali, e a quanto ho capito quando ristrutturi un bene vincolato devi usare materiali dell'epoca » spiegò Barbara.

« E di che epoca è? »

« Non lo chieda a me, che di architettura non capisco un cavolo. Tutto quello che so è che risale a secoli fa e adesso comincia dare segni di cedimento. Come le dicevo, l'ispettore è venuto in Cornovaglia per questo. E mi ha chiesto di accompagnarlo. » Non disse come mai lo avesse fatto – anche perché in realtà non gliel'aveva chiesto, ma ordinato – e Daidre non fece domande.

« Quindi è una casa antica » si limitò a osservare a bassa voce.

« Antichissima » rispose Barbara. « Per gestire la tenuta i Lynley hanno un amministratore – John Penellin, quello che era con lui a Mousehole ieri – ma le decisioni importanti le deve prendere il proprietario e rifare il tetto è una decisione importante. » Concluse, con finta convinzione: « Perciò l'ispettore non avrebbe materialmente il tempo di occuparsi di Goron. Si limiterà a fare una telefonata a Bea Hannaford ».

Si alzò in piedi prima che Daidre avesse il tempo di ribattere. Darren Lewis doveva aver finito il lavoro che stava facendo perché si era tolto le cuffie e gli occhiali protettivi e lei gli voleva parlare prima che si mettesse a fare qualcos'altro. « Ha una foto di Goron sul telefono? » chiese a Daidre.

Daidre rispose che pensava di sì e cominciò a cercarla. Mentre andavano al furgone dell'arrotino, trovò una foto di Gwynder e Goron davanti al suo cottage di Polcare Cove.

Barbara tirò fuori il tesserino, ma poi lo rimise in tasca per non allarmare prematuramente il Tuttofare, che rischiava di mettersi sulla difensiva. Chissà che opinione aveva delle forze dell'ordine. Rimpianse di non aver portato qualcosa da fargli affilare.

Quando Barbara e Daidre arrivarono al furgone, Darren stava sistemando in una borsa un set di coltelli appena affilati. Alzò lo sguardo. « Un attimo solo » e continuò quello che stava facendo. Le aveva prese per normali clienti: meglio così.

Mentre aspettavano, Barbara diede un'occhiata agli strumenti di lavoro di Darren l'arrotino: una smerigliatrice, una bacinella di acqua (presumibilmente a fini del raffreddamento); una levigatrice a nastro, che forse serviva a rifinire l'affilatura; prodotti per la pulizia e la lucidatura. Sul banco da lavoro c'erano anche una cassetta portavalori e un cellulare. Il generatore era ancora acceso, segno che Darren Lewis aveva altre affilature in programma.

«Desidera?» chiese quando ebbe finito di mettere a posto i coltelli. Nel frattempo ne prese un altro con il manico arancione e la lama a doppio taglio, liscia da una parte e seghettata dall'altra, e lo portò vicino alla smerigliatrice.

«Cos'è quell'affare?» chiese Barbara.

Lui guardò il coltello, poi guardò Barbara. «Un coltello da scavo. Lei non fa giardinaggio, eh?»

«No: confesso. Sembra un'arma letale.»

«Lo è. Nelle mani sbagliate, può fare grossi danni.»

«E come si affila una lama così?»

Darren indicò la smerigliatrice e poi la levigatrice a nastro. «Prima si usa questa e poi quella.»

«Come mai lavora su un furgone? Non farebbe meno fatica in un negozio? Portarsi in giro tutta sta roba...»

«I negozi non fanno per me. Mi piace girare. Stare sempre nello stesso posto? No, grazie.» Mimò un brivido. «E per certi clienti è più comodo se sono io che vado da loro e non viceversa. Allora, mi avete portato qualcosa da affilare? Vi avverto che me lo dovete lasciare perché ho altri lavori da fare prima. Potete passare a ritirarlo nel pomeriggio.»

«Volevamo solo chiederle una cosa, se ha un minuto.» Barbara a quel punto si presentò e gli mostrò il tesserino. Darren lo guardò, poi guardò Barbara e infine guardò Daidre, zitto. «Ha per caso affilato qualcosa per suo fratello?» Indicò Daidre. «Intorno a fine marzo, inizio aprile?»

«È passato un bel po' di tempo e ho tanti clienti, come faccio a...?»

«Guardi questa foto. Se lo ricorda?»

Daidre gli porse il proprio cellulare. Darren lo prese, lo posizionò in maniera da vedere meglio lo schermo e dopo un po' lo restituì a Daidre. «Sì, me lo ricordo. Per via degli occhiali e di quello che mi ha chiesto di affilare.»

Barbara sentì che Daidre era trasalita. «Perché? Che cosa le aveva portato?»

«Ah, guardi, non ne ho la più pallida idea» rispose Darren. «Poteva essere un attrezzo agricolo, o da giardinaggio, di quelli che si usano per piantare i bulbi, tipo. Aveva un manico abbastanza lungo, forse per fare buchi profondi. Lo conficchi nel terreno e lo ruoti finché non hai il buco della larghezza e della profondità giusta.» Mimò il gesto. «Comunque, qualsiasi cosa fosse, mi ha chiesto di affilarglielo. Era in pessime condizioni, me lo ricordo. Doveva essere stato tenuto all'aperto un anno o due.»

«E lei glielo ha affilato?»

«È il mio lavoro.» Accese la smerigliatrice. «Gli ho consigliato di comprarne uno nuovo, però, perché quello che aveva non avrebbe retto un'altra affilatura.»

Stava per riprendere a lavorare quando Barbara tirò fuori il taccuino dalla borsa. «Potrebbe farci un disegno? Così almeno capiamo com'era fatto l'attrezzo.»

Darren sospirò, ma posò il coltello con la lama a doppio taglio e spense la smerigliatrice. Prese una biro e fece uno schizzo veloce di un oggetto che poteva servire a mille cose, oltre che a far buchi nel terreno. D'altra parte, Barbara non avrebbe saputo distinguere una cazzuola da un abbassalingua. Guardò Daidre, ma anche lei scosse la testa perplessa.

Barbara ringraziò Darren. «Stia attento con quel coltello, mi raccomando.»

Darren annuì, riaccese la smerigliatrice e indossò di nuovo cuffie e occhiali.

Mentre tornavano verso il Wellington Hotel, Barbara guardò Daidre, che sembrava sempre più angosciata. «Potrebbe averlo fatto affilare per qualche altro motivo. O per conto di qualcun altro» disse per consolarla.

Daidre la guardò con gli occhi lucidi, trattenendo le lacrime. «Non ci crede nemmeno lei, Barbara.»

Barbara si fermò e le posò una mano sul braccio. «Senta, adesso come adesso ci sono diverse cose che fanno pensare che sia stato lui, ma anche questo...» Indicò il furgone dell'arrotino. «Anche questo potrebbe essere un elemento casuale, che non si incastra con il resto. Sì, quell'aggeggio potrebbe essere l'arma del delitto, ma potrebbe anche non esserlo. Magari Goron l'ha fatto affilare per un altro motivo. Abbiamo appena cominciato, Daidre. Si dimentichi di quello che pensa la MIT, di quello che sa o crede di sapere la polizia. Il nostro scopo è scoprire quello che non sanno, quello che hanno trascurato e quello che hanno frainteso. Questo Darren, per esempio, non viene nominato in nessuno dei verbali che ho letto finora. Come si sono persi lui, si saranno persi altre cose. Chissà quante. Scopriremo chi è stato, okay? Far affilare una cosa non significa usarla per ammazzare qualcuno.»

Trevaunance Cove
Cornovaglia

Lynley vide Bea Hannaford posare lo sguardo sulle sue scarpe – classiche Oxford brogue – con un cipiglio che non si preoccupò minimamente di nascondere. «Sono l'ideale per camminare sulla spiaggia, eh?» commentò la collega. Si diresse verso il bagagliaio della sua auto e tirò fuori un paio di galosce gialle, con delle galline stampate sopra. «Me le ha regalate mio figlio. Ha un gusto... tutto suo» brontolò, mentre se le infilava. Tornò al bagagliaio e frugò tra coperte, zaini, un cesto da picnic, ciotole per cani, palline da tennis e guinzagli, finché non trovò un altro paio di stivali di gomma. «Dovrebbero essere della sua misura» disse porgendoli a Lynley.

Infatti gli andavano giusti. Con gli stivali ai piedi, Lynley seguì Hannaford lungo la rampa che portava alla spiaggia. Uno stormo di gabbiani dalla testa nera si alzò in volo strillando e un cane si mise ad abbaiare. Le onde si frangevano in lontananza, profumando l'aria di salmastro. La baia di Trevaunance Cove, davanti a loro, un tempo era stata un porto abbastanza trafficato ma esposto al maltempo, i cui moli erano stati distrutti più volte dalle mareggiate.

Nonostante quello che aveva detto a Barbara la sera prima,

Lynley dubitava fortemente che Hannaford accettasse la sua intromissione, per quanto marginale. Al suo posto, a lui avrebbe dato fastidio. Così, durante il viaggio verso Bodmin si era preparato un discorsetto volto a convincerla dell'utilità di un suo eventuale intervento. Ma l'ispettore Bea Hannaford, pur consapevole del fatto che la richiesta di Lynley era insolita e irrituale, aveva accettato di buon grado.

Quando l'aveva vista arrivare nell'atrio della centrale, Lynley l'aveva trovata assai poco cambiata rispetto all'ultima volta in cui si erano incontrati. Stesso taglio di capelli simil-moicano, stessa postura militare, stessa andatura decisa e sicura, stessa espressione severa e implacabile. «Lei è l'ultima persona che immaginavo di vedere qui, Thomas. Come sta? La trovo bene» gli aveva detto, stringendogli la mano.

Lynley aveva sorriso. «Sto bene.»

«Come mai in Cornovaglia?»

«Sono venuto a trovare i miei.»

«Non ricordavo che la sua famiglia fosse di qui. Ma forse non me l'aveva mai detto...?»

«Può darsi che non sia saltato fuori.»

Insomma, era andato tutto liscio. Secondo Hannaford, le prove contro Goron Udy erano pesanti e incontrovertibili e continuavano a emergerne di nuove. La Magistrates' Court aveva passato il caso alla Crown Court e ora a occuparsene era il Crown Prosecution Service. E se un collega di Londra voleva vedere in che cosa consistevano le prove, non aveva alcun problema ad accontentarlo.

La prontezza con cui Bea Hannaford aveva acconsentito a lasciargli mettere il naso in una sua indagine lo aveva sorpreso. Nonostante ostentasse sicurezza, c'era qualcosa nel suo atteggiamento che gli fece sospettare che avesse delle riserve e sotto sotto temesse di aver mandato a processo un innocente.

Gli aveva fatto presente che per lei non c'erano problemi, ma che per correttezza doveva chiedere alla responsabile delle indagini. Ottenuta l'autorizzazione dalla sua capa, erano partiti per Trevaunance Cove, a nord di St. Agnes.

In quel momento Hannaford e Lynley stavano camminando sulla spiaggia con gli stivali di gomma ai piedi. Tre surfisti in muta integrale erano inginocchiati sulla sabbia, intenti ad applicare la paraffina alle tavole. Alzarono lo sguardo nel sentirli arrivare, videro che non li conoscevano e tornarono al loro lavoro.

Hannaford fece strada oltre una serie di cabine bianche e azzurre allineate sopra a un muro di contenimento e si diresse verso la falesia che dominava l'estremità nord della baia. Nella roccia c'era una fenditura alla cui base si accumulavano i massi e le pietre che si staccavano per effetto della gravità, del passare del tempo e delle intemperie. Bea gli spiegò la situazione.

« La tuta da lavoro era in mezzo a quelle pietre. L'ha scovata un cane che era stato lasciato libero in spiaggia. Quando l'ho vista io, gliel'avevano appena strappata di bocca. »

« Dove, di preciso? »

« Vicino alla scuola di surf. » Indicò un edificio appena sopra la spiaggia e vicino alla rampa. « Ma diversi surfisti avevano visto il cane aggirarsi fra i pietroni alla base della spaccatura e così ho mandato due dei miei a controllare. »

« Hanno trovato qualcosa di interessante? »

« Un bel po' di spazzatura – bottigliette, contenitori di plastica, roba così – e un sacchetto di plastica strappato e sporco di sangue. Ipotizziamo che la tuta fosse dentro il sacchetto, che il cane abbia sentito l'odore del sangue e l'abbia strappato a morsi per tirarla fuori. Le analisi di laboratorio confermano che il sangue era di Michael Lobb. »

« Impronte digitali? »

« Nessuna decente. »

Lynley si guardò intorno. Gli sembrava un posto assurdo in cui nascondere un indumento insanguinato. Sul lato sud della baia, sopra un giardino roccioso che si chiamava Jubilee Garden Rockery, c'erano alcune case da cui quel punto si vedeva benissimo e lungo la strada che scendeva da St. Agnes c'erano altri cottage e il Driftwood Spars, che fungeva sia da pub che da hotel. Chiunque fosse stato a nascondere la tuta insanguinata fra quei pietroni si era preso un bel rischio, a meno che non lo avesse fatto nel cuore della notte.

« Che cosa vi fa pensare che sia stato Goron Udy a portare qui quella tuta? Non potrebbe essere stato qualcun altro? » chiese a Bea Hannaford.

«Allo scopo di depistarci?»

«Di puntare il dito contro di lui, sì.»

«Tutto è possibile, ma non tutto è probabile.» Hannaford stava guardando uno dei surfisti che cavalcava le onde con maestria, senza sforzo apparente. «Questo è uno dei posti lungo la costa dove Michael Lobb aveva la licenza di raccogliere cassiterite. Michael Lobb ci mandava i due Udy, padre e figlio, che venivano qui con l'escavatore: scendevano con il mezzo giù dalla rampa, attraversavano la spiaggia, caricavano le pietre e le portavano allo stabilimento. Quindi conoscevano benissimo il posto.»

«Mi sembra rischioso nascondere una prova tanto incriminante in un posto così in vista.»

«Ci venivano spesso: se anche qualcuno li avesse visti trafficare fra le rocce, non ci avrebbe trovato niente di strano. O magari sono venuti nottetempo. Magari subito dopo l'omicidio. Il padre ha la moto, Goron ha la macchina. La Lobb's Tin & Pewter è appena fuori Trevellas, Thomas, e da Trevellas a qui è un attimo sia in moto che in auto. Dieci minuti al massimo.» Indicò la direzione della strada. «Parcheggi vicino alle case, scendi sulla spiaggia, vai alla falesia e il gioco è fatto. Se conosci bene il posto, non hai nemmeno bisogno di usare una torcia. Vai e torni in meno di cinque minuti. Tutto considerato, mi sembra che abbia un senso che la tuta sia stata nascosta qui.»

«Dalle case nessuno ha visto nulla? E dal pub? Li avete interrogati tutti, suppongo.»

«E tutti affermano di non aver visto niente. A meno che qualcuno non abbia mentito per coprire l'assassino...»

«L'assassino potrebbe aver usato una tuta da lavoro per uccidere Lobb e poi averla nascosta qui apposta, sapendo che era uno dei posti dove Goron veniva a prendere la cassiterite. Non pensa, ispettore?»

«Non lo posso escludere» ammise Bea Hannaford. «Ma se sta pensando che qualcuno stia cercando di incastrare Goron Udy, le ricordo che abbiamo trovato sangue di Michael Lobb sui suoi occhiali.»

«Li porta spesso? Gli occhiali, intendo.»

«Penso di sì, visto che quando gli abbiamo sequestrato quelli insanguinati ne ha chiesto un altro paio. Dice che di notte li tiene sul comodino. Quindi per incastrarlo l'assassino sarebbe dovuto entrare nella sua stanza di soppiatto, prendere gli occhiali, sporcarli di sangue e poi rimetterglieli sul comodino. Il tutto senza farsi vedere né da lui né da suo padre. Le sembra plausibile, Thomas? A parte il fatto che la montatura era rotta e il sangue era anche sotto lo scotch con cui era stata riparata.»

Si incamminarono e Lynley rifletté su ciò che aveva appena detto Bea Hannaford. Si era alzato il vento e i gabbiani erano spariti. Il cielo era diventato plumbeo e quando i due ispettori arrivarono alle rispettive auto cominciarono a cadere le prime gocce.

Lynley si fermò davanti al bagagliaio dell'auto di lei, si tolse gli stivali di gomma e li restituì a Hannaford. «Continua a esserci qualcosa che non mi convince, però. È come se ci fossero fin troppe prove... Non crede?» disse Lynley.

Bea Hannaford fece una risatina sarcastica. «È la prima volta che sento un collega dire una cosa del genere! Di solito è il contrario, no?»

«Ha ragione, ma sembra quasi che Goron Udy non abbia fatto niente per coprire le proprie tracce. Lei come se lo spiega? Non è psicotico, vero?»

«Ufficialmente no, ma se gli parla vedrà che non è nemmeno tanto in bolla» rispose Bea. «A me sembra uno che non saprebbe manco da dove cominciare a coprire le proprie tracce.»

«È una spiegazione possibile, ma non è l'unica» disse Lynley. «Non è detto che non fosse in grado di farlo: magari non voleva proprio coprirle.»

«Nel senso che voleva farsi beccare?»

«È un'ipotesi che non possiamo escludere.»

Trevellas
Cornovaglia

Arrivando con Lynley alla Lobb's Tin & Pewter sotto l'acquazzone, Bea non poté fare a meno di chiedersi quanto fosse stato accurato il sopralluogo sulla scena del crimine. Il fabbricato nel quale Michael Lobb era stato ucciso era stato messo immediatamente sotto sequestro, la MIT e la Scientifica avevano repertato tutto il repertabile e sottoposto ad analisi quante più prove materiali possibili, ma le risorse a disposizione non erano illimitate – e i fondi nemmeno – e a un certo punto qualcuno doveva decidere a cosa dare la priorità. Nel caso specifico, quella responsabilità era toccata a lei. Sapeva di aver trascurato alcuni aspetti e si era già accorta di aver commesso più di uno sbaglio, ma sperava di non essersi lasciata sfuggire niente di fondamentale.

Si incamminarono; Lynley si tirò su il colletto della giacca e si prese il tempo di guardarsi intorno nonostante la pioggia. Bea aprì l'ombrello. Lynley si soffermò sulla recinzione che separava l'abitazione dei Lobb dagli impianti, poi osservò la fonderia. « È quella la scena del crimine? » chiese. E poi, quando Bea annuì: « Goron Udy vive qui vicino? »

Bea gli spiegò che stava in un caravan oltre la pressa e la ruota idraulica, dietro un cumulo di detriti, e che lui e suo padre andavano e venivano dal lavoro lungo un sentierino accidentato. Attualmente nel caravan vivevano solo loro due, ma prima ci stavano anche la madre e la sorella di Goron. « Non so come facessero ad abitare in quattro in così poco spazio. »

« So che Goron e la sorella gemella hanno vissuto per un periodo a Polcare Cove. Poi lui è tornato qui e lei è andata a Londra. E la madre che fine ha fatto? »

« È morta. Di cancro, credo. Non sapevo di Polcare Cove. Perché proprio là? »

« Stavano nel cottage dell'altra sorella, la maggiore. Che lei fra l'altro ha conosciuto. »

« Io? »

« Sì. È la proprietaria del cottage dove ci siamo conosciuti io e lei, Bea. »

« Quella è la sorella maggiore? Santo cielo. » Bea era sconcertata: avrebbe dovuto sapere che esisteva una terza sorella. Ma non le era nemmeno venuto in mente di chiederlo e nessuno l'aveva mai nominata. « Ha lo stesso cognome? Udy? »

Lynley scosse la testa. « No, ha preso il cognome della famiglia che l'ha adottata: Trahair. I figli di Udy sono stati tolti ai genitori in tenera età e dati in affido. Goron e Gwyn, quando hanno compiuto diciott'anni, sono tornati.»

Bea lo squadrò, ma Lynley rimase imperturbabile e continuò a osservare l'esterno della fonderia. «Lei come fa a sapere tutto questo, Thomas?»

«Io e Daidre Trahair siamo diventati amici. Posso dare un'occhiata dentro?»

Bea era titubante. Nella studiata impassibilità dell'ispettore c'era qualcosa che le faceva sospettare che tra lui e la sorella maggiore di Goron Udy ci fosse qualcosa di più di una semplice amicizia e si chiedeva se, date le circostanze, Lynley potesse essere obiettivo nella sua analisi della scena del crimine. Doveva essere prudente, e agire con cautela.

La fonderia era ancora sotto sequestro e lo sarebbe rimasta fino alla fine del processo. Ma lei aveva le chiavi.

Rimosse il nastro giallo dalla porta, chiuse l'ombrello e lo lasciò fuori, appoggiato al muro. Siccome dentro la fonderia faceva freddo e c'era odore di chiuso, lasciò la porta aperta per cambiare l'aria.

A parte la polvere nera che era stata sparsa ovunque dai tecnici della Scientifica per rilevare le impronte e l'assenza degli oggetti repertati, era rimasto tutto com'era la mattina in cui Michael Lobb era stato trovato cadavere. Il pavimento era ancora macchiato di sangue e la bottega a soqquadro per via della colluttazione tra la vittima e il suo assassino. Bea aveva le foto scattate durante il sopralluogo e le mostrò a Lynley perché si facesse un'idea di dove si trovavano in origine gli oggetti che nel frattempo erano stati portati ai laboratori forensi.

«Si è difeso con tutte le forze» commentò Lynley dopo aver guardato le fotografie. «Capisco perché avete stabilito che non poteva essere stata una donna.»

«Con tutti gli elementi a carico di Goron Udy, dalle prove materiali alle analisi di laboratorio e tutto il resto, arrestarlo era un atto dovuto. Sono certa che lei avrebbe fatto la stessa cosa.»

«Concordo» disse Lynley. «Le persone possono mentire, ma le prove forensi no.»

Bea avrebbe voluto chiedergli perché allora era andato a parlare con lei, a cosa diamine serviva offrirle «un punto di vista diverso» se il caso sembrava già bello e che risolto. Stette zitta, però. Lo guardò mentre si muoveva con cautela tutto intorno alle macchie di sangue. La cassaforte era stata svuotata e Bea elencò a Lynley tutto quello che conteneva e che era stato acquisito come prova. Quando nominò la busta con le foto osé di Kayla Lobb, gli spiegò che una foto di Kayla adolescente nuda e in posa provocante era stata ritrovata anche nel caravan degli Udy. Per la precisione, dentro la scatola di un gioco da tavolo, Cluedo.

«Impronte sulla foto?» chiese Lynley.

«Sì. Di Goron, di Michael e di Kayla.»

«Chi aveva accesso?»

«Alla cassaforte?»

«E alla scatola del Cluedo.»

«Kayla ha dichiarato che l'unico a conoscere la combinazione della cassaforte era suo marito. Non la sapeva nessun altro, nemmeno lei. E tendenzialmente Lobb la teneva chiusa.»

«Tendenzialmente?»

«Pare che a volte, in orario di lavoro, non la chiudesse. Ci teneva anche contanti e documenti.»

«E il Cluedo dov'era?»

«Nel caravan. Era in un pensile sopra un guardaroba insieme ad altri giochi e puzzle.»

«Impronte sulla scatola?»

Bea si maledisse in silenzio. Era un'altra dimenticanza, e grave. Come mai non avevano rilevato le impronte sulla scatola? Avrebbero dovuto farlo subito, appena trovata la foto al suo interno, visto che avrebbe potuto mettercela chiunque. Ma quella foto era sembrata la conferma definitiva della colpevolezza di Goron Udy, il movente dell'omicidio, e lei non aveva richiesto ulteriori indagini.

«Pensa che la foto sia stata messa lì da qualcun altro per farci sospettare di Goron?» chiese Bea.

«Sto solo cercando di farmi un quadro generale» rispose lui. Indicò con un cenno del capo la mensola sopra il banco da lavoro, dove sotto una coltre di polvere erano esposti vecchi attrezzi.

«E quelli cosa sono?»

« Strumenti anticamente usati nelle miniere di stagno, credo. Lobb veniva da una famiglia di minatori. »

« E quando è stata fondata la Lobb's Tin & Pewter? »

« Diverse generazioni fa. »

Lynley prese una scala appoggiata al muro sul lato opposto del bancone con i gioielli di stagno e peltro di Michael Lobb e la portò vicino al banco da lavoro. « Posso? » chiese.

« Certo » rispose Bea.

Lynley salì sulla scala per ispezionare più da vicino gli oggetti sulla mensola. Bea vide che li spostava servendosi di una penna e li nominava sottovoce uno per uno: lampade ad acetilene, una lucerna a olio, vari detonatori, un secchio da miniera, una scatola di fusibili...

« Sta cercando qualcosa di particolare? » domandò Bea.

« Non so... » fu la risposta.

« L'arma del delitto? »

Lynley scese dalla scala. « Ho pensato che valesse la pena controllare, ma dubito che oggetti così vecchi possano aver causato le lesioni che hanno ucciso Lobb. Sembrano piuttosto fragili. »

Da fuori provennero un rumore di portiere chiuse bruscamente, poi una donna disse: « Vi stavo aspettando. Avete scoperto qualcosa? »

Bea riconobbe la voce di Kayla Lobb. « Pensiamo di sì. Però dobbiamo ancora capire bene cosa » rispose un'altra donna.

« Be', è comunque positivo, no? Un progresso. »

« Lo speriamo ardentemente. »

A quelle parole Lynley alzò di colpo la testa. « Va bene, grazie. Per me basta così » disse.

Le indicò la porta e le cedette il passo prima di uscire. Aveva smesso di piovere. Bea vide che Kayla Lobb stava parlando con due donne che avevano parcheggiato davanti al cottage. Riconobbe entrambe. Le aveva conosciute diversi anni prima in seguito alla morte di un escursionista caduto da una scogliera vicino a Casvelyn, quando aveva conosciuto anche Thomas Lynley. Quella non tanto alta, piuttosto in carne, spettinata e vestita casual lavorava con lui alla Metropolitan Police e l'altra era la proprietaria del cottage di Polcare Cove, nonché sorella maggiore del presunto assassino di Michael Lobb. *Ma certo! Come ho fatto a dimenticarmi della misteriosa dottoressa Trahair?*

Ci fu un momento di imbarazzo generale in cui tutti si guardarono in silenzio, poi Kayla Lobb disse a Bea: « Non sapevo che fosse qui. Quando è arrivata? »

« Non volevamo disturbare » rispose Bea. « Ho portato un collega della Metropolitan Police di Londra, l'ispettore Lynley. Vedo che ha già conosciuto la sua collega... Posso chiederle dov'è suo fratello, signora Lobb? »

« Metropolitan Police? » si stupì Kayla.

« Suo fratello? » ripeté Bea con garbo.

« È appena rientrato. Sta... » Kayla era chiaramente a disagio. « Sta facendo i bagagli. Riparte. »

« Davvero? E per dove? »

« Sentite, ne abbiamo già parlato. » Li guardò in faccia uno per uno in cerca di sostegno. « Niente indica anche solo lontanamente che Willen abbia qualcosa a che fare con... con quello che è successo a Michael. Vuole tornare a casa. Non vedo perché non possa farlo. »

« Torna in Sudafrica senza di lei? » chiese Bea.

« Lo raggiungerò appena possibile. Ma adesso mi dica: avete scoperto qualcosa di nuovo? »

Ci fu un attimo di silenzio in cui tutti aspettarono che Bea si esprimesse circa la decisione di Willen Steyn di partire ancora prima del funerale del cognato. *Interessante*, pensò Bea.

« Diceva che forse avete scoperto qualcosa? » chiese Bea alla collega di Lynley. « Mi scusi. Non ricordo il suo nome. »

« Barbara Havers » disse Lynley. « Sergente investigativo. » Sembrava avere occhi solo per la dottoressa Trahair. « Come stai? » chiese, e non alla collega.

« Siamo andate a St. Just a parlare con un tizio » disse il sergente investigativo Havers a Lynley come rivolgendosi soltanto a lui.

« E cioè chi? Con chi siete andate a parlare a St. Just? » domandò Kayla. « Un testimone? »

Il sergente Havers e la dottoressa Trahair si scambiarono un'occhiata. Havers guardò Lynley, poi disse a Bea: « Abbiamo uno schizzo ».

«Un identikit?» domandò Kayla Lobb con apprensione. «Posso vederlo?»

La dottoressa Trahair si coprì la bocca con una mano e abbassò la testa. Lynley sembrava sul punto di abbracciarla, ma si trattenne.

«Il tipo con cui siamo andate a parlare si chiama Darren Lewis. Gira per i mercati dei vari paesi con il suo furgone. Oggi era a St. Just» spiegò il sergente Havers.

«E?» domandò Bea, chiedendosi chi fosse questo Darren Lewis e che ruolo avesse nella vicenda. «Conosceva Michael Lobb?»

«Non lo so. Non ne abbiamo parlato. Siamo andati da lui perché fa l'arrotino. Affila coltelli, attrezzi agricoli, strumenti da giardinaggio e simili.»

«Darren Lewis?» disse Kayla. «Mai sentito nominare.»

Havers aprì una cartellina e tirò fuori un foglio, che porse a Bea. «Darren Lewis dice che ha pensato che fosse un attrezzo da giardinaggio e che fosse stato a lungo all'aperto, esposto alle intemperie, perché era tutto arrugginito. Secondo lui, non avrebbe resistito a un'altra affilatura. Non aveva mai visto un oggetto di quella forma, ma ce lo ha disegnato.»

Bea guardò lo schizzo e sospirò. Poi guardò Barbara. Alla fine si rivolse a Lynley e gli passò il foglio. «Dobbiamo tornare nella bottega di Lobb» disse.

Trevellas
Cornovaglia

Daidre non andò con loro. Non se la sentì. Sapeva che avrebbe dovuto, che sarebbe stato giusto arrivare fino in fondo a quella storia, ma era superiore alle sue forze. Non riusciva nemmeno a decidere quale fosse la cosa peggiore: sapere cos'era successo, sapere che suo fratello era stato uno strumento di morte, o sapere che anche Tommy adesso faceva parte di quel disastro, l'ennesimo che si andava ad aggiungere a tutti quelli che già si erano abbattuti su di lei e sui suoi fratelli e di cui non parlavano mai per rispetto del dolore altrui.

Avvertì di colpo il peso di tutta la tensione accumulata in tanti anni di sofferenza. Aveva un disperato bisogno di fuggire da lì. Aveva tutti i diritti di fuggire da lì. Sia lei che i suoi fratelli meritavano di andarsene, di emanciparsi da quel posto e dal loro passato. Daidre ne era convinta da decenni, eppure era ancora lì. Non era riuscita a salvarsi, e non era riuscita nemmeno a salvare i suoi fratelli. Si era illusa di avercela fatta quando aveva portato Goron e Gwynder nel suo cottage a Polcare Cove. Si era illusa di avercela fatta grazie alla sua professione, alla sua carriera. Ma era solo una farsa. Avevano fatto solo finta di aver superato i traumi del passato. Nessuno di loro li aveva mai superati per davvero.

A testa bassa, sentì dei passi e le arrivò un profumo di violette. Kayla si era avvicinata. «Ha parlato di un attrezzo da giardinaggio, ma qui nessuno fa giardinaggio. Nel senso... Da quando Michael e Maiden... perché Maiden invece era... è tuttora... Cosa sono andati a fare nella bottega?»

Daidre non sapeva cosa risponderle. Anche lei, come Kayla, brancolava nel buio, ma aveva l'impressione che invece l'attrezzo affilato da Darren Lewis all'ispettore Bea Hannaford dicesse qualcosa. E a Tommy pure.

Kayla le prese la mano. «Non vuol dire niente, vero? Quel disegno non significa niente» disse.

Improvvisamente si sentì il rombo di un motore che saliva di giri. Daidre non riusciva a capire da dove provenisse, ma sembrava sempre più vicino. Si voltò verso la fonderia e vide che gli altri stavano uscendo. L'ispettore Hannaford aveva in mano un oggetto della stessa forma di quello disegnato da Darren Lewis per mostrare a Barbara come era fatto l'attrezzo che Goron gli aveva portato ad affilare. Era un lungo ferro arrugginito, con un'estremità appuntita e l'altra ad anello e con una specie di coppetta rotonda a tre quarti della lunghezza. Daidre non aveva idea di cosa fosse e a che cosa potesse servire.

«È di Michael» disse Kayla.

«Che cos'è?» chiese Beatrice Hannaford.

«Un pezzo della sua collezione di vecchi ferri da minatore. Tanti erano dei suoi antenati. Li usavano veramente. Erano minatori, prima di fondare la Lobb's.»

«Sì, ma a cosa serviva?» incalzò Bea. «Lei lo sa?»

«È un portacandela» rispose Kayla.

Daidre guardò l'oggetto. Ora che la sapeva, la funzione di quell'aggeggio sembrava ovvia. Prima dell'avvento dell'elettricità, per potersi muovere nei pozzi alla ricerca dei filoni di minerale nella roccia i minatori usavano candele e portacandele. L'anello fungeva da impugnatura e serviva per conficcare la punta nelle pareti della galleria sotterranea, mentre la coppetta che sporgeva vicino all'anello serviva a sorreggere la candela accesa.

«Quanti portacandele come questo aveva suo marito?» chiese l'ispettore Hannaford.

«Credo due. Ce ne sono altri simili, ma non proprio uguali. Perché?»

«Se erano due, ne manca uno. Manca uno dei portacandele.»

Kayla rimase in silenzio, come se stesse elaborando l'informazione. «Pensa che sia stato usato per...?» chiese infine.

«È possibile» rispose Bea Hannaford. «A meno che suo marito non l'avesse spostato, oppure regalato, venduto a un altro collezionista...»

«Potrebbe averlo venduto» rispose Kayla velocemente. «Potrebbe benissimo averlo venduto. Nel senso: ne aveva due. Magari lo ha dato a un collezionista in cambio di qualcos'altro.»

«Il punto è che questo non è mai stato affilato, ma l'altro sì. Lo ha affilato Darren Lewis.»

«Be', ma cosa vuol dire?»

«Lo ha affilato su richiesta di Goron Udy» spiegò Barbara. «Glielo ha portato di persona e Darren Lewis lo ha riconosciuto. Daidre gli ha fatto vedere una foto.»

«Adesso basta! Smettetela!»

Si voltarono tutti contemporaneamente e videro arrivare a grandi passi Bran Udy. Daidre capì che il rombo di poco prima era della sua moto e tremò nel vederselo di fronte. Bran si avvicinò quasi di corsa, puntando il dito contro Kayla, tremando di rabbia.

«Sei stata tu!» gridò. «È colpa tua! Non cercare di negarlo: ho visto come ti comportavi con lui!»

Kayla si portò una mano alla gola. «Con Michael? Mi guardavi mentre... Tu? Mio Dio, Bran! Ci spiavi dalla finestra?»

«Non sto parlando di Mike, lo sai benissimo.»

«Signor Udy» intervenne l'ispettore Hannaford. «Se ha qualcosa da dichiarare, può farlo in una sede più idonea.»

«Altroché, se ho qualcosa da dichiarare!» sbottò lui. «Quella l'ha plagiato, gli faceva fare quello che voleva lei.»

«Ci siamo innamorati, io di Michael e lui di me. Cosa dovevamo fare? Reprimere i nostri sentimenti e vivere infelici, lontani uno dall'altro?»

«Non sto parlando di Mike! Gli facevi fare tutto quello che volevi. Hai usato Jen, hai usato Gwyn... Gli hai fatto il lavaggio del cervello, lo hai fatto diventare tuo schiavo.»

«Stai parlando di Goron? Gli davo lezioni. Era praticamente analfabeta, te ne sei mai accorto? Lo volevo aiutare, come ho aiutato Jen quando era malata. Per amicizia. Perché eravamo amici, no? Ed è questo che fanno gli amici.»

«Tu e le tue belle parole! Guarda che io me n'ero accorto, sai? E ho provato a dirglielo in tutti i modi, ma lui non mi stava a sentire. Perché stava a sentire solo te, che gli sussurravi all'orecchio.»

«Signor Udy, basta così» intervenne di nuovo l'ispettore Hannaford. «Venga in centrale e sporga denuncia, se ritiene.»

«E adesso è convinto che, se tiene la bocca chiusa e non dice niente, si sistemerà tutto. Marcirà in galera, mentre tu sarai libera di continuare a svolazzare in giro. L'hai fatto rimbecillire completamente, come hai fatto con Mike e come fai con tutti gli uomini. Che cosa gli hai detto? Che cosa gli hai promesso in cambio?»

«Vogliamo...?» suggerì Tommy all'ispettore Hannaford.

«*Sst.* Sta dicendo cose importanti» mormorò Barbara Havers.

«Gliel'hai data un paio di volte di nascosto e gli hai fatto capire che se non ci fosse stato Michael ti saresti messa con lui? Che se Mike moriva, diventava lui il tuo uomo? Che se rimanevi vedova gliel'avresti data tutte le sere, a lui e soltanto a lui? Perché è questo che fai. Sei una troia, una putt...»

«Per favore!» gridò Daidre, perché Kayla, vicino a lei, si era messa a piangere.

Così facendo, attirò su di sé l'ira del padre, che alzò di nuovo il braccio per puntare il dito contro di lei. «Cosa vuoi, tu? Ti presenti dopo tutti questi anni? Dove diamine eri, eh? A studiare all'università, a pigliare una laurea, fregandotene della famiglia. Persino quando tua madre era moribonda. Hai mai fatto qualcosa per noi? No, te ne sei sbattuta altamente. Sei di ghiaccio. Non hai un briciolo di umanità. Non mi stupisce che nessun uomo voglia stare con te.»

Daidre aveva la vista annebbiata dalle lacrime, ma si accorse che Tommy si avvicinava e un attimo dopo sentì la sua voce.

«Venga con me, signor Udy, così l'ispettore Hannaford verbalizza la sua dichiarazione. Ha capito cosa le ho detto, signor Udy?»

«Mi tolga le mani di dosso!»

«Guardi che questa è resistenza a pubblico ufficiale e l'ispettore Hannaford può decidere di ammanettarla e...»

«Ho detto che...»

«Sergente Havers, può prendere le manette dell'ispettore Hannaford nella...»

«Va bene, va bene. Andate al diavolo, tutti quanti!»

A quel punto Udy si zittì, ma le sue parole avevano scioccato tutti. Kayla si diresse a passo malfermo verso il cottage, in lacrime, e suo fratello corse ad abbracciarla. Tommy e Barbara scortarono Udy verso l'auto dell'ispettore Hannaford, che li seguì portando con sé il vecchio portacandela. Daidre rimase lì, come la moglie di Lot, che si era scioccamente rivolta verso Sodoma mentre il marito e le figlie fuggivano per salvarsi la vita: una statua di sale.

Fecero salire in macchina Bran Udy in manette. L'ispettore Hannaford chiuse il portacandela nel bagagliaio, scambiò qualche parola con Tommy e Barbara, si mise al volante, fece inversione e partì.

Tommy e Barbara parlarono brevemente. Alla fine Barbara annuì e andò nel cottage. Tommy, invece, tornò da Daidre vicino alla fonderia.

Era l'ultima cosa che Daidre voleva, perché non poteva sopportare la vicinanza di Tommy. Non riusciva a respirare o, meglio, riusciva a prendere soltanto piccole boccate d'aria. Sapeva che, se avesse inspirato più a fondo, i polmoni non avrebbero retto. E quindi non riusciva a parlare. Ma intanto... che cosa c'era da dire? Le cose che aveva detto suo padre su di lei erano vere...

Tommy non la toccò, e lei gliene fu grata. « Vieni, Daidre. Andiamo via » si limitò a dire.

Lei scosse la testa, non per rifiutare l'invito, ma come per scacciare il ricordo della scenata, a cui purtroppo aveva assistito anche lui.

« Vuoi restare qui? A me sembra imprudente ». Lynley rimase zitto un attimo ma, siccome lei non apriva bocca, insistette: « Non voglio intromettermi, Daidre. Ma visto che prima o poi tuo padre tornerà qui, forse sarebbe meglio che tu non ci fossi. Onde evitare altre scene spiacevoli ».

« È tutto vero, Tommy. Le cose che ha detto su di me... sono tutte vere » riuscì a dire Daidre.

« Non mi interessa se sono vere o no. Adesso l'importante è che tu venga via di qui. »

« Non posso lasciare Kayla da sola. È in pericolo, con lui in quello stato. »

« C'è suo fratello. Barbara è con loro nel cottage: gli consiglierà di rimandare la partenza e prenderà le tue cose. »

« Per favore, Tommy » disse Daidre. « Non posso... Non voglio... » Chiuse gli occhi e scosse la testa, con un groppo in gola.

« Cosa? » chiese Tommy. « Cos'è che non vuoi, Daidre? Guarda che non ho secondi fini. Mi preme soltanto portarti in un luogo sicuro. »

« Sentirmi in debito » riuscì a dire. « Non voglio sentirmi in debito nei tuoi confronti. »

« Allora non c'è problema » replicò lui. « Nessun debito. Ti chiedo solo un po' di collaborazione. »

Daidre lo guardò, lui sorrise ironico e alzò le spalle come a dire che le cose stavano proprio così.

« Va bene » cedette Daidre.

« Grazie. La macchina è là. Se non ti dispiace, la tua la prende Barbara. »

« Sono in grado di guidare, Tommy. »

«Non ho dubbi. Ma non sappiamo quanto si tratterrà Barbara e io preferirei portarti via da qui al più presto.»

In quel momento Barbara uscì dal cottage, senza la valigia di Daidre. «La signora ha appena telefonato al cognato, che ha detto che verrà fra un po'. Io aspetto qui con il fratello, che appena arriva Lobb se ne andrà. Kayla ha insistito perché non rimandasse la partenza.» Guardò Daidre, poi guardò di nuovo lui, più a lungo. «Voglio fare due chiacchiere con Lobb» dichiarò. «Vi raggiungo appena posso» disse a Lynley.

Howenstow, Lamorna
Cornovaglia

Appena riuscì a convincere Daidre ad andare via con lui, Lynley la fece salire sul Land Rover e chiamò sua madre per dirle che aveva invitato Daidre Trahair a stare a Howenstow per qualche giorno. Poteva farle preparare una stanza? Le spiegò che Daidre era reduce da uno scontro piuttosto acceso con il padre biologico ed era molto scossa. Secondo lui non era opportuno che rimanesse nella casa in cui aveva alloggiato fino a quel momento; era meglio che prendesse le distanze.

Come prevedeva, sua madre rispose subito: «Certo!» e non fece domande. Lynley gliene fu grato. Daze ovviamente sapeva chi era Daidre Trahair e sapeva che lui la frequentava. Tutto lì: Lynley non le aveva mai confidato altro.

Poi salì sul fuoristrada. Daidre fissava il parabrezza con aria imbambolata, come se non vedesse niente di quello che aveva davanti. Lynley avrebbe voluto dirle qualcosa di confortante, ma non trovò le parole, quindi mise in moto e partì verso la punta meridionale della Cornovaglia. Di tanto in tanto si voltava a guardarla. Daidre aveva ripreso un po' di colore, ma aveva ancora l'espressione terrorizzata. Cos'era a spaventarla? Lynley non riusciva a capire. Era sempre stata così, anche quando stavano insieme?

Si rese conto di sapere ben poco di lei. Era stata allontanata dai genitori e affidata a una famiglia che in seguito l'aveva adottata. Aveva studiato veterinaria e si era specializzata in animali selvatici ed esotici. Aveva lavorato allo zoo di Bristol, poi aveva fatto carriera ed era approdata a quello di Londra. Era un'ottima lanciatrice di freccette, praticava roller derby in una squadra londinese e il suo grintoso soprannome sul campo era Daidre of Death. Aveva un piccolo cottage a Polcare Cove, al confine fra Cornovaglia e Devon. Il padre biologico aveva provato a guadagnarsi da vivere con l'estrazione dello stagno, ma non aveva né le conoscenze né i fondi per avviare un'attività e farla prosperare, così dopo un po' era andato a lavorare sotto padrone, con il figlio Goron. Daidre aveva fatto di tutto per salvare i fratelli portandoli via da un ambiente di miseria e ignoranza, ma loro si opponevano, come se non si rendessero conto della situazione e pensassero di non aver nessun bisogno di essere salvati. Cos'altro? C'era sicuramente dell'altro...

«Hai fame?» le chiese prima di entrare a Three Burrows. «Ci fermiamo a mangiare qualcosa?»

Daidre scosse la testa. «Grazie, Tommy. Sto bene» disse un attimo dopo.

Non era vero: stava tutt'altro che bene. «Sicura?» le chiese.

«Sì, sì» rispose lei. «Non ho fame. Non sarei in grado di mandare giù niente.»

«Va bene. Quando ti vuoi fermare, dillo. È un viaggio piuttosto lungo. Ma lo sai, visto che sei già stata a Mousehole. Noi siamo un po' più a sud, dopo Nanrunnel, più o meno all'altezza di Lamorna Cove. Barbara te l'avrà detto, immagino.»

«Mi ha parlato di una tenuta gentilizia che sta iniziando a mostrare i suoi secoli. Mi pare che abbia anche parlato di un Fantasma del Natale Passato, ma mi potrei sbagliare.»

Lynley rise. «Barbara non è abituata a lunghi corridoi bui, luci tremolanti e ritratti cupi e minacciosi» disse. «Ma se la sta cavando egregiamente.»

«Mi ha detto che ha avuto un piccolo alterco con Isabelle Ardery.»

«L'alterco lo abbiamo avuto io e Barbara: Isabelle ci ha solo sentito litigare. Come tutti quelli che erano lì vicino, peraltro.»

Daidre lo guardò incuriosita. «E perché avete litigato?»

«Barbara pensava che avessi chiesto a Salvatore Lo Bianco di chiamarla.»

«E non era vero?»

«Purtroppo sì, era vero. Ma ti prego di non dirglielo. Ho negato risolutamente e alla fine penso che mi abbia creduto. Fatto sta che Isabelle l'ha costretta a usufruire del permesso retribuito per evento luttuoso e...»

«Evento luttuoso? Chi è morto?»

Lynley la guardò. Gli faceva piacere che si fosse almeno momentaneamente distratta dai problemi che la affliggevano e si preoccupasse per Barbara. «Sua madre. Era malata da tempo, ma Barbara non se lo aspettava e ci è rimasta malissimo. Così ho pensato che magari una telefonata di Salvatore la potesse... non so... tirare su di morale? Consolare? Farla sorridere? Me ne rendo conto, in queste cose sono peggio di un elefante in un negozio di porcellane.»

Daidre restò in silenzio per un momento. «No, Tommy, sei un buono. Lo sei sempre stato» disse poi.

«Non è vero» rispose lui. «Lo sappiamo tutti e due.»

Daidre non rispose, ma Lynley era sicuro che avesse capito. Era stato troppo insistente e lei si era sentita soffocare. Avevano bisogno di cose diverse e non erano riusciti ad accogliere le esigenze dell'altro. Avrebbe voluto dirle di più, ma si trattenne. Di punto in bianco gli venne in mente una frase di Shakespeare: *Sarebbe venuto il momento per quella parola.* Durante la loro relazione aveva preteso, più che dare: se ne rendeva conto solo adesso.

Era tardo pomeriggio quando superarono i cancelli di Howenstow. John Penellin camminava lungo il viale di buon passo come al solito. Gli fece segno di fermarsi e si avvicinò al finestrino.

«Ho parlato con Oswald Quigley. Ha due imprese disposte a farci un preventivo. Gli devo mandare disegni e planimetrie.» Salutò Daidre con un cenno.

«E mia madre e Judith?» chiese Lynley.

«Judith ha chiesto quanto costerà rifare il tetto, ma non sono sceso nei dettagli.»

«Gliel'hai detto, però?»

«Non potevo fare altrimenti. Sapeva che stavamo contattando le ditte.»

«E come ha reagito?»

«Comprensibilmente, è rimasta basita. Ha borbottato un: 'Capisco' ed è andata via.»

«Sarà andata ad avvertire mia madre.»

«Non credo. Penserà, come te, che non è il caso di metterla in ambasce. Già parlava di cercare lavoro a Penzance come commessa...»

«Judith?»

«Tua madre. Spero stesse scherzando.»

«Sì, lo spero anch'io. Ha superato momenti peggiori, nella sua vita.»

«Come tutti noi.» John diede un colpo sul tetto del Land Rover e tornò sul ciglio del viale.

Lynley ripartì. Vide che Daidre aggrottava la fronte e, forse sentendosi osservata, si voltava a guardare dal finestrino. Le campanule sotto gli alberi del viale erano in piena fioritura, sempre più rigogliose ogni anno, e nell'erba spuntavano i fiorellini gialli della celidonia e della farfara piè d'asino, chissà perché si chiamava così. Dopo l'acquazzone i prati erano di un verde brillante, i cavalli nel maneggio brucavano contenti come pure le pecore nel loro recinto.

Arrivati in vista della villa, Daidre trasalì. «Avete una garitta davanti a casa, Tommy?» Indicò l'arco e la costruzione con il tetto a cupola sul viale, appena prima di arrivare alla casa.

«Quello? Un capriccio di qualche mio antenato pretenzioso» rispose lui. «Mia madre ti saprà dire chi era. Io e mia sorella ci giocavamo a dame e cavalieri, da bambini. Ci alternavamo, perché Judith dopo un po' si stufava di fare la dama e voleva fare il cavaliere. Io però non mi trovavo tanto bene nel ruolo di damigella.»

Lynley stava per parcheggiare quando il portone della casa si aprì e ne uscì Daze con i cani, che iniziarono a correre come forsennati, abbaiando a tutto spiano in un vortice di zampe, code, orecchie e lingue.

Daze si scusò con Daidre appena scese dal Land Rover. «Li perdoni, non sono sempre così indisciplinati. Avrei dovuto portarli fuori un'ora fa, ma prima pioveva e poi avevo da fare. Lei è Daidre, giusto? Io sono Daze, la mamma di Tommy.»

Lynley baciò la madre sulla guancia. «Hai l'aria stanca,

Tommy. Volete un tè? Judith ha fatto una torta, non so se la babka o quella al limone con glassa. Probabilmente non sarà un granché, ma... Poverina, lei ci mette impegno. Oppure, se preferite, possiamo anticipare l'aperitivo. O magari possiamo saltare entrambi e riposarci un po' prima di cena. A proposito, Barbara non è ancora tornata.»

«Arriverà a momenti» rispose Lynley.

«Bene. Venga, Daidre, si accomodi. Le presento Hodge, la nostra colonna portante. Qualsiasi cosa le serva, chieda a lui e vedrà che le risolverà il problema in un battibaleno. Vero, Hodge?»

L'anziano maggiordomo, che teneva una mano sulla maniglia e l'altra sullo stipite della porta, come valutando se impedire loro di entrare, accennò un inchino anchilosato, forse credendosi ancora in piena età vittoriana. Lynley lanciò un'occhiata alla madre, che gli sorrise.

«Le abbiamo preparato la camera vicina a quella di Judith» disse a Daidre. «È quella di sua figlia, ma siccome...»

«Non l'avrete sfrattata per me, spero.»

«No, no, Stephanie è in collegio. La camera era libera. Tommy, le fai strada tu? E poi fammi sapere se volete tè, aperitivo o riposino. Non faccia complimenti, Daidre.»

Mentre Hodge richiudeva il portone con gesti solenni ed espressione glaciale, Lynley disse a Daidre: «Vieni. Sei pronta?» Indicò con la testa il vestibolo. Ma Daidre si stava guardando intorno e ammirava soprattutto i numerosi ritratti e l'enorme caminetto spento. Poi si voltò e disse: «Sì, sì. Grazie mille, Lady Asherton... Daze».

«Ecco, brava, niente Lady» replicò la signora Lynley. Poi, al figlio: «Se hai bisogno, mi trovi nella Morning room. Judith sta spignattando in cucina».

«Non dirmi che prepara lei la cena, stasera.»

«Poco fa è scesa Nancy con John per aiutarla a fare il soffritto o non so cosa. Pare che abbia spiegato a Judith la ricetta passo passo. Cerchiamo di essere positivi.»

«Ci proverò» rispose Lynley. Entrò con Daidre nel vestibolo e spiegò: «Ricordati di prendere le scale a destra del camino.

Vedrai che nella camera di Stephanie ti troverai bene. Sono contento che mia madre ti abbia dato quella».

«È molto... alla mano. Tua madre, intendo» disse Daidre. «Me l'aspettavo più... meno... Mah, in realtà non so cosa mi aspettavo.»

«Per lei è normale vivere qui» rispose Lynley, indicando con un gesto la scala e tutto il resto. «Non è attaccata alle cose: preferisce le persone e gli animali. In questo ti somiglia molto.» Si accorse che Daidre cercava il suo sguardo e si affrettò ad aprire la porta della camera della nipote. «Ecco, siamo arrivati.»

La stanza era bianca e blu, tappezzeria William Morris con fiori e uccellini e mobili bianchi, semplici, di vimini: letto matrimoniale, due poltroncine e un cassettone. Nella nicchia sotto una delle due finestre era incastrata una scrivania, anch'essa di vimini ma con il piano di vetro. Dall'altra finestra si vedevano la cappella e la parte nordorientale del giardino. Daidre si avvicinò e guardò fuori con espressione pensierosa. «Helen è sepolta lì, Tommy?»

«Sì. Se vuoi, me ne vado e ti lascio il tempo di sistemarti...» Sapeva benissimo che Daidre non aveva bagagli da disfare, visto che Barbara non era ancora tornata con la sua valigia. E non aveva nessuna voglia di separarsi da lei. Decise di dirglielo: «Non mi va di lasciarti da sola, però».

Daidre sorrise. «Io sto bene da sola, Tommy. Ci sono abituata. Vai pure. Vi raggiungo fra una ventina di minuti, va bene? Spero di non perdermi.»

«A dopo.» Lynley le sorrise e uscì.

Daidre tornò alla finestra e rimase venti minuti a osservare la cappella dove era sepolta Helen, finché non fu il momento di raggiungere gli altri nella Morning room.

MICHAEL

Non molto tempo dopo la sera del ballo e della ex di Sebastian ubriaca marcia, Kayla mi disse che l'acqua di Lourdes non aveva prodotto alcun effetto miracoloso sulla malattia di Jen Udy. La cosa non mi sorprese affatto. Come si può pensare di guarire dal cancro con un po' d'acqua fresca? Quando le condizioni di Jen peggiorarono invece di migliorare, sperai che Kayla si rendesse conto che andare in cerca di altri miracoli era tempo sprecato. Sarebbe servito soltanto a dare a Jen speranze destinate a infrangersi miseramente. A onor del vero, Kayla non insistette. Il viaggio a Lourdes era stata un'idea di Gwyn, non sua. A quel punto, non restava che cercare di far soffrire Jen il meno possibile e per questo Kayla passava gran parte delle giornate al suo capezzale, tentando in tutti i modi di alleviarle i dolori. E gli altri...? Bran e Goron continuarono a lavorare come al solito, ma Gwyn iniziò a cercare altri siti miracolosi, convinta contro ogni logica che sua madre potesse guarire.

La cosa più sbalorditiva, almeno per me, fu scoprire quanti luoghi associati a guarigioni miracolose c'erano al mondo, dal santuario di Knock in Irlanda al monte sacro di Uluru in Australia. A prescindere da dove Gwyn voleva portare la madre, però, il problema era sempre lo stesso: il trasporto. Jen ormai era debolissima, non poteva viaggiare. Secondo Kayla, l'unico posto che permetteva di portare via l'acqua miracolosa per usarla a casa propria era Lourdes. In tutti gli altri, l'aspirante miracolato doveva essere presente in carne e ossa a invocare chi andava invocato per ottenere la grazia.

Dopo molte ricerche, Gwyn optò per la fonte di St. Winefride. Era il posto migliore, disse a Kayla. Era molto più vicino di Lourdes, aveva una vasca di acqua miracolosa e pure una cappella, ed era meta di pellegrinaggio da milletrecento anni. Era considerato un luogo santo perché lì Winefride era stata decapitata da un pretendente, il quale non aveva gradito che lei avesse respinto la sua proposta di matrimonio. Nel punto in cui era rotolata la testa era sgorgata una sorgente. Da allora i miracoli non si contavano – milletrecento anni di miracoli, nientemeno – e Winefride era stata santificata. Gwyn spiegò a Kayla che, se fossero riuscite a portarcela, Jen avrebbe avuto la possibilità di immergersi completamente in una vasca di acqua miracolosa, che era ben diverso dal semplice gesto dell'acqua.

E in più, concluse, essendo nel Galles, il santuario di St. Winefride era molto più vicino di Lourdes. Le feci notare che, per quanto lei e Gwyn si facessero in quattro per rendere più agevole il viaggio, rimaneva il fatto che Jen era moribonda. Un viaggio in Galles, per quanto comodo, rischiava di darle il colpo di grazia. Era sicura di volersi assumere questa responsabilità?

Certo che no, ovviamente, ma Gwyn era così disperata...

Dissi che capivo: Gwyn avrebbe fatto qualsiasi cosa pur di salvare sua madre. Ma, ammesso e non concesso che Jen sopravvivesse al viaggio in Galles e all'immersione nella vasca miracolosa, se non fosse guarita Gwyn si sarebbe sicuramente fatta venire in mente qualcosa di nuovo. La povera Jen aveva bisogno di ben altro che un viaggio in Galles, secondo me. Aveva bisogno di essere lasciata morire in pace.

Kayla mi disse che avevo ragione, lei si era offerta di andare a Holywell a prendere l'acqua miracolosa del santuario di St. Winefride, ma Gwyn diceva che Lourdes non aveva funzionato perché Jen non era andata di persona alla grotta con Kayla. Kayla aveva cercato di spiegarle che l'acqua miracolosa rimaneva tale indipendentemente da dove veniva somministrata, ma Gwyn non sentiva ragioni. Se Kayla le avesse accompagnate, disse, sicuramente anche Goron avrebbe dato una mano a portare la madre nel Galles, visto tutto il tempo che lei dedicava a insegnargli a leggere. A quel punto mi imposi: era assolutamente fuori discussione. Goron mi serviva allo stabilimento, doveva restare a casa a lavorare con Bran. Kayla mi diede di nuovo ragione: lo aveva detto anche lei a Gwyn, che Goron non poteva assentarsi dal lavoro, ma non era servito a niente.

Non so come fare, Michael, concluse. Gwyn insisteva, le diceva che non poteva capire perché lei non era stata strappata ai genitori e costretta a vivere per anni in casa di estranei... Ed è vero, noi non possiamo comprendere. Le veniva da piangere. Io invece capivo: Gwyn faceva leva sui sensi di colpa di Kayla per convincerla ad assecondarla.

Vai pure, ma che sia l'ultima volta, dissi. Se vuoi andare nel Galles con Gwyn per aiutarla a portare Jen al santuario, vai, ma poi basta. E comunque secondo me è una crudeltà.

Kayla mi assicurò che lo avrebbe spiegato bene a Gwyn, e non la finiva più di ringraziarmi. Sarebbero state via solo tre giorni, disse. Un giorno di viaggio all'andata, uno per accompagnare Jen al santuario e uno per il viaggio di ritorno. Sarebbero partite il prima possibile. Avrebbe dovuto annullare alcune lezioni di ballo, ma i suoi allievi avrebbero capito.

A mio avviso Kayla si prodigava troppo per gli Udy: dava lezioni a Goron, teneva compagnia a Jen, andava a St. Agnes a comprarle i suoi intrugli a base di erbe, portava *shepherd's pies*, spaghetti al ragù e provviste varie per dare una mano a Gwyn. Ma se desiderava fare ancora di più, non mi sembrava il caso di proibirglielo. Era adulta e vaccinata. Sapeva cosa era importante per lei. Era mio dovere rispettare i suoi desideri.

Kayla si mise subito all'opera. Individuò l'itinerario più semplice per raggiungere Holywell e, sebbene nella cittadina ci fossero pochi alloggi, riuscì a trovare due camere, anche se non nello stesso albergo. Ma non era un problema: avrebbe lasciato l'auto a Jen e Gwyn e sarebbe andata a piedi da un albergo all'altro, mentre al santuario sarebbero andate tutte e tre insieme in macchina.

Alla fine, tra una storia e l'altra, il viaggio fu più lungo del previsto.

Anche in Galles le strade sono quello che sono, come in Cornovaglia. Nel resto del Paese la maggior parte delle città sono raggiungibili in autostrada, ma da noi no. Quando arrivarono a destinazione, Jen era talmente provata che il giorno successivo non se la sentì di andare a immergersi nella vasca miracolosa. Per riprendersi dal viaggio dovette rimanere a letto un'intera giornata. E dopo l'escursione al santuario ebbe bisogno di un altro giorno per recuperare. Le cose andarono più o meno come a Lourdes: quello che Kayla credeva di riuscire a fare in fretta e con facilità richiese molto più tempo del previsto.

Ci sentivamo ogni sera dopo cena. Date le condizioni di Jen, Gwyn era costretta a rimanere in camera con la madre, e Kayla cenava presto, da sola, nel ristorante dell'albergo in cui alloggiava. Cibo da pub, mi disse. E credimi, non è un gastro-pub. Scampi fritti e patatine, patate al cartoccio con gamberi in salsa rosa, chili con carne, lasagne al forno... Come sono fortunata, disse ridendo. Ma non poteva lamentarsi. E in ogni caso, non aveva molta fame. Non fame di cibo.

Oh, capii al volo cosa intendeva, perché la conoscevo. Vuoi fare sesso al cellulare?

Scoppiò a ridere e disse: Non è proprio la stessa cosa, vero?

Per me sicuramente no, ammisi. Ma posso accontentarti, se vuoi.

Lo faremo quando torno, disse, e mi spiegò il perché e il percome del ritardo che stavano accumulando. Disse che forse era un bene che Gwyn vedesse quanta fatica faceva la madre. Forse le sarebbe servito ad accettare che ormai non c'era più niente da fare.

Non ebbi nulla da obiettare.

Il viaggio era stato molto faticoso per tutte e tre. Al ritorno, Kayla si buscò un raffreddore tremendo, Gwyn stette male di stomaco e Jen finì all'ospedale per quattro giorni. Penso che Gwyn avesse finalmente capito che, se i miracoli esistevano, a Jen non ne sarebbe toccato nessuno. Sua madre stava morendo. Era questione di poco. Gli Udy dovevano prepararsi all'inevitabile.

Jen si spense serenamente la sera in cui tornò al caravan dall'ospedale. Kayla arrivò poco prima, giusto in tempo per stare vicina alla famiglia, e mi disse che aveva intenzione di aiutare in tutti i modi gli Udy ad abituarsi a vivere senza Jen. Gwyn era particolarmente addolorata, disse. Non voleva rimanere al caravan, ma non aveva nessun altro posto dove andare. Goron perlomeno aveva il lavoro, ma lei, poverina, poteva tenersi occupata solo passando in rassegna le cose di Jen – poche – per decidere cosa tenere, cosa dare via e cosa buttare. Ma non ci avrebbe messo molto. E poi? Poi sarebbe stata un'anima persa, dichiarò Kayla. Non potevamo fare qualcosa per lei? Sai, Michael, se Gwyn avesse un lavoro... Risposi che a malapena riuscivo a pagare Goron. E le dissi che secondo me il vero miracolo era lei, Kayla, moglie adorata e amica sincera. Eravamo fortunati ad averla accanto, le dissi.

Come se me la fossi cercata, il giorno successivo il mondo mi crollò addosso. Arrivò un pacchetto per posta. Una busta imbottita, indirizzata a me. Dato che non stavo aspettando niente, guardai chi me l'aveva spedita e vidi che proveniva dal St. Winefride's Hotel di Holywell, Galles. Kayla si sarà dimenticata qualcosa in albergo, pensai. Strano che l'abbiano mandata a me, però.

Aprii la busta e vidi che conteneva un oggetto avvolto in diversi strati di carta velina. Lo tirai fuori, svolsi la carta e mi ritrovai a fissare un ciondolo color avorio appeso a un cordino in cuoio. La forma ricordava vagamente una chiave di violino, ma non lo era: si trattava di un antico simbolo di salute e lunga vita. Lo sapevo perché conoscevo bene quel ciondolo intagliato in un osso di mammut. Non era mio. Lo avevo comprato personalmente in un negozio di Falmouth diversi anni prima e lo avevo regalato a Sebastian per il suo compleanno.

Credo di essere rimasto con quel ciondolo d'osso nel palmo della mano per cinque minuti buoni a tentare di capire come avesse fatto a finire in un albergo di Holywell, nel Galles. Cercai di convincermi che, essendo un simbolo di salute e longevità, mio fratello l'avesse dato a Kayla come portafortuna per il viaggio della speranza di Jen al santuario di St. Winefride. Ma restava il fatto che il ciondolo era stato spedito al signor Lobb, non alla signora Lobb, e questo poteva significare soltanto che un altro signor Lobb aveva inavvertitamente dimenticato il ciondolo quando lui e Kayla, in partenza da Holywell, erano andati ognuno per la sua strada.

Mi girava la testa, ero come tramortito. Ma poi mi feci coraggio e chiamai l'albergo. Li ringraziai sentitamente. Tenevo molto a quel ciondolo, dissi. Me l'aveva regalato mio fratello quando avevo compiuto diciott'anni. Dove l'avevano trovato?

Mi misero in attesa qualche istante per chiederlo alla signora delle pulizie, e poi: Era scivolato tra il letto e il comodino ed era rimasto nascosto dietro una gamba del comodino. È saltato fuori passando l'aspirapolvere nella camera. Siamo stati lieti di inviarglielo, signor Lobb. Ci auguriamo che lei e sua moglie vi siate trovati bene qui da noi.

Molto bene, grazie, riuscii a dire. Grazie mille.

E questo è quanto. Poche frasi di una receptionist gentile che voleva solo rendersi utile. Dal momento che era stata Kayla a prenotare la stanza, nel database era stato inserito l'indirizzo di Kayla, cioè il mio. Lei e Sebastian avevano lo stesso cognome. Come avrebbero potuto immaginare che il Lobb con cui Kayla divideva la camera non era il marito?

Astutamente, Kayla e Sebastian avevano fatto in modo che Gwyn e Jen alloggiassero in un altro albergo. Bastava che Sebastian non si facesse vedere da loro – cosa abbastanza facile, dal momento che Gwyn e la madre erano uscite dalla camera solo per andare al santuario – e nessuno avrebbe mai saputo niente. Così lui e Kayla avevano passato ore e ore insieme, da soli, notti intere che sapevo benissimo come avevano trascorso.

Diedi tutta la colpa a mio fratello. Aveva tredici anni più di lei ed era un dongiovanni: se aveva deciso di sedurla, era naturale che Kayla fosse caduta vittima del suo fascino, come tutte le altre donne che entravano nella sua orbita. Sebastian era un uomo maturo, disinibito, con decenni di esperienza, e aveva giocato le sue carte come solo lui sapeva fare.

Non era difficile immaginare le strategie seduttive che doveva aver usato con mia moglie. Era stato prudente. Non aveva avuto fretta. Prima di tutto le aveva trovato il posto perfetto per i corsi di ballo: a Penzance, vicino a casa sua, in modo da poterla avvicinare facilmente. Un bicchiere di vino dopo le lezioni? Un cocktail prima di cominciarle? Magari un boccone insieme? Una passeggiata sul lungomare nel tardo pomeriggio? Le conversazioni con Kayla, spensierate e divertenti all'inizio, si erano fatte man mano più profonde ed era nato un rapporto di fiducia. Poi un complimento ogni tanto, un breve contatto fisico, come per caso. Un gioco del tutto innocente all'inizio, ma poi sempre meno. E la sera che Kayla era stata aggredita a Penzance, Sebastian aveva...

Un momento. L'aggressione. Ma certo! Era stato lui a organizzarla. Per farla spaventare e farle un po' male, ma non troppo. Una botta in testa, uno spintone in modo che cadesse e si ferisse così da dover chiedere aiuto. E a chi? A lui, che guarda caso abitava lì vicino. Sebastian l'aveva calmata, curata, consolata, tenuta teneramente tra le braccia sussurrandole parole dolci... E a me aveva telefonato solo dopo un po'.

Ma vederla tutte le volte che poteva non gli bastava, non gli sarebbe mai bastato. Sebastian voleva di più e...

Mio Dio, la gravidanza! Avevo creduto a quello che mi aveva detto il mio medico, ma ora mi rendevo conto che aver lasciato che Kayla si convincesse che il problema era lei – che era colpa sua se non riusciva ad avere il figlio che desiderava – l'aveva indotta a non prendere precauzioni quando faceva sesso con mio fratello. Era un miracolo che non fosse rimasta di nuovo incinta, dopo l'aborto. D'altra parte, le avevo trovato un preservativo nella borsa.

Evidentemente Kayla aveva detto a Sebastian che non poteva avere figli, come io le avevo fatto credere, e lui non aveva preso precauzioni. Prendere precauzioni? Lui, che si considerava al di sopra del resto del genere umano? Poi però Kayla era rimasta incinta e la prospettiva di un figlio – mio o suo, non importava – l'aveva spaventato a morte. E così da quel momento in poi avevano usato il preservativo.

Da quanto tempo Sebastian se la faceva con mia moglie? L'intermezzo a Holywell non poteva essere il primo. Se era stato lui a metterla incinta, capii che la loro relazione andava avanti da anni. Dovevo per forza fare qualcosa, se no sarebbe continuata chissà per quanto, e per me era inaccettabile.

Tradire un fratello non significava nulla per Sebastian, che per tutta la vita si era sentito al centro dell'universo – grazie a mia madre che lo viziava e lo coccolava senza sosta – e di conseguenza riteneva che tutto gli fosse dovuto: qualsiasi cosa volesse, chiunque volesse, ogni volta che voleva. E quando si stancava di una cosa o di una persona, non si faceva scrupoli a liberarsene. Si era sempre comportato così. Sedurre mia moglie faceva parte di uno stile di vita che Sebastian praticava da anni.

Quanto a me, ora che sapevo cos'era successo e fino a che punto mi aveva preso in giro, mi trovavo di fronte a un bivio. Potevo stare zitto e aspettare che Sebastian si stufasse, visto che il suo interesse per una donna non durava mai più di tanto, e che scaricasse Kayla come tutte le altre amanti. Oppure potevo prendere la situazione di petto, tirare fuori il ciondolo che era stato spedito al signor Lobb dall'albergo in cui aveva soggiornato con la moglie e chiedere spiegazioni a mio fratello. C'era anche una terza opzione: chiedere a Kayla come aveva fatto il ciondolo di Sebastian a finire nella sua camera d'albergo quando era andata ad aiutare Jen a immergersi in una vasca di acqua miracolosa nel Galles.

Di colpo mi si accese una lampadina anche per Lourdes. Kayla non ci era mai andata! Probabilmente non era nemmeno andata in Francia. Per essere proprio sicuro, però, cercai di rintracciare il convento dove mi aveva detto di aver dormito. Ne trovai solo tre che corrispondevano alla descrizione e non ci volle molto per scoprire che nessuno di quei tre luoghi di preghiera e meditazione aveva mai accolto una certa Kayla Lobb. Avevano delle camere per i visitatori e i pellegrini, certo, ma fra gli ospiti non risultava esserci mai stata.

Non avevo ancora la certezza matematica, però: dovevo fare ulteriori verifiche. Andai a prendere il passaporto di Kayla nella cassaforte della bottega. Non c'era niente – nessun timbro, nessun visto, niente di niente – che suggerisse un viaggio in Francia, men che meno a Lourdes.

E in quello stesso periodo era stato via anche Sebastian. Sono stato a Londra, mi aveva detto. Con la mia nuova fiamma. In un appartamento a Holland Park. Due verità – Londra e una nuova fiamma – e una bugia, perché dubitavo che l'appartamento a Holland Park esistesse veramente. Ma a Londra c'erano alberghi ovunque. E un quartiere valeva l'altro, per due che durante il soggiorno londinese non avevano intenzione di metter piede fuori dalla camera. Il viaggio a «Lourdes» era durato più del previsto non a causa delle folle in coda per attingere l'acqua miracolosa, ma perché Sebastian non era ancora sazio di lei. Chiamalo, doveva averle detto. Inventa una scusa. Digli che c'è così tanta gente che non sei ancora riuscita nemmeno ad avvicinarti alla fonte. Kayla aveva ubbidito e...

Cristo, probabilmente Sebastian era lì, in camera con lei, quando facevamo sesso al cellulare, e doveva averle fatto quello che io dicevo che le avrei fatto se fossi stato con lei. Digrignai i denti al solo pensiero. Quanto doveva essersi divertito! Quante risate alle spalle di quel cretino di suo fratello!

E la presunta acqua miracolosa di Lourdes? Era bastato riempire una bottiglia dal rubinetto a Londra, portarsela in treno e consegnarla a Jen perché la bevesse, ci si lavasse la faccia, se la versasse addosso e si illudesse di guarire. Ma l'acqua di Lourdes, in fondo, non era altro che acqua.

A quel punto smisi di pensare alla parte che aveva avuto Sebastian e incominciai a pensare a Kayla. Volevo urlare. Volevo prendere a pugni i muri. Mia moglie mi aveva tradito. Aveva tradito me e anche i suoi amici. E adesso Jen era morta. Ne era valsa la pena? Si rendeva conto di cosa aveva comportato la sua decisione di concedersi a mio fratello? Per me e per tutti quanti? Sebastian non ti ama, Kayla. Non ha mai amato nessuno tranne sé stesso. Sebastian vede, vuole, prende, e basta. È fatto così, è sempre stato così. Quando ne avrà abbastanza di te, povera illusa, ti butterà come uno straccio vecchio. Tu non conti niente per lui. Nessuno conta niente per lui.

Sapevo che mio fratello avrebbe continuato su quella strada finché fosse vissuto. Si comportava così per dimostrare qualcosa a sé stesso, per riempire un vuoto, per soddisfare chissà quale suo bisogno. Non mi importava sapere perché lo faceva. Sapevo solo che Sebastian spezzava cuori, causava angoscia, distruggeva vite. E se lo avessi lasciato fare avrebbe distrutto anche la mia. Dovevo fermarlo a tutti i costi.

Quanto a Kayla, ero sicuro che avrebbe aperto gli occhi. Lei era fondamentalmente innocente, troppo più giovane di lui per rendersi conto di com'era davvero Sebastian, capire le sue intenzioni e i suoi comportamenti. Ma dopo aver visto con i propri occhi come riduceva le donne la sera che l'ex amante ubriaca si era presentata al ballo del club di rugby, sicuramente Kayla aveva capito come stavano le cose.

Ma ci erano andati veramente, a quel ballo, Kayla e Sebastian? Non era stata un'occasione inaspettata per trascorrere una lunga serata insieme fino a notte fonda?

I graffi, però, come si spiegavano?

Poteva benissimo averglieli fatti lui per rendere credibile la storia di Bodmin.

E se ci fosse stato il suo zampino anche dietro l'aggressione di Penzance? Cristo, possibile che lui e Kayla fossero d'accordo per farmi credere che era stata picchiata da un teppista, un delinquente, uno stupratore? Ma perché? mi chiedevo. Perché? Kayla si era fatta male davvero, lo avevo visto con i miei occhi. Si era talmente spaventata che Goron aveva cominciato ad accompagnarla avanti e indietro da Penzance.

Ma cosa c'entrava Goron in tutto questo? Che ruolo aveva? Cosa voleva mio fratello da Goron?

Voglio scoprirlo. Devo scoprirlo. Giuro che non avrò pace finché non saprò tutto.

24 APRILE

Carn Euthyk, Scorrier
Cornovaglia

Era prestissimo, ma Lynley era già in cucina a fare il caffè quando Havers lo raggiunse barcollando per il sonno, in calzini a righe bianche e rosse e maglietta bordeaux che le arrivava alle ginocchia con la scritta: *Al mio funerale lanciate la corona di fiori per sapere chi è il prossimo*. La maglietta era sbiadita, ma la scritta ancora ben leggibile. Lynley la guardò alzando un sopracciglio.

«Eccheccavolo, ispettore! La uso come pigiama! Mica ci sono venuta a cena!» disse Barbara, per tutta risposta.

«Se mia sorella si intestardisce a voler cucinare, potrebbe essere una buona idea indossarla tutte le sere.»

Barbara rise e cambiò discorso. «Dormivo il sonno dei giusti...» Si guardò intorno e decise che era una cucina esageratamente grande per il numero di persone che vivevano in quella casa. «Cristo, qui dentro fa un freddo cane, ispettore. Perché mi ha tirato giù dal letto nel cuore della notte?»

«Sono le cinque e mezzo, Barbara.»

«Appunto.»

«Che programmi ha per oggi?» chiese Lynley. Prese la caffettiera e domandò: «Gliene verso una tazza?»

Barbara scosse la testa. «Ho intenzione di tornarmene a letto appena mi avrà detto quel che ha da dirmi. A meno che non si tratti di un'emergenza, ovviamente. Ma non credo che mi abbia convocato per dirmi che la casa sta andando a fuoco e devo chiamare i pompieri.»

«No, infatti. Che programmi ha per oggi, sergente?»

Barbara sbadigliò e si grattò la testa. «Penso che ricominceremo a cavarci gli occhi sui documenti che ci ha dato il penalista. E poi andremo a parlare con il fratello.»

« Quale? Il fratello di chi? »

Barbara lì per lì non capì. « Ah, giusto. In questo caso ci sono un sacco di fratelli, eh? Sebastian Lobb. E anche Merritt Lobb. Non necessariamente in quest'ordine » disse poi.

« Bene. »

« Perché *bene*? »

« Cerchi di distrarla più che può. Cerchi di non farla pensare a Goron. »

« Non credo sia possibile, ispettore. » Quando lui annuì, aggiunse: « Come fa a non pensarci? Specie dopo quello che ci ha detto Darren il Tuttofare ».

« Non abbiamo ancora il quadro completo, Barbara. »

Alle sue spalle, sul piano vicino alla grande stufa, il tostapane sputò due fette di pane abbrustolito. Barbara le guardò, poi guardò lui. « Miracolo! È riuscito a tostarle da solo o nascosto da qualche parte c'è Charlie Denton? »

« Lei mi sottovaluta, sergente » rispose Lynley, ma nel prendere il pane si scottò e lo lasciò cadere sul piano della cucina.

Barbara rise. « Il prossimo step saranno i Pop-Tarts. Anche quelli si mettono nel tostapane. »

« Non so se mi sento pronto a compiere quel passo. » Lynley diede un morso al pane tostato, prese un thermos da uno dei pensili e ci versò dentro il resto del caffè.

« È di partenza? » chiese Barbara. E quando lui annuì: « A quest'ora? »

« A quest'ora. »

« Allora non le chiedo altro » disse lei. « Torno a letto. »

Lynley uscì nel freddo del mattino e si diresse verso il Land Rover, che era parcheggiato davanti alle scuderie. Salì e posò il thermos sul sedile del passeggero.

L'ispettore Bea Hannaford lo aveva chiamato all'una e mezzo. Quando il cellulare aveva squillato, lungi dal dormire, Lynley era sveglio a fissare il buio pensando all'affilatura del portacandela.

« Ho visto una foto dell'oggetto trovato nel sito archeologico dai due ragazzi in gita scolastica » aveva detto Bea Hannaford senza preamboli. « Me la sono fatta mandare dalla Scientifica. »

« E quindi? » aveva chiesto lui.

«È molto simile al portacandela della collezione di Lobb. Altrettanto malridotto, ma senza ruggine sulla punta, probabilmente per via dell'affilatura. Presenta macchie scure, e mangio un gatto se non risulteranno essere di sangue e se il sangue non risulterà essere di Michael Lobb.»

Lynley aveva riflettuto un momento e poi aveva chiesto: «Com'è andata poi con Bran Udy? Dove lo ha portato?»

«A Camborne» aveva risposto lei. «Ha continuato a inveire contro Kayla Lobb. Non parlava d'altro. È nel panico. Sa che ormai ci stiamo avvicinando alla verità.»

«Quale verità? Su di lui? Su Goron? Su Kayla?»

«E relative combinazioni.»

«Per esempio?»

«Be', la tuta da lavoro insanguinata è stata ritrovata a Trevaunance Cove e il portacandela a Carn Euthyk. Potrebbe averceli portati la stessa persona, ma mi sembra impossibile che, dopo un omicidio così cruento, l'assassino sia riuscito ad avere la lucidità di occultare le prove in due posti diversi.»

«A meno che non ci sia andato in due giorni diversi.»

«Certo» aveva ammesso Bea. «Abbiamo trovato anche un paio di scarponi vicino alla scena del crimine, in una vasca di decantazione delle scorie, o roba del genere. Erano affondati nel sedimento. Li abbiamo mandati ad analizzare.»

«Sono di Goron?»

«Non lo sappiamo ancora.»

Lynley ci aveva pensato un attimo. «Bea, lei sa dov'è stato trovato esattamente il portacandela? Mi porta a vedere?»

«Si può fare. Ma perché?»

«A dire il vero non lo so, ma ho la sensazione che possa essere importante. Se non è chiedere troppo...»

«No, no, tranquillo. Ci vediamo là. Alle sei va bene?»

Benissimo, aveva pensato Lynley, consapevole del fatto che, dopo la telefonata di Bea Hannaford, non sarebbe più riuscito a dormire.

E così in quel momento percorreva sobbalzando una stradina sterrata che aveva imboccato dopo Wheal Busy e che serpeggiava tra terre incolte e campi coltivati, piena di buche a causa del passaggio dei trattori. Superò prati e pascoli e giunse al minuscolo parcheggio all'ombra di un filare di pioppi. Un cartello marrone poco oltre indicava il sentiero pedonale che portava al sito archeologico. Soffiava una brezza leggera e il cielo dell'alba faceva presagire una giornata limpida e senza nuvole.

Quando Bea Hannaford arrivò, Lynley si era versato un caffè dal thermos e lo stava bevendo. Hannaford non scese subito dalla macchina e, quando lo fece, Lynley notò che doveva aver passato anche lei la notte in bianco; per un attimo si pentì di averla scomodata per quella che poteva benissimo rivelarsi una missione inutile. Prese la torcia dal cruscotto e la raggiunse.

« È venuta da lontano? » chiese.

« Da Leedstown. Ma ieri sera ho fatto tardissimo, come avrà capito dalla mia telefonata. »

Lynley le porse la tazza del thermos. « Caffè? »

Hannaford fece di no con la mano. « Ne ho già bevuti troppi » rispose, e indicò il sentiero. « Andiamo? »

Imboccò una mulattiera che partiva dal parcheggio e serpeggiava verso una fattoria visibile in lontananza. I margini erano solcati da profondi avvallamenti creati da anni di passaggi di trattori. Camminarono in silenzio, con le allodole che cinguettavano in sottofondo e l'aria che profumava di terra smossa. Presero un sentiero sulla sinistra e, dopo meno di cento metri, arrivarono al tornello da cui si accedeva al sito archeologico.

Un cartello esplicativo indicava l'ubicazione delle varie costruzioni del villaggio preistorico e le loro possibili funzioni nell'Età del Ferro. A prima vista il sito era un prato disseminato di muretti in pietra alti fino alle ginocchia, alcuni dei quali di forma circolare.

Hannaford non era mai stata nel luogo del ritrovamento, quindi consultò il cartello insieme a Lynley. « Era dentro il *fogou,* che non so bene cosa sia. Lo vede sulla mappa? »

Lynley annuì: era a sud-ovest della Casa con cortile 4. Lynley cercò di localizzarla.

« Ho un pessimo senso dell'orientamento » disse Hannaford guardando ora il sito ora la mappa sul cartello. « So che il sole sorge a est e poco altro. Lei riesce a capire da che parte è il sud-ovest? »

« Purtroppo no » ammise Lynley.

«Be' proviamo a cercare questo *fogou*» suggerì lei. «Io vado di qua e lei va di là, d'accordo?»

La luce era sufficiente per avventurarsi nel villaggio preistorico. Si incamminarono ciascuno in una direzione diversa fra le rovine dell'antico insediamento. L'erba era bagnata e si rischiava di scivolare, per cui procedevano lentamente, con prudenza. A un certo punto il rombo di un macchinario agricolo in lontananza spaventò uno stormo di uccelli che volarono via.

Fu Bea Hannaford a trovare il *fogou*. Lynley stava passando tra i muretti di due diverse abitazioni e si sentì chiamare: «Thomas? L'ho trovato. È una specie di tunnel». Lynley alzò la testa e la vide, a una trentina di metri di distanza. La raggiunse.

Era in cima ad alcuni gradini sopra l'ingresso al sotterraneo, da cui si vedeva che la galleria – pavimento, pareti e soffitto – era interamente costruita in pietra, un'impresa ingegneristica notevole per l'uomo dell'Età del Ferro. Lynley accese la torcia elettrica e scesero nel sotterraneo. Il percorso era agevole.

All'interno della galleria c'era un'apertura nel muro che conduceva al vano rotondo in cui era stato ritrovato il portacandela poi consegnato alla polizia di Camborne. Hannaford entrò per prima. «Ecco. Credo che fosse in quella specie di caminetto...»

Lynley la raggiunse e osservò la nicchia nel muro di pietra, che effettivamente poteva essere stata un focolare, visto che era dotata di un'apertura nel soffitto che poteva fungere da camino. Lynley provò a entrarci. Per infilarsi nella nicchia si dovette accucciare, ma una volta dentro riusciva a stare in piedi, anche se un po' curvo. Puntò la torcia sulle pareti e vide che appena sopra la sua testa c'era una sorta di mensola. La tastò per vedere quanto era profonda e stabilì che c'era spazio sufficiente per il vecchio portacandela.

«A quanto pare, la ragazza l'ha trovato perché ci ha battuto la testa contro» disse Hannaford.

«Come mai era entrata qui dentro? Si sa?» chiese Lynley uscendo dalla nicchia.

«Per pomiciare con il suo ragazzo» rispose Bea.

«Là dentro?» Lynley lo trovava assai poco romantico.

«Hanno dichiarato di esserci entrati per nascondersi, perché i compagni li stavano cercando. Chissà. Ha scoperto qualcosa?» Indicò la nicchia.

«Solo la mensola su cui era nascosto il portacandela. Evidentemente chi ce lo ha messo sapeva che c'era.»

«E quindi si tratta di una persona che conosce molto bene la zona» osservò Bea.

Uscirono dal *fogou* e tornarono all'aperto salendo una scala all'altra estremità. Lynley vide un cartello esplicativo a una trentina di metri di distanza, in corrispondenza di un varco fra gli alberi dove forse passava un altro sentiero. Lo indicò a Bea Hannaford, e andarono insieme a controllare. C'era effettivamente un sentiero che sembrava la prosecuzione di quello che avevano fatto per arrivare al sito archeologico dal parcheggio. Molto stretto e poco battuto, si inoltrava nel bosco dalla parte opposta di Carn Euthyk.

Lynley guardò Bea. «Vediamo dove ci porta?» le chiese.

Lei annuì e si incamminarono.

Howenstow, Lamorna
Cornovaglia

Dopo che l'ispettore Lynley l'aveva strappata dal sonno con la delicatezza di un martello pneumatico, Barbara non riuscì più a riaddormentarsi. Quando ne prese atto, meditò se cominciare con le abluzioni mattutine e la scelta dell'outfit per la giornata o dedicarsi subito alla montagna di documenti che Rupert Somerton le aveva fornito. Avrebbe anche potuto uscire a fare un'energizzante passeggiata nella tenuta, oppure raggiungere gli altri in cucina e aiutare a preparare la colazione, limitatamente alla gestione di scatole di cereali, posate e stoviglie. Più di questo era meglio che non facesse, per il bene di tutti. Poi però le cadde l'occhio sul volantino di Darren il Tuttofare con il suo grembiule di cuoio e i coltelli incrociati. Era finito per terra, vicino al comodino. Barbara sapeva benissimo cosa c'era scritto sul retro: l'indirizzo di Anthony Grange e il numero di telefono della Cheery Brothers Funeral Services.

Per quanto tempo ancora poteva realisticamente rimandare

le esequie di sua madre? Stava tirando un po' troppo la corda con l'impresa di pompe funebri, che certamente non vedeva l'ora di liberarsi delle spoglie mortali di Aggie Havers.

Prese il cellulare sospirando. Era ancora presto, ma decise di chiamare comunque per lasciare un messaggio. Non si aspettava di sentirsi rispondere «John Paul Cheery, come posso aiutarla?»

Colta alla sprovvista, riuscì a dire soltanto: «Svegliato presto, eh? I vermi si staranno dando alla fuga». Subito dopo fece una smorfia. *Vermi?* Non si parla di vermi in casa del becchino. Si schiarì la voce e si scusò. «Chiamo per mia madre, che è da voi... in...» Non sapeva bene come dirlo. In transito?

Per fortuna, John Paul Cheery fu molto professionale. «Mi dice il nome?» chiese cortesemente.

«Barbara Havers» rispose lei, e poi: «Cioè, io sono Barbara Havers. Mia madre è Agnes Havers».

«Ah sì. Certo. Mi dica.»

Barbara si sentì improvvisamente sul punto di svenire. «Cremazione?» chiese.

«Saggia decisione, signorina. Al giorno d'oggi la maggior parte delle persone opta per la cremazione, anche se abbiamo organizzato qualche sepoltura in mare e una consegna a un centro criogenico.»

«La speranza è proprio l'ultima a morire, eh?» disse Barbara.

«Eh, già» rispose lui. «E per la cerimonia cos'ha deciso?»

Barbara aggrottò la fronte. «In che senso? Una cerimonia per vederla entrare nel forno?»

Silenzio. Dopo un momento Cheery rispose: «Non necessariamente. Ma è a sua discrezione, signorina».

«Sergente» lo corresse Barbara. «Non signorina.»

«Mi scusi. Me lo ero dimenticato. Nessuna cerimonia, quindi? Non ci sarà un funerale? In genere gestiamo un servizio di...»

«Niente funerale» lo interruppe Barbara. «Non era credente. Solo la cremazione.»

«Capisco. E per quanto riguarda le ceneri...?»

Barbara non aveva minimamente pensato a cosa farne. «Giusto, le ceneri. Di solito come funziona?»

«Le consegniamo ai familiari, generalmente in un'urna di loro scelta.»

«E poi?»

«E poi?» Breve silenzio, colpetto di tosse. «Be', i familiari le... conservano dove meglio credono.»

«Tipo... sopra un pianoforte?»

«Ovviamente c'è anche chi preferisce disperderle. In quel caso, l'urna non è necessaria: forniamo noi una cassetta. Le ceneri vengono consegnate in un sacchetto di plastica chiuso in una cassetta. E i familiari decidono dove e quando disperderle...»

«Farò così» gli disse Barbara.

«Ottimo» rispose lui. «Ci metteremo subito all'opera. Quando avremo provveduto e le ceneri saranno disponibili per il ritiro, glielo faremo sapere.»

«Ah. Non le consegnate voi?» chiese Barbara. «Tipo per posta?»

«Ahimè, no. Non è considerato un metodo... Come dire? Idoneo.»

«Ricevuto» rispose Barbara. «Verrò a ritirarle io, allora.» In realtà le sarebbe piaciuto mandarci Mrs. Flo e non pensarci più, ma non poteva chiedere a quella donna di occuparsene, quindi salutò John Paul Cheery senza aggiungere altro. Lungi dal provare il gran senso di sollievo che si aspettava dopo quella decisione difficile, le pareva di avere una spada di Damocle sulla testa.

In attesa che venisse l'ora di scendere, iniziò a leggere verbali e documenti alla ricerca di errori e omissioni nelle indagini. Dopo un'ora e mezzo di studio approfondito, decise di rendersi presentabile e andare a fare colazione.

Quando arrivò in sala da pranzo non vide nessuno, ma sulla credenza c'era un biglietto con una grande scritta in stampatello: COLAZIONE IN CUCINA! E lì trovò Daze, Judith e Daidre impegnate a spremere arance, bollire uova, friggere bacon e tostare pane. «Tommy è già uscito. Non so dove sia andato» disse Daze a Barbara. E le spiegò il motivo per cui dovevano prepararsi da sole la colazione. «Sarebbe dovuta venire

Nancy, ma la bambina ha la febbre e non la può lasciare sola. Dobbiamo cavarcela con i nostri mezzi. »

« Niente dolci fatti in casa, stia tranquilla » aggiunse Judith.

« È solo questione di pratica, tesoro » disse Daze. « Non devi arrenderti. »

Daidre era addetta alla spremuta di arance. « Ho scoperto qualcosa a proposito di Gloriana Lobb » disse a Barbara.

« Mi dica » rispose l'altra. Poi si rivolse a Daze: « Come posso contribuire? Tostare il pane è il massimo che so fare. Sono abilissima a grattare via il bruciaticcio. Posso anche mettere in tavola i cereali. Non fatemi versare il latte nella caraffa, però: potrei combinare qualche pasticcio ».

« Cereali, allora. Grazie » rispose Judith dalla sua postazione ai fornelli, dove presiedeva alla bollitura delle uova. Diede a Barbara le indicazioni per trovarli in una sfilza di mobiletti.

Barbara si mise a cercare mentre Daidre raccontava: « Ha dichiarato che la sera dell'assassinio di suo padre era a casa a lavorare a un vlog. Effettivamente il video online ha quella data. Che lei sappia, è possibile modificare la data di un video? »

« Che cos'è un vlog? » intervenne Daze, che stava friggendo una quantità di bacon che sarebbe bastata a sfamare quindici persone.

« Un blog sotto forma di video » spiegò Daidre. « Uno si filma mentre racconta o dimostra qualcosa, recensisce un prodotto, tiene una lezione su qualche argomento e poi posta il video sui social. »

« Ci sono vlog anche di cucina? » chiese Judith in tono speranzoso. « Anzi, di pasticceria? »

« Di qualsiasi cosa » rispose Daidre. « Il vlog di Gloriana Lobb si chiama *Unburden* e tratta diversi temi. »

« Temi interessanti? » domandò Barbara. Aveva trovato un vasto assortimento di cereali e li stava portando in tavola.

« Insomma » rispose Daidre. « Io ho guardato i video in cui parla di relazioni di coppia. Ho l'impressione che faccia riferimento a storie di vita vissuta, ma non fa nomi. »

« Dell'omicidio di suo padre parla? » chiese Barbara, mentre cercava ciotole e posate seguendo le indicazioni di Judith.

« In maniera specifica, no, non mi pare. Però nel vlog ci sono almeno cinque o sei video sui padri che abbandonano la famiglia per donne che potrebbero essere le loro figlie e accenna brevemente al fatto che il suo si era messo con una diciottenne. Dipinge scenari ipotetici, ma che sembrano basarsi su episodi realmente accaduti. C'è anche una frecciata al fratello e a quella che definisce la sua 'smania di riprodursi'. Insomma, mi sono concentrata sugli sfoghi personali e ho saltato a piè pari quelli su politica, inquinamento, riscaldamento globale e così via. Ci sono anche video in cui Gloriana intervista persone che sentono il bisogno di condividere i propri problemi.»

«Ma c'è qualcuno che guarda i suoi video?» chiese Daze.

«Oh, sì. Li guardano e lasciano commenti» rispose Daidre. «La cosa che mi ha colpito, Barbara, è che Gloriana Lobb parla del fatto che suo fratello ha comprato una casa nuova, molto bella, e si chiede come abbia fatto a permettersela, visto che di mestiere monta verande da giardino. Conclude con: 'Io mi sono fatta un'idea. Fatemi sapere che cosa ne pensate voi'. Noi eravamo al corrente del fatto che Lobb junior ha comprato casa? Fra le carte che ci ha dato Somerton c'è scritto? Mi è sembrato importante.»

«Dobbiamo andare a parlare con Merritt Lobb» rispose Barbara. «Controllo cosa ha detto nella dichiarazione rilasciata a Bea Hannaford. Sarebbe interessante capire dove ha trovato i soldi.»

«E Sebastian Lobb?» chiese Daidre versando la spremuta in una caraffa di vetro, che mise in tavola mentre Judith arrivava con le uova sode. «In quanto esecutore testamentario quasi sicuramente conosceva le disposizioni del fratello e potrebbe avere detto a Kayla che avrebbe ereditato lei l'azienda. Adesso che lei ha il 60 percento e lui il 40, possono fare quello che vogliono.»

«Andiamo a parlare anche con lui, infatti.»

«Prima però fate colazione, vero?» disse Daze togliendo dal fuoco il bacon per trasferirlo una fetta dopo l'altra sulla carta assorbente.

«Io non rinuncio mai alla colazione» rispose Barbara.

Carn Euthyk, Scorrier
Cornovaglia

Lynley e Hannaford percorsero il sentiero che avevano notato solo grazie al cartello esplicativo del sito archeologico, a pochi metri dall'imbocco. Il sentiero si inoltrava nel bosco, fra alberi, cespugli e sterpaglie che in alcuni punti quasi lo nascondevano, tanto erano fitti. Evidentemente non faceva parte dei sentieri in genere percorsi dagli escursionisti e dai visitatori di Carn Euthyk e veniva usato molto di rado. Ma che venisse usato era certo e la prima dimostrazione la trovarono dopo sessanta, settanta metri: un biancospino in fiore decorato con bandierine tibetane e striscioni di tela bianchi che recavano eleganti scritte in corsivo quali: *Coraggio*, *Determinazione*, *Forza di volontà*, *Cambiamento*, *Amore*, *Cuore*, *Pace interiore*. Un masso lì accanto sembrava fatto apposta per sedersi e, a giudicare da quanto era calpestato il terreno davanti, doveva essere un luogo frequentato regolarmente da qualcuno, forse per la meditazione quotidiana.

«Non si può passare di qui di notte senza torcia» osservò Bea Hannaford. «Anche con la luna piena e il cielo sereno, inciamperesti continuamente da qualche parte.»

Lynley era d'accordo con lei. C'erano rovi in cui rischiavi di rimanere agganciato e un sacco di ortiche in mezzo alle piante di achillea, gladioli selvatici e acanto. Solo una persona che lo conosceva benissimo poteva percorrere quel sentiero al buio.

Dopo un po', trovarono un vecchio casolare con una stalla quasi completamente ricoperta dall'edera. Avrebbero potuto pensare che fosse disabitato, non fosse stato per l'orticello ben curato, con solchi perfetti e sostegni di legno su cui erano fissate le bustine dei semi vuote.

La stalla, o quello che era, sembrava un laboratorio di ceramica, perché sul davanzale di una finestra erano allineati vasi e ciotole in varie fasi di lavorazione e dal vetro lurido si intravedevano un tornio e una serie di blocchi squadrati di argilla avvolti nella plastica.

Stupiti e leggermente circospetti, si avvicinarono alla porta del cottage senza fare commenti. Lynley bussò. Dopo pochi istanti gli aprì una donna con un paio di jeans sporchi di terra e una camicia bianca da uomo. Aveva i capelli grigi raccolti in due trecce e una fascia che teneva scostati dalla fronte i ciuffi ribelli. Sulle spalle aveva una coperta Navajo per ripararsi dal freddo del mattino e ai piedi portava calze spesse e pantofole.

Non mostrò la minima sorpresa nel vedersi davanti due sconosciuti a quell'ora del mattino. Li salutò in tono abbastanza cordiale e disse: «Siete mattinieri, eh? Se pensavate di esservi persi, non è così. Anche di qui si arriva al sito archeologico. Non manca molto».

Lynley e Hannaford le mostrarono i rispettivi tesserini e la donna cambiò faccia. «Siete della polizia? È successo qualcosa a Carn Euthyk? Qualcuno è caduto? La gente non rispetta i divieti, c'è poco da fare. Oggigiorno non c'è più rispetto per niente.»

«Ha ragione» rispose Lynley.

La donna uscì, si fermò sulla grossa pietra che fungeva da gradino davanti alla porta e richiuse. «Posso chiedervi cosa volete esattamente da me? Se è successo qualcosa, io non ho visto né sentito niente. Sto perdendo l'udito, purtroppo. Sono andata a troppi concerti rock quando ero ragazza. Era la mia passione. Ma sarà meglio che mi presenti. Mi chiamo Gert Palomo.»

Lynley lasciò parlare Bea, che le spiegò la situazione: nel sito archeologico era stata ritrovata l'arma con cui era stato commesso un omicidio e molto probabilmente a nascondercela era stato l'assassino, oppure un suo complice. Per caso aveva visto passare qualcuno lungo il sentiero che portava agli scavi?

Gert Palomo sgranò gli occhi per lo stupore. «Santo cielo! Non sarà mica stato un...? Sapete che i pagani hanno i loro rituali. Per caso è stato un... Oh, non riesco neppure a dirlo! Un... sacrificio umano?» Si strinse la coperta sul petto e guardò verso il bosco alle loro spalle.

Hannaford la rassicurò e le spiegò che l'omicidio era avvenuto da tutt'altra parte, sulla costa occidentale della Cornovaglia. «Ma l'arma è stata ritrovata nel sito archeologico. Qualcuno l'ha portata qui, non sappiamo se durante il giorno o con il favore del buio. Lei ha notato qualcosa di insolito?»

Sforzandosi di ricordare, Gert Palomo fece una smorfia, aggrottando la fronte e arricciando le labbra. Alla fine scosse la testa. «No, niente. Ma quando sono nel mio laboratorio...» Si voltò a indicare la costruzione coperta dall'edera. «Non noterei nemmeno un dinosauro che passasse sul sentiero. Mi concentro completamente. E, se non sono lì, sono nell'orto, oppure dentro casa. E da casa il sentiero non si vede. Mi dispiace. Non credo di potervi aiutare.»

Lynley la ringraziò e Bea Hannaford le porse un biglietto da visita pregandola di non esitare a contattarla, nel caso le fosse venuto in mente qualcosa. «Un po' più avanti c'è un caravan. Se proseguite lungo il sentiero lo trovate. A dire il vero, non so se quel matto ci abita ancora, ma già che ci siete vi conviene fare un tentativo, perché il sentiero ci passa proprio davanti» disse Gert, mentre si congedavano.

Lynley e Hannaford ringraziarono e dissero che ci sarebbero andati subito. Gert Palomo aprì la porta del laboratorio, ma si fermò e si voltò di nuovo verso di loro. «Vi avverto che, oltre che matto, è anche scorbutico: non aspettatevi tappeti rossi.»

Perranporth
Cornovaglia

Daidre doveva ammettere che la famiglia di Tommy era molto diversa da come se l'aspettava. Non sapeva cosa pensare, né di loro come persone né della loro sorprendente cordialità. Non aveva neppure voglia di pensarci, a dire il vero, perché sembravano il genere di persone cui rischiava di affezionarsi, con conseguenze che non voleva nemmeno prendere in considerazione. Era un rischio che non voleva né poteva correre.

«Sono tutti molto alla mano, vero?» fu il massimo che si sentì di dire a Barbara uscendo dalla tenuta per andare a prendere la A30 alla volta di Perranporth.

«La famiglia dell'ispettore, dice? Sì, sembra anche a me.»

Giunte a Perranporth, scoprirono che l'indirizzo citato nel verbale dell'ispettore Hannaford era fuori dal paese, in un nuovo complesso residenziale costruito in mezzo alla campagna.

Barbara aveva telefonato per annunciare il loro arrivo e si era sentita dire che quel giorno Merritt Lobb sarebbe stato fuori per lavoro, ma questo per Daidre e Barbara non rappresentava un problema. Dai verbali risultava infatti che Hannaford aveva parlato a lungo con Merritt Lobb, ma non con la moglie, o perlomeno non in separata sede.

Il loro obiettivo era scoprire come avessero fatto Merritt e sua moglie a comprare una casa nuova e dotata dei più moderni comfort. Speravano di ereditare in tempi brevi? Michael Lobb aveva solo cinquantasei anni e godeva di ottima salute: nulla faceva pensare che sarebbe morto prematuramente e che avrebbe lasciato al figlio un mucchio di soldi.

Non appena si fermarono davanti alla grande casa rivestita di granito in fondo alla strada privata, il portone si aprì e comparve una bella donna dai tratti misti con due bambini, uno nel passeggino e uno sulla schiena, e un inizio di pancione.

«Una scena così fa passare la voglia di riprodursi» commentò sottovoce Barbara aprendo la portiera.

«Ho letto sul verbale che hanno quattro figli» replicò Daidre.

«A quanto pare sono una coppia di ottimisti. Io personalmente, tenuto conto di come va il mondo...» Barbara chiuse la portiera e si rivolse a Bonnie Lobb, che nel frattempo era arrivata sul marciapiede: «Signora Lobb? Possiamo parlarle un attimo?»

«Mi spiace, ma ho appuntamento con mia madre al parco giochi» rispose lei, decisa. Barbara tirò fuori il tesserino e glielo mostrò. «Ancora la polizia? Di nuovo per l'omicidio? Merritt era a casa con me, quando suo padre è stato ucciso. L'ho già detto e lo ribadisco, perché è la verità» disse Bonnie Lobb.

«In realtà non è di questo che le vogliamo parlare» ribatté Barbara. «Sarà una cosa breve. Le presento la dottoressa Trahair.»

Bonnie lanciò uno sguardo a Daidre e sospirò. «Va bene. Un momento, che avverto mia madre.» Tirò fuori il cellulare dalla tasca posteriore dei jeans, selezionò un numero e disse: «C'è qui la polizia... Di nuovo, sì... No, dicono che non è per quello... Non lo so, mamma». Lanciò un'occhiata a Barbara e poi a Daidre e abbassò la voce: «No, mamma, non posso». Rimase un momento in ascolto, poi disse a Barbara: «Devo portare i bambini al parco. Se volete parlare, potete accompagnarmi. Mia madre è con i due grandi, che sono molto impegnativi. Li ha portati fuori da sola esclusivamente perché sapeva che l'avrei raggiunta appena finivo di cambiare i pannolini a questi due».

«Due figli in età da pannolini?» chiese Barbara. «Dev'essere una bella fatica.»

«Eh, sì. Il parco giochi è qui vicino. L'avrete visto arrivando.» Si incamminò come se non le importasse se le due donne l'avrebbero seguita o meno.

«Siamo curiose riguardo alla nuova casa» disse Barbara affiancandola.

Daidre le raggiunse. Bonnie Lobb camminava spedita, a un'andatura impressionante date le sue condizioni e il bimbo in spalla.

«E perché siete curiose?» chiese a Barbara. «Cosa volete sapere?»

«Merritt lavora per sua madre, giusto?» domandò Barbara e poi, senza aspettare risposta: «Nel suo negozio di piante, giusto?»

«Sì. E con questo?» Bonnie lanciò a Barbara uno sguardo tra il diffidente e l'infastidito. «È un problema se Merritt lavora con sua madre?»

«No» rispose Barbara. «Era solo per capire come fate a permettervi una casa come quella che avete appena comprato, con lo stipendio che prende Merritt lavorando per sua madre.» Indicò con il pollice la casa alle loro spalle.

«E cosa c'entra questo con le vostre indagini?» chiese Bonnie.

«Be', vede, in un'indagine anche i più piccoli dettagli possono essere importanti» rispose affabile Barbara. «Si sonda un po' dappertutto alla ricerca dei pezzi con cui ricomporre il puzzle, per così dire.»

«Della serie: le proviamo tutte?» disse Bonnie sarcastica, lanciandole un'occhiataccia. «Non pensate che potremmo aver messo i soldi da parte?»

«È che dovreste averne messi da parte proprio tanti, e risparmiare con quattro figli è dura.»

«Sì, è dura.»

«Ma voi ci riuscite lo stesso.»

« Sì. »

Giunte in prossimità del parco giochi, videro una donna dall'aria esausta che stava staccando a una a una le dita di una bimbetta dal cancello dicendole: « No, Apollonia, no! Guarda, sta arrivando la mamma. La vedi, tesoro? » Nel frattempo l'altro bambino si stava arrampicando sullo scivolo, salopette di jeans e piedi nudi, le scarpe abbandonate vicino alle altalene.

« Texas, non puoi salire sullo scivolo da solo, lo sai! Devi aspettare che ci sia qualcuno che ti aiuti. E com'è che sei scalzo? Mamma, gli hai dato il permesso di togliersi le scarpe? » gridò Bonnie.

« No di certo. Secondo te me lo ha chiesto? » ribatté la madre, che aveva lasciato a Bonnie il compito di staccare le dita di Apollonia dal cancello del parco giochi.

« Lasci che le dia una mano, signora Lobb » disse Daidre.

Bonnie alzò la testa per guardarla in faccia e Apollonia ne approfittò per aggrapparsi di nuovo al cancello. « Tesoro, se fai così non possiamo entrare. Togli la manina, su: non voglio farti male. Texas! Non scendere dallo scivolo finché non arriva la nonna. » A Daidre disse: « Può aiutarmi a togliere lo zaino? »

« Certo. » Daidre lo slacciò e vide che più che uno zaino sembrava un seggiolino per auto; probabilmente svolgeva una doppia funzione. In quel momento Texas, in cima allo scivolo, gridò: « Guarda, nonna! Guarda! »

« Un momento, tesoro. Aspetta! Adesso arriva. » Contemporaneamente Bonnie diceva alla bambina aggrappata al cancello: « Apollonia, tesoro, per favore, facci entrare ». E la bambina: « Mi avevi promesso il cioccolato! »

Daidre riuscì a togliere il bambino dalle spalle di Bonnie e la nonna si precipitò verso lo scivolo nel vano tentativo di intercettare Texas prima che si schiantasse. Il bambino arrivò in fondo alla velocità della luce, come se lo scivolo fosse stato insaponato, e com'era inevitabile cadde pesantemente a terra, con strilli e lacrime. Daidre sentì che Barbara invocava sommessamente la sacra famiglia. Poi si mise a piangere anche il piccoletto nello zaino. « Mamma, prendi il ghiaccio! Mettigli il ghiaccio! » gridò Bonnie. Evidentemente riteneva che andasse applicato sul culetto del figlio. Senza il piccolino sulla schiena, Bonnie riuscì a chinarsi e a prendere dalla borsa appesa al passeggino un biscotto al cioccolato. Lo porse alla figlia che, dopo un po', si decise a mollare la presa e a permettere alla madre di entrare nell'area giochi. Barbara e Daidre la seguirono. Daidre teneva in braccio il bebè con la testolina posata sulla spalla e piano piano le urla si placarono, riducendosi a singhiozzi intermittenti.

Con l'arrivo del ghiaccio e la distribuzione dei biscotti, venne finalmente ristabilito l'ordine. La nonna raggiunse il gruppo con Texas. «Avevi detto dieci minuti, Bonnie.»

«Loro sono della polizia» fu la risposta.

«Solo io, veramente» precisò Barbara.

«Ecco perché ci ho messo più tempo» spiegò Bonnie. «Vogliono sapere della casa.»

«Della casa? E cosa vogliono sapere?» chiese la nonna. Poi si rivolse a Barbara, sarcastica: «Non sapevo che voi della polizia faceste anche controlli urbanistici».

«Non si tratta di questo, mamma. Vogliono sapere come abbiamo fatto a comprarla, visto che lavora solo Merritt e il suo stipendio è quello che è. Ho spiegato che avevamo dei soldi da parte, ma a quanto pare non è una spiegazione convincente.»

«Ma certo che non è convincente! Che discorsi fai? Perché non dici la verità, scusa?» replicò la madre di Bonnie, in tono piuttosto brusco.

«Mamma, Merritt non vuole che...» protestò Bonnie.

«Oh, andiamo.» La madre si rivolse direttamente a Barbara. «Gliel'abbiamo comprata io e mio marito, la casa. Bonnie non ci ha chiesto niente e Merritt nemmeno. Ma non potevano continuare a stare da Maiden, è una casa piccola e alla lunga sarebbe diventato insostenibile. Sapevamo che se glielo avessimo detto avrebbero rifiutato, perché sono troppo orgogliosi, sia Bonnie che Merritt. E così l'abbiamo presa a loro insaputa e gliel'abbiamo regalata. Se pensate che Merritt possa aver ucciso suo padre per comprarsi casa con l'eredità, vi sbagliate di grosso. Quello non alza manco la voce, figurarsi le mani» concluse ridendo.

«Bravi. Avreste potuto dirlo anche all'ispettore Hannaford. Ci avreste fatto risparmiare un sacco di tempo» osservò Barbara.

Bonnie iniziò a giustificarsi. «Merritt era lì: cosa potevo fare? Lui non vuole assolutamente che...»

«Ma smettila!» la interruppe la madre. «Che esempio date ai vostri figli, se mentite alla polizia?»

«Non potevo...»

«Chiedi subito scusa!»

Barbara alzò una mano per fermarla. «Non c'è bisogno. Non è la prima a mentire alla polizia, e non sarà neanche l'ultima.»

«C'è bisogno, invece! Non voglio che pensiate che Bonnie abbia imparato da noi a mentire. Io e mio marito abbiamo sempre insegnato ai nostri figli che non si dicono le bugie. Mai, e tantomeno alla polizia!»

«Per l'amor del cielo, mamma!» Bonnie era chiaramente esasperata. «Non trattarmi come se fossi una bambina.»

«Se tu ti comportassi da adulta, smetterei di trattarti da bambina. Se invece ti ostini a...»

«Mamma!»

«I biscotti al cioccolato, il ghiaccio sul sedere, i 'tesoro, non fare questo', 'tesoro, non fare quello', invece di una bella sculacciata quando serve... Da chi hai preso? Da chi hai imparato a trattare i figli così? Sicuramente non da me.»

«Va bene, noi andiamo» si intromise Barbara.

Daidre consegnò il bambino alla nonna. Bonnie sembrava sia imbarazzata che avvilita e a Daidre venne l'impulso di consolarla. «Le mamme sono tutte uguali» le sussurrò, anche se la sua madre adottiva era ben diversa dalla madre di Bonnie, e la donna le lanciò uno sguardo riconoscente.

Daidre e Barbara tornarono verso la macchina, che avevano lasciato davanti alla casa dei Lobb. Daidre, che pure aveva consolato Bonnie, aveva l'aria affranta: ora che avevano escluso anche Merritt Lobb, la rosa dei possibili colpevoli si era ridotta ulteriormente.

«Merritt era comunque un'ipotesi campata per aria» disse Barbara, come se le avesse letto nel pensiero.

«Perché?»

«Ha dichiarato di aver fatto pace con suo padre. È vero che potrebbe aver mentito, però... In ogni caso, ora che sappiamo che la casa è un regalo dei suoceri, il movente svanisce. Resta ancora Gloriana, nonostante l'alibi del vlog. Odiava suo padre e vorrebbe tanto mettere le mani sulla palazzina di Mousehole dove ha il negozio.»

«Gloriana Lobb non avrebbe avuto la forza fisica per uccidere suo padre in quel modo.»

«Avrebbe potuto mandare qualcuno a farlo fuori al posto suo. In cambio di qualcosa.»

«Ma chi?»

Barbara la guardò. «Dobbiamo andare a parlare con Sebastian Lobb.»

HM Prison Exeter
Devon

«Forse conviene che gli parli io da solo» disse Lynley a Bea Hannaford e, vedendola esitare, aggiunse: «Lei è la poliziotta che lo ha arrestato, interrogato e accusato di omicidio. Dopo aver parlato con lei è finito in prigione. Io e lui invece ci siamo incontrati soltanto una volta e talmente tanto tempo fa che potrebbe non ricordarlo nemmeno. È possibile che con me sia meno sulle difensive».

Bea ci pensò. «La aspetto fuori, Thomas» disse alla fine.

Erano andati al carcere di Exeter subito dopo aver parlato con l'uomo che viveva nel caravan vicino a Gert Palomo. Erano andati a cercarlo per chiedergli se avesse notato qualcosa di insolito la notte in cui era stato ucciso Lobb. O in quelle successive.

Appena avevano visto il caravan, avevano capito perché Gert Palomo li avesse avvertiti di non aspettarsi tappeti rossi: era arrugginito, sudicio, con i vetri rotti tenuti insieme con lo scotch e, sul sentiero pieno di buche e di pietroni, pendeva da una parte come la torre di Pisa.

Avevano bussato e una voce da dentro il caravan aveva chiesto: «Chi siete e che cosa volete?»

«Polizia» aveva risposto Bea. «Vorremmo parlare con lei.»

«Io mica ho fatto niente.»

« Non la stiamo accusando di niente. Apra, per favore. Sarà questione di cinque minuti. »

Breve silenzio, poi: « Voglio vedere i documenti ». La porta del caravan si era aperta dopo svariati minuti e una serie di rumori e tramestii all'interno. Era comparso un vecchio che era sceso servendosi di una cassetta di legno rovesciata che fungeva da scalino. Aveva sul volto una maschera stile *Il fantasma dell'opera*, con uno dei buchi per gli occhi tappato. Alcune zone di pelle che la maschera non copriva rivelavano i segni di ustioni gravissime. Una mano del vecchio lo confermava: le dita erano innaturalmente piegate ad artiglio e il dorso era tutto una cicatrice.

Il vecchio aveva esordito dicendo: « Chi è che vi manda? Io non ho fatto niente a nessuno ».

« Gert Palomo » aveva risposto Lynley.

« Quella vecchia befana? »

« La signora che abita poco più in là. » Lynley si era presentato e gli aveva mostrato il tesserino, aveva aspettato che anche Bea Hannaford si presentasse e aveva chiesto: « Lei si chiama...? »

« A cosa vi serve saperlo? » aveva ribattuto il vecchio in tono diffidente.

« Formalità burocratiche » aveva risposto Bea. « Siamo qui esclusivamente per chiederle informazioni. »

« Prospero Browne, con la e finale » aveva risposto il vecchio. « E non chiedetemi perché i miei mi hanno chiamato Prospero, per favore. »

Volevano sapere se avesse visto o sentito passare qualcuno nei pressi del caravan nelle ultime settimane, aveva spiegato Lynley, e Prospero Browne aveva risposto che no, l'unica persona che aveva incontrato sul sentiero era la vecchia befana.

Lynley gli aveva chiesto se quel sentiero veniva usato dai visitatori del sito archeologico e Prospero Browne aveva risposto che lo usavano solo quelli che si perdevano.

« Colpa di quei maledetti satelliti. La gente non sa più leggere una cartina. Sapete quanti mi vengono a bussare alla porta per chiedermi dove sta lo stramaledetto villaggio preistorico? Se non vedono rovine in giro, se non c'è un'anima viva e non c'è manco l'ombra di una freccia, un cartello, un'indicazione... Ci vuole tanto a capire che non è il sentiero giusto? Eppure no, non ci arrivano. No, per loro quel che dice il navigatore è la parola di Dio.»

Lynley gli aveva spiegato che stavano cercando una persona che conosceva bene la zona e aveva preso quel sentiero deliberatamente. Pur sapendo che ne esistevano di migliori, aveva deciso di passare di lì, aveva parcheggiato lungo la strada e aveva percorso il sentiero fino al villaggio. Pertanto doveva essere passata davanti al suo caravan.

«Be', se conosceva la zona e ha preso il sentiero di proposito, non mi è certo venuta a bussare per chiedermi indicazioni.»

«Magari lei l'ha vista lo stesso. Probabilmente è passata di notte, o nelle prime ore del mattino.»

«All'inizio del mese» aveva specificato Bea.

Prospero Browne aveva detto che non aveva visto nessuno, che aveva il sonno pesante e non si sarebbe svegliato «nemmeno se l'avesse colpito un fulmine e...» Ma si era interrotto a metà frase.

«Le è venuto in mente qualcosa?» aveva chiesto Lynley.

«Un temporale?» aveva suggerito Bea.

«O una luce improvvisa» aveva detto Lynley. «Come un fulmine a ciel sereno.»

Sì, aveva spiegato Browne, aveva visto una luce fuori, tra i cespugli. Una torcia. Puntata dritta sul caravan di notte, mentre lui era sceso un momento per via della «maledetta prostata». Guardando Lynley, aveva aggiunto: «Vedrà fra qualche anno...» E aveva ripreso il racconto: «Sono rimasto immobile. Avevo paura che fosse un ladro, anche se qui da me non c'è niente da rubare. Ma poi la torcia si è spenta e il tipo è andato via».

Lynley gli aveva chiesto di descriverglielo e Browne aveva detto che di sicuro era un uomo, e che non era né alto né basso.

Come identikit non era un granché, ma per Lynley l'importante era sapere che qualcuno era passato di lì, che andava in direzione di Carn Euthyk e che pertanto si orientava bene in quella zona.

All'ingresso del carcere di Exeter, Lynley mostrò il tesserino della Met, lasciò i propri effetti personali e seguì una guardia che lo accompagnò in una saletta riservata. Di norma, a parte gli avvocati, chi andava a trovare un detenuto veniva fatto accomodare in sala visite, ma Bea Hannaford era riuscita a ottenere che per quel colloquio venisse fatta un'eccezione. Lynley non dovette aspettare molto, prima che arrivasse Goron Udy.

Lo aveva visto una volta soltanto, quando Daidre lo aveva portato a vedere il caravan nel quale aveva vissuto i primi tredici anni della sua vita e avevano incontrato Goron e il padre. Daidre era voluta andare via subito ed era rimasta molto turbata.

Goron entrò accompagnato da una guardia carceraria, pallido come un fantasma, come se non avesse mai visto la luce del sole, lui che era sempre abbronzato perché passava la vita all'aria aperta. Aveva un paio di occhiali neri un po' storti sul naso e la divisa da detenuto gli stava larga perché era diventato pelle e ossa. Lynley faticava a immaginarlo nelle vesti di feroce assassino che lotta con la sua vittima prima di ucciderla.

Lynley ringraziò la guardia; l'uomo gli disse che sarebbe rimasto fuori della porta, se avesse avuto bisogno, e li lasciò soli. Lynley si rivolse a Goron.

«Mi chiamo Thomas Lynley» disse. «Sono un amico di tua sorella.»

«Sei amico di Gwyn?» chiese Goron.

«Conosco anche Gwyn, ma sono amico di Daidre.»

«Edrek» lo corresse Goron.

«Sì. Certo. Edrek.» Indicò le due sedie che aveva posizionato una di fronte all'altra a circa un metro di distanza. «Ci sediamo?»

Goron si sedette, piantò i piedi per terra e si posò le mani sulle cosce. «Edrek è venuta qui e gliel'ho detto» dichiarò. «Le ho detto tutto quello che c'era da dire.»

«Lo dici anche a me?»

Goron abbassò il capo e si passò tre dita sulla fronte. Chiuse gli occhi e rimase così immobile da far pensare a Lynley che stesse meditando o si fosse addormentato. Aspettò con pazienza. Quando Goron finalmente aprì bocca, gli sembrò che fosse passato un quarto d'ora. «L'ho detto fin dall'inizio: è stato per proteggerla.»

«Per proteggere chi?» chiese Lynley. «E da cosa? O da chi?»

Lynley si chiese cosa intendesse Goron per protezione e che cosa avesse percepito di così pericoloso da decidere di intervenire: violenza fisica, morte certa, conoscenza di segreti compromettenti e verità scomode? «A volte per proteggere una persona non diciamo certe cose. Non vogliamo che si venga a sapere un dato fatto, una cosa che è successa o la verità su una persona. Stai parlando di questo?»

Goron si guardò le scarpe. Si accorse di avere le punte rivolte all'interno e le raddrizzò, puntandole verso Lynley senza dir nulla.

«Sono qui per aiutarti, Goron. Per aiutare te e le tue sorelle. Sono convinte tutte e due della tua innocenza. Pensano che tu non abbia ucciso nessuno. Sanno che non faresti del male a una mosca e che non avresti mai ucciso Michael Lobb. Io però credo che in qualche modo tu sia coinvolto in quell'omicidio: ci sono diverse prove che lo dimostrano. E mi chiedo se ce ne siano altre che dimostrano il coinvolgimento di qualcun altro. Noi non le abbiamo trovate, ma le tue sorelle pensano che potrebbero esserci di mezzo più persone.»

Goron scosse la testa.

«Stai dicendo che hai fatto tutto da solo?»

Goron rimase zitto. Si sentirono voci nel corridoio, diverse persone che passavano. Da fuori arrivò prima il suono di un clacson e poi l'urlo di una sirena.

«Goron? Puoi dirmi cosa è successo? Hai fatto qualcosa di cui non vuoi parlare? Noi ti vogliamo aiutare, ma se tu non ci racconti bene come...»

«Lei non lo diceva mai, cosa le faceva. Faceva finta di niente. Ma io me ne accorgevo dalla sua faccia, da come camminava... Perché aveva male.»

«Cosa le faceva?» chiese Lynley.

«La picchiava. Lei non lo voleva dire, ma a volte quando glielo chiedevo le veniva da piangere. Si voltava dall'altra parte. Diceva di no, che litigavano, ma che era violento solo a parole, che non le metteva le mani addosso, ma io lo sapevo, che non era vero. Gli volevo andare a parlare, ma lei non ha voluto, me l'ha chiesto per favore, diceva che poi era ancora peggio. Io volevo che la lasciasse in pace. Che la lasciasse vivere. Che la lasciasse. Lei è buona, un tesoro, una perla rara. Lui no. Quando c'eravamo io e mio papà faceva finta di trattarla bene, ma io lo capivo, che era una recita. Faceva finta di volerle bene.»

Lentamente Lynley stava mettendo insieme i pezzi. Avrebbe voluto chiedere qualche precisazione, ma non voleva interrompere Goron ora che aveva incominciato a parlare.

«Le ho visto i lividi. Aveva i lividi, davvero. In faccia. Sulle braccia, perché se lei provava ad allontanarsi la abbrancava. Sulle spalle, perché quando gli veniva voglia la sbatteva contro il muro e faceva... i suoi comodi, anche se lei non voleva. La prendeva a pugni e le faceva uscire il sangue: l'ho visto. Le dava della puttana, le diceva che non valeva niente e che nessuno la amava. Le diceva che se non faceva tutto quello che voleva lui e quando voleva lui, poi...» Deglutì. Giocherellò con le cuciture dei pantaloni. Faceva di tutto per non guardare Lynley in faccia.

«... lui poi la uccideva. E lei era sola al mondo e non aveva nessuno che la aiutava.»

«E tu la volevi aiutare» disse Lynley a bassa voce.

«Dovevo. Perché vederla in quello stato, dopo che lui le aveva... Bisognava fermarlo.»

«Michael Lobb maltrattava la moglie e tu volevi farlo smettere?» chiese Lynley. «È così che è andata?»

«Lei diceva che se gli andavo a parlare poi era peggio perché così lui avrebbe capito che me l'era venuto a dire. La picchiava dove poi non si vedevano i segni, ma lei me li ha fatti vedere. Perché io sono... Perché si fida di me. Lui le dava della troia. Sei una cagna, le diceva. Non vali niente. Io la volevo aiutare ad andar via, ma lei mi ha detto di no. Me l'ha chiesto per favore. Perché non sapeva dove andare e comunque lui la controllava, le guardava il cellulare. Diceva che certi giorni la legava a un tubo e la faceva restare lì mentre lui lavorava e che una volta l'aveva fatta stare sotto il lavandino della cucina legata mani e piedi un giorno e una notte. Lei aveva provato a scappare, ma lui se n'era accorto e poi le aveva fatto cose terribili. Non riusciva nemmeno a camminare dopo che lui... le faceva male anche lì... fra le gambe. E lei stava lì. E nessuno le dava una mano. A un certo punto è arrivato suo fratello e gliel'ha detto anche lui, che lo doveva lasciare, che doveva tornare in Sudafrica. Ma lei aveva paura che quello la seguiva anche in Sudafrica, che la andava a cercare in capo al mondo. Qua o là era lo stesso. Lui la voleva uccidere e prima o poi ce l'avrebbe fatta. Io ero l'unico che la poteva salvare.»

Ascoltando il racconto di Goron, Lynley capì che il ragazzo era tuttora convinto che Michael Lobb fosse un marito violento. Era questo il motivo che l'aveva spinto a ucciderlo, il movente che tutti cercavano senza trovare e che invece era lì, sotto gli occhi di tutti. «Volevi proteggere Kayla Lobb dalle violenze di suo marito. Ti aveva detto che sarebbe andata via, che sarebbe tornata in Sudafrica con suo fratello, e lì sarebbe stata al sicuro. Ma tu non volevi che tornasse in Sudafrica, volevi che restasse in Cornovaglia perché la amavi e la volevi proteggere. E ti sei convinto che c'era un unico modo per salvarla. È così?»

«Al mio posto, facevi la stessa cosa anche tu. Lei è una perla rara.»

Trevellas
Cornovaglia

«Non credo che riuscirei a reggere un altro faccia a faccia con lui, Barbara» disse Daidre nell'apprendere che Sebastian Lobb era ancora alla Lobb's Tin & Pewter e non nella sua casa di Penzance. «Non parlo di Sebastian, ma di Bran Udy.»

«Non ci sarà nessun faccia a faccia» rispose Barbara Havers. «Non credo che sia tornato al caravan. Ammesso che lo abbiano rilasciato, non lo hanno di certo riaccompagnato fino a casa. Dovrà tornare a Trevellas con i suoi mezzi e ci impiegherà un po', immagino.»

Daidre non era del tutto convinta, ma sentiva di non potersi tirare indietro e di dover arrivare fino in fondo. Barbara probabilmente intuì il suo tormento. «E comunque, le cose che ha detto Bran Udy... Sono solo parole, no? Lasciano il tempo che trovano...»

«Vede, Barbara, io sono andata via, mentre Goron e Gwyn

sono rimasti con loro. Con Bran e Jen, voglio dire. E quando sono diventati maggiorenni ci sono tornati. Io no.»

«Ognuno è libero di fare le proprie scelte. Non mi sembra una colpa.»

Ma Daidre si sentiva in difetto lo stesso. Era piena di rimpianti e di rimorsi.

Come spesso succedeva lungo la costa, il tempo era cambiato repentinamente. A Trevellas la nebbia che si alzava dal mare iniziò a insinuarsi fra le ginestre e i rovi lungo la strada, e nelle vicinanze della Lobb's era talmente fitta che Daidre e Barbara furono costrette a procedere a passo d'uomo per non mancare l'imbocco dello sterrato.

Barbara aveva telefonato a Sebastian Lobb per organizzare l'incontro e lui le aveva spiegato che, dopo la scenata di Bran, anche se l'ispettore Hannaford lo aveva portato via, aveva preferito rimanere a Trevellas con Kayla perché prima o poi quell'animale sarebbe tornato e non voleva che le facesse del male.

Barbara e Daidre trovarono il cottage avvolto nella nebbia e nel silenzio. Le luci erano accese e, quando bussarono, Sebastian Lobb aprì la porta mangiando una fetta di pane tostato coperta da uno spesso strato di burro di arachidi.

«Avete fatto un bel po' di chilometri per venire fin qui. Non si poteva risolvere per telefono?» chiese.

«Forse sì» rispose Barbara. «Ma *vis-à-vis* mi piace di più.»

«Giusto.» Sebastian squadrò le due donne da capo a piedi, soffermandosi su Daidre in un modo che lei trovò imbarazzante, e sorrise. «Prego, accomodatevi. Kayla è andata a fare la spesa a St. Agnes. Ho appena fatto il caffè, ma se volete vi preparo un tè. Gradite una fetta di pane tostato?»

«No, grazie» disse educatamente Daidre.

«Io sono a posto così» rispose Barbara.

«Come volete.» Sebastian le condusse in cucina e indicò la panca sotto la finestra che dava sul parcheggio, che aveva tende coloratissime. «Accomodatevi. Io bevo un altro caffè. Siete sicure di non volere niente?» Andò a prendere la caffettiera.

Entrambe rifiutarono nuovamente. Sebastian vuotò nel lavandino il caffè che gli si era freddato nel mug e se ne versò dell'altro. Daidre guardò fuori dalla finestra per accertarsi che non fosse tornato suo padre.

Sentì che Sebastian le chiedeva: « È preoccupata, cara? »

Daidre si voltò verso di lui. « No » rispose.

« So che il nostro Bran è stato un po' sgradevole prima che lo portassero via i poliziotti. » Zuccherò il caffè, avvicinò una sedia facendola strisciare sul pavimento di pietra e si sedette.

« Non so che cosa le sia stato riferito, ma non siamo qui per questo » disse Barbara.

« E per cosa, allora? Ancora per la morte di Mike? Non vi sembra... »

« Per il suo testamento, a dire il vero » lo interruppe Barbara. « Quello più recente, in cui lascia tutto alla moglie. »

« E quindi? » Guardando Daidre, Sebastian sollevò il mug e bevve un sorso di caffè.

« Lei ne era a conoscenza? Sapeva che suo fratello aveva cambiato il testamento? »

Sebastian spostò lo sguardo su Barbara. Era ovvio che la considerava al di sotto dei suoi standard. « Sì, lo sapevo » disse. « Lo ha rifatto un anno o due dopo che si sono sposati. Voleva assicurare un futuro a Kayla. »

« Kayla però era convinta che avesse lasciato tutto ai figli. Lei sapeva che era all'oscuro? »

« Mike mi aveva chiesto di non dire niente a nessuno e io ho tenuto la bocca chiusa. Diceva che Kayla avrebbe voluto che lasciasse la Lobb's ai figli perché l'azienda di famiglia doveva rimanere in famiglia. »

« E se avessero avuto dei figli loro? »

« Immagino che a quel punto Mike avrebbe rifatto di nuovo il testamento. E comunque i figli non arrivavano. Lei è rimasta incinta una volta sola, e ha perso il bambino. Poi... » Fece un vago gesto di rassegnazione. « Però Mike sapeva che Merritt e Gloriana non avevano nessuna intenzione di continuare l'attività e che molto probabilmente avrebbero venduto. Peraltro, non hanno nemmeno le competenze per mandare avanti l'azienda, non essendosene mai occupati. »

« E invece Kayla... Suo fratello ha lasciato la Lobb's a lei perché sua moglie, al contrario dei figli, sarebbe in grado di mandarla avanti?»

«Questo non glielo so dire. Può anche darsi che le avesse spiegato tutto quanto, dalla A alla Z, che parlassero di peltro e stagno pure a letto... Non ne ho la minima idea.» Si mise più comodo e strinse le mani intorno al mug. «La questione è che i tempi sono cambiati, ma Mike no. Era rimasto ancorato a un'idea di... Forse si illudeva che Kayla, sapendo quanto ci teneva lui, fosse disposta a impegnarsi anima e corpo per mandare avanti la Lobb's.»

«Lei possiede una quota, giusto?»

«Sì, e non faccio mistero del fatto che ho cercato di convincere Mike a vendere la sua parte in maniera da poter vendere la mia. Mike però non ne voleva sapere. Avrebbe potuto far vivere sua moglie in una casa più bella, in un posto meno isolato, e invece no. Guarda che Kayla è giovane, gli dicevo. Ma lui sosteneva che erano felici, che stavano bene qui. Ha messo un po' a posto il giardino, ha dato il bianco e ha cambiato due o tre mobili. Tutto lì.»

«Per lei era un problema, signor Lobb?» chiese Barbara.

«Che cosa? Che mio fratello non facesse vivere sua moglie in una casa migliore o che non volesse vendere la sua quota?»

«Tutte e due. Lei ha richiesto l'omologazione del testamento subito dopo la morte di suo fratello.»

«Non avrei dovuto? Non era mio compito, essendo l'esecutore testamentario?» Senza aspettare risposta, Sebastian continuò: «Guardate, che io voglia vendere i terreni e l'attività è risaputo. Purtroppo, se Mike non vendeva il suo 60 percento, io non potevo vendere il mio 40. E quando Mike...» Si fermò, come per cercare le parole giuste: «Dopo la morte di Mike ho detto a Kayla che cosa diceva il testamento perché pensavo – a ragione – che lei volesse vendere. C'è qualcuno interessato a comprare e lei ne era al corrente.»

«E chi?» Barbara lanciò un'occhiata a Daidre. Entrambe sapevano che vendere lo stabilimento significava lasciare Bran e Goron senza lavoro. «C'è qualcuno interessato a comprare la Lobb's? Per continuare a estrarre stagno dalla cassiterite?»

«No, per i terreni e i fabbricati. La Cornwall EcoMining ci

tampina da mesi perché vuole costruire una raffineria, o quel che è, dove adesso c'è la Lobb's. Cercano litio e pare che questo sia il luogo ideale. Sarebbe un'ottima cosa per tutti, non soltanto per i proprietari, visto che creerebbero un sacco di posti di lavoro. Sicuramente assumerebbero anche Bran e Goron. Sarebbe una manna per l'economia della zona.»

«Suo fratello però non la vedeva così.»

«Mike vedeva solo quello che voleva. Non riusciva a capire che vendere sarebbe stato vantaggioso per tutti, anche per lui. Non riuscivo a farglielo capire. Né io, né nessun altro.»

«Ma adesso il problema è risolto» disse Daidre, pur riluttante ad attirare l'attenzione di Sebastian su di sé. Quell'uomo aveva un modo di fare da cui si capiva chiaramente che per lui le donne erano oggetti, uno strumento di piacere o un mezzo per ottenere dei vantaggi. Provava disgusto per quel tipo di persone.

Sebastian le lanciò un'occhiata, ma poi si rivolse a Barbara. «Se pensa che io abbia ucciso mio fratello, le ricordo che ho un alibi. L'ho detto ai poliziotti fin dall'inizio: ero a Truro con... con un'amica, che lo ha già confermato ben due volte ai suoi colleghi. Perché non vi coordinate con loro? Ammetto che io e Mike non andavamo sempre d'accordo. Avevamo una visione del mondo completamente diversa, ma gli volevo bene. Mai e poi mai l'avrei ucciso.»

«E Goron Udy?» chiese Barbara.

«Goron Udy... cosa?»

«È possibile che lo abbia ucciso lui?»

«Non lo so, non ne ho idea. Se vuole il mio parere, a me sembra incredibile. Non capisco perché avrebbe dovuto farlo, per quale motivo...»

In quel momento la porta del cottage si aprì. «Sono tornata! Scusate, ci ho messo più di quanto pensavo» disse Kayla in tono allegro entrando in casa.

HM Prison Exeter
Devon

Bea Hannaford e Lynley erano in macchina, diretti alla sede di Bodmin, quando a lei squillò il cellulare. Siccome stava guidando, diede un'occhiata veloce solo per vedere chi era e leggendo il nome di Phoebe Lang accostò davanti al cancello di una fattoria. La sovrintendente voleva sicuramente sapere com'era andato il colloquio con Goron Udy, cui Bea non aveva presenziato nella speranza che il ragazzo si fidasse abbastanza di Lynley per dirgli la verità.

Lynley le aveva raccontato tutto mentre andavano a prendere la macchina. Bea l'aveva visto uscire dal colloquio con espressione cupa e, avendo notato come si comportava con la sorella maggiore di Goron, aveva pensato subito che non fosse amareggiato per motivi esclusivamente professionali. Il giorno prima, quando l'avevano incontrata alla Lobb's insieme al sergente Havers, Bea aveva visto la reazione di Lynley alla sfuriata di Udy alla figlia e sospettava che la sua aria abbattuta fosse legata principalmente a Daidre Trahair e all'effetto che le avrebbero fatto le rivelazioni del fratello minore.

«Si è sbottonato?» gli aveva chiesto.

Lynley le aveva indicato l'uscita e, una volta in strada, le aveva raccontato tutto quello che gli aveva detto Goron Udy. Bea aveva intuito correttamente l'istinto protettivo del ragazzo, ma aveva sbagliato a pensare che volesse immolarsi al posto del vero colpevole. La verità era che nessuno aveva mai individuato il movente dietro all'omicidio di Michael Lobb.

Bea spense il motore e rispose alla chiamata di Phoebe Lang.

«Può parlare, Bea?» chiese la sovrintendente.

«Siamo usciti poco fa dal carcere di Exeter» rispose Bea. «Abbiamo conferito con Goron Udy. Cioè, per la verità gli ha parlato solo l'ispettore Lynley.»

«Avete scoperto qualcosa di nuovo? E perché gli ha parlato lui?»

Bea rispose prima alla seconda domanda. «Abbiamo pensato che con l'ispettore Lynley Goron potesse aprirsi di più. Mi associa all'arresto, sono quella che lo ha fatto rinchiudere in cella: di me non si fida. Invece l'ispettore è amico della sorella... »

« È amico della sorella di Goron Udy? »

« Sì, Daidre Trahair. In questo periodo è in Cornovaglia. »

« Cristo santo, Bea! E lei lo ha coinvolto nelle indagini? Se conosce la sorella dell'imputato c'è un conflitto di interessi, se ne rende conto? »

« Sì. »

« E allora perché mai...? »

« Goron era convinto che il marito la picchiasse » disse Bea senza lasciarla finire. « Picchiasse la moglie, intendo. Lo ha detto a Thomas. »

« A chi? »

« All'ispettore Thomas Lynley. Glielo passo? »

« Sì, me lo passi. »

Bea diede a Lynley il proprio cellulare alzando gli occhi al cielo. Lynley mise il vivavoce e disse: « Goron mi ha parlato di abusi e violenze di cui nessuno sospettava ».

« Le ha detto esplicitamente che Michael Lobb picchiava la moglie? » chiese Phoebe.

« Ha ripetuto più volte che la moglie subiva maltrattamenti fisici e psicologici » rispose Lynley. « E che glielo aveva confidato perché lui le aveva visto i lividi e le aveva chiesto spiegazioni con una certa insistenza. Un giorno, dopo che era finita al pronto soccorso, si sono visti e lei si è confidata. »

« Goron le ha detto questo? »

« Sì. »

« Ha registrato il colloquio? Ha preso degli appunti? »

« No. »

« Cristo santo! E perché? »

« Gliel'ho già spiegato » rispose Lynley. « Ho avuto la sensazione che si sarebbe messo sulla difensiva come tutte le altre volte. »

« È così che fate alla Met? Vi basate sulle sensazioni? Andate a istinto? La prego, mi dica che normalmente non lavora in questo modo. Vabbè, pazienza. Finisca di raccontare. »

« Goron sostiene che Kayla lo aveva dissuaso dal suo proposito di parlare con Lobb degli abusi perché a suo dire Lobb si sarebbe infuriato e avrebbe fatto di peggio. Avrebbe fatto del male anche a Goron, oltre che a lei.»

Phoebe Lang rimase zitta un momento. Lynley restituì il cellulare a Bea, che domandò: «È ancora in linea, sovrintendente Lang?»

«A lei è sembrato credibile, ispettore Lynley?» chiese Phoebe. «Non è che Goron Udy le ha rifilato una sfilza di balle?»

«Non ho avuto questa impressione» rispose Lynley.

«Non l'ha detto subito, Phoebe. Ci ha messo un po'» puntualizzò Bea.

«Dite che non se l'è inventato adesso, quindi? Avrebbe avuto tutto il tempo per confezionare una storiella.»

«Non è il tipo, Phoebe. Ho parlato con lui diverse volte e penso che non sarebbe in grado di confezionare nessuna storiella. Non è abbastanza furbo» disse Bea.

Silenzio. Bea si chiese dove fosse la sovrintendente, a cosa stesse pensando e perché fosse così restia a credere al resoconto circostanziato di Goron.

«Se le cose sono andate così, abbiamo un problema» disse alla fine Phoebe.

Bea guardò Lynley, che si accigliò e si grattò il mento perplesso.

«Non capisco...» iniziò Bea, ma Phoebe la interruppe.

«Tre quarti d'ora fa sono arrivati i risultati della perizia del revisore forense sui libri contabili. C'è una novità che potrebbe essere importante. Quando arrivate in centrale vi faccio vedere. Porti anche l'ispettore Lynley: di sicuro gli interessa.»

Howenstow, Lamorna
Cornovaglia

Durante l'aperitivo, quando Daze posò l'album di foto di famiglia che stava sfogliando con Daidre per rispondere a una telefonata di suo figlio, Barbara intuì subito che c'era qualcosa che non andava e, nel sentirle annunciare che Tommy era stato trattenuto a Bodmin, ne ebbe la conferma. Era meglio che non lo aspettassero per cenare, perché non sapeva a che ora sarebbe tornato.

«Stasera si mangia in sala da pranzo» disse. «Nancy ci ha preparato qualcosa di speciale. Filetto alla Wellington, credo. Scommetto che sarà delizioso. Nancy fa una pasta sfoglia spettacolare.»

«Meno male che c'è lei. Davvero, mamma, non possiamo assumerla come cuoca, prima che io avveleni tutta la famiglia? T'immagini se provo a fare un filetto alla Wellington? Per favore, dille che sono disposta a pagarla oro. Qualunque cifra. Anzi, il doppio di quello che chiede» intervenne Judith.

«Non mancherò. Andiamo?»

Si incamminarono verso la sala da pranzo; a un certo punto, Daze posò una mano sul braccio di Barbara per trattenerla. «Tommy ha chiesto di aspettarlo alzata, Barbara. E di non dire niente a nessuno» bisbigliò.

Barbara lanciò uno sguardo a Daidre, che era più avanti a fianco di Judith. Aveva la netta sensazione che la richiesta di riservatezza dell'ispettore riguardasse la veterinaria e da ciò desumeva che, qualunque cosa avesse scoperto Lynley, per Daidre non sarebbe stata una buona notizia.

«Sarà fatto» rispose. E poi: «Che suo figlio abbia infine ceduto al mio fascino?»

«Non mi stupirei» replicò Daze con un sorriso.

La cena si svolse senza incidenti. Il filetto alla Wellington si rivelò essere di salmone – non di manzo –, cotto con un mix di spezie, di cui Barbara non aveva mai sentito nominare almeno la metà. Sapeva ovviamente cos'era la cannella, ma zenzero, anice e cardamomo per lei potevano essere nomi di figli di popstar. Aveva già assaggiato chutney di mango e apprezzò il contorno a base di spinaci, bacon e chissà cos'altro. Gustò ogni portata con grande piacere. Non era abituata a mangiare così bene. Le sue cene consistevano prevalentemente in take-away o piatti pronti che scongelava nel suo microonde di seconda mano.

Daze tenne viva la conversazione. Barbara e Judith parteciparono, ma Daidre rimase perlopiù in silenzio. Era evidentemente preoccupata perché sapeva che cosa poteva significare il fatto che Lynley fosse stato trattenuto a Bodmin.

Conclusa la cena – Barbara aveva deciso che il bis di dolce era doveroso e al diavolo le calorie – Daze offrì porto, caffè e tè. Fossero vissute in un romanzo di Jane Austen, disse con un'ombra di rammarico, a servirle sarebbe stato un cameriere in biblioteca o nel salotto, ma siccome, ahimè, i tempi erano cambiati, chiese scusa e le invitò ad accomodarsi in cucina. Se non fosse stato così tardi avrebbero potuto cooptare Hodge, disse, ma l'anziano maggiordomo si coricava alle otto di sera, pertanto dovevano fare da sole.

«Non sarà difficile, no?» domandò.

Siccome il caffè che riuscirono a produrre sembrava fanghiglia e aveva un colore inquietante, optarono per tè e porto. Daze scovò dei cioccolatini. Dopo un po', si diedero la buonanotte.

Daidre fermò Barbara in cima alle scale. «Secondo lei, cosa vuol dire?»

Barbara decise di non fare la finta tonta. «Che doveva esaminare delle prove con l'ispettore Hannaford? Controllare una perizia? Non lo so: qualsiasi cosa. So che è uscito all'alba, ma non mi ha detto dove andava.»

«Pensa che sia stato tutto il giorno a Bodmin con l'ispettore Hannaford?»

«Non lo so. Ripeto: non mi ha messo a parte dei suoi programmi.» Il fatto che Lynley le avesse raccomandato di distrarre Daidre il più possibile, però, non prometteva bene.

Barbara andò in camera sua ad aspettare Lynley come da istruzioni. Stava sfogliando l'ennesimo verbale di polizia quando ricevette un suo messaggio. Era in cucina. Poteva raggiungerlo?

Lo trovò seduto a tavola, con un piatto di salmone e un bicchiere di vino davanti. Aveva con sé una cartellina beige piuttosto voluminosa.

«Lo ha fatto Judith, questo salmone? È sorprendentemente buono.»

«Nancy» lo corresse Barbara. «Judith vorrebbe assumerla come cuoca in pianta stabile. Che cosa è successo?»

«È andata a dormire?»

«Immagino si riferisca a Daidre, giusto? Ci siamo salutate dopo che sua madre ha tentato di avvelenarci con il caffè. Mi ha chiesto cosa poteva voler dire secondo me che lei si era fermato a Bodmin e io ho svicolato. Detto fra noi, temevo già il peggio.»

Lynley posò coltello e forchetta sul piatto e lo spinse da una parte. Prese il bicchiere e lo sollevò come a dire: Gradisce un bicchiere di vino anche lei? Barbara scosse la testa.

«L'ha fatto per salvarla, Barbara» disse Lynley. «Pensava di proteggerla.»

«Goron?» chiese Barbara. E, nel vederlo annuire, rincarò: «Proteggere chi? Kayla? Ma perché?»

«Mi ha parlato di abusi, maltrattamenti, violenze...»

«Mi giunge nuova, ispettore. Nessuno ha mai neanche lontanamente accennato ad abusi. Nei documenti che abbiamo esaminato finora non risulta niente del genere.»

«Goron ha parlato di violenze fisiche e verbali. E anche sessuali.»

Barbara prese una sedia e si sedette pesantemente. «Eppure Kayla Lobb non ha mai detto niente... Perché? Perché nessuno ha mai parlato di abusi? Invece di sporgere denuncia a chi di dovere, Kayla Lobb si confida con Goron Udy? Gesù, ispettore! Non è che gli ha raccontato apposta che il marito la maltrattava perché lui lo togliesse di mezzo? Avrebbe potuto divorziare, andarsene. Lo so, molte donne hanno paura, temono che un tentativo di ribellione possa sfociare in un femminicidio, ma Kayla poteva contare sul fratello. Era ospite a casa sua, no? Poteva farsi aiutare da lui.»

«Infatti gli ha chiesto aiuto. Goron me lo ha detto: Kayla voleva tornare in Sudafrica con il fratello» disse Lynley. «Questo però significava che lui non l'avrebbe più avuta vicino.» Prese la cartellina e la porse a Barbara, che la aprì e vide un manoscritto di diverse pagine. «Questa è una copia. L'originale è stato messo agli atti. Era dentro uno dei libri contabili» disse Lynley.

«Della Lobb's Tin & Pewter?»

Lynley annuì. «Tutti i registri sono stati sequestrati e mandati a un perito, che nell'esaminarli ha trovato questo documento e ha capito subito che non aveva nulla a che fare con la contabilità dell'azienda.»

Barbara guardò meglio la prima pagina. Lesse: 'Penso di sapere che cosa sta succedendo, ma voglio capire perché...' e chiese: « Cos'è? Chi l'ha scritto? »

« Michael Lobb. »

« Metteva per iscritto quello che faceva alla moglie? »

« Per certi versi » rispose Lynley. « Ma non nel senso che intende lei. Lo legga. »

« Va bene. »

« Grazie. Lo prenda, se lo porti in camera. Quando ha finito, mi faccia sapere. »

Barbara tornò nella sua stanza, si sistemò nella poltrona e cominciò a leggere. In certi punti la grafia era difficile da decifrare, ma al termine della lettura Barbara si persuase di aver capito cos'era successo a Goron Udy, e per quale motivo.

Corse a bussare alla porta di Lynley e appena le aprì gli mostrò la cartellina. Lui le fece cenno di entrare. Barbara guardò soltanto di sfuggita il grande tappeto persiano, l'armadio gigantesco, il comò con due foto del giorno delle nozze, tendoni scuri alle finestre, poltrone e poltroncine varie e un letto enorme. « Abbiamo la certezza che sia il diario di Michael Lobb, ispettore? » chiese indicando la cartellina.

« Non abbiamo la perizia calligrafica, ma si vede a occhio che è la stessa scrittura dei registri della ditta. »

« Potrebbe aver scritto cose non vere? »

« È un'ipotesi da prendere in considerazione. Ma a quale scopo? Non ne aveva alcun motivo. Non si aspettava certo di morire ammazzato. »

« Ma come diavolo ha fatto Kayla Lobb a convincere Goron di essere vittima di abusi? »

« Con una lenta opera di persuasione » rispose Lynley. « Passavano molto tempo insieme, perché lui le faceva da autista da e per Penzance e lei gli faceva da maestra. Goron era infatuato di lei e felice delle attenzioni che gli riservava. Kayla aveva assistito persino sua madre sul letto di morte! Insomma, piano piano si è innamorato perdutamente di lei e Kayla, cui il matrimonio con Michael andava sempre più stretto, probabilmente anche a causa di Sebastian, gli ha fatto credere cose che non erano assolutamente vere in maniera da spingerlo a compiere l'omicidio.»

«E ha fatto tutto da sola?»

«No, non credo. L'aggressione di cui parla Michael Lobb nel suo diario, per esempio, che la moglie avrebbe subito a Penzance, uscita dalla scuola di ballo. In quell'occasione Kayla Lobb aveva veramente riportato un occhio nero, e dubito che si fosse presa a pugni da sola. Ma il punto è che Kayla Lobb al marito diceva di essersi procurata i lividi che aveva sul corpo cadendo, inciampando o venendo aggredita da presunti stupratori e a Goron rifilava tutt'altra verità.»

«Secondo lei, quindi, l'aggressione e il tentato stupro di Penzance sono stati simulati? C'era lo zampino di Sebastian?»

«Ho questa sensazione, sì.»

«Michael aveva subodorato che tra la moglie e il fratello c'era qualcosa. E quindi...»

«E quindi erano a un passo dal punto di rottura.»

Barbara rifletté, valutando varie possibilità. «Cristo, ispettore. Di quale reato possiamo accusarla? Circonvenzione di incapace? Istigazione all'omicidio?»

«Ne dubito» rispose Lynley. «Sono abbastanza sicuro che non abbia mai usato la parola *uccidere* o simili, certamente non in messaggi ed e-mail. Sarà stata abbastanza accorta da non mettere per iscritto niente di compromettente.»

«E Sebastian è suo complice? Associazione a delinquere, allora.»

«A scopo di...? Far credere a Goron Udy qualcosa di non vero? Qui l'unico che rischia un'accusa di favoreggiamento, o di depistaggio, è Bran Udy, che ha aiutato il figlio a nascondere le prove e ostacolato le indagini.»

«E la foto di Kayla nuda che è stata trovata sul caravan? Come c'è finita, secondo lei, ispettore?»

«Potrebbe avercela nascosta Kayla, oppure Kayla potrebbe averla regalata a Goron, oppure... Non lo sapremo mai. Così come non riusciremo mai ad accertare se davvero Kayla non conoscesse la combinazione della cassaforte del marito e ignorasse che lui l'aveva nominata erede universale.»

Rimasero in silenzio per un po' e Barbara era quasi sicura

che stessero meditando sulla medesima questione. « Cosa le dirà, ispettore? Lei spera ancora che il fratello sia innocente. Immagino se ne sia accorto » disse infine. Non c'era bisogno di specificare il soggetto.

« Non lo so, Barbara. Ma dovrò dirle la verità, in qualche modo. »

« Se vuole, posso farlo io. »

« Non può farlo lei, Barbara, lo sa benissimo. Ma grazie di essersi offerta. »

Barbara si voltò dall'altra parte, riflettendo che per Daidre sarebbe stato un colpo terribile. Non aveva idea di come avrebbe reagito. La vita a volte sembra infierire, si disse. Ti sbatte in faccia con crudeltà quello che tu non vuoi vedere.

Trasalì, colta alla sprovvista da quel pensiero. Si voltò di nuovo verso Lynley. « Mi sono venduta il posto al cimitero, ispettore. All'epoca mi sembrava l'unico modo, ma non era vero. »

Lynley aggrottò la fronte. « Sta parlando di sua madre? Aveva un loculo? » chiese.

« Tenerla da Mrs. Flo era un salasso. Ho dovuto vendere la casa, la casa di mia madre, intendo, quella in cui siamo cresciuti io e mio fratello, che poi... Comunque anche i soldi della casa dopo un po' sono finiti e non me la sentivo di... Da Mrs. Flo mia madre si trovava bene, era curata. Il succo è che la devo cremare perché il posto al cimitero non c'è più, quindi... »

« Barbara » la interruppe Lynley. « Sua madre capirebbe. Se da lassù la vede – cosa della quale dubito – capisce sicuramente. »

« No, no. Mi lasci finire. Dovevo anche cambiare il motore della Mini. E di quello avrei potuto fare a meno. Invece l'ho fatto prima. Mi sono venduta il posto di mia madre al cimitero prima di finire i soldi della casa. Capisce? Non ci ho pensato su due volte. Ci teneva tanto a essere sepolta vicino a mio padre e adesso è impossibile. Per colpa mia! »

Nel vedere che Lynley si avvicinava Barbara ebbe l'impulso di ritrarsi, ma si trattenne. Lynley le posò una mano sulla spalla. « Barbara, mi stia a sentire: non è così grave come le sembra in questo momento. Ci sono cose ben peggiori, mi creda. Io ho fatto cose ben peggiori. »

«Non ci credo.»

«Quando è morto mio papà, sono stato dieci anni senza vedere mio fratello. Nostro padre è mancato quando io avevo sedici anni e Peter ne aveva sei. L'ho distrutto senza nemmeno accorgermene, gli ho dato un dispiacere tremendo. Mi creda, Barbara, sono peggio di lei.»

Barbara lo trovava inverosimile, ma colse la determinazione di Lynley a farglielo credere. La vita era veramente difficile, a volte.

Howenstow, Lamorna
Cornovaglia

Nelle fotografie che Daze le aveva mostrato prima di andare a cena, Daidre aveva visto che Tommy assomigliava alla madre, come Judith, mentre Peter assomigliava al padre. Aveva riscontrato altresì che nella foto in cui indossava l'elegantissima divisa di Eton con la giacca simile a un frac, Tommy non aveva ancora la cicatrice sul labbro superiore. Quando glielo aveva fatto notare, Daze le aveva raccontato che la responsabile di quella cicatrice era lei, e che all'epoca Tommy aveva sedici anni. Gli aveva mollato un ceffone e lo aveva tagliato con un anello. Era un periodo difficile, suo marito era in fin di vita e lei non riusciva a farsene una ragione.

Daidre aveva manifestato incredulità e Daze l'aveva ringraziata per la stima, le aveva spiegato che Tommy le aveva dato una rispostaccia, lei aveva perso le staffe e aveva avuto una reazione imperdonabile. Aveva commesso molti sbagli nella vita, le aveva confidato, ma in fondo, chi è senza peccato scagli la prima pietra, no?

Daidre non aveva pensato a sé stessa, in quel momento, ma alle persone coinvolte nella morte di Michael Lobb. Voleva ripercorrere le vicende personali di ciascuna per misurare il loro grado di colpevolezza. Stando al suo passato, al suo presente, e anche al suo futuro, Sebastian Lobb sembrava il più colpevole di tutti. Aveva un movente: la sua quota del 40 percento della Lobb's Tin & Pewter. Aveva i mezzi: faceva parte di una famiglia di minatori e conosceva i ferri del mestiere. E, se il suo alibi di Truro poteva essere smontato, aveva pure l'opportunità.

Sentì bussare alla porta della camera, poi la voce di Tommy: « Sei sveglia, Daidre? Ti posso parlare un momento? »

Lei era in camicia da notte e le venne istintivo cercare la vestaglia, che però non aveva portato con sé pensando di soggiornare in hotel e quindi di non averne bisogno. « Aspetta un attimo, Tommy » rispose. E lui, elegante come sempre: « Fai con calma ».

Daidre si rivestì in fretta e aprì la porta. Non lo vedeva dalla sera prima e le parve sfinito. Nel guardarlo, sentì che il battito accelerava e si portò una mano sul petto.

Tommy aveva in mano una cartellina. Lei la guardò, poi guardò lui e vide che era titubante. Gli lesse qualcosa negli occhi, che erano scuri nonostante i capelli chiari. E di nuovo la colpì la somiglianza con la madre e l'assenza della durezza e della severità del padre.

« Entra, Tommy. Sei tornato adesso? »

Lynley scosse la testa. « Ho mangiato qualcosa e ho parlato a lungo con Barbara. Se vuoi, ti racconto. »

Daidre sentì scattare il consueto meccanismo difensivo, la barriera che erigeva a protezione dei propri sentimenti e delle proprie emozioni. Reagiva così in maniera automatica ogni volta che qualcosa rischiava di toccarla nel profondo. Aveva iniziato a costruirsi quelle difese, blocco di ghiaccio dopo blocco di ghiaccio, quando era stata portata via dai genitori e poi adottata. I Trahair erano stati molto buoni con lei. Ma come la maggior parte delle persone, avevano visto solo ciò che volevano e ciò che lei aveva consentito loro di vedere.

Quando Lynley chiuse la porta e si trovarono l'uno di fronte all'altra, Daidre si rese conto che riusciva a sentire solo in parte quello che lui le stava dicendo. Era come se avesse perso l'udito, o il senno, e questo le impediva di seguire il filo del discorso. Coglieva solo parole e frasi sconnesse: libri contabili... una sorta di diario... per salvarla... volute ambiguità volte a fargli credere che... probabilmente in combutta con il cognato... ucciderlo gli sembrava l'unico modo per salvarla da...

Scoprì che Tommy era andato a parlare con Goron dopo essersi recato con l'ispettore Hannaford nel sito archeologico dove era stata trovata l'arma del delitto. Un uomo che viveva nelle vicinanze lo aveva visto, le disse.

Lo aveva riconosciuto? Era sicuro che fosse lui? No, ma aveva visto passare lungo il sentiero un uomo. Allora Daidre ribatté che poteva essere chiunque: il fratello di Michael, il fratello di Kayla, uno dei figli... Tommy la lasciò parlare senza interromperla, con un'espressione piena di compassione che le faceva venir voglia di piangere e a un certo punto Daidre ebbe l'impulso di mandarlo via, perché non voleva farsi vedere in lacrime. L'idea che Tommy la vedesse perdere il controllo era intollerabile.

Aveva esaurito le parole e tacque. «Goron ha provato sin dall'inizio a raccontare com'erano andate le cose, Daidre, ma tutti pensavano che si stesse prendendo la colpa per proteggere il vero colpevole» spiegò Tommy.

«E infatti è così» replicò lei. «Non può che essere così. Tommy, mio fratello non è...»

«Leggi questo, per favore» le disse con gentilezza porgendole la cartellina beige. «È il diario di Michael Lobb. E getta luce sull'intera vicenda.»

Daidre aveva gli occhi pieni di lacrime. «Ti prego, Tommy. Davvero. È un'anima mite.»

Tommy posò la cartellina sul letto. «Mi dispiace tanto. Speravo... e anche Barbara sperava di... Purtroppo invece...»

Daidre non sopportava di sentirlo così addolorato. «Per favore, Tommy. Non dire così. Non è vero.»

«Hai ragione a definire tuo fratello un'anima mite» replicò lui. «È verissimo. Ma ha avuto l'ingenuità di credere a quello che gli dicevano, senza pensare che al mondo esistono i bugiardi.»

26 APRILE

Penzance
Cornovaglia

Daidre era andata da lui prima dell'alba con la cartellina in mano. Lynley era sveglio. Non aveva praticamente chiuso occhio per tutta la notte. Aveva dormito sì e no un'oretta, quando Daidre aveva bussato alla porta di camera sua e lo aveva chiamato a voce così bassa che quasi non l'aveva sentita. Aveva aperto la porta vedendo che era vestita di tutto punto, non come la sera prima, quando si era infilata in fretta e furia le prime cose che le erano capitate sottomano. Fuori ululava il vento e stava per scoppiare un temporale.

« Hai dormito? » le chiese. Daidre scosse la testa e lui si fece di lato invitandola a entrare.

Daidre indietreggiò e mormorò: « Ho letto ». Si morse il labbro come se stesse per piangere. « Non so come si possa essere così crudeli da... Quindi erano d'accordo, lei e quell'altro. Hanno capito che lui si era innamorato, che la adorava, che era completamente in sua balia e ne hanno approfittato. Lo hanno usato. Avevano una relazione, volevano i soldi di Lobb's e si sono serviti di Goron per raggiungere il loro scopo. »

« Mi dispiace tanto, Daidre. »

« Tu non c'entri nulla, Tommy. » Rimase un momento in silenzio. Poi giunse le mani come per fermare il tremito, o forse per farsi coraggio. « Sei un uomo di cuore, Tommy. Lo so, l'ho capito subito. Il problema è che io... » Si interruppe e prese fiato, tremando.

« Dimmi. » Lynley avrebbe voluto che entrasse. Avrebbe voluto abbracciarla, anche solo per un attimo, aiutarla a dire quello che voleva dire. Invece era rimasto immobile.

« Non riesco a venirti incontro a metà strada » aveva detto

Daidre. «Vorrei, ma non ci riesco. Voglio che tu lo sappia. Davvero, è più forte di me.» Detto questo, gli aveva voltato le spalle ed era corsa via.

Lynley l'aveva chiamata, sperando che si fermasse, ma lei aveva tirato dritto e lui non aveva mosso un passo.

In quel momento Lynley era in macchina con Barbara Havers e di umore cupo come la giornata. Il pensiero di ciò che li aspettava non aiutava certo a tirarlo su di morale. Era ancora presto. Lynley aveva chiamato per prendere appuntamento e aveva proposto quell'ora immaginando che Sebastian Lobb di prima mattina non avesse né corsi né sedute. Lobb lo aveva avvertito che sarebbe stata presente anche Kayla. Willen Steyn era ripartito e siccome Kayla non voleva restare da sola a Trevellas, perché non si sentiva sicura, era andata a stare da lui a Penzance. Bran prima o poi sarebbe tornato e Kayla voleva evitare altre sfuriate. Chi poteva darle torto?

Arrivarono a Penzance all'ora prevista. Lynley parcheggiò il Land Rover sul lungomare, subito dopo un attraversamento pedonale, nei pressi del parcheggio del Queen's Hotel, e si incamminò su per Morrab Road dividendo l'ombrello con Barbara. Con quel tempaccio in giro non c'era nessuno, a parte un vecchietto con il deambulatore che portava a spasso il suo corgi. Lo salutarono con un cenno del capo e sentirono che diceva: «Forza, Zadie. Fa' quello che devi fare, su». Zadie sembrava poco collaborativa.

A casa di Sebastian Lobb le luci erano accese per via della giornata buia. Sebastian e Kayla li fecero accomodare in un soggiorno che fungeva anche da sala d'attesa, con cuscini, tendaggi e grandi vassoi di ottone. Kayla offrì loro il caffè e, quando ebbe finito di servirli, si sedette e chiese: «Ha detto qualcosa?»

Lynley e Barbara si scambiarono un'occhiata. «Chi?» chiese Lynley.

«Bran» rispose Kayla.

«Mi sembra chiaro che vuole farvi credere che Kayla aveva sedotto Goron e se lo era portato a letto» dichiarò Sebastian.

«Ah» fece Lynley. Con la coda dell'occhio vide che Barbara metteva lo zucchero nel caffè. «Con Bran non abbiamo ancora parlato. Ma sta emergendo un quadro un po' diverso, rispetto a quello che tratteggiava lui. Una forma di seduzione ancora più subdola.»

Sebastian e Kayla lo fissavano impassibili e Lynley ebbe l'impressione che stessero attenti a non incrociare gli sguardi. Non aggiunse altro. Anche Barbara, al suo fianco, rimase zitta ad aspettare che dicessero qualcosa.

Come Lynley prevedeva, alla fine fu Kayla a rompere il silenzio. «Non capisco a che cosa si riferisce, ispettore. Sebastian, tu hai capito?»

«No» rispose lui con calma. «Le dispiacerebbe spiegarsi meglio?» chiese a Lynley.

«Suo fratello teneva un diario» spiegò Lynley. «È stato trovato dentro uno dei registri contabili della Lobb's.»

«Ci sono scritte cose davvero interessanti» aggiunse Barbara.

«Dalle quali si evince come si è arrivati all'omicidio» continuò Lynley.

«E cioè?» chiese Sebastian. Kayla sembrava sempre più intimorita e Lynley immaginò che avesse intuito che il diario rischiava di rovinare tutti i suoi piani.

«Lobb scrive della passione travolgente che aveva provato per Kayla Steyn adolescente e di come quella passione lo aveva portato a lasciare la famiglia; descrive la relazione che aveva con il fratello, Sebastian, le volontà espresse dal padre nel testamento, il fatto che la Lobb's Tin & Pewter apparteneva per il 40 percento al fratello...»

«Cioè a lei» puntualizzò Barbara.

«... e le vostre divergenze di opinione riguardo alla proposta di acquisto da parte della Cornwall EcoMining. Il diario parla anche di diversi viaggi fatti dalla signora Lobb allo scopo di procurare cure miracolose a Jen Udy, all'epoca malata di cancro.»

Sebastian annuì. «Fin qui nulla di sorprendente, ispettore. Non era un segreto che io volessi vendere e Mike no. Quanto ai viaggi di Kayla ai vari santuari... cosa c'entrano, scusi?»

«Il diario parla anche di alcuni infortuni subiti dalla signora e in particolare di una brutale aggressione avvenuta non lontano da qui. Dice che la signora è riuscita a sfuggire all'uomo che la voleva stuprare ed è venuta da lei, rifiutando le cure ospedaliere e opponendosi a sporgere denuncia. Lei lo ricorda?»

«Certo che me lo ricordo!» rispose Sebastian. «Kayla era in condizioni pietose, poverina. Dio solo sa come sia riuscita ad arrivare fin qui dal parcheggio del Queen's Hotel. È lì che è stata aggredita, per la cronaca. Quindi, se vi fate dare i filmati delle telecamere del parcheggio, potrete verificarlo voi stessi.»

«Quella è stata la parte più delicata, vero?» disse Lynley. «Le telecamere a circuito chiuso del parcheggio costituivano un rischio, ma era un rischio relativo, perché la signora Kayla si è sempre rifiutata di sporgere denuncia. La polizia, ovviamente, avrebbe controllato i filmati per cercare di identificare l'autore dell'aggressione. E voi sapevate benissimo che non avrebbero trovato niente.»

«Cosa sta cercando di insinuare?» chiese Sebastian.

«Non c'è stata nessuna aggressione nel parcheggio del Queen's Hotel. Avete fatto tutto voi due. Le cadute durante le lezioni di ballo, l'aggressione, il tentato stupro. Signora Lobb, lei ha raccontato a suo marito di essere stata vittima di un'aggressione, ma lo ha supplicato di non chiamare la polizia e si è rifiutata di andare al pronto soccorso. Sapeva che i medici le avrebbero rivolto domande precise sulla dinamica dei fatti e non voleva rispondere perché a procurarle le lesioni era stato suo cognato, qui, in questa casa, magari addirittura in questa stanza. A Goron, però, ha raccontato tutt'altra storia.»

«Questa è pura fantasia» ribatté Sebastian. «Non so dove sia andato a pescare le cose che dice, ma le trovo fuori luogo. Vi prego di andarvene. Devo chiamare un avvocato? O magari la polizia?»

«Faccia come crede» rispose Lynley. Poi, rivolgendosi a Kayla: «Sapeva che Goron era innamorato, che avrebbe fatto qualsiasi cosa per lei. Gli ha detto che aveva paura che suo marito la uccidesse e che aveva pensato di ucciderlo lei prima dell'inevitabile femminicidio? Gli ha detto che lei non avrebbe voluto ucciderlo, ma forse era l'unico modo per non morire?»

Sebastian era diventato paonazzo. Si mise in piedi. «Le vostre sono illazioni assurde e totalmente campate per aria! Che prove avete?» Poi raccomandò a Kayla: «Non dire una parola di più».

«Ha ragione, non abbiamo le prove» disse Lynley a Sebastian. Poi si rivolse a Kayla: «È stata molto attenta a non lasciarne. Se Michael Lobb doveva morire per mano di qualcuno, quel qualcuno non sarebbe stata lei. Certo, il piano presentava alcuni inconvenienti». Poi, facendo un gesto in direzione di entrambi, spiegò: «Per esempio, non potevate sapere se si sarebbe realizzato, né quando e come. Poi però è arrivato il fratello della signora, Willen Steyn, e il meccanismo si è messo in moto da solo».

«La sua è una teoria delirante» sbottò Sebastian. «Di che cosa ci sta accusando, esattamente? Secondo lei ci preparavamo un alibi ogni notte nell'eventualità che Goron decidesse di ammazzare Mike?»

«No» disse Lynley. «Secondo me l'arrivo di Willen vi ha permesso di accelerare le cose. La signora Lobb ha avuto l'opportunità di dire a Goron Udy che sarebbe tornata definitivamente in Sudafrica con il fratello. Michael non avrebbe osato seguirla fino in Sudafrica, dove comunque aveva la famiglia a proteggerla. Ovviamente per Goron l'idea che Kayla andasse via per sempre era insopportabile. Pensava che, se lui avesse tolto di mezzo Michael Lobb, Kayla sarebbe rimasta in Cornovaglia. Non gli è nemmeno venuto in mente che Kayla invece avrebbe venduto tutto per rifarsi una vita altrove, con qualcun altro che sicuramente non era lui.»

«E secondo lei tutto questo si evince da una sorta di diario scritto da mio fratello? Come se Mike dall'oltretomba puntasse il dito contro sua moglie? Perché mai quella che scrive mio fratello dovrebbe essere la verità?»

«Non punta il dito soltanto contro sua moglie. Lo punta anche contro di lei» intervenne Barbara. «Aveva capito che avevate una storia. Non sapeva da quanto tempo stavate assieme e ha provato in tutti i modi a convincersi che non fosse vero, bevendosi tutte le bugie che lei gli rifilava» disse rivolgendosi a Kayla. «Ma a tutto c'è un limite e dopo un po' ha aperto gli occhi.»

«Non significa niente» dichiarò Sebastian. «È vero, Kayla non è mai andata a Lourdes. Che importanza ha? Siamo andati in Galles insieme. E allora? Non vuol dire niente. La facevo godere quando aveva voglia di godere, tutto lì. Ce la siamo spassata. E quindi? Non siamo perseguibili per questo. Lo sappiamo tutti quanti.»

«Ha ragione, non siete perseguibili per legge» replicò Lynley. «Ma, vedete, in tanti anni che lavoro nella Omicidi ho capito che la vita prima o poi chiede sempre il conto. Sono certo che prima o poi pagherete le conseguenze di ciò che avete fatto, insieme o singolarmente. Lei probabilmente da solo, signor Lobb.»

«Fuori di qui» sbottò Sebastian.

«Con piacere» rispose Barbara.

Howenstow, Lamorna
Cornovaglia

Daidre aveva un'ultima cosa da fare prima di partire. Aveva rimesso in ordine la stanza di Stephanie Davenport, aveva scritto un biglietto per Barbara, uno per Daze e uno per Judith, aveva fatto la valigia e l'aveva caricata sulla Vauxhall. Lasciò la macchina davanti alla villa e si incamminò nel giardino verso la cappella di famiglia, sperando di trovarla aperta. Fu accontentata.

Individuò subito la tomba di Helen, sia perché la cappella non era grande, sia perché era l'unica ad avere fiori freschi, tuberose il cui profumo aleggiava nell'aria. Daidre guardò la lapide sul pavimento e nel leggere le parole *Moglie adorata* pensò a quanto doveva essere stato terribile per Tommy perderla in quel modo, in un omicidio insensato per strada, uno scherzo del destino: se Helen fosse rincasata cinque minuti prima o cinque minuti dopo, lei e Tommy sarebbero stati ancora insieme.

Tommy non si era mai ripreso da quella tragedia, Daidre lo sapeva. Non era possibile riprendersi, dopo un colpo così devastante. Non era morto con Helen, ma era rimasto profondamente segnato. Daidre lo capiva, era segnata anche lei dai traumi subiti nel passato.

Sentì la porta della cappella che si apriva alle sue spalle, cani che abbaiavano nel parco e rumore di passi. Poi Daze disse sottovoce: «Ho visto la sua auto qui davanti e ho sguinzagliato i cani per farli giocare in giardino...» I latrati fuori della cappella sembravano festosi. «Non vorrei pentirmene» aggiunse con una risatina.

«Tommy mi ha parlato pochissimo di Helen, ma sono certa che la pensa spesso. Credo che abbia tanti ricordi, che immagini come sarebbe la sua vita se lei ci fosse ancora, il figlio che avrebbero avuto, come sarebbe potuto diventare. Erano sposati da poco, vero?» disse Daidre.

«Sì, ma si conoscevano da anni» rispose Daze.

«Era bella, immagino.»

«Sì, e con il passare del tempo probabilmente lui la ricorda ancora più bella.» Daze si avvicinò a Daidre. «La morte fa questo effetto: ci fa sembrare i nostri cari perduti più forti, intelligenti, spiritosi, più belli, più simpatici e brillanti. E ci dimentichiamo di quanto a volte ci facevano arrabbiare.»

«Non credo che Helen facesse arrabbiare Tommy» osservò Daidre.

«Mia cara, abbiamo tutti dei lati esasperanti» disse Daze. «Siamo umani. È inevitabile che facciamo perdere la pazienza al prossimo.»

Daidre smise di guardare la tomba di Helen e alzò la testa verso Daze. «Tommy mi fa un'enorme compassione» disse.

«Non glielo dica: non gli farebbe piacere» rispose Daze. «Non vuole fare compassione a nessuno. All'inizio era distrutto, comprensibilmente. Con quello che era successo, sarebbe caduto in depressione chiunque. Ma sapevo che piano piano se ne sarebbe tirato fuori, così come si era ripreso la volta prima, quando aveva perso la fidanzata.»

«Gli è morta anche una fidanzata?» chiese Daidre inorridita.

«Lo lasciò per un altro. Tommy rimase malissimo. Non come dopo la morte di Helen, ma passò un brutto periodo anche in quel caso. Però si è risollevato. È un uomo forte, pieno di risorse. E soprattutto di buon cuore. Ma lei avrà avuto certamente modo di constatarlo.»

«Sì, assolutamente.» In quel momento le venne in mente una frase di cui non ricordava la fonte: «Cessando di esistere mi lasci nel dolore». C'era chi rimaneva per sempre aggrappato alla sofferenza, ma Tommy aveva trovato la forza di non farlo. «La saluto: ora devo andare» disse a Daze.

«Torna a Londra?»

«Prima passo da Exeter.»

«Vuole lasciare detto qualcosa a Tommy?»

«Gli ho parlato. Mi saluti tanto Judith, per favore. Vi ho lasciato un biglietto.»

Daze inclinò la testa da una parte e le sorrise. La fissò abbastanza a lungo da metterla in imbarazzo. «La paura è parte integrante della condizione umana. Solo i più fortunati capiscono che spesso non abbiamo nulla da temere» disse.

Newlyn
Cornovaglia

Gloriana si sentiva giustificata a fare ciò che stava per fare. Si diceva che era indispensabile prendere il toro per le corna così che Jesse scoprisse la triste verità a proposito di Nate Jacobs finché era ancora in tempo per interrompere la gravidanza.

Perciò quella mattina, prima di aprire il negozio, andò alla Stanhope Forbes School of Art. Nonostante l'accademia fosse vicina a Gwavas Quay, decise di andarci in macchina per motivi di tempo e di praticità. Nel parcheggio c'erano un sacco di posti vuoti e Gloriana ne scelse uno separato dalla strada da un'aiuola di ortensie circondate da un mare di campanule. La Stanhope Forbes era in un lungo edificio in pietra che in origine aveva ospitato una scuola di formazione per insegnanti e che pertanto aveva richiesto pochissimi interventi ai fondatori dell'accademia. Oltre a insegnare, Nate Jacobs divideva un atelier con altri docenti, nel quale dipingeva paesaggi. Gloriana non era sicura di dove l'avrebbe trovato, ma dato che la mostra Art on the Quay era ormai alle porte, aveva ritenuto più probabile che fosse lì.

E infatti era impegnato a dare gli ultimi ritocchi a un paesaggio marino, una delle tante calette della Cornovaglia, con un gozzo su una specie di rampa di pietra. Accanto alla barca c'era un contenitore rosso, probabilmente per il pescato, e sullo sfondo si ergeva la scogliera punteggiata di fiori selvatici di vari colori.

Gloriana si fermò sulla porta per osservare Nate all'opera. Capiva perché le donne lo trovavano così attraente. Anche lei lo aveva trovato belloccio, quando lo aveva conosciuto ad Art on the Quay. Pelle olivastra, folti capelli color caffè, occhi praticamente neri, non era altissimo ma aveva il fisico scolpito di chi fa pesi tutti i giorni e portava sempre jeans attillati e T-shirt aderenti per mettere in risalto i muscoli. Ma perché un uomo sia davvero attraente non basta che abbia un bel corpo e Nate aveva un modo di rapportarsi con le donne, di guardarle negli occhi come per scrutare nel loro animo, che risultava irresistibile. O perlomeno questo era stato l'effetto che aveva avuto su Jesse. Gloriana lo considerava uno dei tanti *bad boys* che le donne ingenue, generose e dal cuore tenero si illudevano di poter «salvare».

Evidentemente Nate si sentì osservato, perché alzò gli occhi dal dipinto e la vide sulla soglia. Poi guardò oltre, come per capire se Gloriana fosse con qualcuno. Cercava Jesse, ovviamente, perché con Gloriana da sola non aveva mai parlato tranne che fuori della porta del monolocale di Cressida, e anche in quelle occasioni si era limitato a un: «Ciao, come va?» Per Nate Gloriana era quell'eccentrica amica di Jesse che andava in giro conciata come se venisse direttamente dalla Carnaby Street degli anni Sessanta, che non aveva il minimo interesse ad avere un compagno e, anzi, sembrava contraria ai rapporti di coppia tout court. Glielo aveva detto Jesse dopo l'ennesima volta che le aveva proposto di farle conoscere un amico di Nate e lei aveva risposto: «Preferisco mangiare un lombrico».

«Ciao, Gloriana» la salutò Nate.

Lei entrò e si rallegrò nel vedere che erano soli. Si sentivano voci nelle aule vicine e dalla sala professori usciva profumo di caffè, ma nell'aula con Nate non c'era nessun altro. Gloriana guardò il paesaggio marino sul cavalletto. «Che posto è? Non lo riconosco.»

«Penberth Cove» rispose Nate.

«Sembra inaccessibile.»

Nate riprese a punteggiare di bianco i fiori sulla scogliera. « Sulla tela lo sembra più di quanto non lo sia nella realtà. Ma è una baia che esiste veramente sulla nostra costa. Non essendoci spiaggia, ai turisti non interessa. »

« Lo esporrai alla mostra? »

« Sì. » E le rivolse quello sguardo tutto suo, fermo e penetrante. « Jesse non c'è? »

« No, è in negozio. Anch'io sto andando ad aprire Vintage Britannia. A proposito, Cressida è già al lavoro: ho sentito che stava ascoltando il podcast. »

Silenzio. Nate stava cercando di capire il perché di quelle informazioni non richieste. « Ti ha mandato lei? »

« Chi? Cressida? »

Nate la squadrò come chiedendosi a che punto della storia era rimasta. « Jesse » rispose.

« No, non esattamente. »

Nate si incuriosì. Posò pennello e tavolozza e si voltò, incrociando le braccia sui pettorali ben definiti. « In che senso 'non esattamente?' »

« Possiamo...? » Gloriana fece finta di guardarsi intorno. « C'è un posto un po' più privato, dove non rischiamo che entri qualcuno all'improvviso? »

« E anche se entrasse qualcuno all'improvviso? Vuoi fare qualcosa con me che è meglio che nessuno ci veda fare, Gloriana? »

Gloriana avrebbe voluto mandarlo a quel paese e dirgli che con lei non attaccava, ma poi pensò che probabilmente Nate era talmente abituato a comportarsi così con le donne che ormai per lui era diventato un riflesso condizionato. « Voglio parlarti di una cosa che è meglio non si sappia in giro » rispose.

« E perché? »

« Possiamo uscire un attimo, per favore? È una cosa importante, Nate. »

Lui guardò un momento il dipinto, poi si voltò di nuovo verso Gloriana. « Come vuoi. Vai avanti tu. »

Gloriana non era sicura che lui la seguisse, ma si avviò. Nate la raggiunse nel corridoio e camminò di fianco a lei verso l'uscita. Fecero il giro del palazzo fino ad arrivare all'ingresso principale e alla statua di bronzo di Stanhope Forbes rivolto verso la Mount's Bay con pennello e tavolozza in mano. In quel momento sul cappello di paglia dell'artista era appollaiato un gabbiano che, sentendoli avvicinare, strillò indignato e prese il volo, dirigendosi verso il porto e i pescherecci.

Nate tirò fuori un pacchetto di sigarette, ne accese una e la offrì a Gloriana. Lei fece segno di no con la testa e lui aspirò una boccata di fumo. Ecco un altro motivo per cui Jesse lo doveva mollare, pensò: il fumo passivo.

Si disse che la sigaretta era il pretesto ideale per introdurre il discorso e prese un bel respiro profondo. « Devo dirti una cosa, Nate, ma non so come dirtela. »

« Jesse mi tradisce » disse lui fingendo di tirare a indovinare, ma in un tono da cui si capiva che lo trovava altamente improbabile.

« No » rispose Gloriana.

« E allora cosa c'è? » Nate si riempì i polmoni di fumo. « Ha uno spasimante che va tutti i giorni a mangiare i suoi *scones*? »

« È incinta » disse Gloriana.

Nate aveva ancora la sigaretta in bocca. La teneva tra l'indice e il pollice. « Incinta » ripeté. Non era una domanda, ma una constatazione. Doveva essere rimasto basito.

« Esatto. »

« E tu come lo sai? »

« È la mia migliore amica, Nate. Non hai notato niente di diverso, in questi ultimi tempi? »

Nate scosse la testa. « Te l'ha detto lei? »

« Non ce n'è stato bisogno: la vedo vomitare tutte le mattine. » *La parte più difficile arriva adesso*. Gloriana aveva riflettuto a lungo su come affrontare il punto successivo. « Le ho detto che te lo doveva dire, che non è solo figlio suo, ma anche tuo. Che lo vuoi sicuramente crescere anche tu, al suo fianco, perché nel momento stesso in cui sai che una donna porta in grembo tuo figlio le vuoi stare vicino. Le ho detto che la ami e che quando un uomo ama una donna vuole dei figli da lei. Non so perché stia aspettando tanto a dirtelo, sul serio. È come se avesse paura, ma non capisco perché. »

Nate rimase un momento in silenzio. Davanti alla scuola,

qualcuno in bicicletta scampanellò, poi una voce di donna: «Permesso? Posso passare, per favore?»

Gloriana pensò a Cressida, ma non le sembrava la sua voce. In ogni caso, a quel punto poteva chiudere il discorso e aspettare che Nate Jacobs reagisse da par suo.

«Qual è il tuo scopo, Gloriana?» chiese infine Nate.

«In che senso?»

«Perché me lo sei venuta a dire?»

Gloriana aveva previsto che glielo chiedesse. E si era preparata la risposta.

«Perché secondo me Jesse non si sta prendendo abbastanza cura di sé stessa. E se vuole che vada tutto liscio e il bambino nasca sano, non può continuare a fare la vita che fa. Siccome io non riesco a farglielo capire, speravo che ci riuscissi tu.»

«Me lo hai detto per questo.»

«Sì.»

«E in che modo Jesse non si prenderebbe cura di sé, secondo te?»

Gloriana non si aspettava di dover entrare così nei dettagli e fu costretta a improvvisare. «Dovrebbe seguire una dieta più sana, prendere vitamine, integratori... Parlarne con il suo medico, scegliersi un'ostetrica. Cose così. Invece non ha ancora fatto niente e io sto incominciando a preoccuparmi.»

Nate la scrutò a lungo con aria critica e Gloriana si sentì avvampare. Nate ovviamente era consapevole del fatto che Gloriana sapeva di Cressida, visto che abitava di fronte a lei e lo aveva visto più volte andare a trovarla di sera. Nate sapeva benissimo che Gloriana non si era bevuta la storia delle lezioni private e che le pareti erano di carta velina.

«Non hai chance» le disse dopo un po'. «Ma apprezzo la tua buona volontà.»

«Quale buona volontà? Di cosa stai parlando?»

«È stata Jesse a mandarti qui a fare da ambasciatrice, vero? Pensa che ora che so che è incinta – e sicuramente l'ha fatto apposta per incastrarmi – io mi trasformerò in compagno, padre, marito e amante ideale. È questo che ha in mente Jesse, e tu le dai manforte.»

«Non è così, davvero.»

Nate scoppiò in una risatina sprezzante. «Voi donne siete tutte uguali. Pensate tutte nello stesso modo e vi comportate di conseguenza. L'unica cosa che non capisco è: cosa ci guadagni tu, Gloriana?»

«Niente. Cosa vuoi che ci guadagni? Per chi mi hai preso?»

«Per una che non fa mai niente per niente. Per una che quando trova un ostacolo sulla sua strada non si fa scrupoli a passarci sopra con lo schiacciasassi.»

«Se è questo che pensi di me, non abbiamo altro da dirci.» Gloriana si rallegrò di essere all'aperto e abbastanza vicina a dove aveva lasciato la macchina. Si voltò dirigendosi al parcheggio.

«Pensi di essere più furba degli altri, vero? Aspetta solo che io capisca dove vuoi arrivare, Gloriana. E poi ti faccio vedere chi è il più furbo» disse Nate alle sue spalle.

Howenstow
Lamorna

Era metà pomeriggio quando Lynley lasciò Barbara alla stazione di Penzance, dove avrebbe preso il treno per tornare a Londra. Lui sarebbe rimasto in Cornovaglia finché non fosse riuscito a trovare una soluzione al problema dello stramaledetto tetto della villa.

Sia lui che Barbara erano usciti profondamente amareggiati dal colloquio con Sebastian e Kayla Lobb. Sebastian era molto sicuro di sé, perché sapeva che una storia clandestina fra due cognati in sé non costituiva reato. Per quante prove potesse raccogliere, la polizia sarebbe riuscita a dimostrare soltanto che lui e Kayla erano diventati amanti e avevano avuto una lunga relazione, ma non c'era nessuna legge che lo vietasse. La MIT avrebbe controllato nuovamente e-mail e telefonate in cerca di eventuali passi falsi da parte dei due Lobb e, se fossero emersi elementi sufficienti, si sarebbe potuto tentare di mandarli a processo con l'accusa di associazione a delinquere, ma... non certo a scopo di lucro. E se far credere a Goron un sacco di bugie era crudele e immorale, neppure questo costituiva reato.

Dopo essere stati a Penzance, Lynley e Barbara erano tornati a Howenstow e lei si era preparata per partire.

« È stato molto istruttivo, sa? Non sono abituata a sedere a tavola con la nobiltà terriera » gli aveva confidato Barbara, mentre andavano alla stazione.

« Davvero? »

« Davvero. Mi dispiace tantissimo non essere riuscita ad aiutare Daidre quanto speravo... »

« Non potevamo fare niente, Barbara. »

« ... ma almeno adesso ho imparato quale coltello usare con il pesce. »

Suo malgrado, Lynley aveva sorriso. Era addolorato perché sapeva di aver deluso Daidre e di non essere riuscito a soddisfare le sue aspettative, ma la battuta di Barbara aveva alleggerito per un attimo il suo sconforto.

« Glielo chiedo sul serio, ispettore: perché voi aristocratici usate così tante posate quando normalmente ne bastano tre? » aveva ripreso Barbara.

« Non lo so, Barbara » aveva ammesso Lynley. « Non ci ho mai pensato. »

« Già. I nobili non hanno bisogno di pensare. »

Lui l'aveva guardata in tralice, inarcando un sopracciglio. « Speravo che avessimo superato questa cosa delle classi, sergente. Se ben ricorda, quando io e lei abbiamo mangiato i *pasties* sul treno, qualche giorno fa, non ho usato posate in assoluto. » E aveva concluso, fingendosi inorridito: « Mi sono persino adattato a usare un tovagliolo di carta anziché di lino ».

« Oddio, è vero! Si è ripreso dallo shock? »

Lynley aveva riso. « Mia madre e Judith saranno liete di averla di nuovo nostra ospite. »

« Perché le faccio ridere » aveva commentato Barbara.

« Vedrà che la inviteranno presto » aveva detto lui.

Avevano parlato di poco altro fino alla stazione di Penzance e, appena prima che lei aprisse la portiera per scendere, Lynley le disse: « Stia il più lontana possibile da Isabelle, Barbara ».

« No problem » rispose lei. « Ho ancora qualche giorno di congedo per lutto e lo userò per occuparmi di mia madre e di tutto quello che ne consegue... cremazione e compagnia bella. Non so cosa fare delle ceneri, per la verità.»

«Le verrà in mente, Barbara. Lei trova sempre una soluzione.»

In quel momento gli squillò il cellulare. Vedendo che era John Penellin, disse a Barbara: «Devo rispondere. La saluto, sergente. A presto». La guardò andare via con il suo trolley.

John Penellin gli comunicò che fra tanti problemi c'era stato uno sviluppo positivo. Poteva passare nel suo ufficio quanto rientrava a Howenstow? «È una notizia che ti farà piacere» disse.

Lynley non riusciva a immaginare di che sviluppo positivo potesse trattarsi e preferiva non illudersi che qualcuno avesse ritrovato un tesoro di epoca romana in un sotterraneo della tenuta.

Parcheggiò vicino alle scuderie ed entrò in casa dalla cucina. Nancy Penellin era ai fornelli e stava cucinando qualcosa di fantastico a base di agnello e verdure fresche. Sul tavolo c'era una torta con crema al limone e meringa appena sfornata e per terra, su vari strati di coperte, la figlioletta di Nancy giocava battendo i coperchi delle pentole e ridendo divertita per il rumore.

«Grazie. Ancora una volta ci hai salvato dagli esperimenti culinari di Judith» le disse Lynley.

Nancy rise. «È molto migliorata. Ci vuole pratica.»

«Speriamo di non morire avvelenati nel frattempo. Come ti ha convinta a cucinare per stasera?»

«È stata vostra madre a chiedermi di preparare le cena. Sta per tornare tuo fratello.»

«Ah, ora capisco. Agnello invece del vitello grasso.»

«Cosa?» chiese Nancy.

«La parabola del figliol prodigo. Tuo padre è ancora in ufficio?» domandò Lynley.

Nancy rispose che le sembrava di sì e Lynley si congedò. John era effettivamente nel suo ufficio, ma non era da solo. Era immerso in una conversazione piuttosto seria con Judith. Lynley per un attimo rimase sorpreso nel vederli insieme, e così vicini, e per la prima volta si rese conto che sua sorella Judith e John Penellin erano un uomo e una donna. John era un po' più vecchio ed era già nonno, ma non si diceva che l'amore non ha età? John aveva parlato di uno sviluppo positivo, giusto? Di una notizia che gli avrebbe fatto piacere. Con ogni probabilità, voleva chiedergli la mano di Judith. Era un uomo all'antica e, benché Judith fosse una donna autonoma e indipendente, era possibile che John trovasse comunque corretto interpellarlo.

Lynley notò immediatamente che Judith era raggiante e che John le sorrideva con calore. «Devo farvi le congratulazioni?» chiese.

Per un attimo John parve confuso. «Tua sorella... Judith... Glielo dico io o glielo dici tu?»

«Diglielo tu. Tanto Tommy troverà di sicuro qualcosa da obiettare. Sappiamo com'è fatto.»

«Eccome» concordò John.

«Se state per annunciarmi che voi due... Be', ammetto di essere un po' sorpreso, ma non ho nulla da obiettare» disse Lynley.

«Davvero?» Judith chiaramente non si aspettava quella risposta.

«Perché mai dovrei avere qualcosa in contrario?» le chiese Lynley. «John è già uno di famiglia.»

Judith e John si guardarono e scoppiarono a ridere.

«Ah, allora non... Ho fatto una gaffe, eh?» chiese Lynley.

«Nessuna gaffe, ma non è come pensi. Lusingato, in ogni caso» disse John. «No, Judith vuole pagare di tasca sua il rifacimento del tetto.»

«Per favore, Tommy, non dire subito di no» intervenne Judith. «I soldi li ho perché ho venduto la proprietà nello Yorkshire e...»

«Non puoi usarli per il tetto di Howenstow» la interruppe lui. «Era una proprietà dei Davenport e i soldi sono destinati a Stephanie. Grazie, ma non posso accettare.»

«Cos'è che non puoi accettare?» chiese Daze, comparendo sulla soglia. Era vestita per uscire e aveva con sé il levriero irlandese. Li fissò a uno a uno. «In questa casa ultimamente ci sono troppi sotterfugi. Ditemi di che cosa state parlando e cos'è che Tommy non può accettare. E niente bugie.»

«Judith vuole pagare i lavori di rifacimento del tetto» disse Lynley. «Con i soldi ricavati dalla vendita della proprietà nello

Yorkshire, che secondo me non può toccare perché sono di Stephanie.»

«Stephanie cosa dice?» chiese Daze.

«Stephanie è d'accordo» disse Judith. «Ne abbiamo parlato a lungo. È legata a Howenstow quanto noi e le piange il cuore a vederla cadere a pezzi.»

«Magari fra qualche anno cambierà idea» obiettò Lynley. «È troppo giovane per prendere una decisione di questa portata.»

«Per favore, Tommy, non la sottovalutare» disse Judith. «È molto affezionata alla famiglia e a questa casa ed è felice di contribuire a mantenerla.»

«Le restituiremo la somma fino all'ultimo penny» disse Daze.

«E come?» chiese Lynley.

«Facendo quello che ormai stanno facendo tutti quelli che si trovano nella nostra posizione: aprendo Howenstow al pubblico. Mettendo a reddito la tenuta in maniera da riuscire a mantenerla.»

«Aprire al pubblico significa ristrutturare» disse John Penellin dopo qualche minuto di silenzio sbigottito. «E usufruire della casa solo in parte per un certo periodo dell'anno».

«Oddio! Vuol dire che dovremo fare a meno dei mobili dorati, in cui inciampo continuamente, dei ritratti degli antenati, sconosciuti dall'aria scorbutica, dell'argenteria, che così non avremo bisogno di lucidare, e delle porcellane di Meissen, che almeno eviteremo di rompere?»

«Esatto» rispose John. «Riuscirete a sopportarlo?»

«Altroché! Con somma gioia!» esclamò Daze.

Lynley guardò sua madre stupito. Daze era sempre imperscrutabile. «Mamma, parli sul serio? Non ci credo...»

«Credici, Tommy» rispose lei.

Launceston
Cornovaglia

Passò un'eternità prima che Mylo Baker fornisse a Bea Hannaford la conferma del fatto che l'attrezzo rinvenuto a Carn

Euthyk era l'arma del delitto e che il sangue sulle stringhe e nelle cuciture degli scarponi ritrovati in una delle due vasche di decantazione della Lobb's era effettivamente di Michael Lobb. Si era lasciata ingannare da Kayla Lobb a proposito del testamento del marito e dei veri eredi della Lobb's Tin & Pewter, ma sull'identità dell'assassino non si era sbagliata, anche se dopo aver letto il diario di Michael Lobb aveva chiamato il Crown Prosecution Service e aveva chiesto un appuntamento con il pubblico ministero per valutare la possibilità di concedere a Goron qualche attenuante, in considerazione delle circostanze in cui aveva commesso il fatto. Non si faceva illusioni, ma voleva comunque provarci.

Finito di lavorare, aveva in programma di tornare a Leedstown, mangiare qualcosa al volo, bere un bicchiere di vino e infilarsi sotto le coperte per recuperare il sonno perduto. Ma il destino volle diversamente... Aveva già incominciato a prepararsi per uscire quando le squillò il cellulare e sullo schermo apparve il nome di Ray. L'ex marito fu breve e affettuoso. Poteva andare a cena da loro? Un takeaway indiano andava bene? Se le faceva piacere, poteva anche fermarsi a dormire: come preferiva.

Quando la sentì titubante, le chiese se aveva avuto una giornata faticosa e Bea glissò dicendo che stava chiudendo diverse questioni in sospeso, ma che era ormai dimostrato che a uccidere Michael Lobb era stato Goron Udy, l'uomo che lei aveva arrestato. Ray si complimentò e Bea non gli raccontò che il poveraccio era stato indotto a credere che la vittima fosse un marito violento e che eliminarlo fosse l'unico modo per salvare la vita alla moglie.

«Allora va bene se ordino un curry?» chiese Ray.

«È un viaggio, Ray. Soprattutto poi tornare a Leedstown.»

«Fermati a dormire, allora. Non voglio insistere, ma mi sembra meglio per te.»

«Ray, sono stanchissima e proprio non...»

«Lo so, Beatrice. Ci credo. Allora, vieni?»

Bea sospirò. «Sì. Vengo. Non è successo qualcosa a Pete, vero?» chiese.

«Tranquilla, Pete sta benissimo. A fra poco, allora.»

Bea salutò Ray e pregò che non ci fossero lavori in corso sulla A30, rallentamenti dovuti a incidenti o code da ora di punta. Anche se non avesse trovato traffico, ci avrebbe comunque messo più di un'ora. E sì, doveva per forza fermarsi a dormire nella Dimora Storica, perché cenare con il figlio e l'ex marito e poi rimettersi in viaggio per tornare a Leedstown era fuori discussione. E aveva voglia di un drink, o magari anche tre.

Si mise in viaggio e ringraziò ripetutamente il Cielo perché non trovò né troppo traffico, né cantieri sulla A30 (evento assai raro). Quando arrivò nella Dimora Storica, la accolse uno stuzzicante profumino di curry.

I tre cani le fecero un sacco di feste. Sembravano felicissimi di vederla. Bea pensò che avevano bisogno di correre, che il giardino di Ray era troppo piccolo per loro. Appena chiuso il caso, li avrebbe riportati a Leedstown, dove potevano sfogarsi nel parco.

Dopo aver accarezzato i cani, lanciò un saluto in direzione nella cucina. «Ti va un gin tonic, tesoro? O preferisci un vodka tonic? Fettina di lime?» chiese Ray.

«Gin tonic con fettina di lime, grazie. Extra dry.»

«Sarà fatto.»

Pete scese le scale di corsa gridando «Mamma! Mamma!» e si fece largo tra i cani per abbracciarla. Bea lo trovò strano perché Pete, da bravo adolescente, di solito evitava con cura qualsiasi manifestazione di affetto nei confronti di sua madre. Ogni volta che lei accennava anche solo a sfiorarlo, lui si schermiva e la respingeva come se fosse contagiosa.

Bea lo strinse forte. «Mi sei mancato più dei cani, ci credi?»

«Oh, mamma!» Pete si avviò verso la cucina dicendo: «Dai, mettiamoci a tavola: ho una fame tremenda. Mi sono già mangiato tutto il dahl. Ma tu ne hai preso due porzioni, vero, pa'?»

«Tuo padre è un uomo saggio» disse Bea, seguendo il figlio in cucina. I cani gironzolarono per un po' e, quando finalmente si rassegnarono all'idea che il curry non era per loro, si misero a mordicchiare un giochino di corda e a strapparselo dalla bocca l'uno con l'altro, trasferendosi in veranda.

Ray era in piedi al bancone e le stava preparando il cocktail. Bea vide che ne aveva preparato uno anche per sé e se ne era già scolato metà. Ray si rivolse a Pete: «E lei, giovanotto, che cosa desidera?»

«Un gin tonic» rispose Pete tutto contento. «Anzi, no! Un Martini cocktail.»

«Te lo sogni, James Bond» rispose Ray. «Per te una bella minerale frizzante. Aromatizzata, se proprio vogliamo strafare.»

«Bleah» fece Pete.

«C'è di peggio nella vita» commentò Ray.

Si rivolse a Bea, le porse il bicchiere e alzò il proprio. «Salute. Sembri proprio esausta, tesoro.»

Per un attimo a Bea venne voglia di raccontargli tutto, compresi gli errori che aveva commesso, dall'arrotino che non aveva trovato alla perquisizione non abbastanza approfondita della Lobb's Tin & Pewter e il ritardo nelle analisi sull'oggetto rinvenuto a Carn Euthyk. Invece disse solo: «Il caso è chiuso».

«Questa sì che è una bella notizia! Dai, Beatrice, siediti. Forza, mangiamo» rispose Ray.

«Papà conosce un ristorante indiano che fa un curry fantastico» disse Pete. «Io mangerei curry tutte le sere, se potessi. Anche papà. Una volta l'ha detto.»

«Non ho detto proprio così» precisò Ray prendendo i piatti dalla credenza.

«Non importa, Ray. Mangiamo dai contenitori. Non serve...» disse Bea.

«No, no. Stasera è un'occasione speciale» ribatté Ray. «Il caso è chiuso: dobbiamo festeggiare!»

«Sì, dai! Festeggiamo!» disse Pete. «Ci vorrebbe una bottiglia di champagne, papà! Per te e la mamma, ovvio, io non bevo. Perché non stappi una bottiglia di champagne?»

«Da bere con il curry? Sarebbe un sacrilegio, figlio mio. Un'offesa reciproca.»

«In che senso?» chiese Pete.

«Lo champagne sarebbe un'offesa per il curry e il curry un'offesa per lo champagne. Al curry puoi accompagnare una birra. Al massimo un gin tonic, e forse anche un Martini cocktail, ma lo champagne proprio no.»

«Be', lo bevete dopo cena» propose Pete.

«Se ci reggeremo ancora in piedi dopo il gin tonic» disse Ray. «Ma sentiamo che cosa ne pensa tua madre: champagne dopo cena, Beatrice?»

Di fronte a tanta allegria Bea si insospettì. Le sembrava esagerata. Ray e Pete facevano gli amiconi e si scambiavano battute in un modo che non era da loro. C'era qualcosa sotto. Qualcosa da cui lei era tagliata fuori.

Sorrise come se fosse perfettamente d'accordo con Ray e aspettò che mettesse nei piatti le varie pietanze – pollo al burro, korma, rogan josh, biryani di verdure e la porzione extra di dahl. Ray aveva comprato una quantità esagerata di cibo: lui e Pete avrebbero mangiato avanzi per almeno due giorni.

Quel pensiero fece restare Bea con la forchetta a mezz'aria. Guardò prima l'ex marito e poi il figlio. Erano contenti, mangiavano con appetito. Ray era di un umore insolitamente allegro.

Bea posò forchetta e coltello, bevve un lungo sorso di gin tonic e chiese: «Mi dite cosa sta succedendo, per favore?»

Pete e Ray alzarono la testa di scatto: Pete sembrava un coniglio paralizzato dal terrore in mezzo alla strada e Ray un cervo accecato dai fari. Fu Pete a parlare. «In che senso?»

«Ho capito che mi state tenendo nascosto qualcosa. E vorrei che mi metteste a parte del segreto.»

Anche Ray smise di mangiare e si prese il mento tra pollice e indice con aria pensosa. Non guardò Bea, ma il figlio, e alzò le sopracciglia come a dire: *Tocca a te*.

Pete spezzò un pezzo di naan. Guardò il pane, poi Ray, poi sua madre, poi di nuovo il naan. I tre labrador neri tornarono in cucina, avendo evidentemente percepito qualcosa nell'aria. Cane 1 e Cane 2 annusarono speranzosi il pavimento, Cane 3 si acciambellò davanti ai fornelli.

«Mi devi dire qualcosa?» chiese Bea a Pete.

Pete giocherellò con il naan e bevve un sorso di acqua minerale a testa bassa. Alla fine alzò gli occhi e parlò. «Mamma, ho deciso che voglio vivere qui con papà.»

Bea si irrigidì immediatamente. «Ah.»

«Sì, mi avevi detto che... cioè... tu mi hai detto che potevo scegliere liberamente e papà mi ha detto che...»

«Che cosa gli hai detto, Ray?» chiese Bea all'ex marito. «E

come pensi di fare a continuare a portarlo tutti i giorni avanti e indietro da scuola? E se una mattina tu hai una riunione e lui ha...»

«Cambio scuola, mamma. Mi iscrivo a Exeter.»

«Non puoi. Ti trovi bene dove sei adesso, vai d'accordo con i tuoi compagni...»

«Beatrice...»

«Come hai fatto a convincerlo, Ray? Che cosa gli hai promesso?»

«Gli ho promesso...»

«Niente!» si intromise Pete. «Mamma, mi avevi detto che potevo decidere io dove stare, che stava a me scegliere. Ci ho pensato bene e ho deciso di restare qui.»

«E i tuoi cani? Di colpo non te ne frega più niente? Li abbandoni? Credevo ci fossi affezionato...»

«Beatrice...»

«Papà dice che possiamo tenerli qui e che li porto a Leedstown quando vengo a trovarti. Possiamo portarli a correre anche qui, al parco o in campagna. Papà dice che...»

«Me ne sbatto di quello che dice tuo padre! Non se ne parla nemmeno.»

Pete si inalberò. «Mi avevi detto...»

«Ho l'affidamento esclusivo, Pete. Sai cosa significa.»

Pete, affranto, guardò alternativamente i due genitori e poi fissò sua madre negli occhi. «Non era vero, quindi. Mi hai raccontato una bugia.»

«No! È solo che non pensavo...»

«... non pensavi che avrebbe scelto di restare con me» concluse Ray.

«Ti sei ricordato di essere suo padre soltanto poco tempo fa» recriminò Bea.

«Mamma!»

«Pete» disse Ray. «Magari è meglio se vai in camera tua e ci lasci parlare da soli.»

«No, Pete, resta» ordinò Bea. «Non c'è altro da dire.»

Pete li guardò entrambi un'ultima volta e uscì dalla cucina per salire al piano di sopra con tutti e tre i labrador. I loro passi sulle scale sembrarono rimbombare per tutta la casa. Ray bevve un sorso. Bea anche. Si sentiva torcere le budella.

Ray la osservò, ma non disse nulla. Bea stette zitta per un po', poi ruppe il silenzio: «Ho l'affidamento esclusivo, Ray. E non dimentichiamoci il motivo per cui io e te abbiamo divorziato. Non costringermi a dire a Pete che tu non lo volevi e hai cercato di convincermi ad abortire. Non c'è bisogno che sappia certe cose».

«Per favore, Beatrice, non fare così. Stai reagendo malissimo, e non è il caso. Sei stata tu a dare a Pete la possibilità di scegliere se stare con te o con me. E lui ha scelto di restare qui. Tu eri convinta che avrebbe scelto te e sinceramente anch'io pensavo che alla fine sarebbe tornato a Leedstown. Invece no, Pete ha deciso di restare qui. Puoi costringerlo a tornare a vivere con te perché la legge te ne dà il diritto. Io posso farti causa e finiamo tutti quanti in tribunale. È questo che vogliamo? È nel nostro interesse? E che cosa comporterebbe per Pete?»

«Non esiste un *nostro* interesse, Ray» ribatté lei severa.

«E invece sì, e tu lo sai benissimo. Può darsi che io e te stiamo meglio ciascuno a casa sua, ma la decisione di tornare a stare a Leedstown è stata tua e io mi sono adeguato. A Exeter abbiamo trovato un'ottima scuola. Pete è venuto a vederla, abbiamo parlato entrambi con la preside e lui ha avuto un'ottima impressione, sia della scuola che della preside. Può venire da te a weekend alterni e durante le vacanze scolastiche. Quelle estive spero che le passeremo tutti insieme. E se Pete vorrà stare più tempo da te, o tornare a vivere da te, non gli metterò i bastoni fra le ruote. Cercherò di capire come mai e magari proverò a convincerlo a restare qui, ma lascerò decidere lui e rispetterò la sua scelta. Come adesso dovresti fare tu. In cuor tuo, lo sai.»

No, no, no! Bea non riusciva a pensare ad altro. Fosse stato per Ray, Pete non sarebbe nemmeno nato. Quanto aveva insistito per persuaderla a interrompere la gravidanza! Ma lei era stata irremovibile, aveva messo al mondo Pete e lo aveva cresciuto, e non se ne era mai pentita. E che adesso Ray l'avesse vinta...

Ma era davvero questo l'importante? Che Ray non l'avesse

vinta? Non era più importante tenere fede alla parola data? Per quanto, a ben guardare, lei a Pete non avesse promesso proprio niente. Però era stata ingiusta a non considerare quanto doveva essergli costato prendere quella decisione e ancor di più comunicargliela personalmente, anziché lasciare che fosse il padre a dirglielo... Era stato un vero atto di coraggio, da parte di Pete. Una dimostrazione di grande maturità. E se Bea non poteva che dolersi per la scelta di Pete, poteva gioire però per il modo in cui gliel'aveva comunicata. E in gran parte il merito era di Ray.

Dovette sforzarsi, perché aveva un groppo in gola. «Va bene. Sì. Capisco. È giusto così. A me dispiace. Mi dispiace tantissimo, ma se Pete vuole stare con te... Lo capisco, Ray» disse.

27 APRILE

Belsize Park
Londra

Daidre arrivò a Londra nel tardo pomeriggio. Si sentiva stranamente debole e intorpidita. Era digiuna da quella mattina, quando aveva fatto colazione con tè e cornflakes, ma non riusciva a decidere che cosa mangiare. Forse porridge, ma non aveva voglia di cucinare. Prese in considerazione una pizza da asporto, ma bocciò l'idea perché ordinarla comportava parlare con qualcuno e non se la sentiva. Decise di accontentarsi di tè e pane tostato.

Andò in cucina. Il pane era un po' ammuffito, ma c'erano alcune fette ancora salvabili e in frigo aveva burro e marmellata. Aveva anche delle uova, volendo, ma lasciò perdere.

Lo sentì miagolare ancora prima di vederlo. Wally. Era in giardino, fuori della portafinestra. Non aveva l'aria contenta. Gli aveva lasciato acqua e crocchette in abbondanza e sapeva che faceva il giro dei vicini a elemosinare cibo, ma sembrava risentito per il fatto che lei avesse osato partire per luoghi sconosciuti senza comunicargli la data del suo ritorno.

Aprì la portafinestra e Wally si avvicinò al tavolo, saltò su una delle sedie e cominciò a lavarsi il muso ostentando la massima indifferenza. Era offesissimo e intendeva fargliela pagare.

«Sono solo stata qualche giorno in Cornovaglia, Wally» gli disse. «Non puoi aver pensato che me ne fossi andata per sempre. E comunque, anche se fosse, non saresti certo morto di fame. Non esagerare.»

Wally la degnò di uno sguardo fugace, sbatté le palpebre e continuò le sue abluzioni. Daidre sentì il trillo del tostapane, prese le fette abbrustolite e il tè e andò in salotto. Wally l'avrebbe raggiunta quando e se avesse deciso di farlo.

Sul divano c'erano ancora le lenzuola piegate di Gwynder. Daidre posò piatto e tazza sul tavolo e prima di mangiare separò le lenzuola dalle coperte, tolse le federe ai cuscini e ammucchiò tutto quello che andava messo in lavatrice. Poi si sedette, prese la tazza e si guardò intorno.

Si era fermata a Exeter per parlare con Rupert Somerton e poi con Gwynder. L'avvocato aveva ricevuto i referti delle analisi che attestavano che il sangue sugli scarponi e sulla tuta da lavoro di Goron e sull'antico portacandela era di Michael Lobb. Daidre gli aveva riferito dell'arrotino ambulante che aveva affilato l'arma del delitto e aveva riconosciuto Goron, affermando che era stato lui a portargliela.

« E comunque Goron ha ammesso di aver ucciso Lobb » aveva concluso con il cuore gonfio di amarezza. E aveva chiesto: « Che cosa si può fare, a questo punto? C'è qualcosa che posso fare? »

Somerton, molto professionale, le aveva spiegato che l'unica speranza era che Goron venisse dichiarato incapace di intendere e di volere, ma le possibilità erano scarse: bisognava che uno psichiatra certificasse che non era in grado di comprendere la natura e la portata delle accuse a suo carico e delle azioni processuali, di collaborare con il proprio difensore e di difendersi adeguatamente.

Daidre avrebbe tanto voluto credere che fosse così, che suo fratello non comprendesse la natura e la portata delle azioni processuali, né di ciò che aveva fatto, o delle conseguenze della sua confessione. Purtroppo invece Goron ne era più che consapevole. E quando era andata a trovarlo in carcere con Rupert Somerton Goron lo aveva ribadito chiaramente.

Gli avevano parlato nella stessa stanza della volta prima, quando era andata con Furat Rafiq. Appena Somerton aveva accennato alla possibilità di una perizia psichiatrica, Goron l'aveva interrotto: « La maltrattava e io non volevo. L'ho colpito una volta e lui si è difeso. Così ho continuato a colpirlo finché non si è più mosso. Almeno adesso non la picchia più. Non picchia più nessuno ».

« Picchiava anche te? » aveva chiesto Daidre, aggrappandosi alla remota possibilità che Goron potesse invocare la legittima difesa, oppure che si fosse trattato di un gesto impulsivo, senza alcuna premeditazione...

Ma suo fratello aveva risposto: « No, me no. Solo lei ». E poi, con una sincerità che le aveva spezzato il cuore: « Volevo fare veloce, pigliarlo qui ». Si era toccato il collo vicino alla carotide. « Però lui si è mosso e l'ho mancato. Mi ha chiamato per nome. Io ho detto solo il nome di Kayla. »

« Oh, Goron. » Daidre non era riuscita ad aggiungere altro. Avrebbe potuto parlargli del diario di Michael Lobb, ma era sicura che Goron avrebbe liquidato le memorie del defunto come un cumulo di menzogne. D'altra parte le prove inchiodavano lui, l'autore materiale del gesto. Tutto il resto era e sarebbe rimasto indimostrabile.

Con suo fratello aveva sbagliato tutto sin dall'inizio, ma non voleva deludere anche la sorella, e così le aveva telefonato.

Le aveva detto che c'erano nuovi sviluppi riguardo a Goron e all'omicidio di Michael Lobb e le aveva proposto di vedersi per parlarne.

Gwynder aveva acconsentito e le aveva dato appuntamento ai Northernhay Gardens, che erano abbastanza vicini al carcere. Potevano passeggiare per il parco oppure sedersi da qualche parte, aveva detto.

E così si erano viste, lei aveva raccontato a Gwyn della confessione di Goron, che aveva ammesso di aver ucciso Michael Lobb e aveva spiegato perché l'aveva fatto. Gwyn era rimasta zitta tutto il tempo. Alla fine Daidre le aveva chiesto di tornare a Londra e Gwyn era rimasta muta. Allora Daidre l'aveva implorata: « Ti prego, torna a Londra con me. Qui non puoi fare più niente, Gwyn ». Ma non c'era stato verso di smuoverla: Gwynder voleva restare a Exeter per il processo di Goron.

« Non ci sarà nessun processo » aveva ribattuto Daidre. « Ci sarà la sentenza e basta. Il giorno della sentenza torneremo. Verremmo tutte e due a sostenere Goron. »

Ma Gwynder aveva risposto che a Goron serviva ben di più del loro sostegno, il giorno della sentenza. Goron aveva bisogno di lei, della sua gemella. Aveva sempre avuto bisogno di lei.

Era pentita di essere andata a Londra: se fosse rimasta in Cornovaglia, o perlomeno avesse seguito Goron quando era tornato a Trevellas dal loro padre, non sarebbe mai successo quello che era successo.

«Come fai a saperlo?» le aveva chiesto Daidre. «E comunque con i se e con i ma non si arriva da nessuna parte. Il passato non si cambia e il futuro non ci appartiene.» Ma Gwynder aveva detto che a lei importava il presente e aveva ribadito che intendeva rimanere a Exeter. Allora Daidre le aveva chiesto come avrebbe fatto a mantenersi. Doveva trovarsi un lavoro, giusto? Dove? In un ristorante, in un hotel, in un pub... Ma a quel punto, come avrebbe fatto ad andare a trovare Goron in carcere?

Gwyn aveva già una soluzione pronta. Aveva trovato lavoro come donna delle pulizie all'università. Lavorava di notte, così di giorno poteva andare a trovare Goron. Non era un lavoro gratificante, ma non era il massimo nemmeno quello in cucina allo zoo di Londra, aveva detto a Daidre. L'avvocato Somerton aveva « accesso illimitato a Goron », aveva detto, e siccome intendeva chiedergli di farla passare come una dipendente del suo studio, avrebbe avuto anche a lei accesso illimitato al fratello, almeno fino alla sentenza. Aveva già pensato a tutto.

«E dopo la sentenza?» le aveva chiesto Daidre. «Dovrà scontare la pena, Gwyn. Sarà chiuso in carcere... Cosa farai tu, a quel punto?»

«Andrò a trovarlo in prigione» aveva risposto Gwyn.

«E se lo trasferiscono chissà dove?»

«Mi trasferirò anch'io.»

«Rinunci a farti una vita per lui?» le aveva chiesto Daidre disperata. Non riusciva a credere che sua sorella non si rendesse conto della follia di quei propositi.

«Io e Goron siamo legati, Edrek» aveva detto Gwyn. «Tu non puoi capire. Ormai non mi aspetto più che tu lo faccia.»

Ripensando a tutto questo, Daidre si alzò e dal salotto andò in camera da letto, poi nel bagno e quindi in cucina. Era un appartamento carino e ordinato, ma era piccolo. Troppo piccolo per viverci in due.

Guardò il giardino, dove Gwyn aveva cercato di portare ordine nel caos. Guardò la portafinestra davanti alla quale Wally era fermo in attesa che lei lo facesse uscire in giardino. Ma quel giardino non era destinato a essere territorio esclusivo di un gatto pel di carota.

Aprì la portafinestra e Wally uscì. Daidre decise di seguirlo. Nel giardino c'era ancora un sacco di lavoro da fare. E non solo nel giardino, pensò.

Newly∑n
Cornovaglia

Gloriana era convinta di aver fatto bene a parlare con Nate Jacobs. Quando l'indomani Jesse non aprì il caffè, le sue certezze vacillarono, ma si disse che in fondo era l'unica cosa che una vera amica avrebbe potuto e dovuto fare. Nel vedere il Wedge o' Cheese chiuso per il secondo giorno di fila, però, iniziò a preoccuparsi. Era in ansia per Jesse, per la sua salute e per tutto quello che poteva esserle capitato. Perché, se non si presentava in negozio, qualcosa doveva esserle per forza successo.

L'ansia di Gloriana crebbe al punto da farle immaginare scenari apocalittici. Si persuase che Nate avesse architettato ai danni della sua compagna incinta qualcosa di terribile: una caduta dalle scale, un incidente d'auto, una grave intossicazione alimentare, lesioni al feto. Più ci pensava, più le sembrava plausibile che un porco immaturo e inaffidabile come Nate Jacobs cercasse di risolvere il problema della gravidanza per lui indesiderata in modo subdolo, senza assumersene la responsabilità. Così Gloriana chiuse Vintage Britannia in anticipo e andò a Newlyn.

Tirò un sospiro di sollievo nel vedere l'auto di Jesse parcheggiata davanti alla casa in cui abitava con Nate, in Rock Road. Parcheggiò poco oltre. Si fermò un momento a riflettere su che cosa potesse significare che l'auto fosse lì e che Jesse non avesse aperto il caffè. Si guardò intorno in cerca della moto di Nate e, non vedendola, tirò un altro sospiro di sollievo. Forse non c'era perché Nate se n'era andato definitivamente. In quel caso, Jesse aveva bisogno di un'amica con cui sfogarsi e affrontare la fine della relazione con lucidità.

Si avvicinò al portone e suonò il campanello. Vide muovere la tenda del bovindo e pensò che Jesse fosse in casa e stesse per aprirle, invece niente. Suonò di nuovo. Poi bussò. «Jesse? Stai bene? Sono preoccupata per te.»

Nessuna risposta. Gloriana ebbe un brivido. Aveva la sensazione che dietro la porta ci fosse qualcuno, quindi bussò di nuovo. «Per favore, Jesse, fatti vedere. Se Nate ti ha messo le mani addosso... Capisci cosa sto dicendo? Sono qui per aiutarti, Jesse. Ti prego.»

Niente. Ma in casa c'era sicuramente qualcuno. Gloriana non aveva il minimo dubbio. Sentendo rumore, l'inquilina della casa a fianco si affacciò a guardare. Era una donna sulla settantina con una vestaglia di ciniglia e scarpe da ginnastica rosse. «Jesse è in casa? L'auto è lì, ma non mi risponde e sono in ansia. Lei l'ha vista, ultimamente? Il bar è chiuso da giorni» le chiese Gloriana.

La donna scosse la testa. «Abbassi la voce. Ha fatto così tanto rumore che mi ha svegliato il gatto.»

«Ah, davvero? Mi dispiace. Vede, Jesse è la mia migliore amica e...»

Si sentì rumore di serrature e la porta di Jesse si aprì.

«Oh! Eccola» disse Gloriana alla vicina, in tono cordiale. «Scusi il disturbo.» Entrò in casa, benché Jesse fosse evidentemente tutt'altro che contenta di vederla.

Appena chiuse la porta, Gloriana la squadrò da capo a piedi. «Ero così preoccupata! Quando ho visto che il caffè era chiuso anche oggi, ho pensato che...»

Non finì la frase perché non sapeva cosa dire. Jesse la guardava con un'espressione strana e anche la sua postura era diversa dal solito. Gloriana si sentì mancare.

«Non dirmi che Nate... Jesse, ti ha messo le mani addosso?» chiese.

Jesse sbuffò e imboccò il corridoio per andare in salotto. Gloriana la seguì. C'era il televisore acceso, ma con il volume azzerato. Trasmetteva una partita di calcio.

Gloriana sapeva che Jesse non era un'appassionata, ma forse

invece Nate era tifoso ed era lui che stava guardando la partita. Questo significava che era in casa e che avrebbe potuto manifestare comportamenti aggressivi anche con lei, oltre che con Jesse. « È in casa, Nate? Per questo non mi volevi aprire? Stai bene? Non ha alzato le mani, vero? » chiese.

Jesse prese il telecomando ma non spense il televisore. « Che cosa speravi di ottenere? » le domandò.

« In che senso? »

« Per questo gliel'hai detto? Speravi che mi mettesse le mani addosso? »

« Ma no, Jesse! Come puoi pensare una cosa del genere? »

« Allora perché ti sei presa la briga di andarglielo a dire? Dimmelo: sono curiosa. »

« Possiamo sederci un momento? Ti prego. » Gloriana indicò un divano e due sedie spaiate, una con i braccioli e una senza.

« No, non ci sediamo » disse Jesse. « Adesso mi spieghi perché gliel'hai detto e poi te ne vai. »

« Jesse! Che succede? Sono tua amica! Siamo amiche da sempre! Non potevo lasciare che tu... Sarebbe stato un errore... »

« Cos'è che sarebbe stato un errore, Gloriana? Non dirlo a Nate o portare avanti la gravidanza? »

« Entrambi! L'uno e l'altro! Così facendo ti leghi a doppia mandata a uno che non è come credi e che, soprattutto, non ha nessuna intenzione di legarsi a te. »

« Allora gliel'hai detto per questo. Per essere sicura che mi lasciasse. Pensavi che, saputo del bambino, Nate avrebbe finalmente mostrato il suo vero volto rivelandosi per lo stronzo che hai sempre sospettato che fosse, perché per te gli uomini sono tutti stronzi. Pensavi che a quel punto io avrei aperto gli occhi e mi sarei resa conto di quanto ero stata vicina a rovinarmi la vita con le mie stesse mani. »

« Jesse, Nate è uno che ci prova con tutte: le prende, le usa e quando si stufa le butta e se ne prende un'altra. Se la fa da mesi con la mia dirimpettaia. Magari è con lei anche in questo momento. Guarda, non te lo volevo dire, ma vanno a letto assieme da mesi. A te dice che è a scuola, giusto? Che la segue nel suo percorso formativo, la aiuta nelle tecniche di paesaggio in vista di questa o quella mostra perché senza di lui non riuscirebbe mai a esporre da nessuna parte. È questo che ti racconta, vero?»

Jesse non rispose, ma Gloriana capì che stava riflettendo su ciò che le aveva appena detto, perciò proseguì.

«Tu lo sai ma fai finta di niente perché lo ami. Lo capisco, ma non puoi continuare a chiudere un occhio. Perciò sì, gli ho detto che eri incinta perché volevo che lo vedessi finalmente per quello che era, invece di illuderti che fosse l'uomo dei tuoi sogni. Volevo che capissi che non è un uomo con cui fare un figlio.»

Jesse non reagì nemmeno di fronte a questo. Rimase zitta. Assolutamente e inspiegabilmente zitta. Gloriana cominciò a innervosirsi. Alla fine Jesse sospirò. «Ho capito. Adesso ho capito perché lo hai fatto.»

Gloriana era sbigottita. Non sapeva che cosa pensare. «Guarda che io volevo solo...»

«Nate. Tu volevi Nate. Volevi fregarmi Nate.»

«Ma cosa dici? Non è vero!»

«Be', guarda, Gloriana, mi spiace deluderti, ma Nate è felicissimo del bambino. Non te lo aspettavi, eh? È al settimo cielo, sì. L'unica cosa che non si spiega è come mai non glielo abbia detto io.»

«Non sei venuta a lavorare» disse Gloriana con un filo di voce. «Perché non hai aperto il...?»

«Perché non ti volevo vedere. Stavo male al solo pensiero. Non ti voglio vedere mai più. Per favore, vattene. Addio. Vattene e non tornare mai più. D'ora in poi, se ti incontro per strada, farò finta di non conoscerti e vorrei che facessi la stessa cosa con me.»

«Jesse... Jesse... Non è... Non sono...»

«Vattene!» urlò Jesse.

Gloriana se ne andò. Raggiunse la macchina con le lacrime agli occhi, aprì la portiera, salì e riuscì miracolosamente ad arrivare a Gwavas Quay. Sul praticello vicino alla spiaggia c'era un gruppo di bambini che giocavano a pallone gridando e ridendo allegramente. Correvano, si rotolavano per terra, facevano goal. Gloriana li guardò, ma rimase del tutto indifferente. Si sentiva svuotata di ogni emozione.

Non la sorprese vedere la moto di Nate davanti al portone. Doveva essere a casa di Cressida, a darle qualche «lezione».

Salendo le scale vide che la porta del monolocale di Cressida era socchiusa. Un attimo dopo uscirono Nate e Cressida, freschi di doccia e di ottimo umore. «Sei migliorata molto, Cress. Brava» disse Nate. Poi si voltò e vide Gloriana sulle scale. Le fece un gran sorriso e passandole accanto sussurrò: «Quanto sei caduta in basso...»

Gloriana proseguì per le scale. Cressida la aspettò sul pianerottolo.

«Ha messo incinta la mia amica. Quella con cui vive, sai. Lei crede che Nate la ami. Vedi anche tu che tipo è, no?» le disse Gloriana.

«Io non vedo niente» rispose Cressida. «A me non interessa.»

1° MAGGIO

Westminster
Londra

Fino a quel momento Barbara Havers era riuscita a mantenere un basso profilo e a stare alla larga da Isabelle Ardery. Era stata agevolata da Lynley, che da quando era tornato a Londra la teneva molto occupata, e dalla presenza di Dorothea Harriman, che si era ripetutamente complimentata per il miglioramento del suo guardaroba dopo il soggiorno a Howenstow, ma non demordeva dal proposito di coinvolgerla in attività extra-lavorative e, oltre alle consuete lezioni di tip-tap, voleva assolutamente che si iscrivesse anche lei a MeetUp, GroupMeet o come altro si chiamava quel sito di incontri.

Dorothea ignorava con determinazione ogni suo tentativo di tirarsi indietro. Barbara non poteva assolutamente smettere di andare a lezione di tip-tap, sarebbe stato un delitto, proprio ora che erano diventate così brave. Era in programma una gara, a proposito, a cui Barbara voleva di sicuro partecipare. L'ultima volta che lei e Dorothea si erano esibite era stato un trionfo con tanto di standing ovation, se lo ricordava? In una gara, avrebbero dato il meglio di sé.

Barbara non intendeva nemmeno prendere in considerazione l'idea di iscriversi a una gara di ballo e non provava il minimo desiderio di incontrare chicchessia, tantomeno su GroupMeet, MeetUp o qualsiasi altro sito. In quel periodo aveva all'ordine del giorno priorità ben più importanti. E cioè? le aveva chiesto Dorothea. Barbara aveva accennato a pulizie di primavera e lavori domestici, ma era una scusa che più di tanto non poteva reggere.

La vera priorità erano le ceneri di sua madre, che portava in giro per Londra sulla Mini da quando era andata a ritirarle all'impresa di pompe funebri. Erano in una scatola di cartone sul sedile posteriore in compagnia di alcuni numeri di *The Source*, *Mail on Sunday* e *Radio Times* e di due contenitori da asporto che odoravano ancora di pollo tikka masala e masala dosa. Barbara era pienamente consapevole del fatto che non fosse una sistemazione dignitosa per i resti mortali di sua madre.

Era riuscita a occuparsi dei suoi effetti personali, che Mrs. Flo le aveva gentilmente messo da parte. Aveva portato al negozio di Oxfam e a quello di una onlus per la ricerca contro il cancro di Greenford tutto ciò che era ancora utilizzabile e aveva buttato via il resto. Ma il problema principale erano le ceneri.

«Ho avuto un'idea geniale» annunciò Dorothea dall'alto dei suoi tacchi a spillo andando verso la scrivania di Barbara.

«Se intendi ripropormi un villaggio vacanze...»

«No, stavolta è una cosa diversa. Ma sappi che non ho rinunciato al villaggio vacanze e tornerò alla carica. Non illuderti di essertela cavata, Barbara.» Dorothea era raggiante e Barbara capì che era entusiasta di quel che stava per proporle e tentò di fermarla.

«Scusa se ti interrompo, ma... Se il sovrintendente investigativo Ardery ti vede qui, che cosa dice? Non vorrei mai che...»

«Tranquilla: sono in pausa.»

«Sei in pausa da quando sei entrata stamattina?»

«Molto spiritosa. Ora ascolta.»

«Sono tutta orecchi.»

«Geocaching!»

Barbara fece una smorfia. «Geo-che?»

«Geocaching. È l'ideale, Barbara. Me lo sento.»

Barbara si preparò mentalmente. «Spiegami.»

«È una specie di caccia al tesoro che si gioca con il telefonino. Possiamo giocare io e te una contro l'altra, oppure io e te in squadra contro altre squadre. Scarichiamo la app, scegliamo il posto e via. È salutare perché si fa moto all'aria aperta e...»

Il telefono sulla scrivania di Barbara squillò. «Ossignore, sarà la sovrintendente» disse, e sollevò la cornetta.

Era Lynley: «Tenga gli occhi bassi, Barbara. Sono Salvatore e chiamo dall'Italia. Si finga entusiasta e mi dica: 'Ciao, Salvatore! Come stai?' Lo sto facendo per salvarla, sia chiaro.»

Barbara non riuscì a trattenersi e guardò verso l'ufficio di Lynley, ma per fortuna lui non era nel suo campo visivo. «Salvatore! Che sorpresa!» disse, guardò Dorothea e spalancò gli occhi fingendosi stupefatta e al tempo stesso contentissima.

Le labbra di Dorothea formarono un: «Oh mio Dio!»

Barbara continuò la sceneggiata: «Come sta tua madre? È guarita dall'influenza?»

«Completamente» rispose Lynley. «Anche perché non si è mai ammalata. I lavori al tetto stanno finalmente per cominciare, comunque. Mi chieda se sono a Londra.»

«Sei a Londra?»

«Sì. Adesso la invito a bere qualcosa con me, okay?»

«Un drink? Adesso?» chiese Barbara, collaborativa. Dorothea, a mani giunte, annuiva furiosamente. «Potrei farcela. Dove?»

«In un romantico wine bar sull'altra sponda del Tamigi, dove potremo bere Barolo a fiumi e amoreggiare sotto luci soffuse in un séparé.»

«Va bene» disse Barbara. Arrischiò un'occhiata furibonda verso l'ufficio di Lynley, guardò Dorothea, fece spallucce e disse al telefono: «Ci vediamo là. A che ora?»

«Appena può. Nel parcheggio fra venti minuti? Parlo a titolo personale, non nelle vesti di Salvatore.»

«Va bene» rispose Barbara. «Salvo emergenze improvvise, fra venti minuti sono lì.»

«Vedrà che non ci sarà nessuna emergenza» disse Lynley, e riagganciò.

«Salvatore!» esclamò Dorothea emozionatissima. «Salvatore! Oh mio Dio! Mettiamo un po' di fard, Barbara? Ti sistemo un po' i capelli? Vuoi che...?»

«Dee, mi ha già vista: sa come sono. E non ti montare la testa: andiamo solo a bere un bicchiere. In un wine bar con le luci soffuse, fra l'altro, dove non si vedrà un accidente. Probabilmente ci toccherà orientarci a tentoni per trovare il tavolo.»

«No, no, no. Vado a prendere la trousse. Ho tutto quel che serve. Non ti muovere da lì» disse Dorothea.

E se ne andò. Poco dopo Barbara vide Lynley uscire dal suo ufficio, fermarsi a scambiare due parole con Winston Nkata e poi andare verso la sua scrivania. «Sono riuscito a liberarla dalle grinfie di Dorothea?»

«Solo fino a un certo punto: è andata a prendere il beauty case. Spero che 'Salvatore' mi riconosca, dopo che mi avrà truccata.»

Lynley si allontanò proprio mentre Dorothea rispuntava nel corridoio con la borsa in mano, da cui estrasse una trousse Liberty. Barbara sospirò, ma sapeva che assecondarla era la soluzione migliore.

Dopo dieci minuti, Dorothea si convinse che più di così non poteva fare. «Ora vai, divertiti e poi raccontami tutto. Ah, chiedigli se è interessato a provare il geocaching, Barbara. Ricordatelo, mi raccomando!»

Barbara promise solennemente di memorizzare e riferire tutto quel che Salvatore le avrebbe detto e di incoraggiarlo a cimentarsi in questa nuova attività, pur non avendo capito nemmeno lei in che cosa consistesse di preciso. Scese nel parcheggio e trovò Lynley appoggiato alla Healey Elliott con le chiavi in mano.

Quando la vide disse: «Ah» e aprì la portiera.

«Pensavo che fosse uno scherzo. Mi vuole portare davvero in un wine bar? La avverto che io non bevo vino rosso. E quel vino che ha nominato prima è un rosso, giusto?» disse Barbara.

«Non scherzo mai quando c'è di mezzo il cuore» rispose Lynley. «E sì, il Barolo è un rosso. Ideale con il ragù, tra l'altro. Dove sono le ceneri di sua madre?»

«Vuole spargerle su un piatto di tagliatelle, ispettore? Al posto del parmigiano? Le ho in macchina.»

«Le vada a prendere, per favore.»

«Perché?»

«Vada, su.»

Barbara sospirò, borbottò qualcosa e andò a prendere la scatola dalla Mini. Da perfetto gentiluomo, Lynley le aprì la portiera della Healey Elliott. «Dove andiamo?» domandò Barbara. «Dee mi ha chiesto un resoconto dettagliato. Spero mi darà qualcosa da raccontare.»

«Ci proverò» rispose Lynley. Ma quando uscì dal parcheggio prese la direzione opposta a quella del wine bar in cui le aveva dato appuntamento Salvatore Lo Bianco. Barbara tirò un sospiro di sollievo, non riuscendo a immaginare di amoreggiare con Lynley. Superarono Millbank e presero West Cromwell Road, che li avrebbe portati fuori dal centro di Londra.

«Dove cavolo stiamo andando, ispettore?» Ma lo capì da sola poco dopo: erano diretti a Heathrow. Le possibilità erano due: o un volo last minute verso una meta esotica, oppure Acton, dove lei aveva abitato per anni con i suoi.

Barbara aveva tutti gli elementi per capire, a quel punto. Invece si ostinò a non vedere l'ovvio finché non furono davanti al cimitero di Acton. «Cosa siamo venuti a fare qui, ispettore? Gliel'ho detto: il posto non c'è più. L'ho venduto.»

Lynley la guardò. «Sì, lo so. Ma il suo problema ha una soluzione a cui lei non ha pensato.»

Lynley non aveva avuto difficoltà a trovare il camposanto dove era sepolto Jimmy Havers. C'era stato il giorno del funerale, certo, ma Barbara c'era andata un sacco di volte anche dopo e perdeva ancora l'orientamento. Sembrava quasi che Lynley andasse a visitare la tomba di suo padre più spesso di lei.

Parcheggiò e disse: «Andiamo, sergente. Prenda sua madre».

Si incamminò e di nuovo Barbara si domandò come facesse a conoscere così bene la strada. Smise di chiederselo quando vide che la lapide sulla tomba di suo padre era stata ripulita. Anzi, sembrava nuova. Come se ce l'avessero appena messa. Non solo: oltre al nome completo del padre di Barbara, adesso vi era inciso anche quello di sua madre, con tanto di data di nascita e data di morte.

A Barbara si riempirono gli occhi di lacrime. «Ma ispettore, cosa...? Come ha fatto a..? Ispettore!»

«Ho chiamato Denton, il quale ha telefonato spacciandosi per suo fratello maggiore, Charlie Havers. Ha detto che chiamava dal Canada per chiedere che sulla lapide di Jimmy Havers venisse aggiunto anche il nome della madre. È stato molto più semplice di quanto pensassi. Charlie, come lei sa, è un attore talentuoso e si è calato perfettamente nella parte.»

«Ma come faceva a sapere le date?»

Lynley alzò un sopracciglio. «Con il lavoro che facciamo,

Barbara? Che investigatore sarei, se non riuscissi a scoprire due date? »

Barbara guardò la lapide, poi si voltò verso di lui. « Grazie, ispettore. Ha avuto un'idea geniale. »

« Ho pensato che, visto che sua madre aveva espresso il desiderio di riposare accanto al marito... »

« Sì » disse Barbara. « Infatti era quello che voleva. »

« Perfetto » disse Lynley. « Allora cominciamo? »

Barbara annuì e aprì la scatola.

15 MAGGIO

Belgravia
Londra

Lynley non sapeva come si sarebbe sentito se Charlie Denton fosse riuscito a sfondare come attore e a diventare famoso, nel West End o in una serie tv di successo e di lunga durata. Denton avrebbe fatto i salti di gioia, naturalmente, ma Lynley sarebbe precipitato nello sconforto.

Avrebbe dovuto assumere un sostituto, oppure imparare a farsi da mangiare. Ma non aveva voglia di assumere nessun altro e, quanto a cucinare, il massimo che riusciva a prepararsi erano due uova strapazzate da mangiare con il pane tostato. Con sommo dispiacere doveva ammettere che, in cucina, era negato quanto sua sorella.

Ruppe le uova in una ciotola come da istruzioni di Denton: « Prima di sbatterle, aggiunga un goccio d'acqua e le sbatta per bene, energicamente, non con il polso fiacco. Si ricordi di mettere una noce di burro nella padella, se no si attaccano. Gli altri ingredienti li aggiunge dopo: formaggio, cipolle, funghi, pomodori, ma anche prosciutto, bacon, spinaci, erbe aromatiche... » Al che Lynley aveva risposto: « Non vanno cucinati a parte? Prosciutto e bacon, intendo. Perché a colazione... » E si era beccato un'occhiataccia: « Un po' di creatività! Le ricette non vanno seguite pedissequamente. Il bello in cucina è improvvisare. Ora, io dicevo di aggiungerli a metà cottura perché pensavo a una frittata o a un'omelette, ma se invece vuole solo farle strapazzate... A meno che, naturalmente, uno non voglia orientarsi verso una quiche ».

Lynley si sarebbe orientato volentieri verso una minestra in scatola, ma si faceva forza e si cimentava ai fornelli perché Denton in quel periodo calcava le scene nei panni di Fortebraccio, sperando che Orazio o Laerte si infortunassero per prendere il loro posto. Augurarsi che Amleto si rompesse una gamba sarebbe stato troppo. La cosa peggiore, però, era che Charlie stava aspettando notizie dal casting di *Anything Goes*. Aveva già avuto due callback e sembrava ben piazzato. Lynley era in ansia.

Sospirò, demoralizzato. Tritare la cipolla era stata un'impresa improba – gli bruciavano ancora gli occhi – e usare lo stilton al posto del cheddar forse era stata una scelta azzardata. Quando sentì suonare alla porta, stava sbattendo di nuovo le uova perché si erano smontate mentre lui combatteva con gli altri ingredienti. Imprecò fra sé, ma ringraziò che l'interruzione non fosse giunta a cottura iniziata. Era già sulla porta della cucina quando si ricordò di avere indosso il grembiule e se lo tolse in fretta prima di andare ad aprire.

Era piuttosto tardi per una visita a sorpresa, così pensò che si trattasse di un fattorino con un pacco da consegnare. Non si aspettava minimamente di trovarsi davanti Daidre Trahair, in piedi sulla porta di casa e illuminata dalla luce di un lampione.

Rimase senza parole. Non la vedeva dalla mattina in cui gli aveva restituito il diario di Michael Lobb e non si erano più sentiti. Fu come un'apparizione.

«Disturbo, Tommy?»

«No, no. Figurati» rispose in fretta Lynley. «Sono solo rimasto sorpreso. Vieni, entra.» Si fece da parte per lasciarla passare. «Vuoi...?» Ebbe un vuoto. Si sentì come un ragazzino nel pallone. «Scusa. Non so bene... Vuoi qualcosa da bere? Un whisky? Un brandy? Ho una discreta bottiglia di porto. O preferisci un bicchiere di vino?»

Daidre accennò un sorriso. «Grazie, sto bene così. Scusa se non ti ho avvertito, ma altrimenti non sarei riuscita a farlo.»

«Farlo... cosa?» chiese Lynley.

«Parlartene.»

«Di tuo fratello?» disse lui. «Mi dispiace tantissimo per com'è andata a finire. Mi dispiace anche per te e Gwyn. So quanto speravate che l'esito fosse un altro.»

«È vero, e ti ringrazio. Ma non mi riferivo a mio fratello. Sono venuta per dirti un'altra cosa. Una cosa che riguarda me. Il mio passato.»

Teneva le mani giunte con forza, dal che Lynley capì che parlare le costava una fatica immensa. « Dai, vieni. Accomodati » le disse. La portò nel salotto, che dava su Eaton Terrace. « Beviamoci uno sherry. Io lo prendo. A te fa piacere? »

Daidre annuì e Lynley andò al carrello dei liquori, versò lo sherry nei bicchieri e tornò da lei. Gliene porse uno, trattenendosi dall'insistere affinché lo bevesse. Non la invitò neppure a sedersi, perché non voleva forzarla in nessun modo. Per quanto curioso di sapere che cosa gli voleva dire, intendeva lasciarle i suoi tempi.

Alla fine Daidre si sedette sul bordo di una poltrona, con il bicchiere tra le mani. Lynley si accomodò sul divano, accese una lampada e rimase ad aspettare.

Daidre si scostò una ciocca di capelli dal viso, deglutì, prese fiato e cominciò, turbata. « All'inizio mi dicevo che non era niente. Ero terrorizzata, quindi immagino che fosse un modo per rimuovere la paura e fare finta che fosse tutto normale. Ero stata strappata alla vita che conoscevo e catapultata in un ambiente ignoto, in mezzo a persone mai viste prima, e pensavo che funzionasse così. » Gli rivolse un sorriso esitante. Lynley capì che stava simulando un controllo che non aveva, che quell'argomento la riempiva di angoscia. La conosceva abbastanza bene da sapere che quel sorriso era volto esclusivamente a rassicurare lui. « Cercano di spiegartelo » continuò a bassa voce. « Gli assistenti sociali, intendo. Ma io all'inizio ho capito soltanto che con i nostri genitori non potevamo più stare e che ci dovevano dividere perché per tutti e tre insieme non c'era posto da nessuna parte. Magari in futuro, ma in quel momento non era possibile. E siccome io ero la più grande, avrebbero messo da sola me. Mi hanno chiesto se avevo capito e io ovviamente ho risposto di sì. Quando ho domandato quanto sarebbe durata la situazione, mi hanno risposto che dipendeva dai nostri genitori, che sarei tornata a casa quando fossero stati in grado di provvedere a noi.

« Poiché avevano già avuto altri minori in affido, i Trahair sapevano cosa aspettarsi: silenzi, paure, sfoghi, rabbia, l'ansia di non sapere per quanto tempo sarei rimasta con loro. Avevano fatto esperienza con gli altri bambini, quindi mi hanno sempre trattato nel modo giusto, hanno gestito le mie sfuriate, sono stati affettuosi e cari. Quando sono arrivata io, avevano già un altro bambino, Bao-Jun, di origine cinese. Dicevano che finché fossimo stati insieme lì con loro, dovevo considerarlo mio fratello. E dovevo considerare i Trahair una seconda mamma e un secondo papà, perché quello erano: genitori affidatari. Insomma, noi quattro eravamo una famiglia. Non eravamo uniti da legami di sangue ma, finché eravamo insieme, eravamo comunque una famiglia.

«La famiglia comprendeva anche nonni, zie, zii e cugini. E tutti ci trattavano – me e Bao-Jun – come se ne facessimo davvero parte. Così piano piano ho vinto le mie paure e ho incominciato a sentirmi a mio agio con i Trahair. Per la prima volta nella mia vita abitavo in una vera casa, con una vera madre e un vero padre. Ero così felice che ho incominciato a dire che non me ne volevo andare mai più. Lo dicevo a tutti.

«E siccome lo dicevo a tutti, lui lo sapeva. Ci è riuscito per questo. Gli piaceva il cinema, io non c'ero mai stata; lui non riusciva a credere che non avessi mai visto un film in vita mia e voleva rimediare. E così ha detto a sua figlia – la mia madre affidataria – che mi voleva portare al cinema. 'Pensa che non c'è mai stata! Voglio insegnarle ad amare il cinema come ho fatto con te' le ha detto. E mi ha portato in sala, mi ha comprato prima le caramelle e poi anche un gelato e mi ha raccomandato di non dire niente a mio fratello per non farlo ingelosire. 'Questa è una cosa speciale, solo nostra.' Non mi sono chiesta perché dovesse rimanere un segreto fra noi due. Con lui stavo bene, mi faceva sentire speciale e io prima di allora non mi ero mai sentita così.»

Lynley la osservava, ma lei teneva gli occhi bassi e sembrava persa nei ricordi di quel passato tanto ingombrante. Avrebbe voluto dirle che non doveva per forza continuare, se non se la sentiva.

Invece tacque e Daidre riprese a raccontare. «Poi i Trahair mi hanno detto che mi volevano adottare. Bao-Jun tornava alla sua famiglia perché i suoi genitori erano riusciti a dimostrare quello che dovevano dimostrare, invece i miei no, quindi io non potevo tornare a casa. Mi sarebbe piaciuto diventare figlia loro per sempre? Volevo che i Trahair diventassero ufficialmente la mia mamma e il mio papà?» Daidre si portò il bicchiere alle labbra con tutte e due le mani. Lynley vide che tremava. «Ovviamente ho detto subito di sì» continuò. «E così è partita la trafila e per festeggiare abbiamo invitato tutta la famiglia.»

Abbassò gli occhi. Stringeva il bicchiere con tanta forza che Lynley temette lo rompesse. Poi si chinò a posarlo sul tavolino e lo tenne fermo con la punta delle dita, come per assicurarsi che non si rovesciasse.

«Da allora abbiamo passato insieme tante giornate speciali. Mi portava al cinema, mi comprava le caramelle e dopo anche il gelato. Ha iniziato con l'accarezzarmi la faccia. Mi diceva che avevo una bella pelle liscia, che dovevo curarla e idratarla dalla testa ai piedi. Mi faceva i complimenti, mi diceva che ero carina, voleva che mi sedessi vicina vicina. E poi una volta mi ha preso la mano e se l'è messa sul ginocchio. E mi guardava. Mi guardava come se io... Non lo so. Forse voleva vedere come reagivo, e siccome io stavo ferma me l'ha mossa lui, l'ha spostata più su, sulla coscia. E mi guardava. 'Tieni la mano lì, che è bella calda. Hai le mani così calde, tu. Aspetta che...' E mi ha messo una mano sulla gamba anche lui. Io guardavo avanti perché ero... non so neanch'io. Pensavo che... non lo so, pensavo che forse fra nonni e nipoti succedesse sempre così, che fosse normale... E quindi la volta dopo mi ha preso di nuovo la mano, se l'è messa sulla coscia e mi ha toccato una gamba. Invece, quella dopo ancora mi ha preso la mano e me l'ha messa da un'altra parte, voleva che toccassi la sua erezione e mi piegava le dita perché lo stringessi, ma io non volevo e allora lui mi ha detto che dovevo fare la brava con il nonno e si è appoggiato allo schienale, ha chiuso gli occhi e mi ha guidato la mano su e giù, sempre più veloce, sempre più forte, e io speravo che qualcuno vedesse, ma era buio e nessuno si è accorto di niente. Quando mi ha riaccompagnato a casa, mi ha detto che ero proprio una brava ragazzina e che dovevo continuare a comportarmi bene, perché così i miei genitori mi avrebbero tenuto con loro per sempre, visto che non erano obbligati, lo sapevo, no? Le cose possono cambiare da un momento all'altro.»

Lynley non poteva continuare a tacere, ma appena pronunciò il suo nome Daidre gli fece segno di star zitto e proseguì, sempre a occhi bassi, come se guardarlo le procurasse un'angoscia insostenibile.

« E mettendomi ansia con la storia che le cose potevano cambiare da un momento all'altro, mi ha chiesto di fargli vedere 'quelle belle tettine che mi stavano crescendo', che lui mi avrebbe mostrato come diventavano duri i capezzoli quando li toccava. Ti piace, quando te li tocco? È bello, vero? Guarda che effetto fa su di me! Non possiamo lasciarlo dentro ai pantaloni, quando diventa così grosso, ti pare? Tiralo fuori. Ecco, così. Sai cosa devi fare, no? Oh, come sei speciale. Ecco perché i tuoi genitori ti tengono con loro, perché sei brava e buona e vuoi bene al tuo nonnino. Anche il nonno ti vuole tanto bene, sai? Ti vuole bene più che a tutti gli altri. Collegio? Non se ne parla! Perché vuoi andare via da mamma e papà? Sei stufa di stare a casa con loro? Ti annoi? Stai attenta, non vorrei che pensassero che non vuoi più essere loro figlia. È meglio se resti, sai, se vai a scuola qui. Ti è cresciuto proprio un bel cespuglio fra le gambe, eh? Che bella donnina che sei diventata! Lo sai che cosa significa diventare donna, vero? La cosa più preziosa e più dolce che hai, la tua femminilità... Ti aspetta un momento speciale, segreto, intimo. Ci aspetta un momento speciale. E segreto, perché non lo deve sapere nessuno. Deve assolutamente restare fra me e te, perché se qualcuno lo viene a sapere, le cose cambiano. E tu sai cosa vuol dire. » Daidre si asciugò una lacrima sulla guancia. « Era il padre di mia mamma, capisci? Non potevo dirle che cosa mi faceva, convinta com'ero che se glielo fossi andata a dire sarebbe cambiato tutto, avrebbe smesso di essere mia mamma. Avrei perso lei, mio papà, tutto quanto. Pensavo che mi avrebbero mandato via e non volevo andarmene. E così mi sono prestata a... Anche quando mi ha chiesto di più. Dicevo di sì a tutto. Un viaggetto alle Scilly? *Ma certo!* Un weekend a Londra? Mi diceva: Sei una ragazza fortunata, sai? Sei la cosa più preziosa che ho, te l'ho mai detto? Sei così cara... »

« Per favore, Daidre. Non sentirti in dovere di raccontarmi tutto. Ho capito » riuscì a dire Lynley.

Ma Daidre scosse la testa e in quel momento lo guardò. Aveva un'espressione spiritata, dopo essersi immersa di nuovo in quei ricordi così dolorosi. «Non puoi capire. Se non capisco io, come puoi capire tu? Finché non sono andata all'università, ho sempre fatto tutto quello che mi ha chiesto e mi sono lasciata fare tutto quello che voleva. Per sei anni lui mi ha usato in tutti i modi e io pensavo che non volevo, pensavo che dovevo farlo smettere e non sapevo come. Potrei raccontarmi che, siccome aveva nove nipoti di cui cinque femmine, lo lasciavo fare perché risparmiasse le altre. Posso ripetermelo tutte le volte che voglio, ma non riesco a convincermi che fosse solo per questo. Non so perché non mi sono ribellata. Non me lo so spiegare nemmeno adesso. Sono andata all'università, mi sono laureata, sono diventata quella che sono e continuo a non spiegarmi il motivo della mia passività. Ma sai qual è la cosa peggiore? Non l'ho mai detto a nessuno. Non ne ho mai parlato né con mia madre, né con mio padre, né con nessun altro. Neppure con lui, e questa è davvero la cosa peggiore. Non ho mai affrontato l'argomento, non gli ho mai detto: basta. Non mi sono mai messa a urlare: Ecco come mi hai fatto diventare! Guarda come mi hai ridotto! Adesso tu sei morto e io non ho mai... non sono mai riuscita a... Sono di pietra. Per colpa tua ho dovuto imparare a diventare insensibile e adesso non sento più niente. Non c'è rimedio. Ed è tutta colpa tua.»

Daidre a quel punto scoppiò in singhiozzi. Lynley aveva un groppo alla gola che gli impediva di parlare, gli bruciavano gli occhi e aveva i muscoli contratti. Alla fine riuscì a dire: «Daidre, tu non hai nessuna colpa. Ha fatto tutto lui. Tu hai subito. Ma non ti ha rovinato, Daidre. E non è vero che non c'è rimedio, amore mio».

Daidre continuò a piangere, coprendosi gli occhi con le mani. Lynley avrebbe voluto abbracciarla, consolarla e lenire il suo dolore, ma era perfettamente consapevole di non poter cancellare il passato di Daidre. Poteva provare a renderglielo meno insopportabile, ma non era sicuro di riuscirci. Gli venne in mente un verso di *Re Lear*: *Ho tutte le ragioni per piangere.*

Sentirsi impotente di fronte al dolore di Daidre lo riempì di frustrazione. Le prese le mani e all'inizio lei si oppose, ma Lynley sussurrò: «Per favore» e lei lasciò che lui gliele abbassasse e la guardasse negli occhi. «Mi dispiace di averti fatto soffrire. Non avevo idea.»

«Non mi hai fatto soffrire, Tommy.»

«Non consapevolmente, certo, ma ti ho comunque fatto soffrire. Perché vedi, a me sembrava semplice: poiché io ti avevo detto che ti amavo, che ti desideravo e che avevo intenzioni serie, nella mia ottusità davo per scontato che tu mi accogliessi a braccia aperte. Non capivo quale fosse il problema. Sono una brava persona, come facevi a non vederlo? Perché resistevi con tanta tenacia al mio amore, alla mia pazienza, al mio discutibile fascino? Non ho mai preso in considerazione che tu non stessi volutamente opponendo resistenza e che anzi stessi facendo di tutto per venirmi incontro e per vincere il tuo impulso irrefrenabile di scappare. E che il tuo impulso di scappare nascesse dal fatto che non ti perdonavi di non essere riuscita a scappare in passato. Sei convinta che chiunque altra nella tua situazione si sarebbe ribellata, sarebbe fuggita, avrebbe fatto qualcosa... tutto fuorché quello che hai fatto tu, che a tuo parere è niente. Ma non è vero. Ti sbagli di grosso.»

«Non avrei dovuto...»

«Daidre, è lui che non avrebbe dovuto. È quel mostro che non avrebbe dovuto molestarti. Tu hai fatto quello che hai potuto per sopravvivere e ce l'hai fatta. Dio solo sa quanto ti ammiro per questo. Dio solo sa quanto ti amo.»

«No, ti prego. Te l'ho detto perché volevo che ti rendessi conto che mi devi lasciar perdere.»

Lynley le prese le mani tra le sue e se le portò alle labbra, nonostante lei facesse resistenza. «Non sta a te decidere chi ti può amare o meno. Non è così che funziona.»

«Tommy, non puoi... devi capire che...»

«Pensi di essere irrecuperabile.»

«*Sono* irrecuperabile!»

«No, Daidre. Mi hai appena confidato una cosa terribile, che non avevi mai detto a nessuno perché non pensavi di essere in grado di verbalizzarla. Mi sembra un bel passo avanti, non credi? Un grande atto di coraggio. E di fiducia.»

«Non cambia niente.»

«Cambia tutto, invece. Tu sei convinta di aver subito danni

irreparabili, ma non ti rendi conto che stasera, anche solo per un momento, hai pensato che al mondo esistesse qualcuno di cui ti potevi fidare. Voglio che tu prenda consapevolezza di quello che significa. Puoi superare il trauma. Ce la farai.»

Daidre rimase zitta. Lynley anche. Era un salto nel buio, pensava, ma glielo doveva dire. Era un rischio enorme, ma per Daidre ne valeva la pena.

«Vorrei tornare a far parte della tua vita, ma questa volta mi piacerebbe farne parte veramente. Dipende da te, Daidre, da quanto me lo permetti. Io non ti costringerò mai a fare qualcosa che non vuoi» le disse.

Lei distolse un momento lo sguardo e osservò la finestra e la strada. Lynley capì subito che stava pensando a Helen, uccisa davanti alla porta di casa, e al fatto che non avrebbe mai potuto sostituirla. Era vero – nessuno avrebbe mai potuto sostituire la moglie che aveva perso prematuramente – ma questo non significava che dovessero affrontare il futuro da soli. Né lui, né lei.

«Meriti molto di più, Tommy» disse lei, continuando a guardare fuori.

«Per favore, lascialo decidere a me.» Si schiarì la voce, si alzò e fece alzare anche lei. «Quando hai suonato, stavo cucinando. Azzardavo un'omelette con un ripieno un po' particolare. Non ti prometto niente. Non è detto che sia mangiabile, alla fine. Ma, siccome ho iniziato, potrei finire. Mi tieni compagnia?»

Daidre rimase zitta e immobile. Era desolata, Lynley se ne accorse. Recitò mentalmente una preghiera, poi trattenne il respiro.

«Mi lasci tostare il pane?» chiese infine lei.

Ringraziamenti

Da americana che scrive romanzi ambientati nel Regno Unito, ho imparato che descrivere in maniera verosimile l'operato delle forze dell'ordine è come camminare nelle sabbie mobili. Con le nuove tecnologie e i tagli ai finanziamenti da parte del governo, le cose cambiano ogni anno. Perciò non sarei arrivata da nessuna parte senza l'aiuto di tante persone che lavorano in polizia, e che hanno risposto ai miei quesiti durante le ricerche preliminari per questo romanzo: l'ispettore investigativo Janet Hudson, di una delle Major Incident Team della Greater Manchester Police; l'agente investigativo Paul Bailey, in pensione dopo trent'anni di servizio nella Greater Manchester Police, dove ha svolto indagini importanti su criminalità organizzata, omicidi e antidroga; l'agente investigativo Tom Atkins della Metropolitan Police di Lewisham, specializzato in omicidi. È grazie a loro che ho capito come funzionano le Major Incident Teams nel Regno Unito.

Darren Grafton, ex agente di polizia e attualmente magistrato, mi ha spiegato il ruolo della Magistrates' Court nel sistema giudiziario britannico e le procedure che segue nei casi più gravi.

Mi sono documentata sull'estrazione dello stagno presso varie fonti, la più utile delle quali è stata la Blue Hills Tin, dove ho assistito a una dimostrazione del procedimento con cui si ottiene lo stagno dalla cassiterite fase per fase. Alla Blue Hills Tin, Mark Wills mi ha permesso di osservare la creazione di un oggetto ornamentale in stagno e mi ha spiegato l'utilità del cosiddetto *cry of tin*, o « pianto dello stagno », il suono che emette lo stagno nella sua forma più pura quando viene piegato, che trasmette a chi le sa comprendere preziose informazioni.

Swati Gamble della Hodder & Stoughton mi ha assistito con generosità ed efficienza nella ricerca delle persone da intervistare e nell'organizzazione degli incontri. Non riuscirei a fare le mie ricerche con tanta cura senza di lei.

Nick Sayers e Brian Tart hanno dimostrato una pazienza straordinaria e non mi hanno mai fatto fretta perché consegnassi il manoscritto prima di aver raggiunto il livello che io ritenevo indispensabile raggiungere senza il loro intervento. Jenn Houghton è stata una santa.

Il mio agente letterario Robert Gottlieb di Trident Media mi è stato di aiuto in mille modi; Erica Silverman ha affrontato impavida il compito monumentale di riportare Lynley e Havers in televisione; Michael Pintauro ha generosamente messo in pausa il lancio del mio progetto Young Adult per darmi il tempo necessario a completare questo romanzo; Ana Ban è stata un aiuto fondamentale nella promozione.

Cindy Peterson gestisce la mia visibilità online e Clay Fournier cura la mia presenza su ElizabethGeorgeOnline.com. Grazie!

La mia lettrice di lunga data Susan Berner mi ha offerto ottimi spunti, aiutandomi a mettere a fuoco ciò che mi proponevo di fare con questo romanzo, e le sono estremamente grata per avermi segnalato diverse aree problematiche.

Infine, nella mia vita privata non andrei da nessuna parte senza l'assistenza di Katie Forman e Charlene Coe. E senza il supporto di mio marito, Tom McCabe, non riuscirei ad arrivare in studio ogni giorno.

Probabilmente nel romanzo ci sarà qualche errore: me ne assumo tutta la responsabilità.

ELIZABETH GEORGE

UNA COSA DA NASCONDERE

Teo, una donna di origine nigeriana che lavorava per la polizia di Londra, ha cessato da poco di respirare. Una morte apparentemente inspiegabile, finché l'autopsia non rivela il trauma letale causato da un gesto omicida, oltre a un'ombra cupa che risale al suo passato. È stato questo passato a tenderle una trappola fatale, o la sua tragica fine è legata al difficile caso al quale era impegnata sotto copertura? E se le due cose fossero collegate? Solo due giorni prima della morte Teo aveva litigato furiosamente con la sorella, Rosie, che sembra sapere molto più di quanto riveli. Cosa o chi cerca di nascondere? Sono i dubbi tra i quali si dibattono il sovrintendente Thomas Lynley, il sergente Barbara Havers e Winston Nkata, alle prese con l'indagine forse più complessa e delicata della loro carriera.

LONGANESI TEA

ELIZABETH GEORGE

PUNIZIONE

Suicidio. Questo sostiene la polizia. Ma la vittima, Ian Druitt, diacono dell'incantevole cittadina medioevale di Ludlow, è deceduta mentre era sotto custodia cautelare con l'accusa di un crimine vergognoso. Quando anche l'inchiesta degli Affari Interni conferma che non c'è nulla di sospetto in quanto accaduto, il caso sembra chiuso. Ma la famiglia della vittima non accetta questa versione dei fatti. E ha conoscenze tali da riuscire a far riaprire il caso. Quando il sergente Barbara Havers arriva a Ludlow e inizia a indagare sulla catena di eventi che hanno portato alla morte di Ian Druitt, tutto sembra confermare che si sia tolto la vita. Ma una sensazione che non riesce a scrollarsi di dosso le dice che le cose non sono quelle che sembrano...

LONGANESI TEA

ELIZABETH GEORGE

LE CONSEGUENZE DELL'ODIO

Non c'è pace per l'ispettore di New Scotland Yard Thomas Lynley, che si trova a scavare tra i segreti, i risentimenti e i rimorsi di una famiglia segnata da un lutto terribile: un suicidio che, ogni giorno di più, rivela risvolti agghiaccianti, costringendo Lynley ad affrontare i suoi stessi, dolorosissimi fantasmi, in quello che si annuncia come il caso più complesso della sua carriera. La vita non sorride nemmeno al suo storico braccio destro, Barbara Havers, che attraversa una profonda crisi personale e professionale. Sperando di aiutarla a ritrovare la sicurezza e lo smalto di un tempo, Lynley accetta di affidarle un caso che Barbara stessa si è trovata tra le mani: la morte in circostanze sospette di una scrittrice nota per le sue posizioni a favore del femminismo...

LONGANESI TEA